CROOKED KINGDOM

乌鸦六人组

[卷二]：骗子王国

[美]李·巴杜格/著

杨笑娜/译

重庆出版集团 重庆出版社

CROOKED KINGDOM:
Copyright © 2016 by Leigh Bardugo.All rights reserved.
Published by agreement with New Leaf Literary & Media,Inc., through The Grayhawk Agency Ltd.
Simplified Chinese translation Copyright © 2022 by Chongqing Publishing House Co.,Ltd. All rights reserved.

版贸核渝字(2020)第098号

图书在版编目(CIP)数据

乌鸦六人组.卷二,骗子王国/(美)李·巴杜格著;杨笑娜译.—重庆:重庆出版社,2022.10
书名原文:Crooked Kingdom(Six of Crows,2)
ISBN 978-7-229-16603-8

Ⅰ.①乌… Ⅱ.①李… ②杨… Ⅲ.①幻想小说—美国—现代 Ⅳ.①I712.45

中国版本图书馆CIP数据核字(2022)第030391号

乌鸦六人组(卷二):骗子王国
WUYA LIURENZU (JUAN ER):PIANZI WANGGUO
[美]李·巴杜格 著 杨笑娜 译
责任编辑:邹 禾 唐 凌 王靓婷
责任校对:刘小燕
装帧设计:抹 茶

重庆出版集团 出版
重庆出版社

重庆市南岸区南滨路162号1幢 邮政编码:400061 http://www.cqph.com
重庆出版社艺术设计有限公司 制版
重庆豪森印务有限公司 印刷
重庆出版集团图书发行有限公司 发行
E-MAIL:fxchu@cqph.com 邮购电话:023-61520646
全国新华书店经销

开本:890mm×1230mm 1/32 印张:17 插页:3 字数:456千
2022年10月第1版 2022年10月第1次印刷
ISBN 978-7-229-16603-8
定价:82.80元

如有印装质量问题,请向本集团图书发行有限公司调换:023-61520678

版权所有 侵权必究

格里莎

第二军队的士兵
精通小科学者

身体操控能力者
（掌控生与死的品阶）
摄心师
疗愈师

以太能力者
（召唤师的品阶）
御风师
控火师
潮汐制造师

物料能力者
（制造师的品阶）
炼金术师
耐用材料制造师

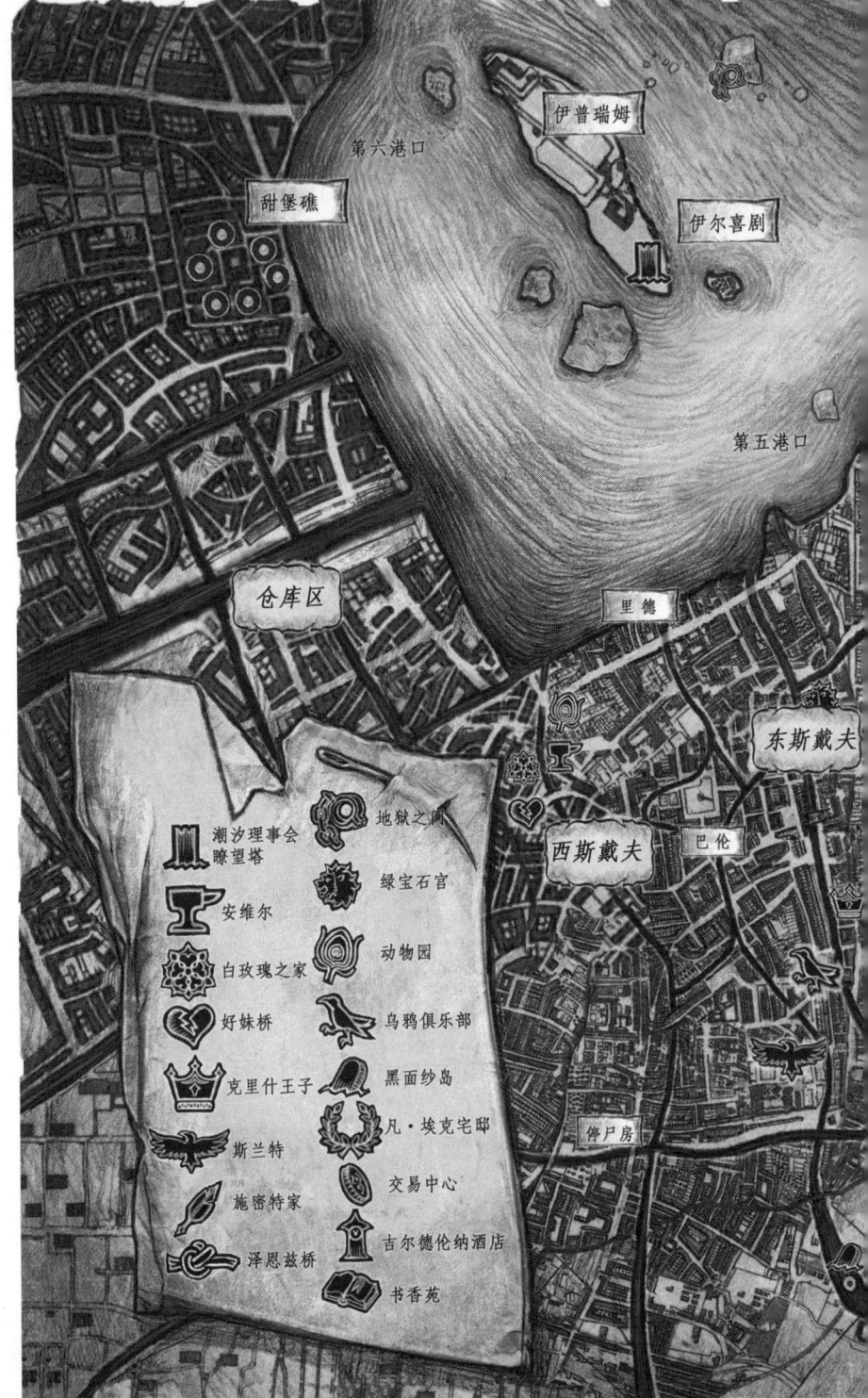

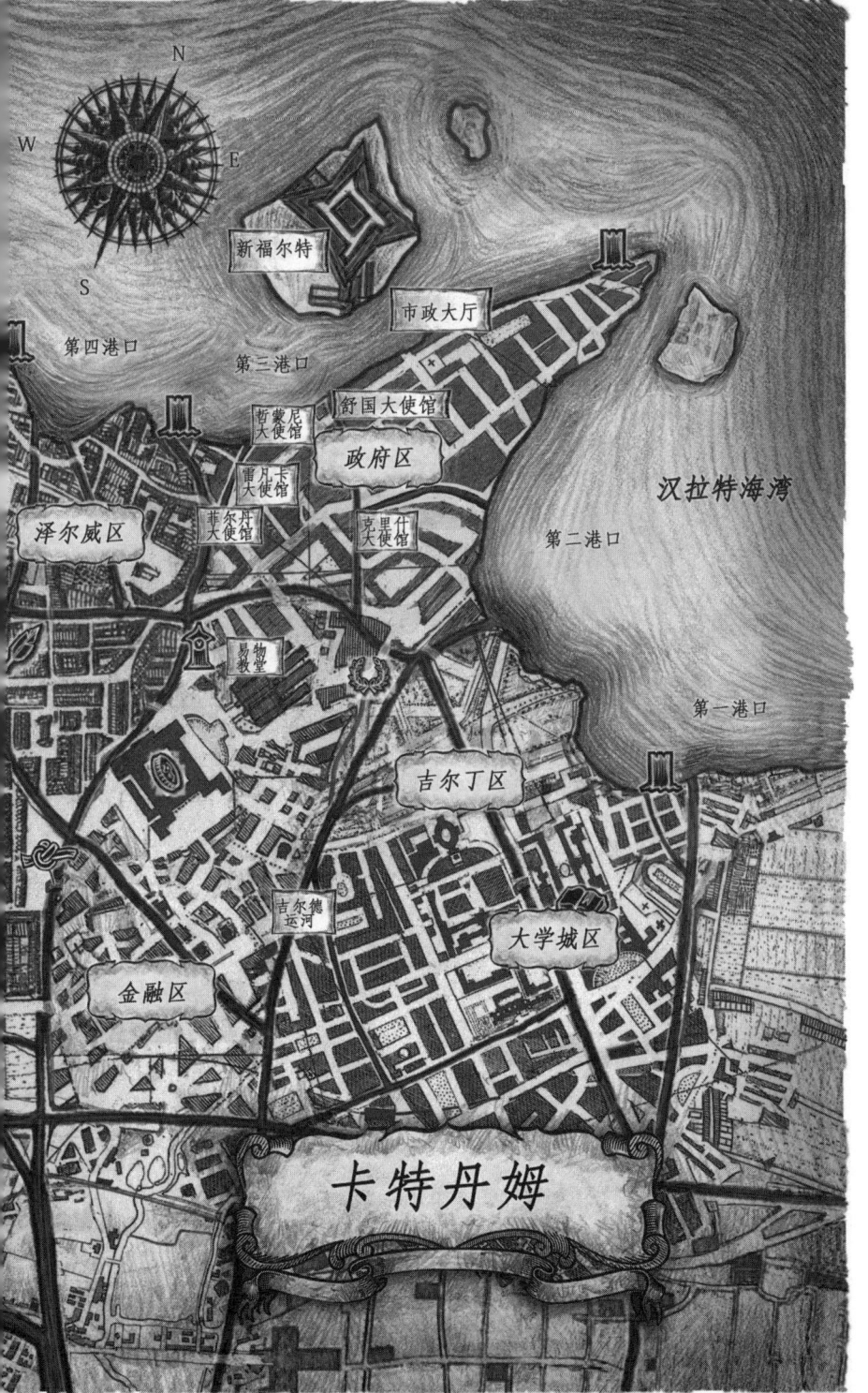

目录

第一部分 神弃之地

1 雷文科 002

2 威岚 011

3 马蒂亚斯 031

4 伊奈姬 048

第二部分 杀人之风

5 詹斯博 064

6 妮娜 077

7 伊奈姬 092

8 马蒂亚斯 100

9 卡兹 122

10 詹斯博 130

第三部分 一步一步来

11 伊奈姬 140

12 卡兹 165

13 妮娜 180

14 威岚 193

| 15 | 马蒂亚斯 | .... | 218 |
| 16 | 詹斯博 | .... | 238 |

第四部分　意外来客

17	伊奈姬	....	256
18	卡　兹	....	267
19	马蒂亚斯	....	274
20	伊奈姬	....	283
21	卡　兹	....	288
22	妮　娜	....	294
23	威　岚	....	305

第五部分　国王和女王

24	詹斯博	....	326
25	马蒂亚斯	....	336
26	卡　兹	....	346
27	伊奈姬	....	358
28	詹斯博	....	370
29	妮　娜	....	386
30	卡　兹	....	398
31	威　岚	....	411
32	伊奈姬	....	418

第六部分　行动和回音

33　马蒂亚斯　……　430

34　妮　娜　……　438

35　伊奈姬　……　443

36　詹斯博　……　450

37　卡　兹　……　458

38　马蒂亚斯　……　467

39　妮　娜　……　474

40　马蒂亚斯　……　483

41　威　岚　……　484

42　詹斯博　……　492

43　卡　兹　……　502

44　伊奈姬　……　508

45　佩　卡　……　516

角色表　……　523

致　谢　……　527

第一部分

神弃之地

1
雷文科

雷文科靠在吧台旁,鼻子伸进了脏兮兮的烈酒杯里。威士忌也没能让他暖和起来。在这个被神遗弃的城市里,没有什么能让人觉得温暖。污垢、蛤蜊,以及湿漉漉的石头散发出的味道掺杂在一起,让人难以呼吸,也无所遁形。那气味似乎已经渗入了他的毛孔,就好像他一直浸泡在这城市的精华里,泡出了全世界最糟糕的茶。

这种情况在巴伦尤为显著,在像这般脏乱的地方更是如此——这个非法占地的酒馆嵌在贫民窟最破败的大楼底层,它的天花板因天气和工程质量不达标而变弯,房梁被壁炉里的煤烟熏得漆黑,壁炉早就成了摆设,烟道也被杂物堵塞了,地板上铺满了锯木屑,用来吸收洒出的啤酒、呕吐物和顾客失控时的其他排泄物。雷文科很想知道这地板已经有多久没清扫了。他把鼻子往杯子里埋得更深,吸着威士忌的芳香。这让他有点眼泪汪汪。

"酒是用来喝的,不是用来闻的。"酒保笑着说。

雷文科放下了杯子，泪眼蒙眬地瞅着眼前的人。那人脖子粗壮，胸膛宽阔，是个真正的彪形大汉。雷文科曾不止一次地见过他把醉酒闹事的客人扔到街上。但他的装束很难让人把他当回事。他穿着巴伦地区年轻人喜欢的粉色衬衫，但衬衫的袖子快要被他的肱二头肌撑破，这时尚的衣着穿在他身上颇为滑稽，让他看上去像只花里胡哨的软壳蟹。

"你说。"雷文科说道。他原本就不怎么样的刻赤语在喝了几杯之后变得更差了。"这城市为什么这么臭？究竟是陈年馊汤味，还是放满脏盘子的水槽味？"

那酒保笑了笑。"这就是卡特丹姆，你应该适应了。"

雷文科摇了摇头。他不想适应这座城市和这里的臭味。赫德议员那里的工作虽然枯燥，但至少他的房间干净又温暖。作为一名珍贵的格里莎契约工，雷文科一直过着衣食无忧的舒适生活。他当时还诅咒过赫德，厌倦了在海上护送贵重货物的工作，因自己为了逃离内战后的雷凡卡，与其签订的合同条款而感到懊悔。但现在呢？现在，他情不自禁地想起了赫德家的格里莎工坊，想起了那熊熊燃烧的壁炉，那配着黄油片和厚厚的火腿片的黑面包。赫德死后，刻赤的商业理事会让雷文科出海来偿还他契约中约定的债务。出海的钱少得可怜，但他还有其他选择吗？生活在一个对格里莎充满敌意的城市里，除了御风师与生俱来的天赋之外，他没有其他任何技能。

"再来一杯？"酒保指着雷文科的空杯子问道。

雷文科犹豫了。他不应该浪费钱。如果他够精打细算的话，再出一趟海，或者两趟，就有足够的钱还清契约，给自己买张去雷凡卡的三等船票。这是他最需要的。

他理应在一个小时内到达码头。已经预测到会有风暴，船员们都指望着雷文科能控制气流，护送船平安地到达他们想要抵达的港口。他不知道目的地，也并不在意。船长会大声播报坐标，雷文科要做的就是让

乌鸦六人组(卷二):骗子王国

风帆鼓起,让风暴平息,然后他就可以拿到自己的酬劳了。但目前还未起风,也许他可以睡过航程的前半段。雷文科敲了敲吧台,点了点头。孤身一人还能做点什么呢?他需要在这世上寻求一些慰藉。

"我不是跑腿的。"他喃喃自语。

"什么意思?"酒保一边问一边给他重新倒了一杯酒。

雷文科漫不经心地挥了挥手。这个人,这个不起眼的笨蛋,永远都不会明白的。他默默无闻、勤勤恳恳地工作,是为了得到什么呢?是为了口袋里多一枚硬币,还是漂亮女孩的回眸?他对战争中的荣耀一无所知,也不知道什么值得尊崇。

"你是雷凡卡人?"

雷文科因威士忌而变得蒙眬的目光瞬间警觉起来。"为什么这么问?"

"没什么,你的口音听上去像雷凡卡人。"

雷文科让自己放松下来。来卡特丹姆谋生的雷凡卡人有很多。他身上没有能表明他是格里莎的东西。他讨厌懦弱的自己,讨厌这个酒保,这座城市。

他想坐下来,好好喝一杯。酒吧里没人会扑向他,再说了,就算这个酒保肌肉发达,他也可以轻松应对。但对一名格里莎而言,即使一动不动,也可能招致麻烦。卡特丹姆最近有很多人口消失的传言——格里莎在街上或在自己的家中消失,很可能是被奴隶贩子抓走,卖给了出价最高的人。雷文科不会让这件事发生在他身上,尤其是在他快要回到雷凡卡的当口。

他将威士忌一饮而尽,在柜台上扔了一枚硬币,然后从高脚凳上站了起来。他没给小费。人应该靠劳动谋生。

雷文科向外走去时,脚步有些踉跄,空气中潮湿的臭气也没能让他清醒过来。他低下头,抬脚朝第四港口走去,试图通过走路让自己清醒起来。再出两次海,在海上待几个礼拜,在这个城市待几个月,他又跟自己念叨了一遍。设法让这一切变得可以忍受。他很想知道会不会有老友在雷凡卡等他。据说年轻的国王像分发糖果一样发放赦免书，以期重建第二军队，也就是在战争中被摧毁的格里莎军队。

"再出两次海。"他一边自言自语，一边跺着脚抵抗春寒。今年都这个时候了，怎么还会那么潮湿那么冷？在这个城市生活，就像被困在冰雪巨人寒冷的腋窝里一样。他穿过了格拉芙海峡，瞥了眼隐藏在河湾中的黑面纱岛，不由自主地哆嗦了下。刻赤富人曾在那，在那露出水面的小石屋里埋葬死者。或是因为气候变化，这座岛常年笼罩在飘忽不定的薄雾里，据说这里闹鬼。雷文科加快了脚步，他不是一个迷信的人——拥有他那样的超能力，没有理由会害怕那些潜藏在暗处的东西——但谁会喜欢途经墓地呢？

他往大衣领里缩了缩，沿着哈文斯坦特街快速赶路，警觉地注意着弯弯曲曲的小巷里的动静。他很快就可以回到雷凡卡，在那里，他可以无所顾忌地在街上闲逛。如果他能得到赦免书的话。

雷文科在外套里不安地扭动着。那场战争让格里莎起了内讧，而他所在的那一方尤为残暴。他曾杀害昔日的战友，杀过平民，甚至儿童。但已经发生的事情无法挽回。尼克莱国王需要士兵，而雷文科是个优秀的战士。

雷文科对在第四港口小隔间里的警卫点了点头，然后回头看了一眼，确保没人跟踪自己。他穿过集装箱来到了码头，找到了正确的泊位，排队去大副那里登记。鉴于过去的几次航行，雷凡科认出了他，他行色匆匆，心情低落，骨瘦如柴的脖子从大衣里探出。雷文科瞥到他手里拿着一叠厚厚的文件，文件上面有刻赤商业理事会成员的紫色蜡印。这座城市里，这些印比黄金还有用，它们能保证你在港口得到最好的泊位，优先进入码头的权利。为什么那些议员会备受尊重，拥有这样的特权？因为钱。因为他们给卡特丹姆带来了利益。在雷凡卡，权力更为重

乌鸦六人组（卷二）：骗子王国

要，在那里，凡事都要遵从格里莎的意愿，而国家是由德才兼备的国王统治的，而不是暴发户组成的骨干队伍。虽然雷凡卡曾试图废黜前任国王，但这一点依旧成立。

"我们目前还没准备好为其他船员进行登记，"大副在雷文科报上姓名后说，"你可以先在港务长的办公室里暖暖身子，我们在等待潮汐理事会的信号。"

"多谢。"雷文科不以为意地说。他抬头瞥了眼港口上空若隐若现的方尖塔。如果目空一切的潮汐理事会能从瞭望塔上看到他的话，他一定会用几个微妙的手势，让他们知道他确切的想法。他们本是格里莎，但他们帮助过这座城市里其他的格里莎吗？有对那些不走运的同胞表露过丝毫善意吗？"不，他们没有。"他自问自答道。

那大副皱了皱眉。"神呐，雷文科。你喝酒了吗？"

"没有。"

"你浑身都是威士忌的臭味。"

雷文科吸了吸鼻子。"是有点威士忌味。"

"去醒醒酒吧。给自己来杯咖啡或者浓尤尔达。这些棉花要在两周后运达捷尔霍尔姆，我们给你付钱可不是为了让你在甲板下宿醉的。明白？"

"明白，明白，"雷文科漫不经心地挥了挥手说，接着朝港务长的办公室走去。走了几步之后，他转了转手腕。一阵小旋风卷走了大副手里的文件，卷着它们飞越了码头。

"该死的！"他一边大喊一边爬过木板桥，试图在文件飞入大海之前抓住它们。

雷文科苦笑了一下，一阵悲伤席卷了他。相对于普通人而言，他是一个巨人，一个有天赋的御风师，一个优秀的士兵，但在这里，他只是一个雇员，一个说着一口蹩脚刻赤语的雷凡卡人，一个总是喝多的糟老

头。家,他跟自己说,我很快就可以回家了。他会拿到自己的赦免书,然后再次证明自己。他将为自己的国家而战。他会睡在屋顶不漏水的房间里,穿着镶有银狐皮的蓝色卡福达。他会再次成为埃米尔·雷文科,而不是如今这个可怜虫。

"这里有咖啡。"雷文科走进港务长办公室时,一个职员指着角落里的铜壶说。

"茶呢?"

"这里有咖啡。"

人如其国。雷文科倒了一杯黑色的咖啡渣,主要是为了暖手。要是没有足量的糖,他实在受不了它的味道,而港务长总是忘了提供糖。

"起风了。"那职员说,外面的风铃被乍起的风吹得丁零作响。

"我有耳朵。"雷文科咕哝道。

"不要觉得这里的风没多大,一旦你出了港口——"

"安静点。"雷文科厉声说。他站起来,倾听着。

"什么?"那职员说,"这里——"

雷文科把一根手指放在嘴唇前。"有人在尖叫。"声音从船停靠的地方传来。

"那是海鸥。太阳很快就要升起来了——"

雷文科抬起了一只手,一阵强风把职员吹到了墙上。"我说了,安静点。"

那被钉在了板条上的职员目瞪口呆。"你就是那个他们为船员找的格里莎?"

神啊,难道要雷文科抽走这孩子肺里的空气,才能让他因窒息而安静下来吗?

透过整洁的窗户,雷文科看到黎明将至,天空开始逐渐变蓝。盘旋在海面的海鸥在寻找早餐,他听到了它们的叫声。或许是酒让他神志不

乌鸦六人组（卷二）：骗子王国

清了。

雷文科任那职员倒在地上。他的咖啡洒了，但他懒得再添一杯。

"都跟你说没什么了，"职员一边说一边挣扎着站起来，"没必要那么紧张。"那职员掸了掸灰尘，重新坐在了桌子后面，"我从没见过格里莎。"雷文科嗤之以鼻。这职员很可能见过，只是他自己不知道而已。"你出一趟海的酬劳挺高的？"

"不怎么高。"

"我——"但不论职员接下来的话是什么，他都没来得及说出口——办公室的门被炸得粉碎。

雷文科抬手挡住自己的脸。他闪身，翻滚到职员的办公桌后寻求掩护。一个女人走进了办公室——黑头发，金眼睛。舒国人。

职员伸手去够枪，雷文科看到枪绑在桌子下面。"她们是来抢我们的工资总支出的！"他大声喊道，"没人能拿走我们的工资。"

雷文科吃惊地看着那瘦长的职员像复仇战士一般站了出来，然后开了枪。无论如何，这一幕挺神圣的，没有东西比钱更能激励刻赤人的了。

雷文科及时扫了一眼桌子四周，看到弹药直接击中了那女人的胸膛。她向后倒下，撞在了门框上，接着摔倒在地。他闻到了火药味和血腥味。雷文科的胃非常丢人地抽搐了下。他已经很久没见过有人被击毙在他面前了——上次还是在战争时期。

"没人能拿走我们的工资。"那职员满意地重复道。

雷文科还没来得及回应，就看到那个舒国女人用染血的手抓着门框，拖着身子站了起来。

雷文科眨了眨眼睛。他到底喝了多少威士忌？

那女人大步走上前来。透过她破碎的衬衫，雷文科看到了血迹，弹药造成的肉坑，以及类似于金属的光芒。

职员笨手笨脚地装填弹药，但女人的速度太快了。她从他手里夺过

枪,用它把他打倒在地,然后以惊人的力量把他撞到了旁边。她把枪扔到一旁,金色的眼睛看向雷文科。

"工资你拿走!"雷文科一边大声喊,一边向后退去。他翻遍口袋,把自己基本空了的钱包扔向她。"你想拿什么就拿什么。"

那女人对此付之一笑——因为怜悯,还是好玩?雷文科很难说清楚。但他知道,她不是为钱而来。她是来找他的。不管她是奴隶贩子,还是雇佣兵或别的什么,她要面对的是一个士兵,而不是一个畏畏缩缩的懦夫。

他一跃而起,身上的肌肉不情不愿地回应他的指令,切换到了战斗状态。他的双臂向前弯曲。一阵劲风呼啸着穿过房间,把一把椅子,职员的桌子和热气腾腾的咖啡壶掷向那个女人。她兴致缺缺地把每件物品扫到一边,就如同拨开零落的蜘蛛网一般。

雷文科集中全身力量,双手向前推去,压力骤降,猛烈的风以雷霆之势涌起时,他感觉自己的耳朵快要炸开了。子弹或许阻止不了这个女人,且看看她在风暴中表现如何。

飓风席卷着她,将她从敞开的门中掷出去。那女人发出低沉的吼叫,伸手抓住门框,试图稳住自己。

雷文科笑了。他已经快要忘了战斗的感觉有多爽了。紧接着他听到身后传来声响,是钉子被扯出木板、木头碎裂的刺耳噪声。他回头望了一眼黎明时分的天空和码头。墙不见了。

一只强壮的手臂抓住了他,把他的手控制在身体两侧,阻止他动用自己的能力。他逐渐升到了半空,在海面上飞行,下面的港口变得越来越小。他看到了港务长办公室的屋顶,看到大副的尸体堆在码头上。而原本需要雷文科护航的那艘船——甲板上满是破碎的木板,碎裂的桅杆附近尸体成堆。攻击他的人最先去了那里。

冷风吹在他的脸上。他的耳朵里充斥着自己不规律的心跳声。

乌鸦六人组(卷二):骗子王国

"求求你。"他们飞得越来越高,他不禁恳求道,但他不知道自己在恳求什么。因为害怕飞得太猛或太高,他伸长脖子去看劫持他的人。

雷文科发出一声惊恐的呻吟,这呻吟介于啜泣和动物陷入陷阱时发出的悲鸣之间。

抓着他的舒国人一头的黑发盘得紧紧的,金色的眼睛眯成一条缝;他的背后露出一对巨大的翅膀在空中扇动;那翅膀是由银线和紧绷的帆布编制而成,颇为精美。他是天使,还是魔鬼?或是某个奇怪机械有了生命?还是雷凡科神志不清了?

在劫持者的钳制下,埃米尔·雷文科看到了他们的影子投射在闪闪发光的海面上:两个头,一对翅膀,四条腿。他成了一个巨大的怪兽,而那怪兽要将他吞噬。他的祈祷变成了尖叫,但没有得到任何回应。

2
威 岚

我在这儿干吗？

自遇到卡兹·布莱克以来，这个想法每天至少会在威岚的脑子里出现六次。但在这样一个晚上，一个他们都在"工作"的晚上，这想法在他的脑子里忽上忽下，就像一个紧张的男高音在练习音阶：我在这儿干吗？干吗？

在这儿。

威岚拉了拉他天蓝色的夹克下摆，试图让自己看起来更自在一点，那夹克是积云俱乐部侍者的制服。*就当这是一次晚宴吧*，他对自己说。他曾在父亲家里吃了无数顿让他觉得不自在的饭。这次也没什么不一样的。事实上，这顿饭更容易一些。饭桌上没有人过问他的学习，也没有问他打算什么时候去上大学的尴尬对话。他所要做的就是保持安静，听从卡兹的指示，以及弄清楚自己的手应该怎么摆放。双手交握，放在前面？太像独奏会的歌手了。背在背后？太像军人了。垂在身体两侧，感

乌鸦六人组(卷二):骗子王国

觉也不太对劲。他以前为什么没有留意过侍者的站姿呢?尽管卡兹跟他说今晚二楼的包厢是他们的,但威岚总觉得,随时都会有一个真正的服务员走进房间,指着他大喊:"冒牌货!"不过大多数时候威岚都觉得自己像个冒牌货。

他们离开捷尔霍尔姆快一个月了,但到卡特丹姆的时间还不足一个礼拜。在那之后,威岚大多数时间都顶着库维的身份生活,每当他在镜子里或商店橱窗里瞥到库维的影子,他都需要很长时间才能反应过来自己看到的不是一个陌生人。这就是他现在的脸——金色的眼睛,宽阔的额头,乌黑的头发。他过去的自我已经被抹杀掉了,威岚不确定自己是否了解如今的自己——这个站在里德最豪华赌场的私人包厢,身陷卡兹·布莱克的又一场算计中的人。

桌旁的一个玩家举起香槟杯示意续杯,站在墙边的威岚迅速走上前去。从银色的冰桶里拿出酒瓶时,他的手在抖。但这些年来跟父亲参加社交活动也确实让他有所收获。他至少知道如何妥帖地倒一杯香槟,而不让香槟泛起泡沫。威岚几乎能听到詹斯博嘲弄的声音,**有市场的技能,小商人。**

他鼓起勇气看了一眼詹斯博。神枪手坐在桌旁,正弓着身子看牌。他穿着一件破旧的海军马甲,马甲上绣着金色的小星星,皱巴巴的衬衫在他深棕色皮肤的映衬下闪着白光。詹斯博抬手抹了一把疲倦的脸。他们已经玩了两个多小时的牌了。威岚分不清詹斯博的疲倦是真的还是演的。

威岚又倒了一杯酒后,专心听着卡兹的指示。

"满足玩家的要求,留心听施密特的谈话,"他说,"这是一项工作,威岚。搞定它。"

为什么他们都把这称为工作?这感觉并不像是在工作,更像是踩空了一步之后,突然发现自己在往下掉。让人恐慌。于是,威岚仔细审视

了房间里的各种细节——这是他每到一个新地方,或者是他父亲心情特别不好时,他让自己镇静下来的惯用方法。他试着理清抛光的木地板上相互交织的星群图案,吹制的枝型玻璃吊灯上的贝壳状节点,遍布在钴蓝色丝绸墙纸上的白色云朵。没有能够透进自然光的窗户。卡兹说,任何一个赌场都不会有窗户的存在,因为老板想让玩家忘记时间。

威岚看着卡兹又给施密特、詹斯博以及圆桌上的其他玩家发了一手牌。卡兹穿着和威岚一样的天蓝色夹克制服,双手裸露在外。威岚努力让自己不要盯着那双手。看到卡兹不戴手套,不只有点陌生和不习惯,更多的是,感觉他的手像是被某种威岚无法理解的神秘机制激活了。威岚学习人物画时,研究过解剖图。他对肌肉组织、骨骼、关节和韧带的组合方式有充分的了解。但卡兹的手动起来时,好像每个部分都是为了操控纸牌而生的,纤长又白皙的手指灵活地弯曲,洗牌时快准稳,没有任何多余的动作。卡兹声称他可以掌控任意一副牌。可为什么詹斯博输得那么惨?

卡兹在黑面纱岛的藏身处对这一部分计划进行大概说明时,威岚曾对其持怀疑态度,且一度有疑问的不止他一个人。

"简单来说,"妮娜说,"你那宏大的计划就是给詹斯博一笔钱,让他与康尼利斯·施密特玩牌?"

"施密特喜欢高风险的三人黑莓游戏和金发女郎,"卡兹说,"我们就投其所好。前半场的发牌我来,后半场交给施佩希特。"

威岚和施佩希特并不熟。施佩希特曾经是一名海军海员,是之前带领他们的船只往返于冰庭的德勒格斯成员。实话实说,从施佩希特胡须灰白的下巴到脖子上的文身来看,他觉得这个水手有点吓人。但当施佩希特说"我可以发牌,卡兹,但我不会控牌"时,他就更忧心了。

"你无须控牌。从你坐下的时候,这将会是一场诚实的游戏。最重要的是让施密特在午夜前都待在赌桌前。换班的时候我们很可能会失去

乌鸦六人组(卷二):骗子王国

他。一旦我站起来,他就会考虑转场或收手,所以你们要竭尽所能,让他稳稳地坐在那张桌子前。"

"我可以搞定。"詹斯博说。

妮娜皱着眉头。"当然,或许在这计划的第二阶段,我可以扮演成一个尤尔达潘勒姆商人。这中间能出什么差错?"

威岚虽然没有明说,但他同意了。强烈地同意。他们应该让詹斯博远离赌场,而不是鼓励他热衷冒险。但卡兹不为所动。

"做好自己的工作,在午夜前,让施密特都沉迷于玩牌,"他说,"你们知道等着我们的是什么。"他们都知道。伊奈姬的命。威岚还能怎么反驳呢?每次想到这件事他都感到一阵内疚。凡·埃克说给他们七天时间交出库维·亚尔博,否则他就会折磨伊奈姬。他们快没有时间了。威岚知道他无法阻止父亲欺骗和绑架她。他很清楚这一点,但他依然觉得自己有责任。

"午夜过后,我该拿康尼利斯·施密特怎么办?"妮娜问。

"试着说服他和你一起过夜。"

"什么?"马蒂亚斯气急败坏地说,脸涨得通红,连耳朵都是红的。

"他不会答应的。"

妮娜哼了一声。"他怎么可能不答应。"

"妮娜——"马蒂亚斯咆哮道。

"施密特从不在牌桌上作弊,也不会对他的妻子不忠,"卡兹说,"他和巴伦的大多数业余玩家一样,有点心高气傲。但大多数时候,他为人正派,审慎正直,还特别节俭,吃饭时只喝半杯酒。但每周他会放纵一次,享受自己像个逃犯的感觉。他会在东斯戴夫的赌场与豪赌的赌徒斗智斗勇,并且喜欢有金发女郎在怀。"

妮娜噘起嘴。"如果他如此正直,你为什么让我试着去——"

"因为施密特财源滚滚来,任何一个有野心的姑娘都会争取一下的。"

"我不喜欢这样。"马蒂亚斯说。

詹斯博露出枪手特有的无所顾忌的笑容。"说句公道话,马蒂亚斯,你不喜欢的东西太多了。"

"从八声钟响到午夜时分,让施密特一直留在积云俱乐部,"卡兹说,"整个过程耗时四小时,所以一定要保持头脑清醒。"

妮娜显然尽了自己最大的努力,而威岚不知道应该对此表示敬佩还是担心。她穿着一件极薄的淡紫色长袍,长袍带有某种紧身胸衣,挤出了惊人的乳沟。虽然经过与潘勒姆的一番苦战之后,她瘦了很多,但依旧有吸引施密特的资本。她圆润的臀部紧紧地贴在施密特的膝盖上,用手臂环住他的脖子,在他的耳边温言软语。她的手抚摸着他的胸膛,像一只寻找食物的小猎犬,时不时地溜进他的夹克里。她只有在点牡蛎或者是重新点香槟的时候才会停下来。威岚知道妮娜可以搞定所有男人,应对一切状况,但他不觉得她应该半裸着坐在通风的赌场里,坐在某个色眯眯地盯着她的律师的腿上。最起码,她可能会感冒。

詹斯博又皱了皱眉,呼了一口气。过去的两小时里,他不断地输。他叫牌一直很谨慎,但今晚运气和卡兹似乎都不站在他那边。如果詹斯博没钱了,他们该怎么把施密特留在赌桌前?其他几个高风险的玩家是否有足够的吸引力?房间里还有几个玩家,他们在墙边徘徊观战,每个人都希望能在有玩家提现时,抢到一席之地。他们不知道卡兹到底在玩什么把戏。

威岚附身给妮娜斟酒时,他听到施密特咕哝:"玩牌就像是决斗。这些小打小闹为最后的致命一击打下了基础。"他扫了一眼桌子对面的詹斯博。"那小伙子已经在这赌桌上大出血了。"

"我不知道您是怎么记住这些规则的。"妮娜咯咯咯地笑着说。

施密特咧嘴一笑,显然很高兴。"与企业管理相比,这根本不算什么。"

乌鸦六人组(卷二)：骗子王国

"我也无法想象您是怎么管理企业的。"

"有时候我自己也不清楚，"施密特叹息着说，"这一周过得挺艰难的，一个员工休假后再也没回来，我这儿人手短缺。"

威岚差点没握住手里的酒瓶，瓶里的香槟溅到了地板上。

"小子，我花钱是为了喝它，不是为了穿它。"施密特厉声说。他擦了擦裤子，嘀咕道："这就是雇用外国人的结果。"

他在说我，威岚在慌忙退开时意识到。他不知道要如何让自己完全接受自己的外表是舒国人的事实。他甚至都不会说舒国语，对这一点他本不以为意，直到在东斯戴夫遇到了两个拿着地图的舒国游客。威岚当时惊慌失措，假装镇定地耸了耸肩，然后冲进了积云俱乐部员工专属入口。

"可怜的宝贝。"妮娜对施密特说，然后一边用手拨弄他稀疏的头发，一边拨弄一朵插在她顺滑金发上的花。威岚不确定她是否告诉了施密特她来自蓝色鸢尾花之家，但他肯定会推测她来自那里。

詹斯博靠在座位上，手指轻轻敲着左轮手枪的把手。这个动作似乎吸引了施密特的目光。

"那两把手枪很不错，手柄上有真的珠母层，如果我没弄错的话。"施密特以一种他很少出错的语气说道，"我自己也收藏了很多枪支，但没有哲蒙尼的那种左轮手枪。"

"我很想看看你收藏的枪。"妮娜嗲声嗲气地说道，威岚看向天花板，免得自己情不自禁地翻白眼。"我们要整晚都坐在这里吗？"

威岚试图掩饰自己的困惑，难道最重要的不是让他留下吗？但妮娜明显更懂行，因为施密特的脸上出现一种近乎顽固的表情。"嘘。如果我能大赢一笔的话，就给你买点漂亮玩意儿。"

"我再来点牡蛎就行。"

"你点的那些都还没吃完呢。"

威岚看到妮娜的鼻孔微微颤动,觉得那应该她是在深呼吸。自和潘勒姆的较量中恢复过来以后,她就一直没什么食欲,他不知道她是怎么吞下近一打牡蛎的。

眼下,他看着她颤抖着吞下最后一块。"好吃极了,"她设法瞥了威岚一眼,"再来点吧。"

这是信号。威岚迅速上前,拿起了盛满冰块和牡蛎壳的大盘子。

"这女士很想再来点儿。"施密特说。

"牡蛎吗,女士?"威岚问道。他的声音听上去太高了。"奶油虾呢?"又太低了。

"她两个都要,"施密特纵容地说,"再来杯香槟。"

"太棒了。"妮娜说,脸色微微发青。

威岚穿过旋转门,急速走到配膳室。配膳室里摆满了盘子,玻璃器皿,餐巾纸和一个装满冰块的锡桶。房间里还有一个占据了大半面墙壁的升降机,升降机旁有一个喇叭形的说话管,方便服务员与厨房沟通。威岚把盛着冰块和牡蛎壳的盘子放在桌上,然后跟楼下厨房里的人喊话,让准备好牡蛎和奶油对虾。

"对了,再来一瓶香槟。"

"什么年份的?"

"呃……还是老样子。"威岚曾听父亲和朋友谈论过哪一年的葡萄酒更适合投资,但他对自己选择年份没什么信心。

他拿着妮娜点的菜回到包厢时,卡兹已经从桌子边站了起来。他做了个手势,看上去好像在掸手上的灰尘——这是发牌员换班的标志。施佩希特坐了下来,他脖子上系着一条蓝色的丝质领结来掩盖他的文身。他拍了拍手,让玩家下注或兑现。

卡兹的目光与威岚对视,随后消失在了配膳室。

就是这一刻。根据卡兹和詹斯博的说法,玩家通常认为自己的运气

乌鸦六人组（卷二）：骗子王国

与发牌员绑在一起，所以会在换班时收手不玩了。

威岚不安地看着施密特伸了个懒腰，用力拍了拍妮娜的屁股。"我们战果颇丰。"他一边说一边瞥了詹斯博一眼，而詹斯博正沮丧地盯着他剩下的那一堆筹码。"我们或许可以去其他地方寻找更肥的猎物。"

"但我的菜才刚送上来。"妮娜噘着嘴说。

威岚走上前去，不知道该说什么，只知道他们必须拖延施密特的时间。"一切还合您的意吗，先生？还有什么需要我为您和这位女士做的吗？"

施密特无视了他，手仍在妮娜的后背摩挲。"亲爱的，里德多的是比这儿的菜品和服务更好的地方，"

一个穿着条纹西装的高个子男人走近施密特，急切地想要抢到他的座位。"兑现？"

施密特对詹斯博友好地点了下头。"似乎我们都要去兑现，小伙子？祝你下次好运。"

詹斯博并未回以微笑。"我在这还没玩够呢。"

施密特指着詹斯博那堆少得可怜的筹码。"但看上去你快要玩完了。"

詹斯博站了起来，伸手去拿枪。威岚手里攥着一瓶香槟，其他玩家纷纷从桌边往后退去，准备拿起武器，或者是找个藏身之处。但詹斯博只是卸下了他的枪带。他把左轮手枪轻轻放在桌上，手指小心翼翼地抚过枪脊。

"这两把枪值多少钱？"他问。

威岚试图看着詹斯博的眼睛。这是计划的一部分吗？并且就算是，詹斯博在想什么呢？他曾那么爱那两把枪。他还不如把自己的手剁下来扔进锅里算了。

施佩希特清了清嗓子说："积云不是当铺。我们只接受现金和格蒙斯银行的信贷。"

"我跟你打赌,"施密特故作不感兴趣地说,"如果想再来一局的话。这些枪值一千克鲁志?"

"它们值那些的十倍不止。"

"五千克鲁志。"

"七千。"

"六千,我已经出手很大方了。"

"不要!"威岚脱口而出。房间里一片寂静。

詹斯博的声音很冷。"我不记得自己征求过你的意见。"

"没礼貌的东西!"施密特说,"服务员什么时候开始参与游戏了?"

妮娜瞪着威岚,"先生们,游戏可以继续了吗?赌注!"施佩希特说,声音里透出愤怒和难以置信。

詹斯博把他的手枪推到桌子对面的施密特面前,施密特把一大堆筹码递给了詹斯博。

"行了,"詹斯博说,他灰色的眼睛黯淡无光,"发牌,算我一个。"

威岚从桌边后退一步,以最快的速度消失在了配膳室,一起消失的还有装着冰块和牡蛎壳的盘子。卡兹在等他。他在蓝色夹克外面披了一件长长的橙色斗篷,手上已经戴上了手套。

"卡兹,"威岚绝望地说,"詹斯博把枪放赌桌上了。"

"他拿枪换了多少钱?"

"这重要吗?他——"

"五千克鲁志?"

"六千。"

"不错。即使是詹斯博,两个小时之内他也烧不了那么多钱。"他扔给威岚一件斗篷和面具,这装扮是喜剧暴君中格莱小恶魔的标志。"走吧。"

"我?"

乌鸦六人组（卷二）：骗子王国

"不，你身后的白痴，"卡兹拿起喇叭说，"再派一个服务员上来。这家伙把香槟洒到一位豪赌的客人的鞋子上了。"

厨房里有人笑着答道："好的。"

片刻之后，他们下楼，走出了员工通道，他们身上的戏服可以让他们在不暴露身份的情况下穿过东斯戴夫的人群。

"你知道詹斯博会输，你很清楚这一点。"威岚指责道。卡兹在城里游荡时很少戴手套，避免有人认出他来。尽管他的步伐不太平稳，威岚依旧需要一路小跑才能追上他。

"我当然知道。我掌控着全局，威岚，否则我就不会参与了。我本可以确保詹斯博每把都赢。"

"那为什么——"

"我们去那不是为了打牌赢钱。我们要做的是让施密特留在赌桌旁。他盯着枪看的时间，都快赶得上他盯着妮娜乳沟看的时间了。他现在很自信，就仿佛他来这儿是为了度过一个美好的夜晚一样，这样一来，如果他输了，还会继续玩下去。谁知道呢？说不定詹斯博会把他的枪赢回来。"

"但愿如此。"威岚一边说，一边跳上了船。船上载满了游客，朝着斯戴夫以南驶去。

"会如你所愿的。"

"什么意思？"

"像詹斯博这样的人，能连赢两把的话，就可以称作连胜了。渐渐输了之后，他会迫切地希望下一轮能有好运气。赌场就是靠这一点来运转的。"

那为什么要让他走进赌场呢？威岚想道，但并没有说出口。为什么要让詹斯博舍弃掉对他而言很重要的东西呢？肯定还有别的办法可以让施密特继续玩下去。但这不是真正的问题，真正的问题在于詹斯博为什么会毫不犹豫地这么做。或许他仍在寻求卡兹的认可,他希望在那次因自己的失误导致他们在码头中了埋伏,险些让伊奈姬丧命之后,能重新赢得卡兹的好感。或许詹斯博要的不仅仅是卡兹的原谅。

我在这儿干吗? 威岚疑惑了。意识到自己在咬大拇指时,他强迫自己停了下来。他在这儿是为了伊奈姬。他不会忘记,她不止一次地救过他们的命。他在这里是因为他急需钱。如果还有其他原因的话,那就是为了碰运气,但这个原因有点站不住脚,他现在不愿深想。

到了巴伦的郊区之后,威岚和卡兹脱掉了披风和天蓝色的外套,朝着泽尔威街东边走去。

马蒂亚斯在汉德尔运河的一个黑漆漆的门口等着他们。"一切就绪了吗?"卡兹问道。

"一切就绪,"那菲尔丹大块头说,"一个多小时前,施密特家顶楼的灯就灭了,但我不知道他们是否还醒着。"

"他家只有一个不寄宿的女佣和厨师,"卡兹说,"他不愿意花钱雇全职用人。"

"他们怎么——"

"妮娜挺好的。詹斯博也挺好的。每个人都挺好的,除了我,因为我跟一群婆婆妈妈的人待在一起。留点儿神。"

威岚略带歉意地耸了耸肩,马蒂亚斯似乎在考虑要不要摁着卡兹的头往墙上撞,随后沿着鹅卵石路急匆匆地追赶卡兹的脚步。施密特的房子坐落在一条漆黑的人烟稀少的街道上,那房子既是他的家,也是他的办公室。

"我们是从大门进去吗?"

"多观察,少说话。"卡兹说,撬锁工具在他戴着手套的手里闪闪发光。

我是这么做的啊,威岚想道。但从严格意义上来说,并不完全是这

乌鸦六人组（卷二）：骗子王国

样。他仔细观察了房子的比例，三角形屋顶的倾斜度，以及窗盒里绽放的玫瑰。但他并没有把这个房子看作谜题。威岚有点儿沮丧，他觉得这谜题并不难解。泽尔威街很繁荣，但并不是真正的富人区——这里是成功的工匠、会计，和律师的聚集地。这些能看到河景的房子虽然建得结实且整齐，却紧紧地挨在一起，没有大花园和私人码头。想要从楼上的窗户进去的话，他和卡兹需要先从邻居家破门而入，也就是说他们需要闯过两道锁而不是一道。最好的办法就是冒险打开前门，就仿佛他们有权这么做一样——即使卡兹手里的是撬锁工具而不是钥匙。

多观察。但威岚不喜欢卡兹看世界的方式。一旦他们拿到钱，他就再也不用见卡兹了。

没过几秒钟，卡兹按下把手，门开了。随后，施密特饲养的一群猎犬冲到门边，威岚听到了爪子拍打硬木的声音，它们龇牙咧嘴，胸膛里发出低沉的嚎叫声。狗还没意识到来的不是它们主人时，卡兹把施密特的哨子放在嘴边吹了起来。这哨子是妮娜设法从那律师的脖子上取下来，放进了一个空的牡蛎壳里以便威岚把它快速地带去厨房。

哨子没有声音——最起码威岚没听到。*这没什么用*，他想道，想象着那利齿撕破了他的喉咙。但这些狗突然停了下来，撞在一起，乱作一团。

卡兹又吹了下哨子，唇形与上次不一样，应该是下了一个新的命令。狗安静了下来，趴到地板上，发出不满的哀鸣。有一只甚至躺在了地板上。

"为什么训练人没这么容易呢？"卡兹一边喃喃自语，一边蹲下来揉了揉那狗的肚子，用戴着黑手套的手指顺了顺它的毛。"关上你身后的门。"

威岚照做了，随即后背靠在门上，警惕地看着那群流口水的猎犬。整个房间里都充斥着狗的味道——湿漉漉的毛，油腻腻的皮，温暖的呼吸里透着一股生肉的臭味。

"不喜欢动物?"卡兹问道。

"我挺喜欢狗的,"威岚说,"但不喜欢跟熊一样大的狗。"

威岚知道,要真正解开施密特家的谜题,对卡兹而言还是挺棘手的。卡兹几乎能撬开任何锁,他的想法比警报系统还缜密,但他无法在不暴露他们计划的前提下,想出一个简单的办法来避开施密特家那群嗜血的猎犬。白天的时候,狗关在狗舍里,到了晚上,它们就自由自在地在房子里奔跑,而通往楼上的楼梯用铁门锁上了,施密特一家就在三楼富丽堂皇的房间里安睡。施密特会亲自遛狗,他在汉德尔运河畔来来回回遛狗时,就像狗拖着一个戴着昂贵帽子的矮胖雪橇。

妮娜提议在狗粮里下药。施密特每天早上都会去肉店为狗挑选肉块,要掉包的话是很容易的。但施密特让他的狗在晚上饿着肚子,早上的时候再投喂。如果喂过的狗变得懒洋洋的话,他会发现的,他们也不敢冒着施密特整天在家照顾狗的风险去这么做。他晚上必须在东斯戴夫过夜,而他回家时,不能让他发现任何异常。伊奈姬的安危就系在这上面了。

卡兹在积云安排了一个私人包厢,妮娜在施密特的衬衣里摸索着,寻找哨子,然后,一步步地,计划就成功了。威岚不愿去想他们为了得到这个可以命令狗群的哨子付出了什么。想起施密特说过的话时,他忍不住哆嗦了下:我的一个职员休假后就再也没回来。他再也不会回来了。威岚依旧可以听到卡兹把那职员倒吊在汉拉特角的灯塔顶部时他的尖叫声。*我是个好人*,他喊道。*我是个好人*。这是他说的最后的话。如果他能少喊一点的话,或许还能活下来。

威岚看着卡兹在一只流着口水的狗的耳后挠了挠,然后站了起来。"我们走吧,走路的时候小心点。"

他们绕过了大厅里堆叠着的狗,悄无声息地走上了楼。施密特家的

乌鸦六人组（卷二）：骗子王国

布局对威岚而言很是熟悉。这座城市里，大多数有钱人的家都遵循同样的规划：一楼是厨房和用于会客的公共区域，二楼是办公室和储藏室，三楼是家庭成员的卧室。非常富有的人家还会有四楼，是给仆人住的。小时候，威岚经常在他家楼上的房间里一待就是好几个小时，以此来躲避他父亲。

"都没上锁，"进入施密特的办公室时，卡兹自语道，"猎犬让他变懒了。"

卡兹关上门，点了一盏灯，把灯焰调小。

为了充分利用自然光线，办公室靠窗的位置摆着三张办公桌，一张是施密特的，另外两张是给其他员工的。我是个好人。

威岚摇了摇头，终止了回忆，把注意力集中在快要接到天花板的架子上。架子上放着一册册账簿和装满文件的盒子，每个盒子上都贴着标签，威岚觉得那些标签上写的是客户和公司的名字。

"这么多肥羊，"卡兹眼睛扫视盒子，喃喃道，"纳塔·博乐格，可怜的卡尔·德莱顿。施密特是半数商业理事会成员的代理律师。"

其中包括威岚的父亲。从威岚记事起，施密特就一直担任着扬·凡·埃克的律师和资产管理人。

"我们从哪儿开始？"威岚低声问。

卡兹从架子上找出一本厚厚的账簿。"首先，我们要确保你父亲名下没有新增财产。然后我们搜寻你和你继母名下的财产。"

"别那么称呼她。爱丽丝比我大不了多少。我父亲也不会在我名下留有财产。"

"你会惊讶地看到，有人为了逃税什么事都做得出来。"

他们花了近一个小时的时间深挖施密特的文件，了解了凡·埃克所有的公产——工厂、旅店、制造厂、造船厂、乡间别墅和位于刻赤南部的农田，那些他没有公开登记的内容，那些他藏着不想被人发现的地方和人。

卡兹一边念名字和账簿中的条目，一边向威岚提问，试图找到他们还没有发现的房产或公司。威岚知道他不欠父亲什么，但感觉还是有点像背叛。

"吉尔德纺织？"卡兹问。

"一家纺织厂，应该是在泽尔福特。"

"太远了。他不会把她藏在那儿。费尔马·阿勒强呢？"

威岚寻思着相关记忆。"那应该是一家罐头厂。"

"它们实际上都在印钞票，而且是在爱丽丝的名下。但能赚大钱的造船厂和位于甜堡礁的仓库都在凡·埃克自己名下。"

"我都跟你说过了，"威岚一边说，一边摆弄起吸墨纸上的一支笔，"我父亲最信任的人首先是自己，其次是爱丽丝。他不会在我名下留有任何资产的。"

卡兹只是说："下一本。我们从商业地产开始。"

威岚不再摆弄那支笔了。"我的名下有什么资产吗？"

卡兹向后靠了靠。他的表情近乎挑衅，"一台印刷机。"

这不是什么新鲜笑料，但为什么依然觉得内心刺痛？威岚放下笔。"了解了。"

"对我而言，他还算不上个精明人。伊尔喜剧也在你名下。"

"当然。"威岚回应道，努力让自己听上去没那么苦涩。让他父亲颇为得意的另一个笑料是——除了一个废弃的小岛和一家破旧的游乐园之外，他什么都没给他那文盲儿子留。他不该问的。

时间一分一秒地过去了，卡兹继续大声读着，威岚却变得越来越焦虑不安。如果他识字的话，他们浏览文件的速度会快一倍。事实上，这样的话，威岚早就对他父亲的生意了如指掌了。"我在拖你后腿。"他说。

卡兹又打开一叠文件。"我很清楚这需要多长时间。你母亲姓什么？"

乌鸦六人组（卷二）：骗子王国

"她名下什么都没有。"

"赶紧说。"

"亨德里克斯。"

卡兹走到架子前，又选了一本账簿。"她什么时候去世的？"

"我八岁的时候，"威岚又拿起了那支笔，"她去世后，我父亲的状况很糟。"至少在威岚的记忆中如此。他母亲去世后的几个月充斥着悲伤和沉默。"他不让我参加她的葬礼。我都不知道她葬在哪里。你们到底为什么要说：无人吊唁，没有葬礼？为什么不说祝你好运，或者平安归来呢？"

"我们喜欢降低自己的期望。"卡兹戴着手套的手指顺着一列数字画过去，接着停了下来。他的目光在两本账簿之间来回移动，然后啪的一声合上了皮质封面。"我们走。"

"你发现什么东西了吗？"

卡兹点了点头。"我知道她在哪儿了。"

威岚不觉得卡兹粗嘎的声音中流露出的紧张感是自己的幻觉。卡兹从来不会像威岚父亲那样大喊大叫，但威岚已经学会了辨别危险来临时，卡兹那低沉的嗓音中所透露出来的深沉语调。这声音，伊奈姬在码头那一场恶战中被沃蒙捅伤后，他听到过；在卡兹知道是佩卡·罗林斯伏击他们之后听到过；在知道威岚父亲欺骗他们之后听到过；也在灯塔顶部，那职员尖叫着求饶时清晰地听到过。

威岚看着卡兹把房间收拾好。他把一个信封往左边挪了点，把最大的文件柜上的抽屉往外拉了拉，把椅子向后挪了挪。做完这一切之后，他扫视了一下房间，然后从威岚手中拿过笔，小心翼翼地放回书桌原处。

"一个真正的贼就像一瓶毒药一样，了无痕迹，小商人。"卡兹吹灭了灯，"你父亲热衷慈善吗？"

"并不，他给格森捐税，但他说慈善剥夺了人们从事诚实劳动的机会。"

"唔，过去八年间，他一直在为圣希德教堂捐款。如果你想向你的母亲表达敬意，或许可以从那里开始。"

阴暗的房间里，威岚沉默地盯着卡兹。他从未听说过圣希德教堂，他也从不知道黑手会跟他分享对他有用的信息。"什么——"

"如果妮娜和詹斯博那边没出什么差错的话，施密特很快就会到家了。我们需要在他回来前离开这里，不然整个计划就泡汤了。快走。"

威岚觉得这就像是有人用账簿砸了他的脑袋，然后让他把这事别放在心上。

卡兹猛地打开了门。然后他们突然停了下来。

越过卡兹的肩膀，威岚看到一个站在楼梯平台处的小女孩，头靠在一只巨大的灰狗的脖子上。小姑娘大约五岁，脚趾在法兰绒睡衣的下摆下若隐若现。

"神呐。"威岚低语道。

卡兹走到大厅里，几乎关上了他身后的门。威岚在黑暗的办公室里犹豫着，不知道自己该做什么，也担心卡兹会做什么。

小女孩抬起头，大大的眼睛盯着卡兹，把拇指从嘴里拿了出来。"你是我爸爸的员工吗？"

"不是。"

记忆又涌入了威岚的脑海。*我是个好人*。他们伏击了那位从动物园走出来的职员，把他拖到了灯塔顶部。没问出来施密特的哨子指令前，卡兹抓着他的脚踝，那职员吓尿了，哭叫着让卡兹放过他。卡兹正要把他拉回来时，那职员开始吐露信息了：施密特的银行账号，以及——我有动物园里的一个姑娘的消息，就那哲蒙尼女孩。

卡兹停了下来。*你有什么关于她的消息？*

威岚从他的声音中听到了那低沉而危险的警告。但那职员不认识卡

乌鸦六人组(卷二):骗子王国

兹,没有听出卡兹粗嘎的声音中的变化,还以为自己抓住了契机,以为那是卡兹想要的信息。

她的一个客人给她送了贵重的礼物。她在攒钱。你知道那只孔雀上次发现有姑娘对她有所隐瞒之后,做了什么吗?

我知道,卡兹说道,他的眼睛像剃刀的刀刃一样闪着寒光。坦特·海琳把她打死了。

卡兹——威岚试图打断他,但那职员却接着说了下去。

就在那间会客室里。那女孩知道如果我说出去的话她就玩完了。她就免费接待我,我负责保守秘密。她会偷偷把我带进去。她也会这么对你,还有你朋友。你想做什么都行。

如果坦特·海琳发现了,她会杀了你的哲蒙尼女孩,卡兹说。她会杀鸡儆猴,警告其他姑娘。

没错,那职员急切地喘息着说。她会为你做任何事,任何事。

慢慢地,卡兹松了松抓着那职员腿的手。太可怕了,不是吗?自己的生死掌控在别人手里。

意识到自己的错误后,那职员的声音又提高了一个八度。她只是个妓女,他尖叫着说。她很识时务的!我是个好人。我是个好人!

卡特丹姆就没有好人,卡兹说。这气候养不出好人。说完后他就松手了。

威岚哆嗦了下。透过门缝,他看到卡兹蹲了下来,方便直视小女孩的眼睛。"这个大块头叫什么名字?"卡兹说着,把手放在狗满是褶子的脖子上。

"它叫斑点马思卓。"

"是吗?"

"它叫起来很好听。爸爸让我为所有的狗取名。"

"斑点马思卓是你最喜欢的狗吗?"

她思考了一下，然后摇了摇头。"我最喜欢亚当·汪·银腿，然后是毛毛，再然后才是斑点马思卓。"

"很开心你能告诉我这些，汉娜。"

她的嘴巴张得圆圆的。"你怎么知道我的名字？"

"我知道所有孩子的名字。"

"真的吗？"

"那当然。阿尔伯特住在隔壁，格特鲁德住在阿姆博斯坦特街。我住在他们的床下，或者是衣橱后面。"

"我就知道，"那女孩吸了一口气，声音里透着恐惧，"妈妈说那里什么都没有，但我知道有。"她把头歪向一边。"你看起来不像怪物。"

"我告诉你一个秘密，汉娜。真正的怪物从来都不会看上去像怪物。"

这时那小女孩的嘴唇颤抖起来。"你是来吃掉我的吗？爸爸说怪物会吃掉那些不乖乖睡觉的孩子。"

"没错。但我不会。最起码今晚不会。如果你能为我做两件事的话。"他的声音很平静，有点催眠，但仍有点粗嘎，像涂多了松香的琴弓一样。"第一，你必须爬到床上；第二，你绝对不能告诉任何人你见过我们，尤其是你爸爸。"他身子前倾，恶作剧般地拽了下汉娜的辫子。"因为如果你敢告诉别人的话，我就割断你母亲的喉咙，然后再割断你父亲的，再把这些可爱的狗的心脏挖出来。我会把银腿公爵留到最后，让你明白这都是你的错。"小女孩的脸白得像她睡衣领子上的蕾丝花边，眼睛瞪得又圆又亮，如月亮一般。"明白？"她疯狂地点了点头，下颌颤抖着。"好了，好了，不许哭。怪物看到眼泪会胃口大开。睡觉去吧，带着你那无用的斑点马思卓一起。"

她慌慌张张地跑过楼梯平台处，爬上了楼梯。爬到一半时，她惊恐地回头看了一眼，卡兹把一根戴着手套的手指放到唇边。

小姑娘走后，威岚从门后溜了出来，跟着卡兹走下了楼。"你怎么能

乌鸦六人组(卷二):骗子王国

对她说这样的话呢?她只是个孩子。"

"我们曾经也都是孩子。"

"但是——"

"我要么这么说,要么拧断她的脖子,然后制造出她从楼梯上摔下去的假象,威岚。我觉得我已经表现出了非凡的自制力。行动。"

他们小心翼翼地跨过那些依旧躺在门厅地上的狗。"难以置信,"卡兹说,"它们很可能今晚都会保持这种状态。"他吹了下哨子,那些狗一跃而起,耳朵立了起来,准备看家护院。施密特到家时,一切都会是应有的样子:猎犬在一楼走来走去;二楼的办公室原封不动;妻子在三楼惬意地打着盹,女儿也做出在打盹的样子。

卡兹探查了一下外面的街道,向威岚挥手示意,然后停下来锁上了他们身后的门。

他们行色匆匆地走过鹅卵石小路。威岚回头看了看,不敢相信他们竟然能侥幸逃脱。

"别东张西望,像是有人在跟踪你一样,"卡兹说,"也不要疾步乱窜,让自己看上去像是东斯戴夫戏摊上的小偷三号一样,脸上明晃晃地写着我有罪。下次正常走路,努力让自己看上去就属于这里。"

"不会有下次了。"

"当然不会再有了。把衣领立起来。"

威岚没有争论。在安全救出伊奈姬,拿到属于他们的那笔钱之前,他不能把话说得太满。但这里将会是这种行为的终结地。这里必须是,不是吗?

马蒂亚斯在街道的另一端发出一声响亮的鸟鸣。卡兹看了眼表,一只手滑过发间,疯狂地揉了揉自己的头发。"时间刚好。"

他们转过街角,就直直地撞上了康尼利斯·施密特。

3
马蒂亚斯

马蒂亚斯躲在暗中,看着这奇怪的一幕在眼前展开。

康尼利斯·施密特摔倒了,帽子快要从他那光秃秃的脑袋上滑落。撞到他的那个少年走上前来,伸出一只援助之手。

那少年是卡兹,又不是卡兹。他乌黑的头发乱糟糟的,举止慌张不安,目光移向别处,下巴缩到了衣领里,似乎尴尬得无以复加。他看上去像是一个尊敬长辈的青涩少年。威岚尾随在他身后,整个人深深地埋进外套里,马蒂亚斯觉得他是真的想要消失。

"看着点路!"施密特一边气呼呼地说,一边把帽子重新戴好。

"太对不起了,先生,"卡兹一边说,一边拂去施密特夹克肩膀上的土,"都怪我太笨了!"他说着弯下腰去。"天呐,好像是您钱包掉了。"

"是的!"施密特惊讶地说,"谢谢你。非常感谢。"接着,马蒂亚斯难以置信地看着施密特从钱包中拿出一张崭新的五克鲁志的钞票。"拿着,年轻人,奖励你的拾金不昧。"

乌鸦六人组（卷二）：骗子王国

卡兹低着头，设法让自己看上去很谦卑，然后低语道："您太好了，先生。太好了。格森可能也这么慷慨。"

那位身材发福的律师帽子都戴歪了，还哼着小曲继续向前走去，丝毫没意识到这个刚刚撞到他的人，正是两个小时前积云俱乐部里坐在他对面的发牌员。施密特走到家门前，从衬衫里拉出一条链子，寻找着他的哨子。

"你没把它拴在链子上？"卡兹跟威岚和他一起站在黑漆漆的门廊下时，马蒂亚斯发问。他知道这把戏对卡兹而言完全是雕虫小技。

"没那必要。"

施密特在衬衫里翻找了下，取出了哨子，然后又哼着小曲打开了门。马蒂亚斯实在是理解不了。他一边纠结于施密特的所作所为，一边盯着卡兹戴着手套的手，即使知道卡兹打算把哨子还回去，他也没察觉到他是什么时候动的手。他很想把施密特拽回来，让卡兹再演示一遍那把戏。

卡兹用手指理了理头发，把那五克鲁志递给威岚。"别把所有钱花在同一个地方。行动吧。"

马蒂亚斯领着他们来到了他泊船的那条狭窄的运河分道。他把拐杖扔给了卡兹，然后他们艰难地登上了船。卡兹今晚没带拐杖挺明智的。如果有人注意到了一个挂着乌鸦头拐杖的少年在非同寻常的时间潜进了施密特的办公室，要是这消息无意间流入凡·埃克的耳朵，那他们所有的努力就都白费了。为了让伊奈姬回来，他们需要出其不意，而卡兹这个恶魔也不是个听天由命的人。

"嗯？"马蒂亚斯疑惑，这时船正顺着黑漆漆的运河滑行。

"管住你的嘴，赫尔瓦尔。在水上，消息很容易走漏出去。干点有用的事儿，帮着划桨。"

马蒂亚斯忍住了把桨劈成两半的冲动。卡兹说话为什么就不能礼貌点?他总是发号施令,就好像他只希望每个人能听命行事一样。凡·埃克掳走伊奈姬之后,他变得更加让人难以忍受。但马蒂亚斯想尽快赶到黑面纱岛,赶到妮娜身边,所以他照卡兹的吩咐做了,船逆水而行时,他觉得自己的肩膀绷得紧紧的。

他全神贯注地记着他们路过的路标,极力记住每一条街道,每一座桥的名字。尽管马蒂亚斯每晚都要研究卡特丹姆的地图,但他发现自己很难理清这里纵横交错的小巷和运河。他一度为自己有很强的方位感而自豪,但这座城市却让他很挫败。他有时候会忍不住咒骂到底是哪个疯子觉得在沼泽里建一座城市是个明智之举,还让整个城市的布局毫无秩序和逻辑可言。

穿过哈文桥下后,马蒂亚斯发现周围的环境又变得熟悉起来,这让他松了一口气。卡兹将桨倾斜,让船驶进了乞丐湾那浑浊的水中,这里的运河要宽一些。然后他又划着桨,朝黑面纱岛逼近。他们把船藏在一棵白柳树下垂的树枝下,随后小心翼翼地走过了散布在陡峭的河岸边上的坟墓。

黑面纱岛是一个奇怪的地方,一个白色大理石陵墓形成的微型城市。许多陵墓刻成了船只的形状,舳饰像正在哭泣,仿佛它们在看不见的海里乘风破浪。有些带有格森之币的印记,还有些是刻赤的三条飞鱼,妮娜说这表明家里有人在政府部门工作过。有些坟墓由身着飘逸大理石长袍的雷凡卡圣人看守,这里没有捷尔和白蜡树的痕迹。菲尔丹人不愿意葬在地表,因为他们无法生根。

几乎所有的陵墓都年久失修,许多只不过是一堆坍塌下来的岩石,上面长满了藤蔓和一簇簇春花。不管那墓地废弃了多久,把墓地作为藏身之所的想法让马蒂亚斯非常惊恐。但是毫无疑问,对卡兹·布莱克而言,没有什么东西是神圣的。

"这个地方为什么废弃了?"他们占了小岛中心一座巨大的坟墓作为

乌鸦六人组(卷二):骗子王国

藏身之地时,马蒂亚斯问道。

"瘟疫,"卡兹回答,"第一次大规模暴发是在一百年前,商业理事会禁止在市内埋葬死者。现在尸体必须火化。"

"如果你有钱的话就不用了,"詹斯博补充道,"他们会把死者带去乡下的墓地,让尸体可以呼吸新鲜空气。"

马蒂亚斯讨厌黑面纱岛,但他必须承认这里帮了他们大忙。闹鬼的传言让人们不敢靠近,环绕着弯弯曲曲的柳树和坟墓上的石柱的雾气也可以遮挡偶尔露出的灯光。

当然,如果人们听到了妮娜和詹斯博扯着嗓子争吵,那这一切就都不重要了。他们一定是人回到了岛上,却把平底小船留在了北边。妮娜愤怒的声音在坟墓上空飘荡,马蒂亚斯感到一阵宽慰,他加快了脚步,迫切地希望见到她。

"我觉得你对我刚经历的一切,没有表示出应有的感激。"詹斯博一边跺着脚走过墓地一边说道。

"你一整晚都在赌桌上输别人的钱,"妮娜反驳道,"这难道不是你的狂欢日吗?"

卡兹用拐杖狠狠地敲了一下一块墓碑,两人立马安静下来,迅速摆出格斗姿态。

妮娜一看到在暗处的是他们三个,立马松了口气。"啊,是你们呀。"

"对,是我们。"卡兹用拐杖把他们俩赶到了岛中央,"如果你俩不是忙着对彼此大吼大叫的话,早就应该听到了。别傻愣着了,马蒂亚斯,搞得你好像没见过穿裙子的女孩子一样。"

"我没发愣。"马蒂亚斯试图尽可能地挽回自己的尊严。但说真的,他想看到妮娜把鸢尾花夹在所有……之间。

"别说话,布莱克,"妮娜说,"我喜欢看他愣住的样子。"

"任务进行得怎么样?"马蒂亚斯问,目光无法从她脸上移开。他很容易就发现了精致妆容下她疲惫的脸。她甚至抓住了他伸出的胳膊,轻轻地靠在他身上,一起走在并不平坦的路上。今晚还是让她付出了代价。她不应该穿着轻薄的丝质衣服在巴伦奔波,她应该休息。但离凡·埃克规定的最后期限越来越近了,马蒂亚斯知道,在把伊奈姬安然无恙地救出来之前,妮娜是不会让自己闲下来的。

"那不是一项任务,而是一份工作,"妮娜纠正道,"一切都很顺利。"

"是的,"詹斯博说,"棒极了。除了我的左轮手枪在积云俱乐部的保险柜里积灰之外。施密特不敢带它们回家,真是个无能的蠢货。想到我的宝贝们在他汗涔涔的手里——"

"没人让你拿它们当赌注。"卡兹说。

"你把我逼上绝路了。不这样的话,我怎么把施密特留在赌桌前?"

他们走近时,库维从巨大的石墓中探出头来。

"我怎么跟你说的?"卡兹用拐杖指着他低声吼道。

"我的刻赤语不太好。"库维抗议道。

"别跟我耍花招,孩子。你的刻赤语已经不错了。待在坟墓里。"

库维垂下脑袋。"待在坟墓里。"他重复道。

他们跟着那舒国少年走了进去。马蒂亚斯讨厌这个地方。为什么要建这样一个死亡碑谷?坟墓外形建得像古时的货船,内部刻成了船体的样子,上面甚至还装有彩色玻璃舷窗,傍晚时分,会在地板上投下彩虹般的光芒。据妮娜说,墙上雕刻的棕榈树和蛇表明这家曾是香料商人。但他们肯定是遇到了困难,或是把尸体转移去了别的地方,因为只有地窖里有一具骸骨,主船体两边的狭窄通道都是空的。

妮娜从头发上扯下发夹,摘下金色假发,扔在墓穴中间的桌子上。她跌坐在椅子上,用手指揉着头皮。"好多了。"她开心地呼了一口气说道。但马蒂亚斯无法忽视她那发青的脸色。

她今晚的身体状况很糟糕。要么是她在施密特那遇到了麻烦,要么

乌鸦六人组(卷二):骗子王国

就是她太让自己劳心费神了。然而,看着她的时候马蒂亚斯心里感到一阵安慰。至少她如今又是妮娜的样子。她湿漉漉的棕色头发乱成一团,眼睛半眯着。这般无精打采的模样也能让他着迷,这正常吗?

"猜猜我们从里德出来时看到了什么。"她说。

詹斯博开始在他们储备的食物中翻找起来。"港口停着两艘舒国战舰。"

她向他扔了一个发夹。"我本来打算让他们猜的。"

"舒国?"库维一边走向放着他笔记本的桌子一边问。

妮娜点了点头。"大炮上膛,旗帜飞扬。"

"我之前跟施佩希特说过,"卡兹说,"大使馆里挤满了外交官和士兵。有哲蒙尼的,克里什的,还有雷凡卡的。"

"你觉得他们知道了库维的事?"詹斯博问。

"我觉得他们知道了潘勒姆,"卡兹说,"最起码听过这个谣言。冰庭的宴会上,不少人都对库维……获释的传言很感兴趣。"他的目光回到了马蒂亚斯身上。"菲尔丹人也在这里,还有一队巫师猎人随行。"

库维悲伤地叹了口气,詹斯博在他身边坐下,用肩膀碰了他一下。"被人惦记,不是很好吗?"

马蒂亚斯一言未发。他不愿意去想曾经的朋友和老指挥官距他只有几英里。他并不为自己在冰庭的所作所为感到歉疚,但这也并不意味着他与他们讲和了。

威岚伸手去拿詹斯博掉在桌上的一块饼干。与库维共处一室时,他还是感觉不太自在。妮娜的修容术太成功了,他们不开口说话时,马蒂亚斯分不清他俩谁是谁。他希望他俩中的一个人能戴一顶帽子,方便他区分。

"这对我们来说是件好事,"卡兹说,"舒国人和菲尔丹人不知道要从哪里着手找库维,那些外交官会在市政大厅里找事,这能有效地分散凡·埃克的注意力。"

"施密特的办公室里发生了什么事儿?"妮娜问,"你找到凡·埃克把她关在哪里了吗?"

"我已经非常清楚了。我们明天午夜出击。"

"准备时间够吗?"威岚问。

"我们就剩这点时间了。总不能等着别人给我们发邀请函吧。你象鼻虫的进展如何了?"

詹斯博挑了挑眉。"象鼻虫?"

威岚从外套上拿下一个小象鼻虫,放在了桌子上。

马蒂亚斯俯身凝视着它。它看起来像是堆积起来的鹅卵石。"那是象鼻虫?"他以为象鼻虫是侵入粮仓的害虫。

"它不是真正的象鼻虫,"威岚说,"是一个化学象鼻虫。目前还没有确切的名字。"

"你得给它取个名字,"詹斯博说,"要不怎么招呼它用餐?"

"它叫什么不重要,"卡兹说,"重要的是这个小药虫会吞噬凡·埃克的银行账户和声望。"

威岚清了清嗓子说:"可能会。这个化学反应很复杂,我需要库维帮忙。"

妮娜用舒国语和库维说了什么。他耸了耸肩,移开目光,微微噘起了嘴。不知道是因为父亲离世,还是因为与小偷为伍,这少年变得越来越阴沉了。

"可以吗?"詹斯博推了推他。

"我还有别的事。"库维回答。

卡兹阴沉的目光像匕首一样射向库维。"我建议你重新考虑下轻重缓急。"

詹斯博又推了一下库维。"卡兹的意思是,'要么你帮威岚干活,要

乌鸦六人组（卷二）：骗子王国

么我把你封在坟墓里，你意下如何？'"

马蒂亚斯不太确定那舒国少年有没有全部听明白，但显然他懂了。库维吞了吞口水，极不情愿地点了点头。

"沟通的力量。"詹斯博说着把一块饼干塞进嘴里。

"威岚——以及乐于助人的库维——会让那象鼻虫发挥作用。"卡兹继续说，"一旦我们救出伊奈姬，就可以朝凡·埃克的钱仓迈进。"

妮娜翻了个白眼。"说得好像做这一切都是为了钱，而不是救伊奈姬。情况才不是这样。"

"如果你不在乎钱，亲爱的妮娜，你可以换个名字称呼它。"

"克鲁志？灌木丛？还是卡兹唯一的真爱？"

"自由，安全，或者报应。"

"这些东西是没法明码标价的。"

"不可以？我敢肯定詹斯博可以。那是他父亲农场留置权的价格。"那神枪手看着他的鞋尖，"你呢，威岚？你能给离开卡特丹姆，过上自己想要的生活的机会标价吗？还有妮娜，我觉得你和你的菲尔丹人想要的，不只是对爱国的坚持和对彼此渴望的眼神。伊奈姬的脑子里可能也有一系列的想法。那是未来的价格，而凡·埃克要为此买单。"

马蒂亚斯并不傻。虽然卡兹说的有理有据，但这并不代表他说的是真话。"幽灵的性命远比那些重要，"马蒂亚斯说，"对我们所有人而言。"

"我们救出伊奈姬。拿到属于我们的钱。就这么简单。"

"就这么简单，"妮娜说，"你知道我是下一任菲尔丹王位继承人吗？他们都叫我艾格斯堡的伊尔斯公主吗？"

"艾格斯堡没有公主，"马蒂亚斯说，"那是个渔业小镇。"

妮娜耸了耸肩。"如果我们要自欺欺人，索性夸大其词好了。"

卡兹没理她，而是在桌子上铺了一张这个城市的地图。马蒂亚斯听到威岚对詹斯博嘀咕道："他为什么不直接说，他想要她回来？"

"你已经见识过卡兹的为人了,对吧?"

"但她是我们中的一员。"

詹斯博又挑了下眉。"我们中的一员?她知道那次秘密握手吗?知道你准备好去文身了吗?"他的一根手指滑过威岚的前臂,威岚的脸顿时泛起鲜艳的粉色。马蒂亚斯忍不住同情起这个少年来。他知道这完全超出了那少年的极限,他有时候忍不住怀疑,他们是不是可以终止卡兹的所有计划,让詹斯博和妮娜用调情征服卡特丹姆。

威岚下意识地把袖子拉了下来。"伊奈姬是团队成员之一。"

"别再强调这点了。"

"为什么?"

"因为对卡兹而言,最务实的做法是拍卖库维,让价高者得,然后彻底忘掉伊奈姬。"

"他不会——"威岚突然停了下来,脸上掠过一丝怀疑。

没有人确切知道卡兹会做什么,不会做什么。马蒂亚斯有时候怀疑,甚至连卡兹自己都不一定知道。

"行了,卡兹,"妮娜说着,脱下鞋子,活动着脚趾。"既然这是一个无所不能的计划,你就别再对着那张地图沉思了,直接告诉我们,我们该干什么。"

"我需要你们集中精力应对明天晚上要做的事。在那之后,你们就会得到自己想要的信息。"

"真的吗?"妮娜一边问,一边拉了拉紧身衣。一朵鸢尾花上的花粉落到了她裸露在外的肩膀上,马蒂亚斯有种用双唇把花粉抹掉的强烈冲动。很可能有毒,他强硬地跟自己说。或许他应该出去走一走。

"凡·埃克曾承诺给我们三千万克鲁志,"卡兹说,"那正是我们将要做的事。另外还有一百万克鲁志作为利息和业务开支,因为只有我们能够做到。"

乌鸦六人组(卷二):骗子王国

威岚把一块饼干掰成两半。"我父亲手头没有三千万,即便把他所有的资产都算进去。"

"那你该离开了,"詹斯博说,"我们只和超级富豪不争气的继承人来往。"

卡兹伸直了他那条有问题的腿,微微活动了下脚。"如果凡·埃克手边有那么一大笔钱的话,我们还去冰庭做什么,一开始就直接去洗劫他就好了。因为他声称商业理事会会把城市资金用于此事,所以能开出那么一大笔赏金。"

"那他带到维尔吉鲁克的一箱子钱是怎么回事?"詹斯博问。

"还用问吗,"卡兹说,声音里透着厌恶,"很可能是足以乱真的假币。"

"那我们怎么弄到那笔钱?不如洗劫这个城市?或者是洗劫理事会?"詹斯博坐直了身子,双手急切地敲着桌子。"一晚上袭击十二个金库?"

坐在椅子上的威岚动了动,马蒂亚斯从他的表情中看到了不安。至少这伙歹徒中还有一个不愿意继续犯罪的。

"不,"卡兹说,"我们要做商人,让市场为我们服务。"他向后靠了靠,戴着手套的手放在乌鸦头拐杖上。"我们要夺走凡·埃克的财富,毁掉他的声望,确保他在卡特丹姆或刻赤地其他任何地方都没法再做生意了。"

"那库维怎么办?"妮娜问。

"一旦工作完成,库维——以及其他的罪犯,格里莎,和无继承权的少年都或多或少有自己的报酬——可以在南方殖民地低调地生活。"

詹斯博皱了皱眉。"那你去哪里?"

"就在这里。我还有很多需要解决的事。"

虽然卡兹的语气很轻松,但马蒂亚斯还是从他的话里听到了某种黑暗的期待。他有时很好奇人们是如何在这个城市存活的，但有卡兹在，卡特丹姆这座城可能更难熬。

"等一下，"妮娜说，"我以为库维要去雷凡卡。"

"你为什么会这么觉得？"

"你把乌鸦俱乐部的股份卖给佩卡·罗林斯时，让他给雷凡卡的首都送个信。我们都听到了。"

"我以为那是一封请求援助的申请，"马蒂亚斯说，"而不是一封讨价还价的邀请函。"他们从来没有讨论过把库维交给雷凡卡的事儿。

卡兹饶有兴致地打量着他们。"都不是。希望罗林斯跟你俩一样好骗。"

"那是个圈套，"妮娜呻吟道，"你只是想让罗林斯忙个不停。"

"我想让佩卡·罗林斯无暇分身。但愿他已经让手下去追查我们在雷凡卡的线人了。找到根本不存在的人应该不是个容易的活儿。"

库维清了清嗓子。"我想去雷凡卡。"

"我想要一条貂皮里衬的泳裤，"詹斯博说，"但我们往往得不到自己想要的。"

库维的眉头皱了起来。这显然超出了他对刻赤的认知。

"我想去雷凡卡。"他更加坚定地重复。卡兹漆黑的眼眸锁定库维，平静无波的目光紧紧地盯着他。库维紧张不安地扭动。"他为什么这样看着我？"

"卡兹在想是否该让你继续活下去，"詹斯博说，"你的神经是不是高度紧张。我建议你深呼吸。或许能有所缓解。"

"停，詹斯博。"威岚说。

"你们都需要放松。"詹斯博拍了拍库维的手，"我们不会让他把你埋在地下的。"

卡兹扬起了眉毛。"话不要说得太早。"

乌鸦六人组（卷二）：骗子王国

"行了，卡兹。我们费了那么大劲去救库维，不是让他给虫子当食物的。"

"你为什么想去雷凡卡？"妮娜问，声音中有掩饰不住的急切。

"我们从未就此事达成过一致。"马蒂亚斯说。他不想因此事争吵，尤其是和妮娜吵。他们应该放库维自由，让他隐姓埋名地在诺威哲姆生活，而不是把他交给菲尔丹最大的敌人。

妮娜耸了耸肩。"或许我们应该重新考虑下我们的选择。"

库维慢慢开口了，小心翼翼地措辞。"那里更安全。对格里莎，对我而言都是。我不想隐藏自己的能力。我想接受训练。"库维摸了摸面前的笔记本。"我父亲的研究成果可以帮忙找到——"他犹豫了下，和妮娜交谈了几句。"潘勒姆的解药。"

妮娜双手合十，眉开眼笑。

詹斯博向后靠了靠。"我觉得妮娜要放声歌唱了。"

解药。这就是库维在他的笔记本中涂涂画画的东西吗？有望制造出可以中和潘勒姆的威力的东西实在是很有吸引力，但马蒂亚斯忍不住警觉起来。"把这些知识交到一个国家手中——"

但库维打断了他的话。"我父亲把这药带到了这个世界上。据我所知，即便没有我，依旧会有人再次把它生产出来。"

"你是说会有人解开潘勒姆之谜？"马蒂亚斯问。难道真的没法制止这让人避之唯恐不及的事吗？

"有时候科学发现就是如此，"威岚说，"一旦世人知道某件事可行，就加快研发的脚步。在那之后，遏制它就像让一群黄蜂回巢一样难。"

"你真的觉得能研制出解药吗？"妮娜问。

"我不知道，"库维说，"我父亲是制造师，而我只是个控火师。"

"你可是我们的化学家，威岚，"妮娜满怀希望地说，"你怎么看？"

威岚耸了耸肩。"或许能。但并不是所有的毒药都有解药。"

詹斯博哼了一声。"这就是我们为什么叫他威岚·凡·阳光。"

"雷凡卡有很多有天赋的制造师,"库维说,"他们或许帮得上忙。"

妮娜重重地点了点头。"确实如此。吉恩雅·萨芬对毒药的了解无人能及,大卫·克斯特克为尼克莱国王研制了各种武器。"她瞥了一眼马蒂亚斯,"也有其他东西!比较友好的东西!非常有利于和平的东西。"

马蒂亚斯摇了摇头。"这不是轻易就能做出的决定。"

库维咬紧牙关。"我想去雷凡卡。"

"听到没?"妮娜说。

"不,不可以,"马蒂亚斯说,"我们不能就这样,把这样的一个战利品移交给雷凡卡。"

"他是个人,不是战利品,并且他想去那里。"

"我们现在都可以做自己想做的事了吗?"詹斯博问,"我列了个清单。"

一阵漫长又紧张的沉默之后,卡兹戴着手套的大拇指抚了抚裤子上的褶皱,然后开口了:"妮娜,亲爱的,为我翻译一下?我想要确保库维和我能够明白彼此所说的。"

"卡兹——"她警告道。

卡兹身子向前倾了一下,把手放在膝盖上,像个给他提供友好建议的热心哥哥一样。"我觉得最重要的是,你要明白自身处境的改变。凡·埃克知道你避难的首选地点会是雷凡卡,所以会仔细盘查通往那里的所有船只。有能力改变你容貌的修容师都在雷凡卡,除非妮娜想再来一剂潘勒姆。"

马蒂亚斯怒目而视。

"这可能性不大,"卡兹承认,"嗯,我觉得你不会想让我把你送回菲尔丹或舒翰吧?"

"不!"库维大声喊道,显然妮娜的翻译工作已经告一段落了。

乌鸦六人组(卷二):骗子王国

"既然这样的话,那你的选择就剩下去诺威哲姆或南方殖民地,刻赤人去南方殖民地的概率要小很多。除此之外,那里的天气也要好很多,如果你在意这一点的话。库维,你就像一幅被盗的画,在市场上公然出售的话太显眼了,随手丢弃的话太贵重了。你对我毫无价值。"

"我不会把这话翻译给他听的。"妮娜厉声说。

"那就翻一下这句话:我唯一要考虑的事情,就是让你不要落入凡·埃克手中,如果你想让我做出其他更加明确的选择的话,一颗子弹远比把你送上去南方殖民地的船划算得多。"

妮娜还是翻译了,虽然翻得磕磕巴巴的。

库维用舒国语给出了回应。她犹豫了下。"他说你很残忍。"

"我这是务实。如果我够残忍的话,就是在给他念悼词而不是跟他谈话了。因此,库维,你需要去南方殖民地,等风声过去了,你是要去雷凡卡,还是去马蒂亚斯祖母那里报到我都管不着。"

"不要扯上我祖母。"马蒂亚斯说。

妮娜翻译完后,最终,库维僵硬地点了点头。尽管马蒂亚斯如愿以偿,但妮娜脸上流露出的沮丧让他觉得内心空落落的。

卡兹看了下表。"既然我们达成了一致,你们都知道自己的责任是什么。现在到明晚之前,很多东西都有可能出错,我们需要一遍又一遍地讨论我们的计划。我们只有一次机会。"

"凡·埃克会设立警戒线,严密看守她。"马蒂亚斯说。

"没错。他那里有更多的枪支,人手和资源。我们只能靠突袭,所以我们坚决不能浪费这次机会。"

但片刻之后,罗迪和施佩希特溜进了坟墓中。

马蒂亚斯松了口气,把枪放回原处,保证自己伸手就能拿到。

"怎么了?"卡兹问。

"舒国人已经在他们的大使馆整装待发了,"施佩希特说,"里德的每个人都在讨论这件事。"

"多少人?"

"大约四十个,出入不会太大,"罗迪一边说一边踢掉了靴子上的泥。"他们荷枪实弹,但仍在打着外交的旗号行事。没人知道他们究竟想做什么。"

"我们知道。"詹斯博说。

"我没敢靠斯兰特太近,"罗迪说道,"但珀尔·哈斯克尔坐立不安,他在这件事上并不安分。没有你在身边,那老头身边的活儿堆积成山了。如今已有传言说你已经回来了,并且和一个商人起了冲突。对了,前些天一个港口好像是遭到了袭击,港务长办公室,但没人知道具体发生了什么。"

马蒂亚斯看到卡兹的面色沉了下来。他希望能得到更多信息。马蒂亚斯知道这恶魔追着伊奈姬不放还有其他原因,但事实是,没有伊奈姬,他们收集情报的能力严重受限。

"算了,"卡兹说,"但没人把我们和袭击冰庭或潘勒姆联系起来吧?"

"我没听说。"罗迪说。

"没有。"施佩希特说。

威岚看上去有点惊讶。"这意味着佩卡·罗林斯还没开口。"

"给他点儿时间,"卡兹说,"他知道我们把库维转移去别处了。他不会在给雷凡卡送信这件事上瞎忙活太久了。"

詹斯博的手指不安地在腿上敲击。"有没有人注意到整个城市的人都在找我们,对我们很愤怒,或者想要杀了我们?"

"所以呢?"

"唔,通常只有一半人是这样的。"

詹斯博可能是在开玩笑,但马蒂亚斯很想知道他们中有没有人明白,与他们对抗的力量是什么。是菲尔丹、舒翰、诺威哲姆、克里什,

乌鸦六人组(卷二):骗子王国

以及刻赤。他们不是敌对的帮派,也不是愤怒的商业伙伴,而是国家,是决意保护自己的人民、捍卫本国安全的国家。

"还有,"施佩希特说,"马蒂亚斯,你死了。"

"什么?"虽然马蒂亚斯的刻赤语不错,但理解上可能依然会存在点偏差。

"你被刺死在了地狱之门的医务室里。"

房间安静了下来。詹斯博重重地跌坐在椅子上。"马兹恩死了?"

"马兹恩?"马蒂亚斯不太会发这个名字的音。

"在地狱之门顶替你的就是他,"詹斯博说,"所以你可以加入冰庭的任务。"

马蒂亚斯想起了那场与狼的搏斗,想起了妮娜站在他的牢房里,想起了那次越狱。妮娜给德勒格斯的一名成员制造出了假伤,并让他发了烧,以确保他会被隔离,与监狱里的其他人分开。马兹恩。马蒂亚斯不会忘记这件事。

"我记得你说过你在医务室有线人。"妮娜说。

"有线人确保他一直生病,不是确保他的安全。"卡兹面色阴郁,"他死于袭击。"

"菲尔丹人。"妮娜说。

马蒂亚斯双臂交叉,抱在胸前。"这不可能。"

"为什么不可能?"妮娜说,"我们都知道有巫师猎人在这儿。如果他们来这儿找你,并在市政大厅发声了的话,可能会得知你在地狱之门。"

"不,"马蒂亚斯说,"他们不会采取这种卑鄙手段的。雇一个杀手?杀一个卧病在床的人?"这些话说出来,马蒂亚斯都不确定自己是否相信。亚尔·布鲁姆和他部下的所作所为远比这个卑鄙,却没有受到任何良心上的谴责。

"大块头,金发,并且不顾一切,"詹斯博说,"菲尔丹人的风格。"

他替我而死，马蒂亚斯心想。我却甚至都不知道他的名字。

"马兹恩有家人吗？"马蒂亚斯最终问道。

"只有德勒格斯成员。"卡兹说。

"无人吊唁。"妮娜低声说。

"没有葬礼。"马蒂亚斯轻声回应。

"死了是什么感觉？"詹斯博问。他眼中的光芒消失了。

马蒂亚斯没有回答。那把杀死马兹恩的刀本是冲着马蒂亚斯而来的，而那刀和菲尔丹人脱不了干系。是巫师猎人。是他曾经的兄弟。他们想让他没有尊严地死去，将他谋杀在医务室的病床上。这是叛徒应有的死法。是他自取灭亡的结果。马蒂亚斯如今欠了马兹恩一笔血债，但他该如何偿还呢？"他们把他的尸体怎么样了？"他问道。

"很可能已经化为死神之船上的灰烬了。"卡兹说。

"还有一件事，"罗迪说，"有人在到处找詹斯博。"

"那他的债主们得等一等了。"卡兹说，詹斯博瑟缩了一下。

"不，"罗迪摇了摇头说，"一个男的出现在学校里。詹斯博，他说他是你父亲。"

4
伊奈姬

伊奈姬趴在地上，胳膊朝前面伸去，像一只虫子一样在黑暗中蠕动。尽管她已经尽力饿着自己了，可通风口还是太挤了。她不知道自己会到哪里，只能继续往前移动，借助指尖的力量，向前爬去。

她是在维尔吉鲁克之战结束后的某一刻醒来的，她不知道自己昏迷了多久，也不知道自己身在何处。她记得凡·埃克的一位御风师丢下她时，她从高空骤然坠落，又被另一个人抓住了——那人坚硬如铁的手臂紧紧地环着她，气流呼得她的脸生疼，周围的天色灰蒙蒙的，然后她的头上传来一阵剧痛。再有意识的时候就是醒来之后了，她身处黑暗之中，脑袋里面突突作响。她感觉手和脚踝都被绑住了，眼罩紧紧地蒙在脸上。有一瞬间，她感觉又回到了十四岁，被扔在那条贩奴船上，孤身一人，惊恐万分。不论目前在哪，她都没感觉到船的晃动，也没听到帆船的吱嘎声。她身下是坚实的地面。

凡·埃克把她带到了哪里？她或许在仓库里，或许在别人家里，或许已经不在刻赤了。但没关系。她是伊奈姬·伽法,她不会像落入陷阱的兔子一样瑟瑟发抖。**不论我在哪里,我都得想办法出去。**

她的脸在墙上蹭来蹭去,设法抹掉了眼罩。房间里漆黑一片,寂静之中,她能听到的只有恐慌再次袭来时自己急促的呼吸声。她调整着呼吸来缓解自己的恐慌情绪,鼻子吸气,嘴巴呼气。她在心里默默祈祷,仿佛她的神明就在身边。她想象着他们在检查她手腕处的绳索,搓着她的手让她缓过劲来。她没有跟自己说**我不害怕**。很久之前,她父亲告诉她,只有傻子才无所畏惧。遇到恐惧时,他说,**我们要欢迎这位不速之客,倾听他试图告诉我们什么。恐惧来临时,就会有事发生。**

伊奈姬打算让该来的来。她没有理会头上传来的疼痛,逼着自己绕着房间一点一点挪动,估算房间的大小。然后她借助墙面站了起来,沿墙摸索着,拖着脚一跳一跳地走,寻找着门窗。听到有脚步声传来时,她倒在了地上,但没来得及把眼罩复原。从那之后,守卫就看她看得更紧了。但没关系,因为她已经找到通风口了。她现在要做的就是想办法摆脱捆着她的绳子。卡兹在黑暗中、在水中都能做到这一点。

她唯一一次彻底查看关押着她的房间是在吃饭的时候,守卫拿了一盏灯进来。她听到钥匙在锁眼里转动的声音,门打开的声音,以及托盘放在桌子上的声音。没过多会儿,眼罩就会从她的脸上轻轻揭下——巴让从不会让人觉得野蛮或粗鲁。这不是与生俱来的。事实上,她怀疑这也超出了这位音乐家修剪得整整齐齐的手指的能力。

当然,托盘上从来都没有餐具。凡·埃克鸡贼到连一把勺子都不给她,但伊奈姬会抓住每一个眼睛没被蒙上的时刻,一寸一寸地仔细打量这个空荡荡的房间,寻找能帮她确定自己所处的位置,以及能助她策划逃跑的线索。没什么需要继续查看的——光秃秃的水泥地,一床供她夜间盖的毯子,墙上空荡荡的架子,以及供她吃饭的桌椅。房间内没有窗户,唯一能表明他们可能还在卡特丹姆附近的线索就是咸湿的空气。

乌鸦六人组(卷二):骗子王国

巴让会解开她被捆在身后的手,然后又将它们绑在身前,好让她能够吃饭——因为发现了通风口,她每次就只吃一点点来维持体力,不肯多吃。尽管如此,今晚巴让和守卫给她端来食物时,闻着香肠和粥的味道,她的肚子咕咕直叫。她饿得头晕目眩,坐下时把桌子上的托盘弄翻了,打碎了白色的陶瓷杯子和碗。晚餐洒在了地板上,变成了一堆热气腾腾的糊状物和陶器碎片。她毫无形象地倒在一旁,勉强躲过了粥洒一脸的悲剧。

巴让摇了摇头,他的头发黝黑且顺滑。"你虚弱成这样是因为你不好好吃东西。凡·埃克先生说,必要的时候,我需要强迫你吃东西。"

"你可以试试,"她坐在地板上抬头看着他,咬牙切齿地说,"没有手指的话,你教钢琴怕是有点难。"

但巴让只是露出洁白的牙齿笑了笑。他和另外一个守卫扶着她重新回到了椅子上,差人又去拿了一份食物。

凡·埃克选的狱卒再好不过了。巴让是苏里人,比伊奈姬大不了多少,浓密的黑色卷发及肩,眼睛如黑宝石一般,睫毛长到可以拍苍蝇。他告诉她,他是一名和凡·埃克签了契约的音乐教师。鉴于凡·埃克妻子的年龄还不到他的一半,伊奈姬很好奇那商人怎么会把这样一个少年带到家里。他要么非常自信,要么太过愚蠢。**他骗了卡兹**,她提醒自己。但他在逐渐向蠢人那一栏倾斜。

一名守卫把地上的污迹清理干净;巴让没有屈尊去干这样的活——他重新弄来了一份饭,靠在墙边看着她吃。她用手指捞起一点粥,勉强喝了几口。

"你必须再多吃点,"巴让斥责道,"如果你能与人方便,回答凡·埃克的问题的话,会发现他是个通情达理的人。"

"我会发现他是一个通情达理的谎话精,骗子,和绑匪。"她说完后,忍不住臭骂自己为什么要回应他。

巴让无法掩饰自己的喜悦。他们每顿饭都是如此：她只吃一点点，他跟她聊聊天，在闲谈之中会涉及一些关于卡兹和德勒格斯的尖锐问题。每次她开口说话时，他都觉得是一种胜利。不幸的是，她吃得越少，就越虚弱，也越难以保持头脑清醒。

"考虑到你身边的那些人，我觉得凡·埃克先生的谎言和欺骗是可以理解的。"

"Shevrati。"伊奈姬清清楚楚地说。无知。她曾不止一次地这样说过卡兹。她想起了把玩着枪的詹斯博，想到了挥一挥手腕就能让人窒息而死的妮娜，想到用戴着黑手套的手撬锁的卡兹。匪徒，盗贼，谋杀犯，他们都要比凡·埃克强千百倍。

他们现在在哪呢？这个问题让她封锁起来的心有了一丝裂痕。卡兹在哪？她不想深究这个问题。不论如何，卡兹都是一个务实的人。他会在能带着世上最有价值的人质远离凡·埃克的情况下，回来救她吗？

巴让皱了皱鼻子。"我们别说苏里语了，这让我有点伤感。"他穿着一条丝质锥形裤和一件裁剪精致的外套。外套的翻领上别着一个金色里拉琴胸针，胸针上饰有月桂树叶和一颗红色的小宝石，这胸针既表明了他的职业，又表明了他的契约关系。

伊奈姬知道自己不应该再和他说话了，但她是一个情报收集人员。"你教什么乐器？"她问，"竖琴？钢琴？"

"还有长笛和女声。"

"爱丽丝·凡·埃克歌唱得怎么样？"

巴让懒洋洋地看了她一眼。"在我的指导下唱得很不错。我也可以教你发出各种好听的声音。"

伊奈姬翻了个白眼。他就像跟她一起长大的那些男生一样，满脑子的愚蠢想法，还满嘴花言巧语。"我困在这里，可能面临折磨或更非人的对待。你还跟我调情？"

乌鸦六人组(卷二):骗子王国

巴让发出啧啧声。"凡·埃克先生会和你的布莱克先生达成协议。凡·埃克是个商人。据我所知,他只是在捍卫自己的利益。我无法想象他会使用酷刑。"

"如果你是那个每晚被绑起来还蒙上眼睛的人,你的想象力可能就不会让你失望了。"

并且,但凡巴让对卡兹有一丁点的了解,就不会说出如此肯定的话。

在漫长的独处时间里,伊奈姬试图休息一下,想想如何逃跑,但她的思绪总是不可避免地转向卡兹和其他人。凡·埃克想用她来交换库维·亚尔博,那个他们从世界上最坚不可摧的堡垒里偷出来的舒国少年。那少年是唯一一个有望延续他父亲的工作,研发出尤尔达潘勒姆的人,而他的赎金也可以让卡兹拥有他想拥有的一切——不管是跻身于巴伦的大佬圈所需的金钱和威望,还是找佩卡·罗林斯为兄报仇的机会。一个又一个事实摆在眼前,怀疑的阴云渐渐聚集,让她内心坚守的希望化为乌有。

卡兹的规划很显而易见:拿着放了库维的赎金,重新找一个可以在巴伦飞檐走壁的蜘蛛人为他收集情报。她不是曾跟他说过,她一拿到酬金就离开卡特丹姆吗?*和我在一起。*他说的是那意思吗?与库维可能带来的回报相比,她的命又能值多少钱呢?妮娜不会让卡兹放弃她的。即便她还没有摆脱潘勒姆的掌控,也会尽自己所能救伊奈姬。马蒂亚斯会骄傲地与她站在一边。还有詹斯博,嗯,詹斯博不会伤害伊奈姬,但他急需钱,如果他不想让他父亲失去生计的话。他可能会竭尽全力,但这对她而言并不一定是件好事。除此之外,没有卡兹的话,他们中又有谁能与冷酷无情、财力雄厚的凡·埃克匹敌呢?*我*,伊奈姬对自己说。*我或许没有卡兹那么狡猾的头脑,但我是个危险的女孩。*

凡·埃克每天都会派巴让过来,而巴让也一直都很和善,即使在刺探卡兹的藏身处时也是如此。她怀疑凡·埃克没有亲自来这儿,因为他知道卡兹肯定会密切关注他的一举一动。或许凡·埃克觉得相对于狡猾的商人，这个苏里少年更容易突破她的防线。

伊奈姬明确表示不想吃东西之后，巴让通常会离开——临别时他会微微一笑，欠一下身，然后离开，等待第二天的任务。可今天他依旧在这里逗留。

她用绑着的手把盘子推开，暗示他该离开了，可他并没有接受她的暗示，而是说："你上次见到家人是什么时候？"

新手段。"如果从我这儿挖出情报的话，凡·埃克答应给你什么奖励？"

"这只是个简单的问题而已。"

"我只是个俘虏而已。他以惩罚你作为要挟了吗？"

巴让瞥了一眼警卫，然后低声说："凡·埃克会把你送到你的家人身边。他会帮你付清你和珀尔·哈斯克尔的合同中约定的债务。这对他来说轻而易举。"

"这是你的想法，还是你主人的？"

"这有什么关系吗？"巴让问。他声音里的急切感触动了伊奈姬的戒备。**恐惧来临时，就会有事发生**。但他是在怕凡·埃克还是在怕她？"你可以彻底摆脱那些渣滓和珀尔·哈斯克尔，以及可怕的卡兹·布莱克。凡·埃克会送你去雷凡卡，还会为你提供资金。"

这是提议还是威胁？凡·埃克能找到她的父母吗？要追踪苏里人不容易，他们会提防陌生人的盘问。但如果凡·埃克派的人声称他们知道有个苏里女孩失踪的事呢？一个女孩突然消失在某个寒冷的黎明时分，就像是被海浪从沙滩上卷走了一般呢？

"凡·埃克对我的家庭了解多少？"她问道，逐渐升起怒气。

"他知道你远离家乡。知道你和动物园契约里的条款。"

"然后他知道我是一名奴隶。那他会把坦特·海琳抓起来吗？"

乌鸦六人组（卷二）：骗子王国

"我……觉得不——"

"当然不会。凡·埃克不会在乎我像棉花一样被买来买去。他只是在寻找杠杆。"

但巴让接下来的问题让伊奈姬大吃一惊。"你妈妈会做烤面包吗？"

她皱了皱眉。"当然。"那可是苏里人的主食。伊奈姬就是睡着了都可以做煎面包。

"还会放迷迭香？"

"莳萝，如果我们有的话。"她知道巴让在做什么——试图让她想家。但她太饿了，回忆又太清晰，她的肚子不由自主地叫了起来。她可以看到母亲在烧火，看到她用手指快速捏着面包，闻到在灰烬上烤熟的面包团的香味。

"你的朋友不会来了，"巴让说，"你是时候考虑一下自己的存亡了。夏末你就能回家，和家人一起团聚了。如果你愿意的话，凡·埃克可以帮你。"

伊奈姬心中警铃大作。这出戏太明显了。巴让的魅力，黑眸和轻而易举的承诺之下，是恐惧。这一片喧闹的警铃声中，她还能听到另一种轻柔的铃声，那是"如果"之声。如果她接受招安，放弃自己不在乎那些失去的东西的假象呢？如果她只是让凡·埃克把她送上船，送她回家呢？她可能会品尝到刚从平底锅中拿出的烤面包，看到母亲那绑着缎带的漆黑发辫，那缎带是熟透的柿子的颜色。

但伊奈姬知道事情远不止于此。她从最优秀的人那儿学到了很多。残酷的事实胜过善意的谎言。卡兹从未许诺过要给她幸福，她也不信那些曾许给她幸福的男人。她经历的苦难不会白费。她的神明把她带到卡特丹姆是有原因的——一艘追捕奴隶贩子的船，一项能赋予她所经历的一切意义的使命。她不会为了过去的梦想而背叛这个使命和她的朋友。

伊奈姬对此付之以嘘声，那嘘声近似兽类发出的声音，让他忍不住向后退去。"告诉你的主人，让他在开始新交易之前先兑现旧交易，"她说，"让我一个人清净会儿。"

巴让像只衣冠楚楚的老鼠一样，匆匆离开了，但伊奈姬明白自己是时候离开这里了。巴让的坚持对她来说不是好事。在他用回忆和同情软化我之前，我必须摆脱这个陷阱，她想道。或许卡兹和其他人会来救她，但她不打算静观其变了。

巴让和守卫一离开，她就从捆着脚踝的绳子下拿出暗藏的陶瓷碎片行动起来。巴让端来那碗无比美味的粥时，她确实虚弱无力，脚步蹒跚，但她假装跌倒，是为了打翻桌上的托盘。如果凡·埃克真的调查过她的话，就会提醒巴让，她不会跌倒，更不会倒在地板上的那一片狼藉里，因为对她而言，把一块锋利的陶瓷塞进绑着她的绳子中是件轻而易举的事。

用碎片边缘锯绳子似乎耗费了她一生的时间，那碎片甚至割破了她的手指。她最终割断了绳子，解放了双手，然后她解开了绑着的脚踝，摸索着来到了通风口旁。巴让和守卫明天早上才会来。她有一整晚的时间逃离这个地方，逃得越远越好。

那通道窄得可怜，里面漆黑一片，空气中散发着一股霉味，她什么都看不见，还不如把眼睛蒙上。她不知道通风口会通向哪里。距离出口可能还有几英尺，也可能还有半英里。她必须在早上之前离开，否则他们发现挡住通风口的栅栏松了，就会准确地知道她去哪了。

希望好运能带我走出这里，她阴郁地想。她觉得凡·埃克的守卫要想进入这通风井，得让厨工给他全身上下涂满猪油。

她一寸一寸向前挪去。她走了多远了？每深吸一口气，她就感觉通风井在她的肋骨周围收紧。她唯一知道的是，自己可能会爬上楼顶。从另一端探出头来时，可能会发现下面是卡特丹姆熙熙攘攘的街道。伊奈姬可以应对这种情况。但如果通风井就突然到头了呢？它的另一端被堵

乌鸦六人组（卷二）：骗子王国

起来了呢？那她就得重新退回去，重新套上绑住她的绳子，希望看守她的人不会发现异样。这不可能。今晚不可能会有死胡同。

再快一点，她跟自己说，汗珠从额头上滴落。这建筑紧紧地挤压着她，快要把她肺里的空气都给挤压出去。在到达这个管道的另一端，知道自己需要逃走多远才能躲开凡·埃克的人手之前，她没法做出实质性的规划。

这时她感觉到有微风拂过她湿漉漉的额头。**谢天谢地**，她低声说。前面一定有出口。她用鼻子嗅了嗅，寻找着煤烟味，或者是乡间田野潮湿的味道。她小心翼翼地向前蠕动，直到手指碰到了通风口上的板条。没有光透过来，她觉得这是好事。她要进去的这个房间一定没人。神呐，万一她到的正好是凡·埃克的府邸呢？万一她正好跌落到那熟睡的商人身上呢？她仔细聆听有没有人的声音——鼾声，深呼吸声。什么都没有。

她多希望自己的刀在身边，希望掌心里它们的重量能带给她些许慰藉。它们还在凡·埃克的手里吗？他卖掉它们了吗？还是把它们扔进了海里？无论如何，她还是在心里默念它们的名字——佩蒂尔，玛雅，阿纳斯塔西娅，莉兹贝特，桑科塔·弗拉基米尔，桑科塔·安丽娜——每说一个名字，就能多一分勇气。然后她晃了晃通风口，使劲推了一下。通风口猛地打开了，格栅没有在合页上摇晃，而是彻底掉了。她试图抓住它，但它从她的指尖滑落，哐当一声掉在了地板上。

伊奈姬等待着，心怦怦直跳。寂静之中，一分钟过去了。又一分钟。没有人来。这个房间是空着的。或者整栋楼都是空的。凡·埃克不会让她处于无人看守的状态的，他的人可能就守在外面。如果是这种情况的话，从他们身边溜走就不是什么难事。就目前来说，她至少知道自己和地面的距离了。

想要优雅地落地有点难。她抓着墙，先把头伸了出去。身子探出一半时,她摆动起来,让惯性带她前行,然后,她身体蜷缩成球状,伸手抱头,避免掉下去时头骨和脖子受伤。

掉下去的冲击力没给她带来太多伤害。这里的水泥地板和牢房里的一样坚硬,但她落地之后翻滚了一圈,然后撞到了一个硬东西的背面。她站了起来,伸手摸索着自己刚才撞上的东西。那东西装着天鹅绒软垫。她摸索着向前时,发现它旁边还有一个相似的物体。*座椅*,她意识到,*我在一个剧院里*。

巴伦有很多音乐厅和剧院。她离家如此之近吗?还是说她在里德的一个高档剧院里?

她把双手伸在前面,缓慢前行,直到她摸到了一堵墙前。她觉得那是剧院的后墙,她在墙上摸索着,想找到一扇门,一扇窗,甚至是一个通风口。最终,她的手指钩住了门框,手握住把手。但拧不动,锁着的。她试探性地晃了晃。

房间瞬间亮了起来。伊奈姬缩在地上,突如其来的亮光让她忍不住眯起了眼睛。

"伽法小姐,如果你想参观一圈,吩咐一声就行了。"凡·埃克说。

他站在破旧的影院舞台上,身上的黑色商务套装非常具有线条感。剧院绿色的天鹅绒座椅被虫蛀了。围在舞台四周的帷幕碎成了布条。最后一场戏的幕布也没人取下来。巨大的锯子和木槌挂在墙上,整个地方看起来像是孩子想象中恐怖外科医生手术室。伊奈姬发觉这是喜剧暴君里的一出戏,《疯子与医生》。

守卫把守在房间周围,巴让双手交握,站在凡·埃克旁边。难道开着的通风井是用来诱导她的?凡·埃克一直在捉弄她吗?

"把她带到这儿来。"凡·埃克对守卫说。

伊奈姬没有犹豫。她跳上了离自己最近的座椅的狭窄的后背,然后向台上冲去。她跳了一排又一排,那些警卫试图爬过座椅。她跳上舞

乌鸦六人组（卷二）：骗子王国

台,掠过吓了一跳的凡·埃克,避过了两个守卫,抓住了舞台上的一根绳索,顺着绳子往上爬,祈祷在她爬到顶部之前,绳子负担得起她的重量。届时她就可以藏在椽子里,找到通往屋顶的路。

"砍断绳子,把她弄下来!"凡·埃克平静地发令。

伊奈姬爬得更高、更快了。但几秒之后,她看到上方有一张脸。凡·埃克的一个守卫拿着刀,砍断了绳子。

绳子无力支撑,伊奈姬在跌落到地板上时,弯曲膝盖,缓解了一下冲击力。她还没来得及站起来,就有三个守卫围在她身边,把她按住了。

"说真的,伽法小姐,"凡·埃克斥责道,"我们很清楚你的天赋,你以为我不会采取防范措施吗?"他没等她回答。"没有我或布莱克先生的帮助,你是逃不出去的。既然他似乎不打算露面,或许你可以考虑换个同盟。"

伊奈姬一言未发。

凡·埃克把手背在身后。看着他的时候有种怪异感,因为能在他的脸上看到威岚的影子。"城市里满是关于潘勒姆的谣言。菲尔丹巫师猎人代表团已经抵达大使馆区。今天舒国的两艘战舰驶进了第三港口。我给了布莱克七天时间做一笔交易,来换取你的安全。但如今他们都在找库维·亚尔博,我必须赶在他们之前把他找出来。"

两艘舒国战舰。这就是情况有变的地方。凡·埃克没时间了。巴让是清楚地知道这一点,还是只是感受到了主人情绪上的变化?

"我本希望巴让在提高我妻子的钢琴技能之外,能证明自己有点别的用处,"凡·埃克继续说道,"但似乎我如今得另作打算了。卡兹·布莱克把那少年藏在哪了?"

"我怎么知道?"

"你肯定知道那些德勒格斯渣滓的藏身之所。布莱克从来不打无准备的仗。狡兔三窟,城市里遍布着他的窝。"

"既然你这么了解他,就应该知道他不会把库维藏在我能带着你找到的地方。"

"我不信。"

"你不信我也爱莫能助。你的舒国科学家可能早就离开了。"

"他走了的话我会收到消息。我的间谍无处不在。"

"显然并不是无处不在。"

巴让的嘴角翘了起来。

凡·埃克轻轻摇了摇头。"把她按到桌子上。"

伊奈姬明知挣扎无用,但她还是那么做了。几个守卫把她架到了桌子上,压制住她的四肢时,她要么反抗,要么向恐惧低头。她看到一张道具桌子上放着各种器械,这些器械与墙上挂着的锤子和锯子完全不同,是真正的外科医生的工具。那些手术刀,锯子和镊子闪着邪恶的光芒。

"伽法小姐,你是幽灵,是巴伦的传奇人物。你收集了各种人的秘密,法官,理事会成员,小偷和杀手等等也概莫能外。我怀疑这个城市里就没有你不知道的事。你最好现在就告诉我布莱克先生的藏身之处。"

"我没法告诉你我不知道的事情。"

凡·埃克叹了口气。"记着,我已经竭尽所能地对你客气了。"他转向一个守卫,那守卫身材魁梧,长着一个鹰钩鼻,"我不希望过程持续太久。你觉得怎么最好就怎么做吧。"

那守卫的手举在桌子上空,好像在纠结哪个器械最有效。伊奈姬感到自己的勇气动摇了,她惊慌失措地喘着粗气。恐惧来临时,就会有事发生。

巴让俯身靠近她,面色苍白,眼神里满是关切。"你就告诉他吧。布莱克值得你伤痕累累甚至重伤残疾吗?把你知道的都告诉他吧。"

"我只知道像你这样的人,不配和他们呼吸同样的空气。"

乌鸦六人组(卷二):骗子王国

巴让看上去有些受伤。"我对你一直都很好。我并不是什么恶人。"

"不,你只是个无所事事地坐着,为自己的体面沾沾自喜的人,而恶人都自食其力。并且,恶人至少有实力、有骨气。"

"你这么说不公平。"

伊奈姬无法相信这人竟然这么蠢,在这个时候还寻求她的认可。"如果你仍然相信公平,那你的生活一直都挺走运的。别挡恶人的道,巴让。一切到此为止。"那个长着鹰钩鼻的守卫走上前来,手里有什么东西在闪闪发光。伊奈姬寻找着内心深处的宁静之地,那让她熬过了在动物园的那一年,熬过了那夜晚满是痛苦和羞辱,白天满是殴打和酷刑的一年。"继续。"她催促道,声音很是冷硬。

"等等。"凡·埃克说。他审视着伊奈姬,就跟在核对账簿时试图把那些数字都理清楚一样。他扭头侧向一边,然后说:"打断她的腿。"

伊奈姬感到自己的勇气分崩离析了。她开始挣扎,试图从守卫手中挣脱。

"啊,"凡·埃克说,"这才是我想要的。"

那守卫选了一根长长的管子。

"不,"凡·埃克说,"我不想让她的腿断得那么干脆。用锤子。打碎她的骨头。"他的脸盘旋在她上方,眼睛是清澈明亮的湛蓝色,和威岚的眼睛一模一样,但没有威岚眼中流露出的善良。"没人能帮你复原,伽法小姐。也许你可以靠在东斯戴夫乞讨还清自己的契约,然后每天晚上爬回住处,如果布莱克还能给你留个房间的话。"

"不要。"她不知道她是在求凡·埃克还是在求她自己。她也不知道这一刻她更恨谁。

那守卫拿起一把铁锤。

伊奈姬在桌上剧烈地扭动,浑身冷汗直冒。她能嗅到自己的恐惧。"不要,"她重复道,"不要。"

那长着鹰钩鼻的守卫掂了掂锤子。凡·埃克点了一下头。那守卫高高地抡起了锤子。

伊奈姬看着那锤子不断升高,达到最高点,宽阔的锤头闪着光,就像月亮死寂的面庞。她听到了营火的噼啪声,看到了母亲用柿子色缎带缠绕的头发。

"你要是打断我的腿,他就再也不可能和你做交易了!"她尖声说,藏在内心最深处的话脱口而出。她的声音沙哑而软弱。"因为我对他而言就是无用之人了。"

凡·埃克抬了下手。锤子落了下去。

伊奈姬感觉那锤子擦过她的裤子,砸在距她小腿不到一根头发丝的地方,落在桌面上,桌角在力的作用下坍塌了。

我的腿,她想道,剧烈地颤抖着。**那力道原本会落在我的腿上。**她的嘴里传来一股铁腥味。她咬破了自己的舌头。**请神明保佑我。请神明保佑我。**

"你的论点很有趣,"凡·埃克若有所思地说。他的手指敲击着嘴唇,思索着,"再琢磨琢磨你应该效忠谁,伽法小姐。明晚我可能就不会这么仁慈了。"

伊奈姬无法控制自己的颤抖。**我要把你开膛破肚**,她默默发誓。**我要把你那可悲的心脏从胸膛里挖出来。**这想法有些邪恶,也有些卑鄙。但她没办法。她的神明会允许她做这样的事吗?如果她不是为了生存而杀人,而是因为内心熊熊燃烧的仇恨而杀人,神明会宽恕她吗?**我不在乎**,她想道,此时她的身体抽搐起来,守卫把她颤抖的身子从桌上架了起来。**如果能让我杀了他,我愿意用余生忏悔。**

他们拖着她,一路上穿过了剧院大厅,穿过了走廊,回到了之前的房间,如今她知道了,那房间是旧设备间。他们把她的手脚又绑了起来。

巴让走了过来,蒙上了她的眼睛。"我很抱歉,"他低声说,"我不知

乌鸦六人组（卷二）：骗子王国

道他打算……我——"

"Kadema mehim。"

巴让猛地一颤。"别这么说。"

苏里人以团结和忠诚著称。因为他们人口稀少，没有土地，生活在这样一个世界里，他们别无选择。伊奈姬的牙齿在打战，但她还是勉强说出了这句话。"你被遗弃了。你不对我伸以援手，他们也不会对你伸以援手。"这对苏里人而言是最严重的谴责。它会让这个人在另一个世界里不受祖先待见，让他的灵魂注定漂泊无依。

巴让面色苍白。"我不信这些。"

"你会的。"

他把眼罩套在她的头上。她听到了关门的声音。

伊奈姬侧身躺着，臀部和肩膀紧贴着坚硬的地面，等身体停止颤抖。

刚到动物园时，她以为会有人找她。以为她的家人会来找她。以为执法人员会来找她。以为她妈妈以前讲的故事里的英雄会来找她。后来，不少人为她而来，却不是来放她自由。最终，她的希望像烈日下暴晒的树叶一样枯萎了，结出了听天由命的苦果。

卡兹把她从绝望中救了出来，从那以后，他们一次次地互救，两人的生活就成了一系列的拯救和一连串理不清的债务。躺在黑暗之中，她意识到，尽管心存疑虑，但她相信他会再次拯救她，他会放下他的贪婪和阴暗，来救她。但现在她没那么确定了。因为她说的话不仅让凡·埃克停手，也让自己意识到了真相。*你要是打断我的腿，他就再也不可能和你做交易了。*她不能假装这些话是出于谋略或算计。他们共同创造的奇迹是源于信任。而信任是一个可怕的魔咒。

*明晚我可能就不会这么仁慈了。*今晚的演练是为了吓唬她吗？又或者凡·埃克会将他的威胁转化为行动吗？并且如果卡兹真的来了，她那时会成什么样呢？

第二部分

杀人之风

5
詹斯博

詹斯博觉得自己的衣服上爬满了跳蚤。队员们每次离开黑面纱岛，潜伏在巴伦周围时，都会穿上喜剧暴君的戏服——披风、面纱、面具，偶尔还会戴上恶魔之角。在巴伦寻欢作乐时，游客和当地人喜欢利用这些来隐藏自己的身份。

但在大学城区的大街和运河上，深红先生和格莱恶魔就太扎眼了，所以他和威岚一离开斯戴夫，就脱掉了戏服。如果詹斯博不自欺欺人的话，就不会愿意在几年来第一次见到父亲的时候，戴着眼球凸出的面具，或穿着橙色的丝绸斗篷，甚至不会愿意穿他平时穿的花里胡哨的衣服，而是尽可能地穿得体面一些。他用从威岚那里借来的几克鲁志，买了一件二手粗花呢夹克和一件深灰色背心。詹斯博看上去不像混得风生水起的样子，但不管怎么说，学生看起来应该也不会很富有。

他发现自己又伸手去摸枪了，希望拇指下珍珠手柄那熟悉的冰凉触感能带给他些许慰藉。那混蛋律师让赌场老板把它们存在了积云俱乐部的保险箱里。卡兹说会寻找适当的时机把它们拿回来,但不知道卡兹的拐杖被人偷走时,他还能不能这么心平气和。是你自己把它们放在赌桌上的,詹斯博提醒自己。他这么做是为了伊奈姬。并且说实话,他这么做也是为了卡兹,表明他愿意竭尽所能来弥补当初犯的错。但这似乎并不重要。

行了,他安慰自己,反正我也不能带着手枪去做这件事。学生和教授不会带着枪支去上一节又一节的课。如果他们真这么做了,那学校的日子就有趣多了。即便如此,詹斯博还是在外套下藏了一把手枪。毕竟这里是卡特丹姆,他和威岚很有可能正步入陷阱。这就是为什么卡兹和马蒂亚斯会尾随在他们身后。詹斯博没看到他们的踪迹,他觉得这是好事,但依旧很感激威岚能和他一起。卡兹之所以允许这件事,是因为威岚说他需要一些研究象鼻虫的资料。

他们路过了学生咖啡馆和书店,商店橱窗里摆满了课本、墨水和纸张。虽然这里离喧闹嘈杂的巴伦不到两公里,但感觉像是过了一座桥后,来到了另一个世界。这里没有刚从船上下来就成群结队到处找碴的水手,也没有四面八方都能撞到自己的游客,人们互相礼让,说话声音压得很低,店主也不会站在门口吆喝揽客。弯弯曲曲的小巷子里到处都是装订商和药剂师,角落里也没有那些没钱去西斯戴夫的烟花场所、只能在街上进行交易的年轻男女。

詹斯博在一个雨棚前停了下来,鼻子深深地吸了一口气。

"怎么了?"威岚问。

"这里的味道好多了。"空气里有昂贵的烟草味,敲击着鹅卵石的晨雨的湿意,以及窗边形成一片花海的蓝色风信子的香味。没有尿味、呕吐物味、廉价香水味和垃圾腐烂的味道。甚至连煤烟的味道似乎都没那么强烈了。

"你是在拖延时间吗?"威岚问。

乌鸦六人组（卷二）：骗子王国

"不是。"詹斯博叹了口气，耷拉下肩膀。"或许有点。"罗迪给自称是詹斯博父亲的人所在的旅馆捎了个口信，约好会面的时间和地点。詹斯博本来想自己一个人去，但如果他父亲真的在卡特丹姆，这很可能是个诱饵。最好的办法就是在光天化日之下，在中立区域见面。大学城似乎是最安全的地方，这里远离巴伦地区的危险，也远离詹斯博经常踏足的地方。

詹斯博不知道他是否希望父亲在大学里等他。要面临一场打斗也比想到他把事情搞得一团糟的耻辱感要愉快很多，一说起这事，就好像是要爬上一个破木板搭的脚手架一样。于是他说："我很喜欢这地方。"

"我爸爸也喜欢，他很重视学习。"

"超过对钱的？"

威岚耸了耸肩，盯着一扇满是手绘玻璃球的窗户。"知识不是神的恩宠。繁荣才是。"

詹斯博飞快地瞥了他一眼。他还是不太习惯库维的嘴里发出威岚的声音。这总让他觉得有点奇怪，就像是他原打算来一杯酒，结果却喝到了一口水。"你父亲真有那么虔诚吗？还是说这是他在生意场上耍流氓的借口？"

"对一切都很虔诚。是真虔诚。"

"面对巴伦的混混和无名鼠辈时更胜一筹？"

威岚拉了拉包上的背带。"他认为巴伦让人们无法专注于劳作和工业，导致人们堕落。"

"他说的可能有点道理。"詹斯博说。他有时候会想，如果那天晚上他没有和新认识的朋友一起出去，没有走进那家赌场，没有转动麦卡之轮。麦卡之轮原本只是无伤大雅的娱乐，对其他任何人来说，都是如此。但詹斯博的人生自此分成了截然不同、完全失衡的两部分：他接触麦卡之轮前的日子和之后的日子。"巴伦吃人。"

"或许,"威岚想了会儿后说,"但一码归一码。赌场和妓院满足了需求,提供了就业,也缴纳赋税。"

"你现在可真是个巴伦地区的好小伙。你这话完全是老板手册里的名言警句啊。"每隔几年,一些改革家就会产生清理巴伦,去除卡特丹姆恶名的想法。然后那些手册就问世了,这是一场赌场老板、妓院老板与商人改革家之间的战斗。最终,一切都会归结到钱的问题上。东斯戴夫和西斯戴夫财源广进,巴伦的居民把每一分钱投进了城市的税收库里。

威岚又拉了拉背包的带子,带子的顶部扭起来了。"我觉得这跟把钱财压在一船丝绸或一船尤尔达上没什么不同。你把市场玩转的时候,胜算就大多了。"

"你成功引起了我的注意,小商人。"更大的胜算总是很有吸引力的,"你父亲做生意时亏损最大的一笔是多少?"

"我不太清楚。他很久之前就不在我面前讨论这些了。"

詹斯博踌躇了一下。扬·凡·埃克在对待儿子方面简直是个白痴,但詹斯博承认他对威岚所谓的"痛苦"充满好奇。他想知道威岚试图看书时眼里呈现的什么,为什么都看方程式或菜单上的价格时没问题,却看不懂句子或符号。但他没问,只是说:"我想知道,商人离巴伦越近,是不是就越愤怒。他们总穿黑色套装,饮酒时十分克制,每周只吃两顿肉,喝的往往是淡啤酒而不是白兰地。或许他们试图与尽情享乐的我们形成互补。"

"保持天平平衡?"

"对。想想看,如果没有人控制这个城市,我们会沉湎酒色到什么程度?早餐喝香槟,在交易中心的地板上赤身媾和。"

威岚紧张地咳嗽了下,发出小鸟似的声音,把目光移向别处,不敢看詹斯博。他很容易局促不安,而詹斯博也承认大学城区容不得一点肮脏。他曾很喜欢这里原本的样子——干净,安宁,还有书香和花香。

乌鸦六人组(卷二):骗子王国

"你其实不用来的,"詹斯博说,因为他觉得自己该来,"你可以让人给你送过去。你可以在咖啡馆里安安稳稳地等着。"

"这是你的真实想法?"

*不是。我一个人搞不定。*詹斯博耸了耸肩。他不确定自己会对威岚可能在学校里看到的情景作何感想。詹斯博很少看到父亲生气,但如今他怎么可能不生气呢?詹斯博又能给出怎样的解释呢?他撒了谎,把他父亲赖以为生的东西置于危险之中。图什么呢?一坨冒着热气、什么也不是的东西。

但独自去见父亲这事,詹斯博连想都不敢想。伊奈姬会理解他的。这倒不是说他值得她的同情,而是说她身上有一种平和的气质,这种气质会察觉并缓解他的恐惧。他原本希望卡兹能和他一起去。但他们分头前往大学时,卡兹只是阴沉地瞥了他一眼。这一瞥传达的信息很明显:你自己掘的坟墓,进去躺着吧。卡兹还在因为那次差点毁掉冰庭之行的伏击惩罚他,即便詹斯博牺牲了自己的左轮手枪也不足以赢回卡兹的好感。话说卡兹对谁有过好感吗?

穿过巨大的石拱门,走进书香苑的院子里时,詹斯博的心怦怦直跳。这座大学有很多建筑,不止一栋,所有的建筑都坐落在书香运河两畔,并由议长桥连接起来。人们或在那里集会辩论,或品一杯好酒,但这取决于那天是星期几。书香苑是这所大学的心脏——院子中心是学者泉,四座图书馆将院子和喷泉围绕其中。詹斯博上次来学校还是两年前的事。他一直没有从学校正式退学,甚至还没彻底决定不去上学,只是他花在东斯戴夫的时间越来越多,直到有一天抬头一看,发现巴伦已经成为他的家了。

即便如此,短暂的学生时光还是让他爱上了书香苑。詹斯博从来都不是一个出色的读者。他喜欢故事,但不喜欢静坐,学校发的书像是为了让他跑神而设计的一样。进入书香苑,目之所及的一切都让他移不开眼：镶边的彩色玻璃窗，通向一本本书籍的钢制大门，中央喷泉里那个蓄着胡须的学者雕像，以及他最喜欢的建筑顶部的滴水兽——那戴着学士帽，长着蝙蝠翅膀的怪兽和趴在书上睡着的神龙。他觉得建造了这个地方的人深知，并不是所有的学生都适合安静地沉思。

进入院子时，詹斯博并没有环顾四周，欣赏石雕，或是聆听喷泉的喷水声。他所有的注意力都集中在那个男人身上。那人站在东墙附近，凝视着上面的彩色玻璃窗，手里还拿着一顶皱巴巴的帽子。詹斯博突然意识到父亲穿着他最好的一身西服，克里什人特有的红色头发整整齐齐地从额头梳向后面。红发中如今掺杂着银发，而詹斯博离开家的时候还没有。科尔姆·范赫看上去像一个要去教堂的农民，与周围有些格格不入。卡兹——该死的，巴伦地区的任何一个人——都会忍不住看他一眼，就像看一个移动的活靶子一样。

詹斯博的喉咙感到又干又涩。"爸。"他用低沉而沙哑的声音说。

他父亲猛地转过头来，詹斯博准备硬着头皮，迎接接下来的一切——无论是父亲对他的侮辱还是怒火，都是他应受的。但他并没有做好迎接父亲如释重负般的笑容的准备。那笑容就像有人朝詹斯博的胸膛开了一枪，直击心脏。

"小詹！"他的父亲喊道。然后詹斯博穿过了院子，他父亲紧紧抱住了他，紧到詹斯博觉得自己的肋骨要断了。"神呐，我以为你死了。他们说你不再是这里的学生了，你消失了，还——我还以为你被强盗团伙一类的困在这个被神抛弃的岛上了。"

"我还活着，爸，"詹斯博喘息着说，"但如果你一直这么紧紧抱着我的话，我可能会活不长了。"

他父亲笑着放开了他，把他推到了一臂远的地方，宽大的手掌放在他的肩上。"我觉得你长高了一英尺。"

詹斯博猛地低下了头。"半英尺。呃，这是威岚。"他说，从哲蒙尼

乌鸦六人组(卷二):骗子王国

语转换成刻赤语。他们在家时两种语言都说,一种是他母亲的母语,一种是贸易语言。只有在为数不多的几次唱歌的时候,才会用到他父亲的母语,克里什语。

"很高兴认识你。你会说刻赤语吗?"他父亲几乎是在喊,詹斯博意识到威岚的外表看起来依旧是舒国人。

"爸,"他局促不安地说,"他的刻赤语还行。"

"很高兴认识你,范赫先生。"威岚说。这话说得很有商务范儿。

"对了,孩子。你也是学生吗?"

"我……曾学习过。"威岚尴尬地答道。

詹斯博不知道该如何应对随之而来的沉默。他不知道在自己期待之中,与父亲的这次见面是什么样子,但绝不是友好地相互寒暄。

威岚清了清嗓子。"您饿了没,范赫先生?"

"快饿死了。"詹斯博父亲感激地回答。

威岚用胳膊肘捅了詹斯博一下。"要不我们带你父亲去吃午餐?"

"午餐。"詹斯博说,然后一直重复这个词,好像是他刚学会一样。"是的,午餐。谁会不喜欢午餐呢?"感觉午餐像是有魔力一般。他们可以吃饭,聊天,或许还可以喝一杯。让他们喝点吧。

"但是,詹斯博,究竟发生了什么事?我接到了格蒙斯银行的通知,说贷款快要到期了,你当时让我相信那是暂时的。可你的学习——"

"爸,"詹斯博开口,"我……事情——"

一颗子弹穿过了院子的墙。詹斯博把父亲推到身后,那颗子弹击中了他们脚下的石头,扬起一阵尘土。枪声瞬时在院子里回响起来。回声让人很难分辨枪声是从哪里传来的。

"神呐,究竟发生了什么——"

詹斯博一把抓住父亲的袖子,把他带到一个有遮挡的门廊处。他看向左边,准备抓着威岚一起,但那小商人已经动了起来,他以半蹲的姿势,紧跟着詹斯博。亲身经历几次枪战会让人迅速成长。到达有遮挡的门廊边时,詹斯博想道。他伸长脖子,试图看向顶棚线,但又被枪声吓得缩了回来。又有几声枪响从他的左上方传来,詹斯博希望这是马蒂亚斯和卡兹回击的枪声。

"神呐!"他父亲喘息着说,"这城市比旅游指南上说的还要糟糕。"

"爸,不是这城市的问题,"詹斯博说,从外套下拿出枪来,"他们是冲我来的。或者是冲我们。很难说清楚。"

"是谁在针对你?"

詹斯博和威岚交换了下眼神。扬·凡·埃克?想要扳回一局的敌对帮派?还是佩卡·罗林斯或詹斯博的债主?"可能这么做的人太多了。我们需要在他们进一步亮明身份之前离开这里。"

"强盗?"

詹斯博知道自己很有可能被打得浑身都是窟窿,所以他努力收起了笑意。"差不多。"

他环顾了一下门的四周,开了两枪,然后在又一阵枪声响起时,躲回了门后。

"威岚,别告诉我你只带了笔、墨水和象鼻虫之类的东西。"

"我有两个闪光弹和一些研制出来的新玩意,它们更有,呃,威力。"

"炸弹?"詹斯博父亲问,眨着眼睛,似乎在试着把自己从噩梦中唤醒。

詹斯博无助地耸了耸肩。"你就把它们当作科学实验?"

"对方大概有多少人?"威岚问。

"你看你,总是问这么切中要害的问题。很难说。他们在屋顶某处,要出去的话只能原路返回,穿过拱门。我们要在院子里穿行很长一段距离,而他们会从高处开枪。即使我们穿过去了,估计书香苑外还有埋伏,除非卡兹和马蒂亚斯能帮我们开路。"

乌鸦六人组(卷二):骗子王国

"还有一个办法,"威岚说,"但入口在院子的另一边。"他指着石拱门下的一扇门说道,那扇门上刻着一只正在啃铅笔的怪兽。

"你是说阅览室?"詹斯博估算了一下距离。"好吧。我数到三,你突围,我打掩护。把我爸弄进去。"

"詹斯博——"

"爸,我保证把所有的事都给你解释清楚,但你现在只需要知道,我们的处境很糟糕,而应对糟糕的局面是我的拿手戏。"这是真的。詹斯博感到自己活过来了。从知道父亲到达卡特丹姆开始,一直牵绊着他脚步的担忧消失了。他变得自由且危险,像掠过草原的闪电一样。"相信我,爸。"

"好的,儿子。好的。"

詹斯博如今相当自信,他能够察觉到那些没出声的动静。他看到威岚为自己打气。面对这一切时,小商人还是太嫩了。但愿不会有人命丧詹斯博之手。

"一,二……"数到三时他开始射击。他跳进了院子,滚到喷泉后面寻求掩护。他出去的时候有点盲目,但很快就辨别出了屋顶上的身影,凭直觉瞄准,感受着对方的动静,没想清楚如何开枪时就已经开火了。他不想杀任何人,只需把他们吓得魂不附体,为威岚和他父亲争取时间。

一颗子弹击中了中央喷泉的雕像,把学者手中的书炸成了碎片。不管用的什么弹药,他们是来真的。

詹斯博重新装弹,从喷泉后跳出来开枪。

"神呐。"他喊道,肩膀上传来撕裂般的疼痛。他真的讨厌被人击中的感觉。他退了回去,躲到石像后面,活动了下手指,看自己手臂伤得如何。虽然只是擦伤,却疼得要命,血流到了他的粗花呢新外套上。"穿得体面果然没什么用。"他喃喃自语。他看到屋顶上有人影在移动。他们随时都可能把喷泉的另一边包围起来,这样的话他就完蛋了。

"詹斯博！"威岚的声音。该死的。他不应该在这儿。"詹斯博，你两点钟的方向。"

詹斯博抬头看去，有东西从空中掠过。他不假思索地瞄准并开枪。空中传来爆炸声。

"跳到水里去！"威岚大喊。

詹斯博刚一头扎进水里，空中就燃起一道亮光。詹斯博把湿漉漉的脑袋探出水面时，看到院子和花园里裸露的地表上都是窟窿，细小的弹坑中冒出缕缕青烟。屋顶上传来尖叫声。威岚究竟扔了个什么炸弹？

但愿卡兹和马蒂亚斯在爆炸前躲了起来，但他没时间纠结这些。他冲到了刻有咬着铅笔的怪兽下方的门廊下。威岚和他父亲还在里面等他。他们砰的一声把门关上了。

"搭把手，"詹斯博说，"我们得堵住入口。"

桌子后面站着一个身穿灰色的学者长袍的人。他的鼻孔张得奇大无比，詹斯博担心那鼻孔会把他吸进去。"年轻人——"

詹斯博的枪对准了那学者的胸膛。"走。"

"詹斯博！"他父亲说。

"别担心，爸。生活在卡特丹姆的人惯常拿枪指着对方。基本上相当于握手。"

"真的吗？"他父亲问。此时那学者正好走到了桌子的另一边，他们就把桌子推到了门边。

"真的。"威岚说。

"当然不是。"那学者说。

詹斯博挥手示意他们走。"这分片区。我们走吧。"

他们穿过了阅览室的主通道，在长桌子之间游走，桌面上点着灯。学生在墙边和椅子下挤成一团，可能觉得他们要命丧于此了。

"大家别担心，"詹斯博喊道，"我们只是在院子里练了一下打靶。"

乌鸦六人组(卷二):骗子王国

"这边。"威岚带着他们穿过了一扇门,门上满是精美的漩涡形装饰。

"你们不能这样,"那学者在身后追他们,长袍飘动着,"不能进入珍本阅览室。"

"你还想和我握手吗?"詹斯博问,随后又补充道,"我保证,不到万不得已,我们不会开枪。"他轻轻推了一把父亲。"上楼吧。"

"詹斯博。"声音从离他们最近的桌子下传来。

一个漂亮的金发女孩蹲在地上,抬头向上看。

"玛德琳?"詹斯博说,"玛德琳·米肖德?"

"你之前说我们一起吃早饭的!"

"我当时必须去趟菲尔丹。"

"菲尔丹?"

詹斯博跟在威岚身后上了楼,然后探头看向阅览室。"如果我能活下来的话,就给你买华夫饼。"

"你哪来的钱买华夫饼。"威岚咕哝道。

"安静点,我们在图书馆里。"

在学校时,詹斯博从没来过珍本阅览室。周围太过安静,就像在深水中一样。地图珍本挂在墙上,手稿陈列在有灯的玻璃箱内,灯光倾泻而下,给书镀上了一层金光。

一个身穿蓝色卡福达的御风师站在角落里,抬起手臂,他们进来时又退了回去。

"舒国人!"看到威岚后那御风师惊呼,"我不会跟你走的。我宁愿自杀。"

詹斯博父亲举起双手,像安抚马一样。"别紧张,小伙子。"

"我们只是路过。"詹斯博说,又轻推了他父亲一下。

"跟我来。"威岚说。

"一个御风师待在珍本阅览室做什么?"詹斯博问。他们在迷宫般的书架之间穿梭，时不时地从吓到蜷缩在书前的学生或学者身旁走过。

"湿度。他让空气保持干燥，以便保存那些手稿。"

"挺不错的工作，如果你能干这活儿的话。"

到最西面的那堵墙时，威岚在一张雷凡卡的地图前停了下来。他环顾四周，确定没人看他们时，按下了标志首都的那个符号——奥斯阿尔塔。这个国家仿佛沿着乌西那里的细缝裂开了，露出一个仅容一人通过的裂缝。

"这里通向一家版画店的二楼。"威岚说，他们侧身走了进去，"建它是为了让教授直接从图书馆回家，不用去应付那些愤怒的学生。"

"愤怒的？"詹斯博父亲问，"那些学生有枪吗？"

"没有，但为了分数闹事的传统由来已久。"

地图合上了，他们在黑暗中继续拖着脚步前行。

"无意冒犯，"詹斯博对威岚低声说，"但我确实没想到你会如此熟悉珍本室。"

"我曾和一位家庭教师在这儿碰面，回去时我父亲还以为……那位老师很有趣。我一直都很喜欢地图。用手摸字有时候会比较容易……我就是这样找到这通道的。"

"那个，威岚，我最近对你有点刮目相看了。"

短暂的沉默之后，他听到威岚说："那以后想惊艳到你就不容易了。"

詹斯博笑了，但感觉有什么不太对。他听到他们身后的珍本阅览室里传来了尖叫声。真的好险，他的肩膀还在流血，他们成功逃脱了——这是他觉得很鲜活的时刻。打斗让他兴奋到脑子嗡嗡作响。那兴奋感还在，在他的血管中流窜，但兴奋之余还有一丝让人觉得冰冷且陌生的感觉，那感觉让他所有的快乐都消失殆尽。他唯一能想到的是，父亲可能受伤了。他可能会死。詹斯博已经习惯了有人朝他开枪的日子。如果他们的枪口不再对准他，他会感觉受到了侮辱。但这次不同。这场打斗并

乌鸦六人组(卷二):骗子王国

非他父亲所愿。他最大的错就是太相信自己的儿子了。

而问题在于,在卡特丹姆,信错人是致命的,詹斯博在黑暗中蹒跚前行时想道。

6
妮　娜

妮娜忍不住一直盯着科尔姆·范赫看。他个头比詹斯博矮一点，但肩膀宽一点，长得非常具有克里什特色——鲜艳的深红色头发，盐白色的皮肤上有哲蒙尼的阳光晒出的雀斑。尽管他的眼睛和詹斯博一样是澄澈的灰色，但不同于詹斯博眼中流露出的阳光和活力，他的眼中蕴藏着严肃和温暖。

妮娜饶有兴致地盯着这位农夫，并不只是因为从他的脸上看到詹斯博的影子，更是因为看到一个身心健全的人，被包括她自己在内的卡特丹姆恶人包围着，站在空荡荡的坟墓里时，有种说不出来的怪异。

妮娜打了个寒战，拉起她惯用的旧毯子，把自己裹得紧紧的。妮娜逐渐开始记录生命中的好日子和坏日子，而拜康尼利斯·施密特所赐，今天实在是糟透了。妮娜不能让坏日子占据她美好的生命，尤其是在他们离救出伊奈姬如此之近的时候。**一切都会好的**，妮娜在心里默默许愿道，希望她的愿望能穿过空气，掠过卡特丹姆港的水域，到达她朋友那

乌鸦六人组(卷二):骗子王国

里。保护好自己,等着我们。

凡·埃克把伊奈姬抓去做人质时,妮娜不在维尔吉鲁克。她那时正在设法把潘勒姆排出体外,深陷捷尔霍尔姆港之行后就笼罩着她的痛苦阴云里。她告诉自己,要感谢那段痛苦的经历,感谢每一次颤抖、疼痛和呕吐。感谢目睹一切,为她整理头发、轻触她额头,在她叫嚷着、祈求着、尖叫着要潘勒姆时,温柔地抱着她的马蒂亚斯。她努力记住自己对他说过的每一句恶语,他带给她的每一次狂喜,她对他的每一句侮辱和指责。你想让我求你,是不是?你等着看我这副模样等了多久了?别再惩罚我了,马蒂亚斯。帮帮我。对我好点,我也会好好对你的。他用坚韧的沉默承受了这一切。她要紧紧抓住那些记忆不放,要用那些鲜活的、生动的、令人难堪的记忆来抵挡对潘勒姆的渴望。她再也不想重蹈覆辙了。

如今,她凝视着马蒂亚斯,他金色的头发又浓又密,长度已经可以盖住耳朵。她既想见到他,又怕见到他。因为他不会给她她想要的东西。因为他很清楚她有多么需要它。

卡兹把他们安排在黑面纱岛之后,妮娜勉强坚持了两天就崩溃了。她跑到库维那里,想他再给她点潘勒姆。一小点就行。就让她尝一口,压下体内对潘勒姆翻滚着的渴望。后来她不冒冷汗了,也不发烧了。可以走一走,和人说说话,听卡兹和其他人制定计划。但即使她专注于自己的事,喝着马蒂亚斯摆在她面前的汤和加了糖的茶时,对潘勒姆的渴望都无法缓解,那无法停歇的渴望每时每刻都在反反复复地折磨着她的神经。她不由自主地坐在库维旁边,用舒国语温柔地和他聊天,听他抱怨坟墓里的潮湿。然后,那句话便脱口而出:"你还有吗?"他都不问她说的是什么。"我都交给马蒂亚斯了。"

"我知道了,"她说,"这可能是最好的选择。"

她笑了。他也笑了。她很想把他的脸撕成碎片。

因为她没法去找马蒂亚斯。永远都没办法。据她所知,他把库维所有的潘勒姆都扔进了海里。一想到这个,她就格外恐慌,然后冲到一座废弃的坟墓前把胃里的东西吐个精光。她用泥土盖住了呕吐物,然后在常春藤下找了一处安静之地坐着,哭得泪如雨下。

"你们都是一群没用的笨蛋。"她对着寂静的坟墓喊。它们似乎毫不在意。但不知怎的,黑面纱岛的寂静给了她安慰,让她平静下来。她也解释不了为什么。她之前从没有在死者的地盘寻求慰藉的经历。休息了一会儿之后,她擦干了眼泪,觉得别人看不出她脸上的泪痕和眼里的泪水后,她回到了其他人身边。

你已经挺过了最艰难的时刻,她对自己说,*已经没有潘勒姆了,你就别再惦记这事了*。她努力克制自己。

昨晚为了诱康尼利斯·施密特上钩,她不小心动用了自己的能力。因为她觉得即便自己戴着假发,别着鲜花,穿着戏服和束身衣也诱惑不了人,所以就在积云俱乐部照了眼镜子,对着镜子修掉了黑眼圈。这是她康复以后第一次动用自己的能力。这十分耗费精力,她出了一身冷汗,眼下的瘀青消失了,但心中对潘勒姆的强烈渴望,又以雷霆之势卷土重来。她弯下腰,紧紧地抓着洗漱池,脑海里充满了各种危险的想法,她想着怎么逃离,想着谁能给她供货,想着自己能拿什么去换。她强迫自己去想在船上时经历的耻辱,想她和马蒂亚斯会有怎样的未来,但想到伊奈姬时,她恢复了理智。她欠伊奈姬一条命,她不会让她一直困在凡·埃克那里。她不是那样的人。也不要成为那样的人。

不知怎的,她振作了起来,往脸上泼了点水,把脸颊捏得红扑扑的。她看上去依然很憔悴,但她拉了拉紧身胸衣,尽力露出了最灿烂的笑容。*这样的话,施密特就不会盯着你的脸看了*,妮娜跟自己说道,然后扬长而出,以身作饵。

一旦完成这项工作,收集到他们需要的情报,等每个人都睡着后,

乌鸦六人组(卷二):骗子王国

她就去翻遍马蒂亚斯所有的随身物品,摸遍他所有的衣服口袋,每过一秒,她的沮丧就增加一分。她讨厌他。讨厌库维。讨厌这座愚蠢的城市。

带着对自己的厌弃,妮娜钻进了他的毯子里。马蒂亚斯总是背对着墙睡觉,这是他在地狱之门养成的习惯。她的手到处游走,搜寻他的衣服口袋,摩挲他的裤子里衬。

"妮娜?"他睡眼惺忪地问。

"我冷。"她说,双手继续搜寻着。她吻了吻他的脖子,然后是耳垂。她从未这样吻过他。因为她从来都没有机会。他们一直忙于解开困住他们的猜疑、欲望和忠诚的枷锁,而自她服下潘勒姆……她目前只能想到这个,即便是现在。让她产生欲望的是潘勒姆,而不是她手下的这具身体。但她没有去吻他的嘴唇。她不能在潘勒姆的掌控下去做这件事。

他轻轻地呻吟了一声。"其他人——"

"大家都睡着了。"

然后他抓住了她的手。"住手。"

"马蒂亚斯——"

"我没有。"

她用力从马蒂亚斯手中挣脱,羞耻在她的内心蔓延,就像从森林底部燃起的火焰一样。"那谁有?"她压低声音,怒气冲冲地问。

"卡兹。"她愣住了。"你要爬上他的床吗?"

妮娜难以置信地呼了口气。"他会割断我的喉咙。"她无助到想要大喊大叫。和卡兹没有讨价还价的余地。她也不能像欺负威岚一样欺负他,也不能像求詹斯博一样求他。

一股疲惫感突然袭来,扼住了她的喉咙,但这种疲惫感至少压制了她对潘勒姆的强烈渴望。她把额头靠在马蒂亚斯的胸前。"我讨厌这样,"她说,"我有点恨你,巫师猎人。"

"我已经习以为常了。过来。"他搂着她,跟她聊起了雷凡卡和伊奈姬。他用讲故事来分散她的注意力，那个故事的名字叫吹过菲尔丹的风，他跟她说起在巫师猎人大厅里吃的第一顿饭。她不知道什么时候睡了过去，一夜无梦，再有意识的时候，是墓穴门发出砰的一声，把她从熟睡中惊醒。

马蒂亚斯和卡兹从大学城区回来了，衣服上有威岚的炸弹烧出的窟窿，詹斯博和威岚紧跟在他们身后，眼睛瞪得大大的，被春雨淋得浑身湿透，他们后面还跟着一个壮实的农民，看上去像是克里什人。妮娜觉得自己像是从神明那里得到了一份可爱的礼物，这种让人觉得有些疯狂和困惑的局面，足以让她分心。

虽然昨晚之后，她对潘勒姆的强烈渴望已经减弱，但并没有消失，她不知道该如何熬过今晚。引诱施密特只是他们计划当中的第一部分。卡兹还指望着她呢，伊奈姬还在等她呢。他们需要的是原来的那个身体操控能力者，而不是如今光是施个修容术就会浑身颤抖的瘾君子。但看到眼前这一幕时，她无暇思考那问题，科尔姆·范赫绞着帽子站在那里，詹斯博一副宁可吃玻璃做的华夫饼也不愿面对他的表情，而卡兹……她不知道自己期望从卡兹那里看到什么。愤怒，还是比这更强烈的情绪。卡兹不喜欢意外和潜在的弱点，而詹斯博的父亲是一个身材结实、饱经风霜的弱点。

但听到詹斯博一口气说完他们是怎么逃出大学后，妮娜觉得这应该已经是精简后的表述了，但卡兹只是倚着拐杖说："有人跟踪你吗？"

"没有。"詹斯博回答道，果断地摇了摇头。

"威岚？"

科尔姆怒了。"你不信我儿子说的？"

"对事不对人，爸，"詹斯博说，"他对每个人说的话都持怀疑态度。"

卡兹面容平静，粗嘎的声音中却透着轻快，这让妮娜胳膊上的汗毛都竖了起来。"抱歉，范赫先生。这是巴伦地区的惯常做法。相信但仍需

乌鸦六人组(卷二):骗子王国

验证。"

"也可能根本就不相信。"马蒂亚斯低声说。

"威岚?"卡兹重复道。

威岚把包放在桌上。"如果他们知道那个通道的话,有可能会跟踪我们,或派人在版画店门口守着。但我们没看到。"

"我数了下,屋顶上大约有10个。"卡兹说。马蒂亚斯点了点头表示认同。

"应该没错,"詹斯博说,"但我不确定。他们逆光,我看不清。"

卡兹坐了下来,漆黑的双眸盯着詹斯博父亲。"你是诱饵。"

"你说什么,小伙子?"

"银行让你偿还贷款?"

科尔姆眨了眨眼睛,有些诧异。"嗯,是的,事实上,他们给我寄了一份措辞十分严肃的信,信中说我面临信用风险。他们说如果我不全额还款的话,他们将会采取法律措施。"他转向了他儿子。"我给你写信了,小詹。"他的声音里有疑惑,却没有指责。

"我……我还没去取信。"自从詹斯博不去上学了之后,他依旧想办法去学校取过信吗? 妮娜很好奇他是怎么把这诡计维持了这么久的。可能是由于科尔姆与詹斯博之间隔着海洋,再加上他对儿子的信任,这一切就变得容易多了。真好骗,妮娜悲伤地想,不管出于什么原因詹斯博一直在欺骗自己的父亲。

"詹斯博——"科尔姆说。

"我在想办法筹钱,爸。"

"他们扬言要拿走农场。"

詹斯博的眼睛紧紧地盯着坟墓的地面。"我快筹到了。快筹到了。"

"筹到钱?"妮娜听到了科尔姆声音中的沮丧。"我们如今坐在坟墓里。刚刚还有人朝我们开枪。"

"你为什么会坐船来卡特丹姆?"卡兹问。

"银行把收款日期提前了!"科尔姆愤怒地说道,"他们说留给我的时间不多了。我曾试着联系詹斯博,但没收到回复,我以为——"

"你以为你那聪明的儿子在卡特丹姆昏暗的街道里能做什么?"

"我担心更坏的情况发生。毕竟这城市名声在外。"

"那你的担心是有道理的,"卡兹说,"你什么时候到的?"

"我去学校里打听了一下。他们说他没注册,我就去找警卫队了。"

詹斯博蹙了蹙眉。"哦,爸。城市护卫队?"

科尔姆用力攥了攥帽子。"那我应该去哪,小詹?你知道这对——对你这样的人来说,有多危险。"

"爸,"詹斯博最终直视着父亲眼睛说道,"你有没有告诉他们我是——"

"当然没有!"

格里莎。为什么他们都不说呢?

科尔姆把一块毡制品扔到了地上,那曾是他的帽子。"我一点都不明白。你为什么把我带到这么可怕的地方?为什么会有人朝我们开枪?你的学习怎么样了?你现在成什么样了?"

詹斯博张了张嘴,又闭上了。"爸,我……我——"

"是我的错。"威岚脱口而出。大家的目光都转向他。"他……他担心银行贷款,所以就搁置了学业,找了一份……"

"在当地找了份枪匠的工作。"妮娜提议道。

"妮娜。"马蒂亚斯低声警告。

"他需要我们帮忙。"她小声说。

"对他父亲撒谎?"

"只是个小谎。这不一样。"她不知道威岚打算说什么,但他显然需要人帮忙。

乌鸦六人组（卷二）：骗子王国

"对！"威岚急切地说，"枪匠！然后我……我跟他说有笔买卖——"

"他们被骗了。"卡兹说。他的声音和往常一样，冰冷而坚定，人却有点儿僵直，仿佛走在一片充满不确定性的土地上。"他们获得了一个看起来千载难逢的商机。"

科尔姆跌坐在椅子上。"如果是那样的话，那——"

"只是看起来是。"卡兹说。妮娜觉得他说这些话的时候很真诚，这让她觉得非常怪异。

"你和你哥哥失去了一切吗？"科尔姆问威岚。

"我哥哥？"威岚茫然地问。

"你的双胞胎哥哥。"卡兹说着，瞥了一眼库维，库维安静地坐着，静观事态发展。"对。他们失去了一切。从那以后，威岚的哥哥就再也没说过一句话了。"

"看起来的确是那种比较安静的人，"科尔姆说，"你们都是……学生吗？"

"算是吧？"卡兹说。

"谁会在坟墓里度日。我们不去找有关部门吗？把发生的事告诉他们？这些诈骗犯可能还骗了别的人。"

"呃——"威岚开口。卡兹扫了他一眼，让他闭嘴。坟墓里笼罩着一阵奇怪的寂静。卡兹在桌边坐了下来。

"当局帮不上忙，"他说，"最起码这里的不行。"

"为什么不行？"

"因为这里利润是至高无上的法则。詹斯博和威岚想走捷径。城市护卫队连眼泪都不会帮他们擦的。有时候，伸张正义只能靠自己。"

"然后他们找到了你。"

卡兹点了点头。"我们会帮你弄到钱。你不会失去自己的农场的。"

"但你这样做是违法的。"科尔姆说着，疲惫地摇了摇头，"你看上去应该还没到毕业的年龄。"

"卡特丹姆就是我的老师。我可以告诉你：但凡詹斯博还有其他办法，他就不会向我求助。"

"你怎么能这么坏，小子，"科尔姆粗声粗气地说，"你活的年限还不够你赎罪的。"

"我学东西很快。"

"我能相信你吗？"

"不能。"

科尔姆又拿起了他那皱巴巴的帽子。"我能相信你会帮詹斯博渡过难关吗？"

"可以。"

科尔姆叹了口气。他环视了一下所有人。妮娜站得更直了。"你们让我觉得自己老了。"

"在卡特丹姆多待一段日子，"卡兹说，"你就会觉得自己是个老古董了。"然后他把头歪向一边，妮娜在他的脸上又看到了那种疏离的、陷入沉思的神情。"你长着一张诚实的脸，范赫先生。"

科尔姆困惑地看了一眼詹斯博。"嗯。希望如此吧，谢谢你指出来。"

"这不是恭维，"詹斯博说，"我太了解你那副表情了，卡兹，你少转点花花肠子。"

卡兹只是缓缓地眨了一下眼睛作为回应。无论他那邪恶的脑子里在酝酿什么阴谋，现在都已经来不及阻止了。"你住哪里？"

"鸵鸟旅馆。"

"再回那不安全。我们会把你送去吉尔德伦纳酒店，给你换个姓名登记。"

"为什么？"科尔姆气急败坏地说。

"因为有人想要詹斯博的命，而他们已经利用你引出了他。我没猜错

乌鸦六人组（卷二）：骗子王国

的话，他们会拿你作为人质，这种例子太多了。"卡兹草草地给罗迪写了一张便条，还递给他一叠厚厚的克鲁志。"你可以在餐厅里随意吃，范赫先生。但在我们联系你之前，你就在酒店里待着，别到处乱跑，如果有人问起你，你就说你是来这儿休息放松的。"

科尔姆审视了一下罗迪和卡兹。他坚定地呼了一口气。"不用了，谢谢，这是一个错误，"他转向詹斯博，"我们会想别的办法偿还债务。或者去别的地方重新开始。"

"你别放弃农场。"詹斯博说道。他压低了声音。"她在那儿。我们不能丢下她。"

"小詹——"

"求你了，爸。求你给我个弥补的机会。我知道——"他吞了吞口水，瘦骨嶙峋的肩膀缩了起来，"我知道我让你失望了。再给我一次机会就行。"妮娜觉得詹斯博的这话不仅是对他父亲说的。

"我们不属于这里，小詹。这里太喧闹了，太乱了。一切都不合乎情理。"

"范赫先生，"卡兹平静地说，"你知道人们对在牧场里散步有什么建议吗？"

詹斯博挑起眉毛，妮娜压下了笑意。巴伦地区的混蛋对农场能有什么了解？

"低头看路，小心脚下。"科尔姆回应道。

卡兹点了点头。"你就把卡特丹姆想象成一个巨大的牧场吧。"科尔姆的嘴角扬起淡淡的笑意，"给我们三天时间，我们会把钱弄到手，让你和你儿子平平安安地离开刻赤。"

"这真的可能吗？"

"这个城市里，一切皆有可能。"

"你这么说并不能让我信心满满。"他站了起来，詹斯博也迅速站了起来。

"爸?"

"三天,詹斯博。然后我们回家。不管有没有拿到钱。"他把一只手搭在詹斯博肩上,"行了,多加小心。你们都是。"

妮娜突然觉得喉咙有些哽咽。马蒂亚斯在战争中失去了家人。妮娜很小的时候就被从家人身边带走接受训练。威岚被父亲逐出家门。库维失去了父亲和祖国。至于卡兹?她不想知道卡兹是从哪条黑暗小巷里爬出来的。但詹斯博还有地方可去,有人照顾,有人跟他说,一切都会好起来的。她仿佛看到万里无云的天空下是金色的田野,装有护墙板的房子周围还种着一排用来挡风的红橡树。安全的地方。妮娜多想科尔姆·范赫能去扬·凡·埃克的办公室,勒令他把伊奈姬还回来,否则就打得他满地找牙。她多想这个城市里有人可以帮帮他们,让他们不再那么孤立无援。她多想詹斯博的父亲可以带着他们一起走。她从未去过诺威哲姆,但对那金色田野的渴望就像一种思乡之情。真傻,她跟自己说道,太孩子气了。卡兹说得没错——如果他们想要正义,就得自己去争取。但这并无法平息她内心的痛。

就在这时,科尔姆跟詹斯博道了别,然后跟着罗迪和施佩希特离开了,他们在墓地里穿行,渐行渐远。他转过身来挥了挥手,就消失不见了。

"我应该陪他一起去。"詹斯博说,在门口徘徊着。

"你已经差点害死他一次了。"卡兹说。

"知道在学校里伏击我们的是谁了吗?"威岚问。

"詹斯博的父亲去了市政大厅,"马蒂亚斯说,"我敢保证,很多官员都收受贿赂。"

"这还用说,"妮娜说,"并且那时恰逢银行要求他偿还贷款,这应该不是巧合。"

乌鸦六人组(卷二):骗子王国

威岚在桌旁坐下。"如果银行参与其中,我父亲很可能是幕后黑手。"

"佩克·罗林斯在银行也很有影响力。"卡兹说。妮娜发现他戴着手套的手轻轻敲击着拐杖上的乌鸦头。

"他们会不会勾结在一起?"她问。

詹斯博用手搓了搓脸。"众神以及神他姨妈伊娃,希望别了吧。"

"我不排除任何可能性,"卡兹说,"但没有什么能改变今晚注定要发生的一切。给。"他把手伸进了墙上的一个壁龛里。

"我的左轮手枪!"詹斯博惊呼,把它们搂在胸前。"啊,你们好呀,迷人的小东西。"他的笑容格外灿烂。"你把它们弄回来了!"

"积云俱乐部的保险柜太容易打开了。"

"谢谢你,卡兹。谢谢你。"

卡兹面对詹斯博父亲时的和善消失得了无踪迹,就跟她梦想中的金色田野一样。"一个没有枪的射手有什么用?"卡兹问,似乎完全没注意到詹斯博脸上垮掉的笑容。"你负债太久了。我们都是。还债就从今晚开始。"

夜幕已经降临,他们整装待发,此时一轮渐盈的月亮凝视着他们,就像一只白色的、警惕的眼睛。妮娜抖了抖衣服袖子。寒流已经退去,他们身处典型的晚春时节。或者说刻赤特有的时节——那种温暖像是在动物的嘴里一般,潮湿且幽闭恐怖,只有短暂又无法预测的暴风雨才能缓解。马蒂亚斯和詹斯博很早就去了码头,确保平底小船已经到位。然后他们去了出发点,把库维和罗迪及施佩希特一起留在了黑面纱岛上。

船无声地滑过水面。妮娜看到前面有指引他们前进的灯光。

詹斯博的左轮手枪别在屁股后面,他和马蒂亚斯的肩上都挎着步枪。卡兹的外套里有一把手枪,他还带着他那邪恶的拐杖,妮娜看到威岚把一只手搭在背包上,内包里面装满了炸药,闪光弹以及其他奇奇怪怪的东西。

"希望我们一切顺利!"威岚叹了一口气说,"我父亲估计做好准备了。"

"我就指着这次机会了。"卡兹回应道。

妮娜的手指轻轻抚过那把插在她浅色春装口袋里的手枪。她以前从来都不需要枪,也从不愿意带枪。因为她的武器是自己。但她现在不相信自己了。她感觉她对自身力量的控制力很弱,就像她在努力去够什么东西,但那东西远比她想的要远一些。她需要确保那东西今天就在那里。她不能犯错,因为这关系到伊奈姬的性命。妮娜知道,如果自己那时在维尔吉鲁克,那场搏斗可能会大有不同。如果妮娜能强大到与凡·埃克手下的走狗抗衡,那伊奈姬就不会被抓走了。

如果她服下了潘勒姆呢?那没人能和她匹敌。

妮娜坚定地摇了摇头。**如果你服下了潘勒姆,就会对它彻底成瘾,而那时也就离去死神之船不远了。**

上岸后,所有人都一言不发,他们以最快的速度下了船,尽可能地保持安静。卡兹示意他们就位。他从北面逼近,马蒂亚斯和威岚从东面逼近。妮娜和詹斯博负责把守西边。

妮娜动了动手指。四个守卫悄无声息地倒下了。这原本很简单。最起码几个星期以前很简单。减缓他们的脉搏,让他们来不及发出警报就陷入昏迷状态。但现在她很想知道,究竟是因为潮湿,还是因为自己紧张到出汗,导致衣服粘在皮肤上,这让她很不舒服。

没过多久,两个正在执勤的守卫的身影率先跃入她的眼帘。他们靠在低矮的石墙上,把步枪搁在一旁,懒洋洋地说着话,说话声音时高时低。小意思。

"让他们把眼睛闭上。"詹斯博说。

乌鸦六人组（卷二）：骗子王国

妮娜把注意力集中在守卫身上，让自己的身体去感知他们的心跳以及血液流动。这就像是在黑暗里跌跌撞撞地前行。什么都没有。她只能隐约地感觉到他们的轮廓，仅此而已。她的眼睛能看到他们，耳朵能听到他们，但再无其他。她体内的另一种感知力，那从她能记事开始就有的天赋，那从她孩提时期就陪着她的能力之心已经停止跳动了。她能想到的只有潘勒姆，以及它带来的兴奋和惬意，仿佛整个宇宙就在她的指尖。

"你在等什么？"詹斯博说。

可能是察觉到有异动，或者是发现了他们的存在，其中一个警卫朝他们的方向扫了一眼。他举起步枪，示意同伴跟上。

"他们朝这边来了。"詹斯博伸手去拿枪。

啊，神呐。如果詹斯博迫不得已开了枪的话，其他的警卫就会警觉起来。警报拉响，他们的所有努力就全白费了。

妮娜全力以赴，集中精力。对潘勒姆的渴望掌控了她，那渴望颤抖着穿过她的身体，把利爪刺进了她的骨头。她忽略了它。一个警卫颤颤巍巍地跪在了地上。

"吉利斯！"另一个警卫说道，"这是怎么了？"但他还没蠢到放下武器。"不许动！"他朝着他们的方向喊道。"报上名来。"

"妮娜，"詹斯博急切地低声说，"动手啊。"

妮娜握紧拳头，试图扼住那警卫的喉咙，让他无法呼救。

"报上名来！"

詹斯博拔出了枪。不，不，不。她不要成为计划失败的原因。潘勒姆还不如直接让她死去，而不是把她困在这个痛苦的，无能为力的炼狱。愤怒席卷了妮娜，那怒火纯粹、高涨且集中。她的神思散了出去，突然之间捕捉到了什么，不是身体，而是别的东西。她眼角瞥见有动静，一个模糊的身影从阴影中浮现——一团灰尘。它朝站岗的警卫冲去。那警卫使劲拍打着,跟赶蚊子一样,但那灰尘越转越快,越转越快,几乎看不清楚。那警卫刚要张嘴大叫,那团灰尘消失了。他闷哼一声,朝后倒去。

他的同伴仍摇摇晃晃地跪在地上,努力保持平衡。妮娜和詹斯博大步向前,詹斯博用手枪的枪托重重地砸在了跪在地上的警卫的后脑勺上。那人倒在地上,不省人事。他们小心翼翼地打量着另一个警卫。他睁着眼睛躺在地上,凝视着繁星点点的天空。细小的白色灰尘堵住了他的口鼻。

"是你做的吗?"詹斯博说。

是她吗?妮娜感觉自己的嘴里也有灰尘。这不可能。身体操控能力者可以操控人体,却不能操控无机物质。这是强大的物料能力者才能做到的。"不是你吗?"

"感谢你对我如此有信心,但这都是你的功劳,美人儿。"

"我没打算杀他。"那她打算做什么?让他不要出声。灰尘从他张开的嘴角慢慢掉落,形成了一条细细的线。

"还有两个警卫,"詹斯博说,"我们已经迟了。"

"我们直接敲击他们的头部怎么样?"

"很有品味。我喜欢。"

妮娜感到一阵奇怪的感觉从身上爬过,但体内对潘勒姆的渴望不再叫嚣了。*我没打算杀他。*但这并不重要。最起码现在不重要。守卫已经放倒,计划已经开始。

"走吧,"她说,"去把我们的伊奈姬救出来。"

7
伊奈姬

伊奈姬在黑暗中度过了一个无眠之夜。肚子开始咕咕叫时，她觉得应该是早上了，但没人帮她拿下眼罩，也没人给她送来餐食。看来凡·埃克觉得没必要惯着她了。他已经清楚地看到了她内心的恐惧。那才是他现在的杠杆，而不是巴让具有苏里特色的双眸和怀柔策略。

身体不再颤抖后，她挣扎着挪到了通风口前，结果发现它已经被牢牢地锁上了。一定是她在剧院的时候锁上的。她并不觉得惊讶。她怀疑之前凡·埃克是故意不上锁的，只为给她希望之后，再让她感到绝望。

她的头脑慢慢清晰起来，她静静地躺着，制定了一个计划。她可以开口。有很多德勒格斯如今已经弃用的藏身所和安全屋，因为这些地方已经引起怀疑或者不够方便。她可以从这里突破。那些地方可能已经成了巴伦其他帮派的藏身之所。她知道利蒂斯偶尔会用第三港口那个改装过的集装箱。拉兹格尔喜欢窝在里斯兰特只有几条街的肮脏小旅馆里。他们把那地方叫作果酱馅饼屋，房屋本身的覆盆子色有点褪色，白色的屋檐看上去像是撒了一层糖霜作为装饰。凡·埃克可能需要大半晚上的时间来一间接一间地搜寻。她可以趁机拖延，带着凡·埃克和他的手下满卡特丹姆寻找卡兹。她从来都不是一个出色的演员，但在动物园的时候她已经被迫撒了不少谎，后来她总和妮娜在一起，也学了几招。

巴让终于出现了，他摘下了她的眼罩，身后有六名武装警卫随行。她不确定已经过去了多长时间，但她觉得应该是一天过去了。巴让脸色蜡黄，不敢直视她的眼睛。她希望是因为自己的话重重地压在他的胸口，让他整夜都无法安睡。他割断了捆着她脚踝的绳子，换上了脚镣。那些警卫带着她向大厅走去时，那脚镣一路发出巨大的当啷声。

这一次，他们带着她穿过了剧院后门，路过了布景和落满了灰的废弃道具，来到了舞台上。被虫蛀过的绿色幕布已经掉落下来，再也看不见宽敞的座位区和阳台了。舞台与剧院的其他部分分割开了，台上的灯发出热量让这里温暖起来，布景给人一种奇怪的熟悉感。这里看起来更像一个真正的外科医生手术室，而不是舞台。伊奈姬的目光落在了碎裂的桌角上，然后迅速移开了，那是她昨天躺过的桌子。

凡·埃克在等那个鹰钩鼻警卫。伊奈姬暗自发誓，即使她的计划失败了，即使他把她的腿砸成肉酱，即使她再也走不了路了，她也要想办法以其人之道还治其人之身。她不知道具体要怎么做，但她会做到的。她有太多虎口逃生的经历了，凡·埃克是毁不了她的。

"你害怕吗，伽法小姐？"他问道。

"是的。"

"可真诚实。准备好把你所知道的告诉我了吗？"

伊奈姬深深地吸了一口气，垂下头，做出一副不情愿的样子，希望能骗过他们。"嗯。"她低声说。

"继续。"

"谁知道你得到这些消息之后，还会不会伤害我呢？"她小心翼翼

乌鸦六人组(卷二):骗子王国

地问。

"如果消息属实,你不用怕我,伽法小姐。我不是野蛮人。你最熟悉的手段——威胁和暴力,我已经都用过了。巴伦已经把你训练到对这些心怀期待了。"他听上去很像坦特·海琳。你为什么要逼我这么做呢?这些惩罚都是你自找的,姑娘。

"这算是你给我的保证?"她问。这太荒谬了。凡·埃克打破他们在维尔吉鲁克的部署的时候,就已经清楚地证明过他的保证有多大价值了。

但他严肃地点了点头。"是的,"他说,"一言为定。"

"决不能让卡兹知道——"

"当然,当然。"他有点不耐烦地说。

伊奈姬清了清嗓子。"离斯兰特不远处有一个叫蓝色天堂的俱乐部。卡兹曾用楼上的房间存放偷来的东西。"这是真的,那些房间现在应该依旧是空的。卡兹发现酒吧老板欠普狮的钱之后,就再没用过那地方了。他不想让任何人掌握他的行踪。

"很好。还有呢?"

伊奈姬咬着下唇。"克尔斯坦特街有一座公寓。我不记得门牌号了。在那里可以看到东斯戴夫有些赌场的后门。我们曾用这个地方来进行监视。"

"是吗?继续。"

"有一个集装箱——"

"你知道吗,伽法小姐?"凡·埃克走近她。他的脸上看不出生气的迹象,反而有些幸灾乐祸的味道,"我不觉得这几处地方会是真正的线索。"

"我不——"

"我想,你是打算一边让我追着自己的尾巴转圈,一边等待救援,或是策划别的拙劣的逃跑计划。但伽法小姐,你不用等了。布莱克先生马上就来救你了。"他对一个警卫打了个手势。"拉起窗帘。"

伊奈姬听到绳索发出吱吱嘎嘎的声音,破旧的窗帘慢慢升起。剧院的过道里挤满了警卫,至少有三十个,或许更多。他们全副武装,拿着步枪和短棍,展示出压倒性的实力。不,听到凡·埃克说的话之后,她想道。

"没错,伽法小姐,"凡·埃克说,"你的英雄来了。布莱克先生总觉得自己是卡特丹姆最聪明的人,所以我觉得我应该纵容他,让他聪明反被聪明误。我觉得与其把你藏起来,还不如让他们找到你。"

伊奈姬皱了皱眉头。不可能。不可能。这商人真的成功地算计了卡兹吗?他利用了她吗?"我曾每天接送巴让去看喜剧伊尔。我觉得苏里少年非常引人注目,并且任何进出那座原本废弃了的岛的行为,都会引起注意。直到今晚,我都不确定布莱克会上钩;都开始有点焦虑了。但他真的来了。今晚早些时候,他手下的两个队员准备登上一艘平底小船——就那个高大的菲尔丹人和哲蒙尼少年。我没有拦截他们。他们和你一样,都是小喽啰。库维才是彩头,你的布莱克先生终于要把欠我的东西还给我了。"

"如果你当初和我们平等交易,现在就已经拥有库维了,"她说,"我们冒着生命危险把他从冰庭弄了出来。我们赌上了一切。你应该信守承诺。"

"爱国的人会不计报酬,释放库维。"

"爱国的人?你关于尤尔达潘勒姆的计划会让刻赤陷入混乱。"

"市场是有弹性的。刻赤可以承受。它甚至可能会因为即将到来的变化而变得更加强大。但你和你的同伙可就不一定了。我们处于战争状态时,你觉得运河里的寄生虫将会如何谋生?诚实的人没有钱可挥霍时,会把精力投入到劳动中去,而不是做坏事。"

伊奈姬撇了撇嘴。"运河里的无名鼠辈有自己的生存之道,不论你多

乌鸦六人组(卷二):骗子王国

么努力地想办法消灭我们。"

他笑了。"你的大多数朋友都活不过今晚了。"

她想起了詹斯博、妮娜和马蒂亚斯,以及可爱的威岚,他值得拥有一个更好的父亲,而不是这个人渣。这不只是为了打压凡·埃克,更是自己的真实想法。"你讨厌我们。"

"坦白说,你对我没什么吸引力——不论之前是杂技演员的你,或是作为舞者的你,或别的什么身份,但如今你是这个城市的疫病。我承认,卡兹·布莱克确实冒犯到了我。他卑鄙,无情,不讲道德。他以堕落滋养堕落。他那聪明的头脑本来可以有大用处。他本可以统治这座城市,有所建树,创造出惠及所有人的利益。但恰恰相反,他摄取优秀的人的劳动果实。"

"优秀的人?像你这样的?"

"听我这么说你可能很难受,但事实如此。我离开这个世界时,世界上最伟大的航运帝国将会继续存在,它会作为给格森的礼物,也会作为格森厚爱的见证继续存在。谁会记得你这样的女孩,伽法小姐?你和卡兹·布莱克能留下的,除了送去死神之船燃烧的尸体,还有什么呢?"

有喊叫声从剧院外传来,那些警卫转身朝大门走去,这里瞬时一片寂静。

凡·埃克看了一眼表。"半夜12点整。布莱克挺有戏精天分的。"

她听到一声喊叫,然后是短暂的枪声。她身后有留个警卫,脚上拴着镣铐。无助的情绪扼住了她的喉咙。卡兹和其他人要步入陷阱了,她却没办法提醒他们。

"我觉得最好还是不要让四周都完全不设防,"凡·埃克说,"我不想让游戏太过简单,导致玩家弃局。"

"他不会告诉你库维在哪里的。"

凡·埃的笑容里带着点纵容。"我只想知道哪种方式更有效——让你看着我折磨布莱克先生,还是让他看着我折磨你。"他俯下身来,声音里充满了阴谋的味道。"我可以告诉你,我要做的第一件事就是剥下他的手套,折断他偷东西的每一根手指。"

伊奈姬想起了卡兹和他那魔术师般的手,以及他右手指关节上发白的疤痕组织。可就算凡·埃克折断卡兹的每一根手指,把他的两条腿都打断,他也一个字都不会说的,但如果这人剥下他的手套呢?伊奈姬依然不知道他为什么需要戴手套,或者为什么他晕倒在了去冰庭的狱车里,但她知道卡兹无法忍受皮肤与皮肤直接接触。他还隐藏了自己的多少弱点?凡·埃克能找到他的弱点,并加以利用需要多久?卡兹消除这些弱点对他的影响需要多久?她会受不了的。她很庆幸自己不知道库维在哪里。否则她肯定会比卡兹先开口。

大厅里传来靴子踩在地上的声音,雷鸣般的脚步声。伊奈姬猛地向前冲去,想要开口提醒他们,但一名警卫用手捂住了她的嘴,她在他的怀里挣扎着。

门突然开了。三十名警卫,举起了三十支步枪,三十步枪已经上膛。站在门口的少年往后退缩,他面色苍白,螺旋状的棕色卷发凌乱不堪,身上穿着凡·埃克家红金两色的制服。

"我——凡·埃克先生。"他气喘吁吁地说,举起双手进行自卫。

"退下,"凡·埃克命令其他警卫,"发生什么事了?"

那少年吞了吞口水。"先生,湖边小屋。他们是从水里来的。"

凡·埃克站了起来,把椅子撞翻在地上。"爱丽丝——"

"他们一个小时前把她带走了。"

爱丽丝。扬·凡·埃克怀着身孕的漂亮妻子。伊奈姬感觉有希望燃起,但她努力把它压了下去,她不敢相信。

"他们杀了一名警卫,把其余的人绑在了储藏室里,"那少年气喘吁吁地继续说,"桌子上有张便条。"

乌鸦六人组（卷二）：骗子王国

"拿过来！"凡·埃克吼道。那少年大步走过过道，凡·埃克从他手中夺过了便条。

"它上面……它上面写了什么？"巴让问，声音有些颤抖。也许伊奈姬关于爱丽丝和那音乐老师的猜测是对的。

凡·埃克反击他道："如果我发现你知道这件事——"

"我不知道！"巴让哭喊道，"我一无所知。我是严格按照你的命令行事的。"

凡·埃克把那便条在手里攥成一团，但伊奈姬还是认出了那是出自卡兹之手：明天中午。好妹桥。带上她的刀。

"便条压在这个下面，"那少年把手伸进口袋，掏出了一个领带夹——一个金色月桂叶环绕着的硕大红宝石。那是卡兹刚雇了他们去冰庭时从凡·埃克那里偷来的。离开卡特丹姆之前，伊奈姬还没来得及找机会把它卖掉。卡兹不知道怎么又把它拿来了。

"布莱克！"凡·埃克咆哮，声音因愤怒而充满了紧绷感。

伊奈姬忍不住了。她笑了起来。

凡·埃克狠狠地扇了她一巴掌。他一把抓住她的外衣，摇得她骨头嘎巴作响。"布莱克以为我们还在玩游戏是吧？她是我的妻子。她肚子里还有我的继承人。"

伊奈姬笑得更大声了，过去一周里经历的所有恐惧一连串地从她的胸膛升起。她觉得就算是自己想停也停不下来。"你真傻，竟然在维尔吉鲁克把这些都告诉卡兹。"

"要不要我让弗兰克去拿铁锤，让你看看我有多认真？"

"凡·埃克先生。"巴让恳求道。

但伊奈姬已经受够了这个人的恐吓。凡·埃克还没来得及喘口气，她就扬起头，撞断了他的鼻子。他尖叫着松开了她，血流到了他那精致的商人套装上。他的警卫立马抓住了她，把她拖了回来。

"你这个小杂种，"凡·埃克说着，把一块绣有字母的手帕捂在鼻子上。"你个小婊子。我要亲自用锤子敲断你的腿——"

"继续，凡·埃克，继续威胁我，用那些词形容我。你敢动我一个手指，卡兹·布莱克就会把那孩子从你漂亮的妻子的肚子中挖出来，把它的尸体挂在交易中心的阳台上。"这些恶毒的词汇和言语让她良心隐隐作痛，但这话给凡·埃克脑海中植入的残忍画面，都是他咎由自取。虽然她不觉得卡兹会做这样的事，但她很感激卡兹当初为赢得黑手的名号所做的每一件肮脏、邪恶的事，在他的妻子回来之前，卡兹的名号会每时每刻都困扰着凡·埃克。

"闭嘴！"他大声吼道，唾沫横飞。

"你觉得他不会吗？"伊奈姬讥讽道。她能感觉到他那一巴掌给她脸颊上留下的灼烧感，可以看到警卫手中的铁锤。凡·埃克一直在给她制造恐惧，她很高兴自己能够反击。"卑鄙，无情，不讲道德。这不是你一开始雇用卡兹的原因吗？不是因为他敢做别人不敢做的事吗？继续，凡·埃克。打断我的腿，看看会发生什么。试试他敢不敢。"

她曾真觉得这商人会算计到卡兹？卡兹会让她重获自由，会让这人见识到婊子和运河里的无名鼠辈的厉害。

"你还是安慰安慰自己吧。"她说。凡·埃克抓着桌子的一角，试图撑住自己。"优秀的人竟会被反超。"

8
马蒂亚斯

马蒂亚斯会为他此生犯的错误赎罪，一直到下一世，但他一直相信，尽管他犯过罪，做错过事，但他内心深处有一颗永远不会被打破的正直的心。然而，他很确定，如果他要和爱丽丝·凡·埃克在一起多待一个小时，他可能会杀了她，只为了能够获得片刻的安宁。

湖边小屋旁的围攻行动十分精准，马蒂亚斯忍不住赞叹不已。仅在伊奈姬被带走三天后，罗迪提醒卡兹注意喜剧伊尔剧场出现的灯光，并且有只船在奇怪的时间来往往，那船上载着一个苏里人。他很快就确定那人是安德姆·巴让，一名六个月前与凡·埃克签订了协议的音乐教师。他显然是在威岚离家之后才去凡·埃克家的，但威岚对他父亲找专业人士给爱丽丝教音乐这事并不觉得惊讶。

"她音乐天赋怎么样？"詹斯博问。

威岚犹豫了下后说道："她很有热情。"

这就不难猜到伊奈姬被关在了喜剧伊尔的剧院里，妮娜想立刻去找她。

"他没有带她出城。"她说,这是自她与潘勒姆战斗这么久以来,脸颊上第一次能看到别的颜色。"很明显,他把她关在了那里。"

卡兹只是面色古怪地看向远方,然后说:"太明显了。"

"卡兹——"

"你喜欢一百克鲁志吗?"

"是这里面有什么蹊跷吗?"

"没错。凡·埃克把事情搞得太简单了。他把我们当作待宰的肥羊。但他不是在巴伦出生的,我们也不是一群供他选择性宰杀的傻子,不会一看到他抛出亮晶晶的诱饵就会一跃而起。凡·埃克想让我们以为她在那个岛上。或许她真在。但他会准备好充足的火力等着我们,或许还会有几个服用了潘勒姆的格里莎。"

"直击标记没注意到的地方。"威岚嘟哝道。

"天呐,"詹斯博说,"你已经彻底堕落了。"

卡兹用乌鸦头拐杖敲了敲坟墓地面的石板。"你知道凡·埃克的问题在哪儿吗?"

"不讲信誉?"马蒂亚斯说。

"育儿技能太烂?"妮娜说。

"发际线后移?"詹斯博提议道。

"不,"卡兹说,"可失去的东西太多了。他还给了我们一张图,告诉我们先偷什么。"

他站了起来,开始制定绑架爱丽丝的连环计。他们没有像凡·埃克期望的那样去尝试营救伊奈姬,而是迫使凡·埃克用她来交换自己怀有身孕的妻子。第一计就是先找到她。凡·埃克不是傻子。卡兹怀疑他当初和他们假意交易的时候就已经把爱丽丝带出了城,而他们的初步调查也证明了这一点。凡·埃克不会让妻子待在仓库、工厂或者厂房里,但

乌鸦六人组（卷二）：骗子王国

她不在他名下的酒店里，也不在他的乡间别墅或埃尔斯米尔附近的两个农场里。很可能他把她偷偷带到了某个农场或者是藏在特鲁海的对岸，但卡兹觉得他不会带着怀有自己子嗣的女人，在海上辛苦航行。

"凡·埃克肯定还有不在账面上的财产，"卡兹说，"收入可能也是如此。"

詹斯博皱了皱眉。"不交税是不是……我不太了解，这算不算亵渎神灵？我以为他一直都是格森的信徒。"

"格森和刻赤不是一回事。"威岚说。

当然，要探究这些秘密就意味着要去康尼利斯·施密特的办公室，这过程中会涉及一系列的骗局。马蒂亚斯讨厌所有的不诚实行为，但他不能否认收集到的信息的价值。多亏了施密特的文件，他们找到了湖边别墅的位置。这处房产位于城南十英里处，易于防守，布置舒适，登记在亨德里克斯名下。

直击标记没注意到的地方。这想法很好，马蒂亚斯承认——这实际上是军事思维。武力和兵器都远不及对方时，寻找对方防御较弱的地方作为目标。凡·埃克预计他们会营救伊奈姬，所以把人手都集中在那里。对于这一点，卡兹喜闻乐见，他让马蒂亚斯和詹斯博把平底小船带去第五港口的一个私人泊位，不必避人耳目。第十一声钟响时，罗迪和施佩希特把库维留在黑面纱岛，穿着厚重的斗篷，遮住了脸，登上了一艘小船，他们冲着打算从其他泊位出发的同胞大吼大叫——其中很多人是不明所以的游客，他们不知道小船上的陌生人为什么要朝他们大喊大叫。

卡兹让妮娜和詹斯博组队去袭击湖边小屋时，马蒂亚斯耗尽全身力气才控制住自己没和他争论，他知道这样组队是合理的。他们需要悄悄地除掉警卫，以免有人发出警报或引起恐慌。接受过战术训练的马蒂亚斯和拥有格里莎超能力的妮娜能够做到这一点，所以就把他们分开了。

詹斯博和威岚在闹腾方面天赋出众，所以他们往往最后都会诉之于争吵。而且马蒂亚斯知道，如果他在妮娜执行任务时，像监察员一样跟踪她，她绝对会双手叉腰，展示一下她用多国语言骂脏话的能力。尽管如此，也许除了库维以外，他是唯一一个知道从冰庭回来后，她遭受了怎样的痛苦的人。目睹她经历那一切时，他心里很难受。

他们从湖的另一边靠近，迅速干掉了周围的几个警卫。沿岸的大多数别墅都是空的，因为如今时节还早，天气还没有暖和起来。但凡·埃克的房子——更确切地说，是亨德里克斯的房子——的窗户透出灯光。凡·埃克踏进这座房子之前，这处房产几代以来都属于威岚母亲的家族。

感觉有点不像是非法闯入，有个警卫在凉亭里打盹。马蒂亚斯清点人数时发现少了一个，在这之前，他不知道有人伤亡，但他没有时间去问妮娜和詹斯博到底出了什么事。他们把剩下的警卫都绑了起来，把他们和其他工作人员赶进了食品储藏室，然后戴着喜剧暴君的面具上了二楼。他们在音乐室门前停了下来，看到爱丽丝晃晃悠悠地坐在钢琴凳上。他们原以为她已经睡着了，却发现她在吃力地弹奏一段曲子。

"神呐，这噪音是什么曲子？"妮娜低声问。

"我觉得是《安静点，小黄蜂》，"戴着格莱恶魔面具和配套的角的威岚说，"但很难听出来。"

他们进入音乐室后，爱丽丝脚边那只毛发柔顺的小猎犬感觉到了，咆哮了起来，但怀孕的她只是抬起了埋在乐谱中的头，然后说道："这是一出戏吗？"

"是的，亲爱的，"詹斯博温柔地说，"并且你是主角。"

他们给她穿了一件温暖的外套，然后把她带到屋外，登上了等在那里的那艘船。整个过程中，她太温顺了，导致妮娜开始有点担心。"会不会是她的大脑供血不太充足？"她跟马蒂亚斯低语。

马蒂亚斯不知道该如何解释爱丽丝的行为。他记得他母亲怀着他妹

乌鸦六人组（卷二）：骗子王国

妹时，就连最简单的事情都能搞混。她从他们的小房子一路走到村里时，才发现自己把靴子穿反了。

但在返回市区的途中，妮娜绑住了爱丽丝的双手，用眼罩蒙住了她的眼睛，并把蒙眼布紧紧地绑在了她盘得整整齐齐的头发上。她逐渐意识到了自己的现实处境，开始抽泣，还用天鹅绒袖子擦鼻涕。后来抽泣逐渐演变成了抽噎。等他们把她舒舒服服地安置在坟墓里，甚至给她找了个垫脚的小凳子时，她号啕大哭起来。

"我要回家，"她哭着喊，"我要我的狗。"

从那会儿开始，那哭声就没停下来过。卡兹逐渐挫败地摊了摊手，然后他们都走出坟墓，想清静会儿。

"孕妇都这样吗？"妮娜呻吟道。

马蒂亚斯扫了一眼石墓里边。"只有被绑架的才这样。"

"我都没法思考了。"她说。

"要不我们把蒙眼布拿下来？"威岚提议，"我们可以戴上喜剧暴君的面具。"

卡兹摇了摇头。"我们不能冒着她把凡·埃克引过来的风险这么做。"

"她会把自己折腾病的。"马蒂亚斯说。

"我们的工作还没结束，"卡兹说，"在明天进行交易之前，会有很多变数。谁能想个办法让她闭嘴，没有的话我来。"

"她只是个受了惊的姑娘——"威岚抗议道。

"我没让你描述她。"

但威岚坚持说："卡兹，答应我，你不会——"

"在你说完这句话之前，先想想从我这儿得到一个承诺的代价，以及你愿意为之付出什么。"

"这不是她的错，是她的父母逼她和我父亲结婚的。"

"爱丽丝在这儿不是因为她做错了什么，而是因为她是杠杆。"

"她只是个怀了孕的姑娘——"

"怀孕不是什么特殊才能。你去问问巴伦那些不幸的姑娘。"

"伊奈姬不会想要——"

瞬息之间,卡兹就用前臂把威岚推到了坟墓的墙上,把拐杖上的乌鸦头抵在威岚的颌骨下。"再对我指手画脚试试。"威岚咽了咽口水,张开了嘴。"再说一句。我就把你的舌头割下来,喂给我遇到的第一只流浪猫。"

"卡兹——"詹斯博小心翼翼地说。卡兹没有理会。威岚的双唇抿成了一条细长而又倔强的线。那少年真的不懂得审时度势。马蒂亚斯在想自己要不要替威岚说情时,卡兹放开了他。"在我回来之前,谁给那姑娘嘴里塞个软木塞。"他说完就大步离开了墓地。

马蒂亚斯的白眼都要翻到天上去了。这些疯子需要去新兵训练营训上整整六个月,可能还需要狠狠揍一顿。

"最好别提伊奈姬,"詹斯博说,威岚在一旁抖着身上的灰尘,"如果你还想活命的话。"

威岚摇了摇头。"但这一切不都是为了伊奈姬吗?"

"不,这都是为了那宏大的计划,想起来了吗?"妮娜哼了一声说,"把伊奈姬从凡·埃克那里弄出来只是第一阶段。"

他们回到了墓中。在灯光的映衬下,马蒂亚斯看到妮娜的脸色还不错。或许潜进湖边小屋是件好事,分散了她的注意力,但是他无法忽视一个事实:在这次无须造成人员伤亡的任务中,有一个警卫死去了。

爱丽丝安静了下来,在桌子旁坐着,双手交叉放在肚子上,忧伤地小声打着嗝。她有气无力地扯着蒙眼布,试图把它拿下来,但有先见之明的妮娜打的结很牢固。库维坐在她对面,马蒂亚斯看了他一眼,但那舒国少年只是耸了耸肩。

妮娜在爱丽丝旁边坐了下来。"你想呢……喝茶吗?"

乌鸦六人组（卷二）：骗子王国

"加蜂蜜的？"爱丽丝问。

"我，呃……我觉得我们应该有糖。"

"我只喜欢加蜂蜜和柠檬的茶。"

妮娜看上去似乎要告诉爱丽丝她把蜂蜜和柠檬放哪儿了，所以马蒂亚斯急切地说："你想不想来一块巧克力饼干？"

"啊，我喜欢巧克力。"

妮娜眯了眯眼睛。"我不记得我跟你说过可以把我的饼干送人。"

"实在是事出有因。"马蒂亚斯说着，拿起了锡罐。他买饼干是想让妮娜多吃点东西。"再说了，你几乎没碰过它们。"

"我是打算留着以后吃，"妮娜哼了一声说道，"并且你不应该在事关甜品的问题上与我作对。"

詹斯博点了点头。"她就像个囤积甜品的悍妇。"

爱丽丝的头在蒙眼布之下动来动去。"你们的声音听上去很年轻，"她说道，"你们的父母呢？"威岚和詹斯博笑出了声。"这有什么好笑的？"

"没什么，"妮娜安慰她，"这会儿的他们就是傻子。"

"嗨，"詹斯博说，"我们可没动你的饼干罐。"

"我的饼干罐可不是谁想动就能动的。"妮娜说着，眨了下眼睛。

"显然不是。"马蒂亚斯嘀咕道。他既高兴看到妮娜做回自己，又有点嫉妒让她笑了的人是詹斯博。他想把头塞进水桶里冷静会儿。他的行为就像一个受了蛊惑的傻瓜。

"那个，"詹斯博一边说一边伸手搂住爱丽丝的肩膀，"跟我们说说你的继子吧。"

"为什么？"爱丽丝问，"你也要绑架他吗？"

詹斯博讥笑道："应该不会。我听说他是个麻烦精。"

威岚双臂交叉。"我听说他很有才华，但不被承认。"

爱丽丝皱了皱眉。"我完全能理解他。他不会抱怨或者嘀咕。事实上,他的声音跟你的有点像。"威岚猛地一颤,詹斯博笑得直不起腰来。"是真的,他非常有才华。他在贝兰特学音乐。"

"那他是个什么样的人?"詹斯博问,"他有什么不为人知的弱点吗?坏习惯呢?奇怪的癖好呢?"

威岚把饼干罐推到爱丽丝面前。"再来一块饼干。"

"她已经吃了三个了!"妮娜抗议道。

"威岚对我的鸟儿一直都很好。我想念我的鸟儿。还有鲁弗斯。我想回家。"然后她又哭了起来。

妮娜挫败地一头栽在桌子上。"好极了。我还以为我们能清静一会儿。我的饼干白白牺牲了。"

"你们以前都没遇到过孕妇吗?"马蒂亚斯咕哝道。他清晰地记得母亲当时的不适和坏情绪,尽管他觉得爱丽丝的行为可能与怀孕无关。他从角落里的一条破毯子上撕下一块布条。"给,"他对詹斯博说,"把这个浸在冷水里,可以冷敷一下。"他蹲下来对爱丽丝说:"我要把你的鞋子脱了。"

"为什么?"她说。

"因为你的脚肿了,揉一揉会让你舒服点。"

"哦,这就很有意思了。"妮娜说。

"别想太多。"

"太晚了。"她扭动着脚趾说。

马蒂亚斯脱掉了爱丽丝的鞋子,然后说:"你没有被绑架,只是暂时在这儿关一小段时间。明天下午你就能回家,见到你的鸟和狗了。你知道没人会伤害你,对吧?"

"我不确定。"

"好吧,你虽然看不到我,但我是这里最大的人,我跟你保证,没有人会伤害你。"虽然马蒂亚斯说了这些话,但他知道自己可能在撒谎。在

乌鸦六人组（卷二）：骗子王国

这地洞里，和那些游走在这个被神抛弃的城市的大街小巷里的毒蛇待在一起，爱丽丝有人揉脚，额头上还敷着一条冰毛巾。"现在，"他说道，"最重要的是你要冷静下来，别把自己折腾病了。什么能让你高兴起来？"

"我……我喜欢在湖边散步。"

"好吧，我们等会儿可以去散个步。还有呢？"

"我喜欢做头发。"

马蒂亚斯意味深长地看了妮娜一眼。

她皱起眉头。"你凭什么觉得我会知道怎么打理头发？"

"因为你看起来总是那么漂亮。"

"等等，"詹斯博说，"他是越来越会哄人了吗？"他盯着马蒂亚斯。"怎么鉴别这是不是冒牌货？"

"也许有人可以给你做头发。"妮娜不情愿地说。

"还有别的吗？"

"我喜欢唱歌。"爱丽丝说。

威岚疯狂地摇着头，用唇语说着，别，别，别。

"我可以唱歌吗？"爱丽丝满怀希望地问，"巴让说我可以登台表演。"

"要不我们留着以后——"詹斯博提议道。

爱丽丝的下唇开始颤抖，像一个即将破裂的盘子。

"唱吧，"马蒂亚斯说，"不管怎么样，唱吧。"

然后，真正的噩梦开始了。

并不是说爱丽丝唱得有多差，只是她一开口就再也没有停下来。吃东西的间隙她在唱歌，穿过墓地的时候在唱，躲在灌木丛后解手时也在唱，好不容易睡着了，就连梦里也在哼唱。

"这或许是凡·埃克有意为之。"他们再一次聚到坟墓外面时，卡兹郁闷地说。

"把我们逼疯？"妮娜说，"已经奏效了。"

詹斯博闭上眼睛哀号："她简直是魔鬼。"

卡兹看了眼怀表。"不管怎样，妮娜和马蒂亚斯该动身了。如果你们能早早就位的话，还能睡上几个小时。"他们进出岛时必须谨慎，不能等到天亮时再行动。

"你们可以在皮货商那里找到面具和斗篷，"卡兹继续说，"留意店招牌上的金獾。散发出去的时候，尽可能离里德近一点，然后一路向南。不要在一个地方停留太长时间。别引起那些老板的注意。"然后卡兹依次看了每个人一眼，"所有人必须在中午前到达自己最终的位置。威岚留在地面上。马蒂亚斯在喜剧百货商店的屋顶上。詹斯博去对面的安伯斯酒店的屋顶。妮娜，你去酒店三楼。那房间有一个可以俯瞰好妹桥的阳台，你需要确保自己的视野开阔，从始至终都紧紧盯着凡·埃克。他肯定在谋划什么，我们得做好准备。"

马蒂亚斯看到妮娜偷偷瞥了詹斯博一眼，但她只是说："无人吊唁。"

"没有葬礼。"他们回应道。

妮娜朝停着划艇的地方走去。卡兹和威岚回到了墓穴中，但在詹斯博进去之前，马蒂亚斯挡住了他的去路。

"湖畔小屋发生了什么？"

"你在说什么？"

"我看到她刚才看你的眼神了。"

詹斯博不安地动来动去。"你为什么不问问她呢？"

"因为妮娜在她痛苦到说不出话之前，都会说她很好。"

詹斯博用手摸了摸左轮手枪。"我只能说你多加注意，她不太……对劲。"

"什么意思？亨德里克斯的房子里发生了什么？"

"我们遇到了麻烦。"詹斯博承认道。

"有人死了。"

乌鸦六人组(卷二):骗子王国

"卡特丹姆一直都有人死去。总之你多加注意。她可能需要帮助。"

詹斯博冲进了墓门,马蒂亚斯沮丧地吼了一声。他急忙追上妮娜,脑子里翻来覆去地想着詹斯博的提醒,但妮娜上船时,他什么都没说,只是划着船朝运河驶去。

从冰庭回来后,他做的最明智的事情就是把剩下的潘勒姆交给了卡兹。做出这个决定并不容易。他永远不知道卡兹心里那口井到底有多深,他也不知道卡兹会做什么,不做什么的底线在哪里。但妮娜拿卡兹没办法。完成施密特任务的那晚,妮娜爬上他的床时,马蒂亚斯确信自己做出了正确选择。因为,上天明鉴,他都准备给她她想要的一切了,只要她继续吻他。

她把他从自冰庭开始就折磨着他的噩梦中唤醒。前一刻他还在寒冷中游荡,风雪让他睁不开眼睛,远处还有狼在嚎叫,下一刻他就醒了,妮娜就在他身边,温暖而柔软。他又想起了在船上时她对他说的话,当时正是潘勒姆反噬最厉害的时候。*你就不能为自己考虑考虑吗?我只是另一个让你追随的理由,一开始是亚尔·布鲁姆,现在是我。我不需要你赌咒宣誓。*

他当时并不觉得她是认真的,但那些话却一直萦绕在他心头。作为巫师猎人中的一员,他曾为之奋斗的目标是不道德的。如今他明白了。他曾经有前进方向,故土家国。他知道自己是谁,也知道这个世界对他的期待。但现在他什么都不确定了,除了对捷尔的信仰和对妮娜的誓言。*我为保护你而生。我至死捍卫我的誓言。*他只是用一个理由代替了另一个理由吗?他把对妮娜的感情隐藏起来是因为害怕为自己选择未来吗?

马蒂亚斯开始专心划船。今晚他们命不该绝,黎明之前还有很多事情要做。此外,她还喜欢夜晚运河潺潺的流水声,倒映在水中的街灯。喜欢那寂静,喜欢在沉睡的世界穿行的感觉,喜欢看以前未曾留意的景色。有人瞥见有灯光透过窗户，或不安地从床上爬起来拉上了窗帘，或眺望窗外的城市。一天晚上，他瞥见一个穿着一件缀满珠宝的晚礼服的女人坐在窗前，打算散开头发。一个男人——马蒂亚斯觉得是她丈夫——走到她的身后，接过了这活儿，她转过身来，对着他笑了。马蒂亚斯无法用语言表达他在那一刻感受到的疼痛。他是一名士兵。妮娜也是。他们注定与这种温馨的家庭场景无关。但他羡慕那些人，羡慕他们的安逸，羡慕他们有舒适的家，羡慕他们能给彼此安慰。

马蒂亚斯知道自己问过妮娜太多次了，但他们在东斯戴夫附近上岸时，他还是忍不住问了一句。"你感觉怎么样？"

"挺好的。"她不以为意地说，整理了一下面纱。她穿着闪闪发光的走失的新娘的蓝色戏服，就跟她当初和其他德勒格斯成员出现在他牢房时一样。"说说吧，巫师猎人，你之前来过巴伦这一块吗？"

"在地狱之门的时候，我没什么观光的机会，"马蒂亚斯说，"并且我也绝对不会来这儿的。"

"你当然不会。来这儿寻欢作乐的人会把你的菲尔丹之魂吓出窍。"

"妮娜。"他们朝皮货商店走去时，马蒂亚斯轻声唤道。他不想给她压力，但他需要知道。"我们接近施密特时，你用的是假发和化妆品。你为什么不给自己修容？"

她耸了耸肩。"因为那样更容易更快捷。"

马蒂亚斯沉默了，不知道自己是否还要继续问她。

他们路过一家奶酪店时，妮娜叹了口气。"我怎么能走过一个满是奶酪的橱窗还能无动于衷呢？我都不认识我自己了。"她顿了顿，然后说道，"我试过给自己修容。但感觉不太对劲。很不一样。光是想办法修掉黑眼圈，就很耗费心神了。"

"但你从来都不是一个有天赋的修容师。"

"讲点儿礼貌，菲尔丹人。"

乌鸦六人组(卷二):骗子王国

"妮娜。"

"那完全不一样。修容变得不仅很有挑战性,还很痛苦。我很难说清楚。"

"那操控人的能力呢?"马蒂亚斯问道,"就跟你在冰庭服用了潘勒姆之后做的那样。"

"我觉得再也不可能了。"

"你试过吗?"

"没怎么试过。"

"在我身上试试。"

"马蒂亚斯,我们得工作了。"

"试一试。"

"在不知道会发生什么的时候,我不会对你的脑子动手脚的。"

"妮娜——"

"行了,"妮娜恼怒地说,"过来。"

他们快到东斯戴夫了,狂欢的人群越来越多。妮娜把他拖进了两栋楼之间的小巷里。她揭开了他的面具和自己的面纱,然后慢慢地把一只手放在他的脸上。她的手滑进他的头发,他的意识开始涣散。感觉她好像抚遍了他的全身。

她直视着他的眼睛。"如何?"

"我没任何感觉。"他说。他的声音听上去有种让人脸红心跳的沙哑。

她一边的眉毛挑起。"什么感觉都没有?"

"你想让我做什么?"

"我试图强迫你吻我。"

"这很愚蠢。"

"为什么?"

"因为我总是想亲你。"他承认道。

"那你为什么从来都不行动?"

"妮娜,你刚经历了一场痛苦的折磨——"

"我确实经历了。这是真的。但你知道什么能帮到我吗?许多许多吻。从登上费罗琳德号后我们就没单独相处过了。"

"你是说你差点死掉的那次吗?"马蒂亚斯问。总得有人记住那件事情的严重性。

"我更愿意回想那些美好的时光。比如我对着桶呕吐时,你帮忙挽起我的头发。"

"别试图逗我笑了。"

"但我喜欢你的笑容。"

"妮娜,这不是调情的时候。"

"我需要让你放松警惕,否则你就会忙着保护我,一直问我还好不好。"

"担心你有错吗?"

"没有,但把我当成随时都会破碎的玻璃人是不对的。我状态没多好,但也没那么脆弱。"她毫不客气地拉下他的面具,把她的面纱拉回原位,然后从他身旁大步走过,走出了小巷,来到了一家门上方挂着金獾的店铺。

他紧跟在她身后。他知道自己说错话了,但他不知道怎么做才是对的。他们进入店铺时,一个小钟响了起来。

"这地方怎么这么早开门?"他低声说,"谁会在夜深人静的时候买外套。"

"游客。"

事实上,真有几个人在看成堆的毛皮。马蒂亚斯跟着妮娜来到了柜台前。

"我们来取货。"妮娜对一个戴眼镜的店员说。

乌鸦六人组（卷二）：骗子王国

"姓名？"

"朱迪特·考恩。"

"啊！"那店员看了眼账簿说，"金猞猁和黑熊，已全额付款。稍等片刻。"他消失在里间，一分钟后，艰难地拎着两个用牛皮纸包着，用麻绳捆着的大包裹走了出来。"你需要我帮忙把这些——"

"我们可以的。"马蒂亚斯毫不费力地拎起了两个大包裹。这个城市的人需要呼吸新鲜空气，好好锻炼身体。

"但有可能会下雨。至少让我——"

"我们可以的。"马蒂亚斯吼道，那店员往后退了一步。

"别理他，"妮娜说，"他需要打个盹。非常感谢你的帮助。"

那店员弱弱地笑了一下，他们转身离开了。

"你知不知道你很不擅长这些？"在他们走到街上，进入东斯戴夫时，妮娜问。

"不擅长撒谎和骗人？"

"不擅长讲礼貌。"

马蒂亚斯思考了一下。"我不是故意的。"

"是不是故意是我说了算。"

"妮娜——"

"从现在开始，别再喊我名字。"

她跟他生气了。他能从她的声音中听出来，并且他不觉得是因为他对那店员没礼貌。他们稍作停留，只为让马蒂亚斯把精神病人戏服换成从皮货商那里买来的深红先生的。马蒂亚斯不确定那店员是否知道牛皮纸包裹里塞的是什么，也不确定这些衣服是不是在那家店里做的，或那金獾是不是只是一个随机的店铺。卡兹在整个卡特丹姆地区都有不为人知的暗网，而他们所做的这些事只有他知道真相。

马蒂亚斯刚找到一个足够宽大的红色斗篷，把一个喷着红白两色油漆的面具戴到脸上,妮娜就递给他一袋银币。

马蒂亚斯把袋子拿在手上掂了掂,硬币发出欢快的叮当声。"这不是真币,对吧?"

"当然不是。但谁知道这些硬币是不是真的呢。这才是乐趣所在。我们先演练一下。"

"演练?"

"父亲,母亲,付房租!"妮娜抑扬顿挫地说。

马蒂亚斯盯着她。"你是不是发烧了?"

妮娜把面纱推到头上,以便让他清楚地感受到她愤怒的目光。"这是喜剧暴君里边的台词。深红先生上台时,观众们就大喊——"

"父亲,母亲,付房租。"马蒂亚斯替她说完了。

"没错。然后你说'付不起,亲爱的,钱没了',然后你抓一把硬币扔到人群中。"

"为什么?"

"这就跟人们冲着精神病人喝倒彩,给圣甲虫皇后扔鲜花是一个道理。这是一种传统。游客不知道,但刻赤人很清楚。所以今天晚上,有人大喊'父亲,母亲,付房租……'"

"付不起,亲爱的,钱没了。"马蒂亚斯忧郁地说,把一把硬币抛向空中。

"你需要带着热情去做这件事,"妮娜敦促,"它应该挺有趣的。"

"我觉得太傻了。"

"有时候能觉得自己傻是件好事,菲尔丹人。"

"你这么说是因为你不知羞。"

令他吃惊的是,她没有尖刻地反驳他,而是一声不响地走了,直到他们在里德的一家赌场的前排就座,混进了乐师和街头艺人中,而那里离积云俱乐部只隔着几家店。然后,就好像有人按下了妮娜身上的开关。

乌鸦六人组(卷二):骗子王国

"看一看,都来深红弯刀看一看!"她喊,"那位先生,您太瘦了,这可不太好。要不要来点免费小吃,再来一壶酒?那位小姐,您看上去好像知道怎么找乐子……"

妮娜在这方面像是有与生俱来的天赋,她吸引了一个又一个顾客前来,给游客提供着免费的食物和酒。这家赌场的一个打手走了出来探查他们在干什么时,他们继续向前,一路向西和向南,继续分发卡兹买到的两百套戏服和面具。人们问妮娜这是怎么回事时,她声称这是为一家叫作深红弯刀的新赌场做宣传。

正如妮娜预料的那样,时不时地会有人认出马蒂亚斯的服装,并大声喊:"父亲,母亲,付房租!"

马蒂亚斯很尽职尽责地回应了,竭尽所能让自己的声音听上去欢乐一点。即使游客和狂欢者发现他的表演不够好,也没人说出来,可能是撒出的一把把银币吸引了他们的注意力。

他们到达西斯戴夫的时候,成堆的衣服发完了,太阳渐渐升起来了。他从安伯斯酒店的屋顶捕捉到一道转瞬即逝的光——是詹斯博用镜子发出的信号。马蒂亚斯陪着妮娜来到酒店三楼为朱迪特·考恩预留的房间。这里正如卡兹所说,在阳台上可以清清楚楚地看到宽阔的好妹桥和西斯戴夫的水域,河的两岸都是旅馆和娱乐场所。

"有什么含义吗?"马蒂亚斯问,"好妹桥?"

"就是好姑娘桥。"

"为什么要叫这个名字?"

妮娜靠在门口说:"嗯,故事是这样的,一个女人发现自己的丈夫爱上了西斯戴夫的一个姑娘,打算抛弃她,她不愿过没有她丈夫在身边的生活,就来到桥上,跳进了运河里。"

"就为了一个渣男?"

"你从来都不会心动吗?即便西斯戴夫的美人和佳肴都在你眼前?"

"你会因为那样的一个男人跳桥吗?"

"就算是为了雷凡卡的国王,我也不会从桥上跳下去。"

"这故事挺可怕的。"马蒂亚斯说。

"我怀疑这故事的真实性。但这是人们给桥起名时常有的事。"

"你该休息会儿了,"他说,"我到时候叫你。"

"我不累,我不需要别人告诉我怎么做事。"

"你在生气。"

"我也不需要告诉你我的感受。回到你的位置上去,马蒂亚斯。别没事找事。"

她的声音很冷,脊背挺得笔直。梦中的场景朝他席卷而来,他几乎可以感受到一阵阵刺骨的寒风夹杂着冰冷的雪花,迎面袭来。他喊妮娜名字时,喉咙灼热而刺痛。他想跟她说小心。他想问她到底怎么了。

"无人吊唁。"他低语道。

"没有葬礼。"她回应道,眼睛盯着那座桥。

马蒂亚斯不声不响地离开了,他走下楼梯,穿过宽阔的好妹桥走过运河。他抬头看了看安伯斯酒店的阳台,但没有看到妮娜的影子。这是好事。如果他从桥上看不到她,那凡·埃克也看不到。走下几阶台阶,他来到了码头上,码头那儿有个卖花人在玫瑰色的晨光之中撑着长篙,努力把栽满鲜花的船停到位置上。卖花人整理他的郁金香和水仙花时,马蒂亚斯一边跟他闲聊,一边留意着威岚在运河两岸水位线上用粉笔留下来的记号。他们准备好了。

他登上喜剧百货商店的剧院楼梯,四周都是面具,面纱以及闪闪发光的斗篷。每层楼都有不同的主题,可以满足各种各样的幻想。看到一个架子上放着的巫师猎人的服装时,他吓了一跳。尽管如此,这是个不引人注意的好地方。

他急忙跑到屋顶,用镜子向詹斯博示意。如今他们都就位了。快到

乌鸦六人组(卷二):骗子王国

中午的时候,威岚就会从这儿下去,在运河边的一家咖啡馆待命,那咖啡馆会吸引来一群闹腾的街头表演者——乐师,哑剧演员,杂耍演员——通过街头卖艺来赚游客的钱。但现在,那少年侧身躺着,躲在屋顶的石檐下,打着小盹。马蒂亚斯的步枪裹在油布里,放在威岚身旁。他摆了很多烟花,卷曲的导火线看上去像老鼠的尾巴。

马蒂亚斯把背靠在窗台上,闭上了眼睛,时而清醒,时而迷糊。自从成为巫师猎人后,他就习惯了长时间工作,不怎么睡觉。他会在需要的时候随时醒来。但现在,他大步走在冰上,寒风在耳边呼啸。这风在雷凡卡被称为吉鲁则布亚,也就是残暴之风,杀人之风。这风暴来自北方,沿途会席卷一切。士兵在离帐篷几步远的地方死去,消失在一片白茫茫之中,冰冷的寒风吞没了他们的呼救声。妮娜就在那里。他清楚地知道她在那里,但他找不到她。他一遍遍地大声叫着她的名字,感觉靴子里的脚冻麻木了,雪渗透了他的衣服。他竭力想听到回应,但耳朵里充满了风暴的怒吼声,在某处,某个遥远的地方,还传来了狼嚎声。她会死在冰雪中的。她会一个人孤独地死去,而那是他的错。

他醒了过来,大口大口地喘着气。太阳高高地挂在天空上。威岚站在他面前,轻轻地摇着他。"快到点儿了。"马蒂亚斯点了点头,站了起来,扭了扭肩膀,感受着周围卡特丹姆的春天的温暖气息。但这空气吸进肺里感觉像是外敌入侵。"你没事吧?"威岚试探着问,但马蒂亚斯的怒视显然已经给出了答案。"你好极了。"威岚说完急匆匆地下了楼。

马蒂亚斯看了眼卡兹给他购置的廉价黄铜表。快到十二点了。他希望妮娜休息得比他好。他用镜子照了下她的阳台,看到一束明亮的光闪过作为回应时,他如释重负。他向詹斯博示意,然后在屋顶的窗台旁俯身等待。

马蒂亚斯知道卡兹选择西斯戴夫是因为在这里人群拥挤,可以不用真面目示人。这里的居民开始从前一天晚上的狂欢中清醒过来。各家各户的仆人都在忙着采购，为第二天晚上的活动准备葡萄酒和水货。刚来这座城市的游客正在运河两岸散步，他们指着每座房子上精心装饰的标志，那些标志有的声名远扬，有的臭名昭著。他可以看到一朵用白色锻铁制成的重瓣玫瑰，镶着银边。白玫瑰之家。妮娜曾在那里工作了近一年时间。他从没问过她在那里的事。他没权利这么做。她本可以去做自己想做的事情，留在这座城市只是为了帮他。但他还是忍不住想象她在那里的样子，她身体的曲线裸露着，绿色的眼眸紧紧地闭着，乌黑的卷发中点缀着奶油色的花瓣。有时在夜里，他会想象着她呼唤他走近些，有时又想象着她在黑暗中呼唤的另有其人，于是他躺在床上难以入眠，想着最先逼疯他的会是嫉妒还是欲望。他眼睛盯着那标志，从口袋里拿出一个长长的单筒望远镜，迫使自己扫视西斯戴夫的其他地方。

片刻之前，马蒂亚斯看到卡兹从西边走来，他黑色的身影在人群中移动，拐杖和不太稳当的步伐保持一致。他周围的人群似乎绕开了，或许是感受到了驱使他前行的强大意志。这让马蒂亚斯想起了村民在空中比画着手势来驱赶恶灵的情景。爱丽丝·凡·埃克在他身旁摇摇晃晃地走着。她的蒙眼布拿掉了，透过单筒望远镜看去，马蒂亚斯可以看到她的嘴唇在动。神呐，她还在唱歌吗？从卡兹阴沉的面色来看，可能性非常大。

桥的另一头，马蒂亚斯看到凡·埃克也来了。他身子挺得笔直，双臂紧紧地贴在身体两侧，好像怕巴伦充满罪恶的空气会玷污他衣服似的。

卡兹交代得很清楚：除掉凡·埃克是最后的办法。他们不想在光天化日、众目睽睽之下，杀死商业理事会的成员。

"如果用的手段比较干净利落呢？"詹斯博问，"心脏病突发？脑出血？"马蒂亚斯更倾向于直接动手，公开搏斗。但这不是卡特丹姆地区解决问题的方式。

"他死了的话就折磨不了他了。"卡兹说，然后对话就结束了。这恶

乌鸦六人组(卷二)：骗子王国

魔不容有人与他争辩。

凡·埃克的周围全是穿着他们家金红两色制服的警卫。那些警卫左右转头，观察周围的环境，寻找潜在的威胁。从他们外套的悬垂程度来看，马蒂亚斯可以确定他们带了武器。但在三个高大威猛的警卫中间，有一个戴着头套的身影。伊奈姬。

马蒂亚斯惊讶地发现自己的内心涌出浓浓的感激之情。虽然他和这苏里姑娘认识的时间不长，但他从一开始就很佩服她的勇气。为了救他们的命，她曾多次置自己的安危于不顾。他曾质疑过自己的很多选择，但从未质疑过要把她从凡·埃克手中救出的决定。他只希望她能和卡兹·布莱克分道扬镳。话说回来，或许妮娜也值得比马蒂亚斯更好的人。

双方都到了桥上。卡兹和爱丽丝向前走去。凡·埃克朝抓着伊奈姬的警卫做了个手势。

马蒂亚斯抬起头。詹斯博的镜子在另一个屋顶上疯狂地闪烁着。马蒂亚斯扫视了下桥周围的区域，但他看不出是什么让詹斯博如此恐慌。通过望远镜往外看去，他把目光锁定在西斯戴夫两侧延伸出去的迷宫一般的街道上。卡兹的退路看上去畅通无阻。但当马蒂亚斯越过凡·埃克向东看去时，他的内心充满了恐惧。街道上有一簇簇紫色的身影，他们正朝西斯戴夫前进。城市护卫队。这是巧合还是凡·埃克计划好的？他肯定不想让市政官员发现他在做什么吧？菲尔丹人会参与其中吗？如果他们是要把凡·埃克和卡兹一起逮捕回去呢？

马蒂亚斯对着妮娜晃了两下镜子。她所处的位置比较低，等她看到城市护卫队时就太晚了。他又感到一阵冷风袭来，听到他呼唤她名字的声音，感受到了他听不到她回应时的恐慌。她会没事的，他告诉自己。她是一名战士。但詹斯博的提醒又在他的耳边响起，**多加注意，她不太对劲**。他希望卡兹已经做足了准备。他希望妮娜要比看上去强大。他希望他们的计划足够周全，希望詹斯博的准头没有偏差，威岚的计算没有失误。他们都要遇到麻烦了。

马蒂亚斯伸手去拿自己的步枪。

9
卡 兹

卡兹瞥见凡·埃克朝着好妹桥走来时的第一个想法是,这人最好永远都别玩牌。第二个想法是,有人打断了那商人的鼻子。那鼻子弯曲而肿胀,一只眼睛下面还有浓浓的瘀青。卡兹觉得给他疗伤的医师已经尽力处理伤口了,没有格里莎疗愈师,要掩饰这伤口也只能做到这样了。

凡·埃克试图让自己喜怒不形于色,尽管他努力让自己看上去面无表情,额头上却有闪闪发亮的汗珠。他的肩膀僵直,胸膛前倾,好像有人在他的胸口上绑了根绳子,往上提着他。他迈着庄严的步伐踏上了好妹桥,身周簇拥着穿着金红两色制服的警卫,这让卡兹有些惊讶。他原以为凡·埃克会尽量低调地来到巴伦。他在脑海中反复琢磨这个新信息。

忽略细节非常危险。没人喜欢难堪的感觉,尽管凡·埃克竭尽所能让自己看上去像是闲庭阔步,但他的虚荣心还是受到了伤害。一个为自己的商业头脑、战略规划、掌控人心和操控市场的能力而自豪的商人,被一个卑微的巴伦混混牵着鼻子走之后,肯定会想要找回场子。

卡兹快速扫视了一遍警卫,从中寻找伊奈姬。她戴着头套。很难在凡·埃克带来的人中发现她,但无论什么时候,他都能认出她利刃般的身姿。但万一他忍不住,想要伸长脖子仔细看看她,确保她安然无恙呢?他承认自己有这想法,但他把这念头放在了一旁。他不能分神。

有一瞬间,卡兹和凡·埃克隔着桥互相打量对方。卡兹不禁想起,七天前他们会面时的场景。那次会面他后来想了很多次。每到深夜,结束一整天的工作之后,他清醒地躺在床上,细细地回忆当初的每一分钟。卡兹一遍又一遍地想起那天最关键的几秒钟,在那几秒钟里,他把目光转向了伊奈姬而不是紧盯着凡·埃克。他不能再犯这样的错误了。那少年仅是短暂一瞥就暴露了自己的弱点。那一瞥让战火升起,让伊奈姬——和所有人——都处于危险之中。他就像只受了伤的动物,需要被处死。卡兹很高兴自己这么做了,毫不惋惜地结束了他。剩下的卡兹,眼里只有这次工作:救出伊奈姬,让凡·埃克付出代价。其余的都是无用的噪声。

他也回想过凡·埃克在维尔吉鲁克犯的错误。那商人愚蠢地宣扬他宝贵的继承人正在他新一任妻子——年轻的有一头乳白色的头发和一双饺子般的手的爱丽丝·凡·埃克子宫里茁壮成长。出于骄傲和对威岚的厌恶,他想把儿子像失败的商业投资一样从书中抹去。

卡兹和凡·埃克互相简单地点头示意。卡兹戴着手套的手一直放在爱丽丝肩上。他觉得她不会逃跑,但谁知道她的脑子里在想什么呢?然后,凡·埃克跟他的手下打手势示意,那人推着伊奈姬往前走,卡兹也开始带着爱丽丝过桥。一眨眼的工夫,卡兹就看见了伊奈姬奇怪的步态,看到她的手臂背在身后。他们绑住了她的手,铐住了她的脚踝。**这是合理的防范措施**,他跟自己说,**换作是我,也会这么做的**。但他觉得自己体内有块燧石,在那空洞的地方刮擦着,快要点燃他的怒火。他又想着干脆杀了凡·埃克算了。耐心点,他提醒自己道。这是他早就练

乌鸦六人组(卷二):骗子王国

就且惯常使用的技能。耐心会让所有的敌人都屈服。耐心,何况他还打算从这个商界渣滓那里弄钱。

"你觉得他帅吗?"爱丽丝问。

"什么?"卡兹说,不确定他是不是听错了。自从卡兹把她的蒙眼布在市场那儿拿下来之后,她就一路唱歌,他要竭尽全力才能不被她的歌声分神。

"扬的鼻子好像是出什么事了。"爱丽丝说。

"我觉得他是在幽灵那吃了大亏。"

爱丽丝皱了皱她小巧的鼻子,思考着。"我觉得扬要是没这么老的话,应该挺帅的。"

"你挺幸运的,我们生活在一个男人有钱可以弥补年迈这一缺陷的世界。"

"他要是又年轻又帅的话就更好了。"

"为什么说到这儿就停了?又年轻,又帅,最好还是王室成员?你要是能嫁个王子,为什么跟个商人凑合?"

"有道理,"爱丽丝说,"但钱很重要。嫁个王子有什么用呢?"

得了,没人会怀疑这姑娘是生于刻赤,长于刻赤了。"爱丽丝,我很惊讶地发现咱俩意见一致。"

走向桥中央时,卡兹密切观察着周边的情况,注意凡·埃克的警卫,留意安伯斯酒店三楼阳台上敞开的门,看见载满鲜花的船还是跟平时一样,停在桥下西侧的位置。他以为凡·埃克会跟他一样,把人安排在周围的建筑物里。但他们都不能朝对方痛下杀手。毫无疑问,凡·埃克很想看到卡兹脸朝下飘在运河里,但由于卡兹能带他找到库维,这避免了卡兹被一枪爆头。

他们在相距十步远的地方停了下来。爱丽丝还想迈步向前,但卡兹紧紧抓住了她。

"你说你会带我去见扬。"她抗议道。

"你已经在这里了,"卡兹说,"现在别动。"

"扬!"她尖声喊道,"是我!"

"我知道,亲爱的。"凡·埃克平静地说,目光紧盯着卡兹。他压低声音:"这还不够,布莱克。我要库维·亚尔博。"

"我们在这是要重申自己的来意吗?你想要尤尔达潘勒姆的秘密,我想拿回我的钱。成交。"

"我没有三千万克鲁志可以给你。"

"你不觉得惭愧?我确定有人付得起。"

"你找到新的买主了吗?"

"不劳你操心我的事。市场会提供新的买主。你是想让你妻子回到身边,还是让我带着她白跑这一趟?"

"等一下,"凡·埃克说,"爱丽丝,我们要给孩子取什么名?"

"很好。"卡兹说道。他们在维尔吉鲁克的交易中把威岚扮成库维·亚尔博,凡·埃克被骗了个彻底。如今这商人是想确认这真的是他妻子,而不是一个修容成他妻子、戴了个假肚子的冒牌货。"看来老狗也能学会新把戏。就是不会翻滚。"

凡·埃克没有理他。"爱丽丝,"他重复道,"我们要给孩子取什么名?"

"孩子?"爱丽丝疑惑地回应,"如果是个男孩,就叫扬。是个女孩的话,就叫普拉米。"

"我们一致同意给新长尾鹦鹉取名叫普拉米。"

爱丽丝噘起嘴。"我从未答应。"

"哦,那我觉得普拉米是个挺可爱的女孩名字,"卡兹说,"满意了,奸商?"

"过来。"凡·埃克说,引导着爱丽丝向前走,示意那警卫放了伊

乌鸦六人组(卷二):骗子王国

奈姬。

伊奈姬经过凡·埃克身边时,转过头对他说了什么。凡·埃克抿了抿嘴。

伊奈姬拖着脚步向前走去,尽管她的手臂绑在身后,脚镣缠绕着她的脚踝,她看上去还是很优雅。十英尺。五英尺。凡·埃克抱住了爱丽丝,她喋喋不休地抛出了一连串问题。三英尺。伊奈姬的目光很坚定。她瘦了。她的嘴唇裂开了。尽管被囚禁了很长时间,阳光还是照到了她蒙眼布下的头发上。两英尺。如今她就在他面前。他们依旧需要离开那座桥。凡·埃克不会那么轻易放过他们的。

"你的刀呢?"他问。

"都在我的外套里。"

凡·埃克放开了爱丽丝,让他的警卫带着她离开了。那些穿着红金两色制服的警卫还是让卡兹觉得有些担心。有些事情已经了结。

"我们离开这儿。"他说着,拿出一把牡蛎刀,去检查她手腕上的绳子。

"布莱克先生。"凡·埃克说道。卡兹听出了凡·埃克声音里的兴奋,怔住了。也许这个人比他想象的更善于装模作样。"你答应过我的,卡兹·布莱克!"凡·埃克用夸张的语调说。西斯戴夫能听到他声音的人都转过头来看着。"你跟我保证过,要把我妻子和儿子还给我!你把威岚关哪儿了?"

就在这时,卡兹看到了他们——紫色的浪潮在朝桥边移动,城市护卫队涌进了西斯戴夫,他们举起了步枪,拔出了警棍。

卡兹挑起眉毛。这商人终于让事情变得有趣起来。

"封锁此桥。"一个警卫喊。卡兹扭头看了一眼,看到许多城市护卫队的警卫挡住了他们的退路。

凡·埃克咧嘴一笑。"我们现在可以来点真的了吗,布莱克先生?我市警力对你那帮混混?"

卡兹没有回答。他推了下伊奈姬的肩膀,她转过身,伸出手腕,让他割断了绑着她的绳索。他把刀扔向空中,相信她会接住它,然后跪下去处理她脚上的镣铐,撬锁工具已在指间滑动。卡兹听到整齐而响亮的靴子声正在靠近,感觉伊奈姬在他跪下去的时候向后退了一步。他听到了轻轻的嗖的一声,然后是有人倒地的声音。卡兹指间的锁开了,镣铐掉了下去。他起身,然后转过身去,看到一个城市护卫队的警官倒在地上,牡蛎刀插在他两眼之间,刀柄还在外面,与此同时,更多穿着紫色制服的人朝他们冲了过来。

他举起拐杖向詹斯博示意。

"西侧的鲜花船。"他跟伊奈姬说。话音刚落,她跃上了桥边的围栏,毫不迟疑地消失在桥侧。

第一组烟花在头顶炸开,在正午阳光的阴沉下显得有些苍白。计划已经启动。

卡兹从口袋里掏出一圈攀爬绳绑在栏杆上。他把拐杖头钩在绳子旁的栏杆上,借拐杖之力把自己拉了起来,跳过围栏,惯性让他在运河上方腾空,绳子突然收紧,他像钟摆一样朝那艘船荡去,落在了鲜花船的甲板上,伊奈姬就站在他身旁。

两艘城市护卫队的船迅速朝他们驶来,许多警官从斜坡奔向运河。卡兹之前不知道凡·埃克会如何应对——他当然没预料到他会让城市护卫队卷入其中——但他很确定凡·埃克会封锁他们所有的逃跑路线。又是一连串的轰鸣声响起,粉色和绿色的烟花在西斯戴夫上空绽放。游客们欢呼起来。他们似乎没有注意到这两次从运河中传来的爆炸声把一艘城市护卫队的船的船头炸出了几个洞。船开始下沉时,那些警卫奔向两岸,跳入运河。干得漂亮,威岚。他为他们争取了时间——并且没有引起西斯戴夫围观者的恐慌。卡兹希望观众能有个好心情。

乌鸦六人组（卷二）：骗子王国

他不顾卖花人的反对，将一捆野生天竺葵扔向运河，随后抓起了早上马蒂亚斯藏在那里的衣服。在漫天纷飞的花朵和花瓣里，他趁着伊奈姬在绑她的刀的时候，将红色的披风披在了她的肩上。她看上去和卖花人一样吃惊。

"怎么了？"他一边问，一边扔给她一个和自己一样的深红先生的面具。

"那是我妈妈最喜欢的花。"

"挺好的，看来凡·埃克没有治好你多愁善感的病。"

"很高兴我能回来，卡兹。"

"很高兴你回来了，幽灵。"

"准备好了吗？"

"等等。"他一边说，一边侧耳倾听。烟花已经停了，片刻之后，他听到了自己期待已久的声音——硬币落在人行道上的叮当声，紧接着是人们兴奋的尖叫声。

"现在好了。"他说。

他们抓住绳子，他猛地一拉。呼的一声，绳子收缩起来，一下子把他们拉了上去。眨眼间，他们回到了桥上，但此时等着他们的场景与不到两分钟前，他们逃离时的场景截然不同。

西斯戴夫陷入一片混乱中。到处都是深红先生，五十个、六十个、七十个戴着红色面具，披着红色斗篷的人向空中抛着硬币，游客和当地人都你推我搡，笑着尖叫着，手脚并用地在地上爬，完全无视了试图从他们身边穿过的城市护卫队。

"父亲，母亲，付房租！"蓝色鸢尾花门口站着的一堆女孩子大声喊道。

"付不起，亲爱的，钱没了！"那些深红先生齐声回答，又把一堆硬币撒向空中，人群中爆发出兴奋的尖叫声。

"清路!"警佐高声喊道。

一名警官试图拿掉路灯柱旁的深红先生的面具,人们发出一片嘘声。卡兹和伊奈姬一跃冲进了一片红色披风漩涡之中,人们争先恐后地抢着硬币。卡兹听到左侧的伊奈姬在面具下笑出声来。他从没听到过她发出这样的笑声,激动而狂野。

突然之间,雷鸣般的隆隆声让整个西斯戴夫都摇晃起来。人们倒在地上,伸手去抓对方、抓墙、抓离自己最近的任何东西。卡兹差点跌倒,他用拐杖支撑着站稳了。

他抬头向上看时,感觉眼前像是有一层厚厚的面纱。空中烟雾弥漫,卡兹耳中嗡嗡作响。他好像听到从远处传来了惊恐的尖叫声和恐慌的哭喊声。一个女人从他身边跑过,脸上和头发上沾满了灰尘和泥土,像是哑剧里的幽灵。她双手捂着耳朵,血从手掌中滴落下来。白玫瑰之家的正面也被炸出一个大洞。

他看见伊奈姬掀开了面具,就又把它拉下来遮住了她的脸。他摇了摇头。事情有些不对。他只是策划了一场无伤大雅的骚乱,而不是一场大规模的灾难,并且威岚的计算也不会出这么大的偏差。来西斯戴夫捣乱的另有其人,而那人并不介意搞点破坏。

卡兹只知道他投入了大量的时间和金钱来找回他的幽灵。他绝对不会再把她弄丢了。

他轻轻地碰了碰伊奈姬的肩膀。他们之间的信号就是如此简单。他跑向最近的小巷,不用回头去看,他知道她就在他身边——不发一言,脚步稳健。她本可以轻而易举地超过他,但他们却一个在前,一个在后,一步一个脚印地奔跑。

10
詹斯博

眼下的这烂摊子是詹斯博的菜。

詹斯博肩负两个任务，一个是在交换人质之前，一个是在交换人质之后。伊奈姬还在凡·埃克手里时，如果有警卫试图把她从桥上带走或威胁她，妮娜是第一道防线。詹斯博要用一支步枪瞄准凡·埃克——不用开枪射杀，但如果他先掏枪示威，詹斯博就可以在妮娜动手之前解决掉他。

"凡·埃克要开始憋大招了，"在黑面纱岛时，卡兹曾这样说，"估计到时候会一团糟，因为他只有不到十二个小时的时间去谋划。"

"挺好。"詹斯博说。

"不好，"卡兹说，"一个计划越复杂，涉及的人和谈论的人也就越多，出问题的可能性也就越大。"

"这是一套系统法则，"威岚低声说，"防护措施是为预防失败而设，但防护措施中的某些情况最终会导致无法预见的失败。"

"凡·埃克的手段不会有多么巧妙，但势必会不可预测，所以我们需要做好准备。"

"我们怎么为不可预知的状况做准备？"威岚问。

"我们拓宽选择。我们要确保所有的逃生通道畅通。屋顶，大街小巷，还有水道。凡·埃克不会让我们悠哉悠哉地走下桥的。"

詹斯博看到一队一队的城市护卫队的警卫朝大桥走去，他就知道麻烦来了。可能只是例行驱逐。这种情况每年都会发生一两次，这是商业理事会向赌徒、皮条客和街头艺人示威的一种方式，告诉他们，无论他们给城市金库贡献了多少钱，都始终受政府管控。

他给马蒂亚斯示意，然后等待着。卡兹交代得很清楚："凡·埃克在爱丽丝脱离危险之前不会采取行动。我们需要在此时保持高度警惕。"

果然，刚交换完爱丽丝和伊奈姬，桥上就发生了骚乱。詹斯博扣动扳机的手开始发痒，但他的第二个任务也很简单：静等卡兹示意。

几秒钟之后，卡兹举起了拐杖，他和伊奈姬在桥边的围栏上快速移动。詹斯博划了根火柴，一，二，三，四，五，五枚威岚准备好的火箭从天空呼啸而过，然后炸开，绽放出不同的颜色。最后一缕是淡淡的粉红色。氯化锶，在黑暗中燃烧时是红色的，威岚曾一边跟他说，一边忙着收烟花、炸药、闪光弹、象鼻虫和其他他需要的各种东西。

所有的东西在黑暗中都要更有趣一些，詹斯博回应道。他控制不住自己。说真的，只要这小商人给他这样的机会，他肯定会抓住的。

第一批烟花是向妮娜和马蒂亚斯昨晚和今早招募的深红先生发出信号——中午放烟花时，给所有来好妹桥的人提供免费的食物和酒。这一切都是为了大肆宣传根本不存在的深红弯刀酒吧。因为预想到只有一小部分人会来，他们送出去了两百多套服装和假银币。"我们能招募到五十个人的话，就够了。"卡兹说道。

永远都不要低估群众对不劳而获的欲望。詹斯博估算了下，涌入好

乌鸦六人组(卷二):骗子王国

妹桥和西斯戴夫的深红先生至少有一百多个,他们喊着喜剧暴君中每场戏出场时都会唱的唱词,把硬币抛向空中。有时候硬币是真的,这也是观众喜欢这个角色的原因。人们欢笑,旋转,抢着硬币,一路追逐着深红先生,城市护卫队徒劳地维持秩序。这种场面很具有吸引力。詹斯博明知钱是假的,仍有去那里抢硬币的冲动。

他还得再静静地待一会儿。如果威岚埋在运河里的炸弹没有如期爆炸,卡兹和伊奈姬就需要更多的掩护才能离开卖花人的船。

一系列闪闪发光的烟花在空中炸开。马蒂亚斯点燃了第二批烟花。这些不是信号,而是障眼法。

遥遥地向下望去,詹斯博看到威岚引爆水雷时,两股巨大的水柱从运河中喷出。*非常准时,小商人。*

眼下,他把步枪藏在深红先生的斗篷下,快速下楼,途中脚步略停,只为和妮娜一道冲出酒店。他们在每个红白相间的面具上都画了一个黑色大裂口,确保他们能从其他的狂欢者中区分出彼此,但在混乱的人群中,詹斯博觉得他们应该整点更显眼的东西。

从桥上冲过去时,詹斯博觉得自己看到了马蒂亚斯和威岚,他们穿着红色斗篷,撒着硬币,稳步走在离开西斯戴夫的路上。如果他们跑起来的话,会引起城市护卫队的注意。詹斯博竭力忍住笑。那绝对是马蒂亚斯和威岚。马蒂亚斯撒钱的力道太大,而威岚撒钱的热情很高。那孩子挥舞手臂的动作需要加强练习。他看起来像是在为了让自己的肩膀脱臼而积极地努力着。

从这里开始,他们将分道扬镳,通过不同的小巷或运河离开西斯戴夫,在途中把他们身上深红先生的服装换成喜剧暴君中其他角色的戏服。他们要等太阳落山之后再回黑面纱岛。

这段时间很长,卷入麻烦的可能性很大。

詹斯博能感觉到东斯戴夫在吸引他前去。他可以走过去,找个牌局，玩几个小时的三人黑莓。但卡兹不会喜欢他这么做的。詹斯博太出名了。作为工作的一部分，在积云俱乐部的私人包厢里玩是一回事，但这时候自己去就是另一回事了。卡兹带着要大捞一笔的承诺和几个重要的德勒格斯成员消失了。人们都在疯狂地猜测他去了哪里。罗迪说珀尔·哈斯克尔正在找他们。城市护卫队的警卫今晚很可能会造访斯兰特，问很多令人头痛的问题，佩卡·罗林斯也要为此而忧心了。*就玩几把，缓解下手痒就行*，他跟自己说，*然后就去找父亲*。

想到这里，詹斯博的心一转。他还没做好独自面对父亲的准备，还没准备好把所有真相都告诉他。突然间，对赌桌的渴望压倒了一切。见鬼去吧，胜算不大又怎样。由于卡兹没交给他什么射击任务，詹斯博需要通过一对骰子和渺茫的赢钱希望来理清思绪。

就在那时，整个世界都变白了。

那声音介于霹雳和闪电之间。詹斯博失去平衡，扑倒在地，耳朵满是轰鸣。突然之间，他淹没在一阵白色烟雾和灰尘风暴里，烟雾和灰尘呛进了他的肺里。他咳嗽起来。刚刚吸入的空气刮擦着他的喉咙，就仿佛刚刚吸进去的空气变成了微小的玻璃碎。他的眼睑上满是砂砾，他竭力忍着不去揉眼睛，而是快速地眨了眨眼睛，希望能把它们抖落下去。

他用手和膝盖撑起身子，大口喘气，脑袋嗡嗡作响。另一位深红先生躺在他身边，红色的油漆面具上有一滴黑色的眼泪。詹斯博摘下面具。妮娜的眼睛闭着，鲜血从太阳穴流出。他摇了摇她的肩膀。

"妮娜！"他的声音盖过了周围的尖叫声和哀号声。

她的眼皮颤动着，深深地吸了一口气，然后坐了起来，开始咳嗽。

"那是什么？发生什么事了？"

"我不知道，"詹斯博说，"好像除了威岚之外，还有人在引爆炸弹，看。"

白玫瑰之家的前面开了一个巨大的黑洞，一张床摇摇欲坠地挂在二

乌鸦六人组(卷二):骗子王国

楼,眼看就要掉到大堂。爬满屋前的玫瑰藤着火了,浓郁的香气在空气中弥漫。他们听到屋子里面某处传来了喊叫声。

"噢,神呐,我要去帮帮他们。"妮娜说,詹斯博混乱的大脑才想起来她曾在白玫瑰之家工作了大半年。"马蒂亚斯在哪儿?"她问道,眼睛在人群中搜寻,"威岚呢?如果这是卡兹的惊喜之一——"

"我不觉得——"詹斯博开口。又是一阵轰隆声,鹅卵石都在震动。他们双手抱头,趴在地上。

"哪位受苦受难的神明能告诉我,这究竟是怎么回事?"妮娜惊惧而愤怒地大声说。他们周围的人们尖叫着、奔跑着,试图能找个避难的地方。她站了起来,朝运河南边另一处升起浓烟的娱乐场所望去。

"是柳林开关吗?"

"不,"妮娜说,脸上浮现出惊恐的表情,她意识到詹斯博没有理解她的意思,"是安维尔。"

她正说着,一个模糊的影子从一个洞里飞了出来,那地方原来是安维尔。那不明物体朝他们呼啸而来。"格里莎,"詹斯博说,"他们肯定服用了潘勒姆。"那物体在他们头顶盘旋着,他们扭着脖子看着它的动静。詹斯博觉得自己不太对劲。要不就是他彻底疯了。他们头顶上方的不是御风师,是一个长着翅膀的人,金属制成的巨大翅膀呼呼地扇着。那人怀里还紧紧抱着一个人,怀里的少年尖叫着,听上去像雷凡卡人。

"你刚才看到什么了吗?千万告诉我你看到了。"詹斯博说。

"是马尔科夫,"妮娜说道,脸上带着显而易见的恐惧和愤怒,"这就是他们以安维尔为目标的原因。"

"妮娜!"马蒂亚斯大步从桥上走来,威岚紧紧跟在他身后。他俩把面具都推到了头顶,城市护卫队如今有更大的事要去操心。"我们得离开这里,"马蒂亚斯说,"如果凡·埃克——"

妮娜的手抓住他的胳膊,"那是丹尼尔·马尔科夫。他在安维尔工作。"

"有翅膀的那个?"詹斯博问。

"不,"妮娜疯狂地摇着头说,"是那个俘虏。马尔科夫是控火师。"她指向运河下游。"他们袭击了安维尔,白玫瑰之家。他们在搜捕格里莎。他们在找我。"

就在这时,那个长着翅膀的身影从白玫瑰之家冲了出来。又是一声爆炸声,下面那堵墙随之坍塌,一个身形高大的男人和女人大步向前走去。他们和那个有翅膀的人一样,都是乌黑的头发,棕色的皮肤。

"舒国人,"詹斯博说,"他们在这里做什么?什么时候人可以飞了?"

"把面具拉下来,"马蒂亚斯说,"我们得到安全的地方去。"

他们把面具拉了下来。詹斯博很感激周围的喧嚣。正当他这么想时,一个舒国人嗅了嗅空气,然后深深地吸了一口气。詹斯博惊恐看到那人慢慢地转过身,把目光锁定在他们身上。他跟他的同伴说了什么,然后那几个舒国人就直奔他们而来。

"太晚了。"詹斯博说。他扔掉了面具,扛起了步枪。"如果他们非要找刺激,就如他们所愿好了。我来搞定那鸟人。"

詹斯博不想被那个舒国鸟人卷走。他不知道第二个鸟人去哪儿了,只能暗自希望他抱着他的控火师俘虏,腾不出手来。那个有翅膀的人忽左忽右,时上时下,像一只喝醉了的蜜蜂一样。"别动,你这只大臭虫。"詹斯博咕哝着,然后连开三枪,每一枪都正中那鸟人的胸部,让他猛地向后仰去。

那个鸟人重新挺直了身子,优雅地翻了个筋斗,朝詹斯博飞去。

马蒂亚斯对准那两个舒国人一阵狂轰乱炸。每发子弹都直接命中,但那两舒国人只是脚下一绊,依旧朝他们走来。

"威岚?妮娜?"詹斯博说,"你们什么时候想插手的话,尽管放手干。"

乌鸦六人组(卷二):骗子王国

"我正在努力,"妮娜咆哮道,她抬起双手,握紧拳头,"但他们毫无感觉。"

"趴下!"威岚说。他们趴在鹅卵石地面上。詹斯博听到砰的一声,接着一个看不清样子的黑影朝那有翅膀的人飞了过去。那鸟人朝左一闪躲开了,但那黑色的物体裂开了,两个噼啪作响的蓝紫色火球爆炸了。一颗落在运河中,发出没什么杀伤力的嘶嘶声,另一个击中了那鸟人。他尖叫着,用爪子抓着自己,蓝紫色的火焰蔓延到他的翅膀和全身,然后他偏离了原来的飞行轨道,撞在了一堵墙上,火焰仍在燃烧,即使从远处也能感受到热度。

"快跑!"马蒂亚斯大喊。

他们奔向最近的小巷,詹斯博和威岚在前,妮娜和马蒂亚斯紧随其后。威岚扭头,不假思索地把一颗闪光弹扔了出去。那闪光弹击中了一扇窗户,发出一阵无用的光芒。

"你可能只是把某个倒霉的妓女给吓死了,"詹斯博说,"把东西给我。"他抓起另一枚闪光弹,把它扔到了追击者前面,然后转身,避免自己眼睛受伤。"这才是正确做法。"

"下次,我不会救你的命了。"威岚喘息着说。

"你会想我的。大家都会。"

妮娜惊叫一声。詹斯博转过身去。妮娜扑腾着,她的身上裹着一层银色的网,一个站在小巷中央的舒国女人把她朝后拖去。马蒂亚斯开了枪,但那女人岿然不动。

"子弹没有用!"威岚说,"我觉得他们的皮肤下有金属。"

他正说着,詹斯博看到血淋淋的枪口下有金属在闪闪发光。这意味着什么?他们是某种机械人吗?这怎么可能?

"网!"马蒂亚斯怒吼道。

他们都抓住了金属网,想把妮娜拉到安全的地方。但那舒国女人不停地把她向后拖去,两只手不断交替着,力量大得惊人。

"我们需要用什么东西切断那根绳子!"詹斯博喊道。

"让绳子见鬼去吧!"妮娜咬牙切齿地咆哮道。

她从詹斯博的枪套里抓起一把左轮手枪。"放手。"她吩咐道。

"妮娜——"马蒂亚斯抗议道。

"照做。"

他们松开了手,妮娜爆发出一股惊人的冲力,沿小巷飞奔而去。那舒国女人笨拙地往后退了一步,抓住网的边缘,把妮娜向前拖去。

妮娜等到最后一秒时,才开口说道:"让我看看你到底是不是金属做的。"

她把左轮手枪插进了那女人的眼眶里,扣动了扳机。

爆炸不仅炸掉了她的眼睛,还炸掉了她的大半头盖骨。有那么一会儿,她仍站在那里,抓着妮娜。她的头部是一块豁了口的骨头,还有粉色的柔软的脑组织,以及一堆金属碎片,那原本是她的脸。随即她瘫倒在地。

妮娜干呕了一声,在网上摸索着。"在她的同伙来找我们之前,把我从这东西里弄出去。"

马蒂亚斯撕开了困住妮娜的网,大家都跑了起来,心怦怦直跳,靴子重重地踩在鹅卵石上。

詹斯博可以听到他父亲忧虑的话语,像是身后有一阵风在提醒他一样,催促着他穿过街道。*我很担心你。这个世界对你们这样的人很残酷。舒国人除了妮娜之外还打算抓谁?搜捕这个城市里的格里莎?搜捕他吗?*

詹斯博的人生经历了一连串的死里逃生和灭顶之灾,但没有哪次像这次一样,让他真切地感到自己是在逃命。

第三部分

一步一步来

11
伊奈姬

伊奈姬和卡兹离西斯戴夫越来越远,他们之间的沉默也像污迹一般扩散开。他们把披风和面具丢在垃圾桶里,那垃圾桶在一个叫作天鹅绒屋的破旧妓院后面,卡兹显然在那里给他们藏了别的衣服来换装。整个城市仿佛成了他们的衣橱,伊奈姬不由得想起了那些魔术师,他们从袖子里掏出超长的围巾,让女孩消失在盒子里,那盒子给她一种不舒服的感觉,总让她想起棺材。

他们穿着码头工人那笨重的外套和粗布裤子,用帽子盖住了头发,然后走进了仓库区域,虽然天气很暖和,但他们还是拉起了衣领。该地区的东部边缘就像一个城中村,这里的居民主要是移民,他们住在廉价的旅馆和公寓里,或者是用胶合板和波纹铁皮建成的棚户区里,并根据语言和国籍,划分成松散的社区。每天这个时候,该地区的大多数居民都在城里的工厂和码头工作,但在某些角落里,伊奈姬看到男男女女聚在一起,希望有包工头或老板能看中他们当中的某个幸运儿,让他们这天能有活儿干。

从动物园出来后，伊奈姬曾在卡特丹姆的大街小巷里游荡，试图了解这个城市。她淹没在嘈杂的声音和来来往往的人群里，深信一不留神，坦特·海琳或她的某个手下会把她抓回异国风情屋。但她知道，如果她想要成为一个对德勒格斯有用的人，想要赚够新合同中规定的钱，就不能让这喧闹声和鹅卵石路带来的陌生感压倒她。*我们欢迎意外来客。*她必须了解这座城市。

她总是喜欢在屋顶上行走，那里远离人们的视线，远离来往的人群。在那里，她能再次感受到那个最真实的自己——曾经的那个自己，没有那么多恐惧，不知道这个世界对她有多么残酷。她已经了解了泽尔威街上三角墙的顶峰以及窗边的花篮，大使馆区域的花园和林荫大道。她继续向南，制造业区逐渐变成了散发着恶臭的屠宰场和坐落在城市远郊的盐井。在那里，粪便会被冲进卡特丹姆边缘的沼泽里，避免臭味飘到城市居民区。这座城市含羞带怯地揭露着自己的秘密，这些秘密或壮丽，或肮脏。

眼下，她和卡兹离开了出租屋和街车，深入到繁忙的仓库区和被称作威福特的地方。这里的运河和街道干净整洁，宽阔有序，有利于货物运输。他们路过了栅栏围起来的原始木材地和开采出来的石头，看管严密的武器和弹药库，装满棉花、丝绸、帆布和皮毛的巨大货栈，以及堆满了一捆捆尤尔达干叶的仓库，那些尤尔达是从诺威哲姆运来的，将会被加工和包装成罐装，贴上著名品牌的标签，然后运送到其他市场。

伊奈姬仍记得她看到一个仓库墙上写着"稀有物种"时的震惊。那是一则广告，文字下方是两个彩绘的苏里姑娘，棕色的四肢裸露在外，难以蔽体的丝绸上的刺绣用潦草的金色笔触代替。伊奈姬站在那里，目光紧紧地盯着那则广告，在距这里不足两英里的地方，她的身体曾被用来买卖，被买来买去，还有人讨价还价，她的心在胸膛里剧烈地跳动，

乌鸦六人组(卷二):骗子王国

恐慌掌控了她的肌肉,她不由自主地看着那两姑娘,看着她们手腕上的镯子和脚踝上的铃铛。最终,她迫使自己动了动,就好像打破了某种咒语一样。她以前所未有的速度跑了起来,想跑回斯兰特。她赤裸的双脚飞奔过屋顶,脚下的城市成了模糊的剪影。那天晚上,她梦见画出来的那些女孩有了生命,她们被困在仓库的砖墙里,尖叫着恳求她放了她们,但伊奈姬无能为力。

稀有物种。那标牌依旧在那里,被太阳晒得褪了色。但它对她的影响还在,让她肌肉紧绷,呼吸急促。但也许等她有了自己的船,抓到第一个奴隶贩子时,那砖墙上的油漆会脱落。那些穿着薄荷色丝绸衣服的女孩的哭泣声会成为笑声。她们以后起舞只为自己,而不为别人。伊奈姬看到前面有一根高高的柱子,它的上方是格森的手,柱子长长的影子投射在刻赤的财富中心。她想象着她的神明把绳子绕在柱子上,把它弄倒在地。

她和卡兹穿着没款没形的衣服,就像两个找工作或换班的少年,没人注意他们。伊奈姬依旧无法畅快地呼吸。城市护卫队定期会在货运区的街道上巡逻,为避免保护力度不够,船运公司还雇佣了私人警卫,确保大门一直处于上锁状态,负责储存、堆放和运输货物的工人也不会太松散懈怠。仓库区是卡特丹姆最安全的地方之一,正因为如此,凡·埃克最不可能来这里搜寻他们。

他们走进一间废弃了的亚麻仓库。楼下的窗户都破了,楼上的砖被煤烟熏得漆黑。看来是最近发生了火灾,但仓库不会空很久的;这里很快会被清理和重建,或者干脆夷为平地,建别的建筑。卡特丹姆的空间非常宝贵。

后门的挂锁对卡兹而言并不是什么难事,他们都走进了被大火严重烧毁的底层。建筑物前的楼梯似乎基本完好无损。他们爬了上去,伊奈姬在楼板上移动,卡兹的脚步声时不时会被拐杖有节奏地敲击地面的声音打断。

到了三楼后,卡兹带着她来到了一件储藏室,一卷卷亚麻绳堆成了一个巨大的金字塔。绳子基本上没什么磨损,但底层的那些被煤烟弄脏了,还有一股烧焦的难闻气味。但它们的状况还算良好。伊奈姬在一扇窗户旁边找到了一个可以栖息的地方,她把双脚搭在一个螺栓上,后背靠在另一个螺栓上。能坐着就已经让她心生感激,她望着淡淡的午后阳光。这里没什么可看的,只有仓库光秃秃的砖墙,以及隐约浮现在港口上空的巨大糖仓。

卡兹从一台旧缝纫机下拿出一盒罐头递给她。她把罐头打开,露出了榛子、蜡纸裹着的饼干和一个有瓶塞的烧瓶。这里是凡·埃克一直迫切地想知道的藏身处之一。伊奈姬打开瓶塞闻了闻。

"水。"他说。

她大口大口地喝了水,吃了几块不新鲜的饼干。她很饿,而且她觉得近期内自己不会有热饭吃。卡兹已经提醒过她,他们要等天黑后才能回到黑面纱岛。即便到了那里,她也不觉得他们会做很多饭菜。她看着他爬上了对面的螺栓堆,把拐杖放在一旁,但她强迫自己把目光转回窗口,不再去看他那精准的动作和紧绷的下颌线。看着卡兹,她会感到前所未有的危险。她会看到铁锤举了起来,在喜剧伊尔舞台灯光的照耀下闪闪发光。你要是打断我的腿,他就再也不可能和你做交易了!她很感激她的刀的重量。她用手抚摸着它们,仿佛在和老朋友打招呼,感觉内心的紧张得到了缓解。

"你在桥上对凡·埃克说了什么?"卡兹最终问,"就在我们交易的时候?"

"你还会再见我一次,但只有一次。"

"又是苏里名言?"

"这是我给自己的承诺,也是给凡·埃克的。"

乌鸦六人组(卷二):骗子王国

"小心点,幽灵。你不适合复仇游戏。我不知道你们的苏里神明是否会同意。"

"我的神明不喜欢恶霸。"她用袖子擦了擦窗户。"在那些爆炸中,"她说,"其他人没事吧?"

"他们都没有驻守在炸弹爆炸的地方附近,至少不在我们看到的那些炸弹的附近。具体的等回到黑面纱岛就知道了。"

伊奈姬并不认同。万一有人受伤了呢?万一他们没能回到岛上该怎么办?她的朋友可能陷入了困境,她却只能静静地坐着,这是经历了数天恐惧和等待之后,一种全新的挫败感。

她意识到卡兹在打量她,便把目光转向卡兹。阳光透过窗户,把他的眼睛变成了浓茶的颜色。*你要是打断我的腿,他就再也不可能和你做交易了!*再回忆起来时,她感觉这些话灼伤了她的喉咙。

"他伤害你了吗?"卡兹说。

她双手抱住膝盖。*你为什么想知道这些?是为了确定我有能力应对新的危险了吗?还是好让你给凡·埃克再添一笔罪行?*

卡兹从一开始就很清楚要怎么安排她。伊奈姬是笔投资,是值得保护的资产。她曾试图相信,他们对彼此的意义远大于此。但扬·凡·埃克打破了她的幻想。伊奈姬好好的,没有受伤。她在喜剧伊尔的剧院经历的磨难并没有给她留下疤痕或创伤。尽管如此,凡·埃克还是夺走了她的某些东西。*我对他而言将会是无用之人。*隐藏在内心的那些话破口而出,这是一个她不可能不知道的事实。她应该为此而感到高兴。残忍的事实胜过善意的谎言。

她的手指移到了锤子从她腿上掠过的地方,看到卡兹的目光追随着她的手时,她停了下来。她双手交叉放在膝盖上,摇了摇头。

"没有。他没有伤害我。"

卡兹往后一靠,他的目光在慢慢拆解她。他不相信她,但她没法强迫自己去说服他相信这个谎言。

他把拐杖支在地板上，支撑着自己从堆积物上滑了下来。"休息会儿吧。"他说。

"你要去哪?"

"我去糖仓那里还有事，并且我想去看看能不能收集到什么有用的信息。"他把拐杖靠在了一个门闩上。

"你不带它?"

"太惹人生疑了，尤其是在凡·埃克把城市护卫队牵扯进来的情况下。休息会儿吧，"他重复，"在这儿你是安全的。"

伊奈姬闭上了眼睛。在这一点上，她可以完全相信他。

卡兹叫醒她时，太阳已经下山了，给远处的格森塔涂上一层金色。他们离开了仓库，锁上了身后的门，和回家过夜的工人一道向前走去。他们一路向南，然后向东，朝着一个居民区走去。途中避开了巴伦最繁忙的地方，毫无疑问，城市护卫队的警卫会在那里梭巡。在一条狭窄的运河里，他们登上了一艘小船，沿着格拉芙运河，进入了笼罩着黑面纱岛的迷雾中。

他们小心翼翼地穿过坟墓朝岛中心走去时，伊奈姬感到越来越激动。希望他们都没事，她祈祷着。终于，她瞥见了昏暗的灯光，听到了微弱的低语声。她一溜烟跑了起来，帽子滑到了长满藤蔓的地上也毫不在意。她推开了进入坟墓的门。

里边的五个人站了起来，或端着枪，或举起拳头，伊奈姬刹住了脚步。

妮娜大声尖叫："伊奈姬!"

她飞快地穿过房间，紧紧地抱住伊奈姬。然后大家都围过来拥抱

乌鸦六人组（卷二）：骗子王国

她，拍她的背。妮娜不放她走。詹斯博伸出手臂搂住她们俩，欢呼道："幽灵回来了！"马蒂亚斯退到后面，他还和以前一样一本正经，但面带微笑。她的目光从墓中间桌子旁坐着的舒国少年，转向了那个在她身边打转的一模一样的舒国少年。

"威岚？"她问身边的人。

他咧着嘴笑了。"我为我父亲感到抱歉。"说出这句话时，他上扬的嘴角落了下去。

伊奈姬把他拉过来，给了他一个拥抱，并耳语道："我们是我们，和父辈无关。"

卡兹用拐杖敲了敲石头地板。他站在石墓门口。"如果每个人都拥抱完了，我们还有工作要做。"

"等等，"詹斯博说，手臂仍然搂着伊奈姬，"讨论工作之前，我们需要先弄清楚西斯戴夫发生的那些究竟是怎么回事。"

"什么事？"伊奈姬问。

"你没错过半个西斯戴夫都爆炸了的场面吧？"

"我们看到白玫瑰之家爆炸了，"伊奈姬说，"然后我们听到了另一声爆炸。"

"在安维尔。"妮娜说。

"在那之后，"伊奈姬说，"我们就离开了。"

詹斯博认真地点了点头。"那你损失大了。你要在周围逗留会儿的话，可能被一个长着翅膀的舒国人杀了。"

"两个。"威岚说。

伊奈姬皱了皱眉。"两个翅膀？"

"两个人。"詹斯博说。

"有翅膀？"伊奈姬试探着问，"像鸟一样？"

妮娜拖着伊奈姬走向了那张凌乱的桌子，桌子上放着一张卡特丹姆的地图。"不，更像飞蛾，致命的机械飞蛾。你饿不？我们有巧克力饼干。"

"哦，对，"詹斯博说，"她囤了不少饼干。"

妮娜让伊奈姬坐在凳子上，把罐子放在她面前。"吃，"她命令道，"有两个有翅膀的舒国人，还有……一个不太正常的男人和女人。"

"妮娜的超能力对他们没有作用。"威岚说。

"唔。"妮娜含糊其词地说，轻轻地咬了一小口饼干边缘。伊奈姬从未见过妮娜这么含蓄地吃过东西。她的胃口显然还没有恢复，伊奈姬想知道还有没有别的原因导致她变成这样的。

马蒂亚斯也和她们一起，在桌子旁边坐了下来。"我们面对的舒国女人比我、詹斯博和威岚加在一起还要强大。"

"你没听错，"詹斯博说，"比威岚强大。"

"我做了我该做的。"威岚抗议道。

"你真的做到了，小商人。那蓝紫色的是什么东西？"

"是我最近一直在研究的新东西。它是基于雷凡卡发明的露米娅而设计的，它的火焰几乎不会熄灭，而我又改变了配方，让火焰更为炽热。"

"有你在那儿，我们真的很幸运。"马蒂亚斯朝威岚微微欠身，威岚看上去既高兴又慌乱。"子弹对那些生物几乎造不成任何伤害。"

"几乎，"妮娜冷冷地说，"他们有网。他们在搜捕格里莎。"

卡兹把肩膀靠在墙上。"他们是服用了潘勒姆吗？"

她摇了摇头。"不，我不觉得他们是格里莎。他们没表现出什么超能力，也没疗愈自己的伤口。他们的皮肤下似乎有某种金属镀层。"

她用舒国语快速对库维说了一遍。

库维发出一声叹息。"柯古德。"他们都茫然地看着他。他叹了口气说："我父亲制造潘勒姆时，政府在制造师身上做过实验。"

詹斯博把头歪向一边。"只有我觉得你的刻赤语越来越好了吗？"

乌鸦六人组(卷二):骗子王国

"我的刻赤语本来就不错,是你们的语速太快了。"

"好吧,"詹斯博拖长调子说,"为什么你亲爱的舒国朋友要在制造师身上测试潘勒姆?"他瘫坐在椅子上,双手放在左轮手枪上。伊奈姬觉得他这看起来很放松的姿势是种假象。

"他们囚禁的制造师最多。"库维说。

"抓捕他们是最容易的,"马蒂亚斯说,没有理会妮娜不悦的表情,"直到最近,他们也没受过什么格斗训练。没有潘勒姆的话,他们的超能力不适合用来战斗。"

"领导人想要进行更多的实验,"库维继续说,"但他们不知道自己能找到多少格里莎——"

"或许是他们杀得还不够多?"妮娜说。

库维点了点头,没注意到或者是忽略了妮娜声音里的讽刺。"对,他们没多少格里莎,并且潘勒姆缩短了格里莎的寿命。所以他们让带来的医生用已经因潘勒姆而生病的格里莎做实验。他们打算制造出一种新型士兵,柯古德。我不知道他们是不是成功了。"

"我觉得我可以用一个大大的是来回答这个问题。"詹斯博说。

"特别定制的士兵,"妮娜若有所思地说,"战前,我听说他们在雷凡卡试过同样的办法,加固骨骼、改变骨密度以及植入金属。他们在第一军队的志愿者身上做实验。别一脸怪相,马蒂亚斯。如果时间允许的话,你的菲尔丹首领也会做同样的事。"

"制造师一般都是处理固体,"詹斯博说,"金属、玻璃和纺织品。这看起来像是身体操控能力者的杰作。"

伊奈姬注意到,他说话的语气就跟他不是其中一员似的。他们都知道詹斯博是一个制造师,甚至库维在逃离冰庭的混乱之中也发现了这一点。然而,詹斯博很少承认自己的能力。她觉得,他更希望这是一个秘密。

"修容师模糊了制造师和身体操控能力者之间的界限，"妮娜说，"在雷凡卡时，我有个叫吉恩雅·萨芬的老师。她可以根据自己的意愿，成为一名摄心师或制造师，但她最后成为了一名优秀的修容师。你描述的工作实际上是一种更高级的修容术。"

伊奈姬不太明白。"但是你说你看到了一个不知道怎么在背上嫁接了翅膀的人？"

"不，翅膀是机械装置，可能是用金属框架和帆布什么的做的？但这比在某人的肩胛骨之间随便粘个翅膀复杂得多。它必须连接肌肉组织，挖空骨骼以减轻体重，然后想办法补偿失去的骨髓，或者完全换掉骨骼。复杂程度——"

"潘勒姆，"马蒂亚斯说着，金色的眉毛皱了起来，"一个服用了潘勒姆的制造师可以做到这样的修容。"

妮娜的身子往桌子后挪了挪。"商业理事会对舒国的进攻会不采取措施吗？"她问卡兹，"难道他们就可以大摇大摆地走进刻赤，开始狂轰乱炸还绑人吗？"

"我对理事会会采取行动持怀疑态度，"卡兹说，"除非那几个攻击你们的舒国人穿着制服，否则舒国政府会声称自己对此次袭击并不知情。"

"那他们就这么侥幸逃脱了？"

"也许不会，"卡兹说，"我今天花了点时间在港口收集情报。还记得那两艘舒国战舰吗？潮汐理事会把它们弄上了干船坞。"

詹斯博的靴子从桌子上滑了下来，砰的一声落到了地板上。"什么？"

"他们退潮了。彻底的。通过利用大海，他们冲刷出了一座新岛，把两艘战舰冲上了岛。你会看到它们侧躺在那里，就在港口那，帆在泥里拖着。"

"这是在秀自己的实力。"马蒂亚斯说。

"代表格里沙还是整个城市？"詹斯博问。

乌鸦六人组(卷二):骗子王国

卡兹耸耸肩。"谁知道呢?不过,这可能让舒国人在卡特丹姆的街上搜捕格里莎时更加小心。"

"潮汐理事会会帮我们吗?"威岚问,"如果他们知道潘勒姆,就必定会担心它落到居心叵测之人的手里的后果。"

"你怎么找他们?"妮娜痛苦地问,"没人知道潮汐制造者的真实身份,也没人看到他们进出那些瞭望塔。"伊奈姬突然很想知道,妮娜第一次到卡特丹姆之后,有没有向他们寻求帮助。当时只有十六岁的她,是一个远离故土亲人的格里莎,她在这里举目无亲,对这里一无所知。"舒国人不会永远被吓住的。他们制造出这些士兵是有原因的。"

"仔细想想,这很明智,"卡兹说,"舒国在最大程度地利用他们的资源。对潘勒姆上瘾的格里莎活不长久,所以舒国人找到了别的办法来利用他们的能力。"

马蒂亚斯摇了摇头。"他们都是比创造者活得更久的坚不可摧的战士。"

詹斯博的手在嘴边蹭了蹭。"什么样的人才会去猎捕格里莎。神明做证,他们真的是靠气味找到我们的。"

"这真的可能吗?"伊奈姬惊恐地问。

"我从未听说格里莎会散发出特殊的气味,"妮娜说,"但我觉得有可能。如果士兵的嗅觉器官经过改良,也许就可以察觉普通人发现不了的气味。"

"我不觉得那是第一次袭击,"詹斯博说,"威岚,还记得珍本阅览室里的御风师有多么恐惧吗?还有罗迪之前说过的那艘商船?"

卡兹点了点头。"那船四分五裂,水手也死了。当时,他们以为船员中的御风师可能叛变了,毁了契约。但也许他并没有消失,也许是被抓起来了。他是老议员赫德家的格里莎。"

"埃米尔·雷文科。"妮娜说。

"是他。你知道他吗?"

"我认识他。卡特丹姆的格里莎大多都彼此认识。我们会分享信息,互相照应。这中间肯定有舒国人的间谍,他们知道去哪找我们。其他的格里莎——"妮娜站了起来,抓着椅子的后背,好像这个突然的动作让她头晕目眩。

伊奈姬和马蒂亚斯立刻站了起来。

"你还好吗?"伊奈姬问道。

"好极了,"妮娜带着没什么说服力的微笑说,"但如果卡特丹姆其他地方的格里莎有危险——"

"你打算做什么?"詹斯博说,他声音里透出的严厉让伊奈姬有些惊讶,"能活过今天你已经很幸运了。那些舒国的士兵可以嗅到我们的味道,妮娜。"他转向库维。"是你父亲让这一切成为可能。"

"嘿,"威岚说,"淡定点。"

"淡定?之前格里莎的状况还不够糟吗?如果他们追踪着我们来到黑面纱岛呢?这里有三个格里莎。"

卡兹用指节敲着桌子。"威岚说得对。淡定点。这座城市现在不安全,但以前也不安全。所以,我们都要变得足够富有,重新安家。"

妮娜双手叉腰。"我们眼下真的要讨论钱吗?"

"我们在讨论工作,以及让凡·埃克掏钱。"

伊奈姬挽起妮娜的胳膊。"我想知道我们怎么才能帮到还在卡特丹姆的格里莎。"她看到高高举起的铁锤在闪闪发光。"我也很想知道怎么才能让凡·埃克痛苦。"

"我们还有更重要的问题。"马蒂亚斯说。

"不关我的事,"詹斯博说,"我还有两天时间跟我父亲坦白,弥补我做的一切。"

伊奈姬不确定自己是不是听错了。"你父亲?"

乌鸦六人组(卷二):骗子王国

"对。在卡特丹姆的家庭团聚,"詹斯博说,"你们都可以去。"

伊奈姬没有被詹斯博漫不经心的语调糊弄过去。"贷款?"

他的手又放回到左轮手枪上。"对。所以我很想知道我们怎么解决这问题。"

卡兹把重心放在拐杖上。"你们有没有想过我把佩卡·罗林斯给我们的钱用在了什么地方?"

伊奈姬后背一紧。"你找佩卡·罗林斯借钱了?"

"我绝不会欠罗林斯的钱。我把我在第五港口和乌鸦俱乐部的股份卖给了他。"

不。这些地方是卡兹一手建立起来的。它们是他对德勒格斯的贡献的证明。"卡兹——"

"你们觉得钱去哪了?"他重复道。

"枪支?"詹斯博问。

"船只?"伊奈姬问。

"炸弹?"威岚说。

"政治贿赂?"妮娜说。他们都看着马蒂亚斯。"证明我们有多么差劲的机会来了,"她低声说。

他耸了耸肩。"这些选择似乎都挺靠谱的。"

"糖。"卡兹说。

詹斯博轻轻地把糖碗从桌子上推到了他面前。

卡兹翻了个白眼。"不是给我的咖啡里加糖,你个白痴。我用那些钱买了糖作物的股份,然后存在了我们大家的私人账户里——当然,账户名是化名。"

"我不喜欢投机。"马蒂亚斯说。

"你是不喜欢。你就喜欢看得见的东西,就像成堆的雪和仁慈的树神。"

"噢,终于来了!"伊奈姬说着,把头靠在妮娜的肩膀上,微笑着看着马蒂亚斯。"我很怀念他瞪人的样子。"

"另外,"卡兹说,"如果你知道结果,这就算不上投机了。"

"你知道关于糖作物的消息?"詹斯博问。

"我了解一些供求信息。"

威岚坐直了身子。"糖仓,"他说,"甜堡礁的糖仓。"

"没错,小商人。"

马蒂亚斯摇了摇头。"甜堡礁是什么?"

"是第六港口的一片区域。"伊奈姬说。她想起了仓库区高高耸立的糖仓。它们跟小山一样。"那里存放着糖浆,生甘蔗,和提炼糖的加工厂。我们今天就在那附近,这不是巧合吧?"

"不是,"卡兹说,"我想让你看看地形。大多数甘蔗都来自南方殖民地和诺威哲姆,但新的收成要等三个月之后。这一季的作物已经完成收割、加工和提炼,储存在甜堡礁的糖仓里了。"

"那里总共有三十个筒仓,"威岚说,"我父亲有十个。"

詹斯博吹了声口哨。"凡·埃克控制着世界三分之一的糖料供应?"

"他拥有筒仓,"卡兹说,"但里面只有一小部分糖属于他。他自掏腰包维护储藏仓,提供守卫,并雇用御风师监测仓内湿度,确保糖保持干燥,不会结块。而拥有糖的商人会从每笔销售额中给他一部分抽成。这笔钱加起来数额不小。"

"那么一大笔财富只有一人监管,"马蒂亚斯说,"如果那些糖仓出了什么事,糖的价格——"

"就会像廉价的六连发的枪一样开火。"詹斯博说完一跃而起,在地上走来走去。

"价格就会不断攀升,"卡兹说,"这段时间以来,我们还持有一些公司的股票,那些公司的糖不在凡·埃克的仓库里存放。如今,这些股票

乌鸦六人组(卷二):骗子王国

的价格比当初买入的时候高。但一旦我们毁掉凡·埃克仓库里的糖——"

詹斯博跺了跺脚后跟。"我们的股票将是现在的五到十倍。"

"你可以说二十倍。"

詹斯博大喊:"别以为我不敢。"

"我们可以以高价抛售,"威岚说,"我们会一夜暴富。"

伊奈姬想到了装着重炮、线条流畅的纵帆船。它有望成为她的。"拥有三千万克鲁志?"她问。那是凡·埃克欠他们的去冰庭的任务的酬金。也是他不打算兑现的酬金。

卡兹的嘴角扬起一丝微笑。"误差在一百万左右。"

威岚啃着他的大拇指。"这损失在我父亲能承受的范围之内。但在他仓库里存放糖的商人,损失会更加惨重。"

"没错,"马蒂亚斯说,"如果我们毁掉糖仓,很明显就是冲着凡·埃克去的。"

"我们可以努力让它看起来像是一场意外。"妮娜提议道。

"是的,"卡兹说,"初步计划,象鼻虫。跟他们说说吧,威岚。"

威岚坐着,身体前倾,像个急于证明自己知道答案的学生。他从衣兜里拿出一个小药瓶。"这个版本的能派上用场。"

"那是象鼻虫?"伊奈姬问,审视着它。

"一种化学象鼻虫,"詹斯博说,"但威岚还没给它取名字。我投威魔一票。"

"这名字太糟糕了。"威岚说。

"这名字很棒,"詹斯博眨了眨眼,"就跟你一样。"

威岚的脸红了。

"我也帮忙了。"库维补充道,看上去很生气。

"他确实帮了忙。"威岚说。

"我们给他颁发个牌匾,"卡兹说,"给他们说说它的工作原理。"

威岚清清嗓子说："我的灵感来自于甘蔗的枯萎病——一点点细菌就能毁掉整个作物。一旦这个象鼻虫扔进筒仓，它就会以提炼出来的糖作为燃料，不停地往下钻，直到所有的糖都变成无用的糊状。"

"它跟糖起反应？"詹斯博问。

"对，任何糖。如果有充足的水分的话，即使是微量的糖也会起反应，所以要远离汗液、唾液与血。"

"威魔不能舔。有人需要把这一点记下来吗？"

"那些筒仓很大，"伊奈姬说，"我们需要多少象鼻虫？"

"每个筒仓一小瓶。"威岚说。

伊奈姬对着那小玻璃管眨了眨眼睛。"真的吗？"

"它虽小却很威猛。"詹斯博说。他又眨了眨眼。"就像你一样。"

妮娜笑出了声，伊奈姬也忍不住跟着詹斯博笑了起来。她身体酸痛，本想连续睡两天，但她感到自己的某部分舒展开来，释放了过去一周以来的恐惧和怒火。

"象鼻虫会让毁掉糖仓看上去像是一场意外。"

"是的，"卡兹说，"直到其他商人发现凡·埃克囤的糖，没有存放在自己的糖仓里。"

威岚瞪大了眼睛。"什么？"

"我用一半的资金为我们购置了股份，用剩下的钱以凡·埃克的名义买了股份——好吧，是以爱丽丝名下的一家控股公司的名义。不能做得太明显了。那些股份是用现金买的，无法追踪。但在他律师的办公室里，能找到证明他们购买股票的证书，那证书是盖了章，并用了封印的。"

"康尼利斯·施密特，"马蒂亚斯惊讶地说，"计中计。你闯进施密特的办公室，不只是想弄清楚爱丽丝·凡·埃克的下落。"

"只靠一局游戏是赢不了的，"卡兹说，"糖被毁掉之后，凡·埃克的名声将会遭受重创。但等到花钱在凡·埃克那儿保存糖的人发现，他从

乌鸦六人组（卷二）：骗子王国

他们的损失中获益之后，会要求仔细查看糖仓。"

"然后会发现象鼻虫发挥作用后的残留物。"威岚补充道。

"破坏财产，扰乱市场，"伊奈姬低声说，"他要完蛋了。"她想起凡·埃克示意他手下拿起铁锤的场景。我不想让她的腿断得那么干脆。打碎她的骨头。"他会进监狱吗？"

"他将会被指控违反合同，干预市场，"卡兹说，"根据刻赤法律，没有比这更严重的罪名了。这罪名的刑罚和谋杀罪是一样的。他会被处以绞刑。"

"是吗？"威岚轻声问道。他伸出手指在卡特丹姆的地图上画了一条线，那条线从甜堡礁到巴伦，然后到他父亲居住的吉尔德斯坦特街。扬·凡·埃克曾试图杀了威岚。他像丢弃垃圾一样抛弃了他。但伊奈姬想知道威岚是否做好了让父亲赴死的准备。

"我觉得他会设法逆转局面，"卡兹说，"我猜他们会以比较轻的罪名起诉他。商业理事会的人不会想把自己的人送上绞刑架。至于他最后会不会进监狱？"他耸了耸肩。"那就要看他的律师有多厉害了。"

"但他会被禁止进行商业贸易，"威岚说，听上去茫然不知所措，"他的财产将会被没收，用于赔偿损失的糖。"

"这将是凡·埃克帝国的终结。"卡兹说。

"那爱丽丝怎么办？"威岚问。

卡兹再次耸了耸肩。"没人会相信她与这场金融阴谋有关。爱丽丝会提起离婚诉讼，可能会搬去与父母同住。她会哭上一个星期，唱上两个礼拜的歌，然后就让这事翻篇了。也许她会嫁给一个王子。"

"也可能是音乐老师。"伊奈姬说，想起了巴让听说爱丽丝被绑架时的恐慌。

"那就只有一个小问题了，"詹斯博说，"我说的小的意思是'巨大的、显眼的，让我们毁掉它，然后去喝一杯'。糖仓。我知道我们都想攻破这坚不可摧的堡垒,可我们怎么进去?"

"卡兹会开锁。"威岚说。

"不,"卡兹说道,"我开不了。"

"我觉得自己从来都没从你的嘴里听到过这话,"妮娜说,"你再说一遍,说慢一点。"

卡兹没理她。"糖仓采用的是四叶锁。需要四把钥匙同时转动四把锁,否则就会触发防盗门和警报。我可以开任何锁,但我没法一次开四个。"

"那我们怎么进去?"詹斯博问。

"筒仓的顶部是开的。"

"那些筒仓差不多有二十层楼高!伊奈姬要一夜之间爬十个吗?"

"只爬一个。"卡兹说。

"然后呢?"妮娜说着,双手叉腰,绿色的眼眸里饱含怒气。

伊奈姬想起了高耸的筒仓和筒仓之间的间隙。

"然后,"伊奈姬说,"我要走高空钢索,从一个筒仓走到另一个筒仓。"

妮娜摊了摊手,"让我猜猜看,这整个过程中都没有防护网吧?"

"伽法家族的人从不用网。"伊奈姬愤怒地说。

"伽法家族中有在被囚禁了一个礼拜之后,还在离地面二十多层高的地方演出的先例吗?"

"有网,"卡兹说,"网已经放在筒仓警卫室后的一堆沙袋下面了。"

坟墓里突然一片寂静。伊奈姬不敢相信她所听到的。"我不需要网。"

卡兹看了眼表。"我没问你。我们有六个小时的睡眠和疗伤时间。我去孜尔克马戏团拿点东西。那些东西存放在西郊。伊奈姬,把你需要的东西列个单子。我们要在二十四小时之内袭击糖仓。"

"绝对不行,"妮娜说,"伊奈姬需要休息。"

乌鸦六人组(卷二):骗子王国

"没错,"詹斯博表示同意,"她看起来太瘦了,一阵强风就能把她吹走。"

"我没事。"伊奈姬说。

詹斯博翻了个白眼。"你总这么说。"

"在座的各位难道不都是这样吗?"威岚说,"我们都跟卡兹说我们很好,然后就净做些傻事。"

"我们行事有那么可预测吗?"伊奈姬问。

威岚和马蒂亚斯异口同声地说:"是的。"

"你想打败凡·埃克吗?"卡兹问。

妮娜愤怒地呼了一口气。"当然。"

卡兹扫视着房间里的每一个人。"你呢?你想拿到钱吗?那笔我们为之战斗、流血还差点溺亡的钱?或者你想让凡·埃克庆幸自己选了一群无名小辈作为欺骗对象吗?因为没人帮我们惩治他,没人在乎他骗了我们,也没人在乎我们冒着生命危险却一无所获,更没人会去纠正这一切错误。所以,我问你们,你们想打败凡·埃克吗?"

"想。"伊奈姬说,她想要伸张正义。

"当然。"妮娜说。

"就跟想听威岚吹长笛一样真。"詹斯博说。

他们一个接一个地点头。

"赌注已经变了,"卡兹说,"基于凡·埃克今天的小小示威,印有我们头像的通缉令可能已经贴满卡特丹姆了,我猜他会花重金悬赏。他正在利用自己的声誉行事,我们越早摧毁它越好。我们要在一夜之间夺走他的金钱、名誉和自由,而这就意味着我们不能停下来。尽管他很生气,但今晚他会美美地吃一顿晚餐,在他那柔软的床上断断续续地睡上一觉。那些城市护卫队的庸才会在换班之前,美美睡一觉,想着是不是能赚点加班费。但我们不能停下来。时间紧迫。我们有钱了也可以休息。同意吗？"

大家又一个接一个地点头。

"妮娜，糖仓周围会有警卫巡逻，你扮作一个刚来这座城市，想在仓库区找个活儿干的贫困的雷凡卡人，分散他们的注意力。你得跟他们纠缠比较长的时间，让伊奈姬能爬上第一个糖仓。然后——"

"我有个条件。"妮娜说道，双臂交叉。

"这不是谈判。"

"跟你在一起，什么都是谈判，布莱克。你可能自打娘胎里就是这样的。我会去做这件事，但我们要把剩下的格里莎转移出这座城市。"

"不可能。我不是为难民开办慈善机构的。"

"那我就不参与了。"

"行，你别参与。你依旧可以拿到去冰庭的那趟任务的钱，但如今这个团队无须你的加入。"

"并非如此，"伊奈姬静静地说，"但你需要我。"

卡兹把拐杖放在腿上。"似乎大家都在拉帮结派。"

伊奈姬还记得几个小时前，他那在太阳的映衬下呈棕色的眼睛。但现在它们愈发深邃，像在冲泡过程中颜色不断变深的咖啡一样。但她不打算让步。

"这叫友谊，卡兹。"

他的目光转向妮娜。"我不喜欢被人要挟。"

"我也不喜欢夹脚趾的鞋子，但我们都得接受。你可以把这当作对你那铁石心肠的挑战。"

沉默了很久之后，卡兹说："我们要转移出去多少人？"

"据我所知，除了潮汐理事会之外，这座城市里的格里莎不到三十个。"

"你觉得把他们集中起来，给他们人手一本小册子，指引他们登上一

乌鸦六人组（卷二）：骗子王国

艘巨大木筏如何？"

"雷凡卡大使馆附近有家酒馆。我们用它来传递和交换信息。我可以从那里把消息传出去。然后我们只需要弄到一艘船。凡·埃克没法监视所有港口。"

伊奈姬不想泼冷水，但她不得不说："我觉得他可以做到的。市政府全权支持凡·埃克。并且你们没见到，他发现卡兹带走了爱丽丝时的反应。"

"请告诉我他当时口吐白沫。"詹斯博说。

"差不多了。"

卡兹一瘸一拐地走到坟墓门口，凝视黑漆漆的外面。"凡·埃克不会草率地让整个城市卷进来的。这风险太大了，他不会愿意冒这种风险的，除非他打算榨取出这风险的全部利益。他会让沿海的所有港口和瞭望塔都处于高度戒备状态，并下令盘问任何试图离开卡特丹姆的人。他只会声称，他得知抓走威岚的人试图把他带离刻赤。"

"要把所有的格里莎转移出这座城市太危险了，"马蒂亚斯说，"我们最不希望的就是这批人落到凡·埃克手中，他手中可能还有潘勒姆。"

詹斯博的手指轻敲着左轮手枪的握把。"我们需要期待奇迹发生。可能还得来瓶威士忌帮大脑润滑。"

"不，"卡兹慢慢地说，"我们需要的是一艘船。一艘永远不会被怀疑的船，凡·埃克和城市护卫队没有理由阻止的船。所以我们需要一艘他的船。"

妮娜扭动着坐到了椅子的边缘。"凡·埃克的贸易公司肯定有很多船开往雷凡卡。"

马蒂亚斯抱着他那健硕的双臂，思索着。"利用凡·埃克的船把格里莎难民转移出去？"

"我们需要伪造舱单和运输证件。"伊奈姬说。

"你觉得他们为什么把施佩希特踢出海军?"卡兹问,"因为他在伪造休假单和供货订单。"

威岚噘起嘴。"但这不仅仅是几个文件的问题。假如有三十个格里莎难民。船长会想知道为什么三十个人——"

"三十一个。"库维说。

"你真的全都听明白了吗?"詹斯博怀疑地说。

"去雷凡卡的船,"库维说,"我听得非常明白。"

卡兹耸了耸肩。"如果我们要偷一艘船的话,会带着你一起。"

"就算三十一吧。"妮娜笑着说。如果马蒂亚斯下颌上抖动着的肌肉是在暗示什么的话,那就是他对这事高兴不起来。

"好吧,"威岚说着,抚平了地图上的一条折痕,"但船长会纳闷,为什么船员名单上增加了三十一个人。"

"如果让船长以为他掌握了一个秘密的话,就不会了,"卡兹说,"凡·埃克会写一封措辞非常具有煽动性的信,请求船长在运送这些宝贵的政治难民时慎之又慎,并且不惜一切代价将他们藏起来,不让任何可能受舒国贿赂的人见到他们,包括城市护卫队的警卫在内。凡·埃克会承诺船长,等他回来之后,给他一大笔酬金,打消他没有出卖格里莎的念头。我们已经有了凡·埃克的笔迹样本,如今只需要他的印章。"

"他一般会把它放在哪?"詹斯博问威岚。

"他的办公室里。至少以前是这样的。"

"我们需要在他没有发现的情况下溜进去再溜出来,"伊奈姬说,"在那之后,我们必须迅速行动。一旦凡·埃克发现印章不见,就能猜到我们在干什么了。"

"我们之前曾闯入过冰庭,"卡兹说,"应该也可以想办法进入一个商人的办公室。"

"我们闯进冰庭时差点没命。"伊奈姬说。

乌鸦六人组(卷二):骗子王国

"这般凶险的情况还不止一次,如果我没记错的话。"詹斯博说。

"我和伊奈姬曾从凡·埃克那里拿走过一幅德卡佩尔的画,已经了解了那房子的布局。我们会没事的。"

威岚的手指又一次在吉尔德斯坦特街上移动。"你那时无须打开我父亲的保险箱。"

"凡·埃克把印章放在保险箱里?"詹斯博笑着说,"那他似乎挺想让我们把它拿走的。比起跟人打交道,卡兹更擅长跟密码锁交朋友。"

"你没见过那样的保险箱,"威岚说,"那保险箱是在德卡佩尔油画被盗之后安装的。密码是七位数的组合,他每天都会重新设置密码,并且锁上有假锁扣,专门用来迷惑撬保险柜的人。"

卡兹耸了耸肩。"那我们就避开它。比起劳心费神开箱,我更愿意选择更加简单直接的方式。"

威岚摇了摇头。"保险箱的内壁是用特殊的合金制成,并且用格里莎特制钢加固过。"

"爆破?"詹斯博提议道。

卡兹挑了挑眉。"我觉得凡·埃克会发现的。"

"小型爆破?"

妮娜嗤之以鼻。"你就是想炸点东西。"

"实际上……"威岚说。他把头歪向一边,好像在听远处的歌声。"到了早晨,我们在那儿会无处藏身,但如果我们能赶在我父亲发现东西被偷之前,把难民转移出港口……我不确定在哪儿能找到材料,但它可能派得上用场……"

"伊奈姬。"詹斯博小声说。

她俯身向前,凝视着威岚。"这是一脸算计?"

"可能是。"

威岚似乎回归了现实。"这不是。但……但我真的觉得我有办法。"

"我们等着呢,小商人。"卡兹说。

"象鼻虫基本上可以算是一种很稳定的金酸。"

"是,"詹斯博说,"它当然是,但这?"

"具有腐蚀性。一旦开始发生反应,就会释放出少量热量,但威力非常强大,且易挥发。它能穿透格里莎特制钢,和除了轻木玻璃之外的任何东西。"

"玻璃?"

"玻璃和轻木的汁液会中和它的腐蚀性。"

"那在哪里能找到这种东西?"

"我们可以在铁厂找到我需要的一种原料,铁厂会利用腐蚀物来消除金属的氧化。另一种可能更难找到,我们需要找到一个有卤化物的采石场。"

"最近的采石场在奥伦达尔。"卡兹说。

"那就行。一旦我们弄到了这两种化合物,运送的过程需要非常小心。"威岚继续说,"事实上,我们需要慎之又慎。反应完成后,金酸基本上是无害的,但它是活性的……呃,如果谁不想要自己的手的话,它是个很好的选择。"

"也就是说,"詹斯博说,"如果我们弄到了这些材料,就设法分开运送它们,然后激活这种金酸,并且确保自己在此过程中四肢健全?"

威岚揪着自己的一缕头发。"那我们可以在几分钟之内烧穿保险箱的门。"

"不会破坏里边的东西?"妮娜问道。

"应该不会。"

"应该不会,"卡兹重复道,"我曾遇到过比这更棘手的状况。我们需要查出明晚有哪些船要去雷凡卡,然后让施佩希特着手准备运输清单和文件。妮娜,一旦我们选定了船,你能让你的小难民团自己去码头吗,

乌鸦六人组(卷二):骗子王国

还是说需要人牵着他们的手,带他们去?"

"我不确定他们对这个城市了解多少。"妮娜道。

卡兹的手指敲击着拐杖头。"威岚和我可以搞定保险箱。我们可以派詹斯博去护送格里莎,然后画一张路线图,以便马蒂亚斯把库维带去码头。但这样的话,就只剩下妮娜来分散守卫的注意力,并且在仓库区帮伊奈姬弄好安全网了。但安全网要发挥作用的话,至少需要三个人。"

伊奈姬伸了伸懒腰,轻轻地扭了扭肩膀。和这些人在一起的感觉真好。她只离开了几天,虽然眼下他们坐在潮湿的坟墓里,但仍有种回家了的感觉。

"我跟你说过,"她说,"我不需要网。"

12
卡 兹

他们一直谋划到深夜。卡兹对计划中可能出现的变数以及如何管理妮娜的格里莎难民都十分谨慎。并且,虽然他没给其他人透露,但这一过程中又有新的东西引起了他的注意。凡·埃克很有可能会拼凑出舒国人正在做的事情,然后亲自去追踪这座城市里剩下的格里莎。而卡兹不愿意看到这些格里莎成为那商人的军火库里的武器。

但他们不能让这次小小的救援拖慢他们的脚步。有那么多的对手和城市护卫队的警卫参与其中,这代价他们付不起。如果有足够的时间,舒国人就不会为干船坞里的战舰和潮汐理事会而担心了,他们会设法来黑面纱岛。卡兹想让库维离开这座城市,并且让他尽快出局。

最后,他们把清单和路线图放在一边,清理了临时饭桌上的残羹,以免引来黑面纱岛上的老鼠,然后熄了灯。

其他人都睡了。但卡兹没有。他说到做到。凡·埃克有更雄厚的财力,更多的盟友,还有整个城市的力量支持他。只是比凡·埃克聪明还

乌鸦六人组（卷二）：骗子王国

不够，还需要坚持不懈，冷酷无情。卡兹可以看到其他人看不到的。他们赢了今天的战斗，他们之前计划从凡·埃克手中救出伊奈姬，现在也如愿以偿了。但在这场战争之中，那商人还是处于领先状态。

凡·埃克愿意冒险让城市护卫队卷入其中，往大了说，也就是让商业理事会参与进来，这就意味着他真的相信自己是无懈可击的。卡兹手中还留着凡·埃克约他在维尔吉鲁克会面的便条，但用它证明那商人的阴谋还远远不够。卡兹想起了在绿宝石宫，当他说商业理事会绝对不会支持凡·埃克的非法活动时，佩卡·罗林斯说的话。可谁会告诉他们呢？某个巴伦最烂的贫民窟里的无名鼠辈？别开玩笑了，布莱克。

当时，卡兹一见到罗林斯，就被愤怒的红云笼罩着，脑子没法思考别的。这让他失去了指引他前进的理由，以及引以为傲的耐心。遇到佩卡·罗林斯时，他就会丢掉自己本来的样子——不，他会丢掉他设法成为的样子。他不是黑手，也不是卡兹·布莱克，甚至也不是德勒格斯最强硬的副手。他只是一个被怒火点燃的少年，这火焰可能会把他辛辛苦苦伪装出来的风度烧为灰烬。

但如今，他拄着拐杖，在黑面纱岛的墓地里前行，他承认佩卡·罗林斯说的没错。一个名声比马夫的鞋底还脏的恶棍，是没法和凡·埃克这样的商人直接宣战的。要想赢的话，他必须把比分扳平。他会向世人展示他已经掌握的东西：尽管有柔嫩的双手和精致的西装，但他是一个罪犯，没比巴伦的混混好到哪儿去——甚至还要更差劲，因为他的承诺一文不值。

卡兹没有听到伊奈姬走近，他发现时她已经在那儿了，已经站在一座白色大理石坟墓的破损的柱子旁。她找了块肥皂，洗掉了不知道在哪儿染上的淡淡的干草味，以及在喜剧伊尔剧院潮湿的房间里染上的油漆味。她乌黑的头发已经在颈边盘了起来，在月光的映衬下闪闪发光。她一动不动，很容易被当成墓地里的石头护卫。

"为什么要用网，卡兹？"

是啊，为什么要用网。为什么要让他对糖仓的计划更复杂，并且让他们暴露的风险翻番？*我无法忍受看到你掉下来。*"我费了很大劲才把我的蜘蛛人找了回来。我这么做是不想看到你在回来的第二天就脑袋开花了。"

"你在保护你的投资。"她的声音听起来充满了无可奈何。

"没错。"

"你要离开这座岛。"

他更应该担心她会猜出他的下一步行动。"罗迪说那老头越来越焦躁不安了，我得去给他顺顺毛。"

珀尔·哈斯克尔还是德勒格斯的头儿，卡兹知道他很喜欢这位置，但不喜欢这位置相对应的工作。卡兹消失了这么长时间，事情估计会一团糟。此外，珀尔·哈斯克尔焦躁不安时，会喜欢做一些蠢事来提醒其他人，他说了算。

"我们也应该盯着凡·埃克家的动静。"伊奈姬说。

"我会搞定的。"

"他会加强安保措施。"剩下的话没有说出口。没有人比幽灵更清楚如何躲过凡·埃克家的防御机制了。

他应该让她去休息，告诉她他自己会搞定他家的警卫的。但他只是点了点头，然后朝藏在柳树下的一艘平底小船走去，忽略了自己发现她跟在他身后时的宽慰感。

下午的喧闹过后，运河似乎比平常更安静，静得有些反常。

"你觉得西斯戴夫今晚会恢复正常吗？"伊奈姬问，声音压得很低。运河里的老鼠在卡特丹姆的水路上时，说话格外谨慎，她已经掌握了这一点。

"我觉得够呛。城市护卫队会进行调查，游客来卡特丹姆不是为了体

乌鸦六人组（卷二）：骗子王国

验被炸成碎片的刺激。"很多行当都要赔钱。卡兹觉得明天早上时，市政大厅门前的台阶上肯定会挤满了前来讨说法的娱乐场所和宾馆的老板。场面可能会很壮观，挺好的。让商业理事会的成员去关心关心除了扬·凡·埃克以及他失踪了的儿子之外的事。"我们拿走德卡佩尔的画之后，凡·埃克对很多事情作了改变。"

"并且如今他已经知道威岚和我们在一起了，"伊奈姬说，"我们到哪儿去见那老头？"

"去纳扣。"

他们不能去斯兰特堵哈斯克尔。凡·埃克会一直监视着德勒格斯老巢的一举一动，而如今城市护卫队的警卫估计也在监视着那里。一想到城市护卫队的警卫一边嘀咕，一边在他的房间里搜寻，在他仅有的几件东西里翻来翻去，卡兹就感到一阵愤怒。斯兰特没多好，但卡兹把它从一个漏水的地方，变成了一个在狂欢畅饮之后可以缓解一身疲劳的地方，一个躺在那里不会违反法律的地方，一个冬天不会冻屁股、夏天不会挨虫咬的地方。斯兰特是他的，不管珀尔·哈斯克尔是怎么想的。

卡兹划着小船进入了巴伦最东边的左佛运河。珀尔·哈斯克尔喜欢在每周这个时候，去好天气小酒馆给崇拜他的他们讲笑话，也在那里和老友相聚，与他们一起玩牌、闲聊。今晚也不例外，尤其是此时恰逢他的得力副手，准确来说是他失踪了的得力副手，和一个商业理事会的成员闹翻，给德勒格斯带来无数麻烦，而他却不是众人瞩目的焦点。

纳扣那里没有窗户，正对着它的是一条弯弯曲曲的通道，通道两边是一家廉租公寓楼和一家生产廉价纪念品的工厂。那通道十分安静，灯光昏暗，狭窄到没法称之为小巷，是个搞突然袭击的好地方。虽然这不是从斯兰特到好天气酒馆最安全的路线，却是最直接的，而珀尔·哈斯克尔从来都无法抵挡走捷径的诱惑。

卡兹把小船停在一座小桥附近，他和伊奈姬在黑暗中等待，两人很默契地保持沉默。不到二十分钟，一个男人的侧影出现在巷口的灯光里，他的帽子顶部插着一根滑稽的羽毛。

卡兹一直等到那人影几乎和他处于同一位置时，才走上前去。"哈斯克尔。"

珀尔·哈斯克尔猛地转身，从外套里掏出一把手枪。他虽然年纪大了，动作却很快，但卡兹知道他会带着武器，也做好了准备。他用拐杖尖在哈斯克尔的肩膀上猛戳了一下，力道刚好让他的手臂处于麻木状态。

哈斯克尔咕哝了一声，枪从他手中滑落。伊奈姬在枪落地之前抓住了它，然后丢给了卡兹。

"布莱克，"哈斯克尔生气地说，努力扭动着麻木的手臂，"你到底上哪去了？什么样的混蛋才会在巷子里袭击自己老板？"

"我没袭击你。我只是想确保在我们找到机会聊一聊之前，你不会开枪伤人。"卡兹把枪还给了哈斯克尔。那老头从他手中一把夺过枪，执拗地嘬了嘬白花花的胡子。

"总是越级。"他嘟囔着，把武器塞进了格子衬衫的口袋里，因为失去行动能力的手臂够不到枪套。"你知道你今天给我带来了什么麻烦吗，小子？"

"我知道。这就是我在这的原因。"

"斯兰特和乌鸦俱乐部里到处都是城市护卫队的警卫。我们被迫关闭了所有场所，谁知道什么时候才能重新营业。你在想什么，绑架商人的儿子？这就是让你离开小镇的大任务？那会让我变得比我最疯狂的梦中更富有的大任务？"

"我没绑架任何人。"严格来说这不完全是真的，但卡兹觉得珀尔·哈斯克尔是体会不到这些措辞的微妙之处的。

"那究竟发生了什么？"哈斯克尔愤怒地低声说，唾沫横飞，"你弄走了我最好的蜘蛛人，"他指着伊奈姬说，"我最好的枪手，我的摄心师，

乌鸦六人组（卷二）：骗子王国

还有我的打手。"

"马兹恩死了。"

"狗娘养的，"哈斯克尔咒骂道，"先是鲍里格，现在是马兹恩。你想葬送了我的整个帮派吗？"

"不是的，长官。"

"长官。你在搞什么鬼，小子？"

"凡·埃克在玩看谁快游戏，但我领先一步。"

"我目前没看出来。"

"那挺好的，"卡兹说，"最好没人看出来。我确实没预料到马兹恩的死亡，但再给我几天时间，不仅法律不会对你造成威胁，你的金库也会变得沉甸甸的，你可以在浴缸里装满金子，在里边游泳。"

哈斯克尔的眼睛眯了眯。"说说多少钱。"

这就对了，卡兹看着哈斯克尔贪婪的目光想道，*杠杆开始发挥作用了*。

"四百万克鲁志。"

哈斯克尔瞪大了眼睛。长期酗酒和巴伦艰难的生活让他的眼白有些发黄。"你不是在骗我吧？"

"我曾跟你说过，这是一笔大买卖。"

"如果我进了监狱，不管那克鲁志堆多高都没用了。我做生意不喜欢触犯法律。"

"我也不喜欢，长官。"哈斯克尔也许会嘲笑卡兹的举止，但他知道那老头会欣然接受每一个表达敬意的举动，而这也在卡兹自尊心允许的范围内。一旦他从凡·埃克那里拿到钱，就不用服从哈斯克尔的命令，也不再用抚慰他的虚荣心了。"在我无法确定我们会像唱诗班的孩子那样干净、像神明一般富有的情况下，我是不会让我们陷入这样的境地的。我只需要再多点时间。"

卡兹不禁想起了詹斯博和他父亲之间的讨价还价，这让他觉得很不舒服。除了他自己和再来一杯之外，珀尔·哈斯克尔没有关心过任何人，但他倾向于觉得自己是一个有犯罪倾向的大家庭的族长。卡兹承认他还挺喜欢这老头的。他给了卡兹一个起点，给了他一个可以遮风挡雨的地方——即使卡兹才是那个确保房子不漏水的人。

那老头把大拇指插进了马甲口袋里，假装在考虑卡兹的提议，但哈斯克尔的贪婪比上了发条的钟更靠谱。卡兹知道，他已经在设想花那些钱的方式了。

"行吧，小子，"哈斯克尔说，"我可以给你根绳子，让你吊死自己。但让我发现你骗我的话，你会后悔的。"

卡兹努力让自己面容严肃起来。哈斯克尔的威胁和他说的那些大话一样空洞无物。

"当然，长官。"

哈斯克尔哼了一声。"成交，"他说，"但幽灵需要和我待在一块。"

卡兹觉得身旁的伊奈姬僵住了。"我需要她帮我完成这任务。"

"用罗德。他身手挺灵活的。"

"他的身手不足以完成这任务。"

哈斯克尔怒了，他挺起胸膛，领带夹上的假蓝宝石在昏暗的灯光下闪闪发光。"你看到佩卡·罗林斯做了什么吗？他在乌鸦俱乐部对面开了个新赌场。"卡兹看到了。克里什王子。这是罗林斯帝国的另一颗宝石，一座巨大的博彩宫殿。整座建筑用炫目的金色和绿色装饰，荒谬地向佩卡·罗林斯的祖国致敬。"他在从我们手里抢东西，"哈斯克尔说，"我需要一个蜘蛛人，而她是最优秀的。"

"这事儿可以先等等。"

"我觉得等不了。你去格蒙斯银行看看，她的合同上签着我的名字，这就意味着她去哪我说了算。"

乌鸦六人组(卷二):骗子王国

"好的,长官,"卡兹说,"我一找到她,就跟她说这件事。"

"她就在——"哈斯克尔猛地停住了,难以置信地张大了嘴。"她刚才就在这儿。"

卡兹强忍着不笑。就在珀尔·哈斯克尔怒吼的时候,伊奈姬就已经消失在黑暗里,悄声无息地爬上了墙。哈斯克尔在小巷里找了一圈,还抬头盯着屋顶看,但伊奈姬已经走远了。

"你把她带回来,"哈斯克尔气愤地说,"马上。"

卡兹耸了耸肩。"你觉得我能爬上这些墙?"

"这是我的帮派,布莱克。她不属于你。"

"她不属于任何人,"卡兹说着感觉怒火燃烧,"但我们会尽快回斯兰特。"实际上,詹斯博会跟着他父亲一起出城,妮娜会去雷凡卡,伊奈姬会在一艘听她指挥的船上,而卡兹会永远和哈斯克尔决裂。但那老头可以在克鲁志上得到安慰。

"自大的小杂种。"哈斯克尔咆哮道。

"自大的小杂种会让你成为巴伦最富有的老板之一。"

"别挡我的道,小子。我玩牌要迟到了。"

"希望牌还是热的,"卡兹挪到了一旁,"但你会需要它们。"他伸出手来,戴着手套的手掌里有六颗子弹。"万一你们扭打起来。"

哈斯克尔迅速从口袋里掏出枪,打开枪管。里边是空的。"你这个小——"然后哈斯克尔大笑出声,夺过了卡兹手里的子弹,摇了摇头。"你身上流淌着魔鬼的血液,小子。给我弄钱去吧。"

"还有别的。"卡兹喃喃地说着,向哈斯克尔举帽示意,然后一瘸一拐地沿着小巷回到了船上。

一路上,卡兹都很警觉,船滑过巴伦边界,进入金融区那安静的水域时,他才稍微放松下来。这里的街道空无一人,城市护卫队的警卫也少了很多。小船从雷德桥经过时,他瞥见栏杆旁边分离出了一个影子。过了一会儿之后,伊奈姬和他一起坐在了那小船上。

他很想划着小船载他们回到黑面纱岛。他已经好几天没怎么睡觉了,腿也一直没从冰庭受的伤中恢复过来。渐渐地,他的身体不听使唤了。

伊奈姬仿佛能读懂他的心思,她开口说:"我能搞定那些警卫。我们岛上见吧,"

见鬼的。她不会这么容易就摆脱他的。"你想从哪个方向接近凡·埃克家?"

"我们从易物教堂开始,那里的屋顶上可以看到凡·埃克的房子。"

卡兹听到这个并不激动,但他还是载着他们去了贝尔斯运河,一路上经过了交易中心和吉尔德伦纳酒店,詹斯博的父亲可能在那儿的套间里睡得鼾声如雷。

他们把船停在教堂附近。烛光从主教堂门口倾泻而出,门任何时候都敞开着,欢迎那些想要跟格森祈祷的人。

伊奈姬本可以轻而易举地爬上外墙,卡兹应该也能做到,但他不打算在每走一步腿都疼痛难忍的晚上,测试自己的能力。他需要找到其中一个礼拜堂的入口。

"你没必要来的。"伊奈姬说。他们蹑手蹑脚地沿着围墙走,找到了一个礼拜堂的门。

卡兹没有理她,迅速地开了锁。他们溜进了黑漆漆的室内,然后爬上了两段楼梯。礼拜堂是一层一层堆叠起来的,像一个千层蛋糕,每个礼拜堂都是由刻赤的一个商人家庭委托建造的。卡兹又撬开了一把锁,他们还要爬一段该死的楼梯。这段楼梯呈紧密的螺旋状,一直延伸到屋顶的一个开口。

乌鸦六人组(卷二):骗子王国

易物教堂建在格森的手中,巨大的主教堂位于他的掌心,五个低矮结实的中殿沿着他的四个手指和拇指辐射开来,每个指尖都是一堆礼拜堂。他们先爬上了小手指尖的礼拜堂,从主教堂的屋顶爬了下去,然后沿着格森的无名指一路向上,在崎岖不平的山墙和狭窄的石脊上前行。

"为什么受人敬奉的神总是高高在上?"卡兹小声质疑道。

"因为人们追求宏伟的感觉,"伊奈姬说着,轻快地向前走去,仿佛她的脚知道在这种地形上行走的诀窍似的,"无论祈祷者说什么,神明都会听到。"

"然后根据自己的心情回答他们?"

"你想要的和世界需要的并不总是一致的,卡兹。祈祷和许愿不是一回事。"

但它们都一样的没用。卡兹在内心驳斥了那回应。他所有的注意力都集中在让自己不跌下楼摔死上,没工夫争吵。

他们在无名指的指尖处停下来欣赏风景。向西南方向看去,他们可以看到主教堂的尖顶、交易中心、吉尔德伦纳酒店闪闪发光的钟塔,以及从泽恩兹桥下流过的长长的贝尔斯运河。但如果往东看,这个特殊的屋顶可以让他们直接看到吉尔德斯坦特街,看到远处的吉尔德运河,以及凡·埃克的豪宅。

这个位置有利于观察凡·埃克在房子周围以及运河上的安保部署,但没法提供他们需要的所有信息。

"我们必须靠近一点。"卡兹说。

"我知道。"伊奈姬说完从她的束腰外衣上抽出一根绳子,缠绕在屋顶的一个尖顶上。"我自己去凡·埃克的房子里探查更快更安全。给我半小时。"

"你——"

"等你回到船上时,我会弄到我们需要的所有消息。"

他想杀了她。"你把我拖到这儿，就让我无所事事地白跑一趟。"

"是你的骄傲把你拖到这儿的。如果凡·埃克今晚察觉到什么不对劲，就全完了。这不是需要两个人才能完成的工作，你很清楚。"

"伊奈姬——"

"我的未来也指望着这个了，卡兹。你开锁或制定计划时我不会指手画脚。但这是我擅长的，让我去完成我的工作。"她把绳子拉得紧紧的，"想想这一路下去的时候，你会有多少祈祷和沉思的时间。"

她消失在礼拜堂的一边。

卡兹站在那里，盯着她几秒钟前经过的地方。她骗了他。这个正派、诚实、虔诚的幽灵比他聪明多了。他转过身，回头看了看那一长段宽阔的屋顶，他需要穿过这段距离，才能回到船上。

"诅咒你和你所有的神明。"他自言自语，突然意识到自己在微笑。

卡兹坐进平底小船里时，心情显然并不愉快。他并不介意她骗了他，他只是讨厌她说的没错。他很清楚，他今晚的状态是没法摸黑偷偷潜进凡·埃克家的。这不是需要两个人才能完成的工作，也不是他们的运作方式。她是幽灵，巴伦最擅长窃取秘密的人。在不被人发觉的情况下收集秘密是她的专长，而不是他的。他也承认，他很感激能够坐会儿。他伸了伸腿，水轻拍着运河两岸。所以他为什么要坚持陪着她呢？这想法很危险——正是这种想法之前让伊奈姬被人抓了。

我能战胜这一切的，卡兹跟自己说。明天午夜，库维就会离开卡特丹姆。再有几天，他们将会拿到酬金。伊奈姬就可以自由地追求自己猎捕奴隶贩子的梦想了，他也就不用因为这事儿分心了。他会建立一个新的帮派，这个帮派将由最年轻、最凶狠的德勒格斯成员组成。他将重新致力于自己对乔迪的承诺，将佩卡·罗林斯的生活一点一点地分化瓦解。

乌鸦六人组(卷二):骗子王国

然而,他的目光却不由自主地一直飘向运河边的人行道。他越来越不耐烦。他之前耐心挺好的。等待是罪犯生活的一部分,有太多的人在这方面跌过跟头。因为他们希望采取行动,而不是耐心等待、收集信息。他们希望不用学习就能立刻获得知识。有时候,从某个境况中获取最大利益的秘诀就是等待。即便你不喜欢当时的天气,也不会冲进暴风雨之中,——你会等着天气改变。这就是不被淋湿的办法。

太棒了,卡兹想,她到底在哪?

过了好长一段时间,她悄无声息地坐进了平底小船里。

"说说吧。"他一边说,一边划船沿着运河下游前行。

"爱丽丝还在二楼的那间屋子里。她的门口有守卫。"

"办公室呢?"

"还是在原来的位置,就在走廊尽头。他在房子外面的窗户上都装了斯凯勒锁。"卡兹恼怒地呼了口气。"这有什么问题吗?"她问。

"没有。斯凯勒锁挡不住有能力的撬锁者,但撬这种锁确实很耗时。"

"我不懂这些,只好等厨房工作人员打开后门。"在教她开锁这事儿上,他不是个靠谱的师傅。但只要她下定决心,搞定斯凯勒锁不成问题。"他们正在运送货物,"伊奈姬继续说,"据我所知,他们正在为明晚与商业理事会的会面做准备。"

"那就说得通了,"卡兹说,"他要扮演一个心烦意乱的父亲,让他们增派城市护卫队的警卫来搜寻。"

"他们会答应吗?"

"他们没有理由不答应。他们都收到了警告,或是清理他们的情妇,或是突袭搜查他们的地毯,找出一些他们不愿被发现的东西。"

"巴伦要不平静了。"

"不会。"卡兹说。这时小船正滑过与黑面纱岛相连的浅滩,进入了笼罩着岛的迷雾中。"没有人希望那些商人在我们的事儿上指手画脚。知道他们的会面在什么时候吗?"

"为了做出一顿丰盛的晚餐,厨师肯定会整出很大的动静。这能有效地分散注意力。"

"那倒确实。"这是他们最佳的状态,两人之间除了工作什么都没有,他们一起合作,规避了一切麻烦。他应该就此打住,但他很想知道。"你之前说凡·埃克没有伤害你。跟我说实话。"

他们已经到了柳树下。伊奈姬的眼睛一直盯着垂下来的白色树枝。"他没有。"

他们爬出了小船,确保把它藏好了之后,沿着海岸走着。卡兹跟在伊奈姬身后,等着她转变情绪。月亮开始下沉,勾勒出黑面纱岛上坟墓的轮廓,就像蚀刻出来的微型银色天际线一样。她的发辫散开了,散落在背上。他想象着把她的头发绕在指间,用拇指摩挲着辫子的纹路。但那之后呢?他把这想法放到了一边。

他们离坟墓只有几码远时,伊奈姬停下脚步,看着笼罩在树枝上的雾气。"他打算打断我的腿,"她说,"用铁锤砸碎,让它们永远无法痊愈。"

卡兹关于月光和伊奈姬的头发的绮想蒸发了,变成了愤怒的黑色闪电。卡兹看到伊奈姬拽着她左前臂的袖子,那个地方曾印着动物园的文身。他对她在那里的遭遇了解不多,他很清楚无知是什么感觉,而凡·埃克成功地让他再次有了那种感觉。卡兹需要想点新手段来折磨那狗娘养的商人了。

詹斯博和妮娜说得没错。伊奈姬需要休息,需要一个从过去几天的经历里恢复过来的机会。他知道她有多坚强,但他也知道,囚禁对她而言意味着什么。

"如果你没准备好加入这个任务——"

"我准备好了。"她说。

他们之间一片寂静,一片漆黑。而他无法跨越。他不能在让她得到

乌鸦六人组（卷二）：骗子王国

应有的体面和走这条路所需要的暴力之间摇摆。如果他这么做，可能会害死他们俩。他只能做真正的自己——一个无法给别人带来安慰的人。所以他会给她他所能给的。

"我要把凡·埃克给拆了，"他平静地说，"我要给他来一个永远无法缝合，无法复原，无法治愈的伤口。"

"你所经受的那种？"

"对。"这是一个承诺，也是一种承认。

她颤抖着吸了口气。这话就像一连串的枪声，一连串的速射，仿佛说出这些话的行为都让她感到厌恶。"我之前不知道你会来。"

卡兹没法因为这个责怪凡·埃克。是他用冷酷的话语和小小的残忍在她心里埋下了怀疑的种子。

"我们是你的同伴，伊奈姬。我们不能让自己受那商业渣滓的摆布。"这不是他想要给出的答案。也不是她想要得到的答案。

她转向他时，眼睛因为愤怒而发亮。

"他当时要打断我的腿，"她扬起下颌说，声音里带着一丝颤抖。"你会来救我吗，卡兹？在我无法爬墙或走钢索的时候？在我不再是幽灵的时候？"

黑手不会。那个会带着他们渡过难关、拿到钱、让他们活下去的少年，会帮她结束痛苦，及时止损，然后继续生活。

"我会来救你的。"他说。看到她警惕地看着他时，他又说了一遍，"我会来救你的。如果我无法走路了，就是爬也会爬到你的身边。不管我们有多不堪一击，我们都会拔刀亮枪，一起杀出一条路来。因为这是我们的常态。我们从来不会停止战斗。"

起风了。柳树枝在窃窃私语，发出了隐秘的闲谈声。卡兹对上她的目光，看见她的眼睛里有月亮的倒影，像两把闪闪发光的镰刀。她的谨慎没有错。即便是对他。不，对他尤需如此。小心谨慎才是生存之道。

　　最后她点了点头，下颌随之微微摆动。他们默默地回到了坟墓，柳树还在窃窃私语。

13
妮　娜

妮娜在黎明前醒了过来。和往常一样，她首先想到的是潘勒姆，和往常一样，她没有什么食欲。昨晚对潘勒姆的渴望让她几乎发狂。柯古德士兵袭击她时，她试图动用自己的能力，这让她对潘勒姆的渴望空前高涨。她昨晚辗转反侧了很长时间，指甲在掌心抠出了血淋淋的半月痕。

今天早上她感觉很难受，但有了使命感之后，从床上爬起来就变得容易多了。对潘勒姆的渴望削弱了她内心的光，有时候妮娜担心那些熄灭的火苗可能永远都不会回来了。但今天，尽管骨头疼痛，皮肤干燥，嘴里就像需要清理的烤箱，但她感觉充满希望。伊奈姬回来了。他们有任务。她要为她的人民做点什么。即使是她不得已敲诈了卡兹·布莱克，迫使他做一个正直的人，来处理这些事。

马蒂亚斯已经起来了，正在准备他们的武器。妮娜伸了个懒腰，打了个哈欠，把身体向后仰了仰，看到他的目光扫过她的身体，随后内疚地转向正在装子弹的步枪上。她感到由衷的开心，真令人欣慰。她那天几乎对他投怀送抱了。如果马蒂亚斯没有抓住她送上门的机会,她肯定会让他后悔的。其他人都醒了,也在坟墓里走来走去,只有詹斯博还在心满意足地打鼾,长长的腿伸在毯子外面。伊奈姬正在泡茶。卡兹坐在桌旁,和威岚交流着对草图的意见,库维在一旁看着,时不时地提点建议。妮娜的眼睛仔细打量着那两张并排坐着的舒国人的面孔。威岚的举止和姿态跟库维完全不同,但当他们俩都在休息时,很难把他们区分开来。**这是出自我之手**,妮娜想道。她想起了船上的灯笼在船舱里摇曳,想起威岚那鲜艳的红色卷发消失在她的指尖下,取而代之的是一束浓密的黑发;他那虽然透着胆怯,却倔强而勇敢的蓝色大眼睛变成了金色,眼型也变了。这感觉像是魔法,真正的魔法,就像小宫殿里的老师为了让他们睡觉时而讲的故事里的那种魔法一样。这一切都是属于她的。

伊奈姬端着两杯热咖啡走了过来,坐在了她旁边。

"你今天早上觉得怎么样?"她问,"能吃下东西吗?"

"我觉得够呛,"妮娜强迫自己喝了一小口茶后说,"谢谢你昨晚做的一切。谢谢你一直支持我。"

"这是应该的。我不想再看到任何人被迫成为奴隶了。"

"即便如此,还是很感谢你。"

"不客气,妮娜·哲尼克。你可以用老方法报答我。"

"华夫饼?"

"要很多才行。"

"你挺需要它们的。凡·埃克没给你东西吃,对吧?"

"我不太乐于助人,但他坚持了会儿。"

"然后呢?"

"然后决定折磨我了。"

妮娜握紧拳头。"我要把他的内脏像派对上的花环一样挂起来。"

伊奈姬笑了,把头靠在妮娜的肩膀上。"我很喜欢你的想法,真的。

乌鸦六人组（卷二）：骗子王国

但这债该我去讨。"她顿了顿。"恐惧是这期间最糟糕的事情。从冰庭回来之后，我以为自己无所畏惧了。"

妮娜把下巴搁在伊奈姬如绸缎般顺滑的头发上。"卓娅之前常说恐惧是一只凤凰，历经大火焚烧上千次，也依旧会重生。"对潘勒姆的渴望也是如此。

马蒂亚斯出现在她们面前。"我们得赶快走了。离太阳升起只有一个多小时了。"

"你这什么打扮？"妮娜盯着马蒂亚斯披在衣服外面的簇绒帽子和红色羊毛背心问道。

"卡兹帮我们弄到了一些文件，以防我们在雷凡卡区遭到拦截。我们是赛文和卡特琳·艾弗森，从菲尔丹叛逃，到雷凡卡大使馆寻求政治庇护。"

这么做行得通。如果他们被拦截了，马蒂亚斯无法扮作雷凡卡人，但妮娜倒是挺容易扮作菲尔丹人的。

"我们是夫妻吗，马蒂亚斯？"她眨巴着眼睛说。

他看了眼手里的纸，皱了皱眉头。"我觉得我们是兄妹。"

詹斯博慢慢走了过来，揉着惺忪的睡眼。"这一点都不惊悚。"

妮娜皱起了眉头。"你为什么要让我们扮作兄妹，布莱克？"

卡兹在看什么文件，他连头都没抬。"因为这样的话，施佩希特伪造文件会比较容易，哲尼克。同样的双亲姓名和出生地。他已经尽力在最短的时间里满足你高贵的一时冲动了。"

"我们长得一点都不像。"

"你们都很高。"伊奈姬说。

"我俩还都没腮呢，"妮娜说，"这并不意味着我们看上去像是有血缘关系。"

"那你就给他修修容。"卡兹冷冷地说。

卡兹眼里的质疑十分明显。由此看来，他知道她很难做到。他当然知道。黑手能看穿一切骗局。

"我不想修容。"马蒂亚斯说。她一点都不怀疑这话的真实性。但同时她也怀疑他是在努力宽慰她的自尊心。

"你会没事的，"詹斯博说，打破了紧张的气氛，"只要尽量不流露出深情的眼神，不在公共场合抚摸对方。"她应该会运气不错。

"给。"马蒂亚斯说着，把那顶她在完成施密特的任务时戴过的金色假发和穿过的衣服递了过来。

"这些最好是我的尺寸。"妮娜暴躁地说。她很想站在坟墓中间脱掉衣服，但担心马蒂亚斯会被她的不得体行为给吓跪了。她抓起一盏灯，大步走进旁边的一个地下墓穴去换衣服。她没有镜子，但她敢说那件衣服寒酸得让人叹为观止，而且她对那些小小的针织背心相当无语。她从通道里走出来时，詹斯博笑得弯下了腰，卡兹挑起了眉毛，就连伊奈姬的嘴唇也抽搐起来。

"神呐，"妮娜酸酸地说，"到底是有多难看？"

伊奈姬清了清嗓子。"你看上去确实有点……"

"迷人。"马蒂亚斯说。

看到他脸上的表情时，伊奈姬打算呵斥他，她不喜欢这种挖苦。他看上去像是有人给了他一个装满小狗的大喇叭。

"你可以在洛尼茨捷尔的第一天扮演女仆。"

"什么是洛尼茨捷尔？"库维问。

"一个节日，"妮娜回答，"我记不清楚了。但我确定这节日需要吃很多麋鹿。走吧，你这个大笨蛋，我决定扮演你妹妹了，别这样看着我。"

"我怎么看你了？"

"好像我是冰激凌做的一样。"

"我不喜欢冰激凌。"

乌鸦六人组（卷二）：骗子王国

"马蒂亚斯，"妮娜说，"我不确定我们还能不能继续在一起了。"但她无法掩饰声音里的满足感。显然，她得去囤一些难看的针织品了。

离开了黑面纱岛后，他们沿着运河的西北方前行，跟着一艘开往市政大厅附近的早市的船溜了进去。雷凡卡大使馆位于政府区的边缘，在运河的一个比较宽阔的拐弯处，它的后面是一条宽阔的大道。这条大道曾是一片沼泽地，后来被一个建筑商填平，铺上了砖，打算用来建旅馆和阅兵广场。但在工程开始之前，资金用完了。现在这地方是一个熙熙攘攘的集市，集市里摆着木质货摊和来来往往的运货马车，它们每天早上出现，每天晚上城市护卫队的警卫巡逻时消失。不论是难民还是游客，新移民还是老外籍人士都能在这里找到熟悉的面孔和民俗。市场附近有几家小餐馆，里边提供鲑鱼饺子和盐渍鲱鱼，老人们坐在户外的桌子旁，喝着克瓦斯，读着他们雷凡卡的报纸，但报纸是几个礼拜以前的。

妮娜第一次被困在卡特丹姆时，曾想过去大使馆寻求庇护，但担心自己会被遣送回国，回到她曾经服役的第二军。可是她要怎么解释，她要先救出一个因她的错误指控而被捕入狱的巫师猎人，之后才能回国呢？从那以后，她就很少去小雷凡卡那边走动了。走在这些看上去既像家，又不像家的街上太痛苦了。

然而，看到金色的兰瑟夫双鹰在淡蓝色的天空中飞翔时，她的心像奔腾的野马一样怦怦直跳。这集市让她想起了沃斯科夫，那个熙熙攘攘的城镇曾是统一之前的西雷凡卡的首都，那里有绣花披肩，光洁锃亮的铜茶壶，煮羊肉的鲜香味，羊毛编织的帽子，以及在阳光下闪闪发光的陈旧的锡制标志。如果她忽略掉那些屋顶呈三角形的、逼仄的刻赤风格建筑，几乎可以假装自己回家了。这个错觉很危险。这些街道上没有安全可言。

妮娜很想家。可她和马蒂亚斯路过小贩和商人身旁，面对这些老式的东西时，她还是很可耻地有些畏缩不前。甚至感觉那些穿着传统雷凡卡服饰的人，看起来像是另一个时代的遗物，像是从民间故事的书页里抢救出来的残存物。这一切是她在卡特丹姆的这一年造成的吗？在某种程度上，改变了她对自己的同胞和习俗的看法？她不愿意相信这一切。

妮娜从沉思中回过神时，意识到她和马蒂亚斯吸引了一些格外不友善的目光。毫无疑问，很多雷凡卡人都对菲尔丹人抱有偏见，但这情况不同。她抬头看了马蒂亚斯一眼，然后叹了口气。他的表情很是困扰，这种时候，他会看上去极其可怕。这种可怕和他那如同他们从冰庭开出来的坦克一样的体形无关。

"马蒂亚斯，"她用菲尔丹语低声说，友好地，像兄弟一般地轻轻推了推他的胳膊，"你一定要对这一切怒目而视吗？"

"我没有。"

"我们是身处雷凡卡区的菲尔丹人，已经算得上鹤立鸡群了，别再让大家觉得你要围攻集市了。我们必须在不引起不必要的注意的情况下完成这项任务。你就把自己当成间谍吧。"

他眉头皱得更紧了。"这样的任务对一个正直的士兵而言有失身份。"

"那就假装你是个演员。"他发出一声厌恶地冷哼，"你去过剧院吗？"

"捷尔霍尔姆每一季都会有戏剧表演。"

"让我猜猜，一般都会是持续好几个小时的严肃历史事件，讲的往往是古代英雄的史诗故事。"

"它们是非常有趣的。但我从来没有见过哪个演员的握剑姿势是正确的。"

妮娜扑哧一声笑了。

"怎么了。"马蒂亚斯困惑地问。

乌鸦六人组(卷二):骗子王国

"没怎么。真的。真没怎么。"她下次再给马蒂亚斯教什么叫做作讽吧。也许不必教了。他完全没意识到这一切的时候,是如此的有趣。

"那是什么?"他指着一个摊贩的毯子问。毯子上整齐地放了一排排物品,看上去像树枝和岩石碎片。

"骨头,"她说,"手指,关节,椎骨,腕骨的碎片。圣人的骨头。用来护身。"

马蒂亚斯厌恶地往后退了一步。"雷凡卡人会随身携带人骨?"

"你还跟树说话呢。迷信。"

"它们真的是从圣人身上来的吗?"

她耸了耸肩。"那都是从墓地和战场上筛选出来的骨头。雷凡卡有很多这样的人。如果人们相信自己戴着圣艾格蒙德的手肘或圣艾琳娜的小拇指——"

"谁认定艾琳娜·斯塔科夫是圣人的?"马蒂亚斯暴躁地说,"她是一个强大的格里莎。这不是一回事。"

"你确定吗?"妮娜说,觉得自己火气上来了。对她来说,她自己觉得雷凡卡的习俗很落后是一回事,但马蒂亚斯质疑这些习俗就完全是另一回事了。"马蒂亚斯,我亲自去过冰庭。我是该相信那地方是神造的,还是由那些你的国民不理解的、有天赋的格里莎造的?"

"这是两回事。"

"艾琳娜·斯塔科夫殉道时和我们一样大。她只是个小女孩,牺牲了自己拯救了雷凡卡,毁掉了影折。你们国家也有人把她当作圣人来崇拜。"

马蒂亚斯皱起了眉头。"这是不——"

"如果你要说的是正常这个词,我会打掉你的牙。"

"你真的会那么做吗?"

"我不介意试试。"她这么做并不公平。雷凡卡是她的家园,但对马蒂亚斯来说,那是敌国领土。他可能已经找到了接受她的方法,但要让他接受这个国家和它的文化就要付出更多的努力。"或许我应该一个人来。你可以去船那儿等着。"

他身体绷得紧紧的。"绝不可能。你不知道等着你的是什么。你的朋友可能被关起来了。"

妮娜不愿意去想这个问题。"那你需要冷静一点,让自己看上去友好一点。"

马蒂亚斯伸开双臂,放松了身体。

"友好点,但不是无精打采。就……假装你遇到的每一个人是一只你不想吓到的小猫。"

马蒂亚斯看上去明显受到了冒犯。"各种动物都很喜欢我。"

"行吧。那假装他们是学步的幼童。如果你不友好就会吓到尿裤子的学步幼童。"

"好吧,我试试看。"

他们走到下一个摊位时,看摊的老妇人抬起头,用怀疑的眼神看着马蒂亚斯。妮娜向他鼓励地点了点头。

马蒂亚斯笑容满面,用低沉有力、抑扬顿挫的声音说:"你好,朋友!"

那女人的表情从警惕变成了困惑。妮娜决定把这也算作一种进步。

"你今天怎么样?"马蒂亚斯问。

"什么?"那女人问。

"没什么,"妮娜用雷凡卡语说,"他说雷凡卡上了年纪的女士非常漂亮。"

那女人咧着嘴笑了笑,用评判的眼光上下打量马蒂亚斯。"我挺好菲尔丹人这一口的。你问问他想不想玩公主与野蛮人游戏。"

"她说什么?"马蒂亚斯问。

乌鸦六人组(卷二):骗子王国

妮娜咳嗽了一声,抓着他的胳膊,带他离开了。"她说你是个很好的人,是菲尔丹人的骄傲。呀,看,小薄饼!我已经很久都没见过真正的小薄饼了。"

"她说的那个词是:巴宾克,"他说,"你以前也这么称呼过我。这个词是什么意思?"

妮娜把注意力转移到一堆薄如纸张的奶油煎饼上。"那个词的意思是甜心派。"

"妮娜——"

"野蛮人。"

"我是在问问题,没必要辱骂人。"

"不是,巴宾克的意思是野蛮人。"马蒂亚斯的目光迅速回到了那老妇人身上,又开始怒目而视。妮娜抓着他的胳膊,就像抓着一块巨石一样。"她没有侮辱你!我发誓!"

"野蛮人不是一种侮辱?"他提高声音问道。

"不是。好吧,是。但在那种语境下不是。她想知道你是否愿意扮演公主和野蛮人。"

"这是一种游戏吗?"

"不完全是。"

"那究竟是什么?"

妮娜无法相信自己竟然真的试图解释这个。他们继续沿着街道往前走时,她开口说:"在雷凡卡,有一系列很受欢迎的故事,讲的是,嗯,一个勇敢的菲尔丹战士——"

"真的吗?"马蒂亚斯问,"他是英雄?"

"可以这么说。他绑架了一个雷凡卡公主——"

"这事永远不会发生。"

"但在故事中发生了,并且——"她清了清嗓子,"他们花了很长时间来了解对方。在他的洞穴里。"

"他住在山洞里?"

"是个挺好的山洞。有皮草,还有饰有宝石的杯子,蜂蜜酒。"

"啊,"他赞许地说,"就像勇士安加斯的宝库。他们后来变成盟友了吗?"

妮娜从另一个摊位上拿起一副绣花手套。"你喜欢吗?或许我们可以试着让卡兹穿点带花的衣服,让他的表情生动起来。"

"故事最后的结局呢?他们打起来了吗?"

妮娜挫败地把手套扔回摊位上。"他们亲密无间地了解了彼此。"

马蒂亚斯惊得下巴都掉了下来。"在山洞里?"

"是这样,他很忧郁,很有男子气概,"妮娜急忙继续说了下去。"但他爱上了雷凡卡的公主,这就给了她教化他——"

"教化他?"

"对,但这是第三本书里才发生的事。"

"这书有三本?"

"马蒂亚斯,你要不要坐坐?"

"这样的文化太令人厌恶了。雷凡卡人可以教化菲尔丹人的想法——"

"冷静点,马蒂亚斯。"

"或许我会写一本关于雷凡卡人贪得无厌的书,他们喜欢在喝得烂醉如泥之后,脱掉衣服,用不忍直视的动作挑逗倒霉的菲尔丹人。"

"听上去像是一场派对。"马蒂亚斯摇了摇头,但她看到他的嘴角扬起一丝微笑。她决定趁热打铁。"我们可以玩玩。"她低声说,声音小到周围的任何人都听不见。

"我们绝对不可以。"

"他曾给她洗过澡。"

乌鸦六人组(卷二):骗子王国

马蒂亚斯的脚步晃了晃。"为什么他——"

"因为她被绑起来了,所以他必须这么做。"

"别说了。"

"已经开始发号施令了。你真是太野蛮了。或者我们可以反串一下。我当野蛮人,你当公主。但你必须做很多叹息、颤抖和咬嘴唇的动作。"

"我咬你的嘴唇怎么样?"

"你已经掌握诀窍了,赫尔瓦尔。"

"你在试图分散我的注意力。"

"是,并且挺有效的。你几乎两个街区都没瞪过任何人了。看,我们到了。"

"现在做什么?"马蒂亚斯扫视着人群问道。

他们来到了一家看上去有点摇摇欲坠的酒吧,酒吧门前站着一名推着手推车的男子,在出售圣艾琳娜的圣像和新款的小雕像——艾琳娜高举拳头,手持步枪,脚踩长着翅膀的沃尔克拉的尸体。雕像底座上的题词是:**Rebe dva Volkshiya**,人民的女儿。

"我能为您做点什么吗?"那人用雷凡卡语问。

"愿年轻的尼克莱国王身体健康,"妮娜用雷凡卡语回答,"愿他的统治长治久安。"

"轻松应对。"那男人回应。

"重拳出击。"妮娜说,跟他对暗号。

那小贩回头看了一眼。"你进去时,去左边第二张桌子。想要什么点什么。很快就会有人来和你接头。"

刚路过五光十色的广场之后,这小酒馆显得又冷清又黑暗,妮娜眨了眨眼才看清里面的情况。地板上撒满了锯木屑,有些小桌子旁有人聚在一起,一边喝杜松子酒,吃鲱鱼,一边聊天。

妮娜和马蒂亚斯在那张空桌子旁坐了下来。

酒馆门在他们身后砰的一声关上了。眨眼间,其他顾客推翻了他们旁边的桌子和椅子,拿枪指着妮娜和马蒂亚斯。中计了。

妮娜和马蒂亚斯不假思索地站了起来,背靠背站着,准备战斗——马蒂亚斯举起了枪,妮娜举起了双手。

一个戴着兜帽的姑娘从酒馆后面走了出来,拉起的衣领遮住了她的大半张脸。"别激动,"她说,金色的眼睛在昏暗的灯光下闪着光,"没必要动手。"

"那这些枪是什么情况?"妮娜问,拖延时间。

那女孩举起手,妮娜感到自己的脉搏在变缓。

"她是摄心师!"妮娜大声说。

马蒂亚斯从口袋里拿出了什么东西。妮娜听到砰的一声和嗖的一声。片刻之后,室内笼罩着暗红色的薄雾。威岚给马蒂亚斯制了黄昏弹?这是一项巫师猎人的技术,用来阻挡格里莎摄心师的视线。在薄雾的掩护下,妮娜动了动手指,希望她的能力能有所回应。但她从周围的人身上感应不到任何东西,感受不到生命,也感受不到什么动静。

但她在自己识海的边缘感受到了其他东西,那是一种不一样的感知,像是一股来自深潭的寒意,一种令人振奋的脉搏,这似乎唤醒了她体内的细胞。这种感觉很熟悉——她曾有过类似的感觉,就在绑架爱丽丝的那天晚上,她放倒了守卫,但如今这感觉要强烈得多。它有形状和质地。她让自己深深地埋进那寒冷中,盲目地、贪婪地追求清醒的感觉,然后让胳膊前屈。这动作既是本能,又是技能。

小酒馆的窗户碎了,玻璃像冰雹一样涌入室内。骨头碎片飞向空中,像弹片一样射向那些手持武器的人。那是小贩推车上的圣骨,电光石火之间,妮娜意识到了这一点,她不知怎的,控制了这些骨头。

"他们有增援。"其中一人喊道。

"开火!"

乌鸦六人组(卷二):骗子王国

妮娜做好了迎接子弹的准备,但下一秒,她感觉自己被猛地拉了起来。上一刻她还在酒馆的地板上,下一刻她的背"砰"的一声撞在屋梁上,凝视着下面的锯木屑。环顾四周,那些攻击她和马蒂亚斯的人悬在空中,也被钉在了天花板上。

一个年轻女子站在厨房门口,乌黑的头发在昏暗的灯光下闪着近乎蓝色的幽光。

"卓娅?"妮娜倒抽了一口气,眼睛盯着下面,努力调整自己的呼吸。

卓娅走进光里,仿佛幻象一般,她穿着宝石蓝色的丝质衣服,袖口的褶边绣着密密的银轮,睫毛浓密的眼睛睁得大大的。"妮娜?"卓娅的注意力动摇了下,他们都往下落了一英尺,然后只见她举起双手,他们又撞在了房梁上。

卓娅好奇地抬头盯着妮娜。"你还活着。"她说。她的目光转向马蒂亚斯,密密的睫毛像一只怒极的巨大蝴蝶一样扑扇着。"并且还交了个新朋友。"

14
威 岚

自六个月前试图离开这个城市以来,威岚还没有坐过这么大的划艇。他的脑海中清晰地浮现出了关于父亲的记忆,这很难不让人想起之前的那场灾难。但这艘船和他那晚想要乘坐的划艇有很大不同。那划艇一天往返集市两次。一到这里,到处都是蔬菜、牲畜和各种农民带到市场上来的东西,随后它们会流向城市的每个角落。还是个孩子的时候,他以为所有东西都来自卡特丹姆,但后来他很快发现,尽管这座城市里几乎什么都能买到,但产自这里的东西却很少。这个城市有很多异国风情的东西——芒果,火龙果,个小味甜的菠萝——都来自南方殖民地。普通的食物靠城市周边的农场供给。

詹斯博和威岚乘坐了一艘出港的船,船上挤满了卡特丹姆港来的移民,以及来农场打工、而不是去城市里从事制造业的劳工。不幸的是,那些劳工很早就从南边上了船,船上所有的座位都坐满了,这让詹斯博相当生气。

乌鸦六人组(卷二)：骗子王国

"我们为什么不能走贝兰特线呢？"詹斯博几个小时前就在抱怨，"这条线经过奥伦达尔。市场线上的船都很脏，并且永远都没有空座。"

"因为你俩在贝兰特线上会很显眼。在卡特丹姆，你们没什么值得注目的地方——如果詹斯博没有穿那件鲜艳的格子呢衣服的话。但是，看到一个舒国人和一个哲蒙尼人在乡间走来走去，除了干农活之外，还有什么更好的借口吗？"

威岚没有想过他的新面孔会如此引人注目。但卡兹不让他们走贝兰特线时，他暗自松了一口气。那条线或许要舒服很多，但等他最终看到母亲长眠之地时，回忆会将他淹没。

"詹斯博，"卡兹说，"藏起武器，保持警惕。凡·埃克肯定会派人监视所有主要的交通枢纽，我们没时间为威岚伪造身份证明。我去伊普瑞姆岛找个造船厂弄点腐蚀剂。你的首要任务是找到采石场，并为我们弄到制作金酸所需的其他矿物。如果有时间，你再去圣希德。"

威岚微微抬起下巴，那种热血沸腾的、倔强的感觉再次涌上心头。"我一定要去。我还没有去过我母亲的墓地。我不会不告而别，离开刻赤的。"

"相信我，是你自己太在意了，她不会介意的。"

"你怎么能这么说呢？你一点都不惦记你的父母吗？"

"我的母亲是卡特丹姆，她在港口生下了我。我的父亲是利润，我每天都会向他表达敬意。要是在天黑前回不来就彻底别回来了。你们俩都一样。我要的是队员，不是多愁善感的呆子。"卡兹把旅费递给威岚，"务必把钱用在买票上。别让詹斯博溜去转麦卡之轮。"

"老生常谈。"詹斯博嘀咕道。

"那你就学点新东西。"

卡兹只是摇了摇头，但威岚看得出卡兹带刺的话还是刺痛了他。眼下，威岚看到詹斯博靠在围栏上，闭着眼睛，侧身迎向春天微弱的阳光。

"你不觉得我们应该更谨慎一点吗？"威岚一边问，一边把脸埋进了衣领里。登船时，他们勉强躲过了两个城市护卫队的警卫。

"我们已经出城了，放轻松。"

威岚回头看了一眼。"我觉得他们可能会搜查这艘船。"

詹斯博睁开一只眼睛说道："然后造成交通堵塞？凡·埃克已经在港口制造麻烦了。如果划艇再堵起来的话，会引起骚乱的。"

"为什么？"

"你看看周围。农场需要劳工，工厂需要工人。有钱人的儿子是无法忍受刻赤的种种不便的，尤其是在有钱赚的时候。"

威岚试着让自己放松下来，解开了卡兹给他弄来的粗糙的衣服。"他从哪弄来这么多衣服和制服的？他是在哪儿有个大衣橱吗？"

"你过来。"

威岚小心翼翼地侧身靠近。詹斯博伸手去够他的衣领，把它翻了过来，拉了拉，让威岚扭身就能看到别在那里的蓝丝带。

"这是演员给自己的衣服做标记的方式，"詹斯博说道。"这件是……约瑟普·可科特的。啊，这个人不坏。我在《精神病人娶新娘》那出戏里见过他。"

"戏服？"

詹斯博把衣领翻了回去，手指轻轻抚了抚威岚的后颈。"对。卡兹前些年在市剧院开辟了一个秘密通道。他会从那里弄到很多他需要的东西，也会把有些东西藏在那里。这就意味着突袭检查时，永远不会抓到他穿假的城市护卫队的制服，或者富商的家庭制服。"

威岚觉得这就能说得通了。他看了看水面上的粼粼波光，然后把注意力转向围栏说："谢谢你今天和我一起。"

"卡兹不会让你一个人行动的。再说，这是我欠你的。你之前和我一起去学校见我爸爸，还在他开始追根究底的时候及时帮我找补。"

乌鸦六人组（卷二）：骗子王国

"我不喜欢撒谎。"

詹斯博转过身去，胳膊肘支在栏杆上，凝视着斜伸进运河的长满草的河岸。"那你为什么要那么做？"

威岚真的不知道他为什么要编造出詹斯博做了一笔糟糕投资这样疯狂的故事。他开口说话时，甚至都没完全想好自己要说什么，他只是无法忍受看到詹斯博——自信、爱笑的詹斯博——脸上露出那种茫然的表情，或者不忍心看到科尔姆·范赫在等儿子回答问题时，脸上流露出希望与担忧交织的表情。这让威岚想起了他父亲看他的眼神，那时他父亲还对治愈他抱有希望。他不想看到詹斯博父亲的眼睛里流露出来的担心变成痛苦再变成愤怒。

威岚耸了耸肩。"我正在培养拯救你的习惯。那只是练练手。"

詹斯博打趣地"呀"了一声，这让威岚再次慌张地转过头去，担心引起别人的注意。

但詹斯博的快乐是短暂的。他在围栏前换了个姿势，用手揉了揉脖子后面，又拨了拨帽檐。他总是在动，就像个有发条的细长钟表一样，仿佛有看不见的动力让他一直运转。只不过时钟要简单一些。威岚只能暗自推测詹斯博的运转方式。

詹斯博最终说："我今天应该去看他的。"

威岚知道他说的是科尔姆。"你为什么没去？"

"我不知道该对他说什么。"

"不考虑告诉他真相吗？"

"这么说吧，我宁愿避开真相。"

威岚回头看了看水面。刚开始，他以为詹斯博无所畏惧，但也许勇敢和不害怕不是一个概念。"你不能永远逃避。"

"等着瞧。"

又路过了一间农舍，在清晨的薄雾中，只能看见影影绰绰的白色轮廊，农舍前的田野上，散布着一块块的百合和郁金香花丛。也许詹斯博可以一直做个逃兵。如果卡兹能够总是奇迹般的得分，或许詹斯博就能一直领先一步。

"我想给她带点花，"威岚说，"或者别的什么东西。"

"我们可以在路上摘一点，"詹斯博说，威岚知道他正在尽力转移话题，"你还能记起多少关于她的事。"

威岚摇了摇头。"我记得她有一头非常漂亮的金红色卷发。"

"跟你的一样，"詹斯博说，"之前的你。"

威岚莫名其妙地觉得自己脸红了。詹斯博只是在陈述一个事实。

他清了清嗓子："她喜欢艺术和音乐。我记得我曾和她一起坐在钢琴凳上。但也可能是和保姆。"威岚耸了耸肩。"有一天，她病了，要去乡下，那里有助于她的肺部恢复，后来她就走了。"

"葬礼呢？"

"我父亲跟我说她埋在医院里了。然后就没有然后了。我们不再谈起她。他说沉湎于过去没有好处。我不知道。我觉得他真的爱她。他们老是吵架，有时候是因为我，但我也记得他们在一起的时候欢声笑语不断。"

"我很难想象你父亲会笑，即便是微笑。我只能想象到面对一堆金子时，他搓着手咯咯地笑。"

"他并不坏。"

"他想杀了你。"

"不，他是打算毁了我们的船，杀我只是顺带的。"当然，这话不完全对。詹斯博不是唯一一个与自己内心的恶魔赛跑的人。

"哦，那你说的完全没错，"詹斯博说，"他一点都不坏。我觉得他有充分的理由不让你因你母亲的离世而悲痛。"

威岚扯掉外套袖子上的一根线。"这不全是他的错。我父亲大部分时

乌鸦六人组(卷二):骗子王国

间都很悲伤,很有距离感。就是在那个时候,他意识到我不是……他希望的那类人。"

"你那时多大?"

"可能八岁?我那时已经很擅长掩饰了。"

"怎么掩饰?"

威岚的唇角扬起淡淡的微笑。"他会读书给我听,或者我会让保姆读给我听,然后记住他们说的所有话。我甚至知道什么时候该停下来翻动书页。"

"你现在能记得多少?"

"很多。我会在脑子里把那些内容谱成曲,就跟歌一样。我现在有时候也会这么做。我会跟他们说,我认不出某人的笔迹,让他们大声读给我听,然后给它们配上旋律。这样一来,我就可以把它记在脑子里,等需要的时候拿出来用。"

"你可以把这技能用在算牌上。"

"我或许可以,但我不打算这么做。"

"浪费天赋。"

"你还好意思说我。"

詹斯博皱了皱眉头。"我们还是欣赏风景吧。"

没什么可看的。威岚意识到自己到底有多累。他还是不喜欢这种提心吊胆、时时刻刻都在担心的生活。

他想把这一切告诉詹斯博。把这个可耻的故事全部公之于众会是一种解脱吗?也许吧。但他内心深处希望詹斯博和其他人依然相信,他离开父亲的房子是因为他打算在巴伦安顿下来,是他自己选择了这种生活。

随着威岚年龄渐长,扬·凡·埃克越来越明确地表示,他的房子里没有儿子的容身之处,尤其是在他与爱丽丝结婚之后。但他似乎不知道该拿威岚怎么办。他开始挖苦儿子,一句比一句恶毒。

CROOKED KINGDOM

仅仅因为你不识字没法把你送进精神病院。

我没办法让你去别的地方当学徒,因为你会自曝其短。

你就像变质的食物。我甚至找不到一个能把你放上去,让你不散发臭味的架子。

然后,六个月前,威岚的父亲把他叫到办公室。"我帮你在贝兰特的音乐学校找了份工作,并且已经给你雇了一位私人秘书。他会跟你在学校见面,处理一切你无法处理的邮件和业务。这完全是对金钱和时间的浪费,但考虑到你在那里,我就只能这么做。"

"去多久?"

他父亲耸了耸肩。"直到人们忘记我有个儿子为止。别用受伤的表情看着我,威岚。我只是实话实说,并不是残酷无情。这样对我俩都好。你不必再费劲地扮演一个商人的儿子,完成这个对你来说不可能的任务,而我也不用再尴尬地看着你不断努力了。"

我对你远没有这个世界对你残酷。 那是他父亲常说的话。还有谁会对他那么坦诚?还有谁会爱他爱到告诉他真相?威岚曾有过关于父亲的美好回忆,他给他读故事——到处都是女巫的森林和会说话的河流的黑暗故事。扬·凡·埃克曾尽了最大的努力照顾儿子,如果他失败了,那就一定是威岚的错。他父亲听上去可能很残忍,但他不仅是在保护自己或保护凡·埃克帝国,也是在保护威岚。

并且他说的一切都很有道理。不能把财产交给威岚,因为他太容易上当受骗了。威岚不能上大学,因为他会成为别人嘲笑的对象。*这样对我俩都好。* 父亲的怒火让威岚很不快乐,但真正困扰着他的是父亲的逻辑——每当他想尝试新食物,或试图重新学习认字时,脑海里都会出现父亲那务实的,无可辩驳的声音。

被送走让威岚觉得很痛苦,但他仍满怀希望。贝兰特的生活对他而言充满了吸引力。他对贝兰特了解不多,只知道它位于德鲁姆贝尔德河

乌鸦六人组(卷二):骗子王国

岸边,是刻赤第二古老的城市。在那里,他会远离父亲的朋友和生意伙伴。在那里,凡·埃克是个普通的姓氏,而且在距离卡特丹姆那么远的地方,姓凡·埃克并不一定就意味着是凡·埃克家族的成员。

他的父亲给了他一封密封的信和一小叠克鲁志金币作为路费。"这是你的录用函,还有能支撑你到贝兰特的钱。到那之后,让你的秘书去见会计,我已经以你的名义开了户,还为你安排了监护人,他们会和你一起乘船去那里。"

威岚的脸因羞辱变得通红。"我自己能去贝兰特。"

"你从未一个人离开过卡特丹姆,这一次也不适合作为你独自出门的开端。米格森和普罗尔要替我去贝兰特办事。他们会护送你到那,并确保你妥善安置。明白?"

威岚明白。他连独自坐船出城都不配。

但是到了贝兰特,一切都会不一样起来。他带了一个小手提箱,里面装着换洗的衣服,和在大行李箱送到之前,他需要的几样东西,以及他最喜欢的乐谱。如果他能像看乐谱一样看信,就不会有任何问题了。他的父亲不再给他读书之后,音乐又赋予了他新的故事,那些故事会在他的指尖娓娓道来,让他把自己融进每一个音符。他把长笛塞进了背包里,以防他在途中想练一会。

他跟爱丽丝的道别简短而又尴尬。她是个好女孩,但这才是问题所在——她只比威岚大几岁。他想知道他父亲是如何与她一起走在街上,却丝毫不感到尴尬的。但爱丽丝似乎毫不介意,或许是因为在她身边的时候,父亲变回了威岚童年记忆中的那个人——善良、慷慨、有耐心。

即便是现在,威岚也说不出他是从哪一刻明白父亲已经放弃了他的。转变是缓慢的。扬·凡·埃克的耐心就像粗糙金属上的镀金一样,无声无息地消失了。而消失之后,他的父亲仿佛完全变了一个人,一个失去往日荣光的人。

"我来跟你道别,祝你一切都好。"威岚对爱丽丝说。她坐在客厅里,她的小猎犬在她脚边打盹。"你要离开吗?"她放下针线活抬起头,看到了他的手提箱后问道。刻赤女人——尤其是富有的女人——是不会费心去做刺绣或者针线活这种琐事的。她们会做一些让家庭受益的事,这样才能更好地侍奉格森。

"我要去贝兰特音乐学校。"

"哇,那太棒了,"爱丽丝大声说,"我很想念那个国家。你会爱上那里的新鲜空气,会交到很多优秀的朋友。"她放下针,吻了吻他的双颊。"你假期会回来吗?"

"可能会。"威岚说。虽然他明知自己不会。他父亲想让他消失,所以他会消失。

"我们到时候会做姜饼,"爱丽丝说,"你可以告诉我你所有的奇遇,并且我们很快就会有个可以一起玩的新朋友。"她拍了拍自己的肚子,脸上带着幸福的微笑。

威岚花了好一会儿才明白她的意思,然后他就站在那里,提着箱子,机械地微笑着,听爱丽丝谈论他们的假期计划。爱丽丝怀孕了。这就是父亲送走他的原因。扬·凡·埃克将会有另外一个继承人,一个真正的继承人。威岚成了可有可无的牺牲品。他会从这里消失,在别的地方安顿下来。随着时间的流逝,等爱丽丝的孩子被培养成凡·埃克帝国的领袖时,没有人会为此而皱眉。*直到人们忘记我有个儿子为止。*原来这句侮辱的话不是随口一说。

八声钟响时,米格森和普罗尔来送威岚登船。没有人跟他做最后的道别,路过他父亲的办公室时,门是关着的。威岚没有敲门,他不想像爱丽丝的小猎犬乞求食物一样,去乞求一点感情。

他父亲的手下都穿着商人喜欢的黑色西服,在去码头的路上很少跟威岚说话。他们买了贝兰特线的票,一上船,米格森就把头埋进报纸

乌鸦六人组(卷二)：骗子王国

里，而普罗尔则靠在座位上，帽子朝下倾斜，眼皮还没完全合上，威岚不确定他究竟是睡着了，还是像只睡眼惺忪的蜥蜴一样，在盯着他看。

那时候船几乎是空的。人们或在闷热的船舱里打瞌睡，或吃着打包好的晚餐，腿上放着火腿卷和绝热的咖啡瓶。

威岚睡不着，便离开了闷热的船舱，走到了船头。冬天的空气很冷，散发着城郊屠宰场的味道。这让威岚觉得很倒胃口，但光线很快就会暗下来，他们就会身处旷野。很遗憾他们出行的时间不是白天。他很想看到旷野里的风车和牧场上吃草的羊群。他叹了口气，在外套里哆嗦了一下，调整了下背包带子。他应该努力休息一会儿，或许可以早起看日出。

他转过身时，普罗尔和米格森站在他身后。

"抱歉，"威岚说，"我——"然后普罗尔的手紧紧扼住了他的喉咙。

威岚急促地喘着气——或者说他努力这么做，发出低沉而嘶哑的声音。他抓住了普罗尔的手腕，但那人的手像铁钳一样，持续对他施压。他已经不小了，但普罗尔把他推上栏杆时，易如反掌。

普罗尔面无表情，甚至流露出厌烦的情绪，那时，威岚明白了过来，他永远也到不了贝兰特的学校了。他从来就没打算这么做。没有秘书。他名下没有账户。没人期待他的到来。他兜里那所谓的录用函可能什么都不是。威岚甚至都不想掏出来看一眼。他即将消失，就如他父亲所期待的那样，是他父亲雇这些人来做这事的，是那个曾经念故事哄他睡觉的父亲，是他得了肺炎时，给他送来甜锦葵茶和蜂巢蜜的父亲。**直到人们忘记我有个儿子为止**。他的父亲要把他从账簿上抹去，他是一次误算，一笔可以抹去的开销。账目终将被修正。

威岚的视线里满是黑点。他觉得自己听到了音乐声。

"喂，干什么呢？"

那声音似乎是从很远的地方传来的。普罗尔的手稍微松了松。威岚的脚尖碰到了船的甲板。

"没干什么,"米格森转过身对陌生人说,"我们刚刚看到这个家伙在翻其他乘客的行李。"

威岚发出一声哽咽。

"我……我去帮你们找城市护卫队?船舱里有两名警官。"

"我们已经通知了船长,"米格森说,"我们会在下一站时把他送去城市护卫队的哨所。"

"好吧,看到你们如此警觉我就放心了。"那人转身要走。

船微微摇晃。威岚不想坐以待毙。他用尽全身的力量去推普罗尔——然后,在失去勇气之前,他从船侧跳了下去,跳进了浑浊的运河里。

他拼尽全力往前游去。他感到头晕目眩,嗓子痛得厉害。令他吃惊的是,又是一声扑通声响起,那两人中的一个也跳进了水里。如果威岚还活着,米格森和普罗尔就拿不到钱了。

他改变了划水的方式,尽量不发出声音,并强迫自己去思考。他没有像他冰冷的身体所希望的那样,径直游向运河的另一边,而是躲在了附近一个市场的驳船下,然后爬到了船的另一边,靠船打掩护,一起朝前游去。沉重的背包拖着他的肩膀,但他没法丢弃它。**这是我的东西**,他荒谬地想道,**里边有我的笛子**。他没有停下来,甚至在呼吸变得急促、四肢开始麻木的时候也没有。他迫使自己继续向前,尽可能地与他父亲手底下的暴徒拉开距离。

但渐渐地,他的力气开始耗尽,他意识到自己更多的是在扑腾,不是在游泳。如果不上岸的话,他就会淹死。他在浅水中朝着桥下的阴影中走去,拖着脚步爬出运河,然后蜷缩成一团,浑身湿透,因寒冷而颤抖着。每一次吞咽都让他那有瘀伤的脖子疼痛难忍,他很害怕自己听到的每个水花声都是普罗尔前来了结自己所发出的。

乌鸦六人组（卷二）：骗子王国

他需要规划规划，但很难形成完整的思路。他检查了下裤兜，那里还藏着他父亲给他的克鲁志。虽然这些钱湿透了，但花起来还是没问题的。但威岚应该去哪里呢？他没有足够的钱出城，如果他父亲派人去找他，他很容易被追踪到。他需要去一个安全的地方，一个他父亲不会想到要去那儿找他的地方。他觉得四肢越来越沉，寒冷渐渐取代了疲劳。他担心自己一旦闭上眼睛，就再也没有睁开的意志了。

最后，他开始漫无目的地走动。他从屠宰场开始一路向北，穿过这座城市，经过了一个安静的小型商品房区，然后继续向前走去。街道越来越弯，越来越窄，他感觉自己似乎被房子包围了。尽管时间已经很晚了，但每个橱窗和商店门面都亮着灯。破旧的咖啡馆里飘出音乐声，小巷里有很多人扎堆挤在一起。

"有人把你摁到水里了吗，小伙子？"一个缺了一颗牙的老人弓着背问。

"我很想把他使劲摁进水里！"一个倚在楼梯上的女人大声说。

他身处巴伦。威岚从出生到现在一直都生活在卡特丹姆，他从未来过这里，也从不被允许来这里，更是从没想过来这里。他的父亲把这里称作"滋生犯罪和渎神行为的肮脏老巢"以及"城市之耻"。威岚知道这里有黑暗的街道和隐秘的小巷。在这里，当地人会穿着戏服，表演一些不忍直视的动作，而街上挤满了到处寻欢作乐的外国人，到处人来人往，像潮水一般涌动。这是消失的完美之地。

的确如此——直到他收到父亲的第一封信的那天。

威岚吓了一跳，随后意识到詹斯博在扯他的袖子。"我们该下船了，小商人。打起精神来。"

威岚紧紧跟在他身后。他们在奥伦达尔的空码头下船，沿着河堤走上了一条寂静的乡村小路。

詹斯博环顾四周。"这个地方让我想起了家乡。一眼望不到边的原野,到处一片寂静,只有蜜蜂的嗡嗡声,还可以呼吸新鲜空气。"他哆嗦了一下。"有点恶心。"

他们在路上走时,詹斯博帮他采摘了路边的野花。等走到大街上时,已经有相当可观的一束了。

"我觉得我们需要想办法去采石场。"

威岚咳嗽了一下。"不用,我们只需要去一家普通的商店。"

"但你跟卡兹说矿物——"

"各种颜料和搪瓷当中都有那成分。我只是想找个去奥伦达尔的理由。"

"威岚·凡·埃克,你对卡兹·布莱克撒谎了。"詹斯博抓着自己的胸口,"并且还成功了。有什么经验可以分享吗?"

威岚觉得莫名其妙地开心——直到想到卡兹可能会发现。然后他感觉这有点像他第一次喝白兰地,但最终以把晚餐洒在自己的鞋子上告终的心情。

他们在主街的半道上找到了一家综合商店,只花了几分钟就买到了他们需要的东西。出去的时候,一个正在往马车上装东西的人向他俩挥手。"你们在找工作吗?"他怀疑地问,"你俩看上去都不像是愿意找一份一天都在田间工作的人。"

"那你会大跌眼镜的,"詹斯博说,"我们办理了失业登记,在圣希德附近找了点活儿干。"

威岚在一边等着,心情紧张,但那人只是点了点头。"你在医院里修东西?"

"是的。"詹斯博轻松地说。

"你那位朋友不怎么说话。"

乌鸦六人组(卷二):骗子王国

"舒国人。"詹斯博耸了耸肩说。

老人咕哝了一声表示了解了,然后说:"上车吧,我要去采石场,可以带你们到门口。这些花是做什么用的?"

"他有个心上人在圣希德附近。"

"我觉得不止一个。"

"我也有同感。他对女人的品味让人不敢恭维。"

威岚想把詹斯博推下车。

这条路两边好像是大麦和小麦田,平坦的土地上零星散布着几个谷仓和风车。马车继续向前行驶。**速度有点太快了**,威岚心想,车在经过路上的一个深坑时猛地颠簸了一下。他吸了一口气。

"这是雨造成的,"那农夫说,"大家都还没来得及铺沙子呢。"

"没关系的。"詹斯博说着,往后缩了一下,车又撞到了一块凸起的草皮上,感觉骨头都要被颠散架了。

农夫笑了。"这对你们有好处,让肝脏运动运动。"

威岚抓住了自己身侧的衣服,特别想把詹斯博推下马车之后跳车。幸运的是,走了一英里之后,马车在两根石柱前减速了,这两根石柱表明了前面会有很长的一段砾石车道。

"我就只能送你们到这了,"那农夫说,"我一点都不愿意去前面那地方。有时候刮风的时候,会听到笑声和尖叫声。"

詹斯博和威岚交换了下眼神。

"你是说那里闹鬼。"

"我觉得是。"

他们道了谢之后就心怀感激地从车上溜了下来。"你们干完这儿的活后,沿着这条路往前走几英里,"农夫说,"我还有两英亩需要耕种的地。一天五克鲁志。你们可以睡在谷仓里,就不用在外面露宿了。"

"那太好了。"詹斯博说完挥了挥手,但他们转身往教堂走去时,他抱怨道:"我们要往回走。我觉得我的一根肋骨挫伤了。"

等司机的身影不见了后,他们脱下了外套和帽子,露出了卡兹建议他们穿在里边的深色西装,然后藏到了一个树桩后面。"跟他们说你是康尼利斯·施密特派来的,"卡兹说,"来看看他们有没有好好打理凡·埃克先生的坟墓。"

"为什么?"威岚曾问道。

"因为如果你自称是扬·凡·埃克的儿子,没有人会相信。"

路的两旁种着白杨树。他们爬上山顶后,一幢建筑物映入眼帘:白色石头砌成的白色建筑前是平缓而雅致的楼梯,楼梯通向拱形前门。车道上整整齐齐铺着碎石,两旁是低矮的水松树篱。

"看起来不像教堂。"詹斯博说。

"也许以前是一座修道院或一所学校?"威岚说。他听着脚下的砂砾吱嘎作响。"詹斯博,你能想起关于你母亲的很多事吗?"

威岚见过詹斯博的不少笑容,但现在他脸上绽开的笑容是全新的,缓慢的,就像胜券在握一般。但他只说:"是的。她教会了我射击。"

威岚有无数问题想问,但离教堂越近,他好像就越没有头绪。他看到建筑的左边是一个凉亭,上面爬满了刚刚开花的紫藤,春天的空气里弥漫着紫色花朵的芬芳。走过教堂草坪不远,他看到右边有一扇锻铁大门和一个围栏围起来的墓地,中间放着一个高大的石雕——威岚觉得是女性的雕像,可能是圣希德。

"那一定是墓地。"威岚说着,把手里的花攥得更紧了,*我在这儿干吗?* 这个问题又出现了,他突然不知道答案了。卡兹之前说得没错。多愁善感是挺蠢的。看到一块刻着他母亲名字的墓碑有什么用?他甚至都看不懂。但毕竟他大老远地来了。

"詹斯博——"他刚开口时,一个身穿灰色工作服的女人,推着一辆装满泥土的小推车从拐角处走了过来。

乌鸦六人组（卷二）：骗子王国

"早上好！"她朝他们大声喊，"有什么需要我帮忙的吗？"

"真是个晴朗的早晨，"詹斯博平静地说，"我们是康尼利斯·施密特派来的。"

她皱了皱眉，威岚补充道："是代表尊敬的扬·凡·埃克议员来的。"

她显然没有注意到他颤抖的声音，瞬间眉开眼笑，圆润的脸颊红彤彤的。"原来如此。但坦白来说，我挺惊讶的。布莱克先生对我们很大方，但我们很少有他的消息。没出什么事吧？"

"什么事都没有！"威岚说。

"只是有新政策，"詹斯博说，"每个人都要多干点活儿了。"

"不总是这样吗？"那女人又笑了，"我看到你们带了花来？"

威岚低头看了看那束花。它似乎比他印象中的更小、更凌乱了。"我们……对。"

她在那件难看的罩衫上擦了擦手，然后说："我带你们去她那里。"

但她没有转向墓地的方向，而是掉头朝着入口走去。詹斯博耸了耸肩，跟了上去。踏上低矮的台阶时，威岚感到后背发凉。

"詹斯博，"他低声说，"窗户上有铁栅栏。"

"坐立不安的和尚？"詹斯博说，但他并没有笑。

前厅有两层楼高，地板上铺着干净的白瓷砖，上面印着精致的蓝色郁金香。威岚似乎从未见过这样的教堂。室内安静到让人窒息。角落里放着一大张桌子，桌子上放着一个花瓶，花瓶里装的是威岚在外面看到的紫藤花。他深吸了一口气。那香味让人觉得很舒服。

那女人打开了一个大柜子，仔细翻找了一会儿，然后拿出了一份厚厚的文件。

"找到了：玛雅·亨德里克斯。如你们所见，一切都井然有序。我们把她清理干净之后，你们可以上去看看。你们下次来之前，通知我们一声，就不用耽搁时间了。"

Crooked Kingdom

威岚感到浑身冷汗直冒。他勉强点了点头。女人从柜子上拿下沉重的钥匙圈，打开了一扇离开前厅的淡蓝色的门。威岚听到另一边传来她把钥匙插进锁孔里转动的声音。他把那束野花放在了桌子上。花茎断了。他抓得太紧了。

"这是什么地方？"威岚说，"她说的话什么意思，把她清理干净？"他的心狂跳着，好像调错了节奏的节拍器。

詹斯博快速翻阅着文件夹，眼睛飞快扫着里面的文件。

威岚靠在他的肩膀上，感到一阵令人绝望且窒息的恐惧淹没了他。文件上的字对他而言是毫无意义的潦草笔迹，像交织在一起的黑色虫腿。他艰难地呼吸着。"詹斯博，求你了，"他恳求道，声音又尖又细，"读给我听。"

"对不起，"詹斯博匆忙说，"我忘了。我……"威岚无法理解他脸上的表情——悲伤，困惑。"威岚……我觉得你母亲还活着。"

"这不可能。"

"你父亲把她囚禁起来了。"

威岚摇着头。这不可能。"她生病了。肺部感染——"

"他说她得了歇斯底里症，臆想症和被迫害妄想症。"

"她不可能还活着，他——他再婚了。那爱丽丝是什么情况？"

"我觉得他可能宣布你母亲精神失常，并以此为由离婚了。这不是教堂，威岚。这是一个精神病院。"

圣希德。他父亲每年都会给他们钱——但不是慈善捐赠。而是她的看管费。他们的封口费。室内突然天旋地转。

詹斯博拉着他坐进了桌子后的椅子里，按着威岚的肩胛骨，迫使他弯下腰去。"把头放在两膝之间，看着地面，深呼吸。"

威岚强迫自己吸气，呼气，凝视着那些框在白色地板砖上的蓝色郁金香。"告诉我剩下的。"

乌鸦六人组（卷二）：骗子王国

"你需要冷静下来，否则他们就会发现不对劲了。"

"告诉我剩下的。"

詹斯博呼了口气，继续翻阅文件。"狗娘养的，"他一分钟后说，"文件中有一份权力移交书。这里的是副本。"

威岚让自己的眼睛一直盯着瓷砖地板。"什么？那是什么？"

詹斯博念道："该文件，经格森的全方位见证且符合诚实交易原则，由刻赤法庭和商业理事会完成装订。该文件阐明将玛雅·亨德里克斯名下的所有的财产、不动产以及合法所有，移交给扬·凡·埃克，并交由其打理，直到玛雅·亨德里克斯再次具有管理个人事务的能力为止。"

"移交所有财产。"威岚重复道。我在这儿干吗？我在这儿干吗？我在这儿干吗？

钥匙在浅蓝色门的锁孔里转动了一下，那个女人——威岚才意识到她是一名护士——轻快地走了进来，抚了抚罩衫上的围裙。

"我们准备好了，"她说，"她今天很温顺。你没事吧？"

"我朋友有点儿晕。从施密特先生的办公室出来后，晒了太久太阳。能麻烦您给我们一杯水吗？"

"没问题！"那护士说，"啊，你看上去有点筋疲力尽。"

她又消失在了门后，跟刚才一样，开门再锁门。这么做是为了确保病人不会跑出去。

詹斯博蹲在威岚面前，把手放在他的肩膀上。"小威，听我说。你需要振作起来，能做到吗？我们也可以离开。我可以跟她说你不上去了，或者我自己上去。我们可以想办法再回——"

威岚颤抖着用鼻子深深地吸了一口气。他不明白发生了什么，完全不明白。所以一次只做一件事。这是他的一位家庭教师教给他的技巧，是为了防止他被页面上的文字压得透不过气来。这招并不管用，尤其是他父亲的阴影笼罩着他的时候,但威岚试着在别的地方用了这招。*一次只做一件事。站起来。*他站了起来。*你没事。*"我没事,"他说,"我们不离开。"这是他很确定的事。

那护士回来后,他接过水杯,谢过她之后喝了下去。然后和詹斯博一起跟着她穿过了淡蓝色的门。他无法鼓起勇气去收散落在桌子上的,有些枯萎的野花。*一次只做一件事。*

他们路过了很多上了锁的门,看上去像是某种训练室。某个地方传来了呻吟声。一间宽敞的会客室里,两个女人似乎在玩猜谜咒的游戏。

*我母亲去世了。她去世了。*但他一点都不信。再也不信。

最后,护士带着他们来到了位于建筑西侧的玻璃门廊,这里可以捕捉到阳光的温暖。有一整面墙上都是窗户,透过窗户可以看见一员绿色的草坪和远处的墓地。这房间挺漂亮的,瓷砖地板一尘不染。窗户旁边的画架上有一幅刚开始画的漂亮风景画。一段记忆突然涌入威岚的脑海:在位于吉尔德斯坦特街的那座房子的花园里,空气里充满亚麻籽油的味道,空杯子里放着干净的刷子,他的母亲站在画架前,若有所思地凝视着船坞的轮廓和远处的运河。

"她画画。"威岚淡淡地说。

"一直都在画,"那护士开心地说,"玛雅算得上是我们的艺术家。"

一个女人坐在轮椅上,低着头,毯子堆积在窄窄的肩膀上,她似乎在努力让自己不要打瞌睡。她的脸上皱纹遍布,头发像褪了色的琥珀,中间还夹杂着缕缕白发。*这是我头发的颜色,如果被太阳晒褪色了的话,*威岚意识到。他感到一阵宽慰。这女人太老了,不可能是他的母亲。但这时她抬起了下颌,睁开了眼睛。双眸是清澈纯粹的榛子色,没有改变,也没有褪色。

"有人来拜访你,亨德里克斯小姐。"

母亲的嘴唇动了动,但威岚听不见她在说什么。她用锐利的目光看

乌鸦六人组(卷二):骗子王国

着他们,然后表情有些动摇,变得茫然和疑惑起来,没有了刚开始的那种笃定。"我……我应该认识你们吗?"

威岚感觉嗓子隐隐发痛。*你会认出我吗*,他很想知道,*如果我还是你儿子的模样*?他勉强摇了摇头。

"我们见过……我们很久之前见过,"他说,"在我还是个孩子的时候。"

她轻哼一声,看向草坪。

威岚无助地转向詹斯博。他还没准备好面对这一切。他母亲的尸体很早前就下葬了,已经化为尘土了。

詹斯博轻轻地把他带到玛雅面前的椅子坐下。"再过一个小时我们就该启程回去了,"他平静地说,"跟她说会儿话。"

"什么?"

"记得你对卡兹说过的话吗?我们不知道接下来会发生什么。这是我们所抓住的所有。"然后他站起身来,走到护士正在收集颜料的地方。"跟我聊聊吧,这位……真不好意思,我没听清您的名字。"

那护士笑了,脸又圆又红,像苹果一样。"贝蒂。"

"迷人的名字配迷人的女孩。施密特先生让我在这期间查看所有的设施。你介意带我参观一下吗?"

她犹豫了下,看了眼威岚。

"我们在这没问题的,"威岚努力说,声音有些太大太热情了,"我只是简单地问几个常规问题。这些都是新政策的一部分。"

那护士朝詹斯博眨了眨眼睛。"那好吧,我们可以快速地四处看看。"

威岚审视着他母亲,思绪就像弹错了的和弦。他们把她的头发剪短了。他试图勾勒出她年轻时的样子,她穿着商人妻子的黑色羊毛礼服,衣领上镶着白色蕾丝,一头浓密而鲜艳的卷发被侍女梳成了鹦鹉螺式的辫子。

"您好。"

"你是为钱而来的吗?我现在分文没有。"

"我也没有。"威岚有气无力地说。

她身上没有熟悉的感觉,一点也没有,但她歪着头的样子,坐着的样子,脊背挺得笔直的样子,给人一种特别的感觉。就好像她在弹钢琴一样。

"你喜欢音乐吗?"他问。

她点了点头。"喜欢,但这里没什么音乐。"

他从衬衫里抽出了笛子。他揣着它走了一整天,就像揣着一个秘密一样,它上面还有他身体的余温。他本来打算像个白痴一样在她坟墓边吹奏的。卡兹肯定会嘲笑他的。

开始的几个音符有点不稳,但后来他控制住了自己的呼吸,找到了旋律,这是一首简单的曲子,他最早学会的曲目之一。有那么一会儿,她似乎在努力回忆她在哪里可能听过这首歌。然后就只是闭上眼睛听了起来。

他吹完以后,她说:"吹点快乐的吧。"

于是,他吹了一曲克里什里尔舞曲,然后又吹了一首更适合锡笛演奏的刻赤水手号子。他吹了他能想到的所有曲子,但没有哀伤,也没有悲痛。她没有说话,但他偶尔会看到她用脚打着拍子,嘴唇微动,仿佛她知道歌词。

最后,他把笛子放在膝盖上。"你在这里多久了?"

她沉默着。

他身子前倾,在那双朦胧的、淡褐色的眼睛里寻找着答案。"他们对你做了什么?"

她的一只手温柔地放在他的脸上,手掌冰凉且干燥。"他们对你做了什么?"他不知道这是疑问,还是她只是在重复他说过的话。

乌鸦六人组(卷二):骗子王国

威岚想要憋回泪水,他用力吞咽着,喉咙生疼。

门砰的一声打开了。"那个,我们的参观还算愉快吧?"她说着走了进来。

威岚急忙把笛子塞回衬衫里。"确实,"詹斯博说,"看上去一切都井然有序。"

"怎么会让如此年轻的你们俩来干这活,"她对詹斯博说道,微笑着的脸上可以看到酒窝。

"我觉得这话对你可能也同样适用,"他回应道,"但你知道的,新来的总要干最琐碎的工作。"

"你近期还会再来吗?"

詹斯博眨了眨眼。"这谁知道呢。"他冲威岚点了点头,"我们要赶着去坐船了。"

"跟他们道别吧,亨德里克斯小姐!"那护士催促道。

玛雅动了动嘴唇,但这次威岚离她很近,听得见她在说什么。凡·埃克。

从医院出去时,那护士不停地和詹斯博叨叨。威岚跟在他们身后。他的心很痛。他父亲到底对她做了什么?她真的疯了吗?还是他只是贿赂了特定的人,让他们这么说的?他给她下药了吗?那护士喃喃自语着,詹斯博回头瞥了威岚一眼,灰色的眼睛里满是关切。

快走到淡蓝色的门口时,护士说:"你们想看她的画吗?"

威岚猛地停住了脚步,点了点头。

"我觉得那肯定非常有趣。"詹斯博说道。

她带着他们原路返回,然后打开了一扇看上去像是衣橱的门。

威岚感到膝盖发软,不得不抓住墙来保持平衡。那护士没有注意到——她一直在说个不停。"这些画很精美,这毫无疑问,似乎给她带来了很多快乐。这是最新的一批。每六个月左右,我们就得把它们扔进垃圾堆里,因为没有地方保存。"

威岚想要惊叫出声。衣橱里塞满了画——风景画,医院院子里的不同景致,湖在阳光下和黑暗中的样子,有一张画不断重复,那画中是一个有着鲜艳的红色卷发,和明亮的蓝色眼睛的小男孩。

他一定是发出了什么声音,因为那护士转向了他。"亲爱的,"她对詹斯博说,"你的朋友脸色又变苍白了。需不需要来点能振奋精神的东西?"

"不用了,不用了,"詹斯博说着,伸手揽住威岚,"我们真的该走了。这次参观非常具有启发性。"

威岚并没有意识到他们在沿着一条紫衫树篱围起来的车道前进,也没有意识到他们从主干道附近的树桩后面取回了衣服和帽子。

在回码头的半道上,他才终于开口说话:"她知道他对她做了什么。她知道他无权剥夺她的财产,她的生命。"凡·埃克,她如是说道。她不是玛雅·亨德里克斯,她是玛雅·凡·埃克,一个被剥夺了姓氏与财产的妻子和母亲。"记得我曾说过他不坏?"

威岚两腿发软,不管不顾地在路中间重重地瘫坐下去,因为他的眼泪快流出来了,而他没有办法控制。眼泪从胸膛奔涌而出,化成了难听的抽噎声。他不想让詹斯博看到他哭,但他没有办法,对眼泪没有办法,对任何事都没有办法。他把脸埋在胳膊里,抱住了头,仿佛意愿足够强烈的话,他就能消失不见。

他感觉到詹斯博捏了捏他的手臂。

"没关系的。"詹斯博说。

"不,不是这样的。"

"你说得对,不是。他坏透了,我想把你父亲吊在一块贫瘠的土地

乌鸦六人组(卷二):骗子王国

上,让秃鹫吃了他。"

威岚摇了摇头。"你不明白。是我。是我造成了这一切。他想要个新妻子。他想有个继承人,一个真正的继承人,而不是一个连自己名字都拼不对的白痴。"母亲被送走的时候,他才八岁。他不该再抱有什么期待了,早在那时,他父亲就放弃了他。

"嘿,"詹斯博说着,摇了摇他,"嘿。你父亲发现你不识字时可以有很多选择。最糟糕的情况莫过于,他可以说你瞎了,或者你视力有问题。但往好了想的话,他本可以为自己有个天才儿子而感到高兴。"

"我不是天才。"

"你是在很多事上都有些迟钝,威岚,但你并不愚蠢。如果再让我听到你说自己是白痴,我就告诉马蒂亚斯你试图吻妮娜。深吻。"

威岚用袖子擦了擦鼻子。"他绝对不会相信的。"

"那我就告诉妮娜,你试图吻马蒂亚斯。深吻。"他叹了口气。"你听着,威岚。正常人不会把自己的妻子关进精神病院里。他们不会因为没有得到理想的孩子而剥夺儿子的继承权。你觉得我爸爸会想要我这么糟糕的儿子吗?这不是你造成的。这一切都是因为你父亲是个穿着高级西装的疯子。"

威岚将手掌根压在肿胀的眼睛上。"这倒是真的,但并没有让我觉得好一点。"

詹斯博又轻轻摇了摇他的肩膀。"好吧,那这个呢?卡兹会把你那倒霉父亲的生活撕成碎片。"

威岚想说这也没用,但他犹豫了。卡兹·布莱克是威岚遇到过的最残忍、报复心最强的生物——他发誓要毁了扬·凡·埃克。这种想法就像一盆凉水,浇灭了他长久以来的那种又焦灼又让人不齿的无助感。没有什么能弥补这一切,永远都不会有。但是卡兹会彻底颠覆他父亲的生活。并且威岚可能会变得富有。他可以带着母亲离开这里,去温暖的地方。他可以让她坐在钢琴前面,让她弹钢琴,带她去一个充满明亮色彩和美妙声音的地方。他们可以去诺威哲姆,可以去世上任何一个地方。威岚抬起头,擦干眼泪。"说真的,这挺管用的。"

詹斯博咧嘴一笑。"虽然这可能成为现实。但如果我们赶不上那艘返回卡特丹姆的船,正义的复仇就要泡汤了。"

威岚站了起来,迫切地想要回到那座城市,帮助卡兹把那计划付诸行动。他极不情愿地去了冰庭,勉为其难地帮着卡兹。因为不论如何,他觉得自己被父亲鄙视是应该的,而如今他也承认,在某个地方,某个隐秘的角落,他曾经想要想办法重新赢得父亲的喜爱。好了,如今他父亲可以留着那份喜爱,等着瞧卡兹·布莱克会给他带来什么。

"走吧,"他说,"我们去偷光我爸的钱吧。"

"那不是你的钱吗?"

"好吧,那我们一起把钱偷回来吧。"

他们拔腿就跑。"我喜欢来点正义的复仇,"詹斯博说,"让肝脏运动运动。"

15
马蒂亚斯

酒馆外面聚着一堆人，都是被玻璃破碎的声音和打斗声吸引过来的。卓娅毫不温柔地把妮娜和马蒂亚斯放到地板上，他们几个很快就被轰出了酒馆，周围还围着一小撮拿着武器的人。其他的人则留在酒馆里，就一堆骨头飞越集市、还打碎了建筑物玻璃这一事件给出合理的解释。马蒂亚斯甚至都不确定自己是否明白刚才发生了什么。是不是妮娜控制了那些假的圣人遗物？还是发生了别的什么事？为什么他们会受到攻击？

马蒂亚斯本以为他们会出现在一条小巷子里，但他们却走下了那段看起来很古老的台阶，进入了一条潮湿的地道。这是旧运河，马蒂亚斯意识到。他们爬上一艘船，悄无声息地在黑暗里穿梭。马运河已经被填了一部分，但没有完全填起来。他们如今正在大使馆前的宽阔大道下穿行。

没过多久，卓娅带着他们爬上了一架狭窄的金属梯子，进到了一个房间里。房间空荡荡的,天花板很低,马蒂亚斯不得不弯下腰。

妮娜用雷凡卡语对卓娅说了些什么,然后她把卓娅的回答翻译给马蒂亚斯听。"这是个半大的房间。大使馆建立的时候,他们在原本的地基上方,建了一个四英尺高的假楼层。这种建造方式让人很难发现下面还有房间。"

"这空间比爬行空间大不了多少。"

"是的,但卡特丹姆的建筑没有地下室,所以没人会想到去下面搜查。"

在一个理应是中立区的城市,这预防措施似乎有点太过。但也许雷凡卡已经被迫采取极端措施来保护他们的公民。*而这是因为像我这样的人*。马蒂亚斯曾是猎人,是杀手,且以自己的工作为傲。

过了一会儿,他们遇到了一群人,他们在马蒂亚斯觉得是东墙的地方挤作一团,如果他还没有完全转身的话。

"我们在大使馆的花园下面。"妮娜说。

他点了点头。如果要藏这么多人,还不想让声音透过大使馆的地板,这是个不错的地方。这群人大概有十五个,年龄和肤色各不相同。除了脸上警惕的表情之外,他们似乎没有什么共同之处,但马蒂亚斯知道,他们一定都是格里莎。他们不需妮娜提醒也会去寻求庇护。

"就这么点人吗?"马蒂亚斯说。妮娜预计城里有接近三十个格里莎。

"也许其他人自行离开了,或者只是躲起来了。"

或者已经被抓了。要是妮娜不愿将这种可能性说出口,那他也不会。

卓娅带着他们穿过了一个拱门,来到了一个可以让马蒂亚斯站直的地方。由于这房间是圆形的,他怀疑他们是不是在某个假贮水池下面,或者是在花园里的某个鬼地方。卓娅手下一个持有武器的人拿出了一副脚镣,看到卓娅直直指向他时,马蒂亚斯内心的宽慰消失了。

妮娜立刻挡在他前面,与卓娅愤怒地小声争执起来。

乌鸦六人组(卷二):骗子王国

马蒂亚斯很清楚他要面对的人是谁。卓娅·纳扎伦斯基,雷凡卡最强大的女巫之一。她是一名传奇的战士,曾为暗主效力,后来为太阳召唤者效劳,最终成为尼克莱国王手下的格里莎三巨头之一。鉴于他已经亲身体验过她的能力,也就不会对她的升迁的速度感到惊讶了。

她们是用雷凡卡语争论,马蒂亚斯一个字也听不懂,但卓娅声音里的轻蔑显而易见,她指向马蒂亚斯和脚镣的动作也是如此。妮娜抬起手时,他已经做好回击的准备了,如果这风暴女巫打算把他铐起来的话,她可以亲自试试看会发生什么。

"够了,"她用刻赤语说,"马蒂亚斯依然是自由的,我们用大家都能听懂的语言继续谈吧。他有权利知道发生了什么。"

卓娅眯了眯眼睛。她看了看马蒂亚斯,又看了看妮娜,然后用带着浓重口音的刻赤语说:"妮娜·哲尼克,你仍是第二军队的一名士兵,我依旧是你的指挥官。你这是直接违抗军令。"

"那你就把我也铐起来吧。"

"别以为我不会。"

"妮娜!"一个红发女孩出现在这间回声不断的房间里,大声喊道。

"吉恩雅!"妮娜欢呼起来。无须介绍,马蒂亚斯就认出了这人是谁。她脸上布满了伤疤,一只眼睛上戴着一个绣着金色阳光的红色丝质眼罩。吉恩雅·萨芬,著名的修容师,妮娜的前导师,三巨头中的一个。看着她们拥抱在一起,马蒂亚斯感到很不舒服。他本以为会遇到一群籍籍无名的格里莎,一群在卡特丹姆避难、发现自己孤立无援、身处险境的人。一群和妮娜一样的人——而不是雷凡卡最高级别的格里莎。他的本能让他要么战斗,要么离开,而不是像一个见到挚爱双亲的追求者一样,傻站在那里。然而,这些人是妮娜的朋友,是她的老师。**她们是敌人**,他脑子里有个声音说,他不知道那是指挥官布鲁姆的声音,还是他自己的声音。

吉恩雅往后退了几步，拂开了散落在妮娜脸上的金色假发，以便更清楚地看到她。"妮娜，这怎么可能？卓娅最后一次见到你时——"

"你在闹脾气，"卓娅说，"像一头任性的驼鹿一样，跺着脚离开了营地。"

令马蒂亚斯惊讶的是，妮娜就像一个挨了骂的孩子一样，往后缩了缩。他觉得自己以前从未见到妮娜如此尴尬过。

"我们以为你死了。"吉恩雅说。

"她看起来半死不活的。"

"她看上去还好。"

"你消失不见了，"卓娅啐道，"我们听说周围有菲尔丹人时，都担心会发生最坏的状况。"

"最坏的情况发生了，"妮娜说，"然后又发生了很多事情。"她握住马蒂亚斯的手。"但现在我们在这里。"

卓娅双臂交叉，怒视着他们交握的双手。"我看得到。"

吉恩雅挑起红褐色的眉毛。"唔，如果他是发生的最坏的情况——"

"你在这里做什么？"卓娅质问，"你和你的那个菲尔丹……窝藏犯打算离开卡特丹姆？"

"如果我们是打算这么做呢？你们为什么伏击我们？"

"整个城市的格里莎都受到了袭击，我们不知道你是谁，也不知道你是否与舒国人有所勾结，只知道你和那个小贩对了暗号。我们如今派了士兵长期在酒馆驻守。任何寻找格里莎的人都是潜在的威胁。"

考虑到马蒂亚斯见到的新型舒国士兵，他们的警觉是有道理的。

"我们是来帮忙的。"妮娜说。

"帮什么忙？你绝对想不到是什么力量在这里运作，妮娜。舒国人研发出了一种新的药物——"

"尤尔达潘勒姆。"

乌鸦六人组（卷二）：骗子王国

"你对潘勒姆了解多少？"

妮娜紧紧握住马蒂亚斯的手，深吸了一口气。"我见过它的使用。我……亲身经历过。"

吉恩雅睁大了那只琥珀色的眼睛。"妮娜，不。这不是真的。"

"这肯定是真的，"卓娅说，"你总是这个样子！你把麻烦弄得像泡热水澡一样。这就是你看起来像隔夜的稀粥一样的原因吗？你怎么可以冒这样的险，妮娜？"

"我不喜欢稀粥。"妮娜抗议道，但脸上也带着同样懊悔的表情。马蒂亚斯忍不下去了。

"她这么做是为了救我们的命，"他说，"她明知自己可能注定要遭受痛苦，甚至死亡，还是那么做了。"

"鲁莽。"卓娅断然说道。

"卓娅，"吉恩雅说，"我们不知道当时的情况——"

"可我们知道她消失快一年了。"她用一根手指指着妮娜，责备道，"如今她出现了，还带着个菲尔丹人，带着个外形看起来像士兵，还使用巫师猎人的格斗技能的人。"卓娅把手伸进口袋，掏出一把骨头。"她用这些骨头碎片攻击了我们的士兵，吉恩雅。你听说过这样的事吗？"

吉恩雅凝视着骨头，然后又转向了妮娜。"这是真的吗？"

妮娜抿紧嘴唇。"可能吧？"

"可能吧，"卓娅说，"你是在跟我说，我们要相信她吗？"

吉恩雅看上去没那么笃定了，但还是说："我只是在跟你说，我们应该先听听她是怎么说的。"

"行，"卓娅说，"我洗耳恭听呢。说说吧，妮娜·哲尼克。"

马蒂亚斯知道这种面对自己崇拜的导师时的心情，会感觉自己又成了一个紧张的学生，急切地想要让他满意。他转向妮娜，用菲尔丹语说："别被她们吓住了。你已经不是从前的你了。你不只是一个听令行事的士兵了。"

"那为什么我想找个角落哭呢?"

"这房间是圆形的。没有角落。"

"马蒂亚斯——"

"别忘了我们经历过的一切,别忘了我们来这里是为了什么。"

"我以为我们都要说刻赤语。"卓娅说。

妮娜再次用力握着马蒂亚斯的手,扬起头说:"我被巫师猎人俘虏了,马蒂亚斯帮我逃跑了。然后马蒂亚斯被刻赤俘虏了,我帮他逃跑了。再然后我被亚尔·布鲁姆俘虏了,马蒂亚斯帮我逃跑了。"马蒂亚斯对他们俩如此擅长被人俘虏深感不适。

"亚尔·布鲁姆?"卓娅惊恐地说。

妮娜叹了口气。"这一年无比艰难。我发誓我会跟你解释清楚的,如果您决定把我装进麻袋丢进索科尔河里的话,我会尽量不号啕大哭的。但我们今晚来这儿是因为我看到了柯古德士兵袭击西斯戴夫。我想在舒国军队找到这些格里莎之前,帮他们逃出城。"

卓娅比妮娜矮几英寸,但在说话时她还是成功摆出了一副居高临下的姿态。"你打算怎么帮?"

"我们弄到了一艘船。"这并不完全是真的,但马蒂亚斯不打算和她争论。

卓娅漫不经心地挥了挥手。"我们也弄到了一艘船,但那船被困在了离海岸几英里的地方。港口被刻赤和潮汐理事会封锁了。未经商业理事会成员的许可,任何外国船只都不能进出。"

所以卡兹说得没错。凡·埃克充分利用了自己在政府的影响力,确保卡兹不会把库维转移出卡特丹姆。

"没错,"妮娜说,"但我们的船属于一位商业理事会的成员。"

卓娅和吉恩雅交换了眼神。

乌鸦六人组（卷二）：骗子王国

"好吧，哲尼克，"卓娅说，"现在你说我听着。"

妮娜给卓娅和吉恩雅说了点细节，但马蒂亚斯注意到她没有提库维，也没有谈起任何关于冰庭的事。

她们上楼讨论这个提议时，把妮娜和马蒂亚斯留了下来，两名武装警卫守在贮水池房间的入口处。

马蒂亚斯用菲尔丹语低声说："如果雷凡卡间谍足够称职的话，你的朋友就会意识到是我们劫走了库维。"

"没必要这么小声，"妮娜用菲尔丹语回应，但音量是正常的，"这只会让警卫起疑。我会把一切都告诉卓娅和吉恩雅的，但你还记得我们当初有多想杀了库维吗？我不确定卓娅是否会和我们一样，选择放过他，至少在他安全抵达雷凡卡的领土之前放过他。在船到达沃斯科夫前，她不需要知道船上都有谁。"

安全抵达雷凡卡领土。这话让马蒂亚斯的心一沉。他急切地想把妮娜带离这座城市，但对他而言，去雷凡卡并不安全。

妮娜肯定觉察到了他的不安，因为她说："雷凡卡对库维来说是最安全的地方。他需要我们的保护。"

"卓娅·纳扎伦斯基的保护是什么样的？"

"她真的没那么坏。"马蒂亚斯怀疑地看了她一眼。"好吧，实际上，她非常可怕。但她和吉恩雅在内战中目睹了无数死亡。我不觉得她们想要有更多杀戮。"

马蒂亚斯希望这是真的，但即便这是真的，他也不确定它是否重要。"还记得你曾对我说过的话吗，妮娜？你希望尼克莱国王向北进军，将所到之处夷为平地。"

"我当时很生气——"

"你有权宣泄你的愤怒。我们都有。这才是问题所在。布鲁姆不会罢手。巫师猎人也不会。他们把消灭你们族类看作神圣的使命。"这之前也是他的使命，而他也依然能感受到那种不信任，以及仇恨的牵引。他为此痛骂过自己。

"那我们就想办法改变他们的想法。改变他们所有人的想法。"她端详了他一会儿。"你今天用了黄昏弹。是你让威岚做的吗？"

"是的。"他承认道。

"为什么？"

他早就知道她不会喜欢的。"我不确定潘勒姆对你的能力会造成怎样的影响。如果我必须让你远离那毒药的话，就需要在不伤害到你的情况下，与你对抗。"

"你今天带上它们，是为了预防我们遇到麻烦？"

"对。"

"因为格里莎。"

他点了点头，等着她的责备。可她只是看着她，脸上带着若有所思的表情。她靠近的时候，马蒂亚斯不安地瞥了一眼背对着他们的警卫，那些警卫就站在门口。"别理他们，"妮娜说，"为什么还不吻我，马蒂亚斯？"

"现在不是时候——"

"是因为我的身份吗？还是因为你怕我？"

"不是。"

她停顿了一下。他看得出来，她在苦苦思索要说什么。"是因为我在船上的行为吗？还是因为我那天晚上的行为……就我让你把剩下的潘勒姆给我的那天？"

"你怎么会想到那儿去的？"

"你经常说我不知羞耻。我觉得……我觉得很无地自容。"她颤抖了

乌鸦六人组(卷二):骗子王国

一下,"就像穿了一件不合身的外套。"

"妮娜,我向你发过誓。"

"但是——"

"你的敌人就是我的敌人,我会和你站在身边,跟你一起对抗任何敌人——包括这该死的毒药。"

她摇了摇头,就像他是在胡言乱语一样。"我不想你和我在一起是因为誓言,或是因为你觉得需要保护我,或是因为你觉得欠我什么愚蠢的血债。"

"妮娜——"他欲言又止,"妮娜,我跟你在一起是因为你允许我跟你在一起。没有什么比能站在你身边更荣幸的了。"

"荣幸,责任。我明白了。"

他能容忍她的脾气,却不能容忍她的失望。马蒂亚斯只知道战略术语,却不知道现在该说什么。"遇到你是一场灾难。"

她挑起眉。"我谢谢你。"

神呐,他真的不擅长这个。他结结巴巴地说着,想让她明白。"但我每天都对那场灾难心怀感激。我需要一场大灾难把我从熟悉的生活中唤醒。而你是一场地震,一场滑坡。"

"我,"她双手叉着腰说,"是一朵娇嫩的花。"

"你不是一朵花,你是林间的百花齐放。你是一股浪潮,是一场奔逃,让人无法抗拒。"

"那你喜欢什么?"她说着,眼睛闪闪发亮,声音微微有些颤抖,"穿着高领衣服,每当想做点什么让人热血沸腾的事的时候,就把自己泡在冷水里的传统菲尔丹女孩儿?"

"我不是那意思!"

她侧身靠近他。他的目光再次转向卫兵。他们背对着他和妮娜,但马蒂亚斯知道他们肯定在听他们的对话,不管他和妮娜说的什么语言。

"你在害怕什么?"她质问道,"别看他们,马蒂亚斯。看着我。"

他看向她。他很难不看她。他喜欢看她穿菲尔丹衣服,喜欢看她穿小小的羊毛背心,喜欢看她亮晶晶的绿色的眼眸,粉扑扑的脸颊,和微微分开的双唇。他经常幻想着自己像个忏悔者一样跪在她面前,双手放在她白嫩的小腿肚子上,顺着那曲线往上滑去,把她的裙子掀得高高的,感受她膝头到大腿的皮肤的温度。最糟糕的是,他知道她会有多么享受。他身体里的每一个细胞都记得捕鲸营的第一个晚上,记得她赤裸的身体紧挨着他的感觉。"我……我最想要的莫过于被你征服。"

"但你不想吻我?"

他慢慢地吸了口气,试图理清自己的思绪。这哪哪都不对。

"在菲尔丹——"他开口说。

"我们没在菲尔丹。"

他需要让她明白。"在菲尔丹,"他坚持说,"约你出去前,我需要征得你父母的同意。"

"我从小就没见过我父母。"

"我们会有监护人。我要和你的家人一起吃过至少三顿饭以后,我们才能单独相处。"

"现在我们已经在单独相处了,马蒂亚斯。"

"我会给你买礼物的。"

妮娜把头歪向一边。"继续。"

"冬日里的玫瑰,如果我能买得起的话,还有一把银梳子,给你梳头。"

"我不需要那些东西。"

"再加上放了甜奶油的苹果蛋糕。"

"我以为巫师猎人不吃甜食。"

"它们都是给你的。"他说。

乌鸦六人组(卷二):骗子王国

"你成功引起了我的注意。"

"我们的初吻应该是在阳光普照的树林里,或者乡村舞会结束后的星空下,而不是坟墓里,或者有警卫把守的潮湿地下室里。"

"也就是说,"妮娜说,"你一直不吻我是因为环境不够浪漫?"

"这无关浪漫。而是用一个真正的吻,开启一段美好的恋爱关系。这才是这些事情正确的打开方式。"

"对真正的盗贼而言也是如此?"她那美丽的嘴角翘了起来,一时间,他很怕她会嘲笑他,但她只是摇了摇头,靠得离他更近一些。她的身体距他只有一息的距离。想要拉近这一小点距离的感觉让人发疯。

"你第一天来我家求爱的时候,我就会把你堵在餐具室里,"她说,"但是,你给我多说说菲尔丹姑娘吧。"

"她们说话很温柔,不会对遇到的每一个男人调情。"

"我也和女人调情。"

"我觉得你都能和枣椰树调情,如果它能引起你的注意的话。"

"如果我和植物调情,我敢打赌它会站起来行注目礼。你嫉妒吗?"

"一直都很嫉妒。"

"那我很荣幸。你在看什么,马蒂亚斯?"她低沉的声音在他耳边回响。

他一直盯着天花板,轻声说道。"没什么。"

"马蒂亚斯,你在祈祷吗?"

"或许。"

"为了克制?"她温和地说。

"你可真是个女巫。"

"是个不合格的,马蒂亚斯。"

"我知道。"他痛苦地、急切地、迫切地感受到了。

"并且我很遗憾地通知你,你也不太合格。"

此时他的目光落到了她身上。"我——"

"自从认识我之后，你破了多少次规定？多少次戒律？这不会是最后一次。我们之间的一切，永远都不会有对的时候。"她说着，仰起脸望着他。他们之间离得那么近，像是挨到了一起。"我们相遇的方式不对。我们过的生活不对。而我们的吻也不对。"

她踮起脚尖，轻而易举地就堵住了他的嘴。那都算不上吻——只是她的嘴唇迅速地、猝不及防地贴着他的。

她还没来得及离开，他就已经抓住了她。他知道自己可能做错了一切，但他来不及为此而担忧，因为她就在他怀里，双唇微微分开，双手环在他的脖子上，并且神呐，她的舌头在他的嘴里。难怪菲尔丹人对求爱如此谨慎。如果马蒂亚斯可以亲吻妮娜，感受她用灵巧的牙齿咬着他的嘴唇，感受她的身体与自己的身体贴合，听到她喉间发出小小的叹息，为什么还要费力做其他事？为什么还要费心考虑其他人？

"马蒂亚斯。"妮娜气喘吁吁地说，然后他们又吻在了一起。

她像初雨一样甜蜜，像新牧场一样丰茂。他的手放在她的背上，摩挲着她的身体曲线，她的脊柱，她挺翘的臀瓣。

"马蒂亚斯。"她坚持说，拉开了距离。

他睁开眼睛，觉得自己犯了一个可怕的错误。妮娜咬着下唇，她的下唇又红又肿。但她露出了微笑，眼睛闪闪发亮。"我做错什么了吗？"

"完全没有，你这个野蛮人，但是——"

卓娅清了清嗓子。"很高兴你俩在等待的间隙，找到了打发时间的办法。"

她的表情是毫不掩饰的厌恶，但她旁边的吉恩雅看上去要开心得笑出声了。

"或许你应该把我放下来？"妮娜提议道。

马蒂亚斯猛地回归了现实——守卫会意的眼神，卓娅和吉恩雅站在

乌鸦六人组(卷二):骗子王国

门口,积压一年的欲望让他在亲吻妮娜·哲尼克的过程中,把她抱了起来。

一阵尴尬涌上他的心头。什么样的菲尔丹人会做这样的事情?他轻轻地松开了她美妙的大腿,让她滑到了地上。

"不知羞耻。"妮娜低声说,而他感觉自己的脸红了。

卓娅翻了个白眼。"我们在和一对坠入爱河的青少年做交易。"

马蒂亚斯的脸上又涌起了一股热浪,但妮娜只是调整了一下假发说:"所以你接受我们的帮助?"

她们花了很短的时间部署今晚的安排。考虑到妮娜再回酒馆可能不太安全,可一旦她得知何时何地登上凡·埃克的船,就会给大使馆送信——这可能要通过伊奈姬,因为幽灵来去自如,不会被发现。在这期间,难民需要藏起来,然后等吉恩雅和卓娅带他们去港口。

"做好战斗的准备,"马蒂亚斯说,"舒国人会监视这块区域。他们目前还没勇气攻击大使馆或集市,但这只是时间问题。"

"我们会做好准备的,菲尔丹人。"卓娅说道。他在她的目光中看到了指挥官自带的强硬。

在他们离开大使馆的路上,妮娜发现了那个金色眼睛的摄心师,她参与了刚才酒馆里的那场伏击。那摄心师是舒国人,一头乌黑的短发,腰间挂着一把细长的银斧。妮娜告诉他,那是格里莎难民和外交官中唯一的一位身体操控能力者。

"塔玛尔?"妮娜试探性地说,"如果柯古德来了,你一定不能让他们带走你。一个处于舒国人和潘勒姆控制下的格里莎,将无可避免地为他们所用。你想象不到那药有多厉害。"

"没有人能活捉我。"那女孩说。她从口袋里拿出一个淡黄色的药片,在两指之间把玩着。

"毒药?"

"吉恩雅的发明。它能让人立即毙命。我们都有。"她把它递给了妮娜,"拿着吧。以防万一。我还有一片。"

"妮娜——"马蒂亚斯说。

但妮娜并未犹豫。她趁马蒂亚斯还没出声反对,就把药片塞进了裙子口袋里。

他们离开了政府区,避开了集市的货摊,也远离了沙得威志聚集的酒馆。

马蒂亚斯提醒自己要保持警惕、集中注意力,让他们安全地回到黑面纱岛,但他总是不由自主地想到那淡黄色的药片。刚目睹的那一幕让梦中的场景无比清晰地再次呈现在眼前,在北部的冰天雪地里,妮娜走丢了,但马蒂亚斯无力拯救她。这种感觉耗尽了她的吻带给他的无法抑制的快乐。

刚开始做那个梦的时候是在船上,当时妮娜处于和潘勒姆斗争的最痛苦的时刻。那天晚上她非常愤怒,身体止不住地颤抖,衣服都被汗水湿透了。

你不是个好人,她吼道。你是个好士兵,可悲的是你不知道这两者之间的区别。后来她的状况非常糟糕,她哭泣,因对潘勒姆的渴望而懊恼,因后悔而懊丧。对不起,她说。我不是故意的。你知道我不是故意的。过了一会儿,你就帮帮我吧。她美丽的眼睛里噙满了泪水,在微弱的灯光的照耀下,她的皮肤苍白得仿佛覆盖了一层冰霜。求你了,马蒂亚斯,我太痛苦了,帮帮我。为了减轻她的痛苦,他愿意做任何事情,拿任何东西交换,但他发誓他不会再给她潘勒姆,发誓绝不会让她成为毒药的奴隶,他必须信守誓言,不管付出什么样的代价。

我不能,亲爱的,他低声说着,把一条冰毛巾按在她的头上。我不能再给你潘勒姆了。我让他们把门从外面锁上了。

刹那间,她的脸色变了,眼睛眯成了一条线。那就把门砸开,你这

乌鸦六人组(卷二)：骗子王国

个没用的混蛋。

不。

她朝他脸上啐了一口唾沫。

几个小时以后，她安静下来，所有的力气都已经耗尽，神色悲伤，但神志清楚。她侧身躺着，眼睑乌青，呼吸清浅，"跟我说会儿话。"

"说什么？"

"随便。跟我说说伊森奈夫吧。"

他对她知道伊森奈夫感到十分惊讶。伊森奈夫是巫师猎人培育出来作战用的白狼。它们比一般的狼要大，虽然被训练得能够听从主人指挥，但也不失野性，更不失不屈不挠的特性，这正是它们与它们被驯化的远亲的区别。

想到菲尔丹，想到他永远告别了的生活，他觉得无比艰难，但还是强迫自己说话，用尽一切办法分散她的注意力。"有时候伊森奈夫的数量甚至比巫师猎人都多，但有时候巫师猎人比伊森奈夫多。狼自主决定什么时候交配，不受饲养人的影响。它们在这一点上非常固执。"

妮娜先是笑了笑，然后痛苦地皱起了眉头。"继续说。"她低声说。

"有个家族世代都在培育伊森奈夫。他们住在极北之地，在斯德林克附近，那里有环石阵。一窝幼崽降生时，我们会徒步或坐雪橇去那里，每个巫师猎人都会挑选一只幼崽。在那之后，双方就会成为彼此的责任，会一起并肩作战，睡同样的皮草，吃同样的口粮。它们不是宠物，是和巫师猎人一样的勇士，是我们的兄弟。"

妮娜哆嗦了一下，马蒂亚斯感到一阵羞愧。在和格里莎的战斗中，伊森奈夫会帮助处境不利的巫师猎人，它们训练有素，能为巫师猎人施以援手，会撕裂攻击者的喉咙。摄心师无法对动物施加影响。像妮娜这样的格里莎，在伊森奈夫的攻击之下毫无招架之力。

"如果狼出事了怎么办？"妮娜问。

"巫师猎人可以再训一只狼，但这是非常巨大的损失。"

"如果一头狼的巫师猎人死了，它会怎么办？"

马蒂亚斯沉默了一会儿。他不愿意去想这个问题。特拉索是他的心肝宝贝。

"它们会被放回野外，但永远不会被任何族群接纳。"无法融入族群的狼算什么？伊森奈夫不应该独自生活。

其他巫师猎人是什么时候认定马蒂亚斯死了的？是在布鲁姆把特拉索带去了北方的冰原之后吗？马蒂亚斯一想到他的狼形单影只，嚎叫着让他带它回家，他就胸口刺痛。好像有什么东西断裂了，只留下回声，那是被大雪压断的树枝孤独地断裂的声音。

妮娜仿佛感觉到了他的悲伤，睁开了眼睛，她的眼眸像是即将绽开的浅绿色嫩芽，那颜色瞬间将他从冰雪中拉了回来。"它叫什么名字？"

"特拉索。"

她的嘴角翘了起来。"麻烦制造者。"

"没人愿意要它。"

"它很弱吗？"

"不，"马蒂亚斯说，"恰恰相反。"

他们经过一个多礼拜的艰难跋涉才到环石阵。马蒂亚斯并不喜欢这趟旅行。那时他才十二岁，刚加入巫师猎人，每天都在想着怎么逃跑。他并不抗拒训练，跑步和拳击有利于抑制他对家人的渴望。他想成为一名军官，想与格里莎战斗，想要一个可以纪念父母和妹妹的机会。但别的呢？在乱糟糟的大厅里讲笑话？没完没了的自夸和无趣的闲聊？他完全不需要。他曾有家人，但被埋在了黑土之下，灵魂已经与捷尔相伴。巫师猎人只是到达目的的一种手段。

布鲁姆曾警告过他，如果他不把其他少年当兄弟，就永远都不会成为一名真正的巫师猎人，但马蒂亚斯不这么认为。他是最高大、最强

乌鸦六人组（卷二）：骗子王国

壮、最敏捷的。他不需要靠受欢迎而存活。

整个行程中他坐在雪橇后面，蜷缩在毛皮大衣里，不跟任何人说话。最终到达环石阵后，他慢吞吞地走在后面，其他巫师猎人大喊大叫，你推我搡地冲进大畜棚，双眼冒光地扑向那群扭动的小狼时，他有点怀疑人生。

事实上，他非常想要一只小狼，但他知道，他们没办法人手一只狼。哪个男孩和哪只小狼配对，谁会空手而归都是由饲养员决定的。许多男孩已经去和那老妪套近乎，试图巴结她。

"看到没？这只喜欢我。"

"快看！快看！我让它坐下了。"

马蒂亚斯知道自己应该表现得平易近人一些，但他发现自己被畜棚后的狗窝吸引了。角落里放着一个铁丝笼子，他瞥到有黄色的光一闪而过——光来自于一双警惕的黄色眼睛。他走近一看，那是一只狼，它不是只幼狼，但也没完全长成。马蒂亚斯靠近笼子时，它低声嚎叫，竖起鬃毛，压低头部，亮出牙齿。小狼的口鼻上有一道长长的伤疤，贯穿了它的右眼，让部分虹膜从蓝色变成了斑驳的棕色。

"别试图和它打交道。"饲养员说。

马蒂亚斯不知道她是什么时候走到了他的身边。"它的眼睛可以看到吗？"

"可以，但它不喜欢人。"

"为什么？"

"它还是个幼崽的时候溜了出去，在冰原上穿行了两英里。有个孩子发现了它，用破碎的瓶子把它划伤了。从那以后就不让任何人靠近它了，而且它已经太大了，不适合训练了。可能得尽快放生。"

"让我带走它吧。"

"小子，你喂它的时候它会恨不得把你撕成碎片。下次我们会给你一只幼崽的。"

那女人刚离开，马蒂亚斯就打开了笼子。而笼子一打开，那狼就扑上前来咬他。

狼的牙齿咬进马蒂亚斯的前臂时，他差点叫出声。他倒在地上，狼压在他身上，那种痛苦是他从未经历过的。但他没有发出任何声音，而是和狼对视着。它的牙齿在他的手臂上越咬越深，低吼声在胸膛里回响。

马蒂亚斯觉得那狼的咬合力强到足以咬断他的骨头，但他没有挣扎，也没有喊叫，更没有垂下目光。*我不会伤害你的*，他郑重声明，*即使你伤害我。*

很长一段时间过去了，又过了很久。马蒂亚斯感到袖子上有鲜血渗出。他觉得自己可能会晕过去。

然后，慢慢地，狼的嘴松开了。它坐了回去，口鼻的白毛上沾着马蒂亚斯的血，头歪向一边，大大地喘了一口气。

"很高兴见到你。"马蒂亚斯说。

他小心翼翼地坐了起来，用衬衫下摆包扎了下胳膊，然后和那只浑身是血的狼走到了其他巫师猎人所在的地方，身穿灰色制服的他们正在和一堆幼崽玩儿。

"这只是我的。"他说，大家都转过头来看着他。那老妪摇了摇头。马蒂亚斯昏了过去。

那天晚上，在船上，马蒂亚斯跟妮娜说了很多关于特拉索的事儿，说了它本性凶猛，说了它的旧伤。最后，她睡着了，马蒂亚斯闭上了眼睛。等待着他的是一片冰天雪地。刺骨的寒风如利刃般呼啸而来，远处传来狼的咆哮声，妮娜惊恐地大喊，但马蒂亚斯无法靠近她。

自那以后，他每天晚上都会做这个梦。看到妮娜顺手把黄色药片丢进兜里时，他很难不把这当成某种预兆：风在耳边咆哮，寒冷深入骨髓，他显然要失去她了。

乌鸦六人组(卷二):骗子王国

"潘勒姆可能对你不起作用了。"他说。他们终于到了停着小船的废弃运河旁。

"什么?"

"你的能力已经发生改变了,不是吗?"

妮娜的脚步晃了晃。"是的。"

"因为潘勒姆?"

妮娜停住了脚步。"你为什么问我这个?"

他不想问她。他想吻她。但他只是说:"如果你被抓了,舒国人就不能用这种药来奴役你了。"

"那药,塔玛尔给你的那毒药——"

妮娜把一只手放在他的胳膊上。"我不会被抓的,马蒂亚斯。"

"但如果你——"

"我不知道潘勒姆对我做了什么。但我相信,这些影响会慢慢消失的。"

"如果不会消失呢?"

"它们必须消失,"她说,眉头紧锁,"我不能这样生活。就像……我不完全是自己了。虽然……"

"虽然?"他催促道。

"眼下对潘勒姆的渴望没有那么强烈,"她说,好像自己也意识到了,"实际上,自酒馆的打斗之后,我就很少想到潘勒姆了。"

"因为使用了这种新能力?"

"也许吧,"她谨慎地说,"并且——"她皱了皱眉。马蒂亚斯听到了一声低沉的咕噜声。

"是你的肚子在叫吗?"

"对,"妮娜的脸上绽开了一个灿烂的笑容。"马蒂亚斯,我快要饿死了。"

她最终真的开始康复了吗？还是她在酒馆里的战斗唤醒了她的食欲？无论如何，他很高兴看到那样的微笑。他抱着她转起了圈。

"你再不把我放下来的话，可能要拉伤了。"她说，脸上露出灿烂的笑容。

"你轻得跟羽毛一样。"

"我不想见到鸟。去给我来一堆比你身高还高的华夫饼来。我——"

她停了下来，脸上逐渐失去了血色。"神呐。"

马蒂亚斯转过头，顺着她的目光看去，发现正好对上自己的双眼。墙上贴着一张海报，上面印着一张无比形象的他的脸部素描。在插图的上方和旁边，用不同的语言写着：通缉。

妮娜一把撕下墙上的海报。"你理应已经死了。"

"一定是有人在马兹恩的尸体火化前进行了检查。"或许是菲尔丹人。或许是监狱里的人。底部的很多文字都是刻赤语，马蒂亚斯不认识，但他看得懂自己的名字和颇为丰厚的赏金。"五万克鲁志。他们花这么一大笔钱来悬赏我。"

"不。"妮娜说。她指着这大额数字下面的文字翻译道："通缉：马蒂亚斯·赫尔瓦尔。生死不论。他们花重金悬赏的是你的项上人头。"

16
詹斯博

妮娜和马蒂亚斯冲进坟墓时,詹斯博想从桌子上一跃而起,和他们一起跳华尔兹。过去的一个小时里,他一直在努力跟库维解释,他们怎样才能到达大使馆,他明显地感觉到这孩子在装傻——可能是因为他很喜欢詹斯博那些滑稽的手势。

"你能重复一下最后一部分吗?"库维此时说,身子凑得太近了。

"妮娜,"詹斯博说,"你能帮忙促进此次交流吗?"

"感谢上苍。"伊奈姬说着,把她和卡兹以及威岚正在桌上进行的工作搁在了一边。他们正在组装卡兹从孜尔克马戏团偷来的大量电线和齿轮。为了确保伊奈姬爬筒仓时的安全,还安装了有磁力的夹子,方便固定在筒仓的金属边缘上。

"你干吗老盯着他看?"库维说,"我跟和他长得一样。你可以看着我。"

"我没盯着他看,"詹斯博抗议道,"我在监督他们工作。"库维越早上船越好,他开始觉得坟墓里有点拥挤了。

"你联系到那些难民了吗?"伊奈姬问。她招手把妮娜叫到桌边,清出了个地方让她坐下。

"一切都很顺利,"妮娜说,"除了打破了几扇窗户,还差点中枪之外。"

卡兹从桌上抬起头来,看上去颇有兴趣的样子。

"小雷凡卡发生了大麻烦?"詹斯博问。

"没什么是我们搞不定的,"妮娜说,"请告诉我有吃的。"

"你饿了吗?"伊奈姬说。

他们都瞪大眼睛看着妮娜。她行了个屈膝礼。"是的,是的。妮娜·哲尼克饿了。在我不得已煮了你们当中的一个之前,有人投喂吗?"

"别逗了,"詹斯博说,"你一点厨艺都没有。"

伊奈姬已经在动手挖掘他们剩下的食物储备了,然后把少得可怜的盐鳕鱼、肉干和过期的饼干摆在妮娜面前。

"酒馆里发生了什么事?"卡兹问。

"难民都藏在大使馆里,"马蒂亚斯说道。"我们遇到了——"

"他们的领导,"妮娜说,"他们会等我们的消息的。"她把饼干塞进嘴里。"这些食物太难吃了。"

"慢点,"马蒂亚斯说,"你会噎住的。"

"噎住也值了,"妮娜说。努力吞咽着。

"被饼干噎住也值?"

"我假装它们是馅饼。船什么时候出发?"

"我们发现一艘把糖浆运往沃斯科夫的船将会在十一声钟响时出发,"伊奈姬说,"施佩希特正在弄文件。"

"好的。"妮娜说着,从兜里拿出一张揉成一团的纸,把它抚平放在桌面上。素描画中的马蒂亚斯与他们对视。"我们需要尽快出城。"

乌鸦六入组(卷二):骗子王国

"该死的,"詹斯博说,"卡兹和威岚处于领先地位。"他指向贴在那里的其他通缉令:詹斯博,卡兹和伊奈姬都在那里。凡·埃克暂时还不敢把库维·亚尔博的画像贴在卡特丹姆的每一个角落,但他做出了在找儿子的假象,因此那里还有一张让威岚·凡·埃克平安回家的悬赏海报。画上的威岚还是原来的样子,但詹斯博觉得并不像。只差妮娜的。她从未见过凡·埃克,即便她和德勒格斯有关联,但他可能还不知道她也参与其中。

马蒂亚斯审视着海报。"十万克鲁志,"他将难以置信的目光射向卡兹,"你根本不值那么多钱。"

卡兹的嘴角扬起一抹微笑。"市场决定价格。"

"跟我说说怎么做到的,"詹斯博说,"他们给我的出价只有三万克鲁志。"

"你们面临的是生命危险,"威岚说,"怎么整得像是在比赛一样?"

"我们被困在坟墓里了,小商人。你可以在发现它的地方采取行动。"

"或许我们都应该去雷凡卡,"妮娜一边说,一边轻敲着伊奈姬的通缉令,"你们待在这里不安全。"

"这主意不错。"卡兹说。

伊奈姬很快地瞥了他一眼。"你要去雷凡卡?"

"不可能。我要蛰伏在这里。我想要亲眼看到凡·埃克的生活在重击之下崩溃。"

"但你可以来,"妮娜对伊奈姬说,"詹斯博?我们也可以把科尔姆带去那里。"

詹斯博想起了父亲,他还困在吉尔德伦纳酒店的高级套房里,可能正在铺着地毯的地板上走来走去。距离罗迪带父亲离开黑面纱岛,他看着父亲宽大的背影消失在坟墓之间才过去了两天,但感觉像是已经很久了。自那以后,詹斯博差点死在了搜捕格里莎的人的手中,并且如今还有人悬赏，要他的项上人头。但如果他们今晚搞定了这件事，他父亲就不用知道这些了。

"没门儿，"詹斯博说，"我只希望我能尽快拿回他的钱，然后回到诺威哲姆。在他回到农场之前我都无法安睡。我们就躲在他的酒店里，看凡·埃克名声扫地，糖市失控。"

"伊奈姬？"妮娜问。

他们都看向幽灵——除了詹斯博。他看向卡兹，想知道他对伊奈姬要离开这座城市作何反应。但卡兹无动于衷，就像是等着开饭一样。

伊奈姬摇了摇头。"我去雷凡卡时，会坐着自己的船，一艘由我的船员驾驶的船。"

詹斯博挑起眉毛。"你什么时候开始当海员了？哪个神志正常的人会把大把的时间耗在船上？"

伊奈姬笑了。"我听说这座城市会让人发疯。"

卡兹从马甲中掏出怀表。"马上就要到第八声钟响了。凡·埃克今晚要在家里召集商业理事会成员开会。"

"你觉得他们会投入更大的精力来寻找威岚吗？"妮娜问。

"或许。但这不再是我们要考虑的事儿了。噪声和来来往往的人会为我和威岚从保险箱里拿出印章提供掩护。妮娜和伊奈姬需要同时到达甜堡礁。警卫通常会在筒仓的周边巡逻，他们绕过栅栏大概需要十二分钟。大门处一直都有人看守，靠近那里的时候小心点。"他把一个有塞子的小瓶放在桌上。"这是咖啡提取物。库维，妮娜，詹斯博，你们都多涂点。如果那些舒国士兵真能闻到格里莎的味道，这样或许可以甩掉他们。"

"咖啡？"库维说完，拔出来瓶塞，试探性地嗅了嗅。

"聪明，"詹斯博说，"我们以前常常把非法运输的尤尔达和香料打包放进咖啡渣里，来甩掉城市护卫队的狗腿子。这会混淆他们的嗅觉。"

乌鸦六人组(卷二):骗子王国

妮娜拿起瓶子,在耳后和手腕处擦了大量的萃取液。"希望这对柯古德也有用。"

"你们的难民最好做好准备。"卡兹说,"一共有多少人?"

"比我们预想的要少一些,还有……大使馆的几个人。总共十七个。"

"算上你,马蒂亚斯,威岚和库维。一共二十一个。施佩希特会据此伪造信件的。"

"我不去。"威岚说。

詹斯博握紧手指,让它们不再颤抖。"不去?"

"我不会再让我父亲把我赶出这座城市了。"

"为什么每个人都要执意留在这座糟糕的小城里?"妮娜咕哝道。

詹斯博往椅子后面靠了靠,审视着卡兹。他对威岚想留在卡特丹姆一事并不惊讶。"你早就知道,"詹斯博说,把所有线索都串联在了一起,"你早知道威岚的母亲还活着。"

"威岚的母亲还活着?"妮娜问。

"不然我为什么让你们去奥伦达尔?"卡兹说。

威岚眨了眨眼睛。"你知道我说要去采石场是在撒谎?"

詹斯博感到一阵愤怒。卡兹捉弄他是一回事,但威岚和他们其他人不一样。尽管威岚父亲给他发了一手坏牌,但他自身的处境和这座城市并没有击垮他的善良。他仍然相信人可以悔过自新。詹斯博伸开了紧握着的手指。"你不应该让他在一无所知的情况下去圣西德教堂。这太残忍了。"

"这很有必要。"

威岚握紧了拳头。"为什么?"

"因为你还没有弄明白你父亲的真面目。"

"你原本可以告诉我的。"

"告诉你,你可能会很生气,但怒气会逐渐消耗殆尽。我需要的是你义愤填膺。"

温岚双臂交叉。"那你成功了。"

卡兹双手交叉放在拐杖上。"天色不早了，都收起你们那'威岚好可怜'的小手帕，专注于手边的事。马蒂亚斯，你和詹斯博以及库维将于九点钟出发去大使馆。你从运河那儿靠近。詹斯博，你个子高，皮肤又是棕色的，太显眼——"

"这些都是讨人喜欢的同义词。"

"这意味着你要倍加小心。"

"干大事都是要付出代价的。"

"严肃对待这件事。"卡兹说，声音像一把生了锈的剑。他是在为他担心吗？詹斯博尽量不去想这关心究竟是因为他还是因为任务。"加快速度，让所有人十点钟之前赶到码头。我不希望你们四处溜达，引人注意。我们在第三港口，第十五号泊位碰头。那艘船叫作凡尔哈德号。它每年会在刻赤到雷凡卡的航线上往返数次。"他站了起来。"灵机应变，保持镇定。如果凡·埃克变聪明了的话，这些就完全不会奏效了。"

"还要注意安全，"伊奈姬补充道，"那艘船离开港口的时候，我想和你们一起庆祝。"

詹斯博也是这样想的。今晚结束时，他希望在对岸看到每个人都平平安安。他举起了手。"会有香槟吗？"

妮娜吃掉了最后一块饼干，舔了舔手指。"我会在那儿的，并且会是活蹦乱跳的。"

在此之后，除了整理好自己的装备之外，就没有别的事了。届时也不会有盛大的告别。

詹斯博拖着脚步走到正在桌边收拾背包的威岚面前，假装在一堆地图和文件中翻找自己需要的东西。

他犹豫了一下，然后说："你可以和我以及我爸待在一起。如果你愿

乌鸦六人组(卷二):骗子王国

意的话。就在酒店里待着。如果你需要一个地方等一切结束的话。"

"真的吗?"

"当然,"詹斯博耸了耸肩说,但他觉得自己的肩膀有点不对劲,"伊奈姬和卡兹也是,我们不能在那些人得到应有的惩罚之前,就四分五散了。"

"在那之后呢?你父亲的贷款还清了,你会回诺威哲姆吗?"

"我应该会。"

威岚等待着。詹斯博没有回答他的问题。如果他要回到农场,就会远离卡特丹姆和巴伦的诱惑,但可能会遇到新的麻烦。他会有很多钱,即便还清了贷款,依旧会有三百多万克鲁志。他又耸了耸肩。"卡兹是计划制定人。"

"当然。"威岚说,但詹斯博能看出他脸上的失望。

"我觉得你肯定规划好未来了吧?"

"没有。我只知道,我会带着我妈妈离开那个地方,试着开始新的生活。"威岚朝贴着通缉令的墙仰头。"这真的是你想要的吗?做一名罪犯?在下一笔宿怨,下一场打斗和下一次死里逃生之间疲于奔命?"

"你想听真话吗?"詹斯博知道,威岚可能不会喜欢他接下来要说的话。

"时间到了。"卡兹在门口说。

"对,这就是我想要的。"詹斯博说。威岚把背包搭在肩上,詹斯博不假思索地伸出手,扭正了背带。但他没有松手。"但这并不是我想要的全部。"

"立刻行动。"卡兹说。

我要用那拐杖打爆他的头。詹斯博放开了背带。"无人吊唁。"

"没有葬礼。"威岚静静地说。他和卡兹从门里消失了。

接下来是妮娜和伊奈姬。妮娜消失在一个通道里,她换掉了那套滑稽的菲尔丹服装，穿上实用的裤子、外套和束腰外衣——这些衣服都是雷凡卡的手艺和剪裁。她带着马蒂亚斯一起离开了，几分钟后再出现时，她满脸皱纹，但面色红润。

"这是任务需要？"詹斯博忍不住问道。

"我在教马蒂亚斯什么是找乐子。他是个好学生。在功课上面很勤奋。"

"妮娜——"马蒂亚斯警告道。

"但态度有问题。还有进步空间。"

伊奈姬把那瓶咖啡提取物推向詹斯博。"今晚尽量小心点，阿詹。"

"我在谨慎行事方面的擅长程度和马蒂亚斯在找乐子上的擅长程度旗鼓相当。"

"我很擅长寻找乐趣。"马蒂亚斯咆哮道。

"是很擅长。"詹斯博同意道。

他还有很多话想给大家说，但大部分是想对伊奈姬说，而不是当着大家的面说。这些话也许永远都不会说出口，他不情愿地承认。他欠伊奈姬一个道歉。由于他的粗心大意，他们在去冰庭的之前，在第五港口遭到了伏击，这差点让幽灵丧命。但要怎么道歉呢？*抱歉我差点害你被捅死？谁想吃华夫饼？*

他还没来得及深入思考，伊奈姬就在他的脸上落下一个吻，妮娜指了指墙上贴着的通缉令，詹斯博则需要留在坟墓里，和神情阴郁的库维以及走来走去的马蒂亚斯一起，等到九点半。

库维开始整理他包里的笔记本。

詹斯博在桌旁坐下，"这些你全部都需要吗？"

"对，"库维说，"你去过雷凡卡吗？"

这可怜的孩子在害怕，詹斯博内心想。"没有，但妮娜和马蒂亚斯会陪着你。"

乌鸦六人组(卷二):骗子王国

库维瞥了马蒂亚斯一眼,小声说:"他很严厉。"

詹斯博忍不住笑了。"他不是那种喜欢吃喝玩乐的人,但他还是有些可取之处的。"

"我听得到,范赫。"马蒂亚斯咕哝道。

"那就好,我不喜欢大声说话。"

"你都不为其他人担心吗?"马蒂亚斯说。

"当然担心。但我们都不穿婴儿服了。过了需要担心的年纪了。如今对我们而言最刺激的是,"他一边说,一边轻敲他的枪,"行动。"

"或者死亡,"马蒂亚斯嘟囔道,"你和我都很清楚,妮娜状态不好。"

"今晚也不需要她有多好的状态。今晚的理念就是不要卷入打斗之中,唉。"

马蒂亚斯不再走来走去,在詹斯博对面坐了下来。"湖边小屋当时发生了什么事?"

詹斯博把一张地图的角抚平了。"我不确定,但我觉得她借助一团灰尘,让一个人窒息而死了。"

"我没懂,"马蒂亚斯说,"一团灰尘?她今天控制了骨头碎片——在服用潘勒姆之前,她无法做到这一点。她似乎认为这种变化是暂时的,是药物残留的影响,但是……"他转向库维。"潘勒姆会让格里莎的能力发生转变吗?会改变它?还是会破坏它?"

库维摆弄着他旅行背包上的碰锁。"我觉得这很有可能。她活了下来。这很罕见,而且我们对潘勒姆和格里莎的能力都知之甚少。"

"你们还没挖出足够的东西来解开这谜吗?"詹斯博还没来得及三思,这些话就脱口而出了。他知道这么说不公平。库维和他父亲本身就是格里莎,两人都没有任何能力阻止舒国人在其他人身上做实验。

"你是在跟我发火?"库维说。

詹斯博笑了笑。"我不是个爱发火的人。"

"不,你就是,"马蒂亚斯说,"易怒又胆怯。"

詹斯博打量着这个菲尔丹大块头。"你说什么?"

"詹斯博很勇敢。"威岚抗议道。

"感谢你注意到了这一点,"詹斯博伸出双腿,两脚交叉,"你有什么要说的吗,马蒂亚斯?"

"你为什么不去雷凡卡?"

"我父亲——"

"你父亲可以今晚和我们一起走。如果你这么关心他,今天为什么没去他住的旅馆呢?"

"这关你什么事?"

"我知道为自己的身份和所作所为而感到羞愧是什么滋味。"

"你真想开始这话题,巫师猎人?我不觉得羞愧,我只是小心行事而已。正是因为你这样的人,以及你的巫师猎人朋友,让这世界对我这样的人而言是个危险的地方。过去一直如此,未来似乎也并不会好转。"

库维伸出手,轻轻碰了下詹斯博的手,脸上带着乞求的神情。"我明白。拜托。我们所做的,我父亲所做的……我们试图让一切好起来,让格里莎……"他比画了个手势,好像在按什么东西。

"压制他们的力量?"

"对。正是这样。让能力更容易隐藏。如果格里莎不使用他们的能力,就会生病。他们会容易衰老、疲劳、食欲不振。这是舒国人甄别那些想要隐姓埋名的格里莎的一种方式。"

"我没动用我的能力,"詹斯博说,"可是……"他扳着手指,一条一条地列举道:"第一,我曾应他人挑战,吃了整整一槽淋了苹果酱的华夫饼,并且差点又来了一盘。第二,我就从来都没有精力不足的问题。第三,我这辈子没生过一天病。"

"没有吗?"马蒂亚斯说,"病的种类挺多的。"

乌鸦六人组（卷二）：骗子王国

詹斯博摸了摸他的左轮手枪。很显然，这个菲尔丹人今天思虑太多。

库维打开了他的包，拿出一罐普通的尤尔达，这种尤尔达在卡特丹姆每个街角的商店里都能买到。"尤尔达是一种兴奋剂，可以对抗疲劳。我父亲以为……曾以为这是帮助我们族类的办法。如果他能找到正确的配方，就能让格里莎在保证自身健康的前提下，隐藏自己的能力。"

"但结果并非如此，不是吗？"詹斯博说。或许他有点生气。

"试验没有按计划进行。实验室里有人多嘴。我们的领导人找到我们，并见证了潘勒姆的不同用途。"他摇了摇头，指向他的背包，"如今我正在努力回忆我父亲的实验。"

"就是你在笔记本上乱涂乱画的东西？"

"我还写日志了。"

"那肯定很有趣。第一天，在坟墓里坐着。第二天，还是在坟墓里坐着。"

马蒂亚斯没有理会詹斯博，而是说："你取得过什么进展吗？"

库维皱起了眉头。"有点眉目。我觉得。要是在有真正的科学家的实验室里，或许会进展更快。我不是我父亲。他是制造师。我是个控火师。这不是我的强项。"

"你擅长什么？"詹斯博问。

库维疑惑地看了他一眼，然后皱起眉头。"我没机会探究。在舒翰，我们过着提心吊胆的生活。那里永远都没有家的感觉。"

詹斯博当然理解这种感受。他拿起一罐尤尔达，然后打开了盖子。这是上等品，香气扑鼻而来，干花几乎是完整的，色泽是鲜艳的橙色。

"你是觉得如果你能有个实验室，再有格里莎制造师在身边的话，你或许能够再现你父亲的实验，找到解药？"

"我希望如此。"库维说。

"它有什么效用？"

"能清除掉身体里的潘勒姆吗?"马蒂亚斯问。

"能。能排出潘勒姆。"库维说,"但即便我们成功了,要怎么给别人用药呢?"

"你必须离那人够近,然后进行注射,或让他吞下去。"马蒂亚斯说。

"但一旦你在别人的射程范围内,你就玩完了。"詹斯博补充道。

詹斯博用两根手指夹起一朵干花。终会有人创造出他们自己版本的尤尔达潘勒姆,他们成功时,每一朵花都会价值不菲。如果他曾留意那些花瓣,哪怕稍加留意,都能感到它们正在分解成更小的部分。确切地说,这并不是观察,更像是感知,感知所有的个体,许多微小的部分最终构成了一个整体。

他把花放回罐子里。小时候,他躺在父亲的农场里,发现自己可以一个花瓣一个花瓣地提取尤尔达花的颜色。一个百无聊赖的午后,他通过漂白花朵,在西部牧场弄出了一句大写的脏话。他父亲火冒三丈,但也心生恐惧。科尔姆训斥詹斯博训到喉咙发哑,然后坐在那里,看着他,用宽大的双手捧着一杯茶,免得手抖洒出来。一开始,詹斯博以为父亲是因为那句脏话而生气,但其实根本不是。

"小詹,"他最终说,"你不能再这么做了,答应我。你妈妈跟你有同样的天赋,但它只会给你们带来痛苦。"

"我答应你。"詹斯博很快就答道,他想补救,看到一贯富有耐心、温文尔雅的父亲如此愤怒,他感到天旋地转。但他内心想的是,妈妈看上去并不痛苦。

事实上,他的母亲似乎能从一切东西中找到乐趣。她出生于哲蒙尼,皮肤是深棕色的,个头很高,父亲需要扬起头才能和她对视。在詹斯博长到可以和父亲一起下地干活儿之前,他都留在家里陪着她。家里总有衣服要洗,食物要做,木头要砍,詹斯博很乐意帮她做这些。

"我的田地怎么样?"每天父亲从农场回来时,母亲都会这么问,后

乌鸦六人组(卷二)：骗子王国

来詹斯博才知道农场之前是在她名下，是父亲送给她的结婚礼物，他当时花了近一年的时间追求安迪提·赫丽，她才同意跟他结婚。

"十分喜人，"他一边亲吻她的脸颊，一边说，"就跟你一样，亲爱的。"

父亲总答应陪他一起玩儿，并在夜间教他削木头，但他也总会在火堆旁吃完晚饭后就睡着了，睡着的时候靴子还穿在脚上，鞋底被尤尔达染成了橙色。詹斯博和母亲会憋着笑，帮父亲脱掉鞋子，再给他盖上毯子，然后处理完剩下的家务。他们会收拾桌子，把晾衣绳上的衣服收下来，然后母亲会把詹斯博抱上床。她和詹斯博一样，似乎有用不完的精力，无论她有多忙，有多少动物皮要剥，有多少篮子需要修补，都会在睡觉前给他讲故事，或者哼首歌。

是母亲教会了詹斯博骑马，垂钓，处理鱼，给鹌鹑去毛，只用两根棍子生火，以及煮一杯好茶。她还教他射击。刚开始是一把比玩具枪大不了多少的儿童弹丸枪，然后是手枪和步枪。"谁都会开枪。"她对他说。但不是每个人都能瞄准目标。她教他测距瞄准，教他如何在灌木丛中追踪动物，教他利用和辨别光线，考虑风向的影响，以及如何边跑边射击，然后是马背上射击。没有什么是她不会的。

他们还有一些秘密课程。有时，他们回家晚了，做饭时她能在不给炉子点火的情况下，把水烧开，能仅靠紧紧地盯着面包看，就让它发起来。他曾见过她用手指刷去衣服上的污渍，还从他们住处附近的一个长期处于干涸状态的湖床上提取硝石，自制火药。"明明我自己做得更好，为什么要花钱去买？"她说，"但别跟爸爸提这事，好吗？"詹斯博问她为什么，她只是说："因为他担心的事情已经够多了，我不想让他为我担心。"但爸爸确实很为她担心，尤其是在母亲的哲蒙尼朋友上门寻求帮助或者疗愈时。

"你觉得奴隶贩子没法来这儿找你？"他有天晚上问道，在他们的小屋里踱来踱去。那时詹斯博蜷缩在毯子里假装睡着了,以便偷听他们说话。"如果有一名格里莎生活在这里的消息传了出去——"

"那消息,"安迪提优雅地挥着手说,"不是我们该担忧的事。我成不了别人,只能做我自己。如果我的天赋能帮到别人,那我就有责任好好运用它。"

"那我们的儿子怎么办?你不会觉得对他有所亏欠吗?你的第一责任是保护好自己,别让我们失去你。"

詹斯博的母亲用手捧住了科尔姆的脸,看上去那么温柔,那么和蔼,眼里闪烁着爱的光芒。"如果我把自己的才能都埋没了,让恐惧掌控了我的生活,那对我儿子来说,我算什么母亲?你当初让我选择你的时候,就知道我是什么人了,科尔姆。现在,不要让我失去自我。"

就这样,父亲的沮丧消失了。"我知道。但一想到要失去你,我就受不了了。"

她笑着吻了他。"那你一定要把我留在你身边。"她眨了眨眼睛说。此次争论就结束了。但下次还会纷争再起。

事实证明,詹斯博的父亲错了。他们失去安迪提并非因为奴隶贩子。

詹斯博有天晚上醒来,听到了说话声,他扭动着爬出毯子时,看到母亲的长睡衣外面套着外套,手里拿着帽子和靴子。那时他才七岁,虽然比如今的他年幼很多,但他知道最有趣的谈话都发生在他睡着的时候。一个哲蒙尼人站在门口,穿着满是灰尘的骑装,他的父亲说:"现在是半夜。这事完全可以明天早上再说。"

"如果受苦的是小詹,你还会这么说吗?"他妈妈问。

"安迪提——"

她吻了吻科尔姆的脸,然后把詹斯博抱在怀里。"我的小兔子醒了吗?"

"没有。"他说。

乌鸦六人组(卷二):骗子王国

"那么,你一定是在做梦了。"她把他裹好,吻了吻他的脸颊和前额。"睡吧,小兔子,我明天会回来的。"

但第二天,她没有回来。第二天早上敲门声响起,但门外不是他的母亲,而是那个满身灰尘的哲蒙尼人。

科尔姆一把抱起儿子,立刻冲出门。他把一顶帽子戴在头上,把詹斯博放到他前面的马鞍上,然后纵马狂奔起来。那个满身灰尘的人骑着一匹更加灰扑扑的马。他们跟着他穿过了数英里的耕地,来到尤尔达田边上的一座白色农舍。这房子比他们的小木屋好多了,有两层楼高,窗户上还有玻璃。

在门口等着的女人和他母亲差不多高,但比母亲结实,她的头发编成了辫子。她挥了挥手,让他们进去,说:"她在楼上。"

很多年后,詹斯博试图拼凑出那些可怕的日子里发生了什么,但他能想起的东西太少了:农舍里抛了光的顺滑木地板,哭红了眼的矮胖女人,还有一个女孩——一个比詹斯博大几岁,梳着跟她母亲一样辫子的女孩。那女孩喝了矿井附近的一口井里的水。那井本应该用木板封起来的,有人直接把水桶拿走了,但绞车还在那里,还有一根旧绳子。于是那女孩和她的朋友用她们的午餐桶打了水,那水跟清晨一样冰冷,却比清晨更加清澈。那天晚上,她们三个都生病了,其中两个已经死亡。但詹斯博的母亲救了这个胖女人的女儿。

安迪提到女孩床边,嗅了嗅金属午餐桶,然后把手放在女孩发烫的皮肤上。第二天中午时,那女孩高烧已退,眼睛里的黄色也消失了。傍晚时分,她坐了起来,跟她母亲说她饿了。安迪提笑了一下,随即瘫倒在地。

"她在析出毒药时大意了,"满身灰尘的男人说,"她吸收得太多了。之前别的佐娲发生过这样的事。"佐娲,意思是"神佑之人"。詹斯博母亲不提格里莎,而是用这个词代替。**我们是佐娲人**,她会在轻轻弹指一挥就让鲜花绽放时,跟詹斯博这样说,你和我都是。

但如今找不到人救她了。詹斯博不知道该怎么做。如果她当时是清醒的,如果她能再坚强一点,可能就可以自我疗愈了。但事实正好相反,她陷入了沉沉的睡梦中,呼吸变得越来越吃力。

詹斯博睡着了,他的脸颊贴着母亲的手掌,坚信她随时都会醒来,会抚摸他的脸颊,然后,他会听到她说:"你在这里做什么,小兔子?"但是,他醒来时听到的是父亲的哭声。

他们把她带回了农场,葬在了一棵已经开始开花的樱花树下。对詹斯博而言,在这样悲伤的日子里,它似乎太过明丽了。即便是现在,看到橱窗里,或者某位女士的丝质衣服上绣着淡粉色的花朵时,他也会很伤感。它们会把他带回过去,回到那充满新鲜泥土气息的地方,在那里,风在田间低语,父亲用颤抖的男中音唱着寂寞的歌,歌词是克里什语,詹斯博听不懂。

科尔姆唱完时,余音缭绕在樱花树的枝头,詹斯博问:"妈妈是女巫吗?"

科尔姆把一只长满雀斑的手搭在儿子肩上,把他拉近一点。"她是女王,小詹,"他说,"她是我们的女王。"

那天晚上,詹斯博为他们做了晚餐——烤煳的饼干和寡淡的汤,但他父亲吃得干干净净,还给他读克里什圣人之书,直到灯光暗淡下来,詹斯博心中的痛苦得以缓解,他能够安然入睡为止。从那时起,他们俩就这样相互照应,一起在地里干活,夏天把尤尔达捆起来晒干,想办法让农场盈利。这难道还不够吗?

但每次想起来,詹斯博知道这远远不够。那样的生活他再也回不去了。如果他母亲还活着,也许会教他如何疏导自己的不安,也许会教他如何使用自己的能力,而不是隐藏。也许他会去雷凡卡,为国王效力。也许他也会在那里死去。

乌鸦六人组(卷二):骗子王国

他抹去了指尖的尤尔达污渍,用盖子盖上了罐子。

"哲蒙尼人不止用尤尔达花,"他说,"我记得我妈妈会把尤尔达的茎泡在羊奶里,在我在地里干活时给我送来。"

"为什么?"马蒂亚斯问。

"用来抵消成天吸入尤尔达的影响。吸入的尤尔达对小孩而言太多了,没谁希望原本就精力充沛的我变得更加兴奋。"

"茎吗?"库维重复道,"大多数人都会扔掉它们。"

"茎里含有一种香脂。哲蒙尼人会提取出来,做成药膏。在燃烧尤尔达时,会把药膏涂在婴儿的牙龈和鼻孔上。"詹斯博的手指敲击着罐子,一个想法逐渐在脑海里成形。尤尔达潘勒姆解药的秘密会不会就藏在植物本身?他不是化学家,也不会像威岚那样思考问题,更没有接受过制造师相关的训练,但他是他母亲的儿子。"如果有个版本的香脂能够抵消尤尔达潘勒姆的影响呢?我们依旧没有办法给别人用——"

就在那时,窗户碎了。刹那之间,詹斯博拔出了枪,马蒂亚斯扑倒了库维,扛起了他的步枪。

他们侧着身子走到墙边,詹斯博透过彩色玻璃向外看去。在墓地的阴影里,他看到许多高高举起的灯笼,还在不断变换队形,肯定是有人来了——很多人。

"除非是鬼魂变得活跃起来了,"詹斯博说,"不然就是我们似乎有伴儿了。"

第四部分

意外来客

17
伊奈姬

晚上,仓库区好像改头换面了一般。东边的棚户区充满生机,而这里的街道却成了无人区,只有站岗的守卫和在街上巡逻的城市护卫队的警卫。

伊奈姬和妮娜把船停在宽阔的中央运河上,那运河从这个地区的中心蜿蜒而上。她们一路沿着安静的码头前行,渐渐靠近仓库,远离运河沿岸的路灯,路过了满载木材的驳船和巨大的煤槽。时不时地,她们会看到人们在灯光下劳作,搬运一桶桶朗姆酒或一捆捆棉花。这样贵重的货物不可能无人看管。快到甜堡礁时,她们看到两个人正从一辆大马车上卸载什么东西。那辆大马车停在运河边,旁边只有一盏淡蓝色的灯照明。

"尸灯。"伊奈姬小声说,妮娜打了个寒战。用深海鱼类的碎骨制成的骨灯发出的是绿光,而尸灯燃烧的则是其他燃料。这灯是一种蓝色警示,提醒人们这是运尸人的平底船,船上的货物是死者。

"运尸人在仓库区做什么?"

"人们不喜欢在街上或运河上看到尸体。仓库区晚上几乎空无一人,所以他们把尸体带到这里来。太阳一下山,运尸人就会把尸体收集起来,带到这里。他们轮班工作,一个街区接一个街区地收集。他们会在黎明前,带着他们的货物一起离开。"送去死神之船焚烧。

"他们为什么不建一个真正的墓地呢?"妮娜问。

"没有空间。听说很久以前,有人说要重启黑面纱岛,但女王的女士瘟疫爆发以后,一切就都搁置了。人们太害怕被传染了。如果死者的家人负担得起费用,就会送去卡特丹姆市外的墓地。如果负担不起……"

"无人吊唁。"妮娜冷冷地说。

无人吊唁,没有葬礼。祝你好运的另一种说法。但现实还不止于此,像他们这样的人不会有隆重的葬礼,也不会有刻着他们名字的大理石墓碑,更不会有玫瑰和香桃木花圈。

靠近甜堡礁时,伊奈姬走在前面。筒仓让人望而生畏,大得像个哨兵之神。它们是工业的纪念碑,上面饰有凡·埃克的红色桂冠标志。大家很快就会知道这些象征着怯懦和欺骗。凡·埃克的筒仓四周围着金属栅栏。

"铁丝网。"妮娜指出。

"这不是问题。"铁丝网的发明是为了把牲畜关在围栏里,但这不会对幽灵构成任何挑战。

他们在仓库坚固的红砖墙旁选定位置观察,确认警卫的惯例没有改变。正如卡兹所说,警卫花了将近十二分钟时间才绕着筒仓周围的栅栏转了一圈。巡逻队在东边时,伊奈姬有大约六分钟的时间翻越铁丝网。一旦他们走向西边,很容易发现她在筒仓的铁丝网之间,但很难发现她在屋顶上。这六分钟之内,伊奈姬着手从筒仓上边的开口把象鼻虫偷放进去,然后拆掉绳子,但如果超过了六分钟,她就只能等警卫回来了。

乌鸦六人组(卷二):骗子王国

她看不见他们,但妮娜手中拿着一个明亮的骨灯。伊奈姬横越筒仓时,她就会快速闪动绿光向伊奈姬发信号。

"十个筒仓,"伊奈姬说,"我需要横越九次。"

"近距离看的时候,感觉它们要高很多,"妮娜说,"你准备好了吗?"

伊奈姬承认它们确实让人心生畏惧。"不管多高,攀登方法都是一样的。"

"从技术的角度来说并非如此。你需要绳子,支点——"

"别跟马蒂亚斯似的。"

妮娜惊恐地捂住嘴。"我要吃两倍的蛋糕来弥补。"

伊奈姬了然地点了点头。"明智的决策。"

巡逻队又从警卫室出发了。

"伊奈姬,"妮娜迟疑地说,"你应该知道,自潘勒姆事件之后,我的能力大不如前了。如果我们陷入混战——"

"今晚不会发生混战。我们跟鬼魂一样穿行。"她捏了捏妮娜的肩膀,"你是我认识的最勇猛的战士,不管有没有超能力。"

"但是——"

"妮娜,警卫。"

巡逻队消失在视线中。如果她们不采取行动,就必须等到下一轮,这会导致计划延后。

"这就去。"妮娜说完就大步走向警卫室。

从仓库瞭望台到暴露在灯光下的那几步里,妮娜的整个举止都变了。具体的伊奈姬说不清楚,但妮娜的脚步变得迟疑了许多,肩膀耷拉了下去。她有点畏畏缩缩。不再是那个受过训练的格里莎,而是一个年轻的、紧张的移民,希望能够得到一丝善意。

"您好?"妮娜用浓重的雷凡卡口音说,听上去有点滑稽。

警卫手握武器,随时准备行动,但看上去并不紧张。"大晚上的,你不应该在这里。"

妮娜用绿色的大眼睛看着他,喃喃地说着什么。伊奈姬没想到妮娜看上去还挺像那么回事儿的。

"怎么了?"警卫说着,走上前去。

伊奈姬开始行动了。她点燃了威岚给的小威力闪光弹上的长长的导火索,然后大步跑向栅栏,避开了明亮的光线,悄无声息地爬着。她几乎就在警卫和妮娜身后,然后爬到了他们上方。她轻轻松松地溜过铁丝网时,还听到了他们对话。

"我是来找工作的,可以不?"妮娜说,"制糖。"

"我们这里不生产,只是储存。你想去的可能是加工厂。"

"但我需要工作。我……我……"

"哎,嗨,别哭了。有,有。"

伊奈姬忍住笑出声的冲动,悄无声息地落在了栅栏另一边的地上。透过栅栏,她可以看到卡兹提到过的堆积在警卫室后的沙袋,以及他打算让她使用的防护网的一角。

"你……呃……你的同伴也在找工作?"那警卫问。

"我没有……那词怎么说的?同伴?"

警卫室旁边的门并没有从里面锁上,于是伊奈姬推开了门,给妮娜留了一条缝,然后急匆匆地走向了筒仓底部的暗影里。

她听到妮娜说了声再见,然后朝瞭望台对面走去。然后伊奈姬等了等。几分钟过去了,就在她深深地觉得那闪光弹有问题的时候,她听到了砰的一声巨响,他们用来监视警卫的仓库里射出了一道强光。那个警卫再次出现了,举起步枪,朝仓库走了几步。

"谁在那?"他大声喊道。

妮娜从他身后的暗影中溜了出来,不一会儿就走进了大门。她小心翼翼地关上门,然后朝第二个筒仓走去,消失在黑暗里。她可以在那儿

乌鸦六人组(卷二):骗子王国

在警卫巡逻的时候,向伊奈姬发信号。

警卫倒退着往他的岗位上走去,以防远处的仓库里还潜藏着什么威胁。最后,他转过身来,摇了摇大门,确认它是不是锁上了,然后走进了警卫室。

伊奈姬等到妮娜的信号之后,跳上了焊接在筒仓一侧的横档上。一层,两层,十层。狂欢节上,她叔叔会在她攀爬时逗观众开心。以前从来没人尝试过这种把戏,尤其还是这么年轻的人!你们的上方是可怕的高压线。这时会有聚光灯亮起,照亮那根电线,让它看上去就像根挂在帐篷上的蜘蛛丝一般,纤细且脆弱。先生们,握住你女伴的手。看到她的手指有多纤细了吗?现在想象一下,你们愿意尝试在如此纤细,如此脆弱的东西上行走吗?谁敢向死亡发起挑战?

这时,伊奈姬会站在电线杆顶端,双手叉腰,大声喊:"我愿意。"

观众会倒吸一口冷气。

等等,不,这不可能,一个小女孩?她叔叔会这样说。

这时,人群总是会躁动起来。有的女士会晕过去。有的男士会试图阻止这场演出。

今晚没有人群,只有风,只有她手指下冰冷的金属,以及明亮的月光。

伊奈姬爬到了筒仓顶部,俯瞰着下面的城市。卡特丹姆的大街上闪烁着金色的光芒,运河上有灯笼在缓缓地移动,窗户上透出灯光,晚上要营业的商店和酒馆还亮着灯。她能辨认出里德闪闪发光的闪光饰片,色彩斑斓的灯笼,以及斯戴夫华丽的跑马灯。短短的几天时间里,凡·埃克的资产就会毁于一旦。她就可以解除和珀尔·哈斯克尔的合同了。她就自由了。她就可以按照自己的意愿生活,为她犯过的罪孽赎罪,追求自己的目标。她会想念这个地方吗?这个她已经了如指掌,不知怎么就成了家的地方?她觉得自己肯定会的。所以今晚,她将为她的城市表演,为卡特丹姆的市民表演,即便他们不会鼓掌。

尽管费了点力气,但她还是设法松动了筒仓开口上的齿轮,然后把它打开了。她把手伸进口袋,拿出了装着化学象鼻虫的小瓶。她按照威岚的用法说明,用力摇了摇瓶子,然后把里面的东西倒进了筒仓。空气中响起了低低的嘶嘶声,她凝神仔细看的时候,糖在动,仿佛表面下有什么活物一样。她哆嗦了一下。她听说过工人死在筒仓里的事儿,当谷物、玉米或糖坍塌时,工人会被困在筒仓里,慢慢窒息而死。她关上开口,把它封得严严实实的。

然后她爬到金属梯子的第一个横档上,接上威岚给她的磁夹。夹子夹得很紧。只要按下一个按钮,两个磁化导线就会弹开,咔哒一声轻响之后就会连接到筒仓上。她从背包里取出一个十字弓和一大卷钢丝,然后把钢丝的一端缠绕到夹子上,紧紧固定好之后连接到导线上。把另一端固定在装在弩上的磁化夹上。然后她松开扳机。第一枪打偏了,她只好把钢丝收回去。第二枪打错了横档。但第三枪准确地落在了下一个筒仓上。她拧紧夹子,直到绳子绷得紧紧的为止。他们以前也用过类似的装备,但从未在这么长的距离和这么高的高空上使用过。但没关系。钢丝上的距离和危险会发生改变,她也会。在高空钢丝上,不受任何人的约束的她,是一个没有过去与现在,悬浮于地表和天空之间的生物。

是时候了。可以学着摆动绳子,但必须紧紧地依附在钢丝上。

伊奈姬的母亲曾告诉她,有天赋的走钢索者是天空之人的后代,他们曾经有过翅膀,在合适的光线下,在那些受他们青睐的人类身上还可以看到那些翅膀。在那之后,伊奈姬就总在镜子前扭来扭去,查看自己的镜像,不把表亲们的笑声放在心上,只想看自己的翅膀会不会显露出来。

她父亲厌倦了她每天缠着他,就允许她赤脚在低绳上开始练习。这能让她体会来回走动的感觉,让她学着中心保持平衡。她感觉无聊透

乌鸦六人组（卷二）：骗子王国

顶，但每天还是尽心尽力地做这些练习，测试自己的力量，尝试穿上皮革做的鞋子之后，她觉得那鞋能让她在更硬、更高的钢丝上行走。如果父亲走神了，她就会改用双手抓绳，这样一来，等父亲把注意力转到她身上时，就会看到她正在用双手走钢索。他同意把绳子抬高几英寸，让她试着走真正的钢丝。每过一关，伊奈姬就能掌握一项又一项的技能——侧手翻、翻筋斗以及头上顶水壶。她学会了使用细长、且能伸缩的杆子，帮她在高空保持平衡。

一天下午，她的叔叔和表兄妹们在筹划一项新的活动。汉孜将会用独轮车推着阿莎走钢丝。那天天气很热，他们决定午饭后休息一下，去河里游泳。伊奈姬独自一人待在安静的营地里，爬上他们搭建的平台，背对着太阳，以便她能看清钢丝。

站在那么高的地方看去，世界颠倒了过来，像镜像一般。它形态发展迟缓，影子狭长，形状熟悉，但不知怎的，让人觉得难以信赖。伊奈姬穿着便鞋踩在钢丝上时，突然有点迟疑。虽然这和她近几个礼拜以来，毫无畏惧地走在上面的钢丝一样宽，但如今看上去似乎要细很多，仿佛在这个镜像世界里，钢丝遵循的是不一样的规则。*恐惧来临时，就会有事发生。*

伊奈姬深深地吸了口气，夹紧臀部，迈出了空中的第一步。下面的草坪像起伏的大海，她感觉自己的重心转移，身体向左倾斜。她感受到了地球的引力，地心引力想把她和她的影子连接在一起。

她肌肉紧绷，膝盖弯曲，片刻之后，世界只剩下她和钢丝。意识到有人在看时，她已经走了一半了。她扩大了自己的视线范围，但丝毫没有分神。伊奈姬永远忘不了和叔叔以及表兄妹们从河里回来时，父亲脸上的表情，他抬头望着她，惊讶地张着嘴，母亲从马车里出来，用手捂住胸口。他们全程保持沉默，害怕打破她的专注——她走钢丝时的第一批观众，因恐惧而沉默着，但她把这当作称赞。

她从钢丝上爬下来之后的大半个小时，是在母亲的拥抱和尖叫声中度过的。她父亲一直都很严厉，但她看到了他眼中的骄傲，以及表兄妹们眼中带着点不情愿的赞赏。

后来，有表兄妹把她拉到一边，问她："你怎么做到毫无畏惧地走钢丝的？"她只是耸了耸肩，然后说："就跟走路一样。"

但其实并非如此。走钢丝比走路容易。其他人走钢丝时很艰难——要和风、高度以及距离做斗争。伊奈姬在钢丝上时，钢丝就是她的世界。她能感受到它的偏向力和引力。仿佛它是一颗行星，而她是它的卫星。这是一种她在秋千上从未感受过的简单，在秋千上，是推力在带着她动。她喜欢钢丝上的寂静，这是别人无法理解的。

她只失过一次足，而至今她都觉得是因为防护网的缘故。因为汉孜要在他的表演中加上一辆独轮车，所以他们挂起了防护网。伊奈姬前一秒还在走，下一秒就掉了下来。还没意识到的时候，她就跌在了网上，然后弹到了地上。伊奈姬吃惊地发现，大地竟然是那么坚硬，它不会变软或弯曲。她断了两根肋骨，头上撞出了一个鹅蛋大的鼓包。

"这包这么大是好事，"她父亲对着鼓包低声说，"这意味着她的脑子里没有瘀血。"

绷带刚拆掉，伊奈姬就又开始走钢丝了。她再也不要用网了。因为她知道这会让她大意。但如今，她低头一看，不得不承认还是需要一点保险措施的。远处，月光照着弯弯曲曲的鹅卵石路，让鹅卵石看上去像是某种奇异水果的黑色种子。但藏在警卫室后的网只有妮娜抓着是没用的，而且不管卡兹当初的打算是什么，这新计划不会围绕着一个在众目睽睽之下抓着网的人而展开。因此，伊奈姬会和往常一样走钢丝，没有什么能接住她的东西，能托起她的只有那隐形的翅膀。

伊奈姬从马甲腰带上取下平衡杆，轻轻一弹，让它完全伸展开来。她掂了掂它的重量，活动了下便鞋中的脚趾。鞋是皮质的，这是卡兹应

乌鸦六入组（卷二）：骗子王国

她要求，从孜尔克马戏团偷来的。它们光滑的鞋底不如她心爱的橡胶鞋那般富有强大的抓力，但移动的时候要容易一些。

妮娜终于发出了信号，一道绿光闪过。

伊奈姬走上钢丝，突然之间，风拉扯着她，她长长地吸了一口气，感觉每一缕风都在拽她，她用那根可伸缩的杆子降低了重心。

她再次弯曲膝盖。幸运的是，钢丝几乎没有弹性。她走着，感受着足弓下的压力。每走一步，钢丝都会微微弯曲，极力想从她的脚下挣脱。

温暖的空气紧贴着她的皮肤，闻起来有糖料和糖蜜的味道。她的兜帽已经掉落下来，她感觉到发辫里的发丝跑了出来，挠着她的脸。她把注意力集中在钢丝上，感受着孩提时经历过的那种熟悉感，仿佛钢丝紧紧地依附着她，就跟她紧紧地依附着它一样。它在欢迎她进入那个镜像世界，那个属于她的秘密基地。不一会儿，她就到达了第二个糖仓。

她踏上筒仓，收回平衡杆，把它收在腰间，拿出衣兜里的烧瓶喝了一口水，舒展了一下筋骨。然后打开了开口，把象鼻虫扔了进去。她又听到了嘶嘶声，鼻子里充斥着糖烧焦的味道。这一次的味道更浓烈，是一股甜蜜而醇厚的芳香。

突然之间，她仿佛回到了动物园，有一只粗壮的手臂抓住了她的手腕，非常用力。伊奈姬很擅长预测这段记忆向她袭来的时机，并做好应对的准备。但这次她毫无防备。记忆向她扑来，比吹向钢丝的风更加持久，把她的心弄得七上八下。虽然他的身上有香草味，但在这之下，她能闻到大蒜的味道。她感到丝绸在她的周围滑动，好像床突然有了生命一般。

伊奈姬并未全盘想起。因为动物园里的夜晚串联在一起，她开始变得善于麻痹自己，将神志完全抽离，不甚在意被她留下的躯壳会遭受怎样的对待。她知道去寻欢作乐的男人从来不会仔细去看，也不会问太多问题。他们要的是一种幻觉，也愿意忽略一切来维持这种幻觉。当然，眼泪是不被允许的。第一天晚上，她哭了。坦特·海琳先是在她身上用了鞭子，然后是藤条，再后来就掐着她的脖子，直到她晕了过去。第二次的时候，伊奈姬的恐惧超过了悲伤。

她学会了微笑，低语，拱背，以及发出坦特·海琳的顾客所要求的声音。她依旧会哭，但从不流泪。眼泪填补了她内心的空虚，填满了那口她每天晚上会如石头一般沉入其中的悲伤之井。动物园是世界上最昂贵的娱乐场所之一，但去那儿的顾客没比那些频繁造访低级场所和站街女的人友善到哪儿去。伊奈姬渐渐发现，从某些方面来说，他们比那些人更差劲。**一个男人花那么多钱的时候，他就觉得自己有权利做任何他想做的事**，一个叫凯拉的克里什女孩曾经说道。

那些人中有年轻的，有年迈的，有英俊的，也有丑陋的。有男人在自己无力时就会一边哭一边打她。有男人想让她假装那是他们的新婚之夜，还跟她说他爱她。还有个长着虎牙的男人会像猫一样咬着她的乳房，直到出血为止。坦特·海琳会把沾有血迹的床单以及伊奈姬没法接客的时间折合成钱，算进她的契约里。但那男人还不是最差劲的。最差劲的是一个雷凡卡男人，他在会客室里选了她。他们回到她的房间以后，在那满是紫色的丝绸和香味的房间之中，他才说："我之前见过你，你知道的。"

伊奈姬笑了，以为这是他想玩的游戏的一部分，就拿起一个金色的玻璃瓶给他倒酒。"显然没有。"

"那是很多年前的事了。在卡耶瓦郊外的一个狂欢节上。"

酒从杯口洒了出来。"您肯定是认错人了。"

"没有，"他说着像个孩子一样热切，"我很确定。我看了你家人的表演。当时我正在休军假，你那时绝对不超过十岁。我看到一个非常瘦小的女孩，毫无畏惧地走在高空钢丝上。你当时戴着玫瑰花头饰，走到一处的时候，你晃了晃，没站稳，发饰上的花瓣像云朵一样飘了下来。"他在空中挥舞着手指，好像在模拟下雪的样子。"观众倒吸了一口气——我

乌鸦六人组（卷二）：骗子王国

也一样。第二天晚上我又来了，同样的状况又上演了，尽管我知道这是表演的一部分，但当你假装恢复平衡时，我仍然感到心头一紧。"

伊奈姬尽力稳住她颤抖的双手。玫瑰花头饰是她母亲的主意。"你表演的时候看上去太轻而易举了，就像一只在树枝上蹦蹦跳跳的松鼠。你要让观众觉得你有危险，即便并没有危险。"

那是伊奈姬在动物园过得最糟糕的一夜，因为当那个男人开始吻她的脖子，剥掉她身上的丝绸衣服时，她的神志无法从肉身中剥离。不知怎的，他对她的记忆，将她的过去和现在捆在了一起，将她牢牢困在了他的身下。她哭了，但他似乎并不介意。

伊奈姬可以听到糖发出的嘶嘶声，因为象鼻虫已经开始发挥作用了，她迫使自己把注意力集中在那声音上，把喉咙间的压迫感呼出体外。

我会丢盔卸甲只为拥有你。这是她在费罗琳德号上对卡兹说过的话，迫切地想要看到他向她敞开心扉的迹象，想要看到他们不只是因对世界的不信任而聚在一起的两只十分警惕的生物。但如果那天晚上他说话了会怎样呢？如果他心甘情愿地向她敞开一部分心扉会怎样呢？如果他走到她身边，把手套放在一边，把她拉到自己身边，吻住她的嘴会怎样呢？她会把他拉得更近一些吗？会回吻他吗？在那样的时刻，她会是完整的自己吗？还是会神志剥离、放空自己，像个玩偶一样待在他怀里，永远都不可能是个完整的女孩？

这些都不重要了。卡兹没有说话，也许对他俩而言这是最好的。他们可以继续穿着自己的盔甲。她将拥有属于自己的船，而他也将拥有这座城市。

伊奈姬伸手关上开口，深深地吸了一口煤灰弥漫的空气，咳出了肺里的糖的甜味。然后她的脚绊了一下，感觉有一只手抓在她的后颈上，把她向前推去。

筒仓张开的大口将她吸进去时，她感觉自己的重心转移了。

18
卡 兹

进入那所房子没有想象的那般困难,这让卡兹有些不安。是他太相信自己对于凡·埃克的判断了吗?这个人是典型的商人的思维方式,卡兹一边提醒自己,一边把拐杖夹在腋下、小心翼翼地顺着排水管往下滑去。那商人依旧相信钱能保障他的安全。

从房子顶层的窗户进去是最容易的,但这需要先爬上屋顶。威岚爬不上去,也下不来。所以,卡兹先行一步,打算从较低的楼层把他弄进去。

"他有两条完好的腿,却还需要一把梯子。"卡兹喃喃地说,全然不顾腿上的刺痛。

和威岚一起干活,卡兹并没有多开心,但威岚对这座房子以及他父亲的了解能帮上大忙,而且他是处理金酸的最佳人选。卡兹想起了坐在易物教堂顶上的伊奈姬,教堂下是城市里闪烁着的灯光。*这是我擅长的,让我去完成我的工作*。很好。他们会各司其职。妮娜会完成她的任

乌鸦六人组(卷二):骗子王国

务,而伊奈姬似乎对她走钢丝的能力很有信心——几乎没怎么休息,并且不需要防护网的保护。**她害怕的时候会告诉你吗?你曾对她表露出过同情心吗?**

卡兹摇了摇头,把这想法从脑子里赶了出去。如果伊奈姬不怀疑自己的能力,那他也不应该怀疑。此外,如果他们想为妮娜的宝贝难民弄到印章,他也有自己的问题需要处理。

幸运的是,凡·艾克的安保系统不是其中之一。伊奈姬侦察时发现,这里的锁是斯凯勒锁。它们有点复杂,但一旦弄开一个,其他的就都开了。卡兹和克罗克斯坦特街一位锁匠关系很好,那锁匠坚持认为卡兹是一位富商的儿子,那富商十分喜欢收藏价值连城的鼻烟壶。因此,卡兹总是第一个确切知道卡特丹姆的富人是如何保护他们的财产安全的。卡兹曾在乌鸦俱乐部喝着棕色的淡啤酒,听赫布莱希特·莫伦,利几地区的著名大盗,给他讲述撬开高质量锁子的快乐。

"锁就跟女人一样,"他睡眼惺忪地说,"需要引诱它,让它放弃自己的秘密。"他是珀尔·哈斯克尔的老友之一,喜欢谈论好日子和大骗局,尤其是不需要他花费大力气的那些。而这正是这些老穷鬼喜欢大谈特谈的那些得过且过的智慧。没错,锁就跟女人一样。它也和男人以及别的东西一样——如果要了解它的话,就必须把它拆开,看看它是如何运作的。如果想要掌控它,就必须对它了如指掌,能够把它重新组装起来。

窗户上的锁在他手里咔哒一声打开了,这声音让人心情愉悦。他推开窗,爬了进去。凡·埃克家顶楼的小房间是给仆人住的,但目前,所有人都在楼下接待客人。刻赤商业理事会最富有的那些成员正在一楼的餐厅里填饱肚子,他们可能一边吃,一边听凡·埃克讲述他儿子被绑架了的悲惨故事,还要对处于黑帮控制之下的巴伦表示同情。根据空气中的味道推断,卡兹觉得餐桌上有火腿。

他打开门,悄无声息地走向楼梯,然后小心翼翼地下到二楼。他对凡·埃克的房子的了解是从他和伊奈姬盗走德卡佩尔油画开始的,并且他一直都很喜欢回到曾因各种理由造访过的房子或企业重游。不仅仅是因为熟悉,更是因为故地重游,像是在宣告主权一样。*我们知道彼此的秘密,欢迎回来*,这座房子似乎在说。

一个守卫站在铺着地毯的走廊尽头,卡兹知道那是爱丽丝的房间门口。卡兹看了下表。大厅尽头的窗户发出轻轻的砰的一声,然后闪过一道亮光。威岚至少挺守时的。守卫走过去查看,卡兹从另一个方向溜进了大厅。

他躲进了威岚曾经的房间——现在这房间显然打算用作育儿室。借着下面街上的光线,他可以看到房间的墙上装饰着一幅精美的海景壁画。摇篮的形状像一艘小型帆船,上面配有旗帜和船长的舵轮。看起来凡·埃克很喜欢这个新的继承人。

卡兹打开育儿室窗户上的锁,把它推开,然后系好绳梯,等待着。他听到一声巨响,忍不住皱了皱眉头。显然,威岚已经翻过了花园的围墙。但愿他没有把装金酸的容器打碎,把自己和玫瑰花丛烧了个洞。过了一会儿,卡兹听到了喘气声。威岚转过拐角,脚步慌乱,像一只被骚扰的鹅一样。他走到窗户下时,小心翼翼地把背包绑在身上,然后爬上了绳梯,绳梯剧烈地左右摇摆。卡兹帮他爬进了窗户,然后把梯子拉进去,关上了窗。他们会用同样的方式离开。

威岚睁大眼睛,环视了一下育儿室,然后摇了摇头。卡兹审视了下大厅。守卫回到了爱丽丝门前的位置。

"嗯?"卡兹对威岚低声道。

"那导火索燃烧有点缓慢,"威岚说,"对时机的把握不够精确。"

时间一分一秒地过去了。最后,又是砰的一声。守卫回到窗口,卡兹示意威岚跟着他沿着走廊走。卡兹很快就打开了凡·埃克办公室门上的锁,他们立即走了进去。

乌鸦六人组(卷二):骗子王国

卡兹闯进这座房子里偷油画的时候,被办公室内的豪华装饰吓了一跳,他以为在这儿会看到商人特有的克制,没想到木制品上饰有大量的月桂树叶;还有一张御座一般大小的椅子,耸立在宽大且光滑的书桌旁,上面铺着深红色天鹅绒垫子。

"在画后面,"威岚指着一幅凡·埃克家族祖先的画像低声说。

"那是你家族中哪位备受尊崇的成员?"

"马丁·凡·埃克,我的曾曾祖父。他是一名船长,第一个在埃姆斯钦登陆,并在内河航行的人。他带回了一船香料,用赚来的钱买了第二艘船——这是我父亲告诉我的。这是凡·埃克家族财富的开端。"

"我们会给这一切收尾。"卡兹摇了摇一盏骨灯,绿色的灯光照满了整个房间。"跟你挺像的。"他说着,瞥了一眼那消瘦的脸,高耸的眉骨,和严厉的蓝眼睛。

威岚耸了耸肩。"除了我头发是红色的以外,我和我父亲十分相像。他父亲以及凡·埃克家族的所有人都长这样。好吧,目前是这样。"

他们各自抓住画像的一边,把它从墙上拿了下来。

"你瞧瞧。"卡兹柔声说,凡·埃克的保险箱出现在眼前。保险箱这个词有点不太合适。它更像是一个保险库,墙上嵌着一道铁门,门用钢加固过。门上的锁是刻赤制造的,但卡兹以前从未见过这样的锁,它由一系列换向齿轮构成,可以每天重新设定密码,数字随机。这样的锁不可能在一小时之内破解。如果一道门无法打开,那就造个新的。

提高了音量的说话声从地板下传来。那些商人好像在某些事情上发生了分歧。卡兹不介意趁机偷听他们谈话。"行动起来,"他说,"时间紧迫。"

威岚从背包里拿出两个罐子。就罐子本身而言,并没有什么特别之处。但如果威岚没弄错的话,一旦它们结合在一起,产生的化合物就能烧穿除了轻木玻璃之外的所有东西。

威岚深吸一口气，打开了罐子。"退后。"他说着，把一个罐子里的东西倒进了另一个里。什么都没有发生。

"嗯？"卡兹说。

"给点反应，拜托了。"

威岚拿出了一个轻木玻璃吸管，让液体顺着保险柜的钢门流下。顷刻间，金属开始熔解，发出嘈杂的噼啪声，让这个小房间变得很吵。空气中弥漫着一股浓烈的金属味，卡兹和威岚都用袖子捂住了脸。

"装在瓶中的麻烦。"卡兹惊奇地说。

威岚面不改色地干着活，小心翼翼地把金酸从瓶子里弄到钢门上，安全门上的洞越来越大。

"加快速度。"卡兹说，眼睛盯着表。

"如果我洒出一滴，它就会直接烧穿地板，落在我父亲那些正在用餐的客人身上。"

"那你慢慢来。"

酸在快速反应的过程中消耗了金属，开始时燃烧速度很快，然后逐渐变慢。希望他们离开以后，酸不会腐蚀太多的墙壁。他不介意办公室塌下来，压在凡·埃克和他的客人身上，但这事不能发生在今晚的工作结束之前。

感觉像是耗尽了一生的时间，那洞终于大到可以穿过了。卡兹用骨灯照了照里面，看到了一本账簿，一堆克鲁格，还有一个小天鹅绒包。卡兹把袋子从保险柜里拿了出来，手臂接触到洞口边缘时，他皱了皱眉头。这钢依旧很有灼烧感。

他把包里的东西抖进皮质手套里：一枚硕大的金戒指，戒指上刻着红色月桂和凡·埃克名字的首字母。

他把戒指塞进兜里，然后抓起几叠克鲁志，把其中一叠给了威岚。

卡兹看到威岚脸上的表情时几乎要笑出声来。"这让你觉得很困扰

乌鸦六人组(卷二):骗子王国

吗,小商人?"

"我不喜欢做贼的感觉。"

"即便在他做了那么多坏事之后?"

"是的。"

"抛弃你那所谓的正义感。你知道我们是在偷你的钱不?"

"詹斯博也这么说过。但我敢肯定,爱丽丝一怀孕,我父亲就把我从遗嘱中剔除了。"

"这并不意味着你没有资格。"

"我不想要这钱。我只是不想让他得到。"

"对奢侈品嗤之以鼻才是真的奢侈。"卡兹把克鲁志塞进了自己的口袋。

"我如何经营一个商业帝国?"威岚一边说一边把滴管扔进保险柜里,让它慢慢燃烧。"我看不懂账簿和提货单,我不会填写订购单。我父亲在很多事情上都是错的,但在这件事上,他是对的。我会成为笑柄。"

"那就雇个人帮你做这些事。"

"你会这么做吗?"威岚问,"相信一个知道实情的人,并把可以毁掉自己的秘密交在他手中?"

会,卡兹毫不犹豫地想道。*我只相信一个人。我知道的那个人绝不会利用我的弱点来对付我。*

他飞快地翻着账簿说:"人们看到一个瘸子拄着拐杖在街上行走,会有什么感觉?"威岚移开了目光。这是卡兹谈起他跛了的脚时,人们惯有的反应,好像他们不知道他的情况,或这世界看他的眼光。"他们感到遗憾。如今,他们看到我过来时,会怎么想?"

威岚的嘴角翘了起来。"他们觉得自己最好还是过马路吧。"

卡兹把账本扔回保险箱。"你不识字并不代表你软弱。你软弱是因为你害怕别人看到你的弱点。你让羞耻感决定了你是谁。帮我把那幅画挂回去。"

他们把画像挂回保险柜敞开的洞口上。马丁·凡·埃克居高临下地瞪着他们。

"想想吧，威岚，"卡兹一边把画框扶正，一边说，"羞耻感让我借机敛财，羞耻感让巴伦到处都是傻子，让这些傻子觉得他们戴上假面就能在没人发现的情况下得到自己想要的一切。羞耻感会将人生吞活剥。"

"可真是真知灼见。"角落里传来了一个声音。

卡兹和威岚头晕目眩。明亮的灯光亮起，整个房间都亮了起来，一个身影从对面墙上的壁龛里钻了出来。是佩卡·罗林斯。他红扑扑的脸上露出了得意的笑容，身边围绕着一群拿着手枪、短棒和斧柄的普狮成员。

"卡兹·布莱克，"罗林斯嘲笑道，"骗子中的哲学家。"

19
马蒂亚斯

"趴下!"马蒂亚斯冲着库维喊道。那舒国少年扑倒在地。空气中传来第二声枪响,击碎了一扇彩绘玻璃舷窗。

"他们要么是喜欢大量浪费子弹,要么就是在开枪警告我们。"詹斯博说道。马蒂亚斯蹲下身子,慢慢地移动到坟墓的另一边,透过石头上的细缝看去。

"我们被包围了。"他说。站在黑面纱岛坟墓之间的人,和他原以为会看到的城市护卫队的警卫相去甚远。在灯笼和火把不断摇曳的灯光下,马蒂亚斯瞥见了方格花呢和佩斯利花纹,条纹背心和格子外套。巴伦的制服。他们都带着各式各样的武器——枪,和前臂一样长的刀,以及木棒。

"我看不清他们的文身,"詹斯博说,"但我很确定前面的是道狄。"

道狄。马蒂亚斯在记忆中搜索着,想起了卡兹和佩卡·罗林斯借钱时,陪同他们走进去的那个人。"普狮的人。"

"人很多。"

"他们想干什么?"库维颤抖着说。

马蒂亚斯可以听到那群人在笑、在叫,但在这一切之下,是低沉的、狂热的嗡鸣声,这使士兵意识到他们占了上风,在空气中嗅到即将发生流血事件的征兆。

一名普狮成员猛地冲向前去,向坟墓投掷了什么东西,人群中响起一阵欢呼声。那东西破窗而入,当啷一声落在地板上,两侧有绿色的气体喷出。

马蒂亚斯从地板上扯起一条马毯,扔到罐子上,把它从舷窗扔了出去。又一阵断断续续的枪声响起。他的眼睛火辣辣的,泪水顺着脸颊流了下来。

嗡鸣声达到了顶峰。普狮成员蜂拥而上。

詹斯博开了一枪,一个前进的队员倒了下去,火把在潮湿的地面上熄灭了。詹斯博不断开枪射击,百发百中,普狮的成员倒在地上,他们散开队形,寻求掩护。

"保持队形,孩子们。"

"出来!"道狄在坟墓后喊,"你没法射杀我们所有人。"

"我听不见,"詹斯博喊道,"你靠近点。"

"我们砸碎了你们的船。没有我们,你们无法离开这岛。所以少说废话,否则我们就把你们的项上人头带回巴伦。"

"小心!"马蒂亚斯说道。道狄在分散他们的注意力。又一个毒气罐破窗而入,还有一个紧随其后。"地下墓穴。"马蒂亚斯吼道,他们跑向墓穴的另一头,挤进通道,封死了身后的石门。詹斯博扯下衬衫,把它塞进门和地板之间的缝隙里。

四周一片漆黑。一时间,只有他们三个的咳嗽声和喘息声,想把吸进肺里的毒气给排出去。然后詹斯博摇了摇骨灯,一道诡异的绿光照亮

乌鸦六人组（卷二）：骗子王国

了他们的脸。

"他们到底是怎么发现我们的？"他问。

"这不重要。"马蒂亚斯说。没有时间去思考他们是怎么发现黑面纱岛的。他只知道，佩卡·罗林斯派了他们帮派的人追捕他们，妮娜可能有危险。"我们还有什么？"

"威岚给我们留了一捆紫罗兰炸弹，以防我们碰到舒国人，陷入麻烦。我还有几枚闪光弹。库维呢？"

"我什么都没有。"他说。

"你有那该死的旅行包，"詹斯博说道，"里面没有什么有用的东西吗？"

库维把包紧紧抱在胸前。"我的笔记本。"他吸了吸鼻子说道。

"威岚干活时剩下的材料呢？"马蒂亚斯问。没有人愿意去清理那些东西。

"只有一些为好妹桥制作烟花时剩的材料。"詹斯博说。

外面传来一阵叫喊。

"他们要炸掉进入坟墓的门。"马蒂亚斯说。如果他们想要的是俘虏而不是尸体，就会这么做，但是他很清楚，普狮只想要库维一个活口。

"那里至少有三十个壮汉等着去除我们的掩护，"詹斯博说，"从坟墓出去的路只有一条，而我们被困在了这该死的岛上。我们完了。"

"或许不会。"马蒂亚斯说，想着骨灯那鬼魅的绿光。虽然他在算计方面没有卡兹那么有天赋，但他是在军队长大的。也许有办法逃出去。

"你疯了吗？普狮很清楚我们寡不敌众。"

"没错，"马蒂亚斯说，"但他们不知道我们中有两名格里莎。"他们以为他们在追捕一名科学家，而不是一位控火师，而詹斯博长期以来都严守着自己是个制造师的秘密。

"对，两个没接受过任何训练的格里莎。"詹斯博说。

一声巨大的爆炸声响起,坟墓的墙壁都抖动起来,马蒂亚斯猛地朝他们俩倒去。

"他们来了!"库维喊道。但是没有脚步声,外面又传来了一连串的喊叫声。"他们的炸药威力不够,"马蒂亚斯说,"他们想要活捉你,所以很谨慎。我们还有一次机会。库维,你从火焰中可以汲取多少热量?"

"我可以让火焰燃烧更猛烈,但持续时间不长。"

马蒂亚斯想起了紫罗兰色的火焰舔舐着会飞的舒国士兵的身体,那火焰不会熄灭。威岚曾说,它比一般的火焰要灼热。

"给我一枚炸弹,"他对詹斯博说,"我要炸掉地下墓穴的后面。"

"为什么?"

"好让他们以为我们要从另一边炸出一条路出去。"马蒂亚斯说着,把炸弹放在石头通道最远的一端。

"你确定不会用它把我们炸飞?"

"不会,"马蒂亚斯说,"但除非你有什么绝佳的主意——"

"我——"

"在我们死之前尽可能多射杀几个人,这选项排除在外。"

詹斯博耸了耸肩。"既然如此的话,你接着说。"

"库维,炸弹一响,你就尽快赶到前门。毒气应该扩散了,你要跑起来。我在你后面,掩护你。你知道那个桅杆断了的坟墓吗?"

"在右边?"

"对。直奔那里。詹斯博,把威岚留下的粉末都拿出来,做同样的事。"

"为什么?"

马蒂亚斯点燃了导火索。"你可以选择听从我的命令,或者跟普狮的人去问为什么。现在,做好准备。"

他把他们推到墙边,护住他们的身体,隧道尽头传来雷鸣般的爆

乌鸦六人组（卷二）：骗子王国

炸声。

"跑。"

他们冲出去，穿过了地下墓穴的门。

马蒂亚斯一只手搭在库维的肩膀上，催促他往前跑。他们穿过了残留的绿色气体。"记住，径直朝折断的桅杆跑去。"他踢开了墓穴的门，向空中扔了一枚闪光弹。闪光弹爆炸了，碎片四溅，发出钻石般的白色光芒，马蒂亚斯跑向树林里寻找掩护，一边在坟墓里躲闪，一边用他的步枪朝普狮的人射击。

普狮的人开枪还击，马蒂亚斯俯冲到长满苔藓的石头下面。他看见詹斯博从墓门冲了出来，一边用左轮手枪射击，一边朝断裂的石头桅杆冲去。马蒂亚斯把最后一枚闪光弹抛向空中，而詹斯博则滚向右边，枪声如暴风雨般响起，普狮的成员忘记了纪律和承诺的奖励，抄起手边的所有可用之物朝他们扔了过来。他们原本接到的指令是保住库维的性命，但他们是战壕里的无名鼠辈，不是训练有素的士兵。

马蒂亚斯趴在地上，爬过满是泥土的墓地。"你们都没受伤吧？"他到达那个断裂桅杆所在的坟墓时问道。

"上气不接下气，但还在喘气。"詹斯博说。库维点了点头，虽然抖得厉害。"这计划太棒了，顺便问一句，被钉死在这儿，能比被钉死在坟墓好到哪儿去？"

"你拿到威岚的粉末了吗？"

"剩下的都拿来了。"詹斯博说。他掏空衣兜，拿出了三个包裹。

马蒂亚斯随机选择了一个。"你能操控那些粉末吗？"

詹斯博不安地动了动。"能。我觉得。我在冰庭也做过类似的事。为什么这么问？"

为什么。为什么。要是在巫师猎人的队伍中，他会因为不服从命令而被抓起来。

"据说黑面纱岛闹鬼,是吧?我们要造出一些鬼来。"马蒂亚斯环顾了一下坟墓周围。"他们包围过来了。我要你服从我的命令,别再问那么多为什么。你们俩都是。"

"难怪你和卡兹处不来。"詹斯博咕哝道。

马蒂亚斯尽可能简短地解释了一下他现在的打算,以及他们到达小岛海岸时的打算——假如他的计划能成功的话。

"我从来没这样做过。"库维说。

詹斯博向他眨了眨眼。"这就是令人兴奋的地方。"

"准备好了吗?"马蒂亚斯说。

他打开了包裹。詹斯博抬起双手,微弱的砰的一声,火药升了起来,变成了一片云。那云悬浮在空中,仿佛时间慢了下来。詹斯博集中注意力,额头上汗珠点点,然后把手向前一推。云层变薄了,在普狮的头顶上滚动,然后再被一个火把吸收,火焰呈绿色。

那个举火把者周围的人都倒吸了一口气。

"库维。"马蒂亚斯命令道。

那舒国少年抬了抬手,绿色的火焰顺着火把的握柄攀爬,在举火把的人的手臂上绕成了一个盘旋上升的火焰圈。这名男子尖叫着,扔掉了火把,倒在地上滚来滚去,试图扑灭火焰。

"继续。"马蒂亚斯说,库维动了动手指,但绿色的火焰熄灭了。

"抱歉!"库维说。

"再来一个。"马蒂亚斯命令道。没有时间去哄他。

库维再次伸出双手,一个普狮成员手中的灯笼爆炸了,这次是黄色的火焰。库维缩了一下,好像他原本没打算用这么多力气。

"不要分神。"马蒂亚斯敦促道。

库维弯曲手腕,灯笼的火焰呈蛇形上升。

"嘿,"詹斯博说,"还不错。"他打开另一包粉末,把里面的东西抛

乌鸦六人组（卷二）：骗子王国

向空中，然后把手臂向前弯曲，让粉末与库维的火焰相遇，交缠在一起的火焰成了闪闪发亮的深红色。"氯化锶。"那神枪手喃喃地说，"我最喜欢的。"

库维握紧了一只拳头，另一股火焰加入其中，然后又是一股，形成了一条粗壮的蛇，在黑面纱岛上空盘旋，准备发起攻击。

"鬼。"普狮的一个成员大喊道。

"别傻了。"另一个回应道。

马蒂亚斯看着那条红色的蛇在火焰之中盘旋翻腾，感到过去的恐惧在内心升起。他和库维相处得越来越融洽，然而在那次边境冲突中，正是控火师的火烧毁了他家所在的村庄。不知为何，他忘记了这个男孩所拥有的力量。那是一场战争，他提醒自己道，如今这也是。

普狮的注意力分散了，但这种情况不会持续太久。

"把火引到树林里。"马蒂亚斯说，库维轻哼一声，张开双臂。绿色的树叶挡住了火焰的吞噬，然后被发现了。

"他们有格里莎，"道狄喊道，"包抄他们。"

"去岸边！"马蒂亚斯说，"立刻！"他们从墓地的碎石上疾驰而过，路过了破碎的雕像。"库维，做好准备。我们需要你倾尽全力。"

他们快速冲向岸边，滚进了浅滩。马蒂亚斯抓起紫罗兰炸弹，在破碎的船体上引爆了它们。蜿蜒而行的火焰吞没了他们。那火焰有一种近乎奶油的奇异质感。马蒂亚斯曾多次往返于黑面纱岛，他知道这是运河中最浅的一部分，这片狭长的沙洲最容易让船只搁浅，但对岸似乎遥不可及。

"库维！"他命令道，希望这舒国少年足够强大，希望他能把马蒂亚斯之前说过的计划付诸实践，"开路。"

库维双手向前一推，火焰涌进水中，喷出一股巨大的蒸汽。起初，马蒂亚斯看到一堵水汽翻涌的白墙。然后，蒸汽慢慢散开，他看见鱼在泥里翻滚，蟹在露出水面的运河底部扑腾，紫罗兰色的火焰舔舐着两岸的水。

"感谢所有圣人和他们骑的驴子，"詹斯博用惊叹的语气说，"库维，你做到了。"

马蒂亚斯转身回到岛上，朝树林里开了两枪。

"快点！"他大声喊道，然后他们沿着一条片刻之前还不存在的路，奔向运河的另一边，寻找可以藏身的大街小巷。*这违反常理*，一个声音在他脑子里叫嚣道。*不*，马蒂亚斯想道，*这非凡超神*。

"你意识到你刚刚领导了属于自己的格里莎小分队吧？"他们从泥里爬出来时，詹斯博说，然后他们匆匆穿过阴影笼罩的街道，向甜堡礁走去。

他意识到了。这想法令人不适。通过詹斯博和库维，他支配了格里莎的能力。然而，马蒂亚斯并不觉得自己被玷污，也没觉得自己被烙上印记。他想起妮娜之前谈起过冰庭的建造，说那是格里莎建的，而不是捷尔建的。但如果这两者都是真的呢？如果是捷尔通过这些人的能力建造的呢？违反常理。他很容易就想起这词。这词是消除一切他不理解的东西的办法，也是让妮娜和她的同胞不像人类的办法。但是，如果驱使着巫师猎人的正义感背后，存在不那么干净，或不那么正当的东西呢？如果这甚至都不是畏惧或愤怒，而是嫉妒呢？他们渴望侍奉捷尔，但却在其他人身上看到了捷尔赋予的天赋，并且清楚地知道自己永远都无法拥有这些天赋。

巫师猎人曾向菲尔丹宣誓，也向他们的神明宣誓，如果让他们在自己曾经厌恶的人身上看到奇迹，这会改变什么呢？*我为保护你而生*。这是他对他的神明的责任，也是对妮娜的责任。或许这一回事。万一是捷尔的手掀起了那晚的那场可怕的暴风雨，毁掉了巫师猎人的船，把马蒂亚斯和妮娜绑在一起的呢？

乌鸦六人组(卷二):骗子王国

马蒂亚斯在陌生的城市的街道上奔跑,奔向他无法预知的危险之中,但从他第一次和妮娜两眼对视,看到她眼中折射出他身上的人性的时候,他不断交战的内心就平静了下来。

我们会想办法改变他们的想法的,她曾说道。改变所有人的想法。他会找到妮娜。他们会活过今晚。他们会把自己从这个潮湿的、声名狼藉的城市中解救出来……然后去改变世界。

20
伊奈姬

伊奈姬扭动着，挣开了如爪子般紧钳在她颈后的手。她手脚扑腾，努力不让自己掉下去，她用腿勾住了筒仓顶部，借力把自己拉了上去，推开了仓口。她挣扎着站了起来，刀已经出鞘，致命的分量就握在她手中。

她的脑子不太能理解眼前看到的景象。一个女孩跟她面对面站在筒仓顶部，那女孩像是用象牙和琥珀雕刻而成的一样，闪闪发光。她的束腰外衣和裤子都是奶油色的，上面拼接着象牙色的皮革，还有金色的刺绣，赤褐色的头发编成了粗粗的辫子，上面镶嵌着熠熠生辉的珠宝。她又高又瘦，大概比伊奈姬大一两岁。

伊奈姬的第一想法是，这是妮娜和其他人在西斯戴夫看到的柯古德士兵，但这个女孩看上去不像舒国人。

"你好，幽灵。"她说。

"我认识你吗？"

乌鸦六人组(卷二):骗子王国

"我是杜亚莎,白刃,是由当今最大的刺杀组织,阿玛拉珍的圣人们训练出来的。"

"没什么印象。"

"我刚到这座城市,"那女孩坦诚地说,"但有人告诉我,在这肮脏的街道上,你是个传奇人物。我不得不说,我以为你会……高一点。"

"有何贵干?"伊奈姬问,这是刻赤人在任何时候见面时惯有的问候方式,尽管在二十层楼高的空中说出这句话有点荒唐。

杜亚莎笑了。这笑容似乎经过刻意的练习,就像伊奈姬曾在动物园那镀金的包厢里,看到姑娘们对那些顾客的微笑一样。"简陋城市的粗鲁问候。"她漫不经心地朝着天际线动了动手指,简单的手势透露出她并不把卡特丹姆放在眼里。"是命运把我带到这里。"

"是命运给你发工资吗?"伊奈姬问,打量着她。她不认为这个由象牙和琥珀雕成的女孩爬上筒仓只是为了认识她。在战斗中,身高优势可以让杜亚莎的攻击范围大一些,但身高也会影响她的平衡。是凡·埃克派她来的吗?如果是的话,他也派人去找妮娜了吗?她瞥了一眼下面,但她在筒仓的暗影里什么都没看见。"你在为谁办事?"

杜亚莎的手里出现了几把刀,刀锋闪闪发亮。"我们为死亡效力,"她说,"而死亡是神圣的。"

她满眼都是喜悦的光芒,这是伊奈姬第一次在她身上看到生命之光,然后她发起了进攻。伊奈姬被这女孩的速度吓了一跳,杜亚莎移动起来像一道染了色的光一样,仿佛她自己就是一把利刃,在黑暗中挥舞,一左一右,同时出击。伊奈姬的身体作出了反应,依靠本能躲闪,避开她的对手,但需要注意不退到筒仓边缘。她做了个向左的假动作,从杜亚莎身边滑过,刺出了属于自己的一刀。

杜亚莎迅速转身,轻而易举地躲开了攻击,动作轻盈得像镀在湖面上的金色阳光。伊奈姬从未见过有人在战斗中有这样的表现,仿佛她是在跟着只有她能听见的音乐舞动。

"你害怕吗，幽灵？"伊奈姬觉得杜亚莎的刀刺穿了她的袖子。刀刃带来的刺痛就像燃烧的鞭子。**不算太深**，她对自己说。"我觉得你在害怕。你不能惧怕死亡，也无法成为它真正的使者。"

这女孩是疯了吗？还是只是爱闲聊？伊奈姬向后一仰，绕着筒仓的屋顶转了个圈。

"我生来就无所畏惧，"杜亚莎咯咯地笑着继续说，"我父母曾以为我会淹死，因为我小时候爬进了海里，并且是笑着的。"

"也许他们该担心你死于话多。"

她的对手以新的劲头冲上前来。伊奈姬怀疑这女孩在第一轮进攻中只是在逗她玩儿，在占上风之前先了解她的长处和短处。她们互刺了一刀，但杜亚莎安然无恙。伊奈姬可以感到每一种疼痛，每一个伤口，还有上个月经历的一切——那几乎要了她命的刀伤，爬上焚化炉时的伤，还有那些被囚禁的日子。

"我承认我很失望。"杜亚莎说，两只脚在筒仓顶部敏捷地跳来跳去。"我本来期待着你可能是很有挑战性的对手。但我发现了什么？一个像街头混混一样打架的苏里杂技演员。"

这是真的。伊奈姬是在卡特丹姆弯弯曲曲的大街小巷，从那些跟卡兹和詹斯博一样的少年身上学来的搏斗技巧。杜亚莎的进攻方式灵活多变。需要的时候，她会像芦苇一样弯下腰去，像猫一样潜行，又像烟一样撤退。没有一种风格是伊奈姬能够掌握或预测的。

她比我强。这种认知有股腐烂的味道，就像伊奈姬咬了一口诱人的水果，却发现它十分难吃。这种差距不仅仅是因为她们接受的训练不同。伊奈姬必须学着战斗，因为她想要活下去就不得不这么做。第一次杀人的那个晚上，她哭了。而这个女孩却很享受。

但卡特丹姆把伊奈姬教得很好。如果不能取胜，就改变游戏规则。

乌鸦六人组(卷二):骗子王国

伊奈姬等着她的对手猛扑过来,然后她从她身边一跃而过,跳上延伸在筒仓之间的钢丝上,不顾一切地走上钢丝。风向她袭来,十分急切,像是逮住了机会一样。她考虑过用平衡杆,但她想把手空出来。

她感到铁丝在摇晃。*这不可能*。但她回头一看,杜亚莎已经跟着她走在了高空钢丝上。她咧着嘴笑,白皙的皮肤发着光,仿佛吞下了月亮。

她听到下面某个方向传来了叫喊声和打斗声。*妮娜*。扬·凡·埃克派谁去找她了?但她不能分心,不能在钢丝上分心,不能在面对这个怪物时分心。

"我听说你之前在孔雀手底下卖笑。"杜亚莎一边说,一边朝伊奈姬扔出一个带尖刺的星形镖,然后又扔了一个。伊奈姬躲开了这两个,但下一个扎进了她的右肩。她流了很多血。"我宁愿杀了自己和同一个屋檐下的所有人,也不愿以这样的方式为人所用。"

"你正在为人所用,"伊奈姬回应,"凡·埃克配不上你的能力。"

"如果你一定要知道的话,我的工资是佩卡·罗林斯发的。"那姑娘说。伊奈姬的脚步晃了晃。*罗林斯*。"他为我的行程和住宿掏钱。但我不为我杀的人而收费。这就像佩戴在我身上的珠宝。它们是我在这世上的荣耀,也会在另一个世界给我带来荣耀。"

佩卡·罗林斯。他设法找到卡兹了吗?那其他人呢?万一妮娜死在下面了呢?伊奈姬必须摆脱这个女孩。她必须去帮他们。另一个星形镖嗖嗖地向她飞来,她弯下腰向左边躲避,差点失去平衡。她在钢丝上向后跳,又瞥见了一道银光。疼痛穿过她的手臂,她吸了一口气。

我为死亡效力,而死亡是神圣的。这个雇佣兵到底是在为哪个黑暗之神效力?伊奈姬想象着某个巨大的神笼罩在城市上空,那神没有面孔,没有特征,皮肤紧紧地绷在肿胀的四肢上,被死在它信徒手底下的受害者的鲜血养得肥肥的。她能感觉到它的存在,感觉到它的影子带来的寒意。

一个星形镖嵌进伊奈姬的小腿里,另一个嵌进前臂里。她回头看了一眼。再走十英尺,她就到第一个筒仓了。杜亚莎在战斗方面的知识也许比伊奈姬丰富,但她不了解卡特丹姆。伊奈姬会冲到筒仓底部,找到妮娜。她们会在伊奈姬了如指掌的街道和运河里甩掉这个怪物。

她再次估算了一下身后的距离。再走几英尺。但她回头看时,发现杜亚莎已经不在钢丝上了。她正在弯腰,伸手去够那磁铁。不。

"请保佑我。"她跟她的神明低语道。

钢丝变松了。伊奈姬掉了下去,像小时候一样,在空中扭动,寻找着自己的翅膀。

21
卡 兹

卡兹听到了耳朵里的轰鸣。跟往常一样，他看着罗林斯的时候就会出现奇怪的重影，就好像他睡得太晚又喝了太多。他眼前的这个人是佩卡·罗林斯，巴伦之王，黑帮老大，娱乐场所的主办人。但他也是雅各布·赫尔宗，一个别人眼中正直的商人，用安逸和自信麻痹了卡兹和乔迪，然后拿走了他们的钱，让他们在这个毫无仁慈可言的城市里孤立无援。

受人尊敬的雅各布·赫尔宗今晚不见踪影。罗林斯穿了一件绿色条纹马甲，肚脐处扣得很紧，裤子也发着翡翠绿色的光。显然，他已经找到表来代替卡兹之前偷走的那块了，因为他拿出一块新的手表，看了一眼。

"这玩意从来都不会走得很准，"罗林斯摇了摇怀表，恼怒地叹了口气，鬓角微微颤动。"但我无法拒绝亮晶晶的东西。你从我这拿走的那块还留着吧？"卡兹什么也没说。"好吧。"罗林斯耸了耸肩接着说。他啪地合上怀表，把它放回马甲口袋里。"如今，我的副手们应该正在黑面纱岛围捕你的船员和一名无价的人质。"

威岚发出一声痛苦的声音。

"我也为幽灵准备了点特别的东西，"罗林斯说，"那女孩是个非凡的人才。我不喜欢你箭袋里那支特别的箭，所以我找了个更特别的人来照顾她。"

卡兹的胃里涌起一阵恶心。他想起了伊奈姬转动着肩膀，挺拔利落的身躯里充满了自信。*我不需要网。*

"你真的觉得自己很难被找到吗，布莱克？我玩这游戏很久了。我需要做的就是想想如果我更年轻一些，更愚蠢一些，会做些什么？"

卡兹耳朵里的轰鸣声越来越大。"你在为凡·埃克工作。"他知道有这种可能，却忽略了。他以为如果他行动够快，他们就没有时间结盟。

"我是和凡·埃克联手一起工作。你来找我要钱之后，我就觉得他可能需要我的帮助。他刚开始很犹豫，不太愿意和巴伦的人打交道。但你对他妻子做的那些小把戏让他直接投入了我的怀抱。我告诉凡·埃克，你总是先他一步，是因为他总用商人的思维思考问题。"

卡兹瑟缩了一下。他不也是这么想的吗？

"毫无疑问，他是个精明人，"罗林斯继续说，"但他想象力有限，而你，布莱克，就是个邪恶的小流氓。你就是另一个我，只不过头发比我多多了，但你行事风格的变化却比我少得多。凡·埃克以为他把你们所有人都拴在西斯戴夫了，他为自己能够调来城市护卫队感到颇为自得。但我知道你很狡猾。"

"你知道我会来这儿？"

罗林斯咯咯地笑了。"我就知道你无法抗拒这诱惑。我不知道你在打什么算盘，但我知道，不管你想出了什么计谋，都会来这里的。你不会放过羞辱凡·埃克的机会，你会拿回你认为他欠你的东西。"

乌鸦六人组（卷二）：骗子王国

"他说到就要做到。"

罗林斯摇了摇头，像只大母鸡一样咯咯咯地笑出了声。"你太感情用事了，布莱克。你应该集中注意力干活儿，而不是忙着怀恨在心。"

"这你就错了，"卡兹说，"我没有怀恨在心。我轻柔地拥抱仇恨，细心地呵护它。我饲其以精肉，育其于优校。我在养育我的仇恨，罗林斯。"

"很开心看到你还保持着幽默感，小伙子。一旦你服刑结束——如果凡·埃克还能让你活着的话——我说不定会让你来为我干活儿。看到像你这样的天才被浪费，真的挺可惜的。"

"那我宁愿被凡·埃克串在烤肉叉上，慢慢烤熟。"

罗林斯的笑容很是宽容。"我觉得这可以安排上。如果我没这么乐于助人的话，就走不到今天的位置。"接着说，卡兹无声地催促道，手滑进了威岚的背包里。

"是什么让你觉得凡·埃克会遵守你和他之间的协议，不会像对待我们一样对付你？"

"因为我有先见之明，先拿钱后办事。并且我的要求要温和很多。几百万克鲁志就能让巴伦的麻烦精消失？多划算。"罗林斯把大拇指钩在马甲上，"事实上，凡·埃克和我彼此理解。我在扩张，拓展我的地盘，想要更多势力。克里什王子是西斯戴夫有史以来最出色的建筑，而这只是个开始。我和凡·埃克都是建造者。我们都想要创造出比我们更加长久的功绩。你长大后会明白的，孩子。把印章交给我，然后静静地走过来，你现在还有说不的余地吗？"

卡兹从口袋里拿出印章，举了起来，让它在灯下发光，吸引了佩卡的目光。他犹豫了下。

"现在过来，布莱克。我承认你很强悍，但我已经逼得你走投无路，你寡不敌众。你没法从那扇窗户跳下去的，凡·埃克已经派了一排城市护卫队的警卫在下面街上候着了。你完蛋了,已经被架在了烤架上,在风中摇摆,所以,别再干傻事了。"

但如果一道门无法打开,那就造个新的。让罗林斯开口很容易。事实上,卡兹怀疑,他就是想阻止都阻止不了。接下来的问题在于,卡兹如何在用左手打开金酸瓶的同时,让罗林斯的眼睛盯着他右手中那枚闪闪发光的金印。

"做好准备。"他低声说。

"卡兹——"威岚抗议道。

卡兹把印章扔给了罗林斯,然后用同样的动作把剩下的金酸泼到了地板上。房间里迅速升温,地毯嘶嘶地冒出了刺鼻的烟。

"拦住他们!"罗林斯喊道。

"另一边见。"卡兹说。他抓起拐杖,狠狠地砸在脚下的地板上。吱嘎一声,地板塌陷了。

他们在一片灰尘和泥土之中掉到了一楼,正好砸在一张桌子上,把桌子压塌了。

烛台和盘子滚落到了地上。卡兹一跃而起,手里拿着拐杖,肉汁从他的外套上滴落下来。他把威岚拉到了自己身边。

有一瞬间,他注意到了桌子周围的商人一脸惊讶,目瞪口呆,餐巾还搁在腿上。然后凡·埃克大喊:"抓住他们!"卡兹和威岚从一只掉在地上的火腿上方一跃而过,在黑白瓷砖地板上狂奔。

两名穿着制服的警卫走到通往后花园的玻璃门前,举起了步枪。

卡兹加快了脚步,然后躺在地上滑行。他把拐杖抱在胸前,猛冲到两个警卫之间用拐杖狠狠砸向警卫的小腿,把他们打翻在地。

威岚跟在他身后,跌跌撞撞地走下楼梯,走进花园。然后他们来到了船坞,越过栏杆,踏上了一直停在运河里的平底小船。

砰的一声,一颗子弹射入船舷,让周围的水都泛起涟漪。他和罗迪

乌鸦六人组(卷二):骗子王国

抓起了桨。

"用力空投!"卡兹喊道,然后威岚把他装进船里的所有烟花、闪光弹和爆破装置都扔了出去。警卫躲闪着在寻找掩护时,凡·埃克的房子上空发生了爆炸,一时间火光四射、浓烟四起,噪声不绝于耳。

卡兹划起船,小船滑进水中,驶进了金光闪闪的吉尔德运河。

"随意进出,他从未发现?"罗迪说。

"我只说对了一半。"卡兹咆哮道。

"我们得提醒其他人,"威岚气喘吁吁地说,"罗林斯说——"

"佩卡·罗林斯在那?"罗迪问道,卡兹听出了他声音里的恐惧。运河里的无名鼠辈可以对付成百上千的暴徒和小偷,商人和雇佣兵,但佩卡·罗林斯不包括在内。

卡兹把一支桨倾斜了一下,让船向右转向,差点撞上一艘满载游客的客船。

"我们必须回黑面纱岛。其他人——"

"闭嘴,威岚,我需要好好思考一下。"

詹斯博和马蒂亚斯的战斗力都不错。如果说谁有机会把库维从黑面纱岛带出来的话,那一定是他们。但佩卡·罗林斯是如何找到他们的呢?一定是有人跟踪到了岛上。他们所有人那一整天都在涉险,都冒险离开了黑面纱岛。他们中的任何一个都可能被发现或追踪。究竟是妮娜和马蒂亚斯?还是威岚和詹斯博?或是卡兹自己?一旦佩卡锁定了他们的藏身之处,就会时刻监督着他们,等他们分头行动,把自己暴露在危险之中。

卡兹活动了一下肩膀,罗迪也跟上他的节奏,他们加快了划桨的速度,让小船在水中快速前进。他得让船混进其他的船只当中,并且尽可能地远离凡·埃克家。他得去甜堡礁。罗林斯的人可能尾随着伊奈姬和妮娜从黑面纱岛去了那里。他为什么要把她们单独派去筒仓?因为妮娜和她的宝贝难民。今晚不会有大规模的格里莎救援行动了。他们的机会都见鬼了。*我也为幽灵准备了点特别的东西。让复仇见鬼去吧，让他的谋划见鬼去吧。如果罗林斯对伊奈姬做了什么，卡兹会用自己的内脏在东斯戴夫作画。*

思考。一个计划失败了，那就制定一个新的。被逼进角落，走投无路了，那就在屋顶开洞，另辟蹊径。但他没法修正自己掌控不了的东西。这计划已经失败了。是他搞砸了这一切，是他弄丢了她。这都是因为他对佩卡·罗林斯的认知存在盲区。詹斯博可能已经死了。伊奈姬可能血溅甜堡礁的街道了。

他转了一下桨。"我们要去仓库区。"

"其他人怎么办？"

"詹斯博和马蒂亚斯都是战士，佩卡不可能冒险伤害库维，我们去甜堡礁。"

"你说过我们在黑面纱岛会很安全，"威岚抗议道，"你说过——"

"没有什么地方是安全的，"卡兹低声吼道，"巴伦没有这样的地方，别的地方也不会有。"他把力气用在划船上。没有印章。没有船。他们的钱也用完了。

"我们现在怎么办？"威岚轻声说。在水声和运河上其他船只发出的声响之中，他的声音几不可闻。

"拿起那两把桨，做点有用的事，"卡兹说，"否则我就把娇生惯养的你扔进河里，让你父亲去捞。"

22
妮　娜

妮娜还没看到他们，就先听到了他们的声音。她处于第二个筒仓和第三个筒仓之间，在那里她可以看到伊奈姬的进展，并监视警卫室。

伊奈姬像一只敏捷的小蜘蛛一样爬上了筒仓，她的移动速度让妮娜光是看着就觉得很累。由于坡度很陡，一旦到达顶部，妮娜就几乎看不见伊奈姬了，所以她不知道她在仓门处的进展如何。但妮娜发出第一个信号时，伊奈姬还没有前往下一个筒仓，因此她一定是因为钢丝或者象鼻虫的问题延误了。第二个信号发出时，妮娜看到她仿佛在虚空漫步。

从妮娜等待的那个地方看去，夜色浓重，伊奈姬好像悬浮在空中，每走一步都很稳，像是经过深思熟虑一般。刚刚——她有点摇摇晃晃。眼下——她略作纠正。看着这一切，妮娜的心怦怦直跳。她有一种荒谬的感觉，好像她的注意力稍有分散，哪怕一秒钟，伊奈姬就会掉下去，就好像她的专注力和信念能助伊奈姬悬浮在空中一样。

伊奈姬终于到达第二个筒仓时，妮娜想要欢呼，但她最终只是安静地跳了跳。然后,她等着西边的守卫走回来。他们在守卫室门前停了几分钟,就又出发了。妮娜正准备向伊奈姬发出信号,突然听到一阵哄笑声。警卫也注意到了,立刻警觉起来。妮娜看到其中一个守卫点亮了守卫室顶部的信号灯,呼叫增援——这是遇到麻烦时的预警措施。这里之前就时常发生骚乱,并且鉴于一天前西斯戴夫的混乱局面,妮娜对于守卫快速呼救并不觉得惊讶。

看上去他们可能真的需要帮助。只需一眼,妮娜就能认出巴伦的那些暴徒,这群暴徒看上去格外难缠,他们身材高大,肌肉发达,全副武装。大多数人都带着枪,很明显他们不是冲着打架来的。领头的那个人肩宽胸阔,身上穿着一件格子马甲,手里拿着一根铁链。妮娜看到他的前臂上有个圆形的刺青。这么远的距离很难看清细节,但她敢打赌,那是一头蜷卧在皇冠里的狮子。普狮。佩卡·罗林斯的手下。他们究竟在这里做什么?

娜娜抬起头来。伊奈姬正要将象鼻虫放进第二个筒仓里。希望她不在他们的视线范围内。但佩卡的帮派到底想做什么?

过了一会儿,答案揭晓了。"听说有个摄心师躲在甜堡礁。"身穿格子马甲的少年说着,晃了晃手中的铁链。

啊,神呐,真是糟糕透了。普狮的人是一路跟着她和伊奈姬到这里来的吗?其他人遇到麻烦了吗?佩卡·罗林斯和他的手下知道大使馆里有格里莎了吗?如果那些格里莎中有人违反了契约,试图离开这座城市。他们可能会被勒索,或面临更糟糕的状况。佩卡可能会把他们卖给舒国人。*你目前需要先解决自己的问题,妮娜·哲尼克*,她脑子里有个声音说,*不要再想着如何拯救世界了,先救救自己吧*。有时候,她内心的声音是十分明智的。

一名筒仓守卫走上前去——挺勇敢的,妮娜想道,考虑到普狮秀出的实力。她不知道他们在交流什么。一份印有鲜红印章的文件递了过

乌鸦六人组（卷二）：骗子王国

来。守卫把文件交给他的同伴来看。过了一会儿，他耸了耸肩。然后，令妮娜惊恐的是，守卫走上前去，打开了大门。警卫室屋顶的灯笼又亮了起来。他们在申请撤回援军。

红色的印。属于凡·埃克的颜色。这是他的筒仓，守卫不可能冒着未经雇主批准的风险打开那道门。这些线索让妮娜头晕目眩。会是扬·凡·埃克和佩卡·罗林斯联手了吗？若是如此，德勒格斯活着离开这座城市的机会就成了蛋糕盘上的碎屑。

"出来吧，亲爱的妮娜。佩卡有活交给你干。"

妮娜看到那少年甩动的链子末端有一个沉重的镣铐。她第一次来卡特丹姆时，佩卡给她提供了一个工作岗位和一份靠不住的保护。她选择了跟德勒格斯签约。佩卡似乎是不打算遵守帮派之间的合约和规定了。他会把她铐起来，也许会把她卖给舒国人或者交给凡·埃克，让他给她下潘勒姆。

妮娜躲在第二个筒仓的阴影里，但她显然没有办法在不暴露自己的前提下跑步。她想起了衣服口袋里的毒药。

"别让我们来找你，小姑娘。"那少年示意其他普狮成员散开。

妮娜觉得有两个有利条件：首先，铁链末端的镣铐意味着佩卡可能想要活捉她。他不会牺牲一个珍贵的格里莎摄心师，所以他们不会朝她开枪。其次，这群人不知道潘勒姆破坏了她的能力。她或许能给自己和伊奈姬多争取点时间。

妮娜抖了抖头发，鼓起了所有勇气，大步走向了开阔地带。刹那间，她听到了扣动扳机的声音。

"放轻松，"她说道，单手叉腰，"如果你们把我弄得跟盐巴瓶子的盖子一样，到处都是洞，那就对佩卡没有用了。"

"好吧，你好，格里莎姑娘。你是打算让这局面变得有趣起来吗？"

这就取决于你怎么定义有趣了。"你叫什么名字，帅哥？"

那少年笑了，露出一颗金牙和一个迷人的酒窝。"埃蒙。"

"很不错的克里什名字。Ken ye hom?"

"我妈是克里什人。但我不会说那无厘头的语言。"

"好吧，不如让你的朋友们歇一歇，放下他们手中的武器，我来教你们几个新单词怎么样。"

"不怎么样。我知道摄心师的能力是怎样运作的。我不会让你控制我的内脏的。"

"真遗憾，"妮娜说，"听我说，埃蒙，今晚没必要起纷争。我只想知道佩卡的条件。如果我要与卡兹作对，我需要知道他开出的价位值不值得我受苦——"

"亲爱的，卡兹·布莱克已经死了。佩卡也没开出任何条件。你要么跟我们走，要么戴上镣铐跟我们走。"

妮娜举起双臂，看到她周围的人都瞬间紧绷，不顾佩卡的命令，准备开枪。她把这动作变成了伸懒腰。"埃蒙，你知道在你用铁链锁住我之前，我可以把这些人的内脏变成黏液。"

"你动作没那么快。"

"我的速度会快到保证你再也不会"——她的眼睛意味深长地瞟了一眼他的皮带扣下面的部位——"在西斯戴夫升旗了。"

埃蒙立马大惊失色。"你不能这么做。"

妮娜把关节按得咔嚓作响。"我不能？"

他们头顶上空的某个地方传来一阵微弱的当啷声。该死的，伊奈姬，都安静点。但妮娜抬起头后，被吓到大脑停止了思考。伊奈姬回到了钢丝上，但她并不是独自一人。

有那么一瞬，妮娜看到有个穿着白衣的身影跟着伊奈姬走在钢丝上，以为自己可能产生了幻觉。她看上去像个幻影，飘浮在他们头顶上空。然后她把什么东西扔向空中。妮娜看到有金属的光芒闪过。她没看

乌鸦六人组(卷二):骗子王国

到它击中了哪里,但看到伊奈姬的脚步晃了晃。伊奈姬挺直了身子,伸出双臂保持平衡,动作果决。

一定有办法帮她的。妮娜动用自己的能力探向那个女孩,寻找着她的脉搏,她的肌肉纤维,以及任何能够控制的东西,但她再次感到了那种茫然,那种虚无。

"不帮帮你朋友?"埃蒙说。

"她自己可以搞定。"妮娜说。

埃蒙一脸奸笑。"你没有传说中的那么难缠。夸夸其谈,不见行动。"他转向他的队员。"今晚谁第一个抓到她,我请他喝酒。"

他们没有立刻冲向她,他们还没有蠢到那般地步。他们举着枪慢慢靠近,妮娜抬起双手。他们停了下来,十分警惕。但什么也没发生。她只见他们交换了下眼神,笑了笑,然后加快了前进的速度,放下了内心的惧怕,准备好赢取奖赏了。

妮娜冒险瞥了一眼上面。伊奈姬依然保持着平衡,似乎在试图回到第一个筒仓,但她明显受了伤,脚步有些不稳。

网。但妮娜一个人也做不了什么。如果有一点点潘勒姆,只要来一小点,她就能迫使这些白痴帮她。他们就会不假思索地服从她的命令。

她的神思向外延伸,迫切地想要抓住什么东西,任何东西。她不会无助地站在这里等着被俘,不会眼睁睁地看着伊奈姬死去。但她能探知到的只是一片巨大的黑色虚空。没有称手的骨头碎片,没有可以操控的灰尘。曾经充满生命、心跳、呼吸和热血的世界,如今已经变得空荡荡。只有一片漆黑的荒漠,一片没有星辰的天空,以及一片贫瘠的土地。

先是普狮的一个成员冲上前来,然后所有人一窝蜂地扑向她,抓着她的胳膊,把她拖向埃蒙。埃蒙的脸上绽开了笑容,酒窝成了半月状。

妮娜发出一声愤怒的号叫,像野兽一样拼命挣扎。她并不无助,也不愿如此。你是我认识的最勇猛的战士,不管有没有超能力。

然后，她感知到了——在那一片漆黑的荒漠里，有一处冰冷的深渊在燃烧。在那里，在越过筒仓的地方，在运河的楔形地带，在去港口的路上——疾病之船，上面堆满了尸体。一阵悸动穿过了她的身体。她感觉不到心脏和血液的流动。但她能感知到别的东西，其他东西。她想起了那些骨头碎片，想起了在坟墓环绕的黑面纱岛上感受的安慰。

埃蒙试图把一个镣铐铐在她的手腕上。

"给她也戴上颈圈吧。"另一个普狮成员大声喊道。

她感到有一只手抓着她的头发，让她的头向后仰去，露出了脖颈。妮娜知道自己的想法很疯狂，但她没有理智思考之后再做选择的余地。她用尽所有仅剩的力气，用力踢向埃蒙，挣脱了他的控制。她举起手臂，在空中画了一个大弧，把注意力集中在这奇怪的新感知上，然后她感觉到驳船上的尸体立了起来。她握紧了拳头。*来我身边。*

普狮的成员抓住了她的手腕。埃蒙捂住了她的嘴，但她一直握紧拳头，全神贯注。这不是她在潘勒姆时期感受到的兴奋。那时感受到的是热、是火、是光。而这火焰冰冷刺骨，燃烧缓慢，火苗呈蓝色。她感知到尸体一个接一个地站了起来，响应她的呼唤。妮娜感觉到了有人抓着她的手，感觉到了铐在她的手腕上的镣铐，更是感受到了那愈发浓烈的寒意，宛若冬天湍急的河流，黑色的激流中满是冰块。

妮娜听到了尖叫、枪响，然后是金属扭动的声音。那些抓着她的手松开了，铁链在鹅卵石上发出近乎音乐般的撞击声。妮娜收回双臂，神思扎进了那寒冷的河流的深处。

"这究竟是怎么回事，"埃蒙说着，转向警卫室，"究竟是什么鬼。"

普狮的成员如今都在后退，满脸惊恐，完全忘记了自己的任务，妮娜清楚地知道这是为什么。一排死人推着栅栏，摇晃着栅栏上的栏杆。有的上了年纪，有的还年轻，但所有人都很好看——脸颊绯红，唇色红润，闪闪发亮的头发像波浪一样在脸庞周围摆动，就像生长在水中的植

乌鸦六人组(卷二):骗子王国

物一样,轻轻摇曳。他们既可爱又可怖,因为有些没有受伤的迹象,而有的……一个的裙子上满是棕色的血迹和呕吐物,还有一个的身上有一个穿孔的伤口,因腐烂而变得黑漆漆的。还有两个全身赤裸,其中一个有一道贯穿整个腹部的伤口,那伤口又深又宽,松软的粉色皮肤组织一晃一晃地向前耷拉着。他们所有人的眼里都闪着黑色的光芒,就像冬日河水中晶莹透明的冰碴一样。

妮娜感到一阵恶心感席卷了她。她感到很奇怪,还有点羞愧,仿佛她是在透过一扇她无权窥视的窗户张望。但她别无选择。事实上,她并不想停下来,她动了动手指。

伴随着刺耳的金属撕裂声,破裂的栅栏向前倒去。普狮的人开枪了,但那些尸体源源不断地涌来,他们既不在意,也不害怕。

"是她!"埃蒙尖叫着,跌跌撞撞地向后退去,摔倒在了地上,向前爬去,而他的手下则在夜色中四散而逃。"他们是来抓那个格里莎贱人的。"

"你如今肯定希望我们能谈一谈。"妮娜低吼道。但她并不在乎普狮的人。

她向上看去。伊奈姬还在钢丝上,而那个身穿白衣的女孩则在第二个筒仓的屋顶上,伸手去摘磁夹。

网,她命令道。刹那之间,那些尸体如光影般移动,向前掠去,然后突然停了下来,好像在等待指令。妮娜聚精会神,把自己所有的力量都注入他们的身体中,迫使他们听令行事。几秒之后,他们就把网拿在手里,跑了起来,跑的速度太快了,妮娜无法追踪到他们。

空中的钢丝变得松弛。伊奈姬在往下掉。妮娜尖叫出声。

伊奈姬的身体落到了网上,又高高弹起,然后又落到了网上。

妮娜跑向她。"伊奈姬!"

她的身体落在了网中央,身上布满了邪恶的星形镖,鲜血从伤口中渗出。

"把网放下来，妮娜命令道，尸体们听令行事，把网放到了铺路石上。妮娜跌跌撞撞地走到伊奈姬身边，跪了下来。"伊奈姬？"

伊奈姬伸出双臂，搂住了妮娜。

"永远，永远都别再这样了。"妮娜抽泣着说。

"网？"一个欢快的声音说，"这似乎不太公平。"

伊奈姬僵住了。穿着白衣的女孩已经到了第二个筒仓下，正在大步朝她们走来。

妮娜猛地伸出胳膊，尸体挡在了她和伊奈姬前面。"你确定想要打这场仗吗，小雪花？"

那女孩眯了眯美丽的双眼。"我打败了你，"她跟伊奈姬说，"你很清楚这一点。"

"你度过了一个美好的夜晚。"伊奈姬回应道，但她的声音听起来虚弱无力，像磨损的线一样。

那女孩看着尸体大军，似乎在评估自己的胜算。她欠了欠身。"我们会再见面的，幽灵。"她转过身，朝着埃蒙和其他普狮成员逃离的方向走去，跳过残破的栅栏，消失不见了。

"有些人戏挺多的，"妮娜说，"说真的，谁会穿着白衣服，拿刀找人单挑呢？"

"她叫杜亚莎，好像号称是什么组织的白刃。她是真的想杀了我。或者是所有人。"

"你还能走吗？"

伊奈姬点了点头，尽管她脸色苍白。"妮娜，这些……他们死了吗？"

"你这么说出口，听起来挺惊悚的。"

"你没服用潘勒姆——"

"没有。我没服用潘勒姆。我不知道这是什么情况。"

乌鸦六人组(卷二)：骗子王国

"难道格里莎可以——"

"我不知道。"眼下，对中埋伏，和伊奈姬差点坠亡的恐惧减轻了，随之而来的是厌恶。她刚刚做了什么？她刚刚干了什么事？

妮娜记得在小宫殿时，她曾问过一位老师，格里莎的力量从何而来。那时候，她还是个孩子，对那些往返于小宫殿，执行重要任务的格里莎感到由衷的敬畏。

我们的超能力以普通人无法理解的方式，将我们与生命连接在一起，她的老师曾说过。这就是为什么使用我们的天赋会让我们更加强大，而不是损耗我们。我们与创造力紧密相连，而创造力是世界的核心。对身体操控能力者来说，这种纽带联系更加紧密，因为我们从事的就是救治或剥夺生命。

老师抬起了手，妮娜感到自己的脉搏慢了下来。其他同学都倒吸了一口气，扭头看着彼此，显然他们都有了相同的体验。你们感觉到了吗，老师问，感觉到你们所有人的心，都在相同的时间里跳动，与这世界的节奏相连了吗？

那是一种非常奇怪的感觉，她觉得自己的身体在融化，仿佛在教室椅子上扭来扭去的不是很多个学生，而是同一个人，他们享有同一颗心，同一个目的。这个过程只持续了几分钟，但她永远不会忘记那种相互联系的感觉，也突然明白她的能力意味着自己永远都不会是孤身一人。

但她今晚使用的能力呢？这跟之前是不同的，是潘勒姆作用之下的结果，不是构成世界核心的力量。这是一个错误。

以后有的是时间为这事担忧。"我们得离开这里。"妮娜说。她扶着伊奈姬站了起来，然后看着周围的尸体。"神呐，真难闻。"

"妮娜，万一他们能听到你说的怎么办？"

"你们能听到我说话吗？"她问。但这些尸体没有反应，她利用能力感知他们时，感觉他们不像有生命的样子。但肯定存在什么东西，某种活着的生命体无法与她对话的东西。她又想到了那冰河。她依然能感受到它就在她身边，在各种东西的周边，缓慢地流动着。

"你打算拿他们怎么办？"伊奈姬问。

妮娜无奈地耸了耸肩。"我觉得，让他们回归原处吧？"她抬了抬手。去吧，她尽可能清晰地说，安息吧。

他们又动了起来，看着这一切骚乱，伊奈姬无声地祈祷着。妮娜看着他们在黑夜中慢慢消失，只剩下模糊的剪影。

伊奈姬微微颤抖了下，然后从肩上拔下一个带有尖刺的星形镖，咣当一下扔在地上。出血的情况似乎有所缓解，但她确实需要绷带。"我们赶在城市护卫队的警卫出现之前离开这里。"她说道。

"去哪？"她们动身前往运河时，妮娜问，"如果佩卡·罗林斯发现了我们——"

逐渐意识到她们的现状之后，伊奈姬的脚步放慢了。"如果黑面纱岛被毁，卡兹……卡兹跟我说过事情有变之后应该去哪里。但是……"

这话在她们之间的空气里飘荡。佩卡·罗林斯加入战局不仅仅意味着计划的失败。

如果黑面纱岛被炸了呢？如果马蒂亚斯出事了呢？佩卡·罗林斯会饶他一命，还是率先开枪，拿他去换赏金呢？

格里莎。如果佩卡一路跟着詹斯博和马蒂亚斯去大使馆了呢？如果他们和难民在去码头的路上一起被抓了呢？她想起了衣兜里的黄色药片，想起了塔玛尔那凶狠的金色眼睛，卓娅那专横的目光，吉恩雅那戏谑的笑声。她们之前都选择了相信她。如果她们出了什么事，她永远都无法原谅自己。

妮娜和伊奈姬顺着原来的路径，回到了之前她们停船的那个码头，她瞥了一眼之前载着尸体的那艘驳船，最后一只尸体正在躺倒，挪到原来的位置上。他们如今看上去跟之前完全不同。面色又变成了灰白色，

乌鸦六人组(卷二):骗子王国

让她联想到了死亡。也许死亡并不是一蹴而就的。

"我们去哪?"妮娜问。

就在这时,她们看到有两个人影朝他们冲了过来。妮娜举起手臂,准备再次召唤她的特殊士兵。她知道这次会容易很多。

卡兹和威岚出现在街灯下,他们的衣服皱巴巴的,头发上沾满了灰浆——还有貌似是肉汁的东西。卡兹靠拐杖支撑着自身的重量,但脚步丝毫不乱,棱角分明的脸上神色坚毅。

"我们会一起杀出一条路的。"伊奈姬低声说。

妮娜扫了一眼伊奈姬和卡兹,看到他们都是同样的表情。妮娜对这种表情再了解不过了。那次海难之后,潮水裹挟着他们向前,天色变得越来越暗,在他们第一次看到陆地,期待能找个藏身之处,觉得救赎可能就在远处的海岸边等着他们;当时他们脸上露出的就是这种表情。

23
威 岚

我快死了，再也没人能够帮她了。甚至都不会有人记得玛雅·亨德里克斯了。

威岚想要勇敢一点，但他浑身冰冷、满是瘀伤，更糟糕的是，那些他觉得最勇敢的人围在他身边，就连他们都被吓得心惊胆战。

他们缓缓地穿过运河，时不时地会在桥下或在暗影里停一停，等着城市护卫队的靴子声从他们头顶或者从河畔经过。警卫今晚大规模出动，他们的船缓缓航行着，船头挂着明亮的灯笼。自好妹桥决战之后，在这短短时间里，很多事情都变了。这座城市一时充满生机，也充满怒气。

"那些格里莎——"妮娜试图开口说。

但卡兹立马打断了她。"他们或安全地待在大使馆里，或超出了我们能施以援手范围。他们需要自救。我们需要躲起来。"

然后威岚就明白他们面临多大的麻烦了，因为妮娜没有还嘴。她只

乌鸦六人组(卷二)：骗子王国

是抱着头，沉默不语。

"他们不会有事的，"伊奈姬伸出一只胳膊搂住她的肩膀说，"他不会有事的。"但她的动作有点无力，威岚看到了她衣服上的血迹。

自此之后，谁都没再说一句话。卡兹和罗迪只是偶尔划一划桨，把船划到更安静、更狭窄的运河里，然后尽可能地让船静静地漂流，直到在思昆斯坦特街附近转弯时，卡兹才开口说："停。"他和罗迪收起了桨，让船漂到了运河边，隐藏在一艘货船后面。不管船上卖的是什么，摊位都紧紧地锁了起来，以保护货物。

朝上看去，桥上挤满了城市护卫队的警卫，他们的两条船堵住了下面的通道。

"他们在设置路障。"卡兹说。

他们在那儿弃了船，继续步行。

威岚知道他们要去另一个藏身处，但卡兹曾亲口说过：没有什么地方是安全的。那他们能躲去哪里呢？佩卡·罗林斯和威岚的父亲联手了。他们掌控了这个城市的半壁江山。威岚会被抓起来的。而在那之后呢？不会有人相信他是凡·埃克的儿子。威岚·凡·埃克的父亲也许瞧不起他，但他至少拥有任何一个舒国罪犯难以企及的权利。他会死在地狱之门吗？他的父亲会想办法亲眼看着他被处决吗？

他们离制造业区和巴伦越来越远，城市护卫队的警员也越来越少，威岚意识到城市护卫队的警员一定是把精力都聚焦在那些比较破败的区域了。尽管如此，他们还是一路走走停停，穿过了威岚之前从未见过的小巷，偶尔会穿过空荡荡的店面或闲置公寓楼的底层，从而抄近道去下一条街。卡兹好像有一张卡特丹姆的秘密地图，图上标注着这个城市里那些被人遗忘的地方。

他们最终到达目的地时，詹斯博会在那里等着吗？还是说他受伤了，躺在坟墓的地方流血，却没人去救他？威岚不愿意相信这种可能性。胜算越低，詹斯博的战斗力越强。他想起了詹斯博恳求科尔姆时说过的话。*我知道我让你失望了。再给我一次机会就行。*威岚曾多少次跟父亲说过同样的话，每次又多么希望这话能够兑现？詹斯博肯定活下来了。他们都活下来了。

威岚记得他第一次见到那神枪手的情景。他看起来像是来自另一个世界的生物，穿着石灰绿和柠檬黄色的衣服，步伐又大又轻快，好像每一步都是从一个口径狭窄的瓶子中倒出来的一样。

刚到巴伦的第一个晚上，威岚走过了一条又一条街，冻得牙齿打战，有种自己会被打劫的强烈预感。最后，在他的皮肤冻得青紫，手指也失去了知觉时，他鼓起勇气，向一个站在一座房子的台阶前抽着烟斗的人问：“您知道哪里有房子可以租吗？”

"那牌子上就写着有空房，"他用烟斗指着街道对面说道，"你是怎么回事，瞎吗？"

"我刚刚没看见。"威岚说。

那寄宿公寓很脏，但价格十分低廉。他租了一间十克鲁志的房间，付好了洗热水澡的钱。他知道自己需要省钱，但如果第一天晚上就得了肺病，那面临的问题就不只是缺钱了。他带着小毛巾来到了走廊尽头的浴室里，快速洗了起来。虽然水很热，但浑身赤裸地蜷缩在没有门锁的浴缸里时，他感觉无比脆弱。他使出浑身的力气去拧衣服，重新穿上时，衣服还是湿的。

那天晚上，威岚躺在一张薄如纸片的床垫上，盯着天花板，听着周围房间里的动静。吉尔德运河上的夜晚是那般寂静，可以听到水拍打船坞的声音。但这里的夜晚比中午时分更为嘈杂。音乐声从脏兮兮的窗户中涌了进来。还有人们的说话声，谈笑声，以及摔门声。楼上房间里的夫妻在打架，楼下房间里的夫妻肯定在做别的事。

威岚用手指摸了摸喉咙处的瘀青，心想：*真希望能按个铃，让人给*

乌鸦六人组(卷二):骗子王国

我送茶过来。就在那一刻,他开始真的恐慌起来。他还能更可悲一点吗?他父亲曾想杀了他。如今他身无分文,躺在一张窄小的床上,床上还散发着一股刺鼻的味道,应该是他们清除床垫上的虱子时使用的化学药剂的味道。他应该利用自己的智慧或资源,制定一个计划,或谋划一场复仇。而他现在在干什么?期待着能按铃让人送茶。在父亲的房子里,他过得或许并不快乐,但他什么都不用干。他有仆人,有热饭,还有干净的衣服。威岚知道,在巴伦生存下去所需要的东西,他一样都没有。

他躺在那里,试图为发生的这一切找点借口。毫无疑问,米格森和普罗尔应该受到谴责;但或许他的父亲并不知情。或许米格森和普罗尔误解了他父亲的命令。若是如此,那可真是错得离谱。威岚站了起来,把手伸进了湿漉漉的外套兜里。那里还装着音乐学院的录用函。

他刚把那个厚厚的信封拿出来,就知道他父亲并不无辜。那信封湿透了,散发着一股运河里的味道,但还是干干净净的。并没有墨水从装在信封里的所谓的文件中渗出。但威岚还是打开了那信封,里面装着一沓折起来了的纸,纸湿答答的,粘成了一块,但他把它们一张一张剥开了。所有的纸都是空白的。他父亲甚至都没费什么心思耍花招。他知道威岚不会看这些文件的。他那容易上当的儿子永远不会怀疑父亲在撒谎。多么可悲。

惶惶不安的威岚在房间里待了两天。第三天早上,他太饿了,街上飘来的炸土豆味把他从房间里赶了出来。他买了一个大大的冰激凌筒,贪婪地舔着,舌头都快要被冻伤了。然后他强迫自己走了走。

他的钱只够住一个星期了,如果要吃饭的话,住的时间就更短了。他需要找份工作,但不知道从哪里着手。他不够高大强壮,不适合在仓库或者造船厂工作,而劳动强度小的工作需要识字。有没有赌场或者娱乐场所需要人在大厅里演奏呢?他还留着他的笛子。他在东斯戴夫那些灯光比较明亮的小巷里走来走去。天开始变黑时，他挫败地回到了寄宿处。那个拿着烟斗的人还站在那里抽烟。据威岚所知，他从未离开那个地方，

"我在找工作，"威岚跟他说，"您知道哪里在招人吗？"

那人透过一团烟雾凝视着他。"像你这样的年轻奶油小生，在西斯戴夫应该能获得不错的收入。"

"我要找正经的工作。"

那个人笑到咳了起来，但最终还是带着威岚往南走去，去了一家制革厂。

威岚在那混染染料，清理染缸，获得了一笔颇为可观的工资。那里的大多数工人都是妇女和儿童，还有几个像他一样瘦骨嶙峋的少年。他们很少说话，由于过度劳累，再加上化学物质，他们病得厉害，只是闷头干活，以便领取工资。工厂不提供手套和口罩，威岚很确信，在考虑赚得那点儿钱要怎么花之前，他们会先死于中毒。

一天下午，威岚听负责染料的主管抱怨说，因为锅炉太热，他们损失了几加仑的染料。他骂骂咧咧地说着自己花了一大笔钱，修好了两个，却收效甚微。

威岚犹豫了下，然后建议他往水箱里加点海水。

"我为什么要那么干？"那主管问。

"这会提高沸点，"威岚说，开始后悔自己刚才为什么要开口，"如此一来，染料要沸腾的话，就需要更高的温度，这样会减少蒸发。但你需要调整配方，因为盐质很容易沉积，清洗水箱的次数也要更频繁一些，因为盐具有腐蚀性。"

那主管只是把嘴里的尤尔达吐在了地上，并没有理他。但在接下来的一周，他们试着在一个水箱里加了盐水。几天后，所有的水箱中都加了盐水混合物，那主管开始带着更多的问题来找威岚。如何才能不让皮

乌鸦六人组（卷二）：骗子王国

革因为红色染料变硬？如何缩短加工和干燥时间？威岚能否制造出防止染料渗出的树脂？

一周后，威岚拿着木桨站在染缸前，被染料熏得头晕目眩，眼泪直流，他很想知道帮助主管是否意味着他可以要求加薪，这时，一个少年走了过来。他又高又瘦，皮肤呈哲蒙尼人特有的棕色，看上去与染料室极不协调。这种不协调不仅是因为他穿着浅黄绿色的格纹马甲和黄裤子，更是因为他眼神里流露出来的欢乐，就好像他十分乐意待在这散发着恶臭的脏乱皮革厂，就好像他是迫不及待地来到了一个期盼已久的宴会一样。他虽然骨瘦如柴，但四肢舒展，身体呈现出一种健康的状态。主管通常不喜欢染料室有陌生人，但他看到这个臀部挂着左轮手枪的少年之后，却没有说一句话，只是恭敬地行了个脱帽礼，然后匆匆离去。

威岚的第一个想法是，这少年的唇形是他所见过的最完美的。第二个想法是，他父亲新派了个人来杀他。他握紧了手中的桨。那少年会在光天化日之下杀了他吗？人们都是这样行事吗？

但那少年说："听说你很熟悉化学装置。"

"什么？我……对。还行。"威岚艰难地说道。

"只是还行？"

威岚意识到，他的下一个答案非常重要。"我有这方面的背景。"他喜欢科学和数学，并在这方面孜孜不倦地钻研，希望可以弥补自己其他方面的不足。

那少年递给威岚一张折起来的纸。"那今晚下班后到这个地方来。我们可能有工作交给你。"他环顾四周，似乎注意到了俯身在染缸上工作的工人们那苍白的脸。"一份真正的工作。"

威岚盯着那张纸，那些字母在他眼前纠结成一团。"我——我不知道这地方在哪。"

那少年恼怒地叹了口气。"你不是本地人吗？"威岚摇了摇头。"算了。我去接你。反正除了在城镇周围摆弄摆弄新的百合花之外,我也无事可做。威岚,是吧?"威岚点了点头。"威岚什么?"

"威岚……亨德里克斯。"

"你很了解爆破吧,威岚·亨德里克斯?"

"爆破?"

"就是轰隆,砰,打火石和骚动。"

威岚根本不明白他在说什么,但他觉得把他的疑惑表露出来,将会是个严重的错误。"当然。"他鼓起所有的信心说。

那少年怀疑地瞥了他一眼。"我们拭目以待。六声钟响的时候到前面去。别带枪,除非你想找麻烦。"

"当然不会。"

那少年灰色的眼珠翻了翻,然后喃喃自语:"卡兹肯定是疯了。"

六声钟响时,詹斯博护送威岚来到巴伦的一家鱼饵店。威岚一直因为自己那身皱巴巴的衣服感到尴尬,但那是他仅有的衣服,与此同时,他又害怕这是父亲精心设计的圈套,这念头完美地转移了他对衣服的担心。在鱼饵店的里屋,他见到了卡兹和伊奈姬。他们告诉他,他们需要闪光弹或其他更具有冲击力的东西。但威岚拒绝了。

那天晚上,他回到寄宿处,看到了一封信。他只认出了寄件人的名字:扬·凡·埃克。

他一晚上都没睡着,非常担心普罗尔随时会破门而入,用那肥大的手掐住他的脖子。他想过逃跑,但他的钱都不够付房租的,更别说买一张出城的票了。并且,他在乡下会有什么活下去的希望吗?没有农场会雇用他干活。

第二天,他去见了卡兹,当晚,他为德勒格斯制造了第一个炸药。他知道自己的所作所为是违法的,但工作那几个小时挣的钱,比他在制革厂一周还多。

乌鸦六人组（卷二）：骗子王国

他父亲不断地寄信过来，有时一周一封，有时候一周两封。威岚不知道里面写的是什么。是威胁，还是奚落？他把它们堆在床垫下面，有些夜晚，他觉得墨水会从纸张中渗出，穿过床垫，像邪恶的毒药一样，进入他的心脏。

但随着时间的推移，他为卡兹工作得越久，感受到的恐惧也就越少。他会赚到足够的钱，然后出城，再也不提凡·埃克这个姓氏。如果他父亲决定在那之前除掉他，威岚只能坐以待毙。他的衣服破旧不堪，而他也越来越瘦，他不得不在腰带上打新的孔。但他宁愿去西斯戴夫的烟风月场所卖身，也不愿意向他父亲求饶。

威岚当时并未意识到，卡兹一直都知道他的真实身份。黑手密切监视着居住在巴伦的每一个人，他把威岚置于德勒格斯的保护之下，相信总有一天，富商的儿子会派得上用场。

他不知道卡兹为什么会关照他，但他也很清楚，如果没有卡兹的帮助，他活不了这么久。并且卡兹也不在乎他是否识字。他和其他人会戏弄他，但他们给了他证明自己的机会。他们更看重他可以做什么，而不是逼迫他去做他办不到的事。

威岚曾相信卡兹会为他母亲遭受的一切报仇。他一度相信，尽管他父亲财力雄厚，颇具威望，但这个团队——他的团队——足以与扬·凡·埃克抗衡。但现在，他父亲再次出手羞辱他。

他们到达金融区时，已经过了午夜。他们来到了这座城市最为富裕的地区之一，这里离交易中心和市政大厅不远。他父亲很有可能出现在这里，威岚不明白卡兹为什么要带他们来这个地方。他带着他们穿过了一条小巷，来到了一幢大楼的后面，那里有一扇门开着。他们进入了一个电梯井，然后走上了升降机，那电梯井是围绕着一个巨大的铁升降机而建的。罗迪留在身后，可能是为了守着入口。升降机的门哐当一声关上了，他们乘着它上了十五楼，来到了大楼的顶层，然后踏上了一个喷了漆的硬木花纹走廊,走廊顶上画着泡沫般的浅色薰衣草。

我们是在酒店里,威岚突然意识到。那是服务员的入口和员工升降机。

他们敲响了一扇宽大的白色双开门。科尔姆·范赫应声开了门,他穿着一件衬衫式长睡衣,上面套着一件外套。他们在吉尔德伦纳酒店。

"其他人都在里边。"他疲惫地说。

科尔姆没有问他们任何问题,只是指向浴室,然后给自己倒了一杯茶。马蒂亚斯看到妮娜时,从巨大的深红色沙发上一跃而起,把她抱在怀里。

"我们无法突破封锁去甜堡礁,"他说,"我担心会发生最糟糕的情况。"

然后他们拥抱在一起,威岚惊恐地发现自己眼里满是泪水。他眨了眨眼睛,把眼泪憋了回去,他最不希望的就是詹斯博看到他哭。那神枪手身上沾满了煤灰,散发出森林大火的味道,但他的眼睛炯炯有神,这是他战斗时惯有的表情。威岚唯一想做的就是站得尽可能地离他近一点,确保他安然无恙。

直到这一刻,威岚才意识到他们对他有多么重要。他父亲一定会讥讽这些暴徒、盗贼、不体面的士兵以及无法摆脱赤字的赌徒。但他们是他交到的第一批朋友,也是唯一的朋友,并且威岚知道,即使让他在成百上千人里挑选同伴,他依旧会选择他们。

只有卡兹站在一旁,静静地凝视窗外黑漆漆的街道。

"卡兹,"妮娜说,"看到我们还活着,你或许并不高兴,但我们很高兴你还活着。过来这边!"

"别管他。"伊奈姬轻声说。

"神呐,幽灵,"詹斯博说,"你在流血。"

"需要我叫医生吗?"詹斯博的父亲问。

乌鸦六人组(卷二):骗子王国

"不用!"他们异口同声地回答。

"不用就不用吧,"科尔姆说,"需要我叫人送点咖啡过来吗?"

"好,麻烦了。"妮娜说。

科尔姆要了咖啡、华夫饼和一瓶白兰地,等待期间,妮娜让他们帮忙找找哪里有剪刀,方便她把酒店的毛巾剪成绷带。找到一把剪刀后,她带着伊奈姬去了浴室,查看她的伤口。

敲门声响起时,他们都紧张起来,但那只是他们点的餐到了。科尔姆跟女佣打了个招呼,并坚持说他自己搞得定餐车,避免她看到一群奇怪的人聚在他的房间里。门刚关上,詹斯博就跳了起来,帮他把盛满食物的银托盘还有一摞近乎透明的瓷盘子转运进来。自从威岚离开家以后,就没吃过这样的菜了。他突然意识到詹斯博肯定是穿了科尔姆的衬衫,肩膀处太宽,袖子又太短了。

"这到底是什么地方?"威岚环顾着几乎全是紫色装饰的房间问。

"卡特丹姆套房,我觉得,"科尔姆挠着脖子说,"这比我在大学城区住的房子好太多了。"

妮娜和伊奈姬从浴室走了出来。妮娜拿了满满一盘子食物,在马蒂亚斯身边坐了下来。她把一个华夫饼对折,咬了一大口,开心地扭动脚趾。

"抱歉,马蒂亚斯,"她嘴里塞满了食物,"我决定要和詹斯博的父亲私奔了。他总为我提供美食,我快习以为常了。"

伊奈姬脱去了束腰外衣,只穿着一件有里衬的背心,棕色的手臂裸露在外。肩膀、前臂、右大腿和左胫骨上绑着一条条毛巾。

"你究竟发生什么事了?"詹斯博一边问她,一边用一个精致的茶托递给父亲一杯咖啡。

伊奈姬坐在库维旁边的扶手椅上。"我认识了个新朋友。"

詹斯博摊开四肢,躺在长椅上,威岚坐在另一把椅子上,膝盖上稳稳地放着一盘华夫饼。这套间餐厅里的桌椅都挺好的,但显然没人感兴趣。只有科尔姆在那里坐了下来,旁边放着咖啡,还有一瓶白兰地。卡兹依旧站在窗前,威岚很想知道他透过玻璃看到了什么如此吸引人注意的东西。

"那么,"詹斯博边说边往咖啡里加糖,"除了伊奈姬交了个新朋友之外,到底还发生了什么事?"

"让我想想,"妮娜说,"伊奈姬从二十楼高的地方掉了下来。"

"我们在我父亲家餐厅的天花板上弄出了一个洞。"威岚说。

"妮娜能让死者回生。"伊奈姬说。

马蒂亚斯的杯子哐当一声掉到了茶托上,茶托在他的巨大的手里看上去颇为滑稽。

"我没法让他们起死回生。我的意思是,他们站起来了,但并不是又活了过来。我不这么认为。我不太确定。"

"你是认真的吗?"詹斯博问。

伊奈姬点了点头。"我无法解释,但确实看到了。"

马蒂亚斯的眉头皱了起来。"我们在雷凡卡区时,你可以召唤那些骨头碎片。"

詹斯博喝了一大口咖啡。"那湖边小屋发生的是怎么回事?你是控制了灰尘吗?"

"什么灰尘?"伊奈姬问。

"她不只是弄晕了守卫。她利用一团灰尘让警卫窒息而亡了。"

"亨德里克斯湖屋旁边有一个家族墓地,"威岚说,他想起了那块紧挨着西墙的有门的墓地,"如果那灰尘是……嗯,骨头呢?人体遗骸?"

妮娜放下了盘子。"这差点让我倒尽胃口了。"她又重新端了起来,"差点。"

"这就是你当初问潘勒姆是否会改变格里莎的能力的原因吧。"库维

乌鸦六人组(卷二):骗子王国

对马蒂亚斯说。

妮娜看着他。"会吗?"

"我不知道。你只服了一次药。并且挺了过来,这非常罕见。"

"我真幸运。"

"这事很糟糕吗?"马蒂亚斯问。

妮娜把掉落在膝盖上的面包屑捡回盘子里。"用某个金发大块头的话来说,只是违反常理。"她的声音里没有了那令人愉快的温暖,看上去满脸伤心。

"或许有点,"马蒂亚斯说,"身体操控能力者不是号称属于掌控生与死的品阶吗?"

"格里莎的能力不应该是这样运作的。"

"妮娜,"伊奈姬温柔地说,"潘勒姆把你带到了死亡的边缘。或许你从那带了什么东西回来。"

"好吧,这纪念品挺烂的。"

"或许是捷尔灭掉了一盏灯,又点亮了另外一盏。"马蒂亚斯说。

妮娜斜了他一眼。"你脑子是被什么砸过吗?"

马蒂亚斯伸出手去,拉住了妮娜的手。威岚突然觉得自己像个电灯泡。"我很感激你还活着,"他说,"我很感激你在我身边。我很感激你可以吃东西了。"

她把头靠在他的肩上。"你比华夫饼好吃,赫尔瓦尔。"

那菲尔丹人的唇角浮起一丝笑意。"我们还是别把心里话说出来了,亲爱的。"

门上传来轻轻的敲门声。他们立刻伸手拿起武器。科尔姆僵硬地坐在椅子里。

卡兹示意他待着别动,然后静静地走向门边,从猫眼里往外看。

"是施佩希特。"他说。他们都放松下来,卡兹打开了门。

他们静静地看着卡兹和施佩希特窃窃私语，然后施佩希特点了点头，消失在电梯里。

"这一层有去钟楼的通道吗？"卡兹问科尔姆。

"在大厅的尽头，"科尔姆说，"我没上去过，楼梯很陡。"

卡兹一句话也没说就走了。他们面面相觑了片刻，然后跟在他身后离开了。他们依次走过科尔姆，他疲惫的双眼目送着他们离开。

他们走过大厅时，威岚意识到这整层楼都是豪华的卡特丹姆套房。如果他快死了的话，他觉得在这里度过他的最后一晚也还不错。

他们一个接一个爬上了盘旋的铁楼梯，来到钟楼，推开一扇活板门。顶层的房间又大又冷，一个巨大的时钟的齿轮占据了房间的大半面积。四个钟面俯视着卡特丹姆和黎明时分的灰色天空。

南边，黑面纱岛升起了一缕青烟。向东北方向望去，威岚可以看到吉尔德运河，消防队的船只，以及在他父亲的房子周围巡逻的城市护卫队成员。他想起了他们掉到餐桌中央时，他父亲脸上震惊的表情。如果威岚当时没有那么恐慌的话，他一定会大笑出声。羞耻感会将人生吞活剥。要是他们当时放火烧了房子就好了。

远远望去，港口里挤满了城市护卫队的船只和马车。整个城市里布满了城市护卫队特有的紫色，像是生病了一样。

"施佩希特说他们已经关闭了港口，叫停了船只，"卡兹说，"他们在封锁城市。没有人能够进出。"

"卡特丹姆禁不住这么做，"伊奈姬说，"人们会闹事的。"

"他们不会把这怪在凡·埃克头上的。"

威岚觉得有点不适。"他们会怪在我们头上。"

詹斯博摇了摇头。"即使他们让城市护卫队的所有警卫全部出动，人手也不足以封锁整个城市，并搜捕我们。"

"不够吗？"卡兹说，"你再看看。"

乌鸦六人组(卷二):骗子王国

詹斯博走向卡兹所在的朝西的窗户。"众神以及神姨妈伊娃。"他倒抽了一口气说。

"怎么了?"他们透过玻璃看向窗外时,威岚问。

一群人正从巴伦穿过泽尔威区向东移动。

"是一群暴民吗?"伊奈姬问。

"更像是游行的队伍。"卡兹说。

"城市护卫队的警卫为什么不阻止他们?"威岚问。这时潮水般涌动的人们畅通无阻地从一座桥走到了另一座桥,穿过每一个路障。"他们为什么会让他们通过?"

"可能是你父亲让他们这么做的。"卡兹说。那群人越来越近的时候,威岚听到了歌声、喊口号声以及鼓声。听起来确实像在游行。他们从泽尔威桥上蜂拥而下,浩浩荡荡地路过酒店,来到了交易中心的广场前。威岚意识到是佩卡·罗林斯的人发起了此次游行。站在最前面的那个人披着狮子皮,狮子的头上还缝着一顶假皇冠。

"拉兹格尔,"伊奈姬指着普狮后面说,"还有利蒂斯。"

"哈雷之尖,"詹斯博说,"黑尖团。"

"全在这儿了。"卡兹说。

"这是什么意思?"库维问,"紫色带子?"

下面的每个混混的左臂上都绑着一根紫色的带子。

"他们是受人委派,"卡兹说,"施佩希特说消息已经传开了。好消息是,他们如今想要活捉我们,包括马蒂亚斯在内。坏消息是,他们给我们的舒国双胞胎涨了赏金,所以库维的脸——以及威岚的脸——让这个城市的墙壁都增色不少。"

"你们的商业理事会就这样批准了?"马蒂亚斯说,"如果他们开始抢劫或发生暴乱怎么办?"

"他们不会的。罗林斯知道自己在做什么。如果城市护卫队的警卫试图封锁巴伦,这些帮派会跟他们对着干。但现在他们站在了法律的正道上,凡·埃克还有两支军队。他在压制我们。"

伊奈姬深深地吸了一口气。

"什么?"威岚问,但低头看了看广场之后,他就明白了。游行队伍中的最后一群人出现了。带头的是一个戴着羽饰帽子的老头,那群人扯着嗓子叫着——像乌鸦一般。德勒格斯,卡兹的帮派。他们背叛了他。

詹斯博一拳砸在墙上。"这些忘恩负义的混蛋。"

卡兹什么也没有说,只是看着人群从酒店门前涌过,那些帮派成群结队,色彩各异,相互辱骂,欢呼雀跃,就像过节一样。甚至在他们离开之后,口号声依然在空中回荡。或许他们会一路朝市政大厅前进。

"接下来会发生什么?"库维问。

"这座城市里的每一个城市护卫队成员都会搜捕我们,直到找到我们为止。"卡兹说,"现在已经没有办法离开卡特丹姆了。带着你的话就更没戏了。"

"我们能就这样等着吗?"库维问,"就在这儿?和范赫先生一起。"

"等什么?"卡兹说,"等人救我们?"

詹斯博把头靠在玻璃上。"我父亲。他们也会把他带走,指控他窝藏逃犯。"

"不会的,"库维生硬地说,"不会的。你们把我交给凡·埃克。"

"绝对不行。"妮娜说。

那少年的手激动地在空中挥舞。"你们当初把我从菲尔丹人手里救了出来。如果我们现在不采取行动的话,我无论如何都会被捕的。"

"那这一切就都是一场空?"威岚问,对自己的愤怒感到惊讶,"白冒险了?在冰庭做的一切都白搭了?伊奈姬和妮娜为把我们救出去遭受的一切都白费了?"

"但如果我向凡·埃克自首,你们就自由了。"库维坚持说。

乌鸦六人组(卷二):骗子王国

"这样行不通的,小孩,"詹斯博说,"佩卡在巴伦其他人的协助下,找到了端掉卡兹的机会,并且凡·埃克肯定不希望我们过得逍遥自在,尤其是在不知道我们在做什么的情况下。这已经与你无关了。"

库维呻吟了一声,然后靠着墙坐着。他恶狠狠地瞥了妮娜一眼。"你早就应该在冰庭杀了我。"

妮娜耸了耸肩。"那样的话,卡兹会杀了我,马蒂亚斯会杀了卡兹,然后一切就都乱套了。"

"我无法相信我们闯出了冰庭,却被困在了自己生活的小城里。"威岚说。这不太对。

"没错,"詹斯博说,"我们被彻底地、真正地困在这儿了。"

卡兹用戴着皮手套的手指在窗户上画了一个圆。"并不完全是,"他说,"我可以让城市护卫队退出。"

"不。"伊奈姬说。

"我去自首。"

"但是库维——"妮娜说。

"城市护卫队不知道库维的事。他们以为他们在找威岚。所以我会告诉他们威岚已经死了。我会告诉他们是我杀了他。"

"你疯了吗?"詹斯博问。

"卡兹,"伊奈姬说,"他们会把你送上绞架的。"

"他们会先对我进行审判。"

"在那之前,你会腐烂在监狱里的,"马蒂亚斯说,"凡·埃克不会给你在法庭上说话的机会。"

"你们真的以为他们建的牢房关得住我吗?"

"凡·埃克知道你有多擅长撬锁,"伊奈姬生气地说,"你还没到监狱就已经死了。"

"这太荒谬了,"詹斯博说,"你不能替我们背黑锅。谁都不能。我们分头行动。我们两人一组,想办法突破封锁,在乡下某个地方躲起来。"

"这是我的城市,"卡兹说,"我不会夹着尾巴离开的。"

詹斯博发出一声沮丧的咆哮。"如果这是你的城市,这里还剩下什么?你放弃了乌鸦俱乐部和第五港口的股份。帮派也没有了。就算你真的逃了,凡·埃克和罗林斯也会再派城市护卫队的警卫和半个巴伦的力量来抓你。你没法跟他们所有人斗。"

"你先拭目以待。"

"该死的,卡兹。你之前一直怎么跟我说的?输掉一手牌之后就离开。"

"我是在给你一条出路。把握住。"

"你为什么把我们当作一群胆小鬼?"

卡兹转向他。"你是个随时都打算逃跑的人,詹斯博。你只是想让我跟你一起逃,这样你就不用那么内疚了。尽管你喜欢战斗,但你也总是第一个跑去找掩护的人。"

"因为我想活着。"

"为什么而活?"他的眼睛闪闪发亮,"好让你在赌桌上再玩一把?让你再找出一个让你父亲以及朋友失望的办法?你跟你父亲说你才是他失去农场的原因了吗?你跟伊奈姬说过她差点死在沃蒙的刀下是因为你了吗?有说过就是让我们差点一起死掉的那次吗?"

詹斯博的肩膀垮了下去,但他没有退缩。"我的确犯了错。导致我的错抵消了我所有的好,但看在神明的分儿上,卡兹,告诉我,我要付出怎样的代价,才能赢得你一丁点的原谅?"

"你觉得我的原谅应该是什么样的,乔迪?"

"到底谁是乔迪?"

就在那一刹那,卡兹紧绷的脸松弛了下来,他黑色的眼睛里流露出一种迷茫的、几乎称得上是惊恐的神色,但那神色转瞬即逝,快到威岚

乌鸦六人组（卷二）：骗子王国

以为是自己的幻觉。

"你想从我这儿得到什么？"卡兹咆哮道，他的表情恢复到和原来一样，拒人于千里之外的样子，神色和原来一样的冷酷。"我的信任？你曾经有过，但因为你管不住自己的嘴，将它砸得粉碎。"

"就那一次。但有多少次是你在战斗中把后背交给了我？又有多少次是我救了你？这些什么都不算吗？"詹斯博激动地摊了摊手，"我无法赢得你的信任。没有人能赢得你的信任。"

"没错。你无法赢得。你觉得自己是个赌徒，但你是个天生的失败者。打斗，玩牌，和年轻的男女在一起厮混。在输之前，你会一直玩下去。但在你的人生中，就这一次，就这样离开吧。"

詹斯博先扑了上去。卡兹向右闪躲，然后他们扭打在了一起。他们猛地撞在了墙上，头碰在一起，又在一阵打斗和拉扯中拉开了距离。

威岚转向伊奈姬，希望她能够对此表示反对，希望马蒂亚斯能把他们分开，希望谁能做点什么，但其他人只是后退，为他们腾出地方。只有库维表现出忧虑。

詹斯博和卡兹猛地转身，撞到了钟的机械装置上，然后又站直身体。这不是搏斗，是打架——毫无风度，扭作一团。

"格森和各路神明，谁来阻止他们！"威岚绝望地说。

"詹斯博还没朝他开枪呢。"妮娜说。

"卡兹还没用他的拐杖呢。"伊奈姬说。

"你觉得他们赤手空拳的，能干掉彼此吗？"

他们都在流血——詹斯博的伤口在嘴上，卡兹的伤口在额头附近。詹斯博的一半衬衫盖在脑袋上，卡兹的袖子从缝合处裂开了。

活板门突然打开，科尔姆的头探了出来。他原本红润的脸颊更红了。

"詹斯博·鲁耶林·范赫，够了！"他吼道。

詹斯博和卡兹都吓了一跳，然后，让威岚惊讶的是，他们都向后退去，看上去很内疚的样子。

"这到底是怎么回事？"科尔姆说，"我还以为你们是朋友。"

詹斯博抬起一只手摸了摸颈后，看上去像是想钻进地缝里消失。"我们……呃……我们出现了分歧。"

"看出来了。我一直以来都在忍，詹斯博，但我已经忍无可忍了。在我数到十之前下来，否则我就扒了你的皮，让你两个星期都没法坐着。"

科尔姆从楼梯上消失了。沉默蔓延开来。

然后妮娜咯咯地笑了。"你的麻烦大了。"

詹斯博皱起眉头。"马蒂亚斯，妮娜让康尼利斯摸了她的屁股。"

妮娜的笑停了下来。"我会让你的牙齿倒着长。"

"从生理上说，这不可能实现。"

"我能让死者复生，你确定要跟我争论？"

伊奈姬把头歪向一边。"詹斯博·鲁耶林·范赫？"

"闭嘴，"詹斯博说，"那只是个姓。"

伊奈姬严肃地欠了欠身。"你说什么就是什么，鲁耶林。"

"卡兹？"詹斯博试探性地说。

但卡兹目光有点涣散。威岚太熟悉那表情了。

"是不是——"威岚问。

"一脸算计？"詹斯博问。

马蒂亚斯点了点头。"绝对是。"

"我知道该怎么做了，"卡兹缓慢地说，"知道怎么把库维弄出去，把格里莎弄出去，把我们的钱弄到手，怎么打败凡·埃克，以及让狗娘养的佩卡·罗林斯得到他应有的报应。"

妮娜挑了挑眉。"这就说完了？"

"怎么做？"伊奈姬问。

"一直以来，我们都在玩凡·埃克制定的游戏。我们一直在躲藏。但

乌鸦六人组(卷二):骗子王国

如今这该告一段落了。我们要举办一小场拍卖会,就在露天地带。"他转过身来面对着他们,眼睛像鲨鱼一样,黑到发亮,"并且既然库维如此渴望牺牲自己,那就拿他做彩头好了。"

第五部分

国王和女王

24
詹斯博

詹斯博站在铁楼梯的底部,捋了捋衬衫,擦了擦唇上的血,不过他此时觉得,就算自己只穿个内裤出现,也无所谓了。他父亲并不傻,威岚编了个荒唐的故事来遮掩詹斯博犯的错,但这谎言被戳穿的速度,比廉价西装磨破的速度还快。他父亲看到了他们的伤口,也听到了他们拙劣的计划。他知道他们不是学生,也不是骗局的受害者。那现在呢?

闭上眼睛,希望行刑队的准头能好点,他沮丧地想。

"詹斯博。"

他猛地转过身来。伊奈姬就在他身后。他没有听到她靠近的声音,但这并不奇怪。你跟伊奈姬说过她差点死在沃蒙的刀下是因为你了吗?好吧,詹斯博觉得他今天早上要道很多歉。最好现在就开始。

"伊奈姬,对不起——"

"我不是来找你要声道歉的,詹斯博。你有弱点,我们每个人都有。"

"那你的是什么?"

"我的朋友。"她微笑着说。

"你都不知道我做了什么。"

"那你跟我说说。"

詹斯博低头看着自己的鞋子。鞋子已经严重磨损。"我欠佩卡·罗林斯很多钱。他的手下一直在给我施压，所以我……我那时跟他们说我要离开这里一趟，我要去接个大单子。我没有提一句要去冰庭的事，我发誓。"

"但这足以让罗林斯拼凑出真相，并准备一场伏击。"她叹了一口气，"自那以后，卡兹就一直在惩罚你。"

詹斯博耸了耸肩。"可能那是我应得的。"

"你知道苏里语中没有用来表达'对不起'的词汇吗？"

"那你不小心踩到别人的脚会说什么？"

"我不会踩到别人的脚。"

"你知道我的意思。"

"我们什么也不说。我们知道这不是故意的。我们一起生活在狭小的空间里，一起旅行，没时间为自己的存在而不停地道歉。但如果有人做错事了，如果我们犯错误了，我们不会说对不起。但我们会承诺作出弥补。"

"我会的。"

"Mati en sheva yelu。这话不会有回音。但这也意味着我们不会重复同样的错误，我们不会继续制造伤害。"

"我不会再让你被捅了。"

"我被刺伤是因为我放松了警惕。但你背叛了你的队员。"

"我不是有意——"

"你要是有意背叛我们的话还好一些。詹斯博，我不需要你道歉，除非你能保证不犯同样的错误。"

乌鸦六人组(卷二):骗子王国

詹斯博轻轻地踮了踮脚跟。"我不知道该怎么做。"

"你的内心有一道伤口,赌桌、骰子、纸牌——这些东西像药一样,会抚慰你,让你暂时恢复正常。但它们也是毒,詹斯博。你每玩一把,就会想再来一把。你需要寻找其他的办法疗愈自己的伤口。"她把手放在他胸前,"别把你的痛苦当成自己臆想出来的东西。只有你觉得伤口是真实存在的,才能疗愈它。"

一道伤口?他刚想开口否认,但有什么阻止了他。即便他在赌桌上和远离赌桌时遇到了各种麻烦,但仍觉得自己是幸运的。他快乐又随和,人们很乐意与他来往。但如果这是他一直以来的伪装呢?易怒又胆怯——这是那菲尔丹人对他的评价。马蒂亚斯和伊奈姬在詹斯博身上看到了什么他自己也弄不明白的东西吗?

"我……我会努力的。"这是他目前唯一能给出的答案了。他握住她的手,吻了一下她的指关节。"说出那句话可能需要点时间。"他咧开嘴笑了,"这不仅仅是因为我不会说苏里语。"

"我知道,"她说,"但想着点儿这事。"她朝起居室的方向瞥了一眼。"詹斯博,告诉他真相吧。你们都会很乐意知道彼此的立场的。"

"每次我想这么做的时候,都感觉像是跳楼自杀。"他犹豫了下,"你会跟父母说出真相吗?你会告诉他们你做过的一切……发生过的一切吗?"

"我不知道,"伊奈姬承认道,"但我愿意付出一切,去换取这样一个能做选择的机会。"

詹斯博在紫色的起居室里看到了他的父亲,他又宽又厚的手里捧着一杯咖啡。他把那些碟子放回了银托盘里。

"你没必要替我们收拾,爸。"

"总得有人收拾。"他喝了一小口咖啡,"坐下吧,小詹。"

詹斯博不想坐。那种强烈的痒意在他体内迸发。他只想以最快的速度跑回巴伦,冲进他看到的第一家赌场里。如果不是想到他可能会在半路被杀,他可能真的就这么做了。他坐了下来。伊奈姬之前把几瓶没有用的化学象鼻虫放在了桌上。他拿起了一个,拨弄着上面的塞子。

他的父亲往后靠了靠,那双严厉的灰色眼睛看着他。在清澈的晨光中,詹斯博可以看到他脸上的每一道皱纹和每一个雀斑。

"诈骗之事根本就不存在,是吧?那舒国少年替你撒谎了。他们都替你撒谎了。"

詹斯博握紧了双手,避免自己再摆弄什么东西。**你们都会很乐意知道彼此的立场的**。詹斯博不确定这是不是真的,但他也别无选择。"诈骗确实存在,并且为数不少,但我通常是使诈的那一方。打斗也不在少数——我通常是获胜的一方。还有玩牌的次数也不在少数。"他低头看着自己手指甲末端的白色月牙。"但我通常是输的那一个。"

"我给你的上学贷款?"

"我惹了不该惹的人。我在牌桌上输了,然后一直输,所以我不断借钱。我以为我自己能想办法摆脱这局面。"

"你为什么不收手呢?"

詹斯博想笑。他曾求过自己,曾尖叫着跟自己说收手。"没那么容易。"你的内心有一道伤口。"对我来说。我不知道为什么。"

科尔姆捏了捏鼻梁,看上去十分疲惫。这是一个可以从早忙到晚,毫无怨言的人。"我就不应该让你离开家的。"

"爸——"

"我知道农场生活不适合你。我想让你拥有更好的生活。"

"那你为什么不把我送去雷凡卡?"詹斯博没来得及想清楚就已经脱口而出了。

乌鸦六人组(卷二):骗子王国

咖啡从科尔姆的杯子里溅了出来。"这不可能。"

"为什么?"

"我为什么要把我儿子送到国外的战场上,让他在战争中身亡?"

过往的记忆回到了詹斯博的脑袋里,他的头像被骡子踢了一样痛。那个风尘仆仆的男人又站在了门边。他还带着一个女孩,那个因他母亲去世而活下来的女孩。他想让詹斯博跟他们一起走。

"雷奥妮是佐娲。她也有这种天赋,"他说,"国界以西有老师。他们可以培训他们。"

"詹斯博没有。"科尔姆说。

"但他的母亲——"

"他没有。你没资格来这儿。"

"你确定吗?他接受过测试吗?"

"如果你再到这儿来,我就当你是在邀请我用子弹打爆你的双眼。你走吧,带上那女孩在一起。这里没人有那种天赋,也没人想有那种天赋。"

他当着那个风尘仆仆的男人面,砰的一声把门关上了。

詹斯博记得他父亲站在那里,大口喘着粗气。

"他们要干什么,爸爸?"

"没什么。"

"我是佐娲吗?"詹斯博问,"我是格里莎吗?"

"以后不要在家里提起这些词。永远不要。"

"但是——"

"你母亲就是因此而死的,你明白吗?她就是因此离开了我们。"他父亲的声音很激动,灰色的眼睛像水晶一般坚硬,"我不会让你也因此离去的。"然后他的肩膀垮了下去。"你想要跟他们一起走吗?你可以走。如果你也想的话,我不会生气的。"他艰难地说,仿佛那些话要把他撕裂一般。

詹斯博那时十岁,他想了想父亲独自一人在农场劳作,每天回来面对着空荡荡的房间,每晚独自坐在桌前,没有人给他做烧焦的饼干的场景。

"不,"他说,"我不想跟他们走。我想跟你在一起。"

眼下,他再也坐不住了,从椅子上站了起来,在房间里踱来踱去。詹斯博感觉自己无法呼吸。他不能再待在这里了。他心痛,头痛。愧疚、爱和怨恨在内心交织,每次他试图解开心结的时候,事情就会变得一团糟。他为自己制造的混乱和给父亲带来的麻烦感到羞愧。但他也很生气。他怎么会生他父亲的气呢?那个这世上最爱他的人,那个为他付出自己所拥有的一切的人,那个愿意为他挡子弹的人?

这话不会有回音。"我会……我会想办法补救的,爸。我想成为更好的人,更好的儿子。"

"我养大你,不是为了让你成为一个赌徒,詹斯博。我养大你,更不是为了让你成为一名罪犯。"

詹斯博发出一阵苦涩的狂笑。"我爱你,爸。我用我所有的谎言、偷盗,以及无用的真心爱着你,真的,你就是这么做的。"

"什么?"科尔姆气急败坏地说。

"是你教会我说谎。"

"我那是为了保护你的安全。"

詹斯博摇了摇头。"我有那种天赋,你应该让我用它的。"

科尔姆猛地一拳砸向桌子。"那天赋不是礼物,是诅咒。它会像害死你母亲一样害死你。"

真相披露到此为止。詹斯博大步走向门口,如果再不离开这个地方,他会气疯的。"我无论如何都会死,爸。只不过是以一种缓慢的方式死而已。"

乌鸦六人组(卷二):骗子王国

詹斯博大步走过大厅。他不知道自己该去哪里,该做什么。去巴伦,去远离斯戴夫的地方。总会有个可以赌博的地方,只要不引人注意就好了。但是,一个长得像一棵雄心勃勃的树一样高的哲蒙尼少年,还顶着一颗重金悬赏的人头,怎么可能不引人注意。他记得库维说过,格里莎不使用自己的能力的话,会觉得疲惫和虚弱。他的身体并没有什么不适的感觉,这是真的。但如果马蒂亚斯说得没错,詹斯博的病表现在其他地方呢?如果他体内的力量在不断上蹿下跳,想要找个发泄的地方呢?

他经过了一个门口,门开着,他又折了回去。威岚坐在角落里的一架白漆钢琴前,无精打采地弹着同一个单调的音符。

"我喜欢,"他说,"这样很有节奏感——你可以随之起舞。"

威岚抬头看去,詹斯博大步走进了房间,双手在身体两侧摆来摆去。他绕着房间,绕着所有的家具——缀满了银鱼图案的紫色丝绸墙纸,银色的枝形吊灯,以及装满吹制玻璃船的柜子——转起了圈。"神呐,这地方太难看了。"

威岚耸了耸肩,又弹了一个音符。詹斯博靠在钢琴上。"想离开这儿吗?"

威岚抬头看着他,目光里满是忖度。他点了点头。

詹斯博站得更直了。"真的吗?"

威岚依旧凝视着他。房间里的空气似乎发生了变化,好像突然成了可燃物一般。

威岚从钢琴凳上站了起来,朝詹斯博走了一步。他的眼睛是清澈的、闪闪发亮的金色,就像穿过蜂蜜的阳光一样。詹斯博有点怀念那蓝色的、长长的睫毛以及那卷曲的头发。但如果这小商人必须通过别的外壳包装起来的话，詹斯博承认他还挺喜欢这一款的。看到威岚看着他，脑袋歪向一边，嘴角掠过一丝微笑时，那一切还重要吗？他看上去近乎……无畏。究竟是什么发生了改变？他有担心詹斯博无法从黑面纱岛的困境中脱身吗？他有觉得能活着就很幸运吗？詹斯博觉得他并不在意。他想要分散自己的注意力，而这正好可以。

威岚的笑容越来越大。他挑了挑眉。如果这不是邀请……

"好吧，见鬼的。"詹斯博喃喃自语道。他拉近了两人之间的距离，双手捧起威岚的脸。他慢慢地、谨慎地移动，让这个吻静静地、轻轻地拂过威岚的嘴唇，给威岚机会抽身，如果他不愿意的话。但他没有。他凑得更近了。

詹斯博能够感觉到身体上传来威岚的体温。他把手滑到威岚颈后，让他的头朝后仰去，索求更多。

他图谋已久。从第一次看到威岚在那糟糕透顶的制革厂搅动着化学物质的时候，就一直想吻他——那被高温浸润的鲜红的卷发，娇嫩的皮肤，看上去好像呼吸重一点就能让它发青。威岚像是拿错了剧本，王子变乞丐。从那以后，詹斯博就一直在天人交战，一方面想把这个娇生惯养的小商人戏弄到脸色通红，另一方面又想和他在一个安静的角落里调情，看看会发生什么。但他们在冰庭度过的那些时光，让这种好奇心发生了改变。他感觉到有更多的东西吸引着他，那些东西在威岚出乎意料的勇气中，在他睁大眼睛、宽容地看待这个世界的方式里，变得鲜活起来。这让詹斯博觉得自己像个绑在绳子上的风筝，不断上升，然后垂直降落，但他很喜欢这种感觉。

那如今这种感觉去哪了？失望之情淹没了他的全身。

*这还是我吗？*詹斯博想，*是不是我生疏了？*他把头压得更近一些，加深了这个吻，寻找那种起起落落、不计代价的感觉。他把威岚推到钢

乌鸦六入组(卷二):骗子王国

琴上,听到琴键相互碰撞,发出轻柔的、不和谐的乐声。挺合适的,他想。但紧接着,如果我能在这样的时刻想到什么比喻的话,那绝对是哪里出问题了。

他撤了回去,垂下双手,感到说不出的尴尬。在一个糟糕的吻之后能说什么呢?他从来没想过。

就在这时,他看到库维站在门口,目瞪口呆。

"怎么?"詹斯博问,"舒国人中午之前不接吻吗?"

"我怎么知道。"库维酸酸地说。

不是库维。

"啊,神呐。"詹斯博呻吟道。门口的不是库维,是威岚·凡·埃克,初露头角的爆破专家,任性倔强的富家子弟。那这就意味着他刚刚吻了……

真正的库维在钢琴上弹奏着依旧无精打采的音符,目光透过浓密的黑色睫毛看向他,无耻地朝他咧嘴一笑。

詹斯博转身回到门口。"威岚——"他开口说。

"卡兹让我们去起居室。"

"我——"

但威岚已经离开了。詹斯博盯着空荡荡的门口。他怎么会犯这样的错误呢?威岚比库维高,他的脸也更窄一点。如果不是因为和卡兹打了一架,又与父亲吵了一架,他现在怒火燃烧、心烦意乱,詹斯博绝对不会把他俩弄错。如今,他把一切都毁了。

"该死的。"詹斯博咒骂道,朝着门口走去。

"你吻技不错。"库维在他身后说。

詹斯博转过身。"你的刻赤语到底怎么样?"

"相当不错。"

"行,那我希望你能完全听懂我说的话,你惹的麻烦远大于你的价值。"

  库维眉开眼笑,看上去颇为得意。"卡兹似乎觉得我现在很值钱。"

  卡兹翻了个白眼。"你很适合这里。"

25
马蒂亚斯

他们又聚在了起居室里。应妮娜的要求,科尔姆又点了一堆华夫饼和一碗草莓奶昔。起居室较远的那面墙上,是一面占据了大半个墙的镜子,马蒂亚斯的目光情不自禁地转向镜子,就像是通过镜子看到了另一个平行世界。

詹斯博踢掉了靴子,坐在地毯上,双膝抵在胸前,鬼鬼祟祟地瞥了一眼坐在沙发上的威岚,但威岚似乎有意不理他。伊奈姬在窗台上,超高的平衡能力让她看上去似乎没有重量,像是一只准备起飞的鸟。库维挤在长沙发的扶手处,身旁放着一个翻开的笔记本。卡兹坐在一张有高靠背的紫色椅子上,不灵便的那条腿支在矮桌上,拐杖靠在大腿上。时不时地看向自己撕破的衬衫袖子。

妮娜在沙发上,蜷缩在马蒂亚斯旁边,头靠在他肩膀上,盘着腿,手指上还沾着草莓汁。他觉得这么坐着很奇怪。在菲尔丹,即便是丈夫和妻子也很少在公共场合秀恩爱。他们最多只是手牵手,或在公开舞会上跳舞。不过他喜欢这样，虽然没法完全放松，但一想到她要离开他，就觉得无法忍受。

科尔姆那让人无法忽略的存在改变了镜中的影像。他让镜像中的人看起来没那么危险了，好像他们不是那伙闯入冰庭、仅凭智慧和勇气就击败了菲尔丹军队的人，而是一群参加了一场热闹非常的生日派对后精疲力竭的孩子。

"好了。"妮娜说着，舔了舔手指上的草莓汁，那动作彻底击败了马蒂亚斯理性思考的能力。"你说的拍卖会，不是真的指——"

"库维要出售自己。"

"你疯了吗？"

"如果真疯了的话，我会挺开心的，"卡兹说，一只戴着手套的手搁在拐杖上，"任何刻赤公民和前往刻赤的自由民，都有出售自身契约的权利。这不仅是法律，也是贸易，在刻赤，没什么比这个更神圣的了。库维·亚尔博拥有这项神圣的权利——经由工业和商业之神格森准许——让市场决定他的生命的价值。他可以在拍卖会上出售他的服务。"

"你想让他把自己卖给出价最高的人？"伊奈姬怀疑地问。

"卖给愿意给我们出最高价的人。我们控制最终的结果，这样库维就能实现他最迫切的愿望——在雷凡卡用铜壶喝茶了。"

"我父亲绝不会允许这么做的。"威岚说。

"凡·埃克无力阻止这一切。契约的拍卖受到城市最高法律的保护——无论是世俗法律还是宗教法律。一旦库维宣布契约公开进行，在拍卖结束之前，没人有权利阻止此次拍卖。"

妮娜摇了摇头。"如果我们宣布进行此次拍卖，舒国人会确切地知道在何时何地找到他。"

"这里不是雷凡卡，"卡兹说，"这里是刻赤。在这里，贸易是神圣的，受法律保护的。商业理事会有义务确保拍卖会顺利进行。城市护卫

乌鸦六人组(卷二):骗子王国

队将会致力于此,拍卖法规也会要求潮汐理事会提供帮助。商业理事会、城市护卫队以及潮汐理事会——都需要保护库维。"

库维放下了他的笔记本。"舒国人可能依然有潘勒姆和制造师。"

"没错,"詹斯博说,"如果真是这样,他们想要多少金子就能制造多少。就没有谁的出价能高过他们。"

"这是在假设他们的制造师已经在城里的情况下。但凡·埃克帮我们封锁了港口。"

"即便如此——"

"舒国人交给我,"卡兹说,"我可以控制出价。但我们需要再联系一下雷凡卡。他们需要知道我们的计划。最起码知道部分。"

"我可以联系大使馆,"伊奈姬说,"如果妮娜愿意写便条的话。"

"街道被路障封锁了。"威岚抗议道。

"但屋顶没有。"伊奈姬回应。

"伊奈姬,"妮娜说,"你不觉得你应该给我们说说你的新朋友吗?"

"对,"詹斯博说,"在你身上扎出一堆洞的新朋友是谁?"

伊奈姬向窗户外瞥了一眼。"场上出现了个新玩家,佩卡·罗林斯雇的雇佣兵。"

"你在单打时被打败了?"马蒂亚斯惊讶地问。他见过幽灵的战斗力。能够战胜她可不是件容易的事。

"雇佣兵这个词不太能表现出她的实力,"妮娜说,"她跟着伊奈姬走上了高空钢索,然后还朝她扔刀子。"

"不是刀子,确切来说。"伊奈姬说。

"有尖角的夺命盘子垫?"

伊奈姬从窗台上站了起来,把手伸进口袋,让一堆像银色小太阳一样的东西哗啦一声落在桌上。

卡兹倾身向前,拿起一个。"她是谁?"

"她叫杜亚莎，"伊奈姬说，"她号称自己是白刃，还有一堆什么别的名号。她很厉害。"

"有多厉害？"卡兹说。

"比我厉害。"

"我听说过她，"马蒂亚斯说，"巫师猎人曾在雷凡卡收集到的一封情报，上面出现过她的名字。"

"雷凡卡？"伊奈姬说，"她说她是在阿玛拉珍接受训练的。"

"她声称有兰瑟夫血统，是雷凡卡王位的角逐者之一。"

妮娜发出一阵大笑。"你不是认真的吧？"

"我们考虑过支持她削弱尼克莱·兰瑟夫政府。"

"聪明。"

"卑鄙。"

马蒂亚斯清了清嗓子。"他是新国王，根基不稳，血统还存疑。但情报显示，杜亚莎情绪不稳定，可能有妄想症，她不可捉摸，于是我们决定，不能冒这样的风险。"

"佩卡可能让她昨晚从黑面纱岛开始就跟着我们了。"伊奈姬说。

"知道佩卡是怎么找到我们的藏身处吗？"妮娜问。

"他的一个手下可能看到我们了，"卡兹回答，"只是这样就足够了。"

马蒂亚斯想着，不去追究谁是罪魁祸首不是更好吗，这样就不用有人承担罪责。

"杜亚莎出其不意地占了上风，"伊奈姬说，"如果酒店还未被发现，我可以在不被发现的情况下进入大使馆，然后回来。"

"好。"卡兹说，但答案来得并不像马蒂亚斯预计的那么快。他在为她担心，并且他不愿意如此，马蒂亚斯想。这一次，他有点同情这恶魔了。

"还有一个问题，"妮娜说，"马蒂亚斯，捂上你的耳朵。"

乌鸦六人组(卷二):骗子王国

"我不。"

"行。我等会确保一下你的忠诚度。"她在他耳边小声说,"主卧里有一个很大的浴缸。"

"妮娜。"

"只是观察而已。"妮娜一边从托盘扒出华夫饼的残渣一边说,"雷凡卡赢不了。我们囊中羞涩。"

"哦,"马蒂亚斯说,"我知道。"

"你不知道。"

"你觉得菲尔丹人会没意识到雷凡卡国库空虚吗?"

妮娜怒目而视。"你至少应该装出一副吃惊的样子。"

"雷凡卡的财务困境不是什么秘密。由于多年来兰瑟夫国王管理不善,再加上两国边境战事不断,国库已经消耗一空。内战也于事无补,新国王从刻赤银行借了一大笔钱。如果我们进行拍卖,雷凡卡无力竞拍。"

卡兹移动了下那条不灵便的腿。"这就是刻赤商人理事会资助他们的原因。"

詹斯博突然大笑起来。"太棒了。他们有没有可能顺便给我买一顶纯金圆顶礼帽?"

"那有违法律,"威岚说,"理事会负责拍卖的运作,不能干涉拍卖的结果。"

"当然没有,"卡兹说,"他们很清楚这一点。库维和他的父亲曾向商业理事会求助,但他们害怕失去自己中立的地位,拒绝采取行动。凡·埃克看到了机会,自那之后就一直背着他们行动。"卡兹往椅子后背靠了靠。"凡·埃克一直在筹划什么呢?他一直在收购尤尔达农场。尤尔达潘勒姆的秘密公之于众之后,他就可以掌控尤尔达的供给。不论库维在谁手里他都是赢家。所以得像他一样考虑问题——像个商人一样考虑问题。当库维·亚尔博,博·亚尔拜亚的儿子,宣布拍卖开始时,理事会知道,潘勒姆的秘密随时都会传开。他们最终就能自由地采取行动,想办法确保他们的财富和刻赤在世界经济中的地位。他们不能参与拍卖,但他们可以保证,无论结果如何,他们都能赚很多钱。"

"通过大量买进尤尔达。"威岚说。

"没错。我们成立了一个尤尔达财团,给那些愿意投资的人一个大赚一笔的机会,让这世界去见鬼吧。我们给理事会一个机会,让他们的贪婪来完成剩下的事。"

威岚点了点头,脸上露出急切的神情。"这笔钱根本就没有流向财团。我们将资金输送给雷凡卡,这样他们就有能力竞拍库维了。"

"差不多,"卡兹说,"并且我们会抽走一部分。跟银行的做法一样。"

"但谁来做那个诱饵呢?"詹斯博说,"凡·埃克看见过我们所有人的脸,除了妮娜和施佩希特。即使有人帮我们易容,或者另外雇一个人,商业理事会也不会把他们的钱交给一个没有资质的新来者。"

"一个躲在卡特丹姆最昂贵的套房里的尤尔达农民怎么样?"

正在喝咖啡的科尔姆·范赫抬起头来。"我?"

"没门,卡兹,"詹斯博说,"这绝对不可能。"

"他了解尤尔达,会说刻赤语和哲蒙尼语,看起来很适合那个角色。"

"他长着一张老实的脸,"詹斯博苦涩地说,"你把他安置到这个宾馆里不是为了保护他,而是在给他设套。"

"我在为我们谋出路。"

"给自己建围栏?"

"对。"

"你不应该把我父亲牵扯进来。"

"他已经牵扯进来了,阿詹。你让他抵押了农场为你那烧钱的学位买单时,就已经把他拉进这泥潭了。"

乌鸦六人组(卷二):骗子王国

"不,"詹斯博重复道,"凡·埃克会把科尔姆·范赫和詹斯博·范赫联系在一起的,他不是傻子。"

"但是,吉尔德伦纳酒店没有科尔姆·范赫这个人。科尔姆·范赫在大学城的一家小旅馆里租了个房子,据港务长的舱单显示,他前几天已经离开了这座城镇。住在这里的人登记的名字是约翰·里特维德。"

"这人究竟是谁?"妮娜问。

"利几附近的一个小镇上的农民,他和家人住在那里多年,在刻赤和诺威哲姆都有股份。"

"但他到底是谁?"詹斯博说。

"这不重要。把他当作一个商业理事会虚构出来的人物,一个能让他们美梦成真、帮他们从这场潘勒姆之灾中获利的人。"

科尔姆放下杯子。"我同意了。"

"爸,你知不知道你答应了什么。"

"我已经在窝藏逃犯了。如果我注定要帮忙的话,还不如成为共犯。"

"如果事情有变的话——"

"我会失去什么,小詹?你和农场就是我的全部。而这是我保护这些的唯一办法。"

詹斯博从地板上站了起来,在窗前踱来踱去。"这太疯狂了,"他说着,用手摸了摸后颈,"他们肯定不会上当的。"

"我们对他们没有什么要求,"卡兹说,"这就是个骗局。我们把资金的门槛设得低一点,比如说,两百万克鲁志。然后我们就让他们等着。这里有舒国人,还有菲尔丹人,雷凡卡人。如果一定要打赌的话,我敢说,我们会从每个理事会成员那里得到五百万克鲁志。"

"总共有十三个理事会成员,"詹斯博说,"那将会是6500万克鲁格。"

"或许更多。"

马蒂亚斯皱了皱眉头。"即便所有的城市护卫队成员和潮汐理事会成员都在拍卖会现场，我们真的能保证库维的安全吗？"

"除非你有一只独角兽给库维骑，否则就没有办法保证他的安全。"

"我也不指望着潮汐理事会能提供什么保护，"妮娜说，"他们在公共场合露过面吗？"

"二十五年前露过。"卡兹说。

"你觉得他们如今会现身保护库维？我们不能让他一个人去参加公开拍卖。"

"库维不是一个人。我和马蒂亚斯会陪着他的。"

"那里的每个人都认识你们。即使你们乔装打扮一下——"

"不用乔装。商业理事会会被看作是他的代理人。但库维有权为自己选择在此次拍卖之中的保护人。我们会和他一起上台。"

"上台？"

"拍卖会将在易物教堂举行，就在圣坛的正前方，还能有什么地方比那里更神圣呢？这是一个完美的地方——封闭空间，有多个入口，很容易就能到达运河。"

妮娜摇了摇头。"卡兹，马蒂亚斯刚上台，半数的菲尔丹代表团就会认出他来，而你是卡特丹姆的头号通缉犯。如果你们出现在拍卖会上，会被逮捕的。"

"拍卖结束之前，他们不能动我们。"

"在那之后呢？"伊奈姬问。

"之后会有一系列的分散他们注意力的东西。"

"一定有别的办法，"詹斯博说，"如果我们试着和罗林斯做个交易呢？"

威岚把餐巾纸打了个褶。"我们没有什么可用来交换的东西。"

"不会再有交易，"卡兹说，"我从一开始就不应该去找罗林斯。"

詹斯博挑起眉毛。"你是在承认自己犯错了吗？"

乌鸦六人组(卷二):骗子王国

"我们当时需要资金。"卡兹说。他的眼睛短暂地瞟了一眼伊奈姬。"我并不为此事觉得抱歉,但那不是一个正确的选择。打败罗林斯的诀窍是永远不要和他坐下来谈判。那是他的主场。他手中的资源足以耗尽你的运气。"

"尽管如此,"詹斯博说,"如果我们要对抗刻赤政府、巴伦的帮派以及舒国人——"

"和菲尔丹人,"马蒂亚斯补充道,"还有哲蒙尼人,克里什人,以及在宣布拍卖会开始时任何可能会出现的人。大使馆已经人满为患,我们不知道潘勒姆的谣言已经流传了多远。"

"我们需要有人帮忙。"妮娜说。

"我知道,"卡兹说着,捋了捋袖子,"这就是我要去斯兰特的原因。"

詹斯博停止了走动。伊奈姬摇了摇头。他们都盯着他。

"你在说什么?"妮娜说,"有人悬赏你的项上人头。这在巴伦尽人皆知。"

"你看到下面的珀尔·哈斯克尔和德勒格斯成员了,"詹斯博说,"在整个城市都要像一麻袋砖头一样砸向你的时候,你觉得你能说动那老头支持你?你很清楚他没那魄力。"

"我知道,"卡兹说,"但我们需要一个更大的团队来完成这任务。"

"恶魔,这险不值得冒。"马蒂亚斯说,他惊讶地发现这话竟然是出自真心。

"等着一切都结束了,等凡·埃克被绳之以法了,等罗林斯跑了,钱到手了,这儿依旧是我的地盘。我不能住在一个我连头都抬不起来的城市。"

"如果你的脖子上还有头的话。"詹斯博说。

"为了在这个城市有一席之地,我拿过刀,开过枪,还抡起拳头打过数不清的架,"卡兹说,"这是我曾为之流过血的城市。如果说卡特丹姆教会了我什么的话，那就是，总有更多的血要流。"

妮娜握住了马蒂亚斯的手。"格里莎还被困在大使馆里，卡兹。我知道你不在乎，但我们得让他们远离这座城市。还有詹斯博的父亲，以及我们所有人。不管最后谁在这场竞拍中获胜，凡·埃克和佩卡·罗林斯不会卷铺盖走人的。舒国人也不会。"

卡兹站了起来，拄着他的乌鸦头拐杖。"但我知道有一件事情，会比舒国人、菲尔丹人，以及巴伦所有帮派加起来，都让这个城市更为恐慌。而妮娜，这就要靠你了。"

26
卡 兹

卡兹感觉自己在椅子上坐了好几个小时，一直在回答他们的问题，让计划一点点就位。他在脑海中看到了这个计划最终的样子，看到了让每一环节就位所需的步骤，也看到了环节成功或失败的无数种可能。这是一个锋芒毕露的疯狂计划，是他们成功的必要条件。

约翰·里特维德。他说的算得上是事实。约翰·里特维德从未存在过。卡兹用了乔迪的中间名，和他们共同的姓氏创造了这个农民的身份。

他不知道他为什么要买下自己长大的农场，也不知道自己为什么要继续做生意，要用里特维德这个姓氏购置资产。约翰·里特维德这个名字会成为他的雅各布·赫尔宗吗？就像佩卡·罗林斯为了更好地愚弄那些容易上当的肥羊一样，精心设计出了这样一个体面的身份吗？还是说这是一种让他已经失去的家庭重生的方式？但这重要吗？约翰·里特维德存在于文件和银行的记录之中，而科尔姆·范赫是扮演这个角色的最佳人选。

最终散会时,咖啡已经凉了,已经快要中午了。尽管明亮的光线从窗户透了进来,但他们都想要休息几个小时。可他不能。*我们不能停下来。*卡兹疲惫得浑身疼痛。他的腿不再刺痛,但痛感延展到了全身。

他知道自己有多蠢,但不知道自己从斯兰特回来的可能性有多大。卡兹的生活一直都是一系列的佯攻和闪避。有其他办法可以解决问题时,为什么要选择硬碰硬呢?凡事总有蹊跷,而他是寻找蹊跷的专家。但如今他要像一头套在犁上的牛一样,迈着沉重的步子向前走。他很有可能会被殴打到浑身是血,然后被拖着穿过巴伦,拖到佩卡·罗林斯的前门廊前。但如今他们落在了一个陷阱里,如果必须要自断其掌才能让他们逃生,那他便会这么做。

首先,他必须找到伊奈姬。她在套房奢华的白金相间的浴室里,正坐在梳妆台前把毛巾剪成新的绷带。

他大步从她身边走过,脱下外套,扔进洗脸盆旁边的水池里。"我需要你帮我规划一条去斯兰特的路。"

"我和你一起去。"

"你很清楚我必须独自面对他们,"他说,"他们会寻一切的弱点,幽灵。"他拧开水龙头,吱吱嘎嘎的几声呻吟之后,冒着热气的水从水龙头里涌了出来。或许等他在克鲁志里打滚的时候,可以在斯兰特也装上热水。"但我要去那的话,不能在街上走动。"

"你就不应该去那里。"

他脱下手套,把手浸在水里,把水泼在脸上,手指穿过发间。"要么你告诉我最佳路线,要么我自己去想办法。"

比起攀爬,他宁愿走路。该死的,他更愿意坐四轮马车去。但如果他试图穿过街道走到巴伦,还没到那就会被抓了。此外,如果要让这一切运转,他需要一个制高点。

他掏了掏外套口袋,举起了在起居室里找到的卡特丹姆旅游地图。

乌鸦六人组(卷二):骗子王国

这张图没有那么多他想要的细节,他们的地图落在黑面纱岛了。

他们把地图放在了洗漱池旁,然后弯着腰行动起来,伊奈姬在屋顶上画了一条线,给他说了穿过运河最好的方式。

她在地图的某个点上敲了敲。"这条路线更快,但要更陡一些。"

"我走远路。"卡兹说。他想把心思放在即将到来的战斗上,放在如何避免引起注意上,而不是担心自己会摔死上。

他确定自己记住了那条路线怎么走后,把地图收了起来,从口袋里拿出另一张纸,那纸上盖着格蒙斯银行的淡绿色印章。他把它递给了她。

"这是什么?"她问,眼睛扫视着那张纸,"这不是……"她用指尖扫过这些字,似乎希望它们消失。"我的合同。"她低声说。

"我不希望你受制于珀尔·哈斯克尔,或者是我。"又是半真半假的话。他曾在心里盘算过上百种把她绑在自己身边,把她留在这座城市里的办法,但她已经被债务和义务困得太久了,她走了对他俩都好。

"怎么会?"她说,"那钱——"

"清了。"他变卖了所有的资产,用掉了最后的积蓄,花掉了每一分不义之财。

她把信封按在胸前,紧紧地贴着胸口。"语言无法表达我对你的感激之情。"

"面对这种情境,苏里不应该有成百上千条箴言吗?"

"适用于这种情境的箴言还没创造出来呢。"

"如果我最后上了绞刑架,你可以对着尸体说点好听的,"他说,"等到六声钟响,如果我没回来,想办法让所有人离开这座城市。"

"卡兹——"

"乌鸦俱乐部后面的那堵墙上有一块褪色的砖,砖后放着两万克鲁志。这笔钱不多,但应该够贿赂几个城市护卫队的警员。"他知道他们机会渺茫,这都是他的错,"你独自行动的话胜算更大——现在离开的话,还会更大一些。"

伊奈姬眯了眯眼睛。"我假装你没说过这句话。他们是我朋友。我哪儿都不去。"

"跟我说说杜亚莎。"他说。

"她的刀质量不错。"伊奈姬从梳妆台上拿起剪刀,开始剪新的毛巾条。"我觉得她可能是我的影子。"

"如果会扔刀的话,那可真是个相当真实的影子。"

"苏里人相信,如果我们做了错事,生命力就会转移给影子。每个罪孽都会让影子变得更加强大,直到那影子比本人强大。"

"如果这是真的,那我的影子会让卡特丹姆陷入永夜。"

"或许吧,"伊奈姬说着,目光阴郁地转向了他,"但也有可能,你是别人的影子。"

"你是说佩卡。"

"如果你从斯兰特回来会发生什么?如果拍卖会能按计划进行,我们能完成这一壮举的话?"

"你就会拥有你的船和未来。"

"那你呢?"

"我会竭尽所能搞破坏,直到运气耗尽。我会用我们的收获建立一个帝国。"

"然后呢?"

"谁知道呢?或许我会把它烧成平地。"

"这是你和罗林斯不同的地方吗?你不留任何东西?"

"我不是佩卡·罗林斯,也不是他的影子。我不会把女孩卖去妓院,也不会骗无助孩子的钱。"

"看看乌鸦俱乐部的赌场,卡兹。"她的声音很温和,很有耐心——这为什么会让他有放火烧东西的想法呢?"想想你操纵过的每一桩诈骗,

乌鸦六人组（卷二）：骗子王国

每一局纸牌游戏，以及每一次盗窃。那些人得到或失去的一切，都是他们应得的吗？"

"生活从来不会让我们得到应有的东西，伊奈姬。如果它是——"

"你哥哥得到自己应得的了吗？"

"没有。"但这否定听起来不太真诚。

他为什么会对着詹斯博叫哥哥的名字呢？他回顾过去，想起了曾经自己眼中的哥哥：勇敢、聪明、不会犯错，是一个被披着商人外衣的恶龙打败的骑士。但他现在会怎么看待乔迪？一个记号？又一个想走捷径的傻肥羊？他把手放在洗漱池边。不再觉得愤怒，只觉得疲惫。"我们当时都是傻子。"

"你们当时都是孩子。没人保护你们吗？"

"曾有人保护你吗？"

"我父亲。我母亲。为了不让我被人贩子偷走，他们什么都愿意做。"

"那他们可能会死于奴隶贩子之手。"

"那我觉得我还挺幸运的，不用看到那一幕。"

她怎么会依旧这样看待这个世界？"十四岁就被卖到妓院，你觉得自己很幸运？"

"他们曾经很爱我。他们爱我。对这一点，我深信不疑。"他从镜子中看到她向他走来，漆黑的头发映衬着洁白的墙面，像水墨画一样。她在他身后停了下来。"你保护了我，卡兹。"

"你绷带里渗出的血告诉我事实并非如此。"

她垂下目光瞥了一眼，肩上的绷带已经沾满红色的血花。她笨拙地扯了扯那块毛巾。"我需要妮娜来帮我搞定这事。"

他本不想说的。他想放她离开的。"我可以帮你。"

她盯着镜子里的他，目光警觉，像是在打量一个对手。我可以帮你。这是她对他说的第一句话，那时她站在动物园的会客室里，身上披着紫色丝绸,眼皮上涂着眼影。她曾帮过他。也曾差点毁了他。或许他应该让她去完成这任务。

卡兹听到有水从水龙头滴出,不规律的滴水声打在洗漱池上。他不确定自己想让她说什么。*让她出去*,内心有声音说,*求她留下*。

但伊奈姬什么都没说,而是从梳妆台上取下绷带和剪刀,放在洗漱池旁。然后用手撑着柜子,毫不费力地支起自己,坐了上去。

他们如今四目相对。他向前迈了一步,然后站在那里,像定住了一般。他做不到。他们仿佛近在咫尺,又像是远在天涯。

她拿起了剪刀,动作像往常一样优雅,然后先把剪刀递给了他。他手里的剪刀很凉;冷硬的金属让人觉得安心。他在她膝盖之间站定。

"我们从哪儿开始?"她问。洗漱池里的蒸汽让她脸周围的绒毛都卷了起来。

他真的要干这活儿吗?

他朝着她的右前臂点了下头,不敢放任自己开口说话。他的手套放在洗漱池旁边,黑色的手套在金色纹理大理石的映衬下,看起来像死去的动物。

他把注意力放在剪刀上,手里握着的冰冷金属,一点也不像皮肤。如果他的左手颤抖的话,就干不了这活。

我可以搞定的,他跟自己说。这跟拿枪指着别人没什么区别。还是暴力行为容易一点。

他小心地把剪刀滑到手臂的绷带下面。毛巾比纱布要厚,但剪刀很锋利。只剪了一下,绷带就脱落了,露出一个很深的刺伤。他把毛巾条扔到一边。

他拿起一条干净的毛巾站在那里,给自己加油打气。

她抬起了手臂。他小心翼翼地把那块干净的布缠在她的前臂上。他的指关节擦过她的皮肤时,仿佛闪电劈裂了他的身体,让他失去了行动

乌鸦六人组(卷二):骗子王国

能力,就跟长在土里了一般。

他的心不应该发出那种声音。或许他永远也到不了斯兰特了。或许这就足以让他丧命。他用意志支撑着自己行动起来,给绷带打结,一次,两次。完成了。

卡兹深吸了一口气。他知道接下来应该换掉她肩膀上的绷带,但他还没做好准备,所以他朝她的左臂点了点头。那里的绷带非常干净,绑得也很牢固,但她没有表示质疑,只是伸出了前臂。

这次容易多了。他动作缓慢,但有条不紊。剪刀,绷带,短暂沉思。这任务搞定了。

他们不发一言,陷入了一片寂静的旋涡。她的膝盖没有碰触到他,在他的身体两侧的位置。伊奈姬的眼睛又大又黑,像迷失的行星,黑色的月亮。

她肩膀上的绷带在腋下缠了两圈,绑在关节处。他的身体微微前倾,但角度有点尴尬。他没办法直接把剪刀插进毛巾下面,必须先剪开布料的边缘。

不行。房间太亮了。他感觉像是有拳头捏住了他的心脏。停下来。

他并起两根手指,滑到绷带下面。

他内心的一切都在退缩。冰冷的水抵住了他的腿,他的身体已经麻木,但手依然能感觉到哥哥的血肉腐烂了时,那湿漉漉的感觉。羞耻感会将人生吞活剥。他快要溺水了。快要淹死在卡特丹姆港口。他的视线模糊起来。

"这对我来说也并不容易。"她的声音低沉而平静,那声音曾把他从地狱带了回来,"即便是现在,有少年在街上冲我微笑,或詹斯博搂着我的腰时,我都感觉自己要消失了。"感觉房子开始摇晃。他捕捉到了她声音里流露出的无计可施。"我生活在恐惧之中,担心会在街上看见她的——我的其中一个——客户。很长的一段时间里,我觉得到处都能看到他们。但有些时候，我觉得他们对我的所作所为还不是最糟糕的。"

卡兹的视线又清晰起来。潮水退了回去。他正站在酒店的浴室里，手指压在伊奈姬的肩膀上，他能感觉到她皮肤下的肌肉。能感觉到她喉咙那有一处脉搏剧烈跳动着，就在她下颌下面的软凹处。他意识到她闭上了眼睛。她的睫毛在脸颊的映衬下显得更加漆黑。仿佛是为了回应他的颤抖，她更加僵直了。他应该说点什么，但他的嘴却说不出话来。

"坦特·海琳并不总是那么残忍，"伊奈姬继续说，"她会拥抱你，紧紧地抱着你，然后用力掐着你，掐到破皮。你永远不会知道随之而来的是一个吻还是一个耳光。前一天你还是她最好的女孩，后一天就把你带到她的办公室，告诉你她要把你卖给一群她在街上遇见的男人。她会让你求她留下你。"伊奈姬发出一声轻柔的声音，有点像是在笑。"妮娜第一次拥抱我时，我退缩了。"她睁开了眼睛，目光跟他相对。他可以听到水龙头的滴水声，看到有发丝从她盘起的头发上散落下来，落在了肩上。"继续。"她平静地说，就像她在让他继续讲故事。

他不确定自己能不能做到。但如果她能对着房间里的回声说出这些话，那他该死的也可以试试。

他小心翼翼地举起了剪刀，抬起了绷带，剪了一道小口子。不再接触她的皮肤时，他感到既惋惜又如释重负。他划破了绷带，依旧能感到手指上残留的她的体温，就像发烧一样。

破损的绷带滑落了。

他又用右手拿起一个长长的毛巾条。他得身体前倾才能把绷带绕到她的身后。他现在距离她太近了。他的思绪转移到了她的耳廓，她别在耳后的头发，以及她喉咙处快速跳动的脉搏上。是活的，活的，活的。

这对我来说也并不容易。

他又把绷带绕了一圈。短暂的碰触，不可避免。肩膀，锁骨，膝盖。他周围的潮水又涨了起来。

乌鸦六人组(卷二):骗子王国

他打了一个结。退后。但他并没有朝后退。他站在那里,听着自己的,和她的呼吸,整个房间里只有他们呼吸的节奏。

不适依旧存在,想跑的冲动依旧存在,但还有别的东西。卡兹觉得自己对疼痛的感觉了如指掌,但这种疼痛是全新的。像这样站着,离她的臂弯如此之近时会疼。*这对我来说也并不容易*。但她还是承受了这一切,他才是弱的那一个。但她永远也不会知道,看到妮娜拥抱着她,詹斯博挽着她的胳膊时,站在门口、靠在墙边的他是怎样的感受,也不会知道他清楚地知道自己无法靠近她是什么感觉。*但我如今在这*,他疯狂地想道。他曾抱着她,和她并肩作战,与她度过整晚,只不过那时两人都趴在地上,透过一个长条玻璃制品,密切注视着某些仓库或商人的府邸。但这次不同。他感到不适和恐慌,浑身是汗,但他在这里。他凝视着脖颈那里的脉搏,那是她心跳的证据,但那跳动和他不安的心跳融合到了一起。他看见了她脖子上湿漉漉的曲线,闪闪发亮的棕色皮肤。他想……他想。

他还没想明白自己的意图,就先低下了头。她深深地吸了一口气。他的嘴唇在她肩膀和脖颈之间那温暖的连接处徘徊。他等待着。*让我停下来。推开我。*

她呼出一口气。"继续。"她重复道。讲完这个故事。

轻轻一动,他的嘴唇掠过了她的皮肤——温暖、光滑、有水珠的皮肤。欲望在他体内涌动,无数画面在他脑海中掠过,他很难不去想——她乌黑的头发从发辫上散落下来,他的手贴合着她腰部柔软的曲线,她嘴唇轻启,低低地叫着他的名字。

一切都在那里,然后全部消失不见。他溺在港口的水里,她的四肢如尸体般僵硬,死寂的目光直勾勾地盯着。恶心感和欲望一起在他体内翻涌。

他踉跄着向后倒去,那条伤腿上传来一阵剧痛。他的嘴像着火了一般,房间摇摆起来。他靠在墙上,艰难地呼吸着。伊奈姬站起身来,朝他走去,脸上露出关切的神情。他举起一只手阻止了她。

"别。"

她站在瓷砖地板的中央,瓷砖的边框是白金相间的,就像一个镀金图标。"你怎么了,卡兹?你哥哥怎么了?"

"没什么。"

"告诉我吧。"

告诉她,内心有个声音说,*把一切都告诉她*。但他不知道从何说起。并且他为什么要这么做呢?这样就能让她想办法宽恕他的罪行吗?他不需要她的同情。他不需要解释。他只需要想办法让她走。

"你想知道佩卡对我做了什么吗?"他咆哮道,震得砖都在颤动,"不如我告诉你,我找到扮演他妻子、他女儿的人之后做了什么?要不我跟你说说,第一天晚上用机械狗引我们入局的那个少年身上发生了什么?这主意不错。他叫菲利普。我发现他时,他正在凯尔斯坦特玩蒙特牌戏。我折磨了他两天,任由他在巷子里血流不止,把一个机械狗的发条塞进了他的喉咙里。"卡兹看到伊奈姬瑟缩了一下。他忽略了自己内心的刺痛。

"对了,"他继续说,"那些出卖了我们信息的银行职员,那个假律师,那个在赫尔宗的假咖啡馆里给我免费热可可的人,我把他们,一个一个,一步一步地全毁了。罗林斯将会是最后一个。这些罪孽是祈祷无法洗刷的,幽灵。不会有安宁等着我,也不会有宽恕,此生没有,下辈子也不会有。"

伊奈姬摇了摇头。她怎么还能用这么善良的目光看着他呢?"你无须请求宽恕,卡兹。你需要赢得宽恕。"

"那就是你打算做的事情吗?通过追捕奴隶贩子?"

"通过追捕奴隶贩子。通过铲除利用他们获利的商人和巴伦的老板。

乌鸦六人组(卷二):骗子王国

通过不要成为下一个佩卡·罗林斯那样的人。"

这不可能。仅此而已。伊奈姬看不到真相,但他可以。伊奈姬比他更强大。她一直坚持着她的信仰,她的善良,即使这世界想用贪婪的双手,把它们从她身上夺走。

他的眼睛像往常一样打量着她的脸,仔细地、如饥似渴地、像小偷一般地将她脸上的每一个细节都尽收眼中——那乌黑的眉毛,深褐色的眼睛,翘起的嘴唇。他不配得到安宁,不配得到宽恕,但如果他今天就要死了,能带去另一个世界的,唯一有价值的东西,就是关于她的记忆,这远比他有权得到的任何东西都要美好。

卡兹大步走过伊奈姬身旁,从水池里拿起他丢在一旁的手套戴上。他耸了耸肩,穿上了外套,对着镜子整了整领带,把拐杖夹在腋下。他还是去潇洒地迎接自己的死亡吧。

他再次转向她的时候,已经做好了准备。"不管我出了什么事,想办法在这个城市活下去。弄一艘属于你自己的船,去报仇雪恨,把你的名字刻在他们的骨头上。但要从我给大家带来的麻烦之中挺过去。"

"别这样。"伊奈姬说。

"如果我不这么做的话,一切就全完了。没有出路,没有酬金。一无所有。"

"一无所有。"他重复道。

"去搜寻杜亚莎的破绽。"

"什么?"

"每个战士背后都有破绽,可能是一个旧伤,也可能是准备出击时,垮下去的肩膀。"

"我有破绽吗?"

"在开始行动之前,你都会绷直肩膀,就好像你要进行一场表演一样,好像在等待观众的注意一样。"

听到这话,她看上去像是有点受到冒犯。"那你的呢?"

卡兹想起了在维尔吉鲁克的那一刻,那一刻他几乎失去了所有。

"我是个跛子。这就是我的破绽。能想到去寻找别人的破绽的聪明人很少。"

"别去斯兰特了,卡兹。我们再想别的办法。"

"让开,幽灵。"

"卡兹——"

"如果你曾对我有过一丁点的在乎,就别跟着我。"

他从她身边挤了过去,大步走出房间。他不能去想会发生什么,会失去什么。但有一件事,伊奈姬说错了。他很清楚自己离开之后,打算留下什么。

破坏。

27
伊奈姬

无论如何,她还是跟着他了。

如果你曾对我有过一丁点的在乎。

伊奈姬在跃过一个烟囱时,发出一声轻哼。这让人有点不快。她曾有过无数次摆脱卡兹的机会,但从未抓住过。

他不是个适合过正常平凡生活的人。难道她是一个会找个善良的丈夫,为他生几个孩子,然后在他们睡着后,打磨她的刀子的人吗?她怎么解释自动物园之后就噩梦不断?或者她双手沾染的血腥呢?

她能感觉到卡兹的手指按在她的皮肤上,感觉到他的唇拂过她的脖子,看到他瞪大的双眼。巴伦最致命的两个人能够做到的,也只是在两人不彻底倒下的情况下,勉强碰触到对方。但他们尝试过了。他尝试过了。或许他们可以再试试。这是一个愚蠢的愿望,一个女孩感性的希冀;一个未曾被人贩子偷走,未曾遭受过坦特·海琳的毒打,未曾变得遍体鳞伤,未曾被悬赏通缉的女孩的愿望和希冀。卡兹一定会嘲笑她的乐观。

她想起了杜亚莎,她的影子。她的梦想是什么呢?是马蒂亚斯所说的王位吗?给她神明献祭的杀戮?伊奈姬毫不怀疑自己还会见到那个象牙琥珀色的女孩。她想要相信,再次重逢时,胜者会是她,但她不能否认那个女孩的天赋。也许她真的是一个公主,一个出身高贵的女孩,一个接受过杀人能力培训,注定要成为故事里的女英雄一样伟大的人物。那伊奈姬从中扮演着什么角色呢?她前进路上的障碍?死亡祭坛上的贡品?像个普通的街头混混一样打架的苏里女孩?苏里杂技演员中的污点?也许是她的神明把杜亚莎带到了这里。**谁会记得你这样的女孩,伽法小姐?**或许这就是让伊奈姬为她杀害的那些人偿命的方式。

也许吧。但现在还不是时候。她还有债要还。

滑下一个排水管时,伊奈姬发出嘶的一声,感觉到大腿上的绷带松开了。她可能会在建筑物的轮廓线上留下一串血迹。

他们离斯兰特越来越近了,但她一直躲在暗处,确保和卡兹拉开距离。他总能在别人毫无察觉时,感觉到她的存在。他会时不时地停下来,没有意识到有人在观察他。他的腿伤要比他伪装出来的样子严重很多。但她不会干涉斯兰特的事。至少在这一点上,她可以遵从他的意愿,因为他说得没错:在巴伦,实力是唯一作数的货币。如果卡兹不独自面对这次挑战,他会失去一切——不仅仅是赢得德勒格斯成员支持的机会,更是任何再次在巴伦自由行走的机会。她常常想要一点点地抹掉卡兹的傲慢,但她无法忍受看着他的骄傲被剥夺。

他沿着他们一起设计的路线前进,在格伦斯坦特的屋顶上躲躲闪闪,很快,斯兰特的后背就映入眼帘——逼仄,靠在相邻的建筑物上,木瓦三角墙被煤烟熏得漆黑。

她曾有多少次是以这样的方式靠近斯兰特的?对她而言,这是回家的路。她在顶楼看到了卡兹房间的窗户。在不计其数的时光里,她曾坐

乌鸦六人组（卷二）：骗子王国

在那窗台上，一边喂聚集在那里的乌鸦，一边听他说着计划。在它下面稍微偏左的地方，她看到了属于自己的那间小卧室的银色窗户。她突然意识到，不论拍卖会成功与否，这都是她最后一次回斯兰特了。她可能再也见不到卡兹坐在他的办公桌前了，也听不到他的拐杖敲击斯兰特晃晃悠悠的台阶，让她可以从敲击节奏中判断当晚情况究竟是好是坏。

她看着他笨拙地从屋顶上爬了下来，撬开了自己房间窗户上的锁。等看不见他了，她才继续沿着陡峭的三角墙来到了斯兰特的另一边。她没法在不暴露自己的情况下，跟他用一样的方式下去。

在房子的前面，就在檐线下面，她发现了一个用来拽重货物的金属钩。她一把抓住了它，没有理会受惊的鸽子发出不满的咕咕声，然后用脚推开窗户，在闻到鸟屎味时皱了皱鼻子。她溜了进去，穿过屋梁，在暗处寻了个地方，然后等着，不知道下一步该做什么。如果有人抬头，就会看到她像蜘蛛一样待在一个角落里，但谁会想起抬头看呢？

往下看去，入口处十分热闹。显然，早上游行的欢乐气氛弥漫了一整天。人们从前门进进出出，叫喊着，笑着，唱着。几个德勒格斯成员坐在吱嘎作响的木楼梯上，来回递着一瓶威士忌。西格——珀尔·哈斯克尔最喜欢的打手之一——用锡制哨子反反复复地吹着同样的三个音符，这已经是他的极限了。一群吵吵闹闹的家伙破门而入，跌跌撞撞地冲进入口，像傻子一样喊叫着，跺着地板，像鲨鱼一样互相撞击。他们握着钉满了生锈的钉子的斧柄，刀，以及枪，有的甚至在眼睛周围画着黑色的乌鸦翅膀。在他们身后，伊奈姬瞥到了几个没有被这种兴奋感染的成员——一头黄发的安妮卡，精瘦的罗德，珀尔·哈斯克尔曾提议卡兹让他当蜘蛛人，还有壮实的打手克格和皮姆。他们躲在墙边，在其他人大喊大叫时，彼此交换着不快的眼神。**他们是卡兹获得支持的最大希望**，她想。他们是德勒格斯中最年轻的成员，这几个少年是由卡兹带进帮派，并进行管理的，他们工作最努力，干的活儿也最累，只因为他们是新来的。

但卡兹到底是怎么想的？他进自己的办公室是事出有因，还是仅仅因为从那儿去楼顶最方便？他是想和珀尔·哈斯克尔谈谈吗？在入口处就可以将所有的楼梯一览无余。卡兹没法在不引人注意的情况下走下楼梯，除非他进行乔装打扮。那他如何用那条受了伤的腿走下楼梯，而不被人认出呢，她实在想不明白。

聚在下面的人发出了欢呼声。珀尔·哈斯克尔从办公室里走了出来，灰色的脑袋在人群中穿梭。今天的庆祝活动上，他穿了一身鲜艳的衣服——深红色的银色格子马甲，犬齿条纹的裤子——很土，却很像德勒格斯之王，而德勒格斯几乎是卡兹一手建立起来的。他一只手挥动着他最喜欢的顶部插着一根羽毛的帽子，另一只手拿着拐杖。有人在拐杖顶部弄了一个卡通版的乌鸦。这让她感觉很不舒服。卡兹对珀尔·哈斯克尔而言，比儿子还要靠得住。虽然这儿子狡猾、残忍、并且会杀人。

"觉得咱们今晚能逮到他吗，老头？"巴斯蒂安一边问，一边用一根难看的棍子敲着自己的腿。

哈斯克尔把拐杖当成权杖般举了起来。"如果有人能拿到那笔赏金的话，那一定会是我的人！对不对？"

那群人欢呼起来。

"老头。"

卡兹如岩盐般刺耳的声音穿过了嘈杂的人群，盖过了喋喋不休的喧闹话声，伊奈姬猛地抬头。每一只眼睛都向上看去。

他站在楼梯顶部，俯视着快要散架的那四段楼梯。她意识到他之前暂作停留，换了衣服，身上的衣服完美地勾勒出了他的身体线条。他挂着拐杖站着，头发自苍白的额头一丝不苟地梳向后面，宛若一个黑色玻璃雕塑，雕塑边缘无比锋利。

哈斯克尔一脸吃惊，看上去颇为滑稽。然后他笑了起来。"行吧，我

乌鸦六人组（卷二）：骗子王国

就是个狗娘养的，布莱克。你绝对是我见过的最疯狂的混蛋。"

"我会把这当成一种恭维。"

"你不该来这儿的——除非你是来自首的，我知道你是个聪明人。"

"我不会再为你赚钱了。"

珀尔·哈斯克尔的脸因愤怒而皱了起来。"你这个无知的小混蛋！"他咆哮道，"旁若无人地在这儿晃悠，整得像在自己的府邸闲逛的商人似的。"

"你总是一副高高在上的样子，布莱克。"西格大声嚷嚷道，手里还拿着那个锡制哨子，其他德勒格斯成员跟着点了点头。珀尔·哈斯克尔鼓励性地鼓了鼓掌。

这是真的。卡兹总是和每个人都保持距离。他们想要的是兄弟之情，是友谊，但他从不按他们的规矩办事，他只遵从自己的规则。或许这笔账总是要算的。伊奈姬知道卡兹不会愿意一直做珀尔·哈斯克尔的副手。他们在冰庭的胜利，足以使他成为巴伦之王，但凡·埃克剥夺了这个机会。德勒格斯成员不知道他在过去的几周里取得的非凡成就，也不知道他从菲尔丹人手中夺来的战利品，更不知道那非法所得可能依旧在他的掌握之中。他独自一人前来面对他们，这个少年没什么盟友，他们中认识他的人也寥寥无几，尽管他恶名远扬。

"你在这儿连个朋友都没有。"巴斯蒂安大声喊道。

安妮卡和其他站在墙边的人都竖起了耳朵，皮姆摇了摇头，双臂交叉。

卡兹抬起一只肩膀，微微耸了下肩。"我不是来找朋友的。我来这儿不是为了那些被拍在沙滩上的乞丐和懦夫，也不是为了那些认为巴伦对他们有所亏欠的失败者。我是来找杀手的。那些强硬的，有驱动力的杀手。这是我的帮派，"卡兹说着，走下楼梯，拐杖敲击着木板，"而我也不会再听令行事。"

"去拿你们的赏金吧,小伙子们!"哈斯克尔喊道。一切凝滞了片刻,有那么一瞬间,伊奈姬希望没人会听,希望他们能叛变,能反抗哈斯克尔。但随后,大坝开了闸。巴斯蒂安和西格一马当先,冲上楼梯,想成为第一个朝黑手开枪的人。

但因为威士忌,西格动作有些缓慢,等他们爬上三楼,来到卡兹面前时,已经上气不接下气了。卡兹高高地举起拐杖,挥舞了两次,打碎了西格手臂上的骨头。他没有跟巴斯蒂安动手,而是从他身旁溜了过去,尽管他腿脚不便,行动却超乎寻常地快。巴斯蒂安还没来得及转身,卡兹的拐杖就捅在了他的大腿和膝盖之间。他大叫一声,倒在了地上。

哈斯克尔的另一个走狗已经冲过来和他交锋了——这彪形大汉,人称茶壶,因为他呼吸时,鼻子会发出口哨声。茶壶的木棍袭来,卡兹跳向左边,堪堪躲过。他抡起拐杖,整个乌鸦头的重量都砸在了那彪形大汉的下颌上。伊奈姬看到茶壶的牙齿从嘴里飞了出来。

卡兹依旧占据着高地,但他寡不敌众,他们如今像潮水一样涌来。瓦里安和斯旺冲向三楼,雷德·菲利克斯紧随其后,米罗和高尔卡也在不断逼近。

看到卡兹那条伤腿上挨了一记时,伊奈姬抿紧了嘴唇。他有点踉跄,勉强站稳之后,躲过了瓦里安的锁链的攻击。那锁链砸在了离卡兹脑袋几英寸远的栏杆上,木屑四处飞溅。卡兹抓住锁链,利用瓦里安的冲力,把他甩到断了的栏杆上,他跌落在入口处的地上时,人群向后退去。

斯旺和菲利克斯对卡兹进行双面夹击。雷德·菲利克斯抓住卡兹的外套,把他用力往后一拽。但卡兹逃脱了,就像东斯戴夫的魔术师表演从紧身衣中挣脱一样。

斯旺疯狂地挥舞着他那锋利的斧头,卡兹用拐杖头狠狠地砸在斯旺

乌鸦六人组(卷二)：骗子王国

的脸上。即使隔着一段距离，伊奈姬也看到他的脸上被砸出了一个血淋淋的肉坑。

雷德·菲利克斯从衣兜里摸出一袋果汁，狠狠地砸在卡兹的右手上。这一击颇为草率，但卡兹的拐杖咔嗒一声掉在了地上，滚下了楼梯。不仅瘦得像雪貂，长得也挺像雪貂的毕土尔冲上楼梯，一把抓起拐杖，扔给了珀尔·哈斯克尔，他的狐朋狗友欢呼声一片。卡兹双手握住两边的栏杆，双脚踢在雷德·菲利克斯的胸膛上，让他滚下了楼梯。

卡兹没有了拐杖。他摊开了戴着手套的双手。伊奈姬再次想到了魔术师。*我的袖子中什么都没有。*

又有三个德勒格斯成员从雷德·菲利克斯身边一跃而过，向他扑来——米罗，高尔卡，以及长相奇怪、头发油腻、声音尖细的毕土尔。伊奈姬的眼睛都不敢眨一下，米罗把卡兹推到了墙上，拳头如雨点般地落在他的肋骨上和脸上。卡兹把头向后仰去，然后撞在了米罗的前额上，发出了令人不适的咔嚓声。米罗的脚步晃了晃，卡兹占了上风。

但他们人太多了，卡兹如今只能赤手空拳作战，血从他一侧的脸上流了下来，他的嘴唇开裂，左眼肿到睁不开，动作也变得迟缓了。

高尔卡一只胳膊勒住卡兹的脖子。卡兹用胳膊肘撞向高尔卡的腹部，挣脱了他的控制。他向前倒去，此时毕土尔抓住了他的肩膀，用棍子猛击卡兹腹部。卡兹弯下腰去，鲜血从口中溢出。高尔卡用锁链击打卡兹头部。伊奈姬看到卡兹的眼珠向上翻。他晃了晃，然后倒在了地上。入口处的人大笑起来。

伊奈姬来不及细想就动了起来。她不能，也不会眼睁睁地看着他死去。他们如今把他打倒在地，用厚重的靴子在他的身体上又踢又踩。她把刀握在手里。她要把他们全都杀了，把尸体堆在房梁上，等着城市护卫队的警卫发现。

但就在那一刻，透过楼梯扶手上的宽板条，她看到他的眼睛睁开了，与她四目相对。他早就知道她在那里。毫无疑问，他总是知道怎么找到她。他微微摇了摇头，满头是血。

她想要大叫出声。让你的骄傲和德勒格斯，和这该死的城市一起去见鬼吧。

卡兹试图站起来。毕土尔把他踹倒在地。他们笑了起来。高尔卡抬起腿，靴子踩在卡兹头上，跟人群互动。伊奈姬看到皮姆转过身去；安妮卡和珂格大声叫喊着，想找人阻止他们。高尔卡移开脚，然后尖叫起来，声音高昂，十分尖利。

卡兹抓住高尔卡的靴子，把高尔卡的脚扭向一边，角度十分奇怪。他单脚跳起，试图保持平衡，一边跳一边发出奇怪的尖叫。米罗和毕土尔狠狠地踢着卡兹的肋骨，但卡兹并没有躲闪，而是以一种伊奈姬无法理解的力气，把高尔卡的腿向上退去。膝盖脱臼时，那大块头尖叫起来，倒向一边，哭着喊："我的腿！我的腿！"

"我推荐你以后用拐杖。"卡兹说。

但伊奈姬能看到的只有米罗手里的刀，那把刀又长又亮。感觉那是他浑身上下最干净的东西。

"别杀他，你这个蠢货！"哈斯克尔吼道，毫无疑问，他还在惦记着赏金。

但米罗显然听不进去。他举起刀，径直刺向卡兹胸口。最后一秒时，卡兹翻滚起来。刀子砰的一声扎进了地板里。米罗抓住刀，想把它拔出来，但卡兹已经采取行动，伊奈姬看到他指间夹着两根生锈的钉子，就像利爪一般——不知道他是怎么从斧柄上把它们拔下来的。他猛地向上伸手，把钉子刺进米罗的喉咙，插进了他的气管。米罗在倒地之前，发出一声微弱的、哽住的口哨声。

卡兹借助栏杆站了起来。毕土尔举起双手，似乎忘了自己手里还有一根棍子，而卡兹手无寸铁。卡兹一把揪住毕土尔的头发，把他的头往

乌鸦六人组（卷二）：骗子王国

后一拽，撞在栏杆上，那声音听上去有点像枪击声，强大的后冲力让毕土尔的头跟橡胶球一样从木栏杆上弹了起来。他瘫倒在一团雪貂一样的东西上。

卡兹用袖子擦了擦脸，抹掉了鼻子和额头流出的血。他整了整手套，从二楼的楼梯平台处俯视着珀尔·哈斯克尔，然后笑了。他的牙齿上浸着鲜红的血液。下面的人远比刚开始打斗的时候多得多。他扭了扭肩膀。"下一个谁来？"他问，好像他还要去别处赴约似的。"谁来？"伊奈姬不知道他的声音怎么能如此平稳。"这是我的日常。打架。你们最后一次看到珀尔·哈斯克尔打架是什么时候？分配工作呢？算了，你们最后一次见他在中午之前起床是什么时候？"

"你觉得我们要因为你能打架而鼓掌吗？"珀尔·哈斯克尔讥笑道，"这弥补不了你制造的麻烦。你蔑视巴伦的法律，绑架商人的儿子——"

"我告诉过你，这些与我无关。"卡兹说。

"佩卡·罗林斯可不是这么说的。"

"很高兴知道你宁愿相信普狮的人，也不相信自己人。"

人群中传来一阵不安的低语，就像被风吹得沙沙作响的树叶一般。帮派如家，这种纽带和血脉关系一样强韧。

"你疯到去与商人作对，布莱克。"

"是够疯的，"卡兹承认，"但还不是太蠢。"

眼下，有些德勒格斯成员相互嘀咕着，好像他们之前从未考虑过那些指控可能是凡·埃克捏造的一样。他们当然不曾考虑过。凡·埃克就是权威。如果不是真的的话，一个正直的商人为什么要对运河里的无名鼠辈做出这样的指控？毕竟，卡兹竭尽全力证明了自己无所不能。

"有人在好妹桥上看到了你和那商人的妻子。"珀尔·哈斯克尔坚持说。

"他的妻子，不是他的儿子。如今他妻子安全地待在家里，待在她那强取豪夺的丈夫的身边，细数着赃物，和她的宠物鸟聊天呢。想想吧，哈斯克尔。我绑架那商人家乳臭未干的孩子能有何用？"

"贿赂，赎金——"

"我和凡·埃克作对，是因为他先和我对着干，而事到如今，他利用城市走狗和佩卡·罗林斯，以及你们所有人来扳回一局。仅此而已。"

"这麻烦不是我自找的，小子。我没有自找麻烦，也不想卷入麻烦。"

"但我带给你的任何东西，你都想要，哈斯克尔，除了麻烦之外。如果不是我，你现在很可能还在经营着那利润微薄的小团伙，喝着掺了水的威士忌。你头顶的天总有一天会塌的。你拿走了我带给你的钱财和运气，理所当然地吞掉了第五港口和乌鸦俱乐部所有收益，让我帮你打架和干脏活儿。"他的视线慢慢地转向下面的德勒格斯成员，"你们都曾从中获益，从中分羹。但只要有机会，你们就准备把我送上绞架，去讨好佩卡·罗林斯。"这群旁观者中又传来不安的嘀咕声。"但我并不生气。"

大约有二十个德勒格斯成员抬头看着卡兹，他们都手持武器，但伊奈姬发誓她感觉到了他们的如释重负。然后她明白了——打架只是个开场。他们知道卡兹很难对付。想要对珀尔·哈斯克尔发动政变，就得一个一个去找这些德勒格斯成员，太浪费时间了，并且还要冒着在巴伦的街上被抓的风险。眼下，他有一群观众，珀尔·哈斯克尔很乐意让他们中的一个或所有人看点乐子，看卡兹·布莱克的戏剧性结尾，看到黑手卑微到尘土里。这是一个血腥的仪式，珀尔·哈斯克尔让自己的信众聚在了一起，却从未想到，真正的表演还未开始。浑身是伤、鼻青脸肿的卡兹站在他的讲坛上，做好了布道的准备。

"我并不生气，"卡兹再次说，"一点都不。但你们知道让我愤怒的是什么吗？知道真正让我怒火燃烧的是什么吗？是看到乌鸦俱乐部的成员听普狮的命令行事。是看到你们似乎觉得，跟在佩卡·罗林斯身后游行是件挺光荣的事。是看到巴伦最具有杀伤力的帮派对着别人点头哈腰。"

乌鸦六人组(卷二):骗子王国

"罗林斯手里握着权力,小子,"珀尔·哈斯克尔说,"还有资源。等你再多活几年再来教训我吧。保护这个帮派是我的职责,而我也一直都是这么做的。我保护他们免受你的鲁莽带来的伤害。"

"你以为讨好佩卡·罗林斯就安全了吗?你以为他会乐意遵守停战协议吗?你觉得他不会觊觎你的东西吗?你觉得这听起来像是佩卡·罗林斯的作风吗?"

"当然不。"安妮卡说。

"狮子饿的时候,你想让谁站在门口?一只乌鸦?还是一只咯咯乱叫、趾高气昂、洗得干干净净的公鸡,带着一只小狮子和一位商人,一起对付自己人?"

从上面看去,伊奈姬可以看到离珀尔·哈斯克尔最近的那几个人都往远处挪了挪。有几个盯着他,盯着他帽子上的羽毛,以及他手里的拐杖看了很久——一个是卡兹的拐杖,他们曾经见识过那根拐杖挥舞时那致命的精准度,一个是哈斯克尔为了模仿他而制造的假乌鸦头拐杖。

"在巴伦,我们不会拿安全去做交易。"卡兹说,他那粗粝的声音在人群中传开,"用来做交易的只有实力和弱点。你无法要求别人尊重你。尊重是自己赢得的。"*你无法要求别人宽恕你。宽恕是自己赢得的。*他盗用了她的话。她几乎笑出声来。"我不是你们的朋友,"他说道,"我也不是你们的爸爸,不会给你威士忌,或者拍拍你们的背,叫你们儿子。但我会把钱放在我们的保险柜里,会让我们的敌人一看见你们手臂上的刺青就落荒而逃。所以,当佩卡·罗林斯前来叫门时,你们想让谁站在门口?"

沉默迅速发酵,就像一只贪婪的、以暴力为食的虱子。

"嗯?"珀尔·哈斯克尔挺起胸膛,气势汹汹地说,"回答他。你们想要的是一个真正的领袖,还是一个连路都走不稳的瘸子?"

"我可能走不稳,"卡兹说,"但我至少不会在打斗中逃跑。"

他开始走下楼梯。

瓦里安从地上爬了起来。虽然他看起来站不太稳,但还是坚定地朝楼梯走去。伊奈姬不得不对他对珀尔·哈斯克尔的忠诚表示敬意。

皮姆离开了墙边,挡住了瓦里安的路。"你出局了。"他说。

"去找罗林斯的人,"珀尔·哈斯克尔命令瓦里安,"发出警报!"但安妮卡拔出一把长刀,走到了入口处。

"你是普狮的人?"她问,"还是德勒格斯的人?"

慢慢地,卡兹一瘸一拐地走着,但背挺得笔直,他借助扶手,走下最后一段楼梯。到达楼梯底部时,剩下的人群散开了。

哈斯克尔灰白的脸因为恐惧和愤怒涨得通红。"你撑不了多久的,小子。要想过佩卡·罗林斯那一关,你手里的那点远远不够。"

卡兹从珀尔·哈斯克尔的手中一把夺过拐杖。

"给你两分钟的时间,从我的房子里滚出去,老头。这个城市以血为价,"卡兹说道,"我很乐意用你的血买单。"

28
詹斯博

詹斯博从未见过卡兹被打得鲜血直流,浑身挂彩——鼻梁断裂,嘴唇裂开,还有一只眼睛肿到睁不开。他紧紧地捂着自己的腰部,詹斯博觉得他至少断了一根肋骨;他捂着手帕咳嗽,还没来得及把它塞进兜里时,詹斯博看到了白色编织物上的血迹。他瘸得更厉害了,却依旧站着,与他一起的还有安妮卡和皮姆。显然,他们在斯兰特留了一支全副武装的骨干部队,以防佩卡得知卡兹发动政变,来抢夺地盘。

"神呐,"詹斯博说,"看来一切进展顺利?"

"跟预期的差不多。"

马蒂亚斯摇了摇头,觉得既钦佩,又难以置信。"恶魔,你有多少条命?"

"我希望还能再多一条。"

卡兹费力地脱掉外套,用力扯掉衬衫,倚在浴室的洗漱池上。

"看在神明的面子上,让我们帮帮你吧。"妮娜说。

卡兹用牙咬住绷带的末端，撕了一块下来。"我不需要你的帮助。继续和科尔姆一起干活儿去吧。"

"他有什么毛病？"他们回到起居室，一遍又一遍地告知科尔姆如何打掩护。

"总这样，老毛病了，"詹斯博说，"他可是卡兹·布莱克。"

一个小时多一点的时候，伊奈姬溜进房间，递给卡兹一张纸条。此时恰逢傍晚时分，套房的窗户上闪着金色的光芒。

"他们来吗？"妮娜问。

伊奈姬点了点头："我把你的信给了门口的守卫，这招确实有用。他们把我带到了三巨头的两名成员面前。"

"你见到了谁？"

"吉恩雅·萨芬和卓娅·纳扎伦斯基。"

威岚坐了起来。"那易容师吗？她在大使馆？"

卡兹扬起眉毛。"妮娜，如此有趣的事你怎么能忘了提。"

"这在当时无关紧要。"

"这至关重要！"威岚生气地说。詹斯博有点惊讶。起初，威岚似乎并不介意顶着库维的脸出现。他看上去似乎很喜欢这张脸，它拉开了他与他父亲之间的距离。但那是在他们去圣希德之前，是在詹斯博吻库维之前。

妮娜微微皱起眉头。"威岚，我以为你会去雷凡卡。我们一上船，你就能见到吉恩雅了。"

"我们都很清楚妮娜效忠于谁。"卡兹说。

"我没跟三巨头提起过库维。"

乌鸦六入组（卷二）：骗子王国

一抹淡淡的微笑拂过卡兹的嘴唇。"我说什么了，"他转向伊奈姬，"你跟她们说我们的条件了吗？"

"说了，她们一小时后会来旅馆的公共浴室。我跟她们说了要确保没有人看到她们进来。"

"希望她们能应付得过来。"卡兹说。

"他们可以管理一个国家，"妮娜说，"几个简单的指令对她们来说易如反掌。"

"她们走在街上安全吗？"威岚问。

"她们可能是卡特丹姆唯一安全的格里莎，"卡兹说道，"即使舒国人鼓起勇气，继续进行追捕，也不会从雷凡卡的两位高官开始。妮娜，吉恩雅可以恢复威岚的容貌吗？"

"我不知道，"妮娜说，"她有第一易容师之称，显然是极具天分，但没有潘勒姆……"她无须再解释了。潘勒姆是妮娜能够成功将威岚神奇地转变为库维的唯一原因。尽管如此，吉恩雅·萨芬仍然是一个传奇。一切皆有可能。

"卡兹，"威岚说着，摆弄着他的衬衫下摆，"如果她愿意试一试——"

卡兹点了点头。"但在拍卖之前，你需要加倍小心。你父亲不想让你出现，揭露他对商业理事会和城市护卫队的警员耍的诡计。你最好等一等——"

"不，"威岚说，"我不想再做别人了。"

卡兹耸了耸肩，但詹斯博觉得，他得到了自己想要的。最起码在这件事上，这也是威岚想要的。

"澡堂里不会有酒店的其他客人吗？"詹斯博问。

"我让他们把整个地方都预留给里特维德先生，"妮娜说，"在别人面前脱衣服，他会很不自在。"

詹斯博咕哝道:"请不要讨论我父亲脱衣服的事儿。"

"他趾间有蹼,"妮娜说,"有点尴尬。"

"妮娜和马蒂亚斯留在这里。"卡兹说。

"我应该去那儿。"妮娜抗议道。

"你是雷凡卡人还是这团队中的一员?"

"我都是。"

"确实是。没有你和马蒂亚斯在那添乱,这场对话就已经够棘手的了。"

他们反复讨论了半天,妮娜最终同意留在这里,只要伊奈姬替她前去。

但伊奈姬只是摇了摇头。"我不太想去。"

"为什么?"妮娜问,"总需要有人确保卡兹靠谱。"

"你觉得我可以?"

"我们至少应该试试。"

"我爱你,妮娜,但雷凡卡政府对苏里人不太友好。我对和他们的领导寒暄并不感兴趣。"詹斯博从未考虑到这点,从妮娜脸上痛苦的表情可以看出,她也没有考虑过。伊奈姬紧紧地拥抱了她一下。"好好的,"她说,"我们让科尔姆给我们点一些让人堕落的东西。"

"什么事情你都是这答案。"

"你是在抱怨吗?"伊奈姬问。

"我是说这就是我喜欢你的原因之一。"

她们挽着手去找科尔姆,但妮娜咬着下唇。她已经习惯了马蒂亚斯批判她的国家,但詹斯博觉得,这话出自伊奈姬之口时,让她觉得更为受伤。他想告诉妮娜,她需要在热爱某物时也能看到它的缺陷。至少,他的确希望如此,或者是他的确完蛋了。

他们分头行动,为与雷凡卡人的会面做准备时,詹斯博跟着威岚走

乌鸦六人组（卷二）：骗子王国

出大厅。

"喂。"

威岚继续向前。

詹斯博从他身边小跑过去，倒着走，挡住了他的路。"那个，我和库维的事不是那么回事儿。"他试着再次开口，"我和库维什么事儿都没有。"

"你无须跟我解释什么。我才是那个坏人好事的人。"

"不，你不是。库维那时坐在钢琴前。这完全是误会。"

威岚停顿了下。"你以为他是我？"

"对！"詹斯博说，"明白了吧？就是一场大误——"

威岚金色的眼睛闪闪发亮。"你真的分不清我们吗？"

"我……我的意思是，通常我能，但是——"

"我们毫无相似之处，"威岚气愤地说，"他甚至都不擅长理科！他的笔记本上有一半都是乱涂乱画。大多数都是你。画得还不好看。"

"真的吗？乱涂乱画的我？"

威岚翻了个白眼。"算了。你可以想亲谁就亲谁，詹斯博。"

"我就是这么做的。我想这么做很久了。"

"那问题出在哪儿？"

"没什么问题，我只是想对你这么做。"

他把一小块椭圆形油画塞进威岚手里。"这是我们在圣希德的时候，我拿的。我觉得如果吉恩雅想要试着恢复你的容貌的话，它或许能派上用场。"

威岚低头盯着油画。"这是我妈妈画的？"

"就在那个满是她艺术作品的房间里。"

画很小，没有装裱，只适合当作一幅微型画，这是威岚八岁左右时的画像。威岚的手指紧紧捏着画布边缘。"这是她记住我的方式。她没有机会看着我长大。"他皱了皱眉,"这太久远了。我不知道还有没有用。"

"但依旧是你,"詹斯博说,"同样的卷发。眉眼之间有同样的忧愁。"

"你拿这个,就只是因为有一天可能会派上用场?"

"我跟你说过,我喜欢你那张傻脸。"

威岚低下头,把画像塞进口袋里。"谢谢你。"

"别客气。"詹斯博犹豫了一下,"如果你打算前往浴室,我可以跟你一起去。如果你愿意的话。"

威岚焦急地点了点头。"我愿意。"

詹斯博的好心情一直持续到电梯旁,他们和卡兹一道,下到酒店三楼时,他的神经开始紧张。他们可能步入陷阱,但卡兹并未处于战斗状态。

詹斯博有些希望雷凡卡人可以拒绝这个疯狂的计划。这样一来,卡兹就会遇到阻碍,即使他们都被关进地狱之门或者吊在绞刑架上,他父亲至少还有机会毫发无伤地逃脱。科尔姆跟妮娜以及卡兹在一起,花了好几个小时,试着了解他的角色,模拟不同的场景,毫无怨言地接受他们无休止的提问和督促。科尔姆并不是一个出色的演员,他撒谎的技能就跟詹斯博跳芭蕾舞一样拙劣。但妮娜会和他一起。总归会有点儿用的。

电梯打开了,他们进入了另一个紫白相间的巨大走廊,循着流水的声音走进了一个房间,房间中央有一个很大的圆形水池,池子周围是拱形柱廊。透过柱廊,詹斯博可以看到更多的池子、瀑布、小洞和凹室,所有硬物的表面都贴着闪闪发光的靛蓝瓷砖。如今,詹斯博已经习惯了这一切:冒着蒸汽的水池,汩汩的水流,像派对上的客人一样跳动的喷泉,成堆的厚毛巾和香喷喷的肥皂。这样的地方本应该在巴伦,而不是在金融区的中心,在那里它可以得到更多的欣赏。

他们被告知他们将会与三巨头中的两位成员会面,但是会有三人站在水池旁边。詹斯博知道穿着红蓝两色卡福达的独眼女孩肯定是吉恩

乌鸦六人组(卷二):骗子王国

雅·萨芬,也就是说那个有着一头浓密黑发的漂亮姑娘是卓娅·纳扎伦斯基。陪在她们身边的是一个狐狸脸男士,大约二十多岁,穿着蓝绿色礼服外套,戴着棕色皮手套,臀部挂着一组令人印象深刻的哲蒙尼左轮手枪。如果雷凡卡的人都是这样的话,也许詹斯博可以考虑去那看看。

"我们说让格里莎单独前来。"卡兹说。

"这恐怕没可能,"那男士说,"虽然卓娅的力量不容小觑,但吉恩雅那非凡的天赋并不适合身体对抗。而我,很适合进行各种形式对抗,虽然我个人更喜欢身体对抗。"

卡兹眯了眯眼睛。"斯达洪得。"

"他知道我!"斯达洪得开心地说道。他用胳膊肘推了推吉恩雅。"就跟你说我很有名。"

卓娅愤怒地呼了一口气。"托你的福。他现在变得越发让人难以忍受了。"

"斯达洪得得到授权,将代表雷凡卡国王进行谈判。"

"海盗?"詹斯博问。

"私掠船船长,"斯达洪得纠正道,"你总不能指望国王亲自参加这样的拍卖。"

"为什么不能?"

"因为他会输。如果国王输了的话,场面会挺难看的。"

詹斯博没法相信他在和斯达洪得交谈。这位私掠船船长是个传奇。他曾代表雷凡卡打破无数封锁,有传言说……"你真的有一艘飞船吗?"詹斯博脱口而出。

"假的。"

"哦。"

"我有好几艘。"

"带上我吧。"

卡兹看上去不为所动。"雷凡卡国王让你替他商谈国事？"他怀疑地问。

"偶尔为之，"斯达洪得说，"尤其是在涉及一些不太体面的事情的时候。你声名在外，布莱克先生。"

"彼此彼此。"

"挺好的。我们称得上是恶名远扬了。国王不会贸然把雷凡卡拖入你的阴谋里的。妮娜在纸条中说库维·亚尔博在你手中。我需要确认这一事实，还需要你告诉我详细的计划。"

"好，"卡兹说，"我们去日光浴室谈吧。我不想让汗水浸湿西装。"其他人都跟了上去，卡兹停下脚步，回头看了看。"就我和私掠船船长。"

卓娅甩了甩她那富有光泽的头发，然后说："我们是三人组。我们不会遵从留着可疑发型、运河里的无名鼠辈的命令。"

"我可以把它变成祈使句，如果这能让你觉得羽毛舒展的话。"卡兹说。

"你无耻——"

"卓娅，"斯达洪得和颜悦色地说，"在我们的新朋友有机会欺骗我们之前，先不要与他们交恶。带路吧，布莱克先生。"

"卡兹，"威岚说，"你能不能——"

"自己去协商，小商人。是时候学着如何与人谈判了。"他和斯达洪得消失在了走廊里。

他们的脚步声消失时，周围一片寂静。威岚清了清嗓子，那声音在房间里回荡，就像一只春天的小马，在畜栏里撒欢。吉恩雅的脸上露出困惑的表情。

卓娅双臂交叉。"嗯？"

"吉恩雅女士……"威岚试着开口，"吉恩雅小姐——"

吉恩雅露出微笑，伤疤拉扯着嘴角。"唔，他很可爱。"

377

乌鸦六人组(卷二):骗子王国

"你总是喜欢流浪狗。"卓娅酸溜溜地说。

"你就是妮娜易容成库维模样的少年,"吉恩雅说,"你想让我把她的成果复原?"

"对,"威岚说,这个词让整个世界都充满希望,"但我没有什么可以拿来跟您交易的。"

吉恩雅翻了翻她那只琥珀色的独眼。"为什么刻赤如此看重金钱?"

"一个来自破产国家的女人的疑问。"詹斯博低声说。

"什么?"卓娅问。

"没什么,"詹斯博说,"只是说刻赤是一个道德沦丧的国家。"

卓娅上下打量着他,像是在考虑把他扔进池子里活活煮熟。"如果你想把自己的时间和才华浪费在这些无耻之徒身上,那就随你的便。神明知道他们还有提升的空间。"

"卓娅——"

"我要找一个有深水池的房间,把这国家洗一洗。"

"别淹死就行,"卓娅一闪而过时,吉恩雅喊道,然后又充满阴谋地说道,"或许她会反其道而行之。"她打量了威岚一眼。"这有点困难,如果我在你容貌改变之前见过你——"

"给,"威岚急切地说,"我有一幅画像。很久之前的,但是——"

她从他手里拿走了那张迷你画像。

"还有这个。"威岚一边说,一边把他父亲重金寻他平安归家的海报拿了出来。

"呃,"她说,"我们找个光线好的地方看看。"

他们在周围搜寻着,把头探进专门用作泥浴和牛奶浴的房间,以及一间玉砌的汗蒸室看了看。最后在一间寒冷的白色房间里安顿下来,这间房子的一面墙边放着一桶散发出奇怪味道的黏土,另一面墙上全都是窗户。

"找把椅子，"吉恩雅说，"然后把我的工具箱从主浴池区拿过来。箱子有点重，放在浴巾附近。"

"您带了工具箱来？"威岚问。

"那苏里姑娘建议我带上。"吉恩雅说完就赶他们走，让他们听命行事。

"跟卓娅一样专横。"詹斯博咕哝道，然后和威岚行动起来。

"我听得见。"她在他们身后大喊。

詹斯博从大浴池旁边拿来了箱子。那箱子像一个小柜子，双扇门用精致的金钩扣着。他们回到那黏土室后，吉恩雅示意威岚坐在窗边，那里光线最好。她用手指托着他的下巴，把他的脸转来转去。

詹斯博放下她的工具箱。"你在找什么？"他问。

"缝隙。"

"缝隙？"

"不管修容师做得多好，如果仔细端详的话，都会找到缝隙，所谓缝隙就是一部分和另一部分的接合处。我在找原结构的痕迹。这幅画确实有所帮助。"

"我不知道自己为什么这么紧张。"威岚说。

"因为她有可能会搞砸，把你弄得像一个卷毛黄鼠狼？"

吉恩雅挑起火红的眉毛。"或许是田鼠。"

"一点也不好笑。"威岚说，他双手紧握，放在膝盖上，指关节发白。

"好吧，"吉恩雅说，"我可以试试，但我不能保证。妮娜的作品近乎完美。幸运的是，我也如此。"

詹斯博笑了。"你让我想起了她。"

"我觉得应该是她让你想起了我。"

吉恩雅打开她的工具箱，这箱子比詹斯博见过的，妮娜的那个要精致得多。箱子里放着染料胶囊，彩色粉末罐，还有一排排的玻璃柜，里

乌鸦六人组(卷二):骗子王国

面装满了看起来像透明凝胶的东西。"那是细胞,"吉恩雅说,"干类似这样的工作,我需要和人体组织打交道。"

"这一点都不会令人不适。"詹斯博说。

"那引起不适的来了,"她说,"我之前认识一女士,她把鲸鱼胎盘擦在脸上,希望让自己能看起来年轻一点。她用猴子的唾液做的事情我就不说了。"

"人体组织听上去令人愉悦。"詹斯博改口道。

"我也这么觉得。"

她卷起袖子,詹斯博看到她的手和胳膊上,也和脸上一样,伤痕遍布。他无法想象是什么样的武器让皮肤组织扭曲成了这样。

"你在盯着我看。"她说,却没有看着他。

詹斯博跳了起来,脸颊发热。"我很抱歉。"

"没关系。人们都喜欢盯着看。唔,但不总是这样。我刚被袭击时,没人看我一眼。"

詹斯博听说她在雷凡卡内战期间惨遭折磨,但聊天的时候,谈起这话题并不礼貌。"如今我不知道该看哪儿了。"他说。

"你想看哪儿就看哪儿。保持安静就行,免得我把这可怜的孩子弄得一团糟。"看到威岚一脸惊恐的表情时,她笑了,"我开玩笑的。但你确实需要保持不动。这是个慢活儿,你需要有点耐心。"

她没说错。这项工作慢到詹斯博不确定一切是否有所改变。吉恩雅把指尖搁在威岚的下眼睑或上眼皮上,然后后退一步,检查自己的成果——但在詹斯博看来,什么变化都没有。接着,她伸手拿起其中的一个玻璃柜或瓶子,把其中的东西在指尖抖落些许,然后轻触威岚的脸颊,再后退一步。詹斯博的注意力开始转移。他绕着房间转了一圈,手指在黏土里蘸了蘸,有点后悔,就又去找毛巾了。但他从远处看威岚时,发现有些东西已经变了。

"真的有变化了！"他惊呼道。

吉恩雅冷冷地看了他一眼。"那是当然。"

每隔一段时间，这修容师就会停下来，伸伸懒腰，递给威岚一面镜子，让他看看哪些地方看上去没问题，哪些地方不对劲。一个小时后，威岚的虹膜从金色变成了蓝色，眼睛的形状也发生了变化。

"他的眉毛应该再细一些，"詹斯博说着，从吉恩雅的肩膀后望了过去，"就一点点。他的睫毛也要更长一些。"

"我竟然不知道你都注意到了。"威岚喃喃地说。

詹斯博咧着嘴笑了。"我注意到了。"

"噢，太好了，他脸红了。"吉恩雅说，"这对血液循环极为有利。"

"您是在小宫殿里训练制造师吗？"威岚问。

詹斯博皱了皱眉头。他为什么要谈起这话题？

"当然。宫殿的院子里有一所学校。"

"那如果学生的年龄大一点呢？"威岚说，依旧在推进这个话题。

"格里莎可以在任何年纪接受培训，"吉恩雅说，"安丽娜·斯达科夫十七岁的时候才发现自己的天赋，并且她……她是有史以来最强大的格里莎之一。"吉恩雅推了推威岚左边的鼻孔。"年轻的时候会容易一点。一切都是如此。儿童学语言更容易。他们学数学也要容易一些。"

"并且他们毫不畏惧，"威岚静静地说，"是其他人让他们知道了自己的极限。"威岚的目光越过吉恩雅的肩膀和詹斯博相遇，仿佛是在跟詹斯博、也跟自己挑衅，他说："我不识字。"他的皮肤瞬间泛红，但声音却很平稳。

吉恩雅耸了耸肩说："那是因为没人花时间教你。雷凡卡的很多农民都不识字。"

"很多人花时间教我，他们试过很多策略，我也曾试图抓住每一次机会。但我真的做不到。"

乌鸦六人组（卷二）：骗子王国

詹斯博可以看到他脸上的焦虑，是什么让他说出了这些话。这让他感觉自己是个懦夫。

"你似乎挺好相处的，"吉恩雅说，"抛开你与街头混混和神枪手之间有关系的话。"

威岚挑起眉毛，詹斯博知道这是在挑衅他，但他依旧保持沉默。*这不是礼物，是诅咒。*他走向窗口，突然发现自己对下面的街道产生了浓厚的兴趣。*你的母亲就是因此而死，你明白吗？*

吉恩雅时而埋头苦干，时而让威岚拿着镜子，指导她进行调整和改变。詹斯博看了一会儿，上楼去看了趟他父亲，给吉恩雅端了杯茶，给威岚端了杯咖啡。他回到黏土室时，差点把杯子扔在了地上。

威岚坐在午后的最后一缕光线中，那是真正的威岚，是他在皮革厂第一次见到的男孩，是那个迷失的王子，在错误的故事里苏醒过来的王子。

"如何？"吉恩雅说。

威岚紧张地摆弄着衬衫上的纽扣。

"这是他，"詹斯博说，"是我们那换掉了新面孔的小商人。"

吉恩雅伸了伸懒腰说："很好。如果再多闻一分钟黏土味，我可能会疯掉的。"显然，她很累，但她的脸容光焕发，琥珀色的眼睛闪闪发亮。这就是格里莎动用能力时的样子。"最好能在明天早上再审视一下这作品，但我必须回大使馆。明天的时候……"她耸了耸肩。

明天将会宣布拍卖会开始，一切都会改变。

威岚向她表达了谢意，不停地跟她道谢。直到她把他们推到门外，以便她去找卓娅。

詹斯博和威岚默默坐电梯回到套房。詹斯博瞥了一眼主卧，看到他的父亲睡在被子上面，重重的鼾声在胸腔里回荡。他旁边的床上散落着一堆文件。詹斯博把它们摞成一摞——尤尔达的价格，诺威哲姆外农场面积的清单。

"你没必要替我们收拾，爸。"

"总得有人收拾。"

回到客厅，威岚正在点灯。"你饿了没？"

"快饿死了，"詹斯博说，"但我爸睡着了。我不确定我们是不是能自己点餐。"他把头歪向一边，凝视着威岚。"你让她把你弄好看了吗？"

威岚满脸通红。"或许你忘了我有多帅。"詹斯博挑了挑眉。"好吧，或许有点。"他和詹斯博一起站在窗边，眺望着这个城市。暮色降临，亮起的路灯在运河两岸整齐地排列着。城市护卫队的巡逻队已经出动，在街上来回走动。斯戴夫又是色彩缤纷，一片喧嚣。他们能安全地在这儿待多久？詹斯博很想知道柯古德是不是还在满城追踪格里莎，寻找与他们签订契约的宅邸。舒国的士兵现在很可能就已经包围了大使馆，或者这家酒店。他们能嗅到在十五楼的格里莎吗？

每隔一段时间，他们就能看到斯戴夫上空燃起的真正烟花。詹斯博并不觉得惊讶。他很了解巴伦。这地方总是渴求更多——更多的金钱、混乱、暴力和欲望。它是一个贪吃的家伙，佩克·罗林斯拿卡兹和其他成员给它当大餐。

"我不知道在那的时候你在做什么，"詹斯博说，"你没必要告诉她你不识字。"

威岚从衣兜里拿出了那张微型画像，把它放在茶几上。年幼的威岚那双严肃的蓝眼睛盯着他们。

"你知道我第一个告诉我……情况的人是卡兹吗？"

"在所有人当中。"

"我知道。这些话让我觉得窒息。我很害怕他会嘲笑我。或者一笑了之。但他并没有这么做。告诉卡兹，面对我父亲，解放了我内心的某些东西。每次我告诉别人这事时，就会觉得更加自由。"

乌鸦六人组（卷二）：骗子王国

詹斯博看着一艘小船消失在泽恩兹桥下。小船几乎是空的。"我不以是格里莎为耻。"

威岚摸了摸微型画像的边缘。他什么都没说，但詹斯博知道他有话想说。

"说吧，"詹斯博说，"不管你在想什么，说出来就是了。"

威岚抬头看着他。他的眼睛是詹斯博记忆中的清澈、纯净的蓝色，像高山上的湖泊，像哲蒙尼无边的天空。吉恩雅的活儿干得挺好的。"我只是不明白。我这辈子都在隐瞒我做不到的事情。你为什么要逃避你能做到的、神奇的事情呢？"

詹斯博恼怒地耸了耸肩。他曾跟父亲生过气，原因跟威岚所说的基本一样，而如今他只想为自己辩护。这是他的选择，不论对错，选择早已做出。"我知道我是谁，我擅长什么，能做什么，不能做什么。我只是……我就是我。一个优秀的枪手，一个差劲的赌徒。这难道还不够吗？"

"对我而言？还是对你自己而言？"

"别给我扯哲学，小商人。"

"阿詹，我曾想过——"

"想过我？在深夜？我穿的什么？"

"我想过你的超能力，"威岚说，脸更红了，"你有没有想过，你的格里莎能力，可能是你枪法精准的原因之一？"

"威岚，你挺可爱的，但你脑子里装的东西挺疯狂的。"

"或许吧。但我见过你操纵金属。我曾见过你控制它。万一你弹无虚发是因为你也在控制你的子弹呢？"

詹斯博摇了摇头。这太荒唐了。他是一个优秀的枪手是因为他是在边境长大的，是因为他懂枪，是因为他母亲手把手地教过他如何稳住手，如何保持头脑清醒，如何去瞄准，去感知目标。他的母亲，是一位制造师，一名格里莎，即便她从来没说过这个词。不。**事情不是这样**

的。但如果是呢?

他摇了摇头,摆脱了这个想法,感觉急需发泄快要冲冠的怒气。"你为什么要说这种话?为什么不能让事情简单点呢?"

"因为事情并不简单。"威岚以他惯有的、直接而认真的方式说。在巴伦,没人会这么说话。"你一直假装一切安好,然后参加一场又一场的打斗,和一个接一个的派对。你是在担心自己停下来之后会发生什么吗?"

詹斯博再次耸了耸肩。他整了整衬衣上的口子,大拇指按了按左轮手枪。每当他像如今这样,感到生气又思绪纷飞的时候,就觉得手好像拥有了生命一般。他浑身发痒。他想离开这个房间。

威岚把手放在他的肩膀上。"停下来。"

威岚不知道自己是想远离他,还是想把他拉得更近。

威岚坚定不移地注视着他。詹斯博无法将视线从那清澈的蓝色眼眸上移开。他强迫自己平静下来,吸气,呼气。

"再来一次。"威岚说。詹斯博张开嘴想要再吸一次气的时候,威岚俯身亲吻他。

詹斯博大脑一片空白。他没有去回想以前发生过什么,也没有去想以后会发生什么。能感受到的只有威岚的嘴,他的双唇,然后是他纤细的颈骨;以及他托住他的后颈,把他拉得更近时,他的卷发那丝绸般的触感。这是他期待已久的吻。是一声枪响,一场燎原之火,是麦卡之轮的转动。詹斯博感受到了自己的心跳——抑或是威岚的心跳?出现在他脑海里的,只有一个快乐的、受惊的,喔。

慢慢地,不可避免地,他们分开了。

"威岚,"詹斯博说,看着他那天空般蔚蓝辽阔的眼睛,"真希望我们不会死去。"

29
妮　娜

妮娜得知吉恩雅不仅为威岚恢复了容貌，还给卡兹也修了容，而她还没亲眼见证时，非常生气。

卡兹让那修容师为他重塑了鼻子，减轻了眼睛上的肿胀，以便他能够看清东西，还让她帮忙处理了他身上最严重的伤。但这已经是他的极限了。

"为什么？"妮娜说道，"她可能——"

"她不知道什么时候该停手。"卡兹说道。

妮娜突然怀疑吉恩雅曾主动提出要治好卡兹的伤腿。"你看起来像是巴伦混得最差的暴徒，"妮娜抱怨道，"你至少应该让她帮你处理一下剩下的瘀伤。"

"我是巴伦混得最差的暴徒。如果我的样子，看上去不像是刚刚打败了珀尔·哈斯克尔最厉害的十个打手，那就没人会相信这事是我干的。现在我们开始工作吧。如果没人收到邀请的话，就没法办宴会了。"

妮娜并不期待这场特别的派对，但第二天早上，这条消息会出现在所有的日报上，贴在交易中心入口处的柱子上，钉在市政大厅的前门上。

措辞很简单：

库维·亚尔博，首席化学家博·亚尔拜亚的儿子，将会应市场和格森之手的指示，提供自己的服务和契约。想要竞标者将会受邀参加拍卖会，该拍卖会自由公平，遵守刻赤法律，遵循商业理事会的规则，并受潮汐理事会监督。此次拍卖会将于易物教堂举行，为期四天。宴会将会在中午举办。格森及格森之手运作下的商业至高无上。

这个城市已经因宵禁、路障和封锁而骚动起来。如今，谣言在咖啡馆和小酒馆里传播，并且在从吉尔斯坦特的沙龙到巴伦的贫民窟中不断发酵。根据卡兹的新德勒格斯大军的消息，人们都很渴望知道关于神秘的库维·亚尔博的消息，他的拍卖已经与西斯戴夫的离奇袭击联系在了一起，那次袭击几乎将两家风月场所夷为平地，并且让随后关于飞人的报道铺天盖地。伊奈姬亲自去了舒国大使馆打探消息，回来后，带来了早上信使一直在出出进进，以及大使亲自冲到码头，要求潮汐理事会释放他们的一艘困在干船坞的船的消息。

"那大使是想找一个制造师前来，这样他们就能造出金子了。"詹斯博说。

"遗憾的是港口被封锁了。"卡兹说。

市政大厅的门对公众关闭，据说商业理事会正在召开紧急会议，决定是否批准拍卖，这是一场考验：他们会支持这个城市的法律吗，或——考虑到他们对库维多少有所怀疑——他们会踌躇不前，想办法否决他的权利吗？

钟楼顶部，妮娜一边和其他人一起等待着，一边注视着交易中心东边的入口。中午时分，一个身穿黑衣的男人，拿着一堆文件走向拱门。一大群人朝他扑来，夺走了他手中的传单。

乌鸦六人组（卷二）：骗子王国

"可怜的小卡尔·德莱顿。"卡兹说。显而易见，他是理事会中资历最浅的成员，所以这差事落到了他的头上。

片刻之后，伊奈姬冲进了套房，手里拿着一张传单。真令人难以置信。妮娜一直盯着围在德莱顿周围的人，完全没看向她。

"他们已经肯定了此次拍卖的有效性。"她说着，把传单递给了卡兹，卡兹又递给组员传阅。

传单上写着：**依据刻赤法律，卡特丹姆商业理事会同意库维·亚尔博合法拍卖自己的契约。格森及格森之手运作下的商业至高无上。**

詹斯博长长地呼了一口气，看向他父亲，他父亲正在尽职尽责地研究商品报告书，以及妮娜和卡兹为他准备的剧本。"谢天谢地，他们答应了。"

伊奈姬把一只手放在他的胳膊上。"现在改变主意的话还不晚。"

"晚了，"詹斯博说，"很久之前就已经晚了。"

妮娜什么都没说。她喜欢科尔姆，关心詹斯博。但这次拍卖会是他们把库维送到雷凡卡，并拯救格里莎生命的最好机会。

"那些商人是完美的标记，"卡兹说，"他们富有且聪明。这让他们很容易上当受骗。"

"为什么？"威岚问。

"富人总觉得他们拥有的每一分钱都是自己赢得的，所以他们忘记了运气的作用。聪明的人总是在寻找漏洞。他们希望有机会钻制度的空子。"

"那什么样的记号最难骗？"妮娜问。

"最难骗的记号是诚实人，"卡兹说，"值得庆幸的是，这样的人不多。"他敲了敲钟面上的玻璃，指向卡尔·德莱顿。人群已经散去，德莱顿仍站在交易中心旁，用帽子扇着风。"德莱顿继承了他父亲的遗产，一直以来，他都胆小怕事，不敢放开手脚去积累财富。他迫切地渴望能有机会，向商业理事会的其他成员证明自己。我们来给他这个机会。"

"还有什么关于他的信息吗？"妮娜问。

卡兹几乎笑了。"我们的好朋友以及爱狗人士，康尼利斯·施密特是他的代理人。"

从他们之前对康尼利斯·施密特办公室的监视来看，这位律师整天都在派人给客户送文件，收集必要的签名，传递重要的信息。这些信使的薪资很高，贿赂他们不太划算——尤其是在万一他们中有格外老实的人的情况下。

并且在某种程度上，他们要感谢凡·埃克，让卡兹能轻而易举地在陷阱里放诱饵。穿着城市护卫队制服的安妮卡和皮姆，明目张胆地拦住了施密特的信使，要求检查他们的身份证件，在此期间搜查了他们的包。包里的文件是保密的，且封了起来，但他们的目标不是这些文件。他们只需要放点面包屑去引诱卡尔·德莱顿。

"有时候，"卡兹说，"真正的盗贼不只会偷东西，也会留点儿东西。"

威岚和施佩希特一起合作，发明了一种可以贴在密封信封后面的戳记。那戳记会给人一种这信封吸了另一份文件的墨水的感觉，就像是某个粗心大意的职员，把信件放在了潮湿的地方一样。信使给德莱顿送去文件时，如果他有点好奇心，至少会瞥一眼那包文件上的文字。届时他会发现一些非常有趣的东西——一封来自施密特其他客户的信，但客户的名字无法辨认。那信上的内容显然是在询问施密特是否认识一个名为约翰·里特维德的农民？该农民是刻赤和哲蒙尼尤尔达种植者联盟的负责人。他目前正在吉尔德伦纳酒店，但只和特定的投资者见面。能为他引荐一下吗？

乌鸦六人组（卷二）：骗子王国

在宣布库维的拍卖会之前，这些信息可能只会引起人们一丁点的兴趣。但在此之后，这是可以赚大钱的建议。

甚至在他们利用假信设下陷阱之前，卡兹就让科尔姆在吉尔德伦纳酒店那豪华的紫色餐厅里，与刻赤商界和银行界的许多人一起用餐。科尔姆总是坐在离其他客人很远的地方，点豪华大餐，和他的客人轻声交谈。谈话的内容稀松平常——关于粮食的报道和利率——但餐厅里的人都不知道这些。所有这一切都在酒店员工的视线范围内进行，所以当商业理事会的成员前来询问里特维德先生的时间安排时，他们得到了卡兹想要他们得到的答案。

这些会面中，妮娜全都在场，充当里特维德先生的翻译，扮作了一个在白玫瑰之家被毁后、寻找工作的格里莎摄心师。尽管她在自己身上涂了咖啡提取物，来误导柯古德人的感官，但仅仅坐在露天的餐厅里，她就感觉自己已经暴露了。卡兹让德勒格斯的成员不间断地监视着酒店周围的街道，看有没有舒国士兵的踪迹。所有人都没忘记他们在追踪格里莎，如果他们知晓了这些会面的话，妮娜可能会成为一个极具吸引力的目标。得到一个他们可以使用潘勒姆的摄心师，将意味着他们可以从根本上改变拍卖会的进程，甚至或许会有与潮汐理事会抗衡的资本。尽管如此，妮娜觉得那些知道里特维德在酒店的商人会保持沉默，她对此深信不疑。卡兹让她充分了解了贪婪的力量，而这些人都想为自己谋求利益。

妮娜也很欣赏卡兹对科尔姆的外表所给予的关注。他穿得依旧像个农民，但卡兹对此做了一些细微的改进——一件更为上乘的外套，一双擦得锃亮的靴子，还有一个镶着一块未经雕琢的紫水晶的领夹。这些都是商人会留意和欣赏的富有的标志——没有太花哨或太喧宾夺主的东西，也没有可能引发怀疑的东西。商人和大多数人一样，他们愿意相信自己是献殷勤的那一方。

至于妮娜，吉恩雅从她的藏品中拿出了一件漂亮的红色卡福达，他们拆除了刺绣，把蓝色的刺绣改成了黑色。她和吉恩雅的衣服尺寸完全不同，但他们设法把缝合线拆掉，又加缝了几块布料进去。时间过去这么久之后，再穿上一件合体的卡福达，她觉得有点陌生。妮娜在白玫瑰之家穿的那件是戏服，一件廉价而又华丽的衣服，为的是给顾客留下深刻的印象。但这件是真品，是给第二军队的士兵穿的，它是用染成红色的生丝制成，只有制造师才做得出来。她现在还有权利穿这件衣服吗？

马蒂亚斯看到她的时候，僵在了套房的门口，蓝色的眼睛里充满了震惊。他们静静地站在那里，直到他最终开口说："你看上去很漂亮。"

"你的意思是我看上去像敌人。"

"这两者都是事实。"然后，他只是把手臂伸向了她。

对于科尔姆在这出戏中扮演主角一事，妮娜一直都颇为紧张。他显然是个业余选手，在他们和银行家以及顾问的最初几次会面中，他看起来像他碗里的豌豆汤一样青涩。但随着时间的推移，他的信心与日俱增，妮娜开始感觉到希望萌动。

然而，没有一个商业理事会的成员来见约翰·里特维德。也许德莱顿没有看到那伪造的文件痕迹，也许他不打算采取行动，也许是卡兹高估了他的贪婪。

然后，就在离拍卖会还剩48小时的时候，约翰·里特维德收到了卡尔·德莱顿的便条，便条中说，他将在当天拜访里特维德先生，并希望能与他一起商讨于双方都有利的买卖。卡兹向安妮卡和皮姆发出指令时，詹斯博试图安抚他父亲紧张的情绪。如果他们想要诱德莱顿上钩，就需要确保其他更大的鱼也对诱饵感兴趣。妮娜和科尔姆跟往常一样，在餐厅里与其他人完成了早上的会面，期间，她一直在尽力让科尔姆平静下来。

十一声钟响时，她看见两个穿着板正的黑色套装的男人走进了餐

乌鸦六人组（卷二）：骗子王国

厅。他们没有停下脚步，询问在哪里可以找到约翰·里特维德，而是径直走向了他所在的桌子——显然是他们一直在观察他，并暗中收集情报。

"他们来了。"她低声跟科尔姆说。看到科尔姆坐直身子，在椅子上扭来扭去时，她立刻有些后悔了。她抓住了他的手。"看着我，"她说，"问我天气如何。"

"为什么要问天气？"他说道，额头上冒出了汗珠。

"唔，如果你喜欢的话，也可以问我最新款式的鞋子。我只是想让你表现得自然一点。"她试图稳住自己的心跳——她之前不需要进行荒谬的深呼吸就能做到这一点——因为她认出了德莱顿身边的那个男人。扬·凡·埃克。

他们走到桌子旁边，摘下帽子。

"里特维德先生？"

"怎么？"科尔姆尖声回应道。这不是一个吉利的开端。妮娜在桌子底下轻轻地踢了下他的脚。他咳了一下。"诸位有何贵干？"

准备的过程中，卡兹坚持让妮娜了解商业理事会所有成员家族的代表色和标志。妮娜认出了他们的领带夹——一个系着德莱顿家族蓝色搪瓷丝带的金色麦束领带夹，一个标志着凡·埃克家族的红色月桂领带夹。即便没有那领带夹，她也能从与威岚面容的相似度上，认出那是扬·凡·埃克。她看了眼他后移的发际线。可怜的威岚可能得花钱买点好补药了。

德莱顿一本正经地清了清嗓子。"我是卡尔·德莱顿，这位是尊敬的扬·凡·埃克。"

"德莱顿先生！"科尔姆说道，声音里的惊讶有点过了，"我收到了你的便条。但很遗憾，我今天的日程已经安排满了。"

"我们能不能占用几分钟时间简单谈一谈？"

"里特维德先生，我们无意浪费您的时间，"凡·埃克说，脸上出乎意料地带着迷人的微笑,"或者我们的。"

"那好吧,"詹斯博的父亲说,透露出相当令人信服的不情愿,"一起谈谈吧。"

"谢谢,"凡·埃克再次微笑着说,"我们了解到您是一个尤尔达种植者联盟的代表。"

科尔姆环顾四周,似乎担心有人会无意中听到一样。"可能是吧。你们是怎么得知这个消息的?"

"恐怕这我不能透露。"

"他有所隐瞒。"妮娜说。

德莱顿和凡·埃克不约而同地皱起了眉头。

"我是从你曾乘坐的那艘船的船长那里得知的。"凡·埃克说。

"他在说谎。"妮娜说。

"你又如何得知?"德莱顿生气地说。

"我是格里莎,"妮娜夸张地挥了挥手说道。"没有我掌握不了的秘密。"她不妨从中自得其乐。

德莱顿紧张地舔了舔下唇,凡·埃克不情愿地说:"可能是一些敏感的信息,从康尼利斯·施密特的办公室传到了我们这里。"

"我知道了。"科尔姆说,表情看上去真的非常不快。

妮娜想要鼓掌。如今,商人们处于守势。

"我们对加入你的投资者的名单非常有兴趣。"凡·埃克说。

"我不需要更多的投资者了。"

"这怎么可能?"德莱顿问,"你来这座城市还不到一个星期。"

"不知怎的,形势已经变了。我也不太明白,但大家都在抢购尤尔达。"

如今,凡·埃克身体前倾,眼睛微微眯起。"这就很有趣了,里特维德先生。你怎么会在这么巧的时间出现在卡特丹姆?为什么选择在当下

乌鸦六人组（卷二）：骗子王国

成立尤尔达财团？"

防守到此为止。但卡兹已经为科尔姆应对这种状况做足了准备。

"如果你一定要知道的话，几个月前，有人开始收购科夫顿周围的尤尔达农场，但没人知道他的身份。我们当中有人意识到他一定是在酝酿什么，所以我们选择不卖给他，而是创办了自己的企业。"

"一个不知名的买家？"德莱顿好奇地问。凡·埃克看起来有点不安。

"是的，"妮娜说，"里特维德先生和他的伙伴没能成功查出这人的身份。但也许你们的运气能好点。据说他就在刻赤。"

凡·埃克倒进椅子里。他苍白的皮肤发出一种湿漉漉的光泽。谈判桌上的主导权再次发生转换。凡·埃克最不愿意的，就是有人去调查是谁买下了那些尤尔达田。妮娜又轻轻地推了科尔姆一下。他们越是看上去对理事会的钱不感兴趣，理事会的成员就越是急于往里投钱。

"实际上，"科尔姆继续说，"如果你能摸清他的底细，或许就能够取而代之。他可能还在寻找投资者。"

"不，"凡·埃克说，声音有点尖锐，"不管怎么说，你们如今在这里，且能够代表我们的利益。为什么要把时间和精力浪费在毫无意义的侦查上呢？每个人都有追逐自己发现的财富的权利。"

"尽管如此，"德莱顿说，"这位投资者可能知道舒国的——。"

凡·埃克警告性地看了德莱顿一眼，他显然不希望理事会的事务如此随意地扩散出去。那年轻人猛地住了嘴。

但是凡·埃克握紧手指说："收集我们能收集到的信息，这事肯定值得一做。我将亲自去调查那位买家。"

"或许我们可以不必如此匆忙。"德莱顿说。

确实有些怯懦，妮娜想。她瞥见了门厅那头安妮卡的信号。"里特维德先生，您的下一场会面？"她意味深长地瞥了一眼门厅，只见罗迪穿着黑色的商人套装，一副衣冠楚楚的样子。他带着一群人穿过门厅，走

过了餐厅。

凡·埃克和德莱顿在看到杰伦·拉德马克之后交换了下眼神，拉德马克是刻赤最富有的投资者之一。事实上，刚收到德莱顿请求见面的便条时，就有几位投资者受邀参加一场关于哲蒙尼石油前期货的报告会，这与虚构出来的约翰·里特维德毫无关系。当然，凡·埃克和德莱顿并不知道这一点。重要的是，他们以为自己可能会失去投资机会。没有机会听詹斯博就资源市场滔滔不绝地讲上一个小时，妮娜有点遗憾。

妮娜又在桌子下踢了下科尔姆。

"那个，"他急忙说，"先生们，我该走了。很高兴——"

"股权价格是多少？"德莱顿问。

"恐怕为时已晚了，我吸纳不了那么多——"

"如果我们一起加入呢？"凡·埃克说。

"一起？"

"商业理事会相信，尤尔达的价格可能很快就会发生变化。直到最近，我们的双手还被人民公仆的角色束缚着。但即将来临的拍卖，让我们有了重新追逐新投资的自由。"

"这合法吗？"科尔姆问道，他眉头紧锁，表现出深深的忧虑。

"当然。规定禁止我们影响拍卖结果，但对您的基金进行投资是完全合法的，同时这对我们双方而言是互利共赢。"

"我知道这笔基金将会带给你怎样的收益，但是——"

"你一直在拉拢个体投资者。但如果整个商业理事会成为你的主要投资者呢？理事会代表着刻赤最古老，最有威望的十三个家族，这些家族拥有兴盛的商业和大量的资本。你财团里的农民不会找到比我们更好的合作伙伴了。"

"我……我不知道，"科尔姆说，"毫无疑问，这很具有吸引力。但如此一来，我们就将自己置于高风险之中。我们要求有严格的保障措施。"

乌鸦六人组(卷二):骗子王国

万一理事会退出,我们将会失去所有的投资者。"

德莱顿瞬间炸毛。"理事会的任何成员都不会违反合同。入伙时我们会用私人印章,一切都会在你们挑选的法官的见证下进行。"

妮娜几乎可以看到凡·埃克脑子里的算盘迅速计算起来。毫无疑问,诺威哲姆已经有农民拒售了。如今他不仅有机会控制他已经购置的尤尔达田,还可以掌控他没买到手的大量田地。妮娜很想知道,考虑到寻找他儿子让这个城市付出的代价,要是把大好的机会送到理事会手里,他是否会觉得很有压力。

"给我们48小时——"凡·埃克开口说。

科尔姆的表情充满歉意。"恐怕我必须在明晚之前结束在这里的工作,我已经订好了船票。"

"港口已经关闭,"凡·埃克说,"恐怕你哪里都去不了。"

詹斯博的父亲冷冷地瞪了凡·埃克一眼,妮娜感到胳膊上的汗毛都竖起来了。"我觉得自己明显受到了欺压,凡·埃克先生,我不喜欢这样。"

凡·埃克凝视了片刻。后来,他的贪欲占了上风。

"24小时吧,那就。"凡·埃克说。

科尔姆故作犹豫的样子。"那就24小时。但我不做任何承诺。我必须做对我们财团有利的事。"

"这是自然,"凡·埃克说着,站了起来,他们握了握手,"我们只需您在我们有机会为接管该基金会提供充分的理由之前,不要做最后的决定。您会觉得我们的出价非常慷慨的。"

科尔姆朝拉德马克离开的方向看了一眼。"我觉得我应该可以做到这一点。祝你们拥有美好的一天。"

妮娜起身跟着他走出了餐厅,凡·埃克说:"哲尼克小姐。"

"嗯?"

"我听说你在白玫瑰之家工作过。"他的嘴唇微微撇了撇，仿佛只要说出一个妓院的名字就可以算作放荡。

"是的。"

"我听说那里的摄心师偶尔会和卡兹·布莱克合作。"

"我以前是为布莱克工作过。"妮娜轻松地承认道。最好能主动出击。她握住凡·埃克的手，看到他整个身体似乎都在往后缩，她很开心。"但请您相信我，如果我知道他把您儿子带到哪儿去了的话，一定会向有关部门反映的。"

凡·埃克僵住了。他显然不想谈起这话题。"我……谢谢你。"

"我无法想象您所经历过的痛苦。布莱克怎么能对那样的少年下手？"妮娜继续说，"我还以为您家的安保——"

"威岚当时不在家。"

"不在家？"

"他那时正在贝兰特学音乐。"

"那他的老师对此次绑架怎么说？"

"我……"凡·埃克不安地看着德莱顿，"他们也很困惑。"

"也许他交友不慎？"

"也许。"

"我希望他没有跟卡兹·布莱克起冲突。"妮娜打了个寒战。

"威岚不会——"

"当然不会，"妮娜一边说，一边抖了抖她卡福达的袖口，准备离开餐厅，"傻子才会这么做。"

30
卡 兹

妮娜很累,卡兹看得出来。他们都累。即便是他也别无选择,只能在那场打斗过后稍作休息。他的身体已经不听使唤,已经越过了那看不见的体能界限,直接歇业了。他不知道自己是什么时候睡着的,连梦也没有做。前一刻,他还躺在套间最小的卧室里休息,思考着这个计划的细枝末节,下一刻,他在黑暗之中醒来,惊慌失措,不知道自己身在何处,又是怎么到那儿的。

伸手去开灯时,他感到一阵剧痛。吉恩雅给他看伤时轻微的碰触就让他疼痛难忍,但或许他应该让那修容师给他多疗点儿伤的。还有一个漫漫长夜在等着他,而这个拍卖方案跟他以前尝试过的截然不同。

在德勒格斯时,卡兹见过、也听过很多拍卖会,但他与斯达洪得在日光浴室的谈话中商量的,可以排在首位。

他们讨论了拍卖会的细节,讨论了需要吉恩雅做什么,以及卡兹预测的竞价的走势和增加的额度。卡兹想让斯达洪得以五千万克鲁志的出价，加入战局，他觉得舒国人为了反击，会增加一千万或更多资金。卡兹需要确保雷凡卡人会说话算话。一旦拍卖开始，就必须进行下去，没有退路。

那私掠船船长非常谨慎，他急切地想要知道他们是如何被雇用去完成冰庭的任务，以及如何找到并解救库维的。卡兹提供了充足的信息，才让那私掠船船长相信，库维实际上是博·亚尔拜亚的儿子。但他没有泄露他们的计划，或者他团队成员的真正才能。卡兹知道，总有一天，斯达洪得可能会想从他这里窃取点儿什么。

最终，斯达洪得整了整他青色礼服大衣的衣领，然后说："行了，布莱克，显然你只会说半真半假的，以及彻头彻尾的谎言，所以你确实是这一任务的不二人选。"

"还有一件事，"卡兹一边说，一边端详着那私掠船船长断掉的鼻子和红润的头发，"在我们手拉手一起跳下悬崖之前，我想知道和我一起打交道的究竟是谁。"

斯达洪得挑了挑眉。"我们还不在一条船上，也没有互换衣服呢，但我觉得我们的介绍已经很文明了。"

"你究竟是谁，私掠船船长？"

"这是一个必须回答的问题吗？"

"没有哪个真正的盗贼会像你这样说话。"

"那你可真是心胸狭窄。"

"我很了解有钱人家的孩子是什么样子，并且我也不觉得一个国王会派一名普通的私掠船船长，去处理这么敏感的事情。"

"普通，"斯达洪得嘲讽道，"你有从政方面的经验吗？"

"我对做买卖很在行。你是谁？要么你说出真相，要么我和我的队员走人。"

"布莱克，你觉得这可能吗？我如今已经知道了你的计划。并且我身

乌鸦六人组(卷二):骗子王国

边有世界上最具传奇色彩的两名格里莎陪同,而我自身的战斗力也不弱。"

"我是把库维·亚尔博活着带出冰庭的运河里的无名鼠辈。我很想知道你们的胜算有多大。"他队员的头衔无法和这几个雷凡卡人匹敌,但卡兹很清楚应该把钱押在哪里,如果他还有钱的话。

斯达洪得把手背在身后,卡兹看到他的举止有了明显的变化。他的目光不再茫然,而是带着深深的威压。这绝不是什么普通的私掠船船长。

"这么说吧,"斯达洪得说,凝视着下面的卡特丹姆的街道,"当然,只是假设,雷凡卡国王的情报网深入刻赤、菲尔丹和舒国,并且确切知道库维·亚尔博对自己国家的未来有多么重要。或者说,那国王在这种事的协商上,不信任除他自己以外的任何一个人,但他也知道自己的国家动荡不安,而他又没有子嗣,兰瑟夫王室后继无人。在这种情况下,以自己的名义出行是多么的危险。"

"这么假设的话,"卡兹说,"应该尊称您为陛下了。"

"按照假设来的话,还有很多有趣的名字呢。"私掠船船长评估性地打量了他一眼,"你怎么知道我不是我所声称的那个人,布莱克先生?"

卡兹耸了耸肩。"你说刻赤语时很像当地人,并且还是富有的当地人。完全不像一个水手,或街头混混出身的人。"

那私掠船船长微微转过身来,全神贯注地看着卡兹。他身上的散漫消失了,看上去像是一个可以指挥千军万马的人。"布莱克先生,"他说,"卡兹,能这么称呼你吗?我如今的处境如履薄冰。我是一国之主,可国库空虚,腹背受敌。国家内部也有势力在想办法钻空子,找机会夺权。"

"你的意思是,你是一个不错的人质。"

"我觉得我的赎金会比库维低很多。真的,这对我的自尊心是一记重创。"

"但你看起来并不觉得痛苦。"卡兹说。

"斯达洪得是我年轻时的产物,他的名声对我大有帮助。我不能以雷凡卡国王的身份,在库维的拍卖会上竞标。我希望你的计划能够按你预想的进行。但如果没有,失去这样一个彩头,将会是在外交和战略上都极具侮辱性的错误。我要参加拍卖的话,要么就以斯达洪得的身份,要么就以无名小卒的身份。如果这构成问题的话——"

卡兹把手放在拐杖上。"只要你不试图欺骗我的话,你可以以伊斯塔梅尔女王的身份参加。"

"能有其他选择的话当然更好。"他回头看着这座城市,"但这行得通吗,布莱克先生?或者说我可以把雷凡卡以及所有格里莎的命运,押在一个口齿伶俐的街头混混的信誉和能力上吗?"

"这对双方而言代价都不小,"卡兹说,"你押上的是一个国家,而我们押上的是我们的性命。这交易看上去挺公平的。"

雷凡卡国王伸出手来。"那就成交?"

"成交。"他们握了握手。

"要是条约能这么快签订就好了。"他说,私掠船船长身上散漫的气质又回来了,这变化的速度比戴上西斯戴夫买的面具还快。"我要去喝一杯,洗个澡。这是我对泥巴和脏乱差环境的忍耐极限了。就像叛军当时对王子说的那样,这不合章法。"他拂了拂衣领上并不存在的灰尘,慢悠悠地走出了日光浴室。

眼下,卡兹理了理头发,穿上了夹克。很难相信运河里的无名鼠辈会和一国之君达成协议。他想起了那只被打断的鼻子,这让那私掠船船长看上去像是赤手空拳打过架的人。就卡兹所知,他确实打过,但他一定易了容来掩盖他本来的样貌。当某张脸被明码标价的时候,就很难隐藏行踪了。最后,不论斯达洪得是不是国王,他都是个非常伟大的骗子,但这不重要,重要的是他和他的人民都尽了自己的职责。

乌鸦六人组（卷二）：骗子王国

卡兹看了看手表——已经过了午夜，这比他预计的要晚——然后动身去找妮娜。看到詹斯博在大厅里等着的时候，他有些惊讶。

"怎么了。"卡兹说，大脑立刻运作起来，盘算着他睡着期间，可能出错的所有事情。

"没什么，"詹斯博说，"一切正常。"

"那你想干什么？"

詹斯博咽了咽唾沫说道："马蒂亚斯把剩下的潘勒姆给你了，对吧？"

"所以呢？"

"如果出点什么状况的话……舒国人将会出现在拍卖会上，也许还会有柯古德。太多的事情都指望着这个任务。我不能再让我父亲失望了。我需要潘勒姆，作为保障措施。"

卡兹审视了他很长一段时间。"不行。"

"为什么不行？"

这问题问得合情合理。把潘勒姆给詹斯博是明智之举，也是切实可行之举。

"比起那几块地，你父亲更在乎你。"

"但是——"

"我不会让你把自己变成烈士的，阿詹。如果我们中有一个完蛋了，那就全都玩完了。"

"这是我自己做出的决定。"

"但似乎我才是做决定的那个。"卡兹朝着客厅走去。他不打算与詹斯博理论。尤其是在他不确定自己为什么第一时间拒绝了詹斯博的时候。

"乔迪是谁？"

卡兹停住了脚步。他早就知道，这问题迟早会来，但听到别人的嘴里说出哥哥的名字时，还是很难受。"我信得过的人。"他回头看着詹斯博那双灰色的眼睛。"一个我不想失去的人。"

卡兹发现妮娜和马蒂亚斯在紫色客厅里的沙发上睡着了。他不明白为什么两个块头最大的人选择挤在最小的空间睡觉。他用拐杖轻轻推了一下妮娜。她试图把拐杖推到一边,连眼睛都没睁。

"起床了。"

"走开。"她说着,把头埋进了马蒂亚斯的怀里。

"走了,哲尼克。死人会等,但我不会。"

最终,她让自己清醒过来,穿上了靴子。把红色的卡福达扔到一边,换上了外套和裤子,这身衣服是她之前在执行甜堡礁那以失败告终的任务时穿的。马蒂亚斯看着她的一举一动,但他没要求陪他们一起去。因为他知道自己的出现只会增加暴露的风险。

伊奈姬在门廊处现身,他们一起默默地朝着电梯走去。卡特丹姆街上的宵禁已经生效,这是无法避免的。他们只能靠运气和伊奈姬的能力来侦查前方的道路,避开巡逻的城市护卫队。

他们离开了酒店后面,前往制造业区。他们前进的速度非常缓慢,需要绕过路障迂回前进,一路上走走停停。伊奈姬时而消失,时而再次出现,或示意他们等待,或在她再次消失之前,轻轻地挥下手,让他们改变路线。

最终,他们来到了停尸房前。这是一座没有标识的灰色石头建筑,位于仓库区的边缘,建筑前方是一座很久没人打理的花园。只有富人的尸体才会被带到这里,准备运往市外埋葬。这不是死神之船上那些悲惨的尸堆,但卡兹仍觉得他正在进入一场噩梦。他想起了在白色瓷砖上回荡的伊奈姬的声音。**继续前进**。

停尸房荒废已久,沉重的铁门紧紧地锁着。他撬开了锁。回头看了一眼杂草丛生的花园。他没看到伊奈姬,但他知道她在那里。在他们完成这桩可怕的事情之前,她会一直在门口守着。

室内很冷,只有一盏灯笼亮起,那是蓝光摇曳、以表警示的尸灯。

乌鸦六人组(卷二)：骗子王国

这里有一间加工室，它的外面是一间冰冷的巨大石室，室内有很多抽屉，大到足以装下尸体。整个地方都弥漫着死亡的气息。

他想起了伊奈姬脖颈上跳动的脉搏，想起了他嘴唇碰到的她温暖的皮肤。他试图摆脱这些想法，不想让这些回忆和这满是腐朽气息的屋子交织在一起。

卡兹从来都没能躲过那晚关于卡特丹姆港湾的恐怖记忆，他的胳膊紧紧依附着哥哥的尸体，他告诉自己蹬腿的时候再用力一点，努力再多吸一口气，浮在水面，活下去。他找到了前往岸边的路，全身心地投入到为自己和哥哥复仇之中。但噩梦并没有消失。卡兹原以为情况会慢慢好转。在与人握手之前，他不再需要再三考虑，也不会被逼入死胡同。但恰恰相反，一切变得越来越糟，就连在街上不小心碰到别人的皮肤都让他几乎无法忍受，每次碰触都会让他梦回港口，回到在死神之船上被死亡包围的时刻。他在水里不断地蹬腿，紧抓着漂浮在水面上的乔迪的尸体，因为太害怕溺亡而不敢松手。

情况变得越来越糟糕。高尔卡有次在蓝色天堂喝到站也站不稳，卡兹和茶壶不得不把他拖回去。他们拖着他走了六个街区，高尔卡左摇右晃，时不时地倒在卡兹身上，他身上的皮肤和臭味让他反胃，有时他也会倒在茶壶身上，让卡兹得到短暂的自由——尽管他依然能感觉到那男人毛茸茸的手臂在他的脖子后面摩擦。

后来，茶壶发现卡兹蜷缩在角落里，浑身发抖，满身是汗。卡兹以食物中毒为由，用脚抵住门，不让茶壶进来。他无法再忍受任何碰触了，否则他会完全失去理智。

第二天，他买了第一双手套——一副廉价的黑色手套，一旦弄湿就会掉色。在巴伦，有弱点是非常致命的。人们可以嗅到它，就跟嗅到血腥味一样，并且如果卡兹想让佩卡·罗林斯跪在他面前的话，就不能再发生像那晚一样、在厕所地板上瑟瑟发抖的事了。

卡兹从不回答任何关于手套的问题，也不理会任何相关的嘲弄。他每天都戴着它们，只有一个人时才会摘下来。他跟自己说这只是临时手段。他戴着它们，重新练习了每一个绝活，洗牌和发牌的速度比徒手更快。手套隔水，能避免那晚的记忆将他淹没。戴上它们，感觉像是在武装自己，那双手套比一把刀，或者一把枪更加有用。直到他遇到了伊莫金。

他那时十四岁，还没成为珀尔·哈斯克尔的副手，但每一次打斗和骗局都会让他名声大噪。伊莫金是巴伦地区的新手，比他大一岁。她跟着泽尔福特一群人混，说小打小闹没意思。自她来到卡特丹姆，就一直在斯戴夫转悠，干点小活儿，试图想办法加入巴伦的某个帮派。卡兹第一次见到她时，她正把瓶子砸向一个动手动脚的拉兹格尔成员。后来，珀尔·哈斯克尔让他负责春季职业拳击赛时，她又出现了。她脸上有雀斑，门牙之间有缝隙，能在打斗中保全自身。

一天晚上，他们站在空荡荡的拳击台旁，计算着一天的收入的时候，她的手碰到了他的外套袖子，他抬起头时，她缓慢地笑了，笑的时候抿着嘴，这样，他就看不到她的牙缝了。

后来，卡兹回到斯兰特他与别人合住的房间里，躺在那皱巴巴的床垫上，盯着漏水的天花板，回想着伊莫金对他微笑的样子，想着她低到臀部的低腰裤子。她走路的时候喜欢侧身而行，就好像她靠近每个事物的时候都有一个特定的角度。他很喜欢这一点。他很喜欢她。

在巴伦，身体没什么神秘的。空间有限，人们习惯了当场享乐。德勒格斯的其他少年时不时地会谈论他们的战利品。但卡兹一言不发。幸运的是，他几乎对什么事情都不置一词，这种一致性给他带来了极大的便利。但他知道他理应说什么，他想要什么。他确实想要这些东西——穿着钴蓝色一字肩裙子穿过街道的姑娘，一个动起来像东斯戴夫烟花秀一样的舞者，以及他没说什么，却笑得像是他讲了全世界最好笑的笑话

乌鸦六人组(卷二):骗子王国

的伊莫金。

他活动了下手套里的手指,听着室友的鼾声。*我会战胜它的*,他跟自己说。他比这种病更强大,比水的阻力更强大。他想要了解赌场的运作方式时,能积极行动。决定自学金融知识时,能无师自通。卡兹想着伊莫金那缓慢的抿嘴微笑,做了一个决定。他要克服这个弱点,就跟他克服一切障碍一样。

他从小处做起,从一些没人会注意到的小动作开始。在玩三人黑莓游戏时拿掉手套。睡觉时把它们压在枕头下面。然后,珀尔·哈斯克尔派他和茶壶,去给一个叫本尼的人一点儿颜色看看,这人是个微不足道的打手,欠了他的钱。卡兹伺机而动,直到他们把他堵在了巷子里,茶壶让卡兹抓着本尼的胳膊时,他拿掉了手套,就当试试了,这事不难。

他一碰到本尼的手腕,就产生了一种强烈的反感,但他早就有所准备,忍了下来,忽略了把本尼的手腕背到身后时,身上冒出的冷汗。在茶壶跟本尼清算他欠珀尔·哈斯克尔钱的具体条目,每说一句就给他的脸上或腹部来一拳的时候,卡兹强迫自己用身体去支住本尼。

我没事,卡兹跟自己说,*我可以搞定的*。然后潮水涌来。

这一次,和易物教堂的塔尖一样高的海浪席卷了他,把他往下拽,那是他无法摆脱的重力。他依然紧紧依附着乔迪,他哥哥腐烂到如鱼腹一般的尸体就在他身旁。卡兹把他推向一边,大口大口地吸着气。

等回过神时,他已经靠在一堵砖墙上了。本尼逃跑时,茶壶冲他大吼大叫。他的头顶是灰色的天空,鼻子里满是巷子里的难闻气味,煤灰和垃圾散发出来的腐坏的蔬菜味,以及长年累月造成的浓烈的尿味。

"你该死的究竟在搞什么,布莱克?"茶壶大吼道,满脸愤怒,鼻子发出滑稽的口哨声,"你刚刚竟然松开了他!万一他身上带着刀呢?"

卡兹没怎么听进去。本尼几乎没有碰触到他,但不知怎的,没有手套,一切都很糟糕。皮肤挨着皮肤,另一具柔软的身体离他如此之近。

CROOKED KINGDOM

"你在听我说话吗？你这个可怜的、皮包骨头的小混蛋！"茶壶抓住了他的衬衫领，他的指关节擦过卡兹的脖子，又让他感觉一阵不适。他摇晃着卡兹，晃到牙齿咯咯作响。

茶壶揍了卡兹一顿，把流血的他扔在巷子里扬长而去，这顿打原本是该本尼挨的。**你不能软弱，不能分心，不能在出任务的时候，不能在同伴还指望着你的时候，发生这种状况。**卡兹把手缩进衣袖里，一直没有还手。

他花了近一个小时，才拖着自己走出了那条巷子，又花了几个星期的时间去恢复他的名声。在巴伦，任何一次失足都可能导致摔得很惨。他找到了本尼，揍到让本尼恨不得揍他的人是茶壶。他重新戴上了手套，再也没拿下来。他变得更加无情，打斗时也更加凶狠。他不再担心自己看起来是否正常，而是让人们得以一瞥他内心的疯狂，然后给他们留下遐想的空间。有人靠得太近时，他会一拳打过去。有人敢碰他，他就断他一只手，或两只手，外加下颌。他们叫他黑手，哈斯克尔手下的疯狗。怒火在他心中燃烧，他也逐渐开始瞧不起那些抱怨、乞求、声称自己遭受苦难的人。**让我告诉你什么是痛苦**，他会这样说，然后用拳头作一幅画。

在拳击台旁边时，伊莫金的手指再次放到了他的袖子上，卡兹一直盯着她，直到她抿着嘴的笑容消失。她放下了手，看向别处。卡兹回去数钱。

眼下，卡兹用拐杖敲击着停尸房的地面。

"我们尽快结束。"他对妮娜说，他的声音在冰冷的石室内传出响亮的回声。他想尽快离开这个地方。

他们从两侧开始，眼睛快速扫描着抽屉上的日期，寻找一具腐烂程度恰到好处的尸体。甚至光是这个念头就加剧了他胸口的紧绷感。感觉像是进了鬼屋。但他的大脑早就构想出了这个计划，知道这计划会把他

乌鸦六人组(卷二):骗子王国

带到这里。

"这儿。"妮娜说。

卡兹穿过房间向她走来。他们站在一个抽屉前,但没人去打开它。卡兹知道他们俩都见过很多尸体,在巴伦谋生,或在第二军队服役的士兵,不可能没见过死亡。但这次不一样。这是腐尸。

最终,卡兹那拐杖上的乌鸦头钩在抽屉的把手上,然后往外拉。这抽屉比他想象的要重,但还是顺利拉开了。他往后退了一步。

"确定这是个好主意?"妮娜说。

"我很乐意接受更好的。"卡兹说。

她深深地吸了一口气,然后拉开了尸体上的被单。卡兹想到了蜕皮的蛇。

那是一位中年男性,嘴唇因腐烂而发黑。

小时候,卡兹每次经过墓地时,都会屏住呼吸,他觉得只要他张开嘴,就会有可怕的东西爬进去。感觉房子开始摇晃。卡兹努力吸了一小口气,强迫自己回归现实。他伸展了下手套里的手,感受着皮革的拉力,把拐杖的重量紧握在手心。

"我很好奇他是怎么死的。"妮娜一边喃喃地说,一边凝视着死者脸上灰色的褶皱。

"独自死去。"卡兹说,看着那个人的指尖。它们被什么东西啃咬过。这具尸体在被发现之前,就已经有老鼠捷足先登了。也有可能是他的宠物。卡兹从衣兜里掏出他从吉恩雅工具箱里拿出来的密封玻璃容器。"拿走你要的东西。"

卡兹站在科尔姆套间上方的钟楼里,审视他的队员。这座城市依然笼罩在黑暗之中,但黎明很快就会到来,那时他们将分头行动:威岚和科尔姆去一家没有人的面包店,静待拍卖会开始。妮娜将会去巴伦完成她手边的任务。伊奈姬要去易物教堂屋顶她应在的位置上。

卡兹将会下楼,和库维以及马蒂亚斯一起去交易中心前面的广场,和护送他们进入教堂的城市护卫队的警卫碰头。卡兹很想知道,凡·埃克对于自己的下属保护巴伦地区的混蛋作何感想。

他觉得自己比前几天更加从容。凡·埃克家的突袭让他有所动摇。他那时没做好佩卡·罗林斯会在那样的情况下重返赛场的准备。他没预料到会有那样的耻辱,没预料到关于乔迪的回忆会那般汹涌的席卷而来。

你让我失望了。 脑海中哥哥的声音,比以往任何时候都要响亮。**你又被他骗了一次。**

卡兹之前把詹斯博叫成了哥哥的名字。这是一次严重的失误。但也许是他想惩罚他们俩。卡兹如今比染上瘟疫去世时的乔迪要年长。如今他可以回首,可以看到哥哥当初的傲气,以及对快速成功的渴望。**你让我失望了,乔迪。你更加年长。你应该是比较聪明的那一个。**

他想起伊奈姬曾问他,**那时没有人保护你吗?** 他记得乔迪和他并排坐在桥边,微笑着,活得好好的,下面的水中倒映着他们的脚,戴着连指手套的手里还有热巧克的温度。**我们应该相互照顾。**

那时的他们是两个想念父亲,却又迷失在这座城市的农场少年。那就是佩卡·罗林斯找上他们的原因。那不仅仅是金钱的诱惑。他曾给了他们一个新家,那家里有一个给他们做美食的假妻子,还有一个和卡兹一起玩的假女儿。佩卡·罗林斯用温暖的火焰,和让他们过上已经失去了希望的生活,诱他们上钩。

而那就是最终摧毁你的东西:对你永远无法拥有的东西的渴望。

他扫视着那些曾和他一起并肩作战的人的面孔。他曾骗了他们,也被他们骗过。他曾把他们拖入地狱,又将他们拽了回来。

卡兹把手放到拐杖上,背对着这座城市。"从今天起,我们想要的东

乌鸦六人组(卷二):骗子王国

西就完全不同了。自由、救赎——"

"冷冰冰,沉甸甸的现金?"詹斯博提议道。

"不止于此。有很多想挡我们路的人。佩卡·罗林斯和他的手下,好几个国家,以及几乎整个被神抛弃的城市。"

"这是鼓励之词吗?"妮娜问。

"他们不知道我们是谁,或者说不完全知道。他们不知道我们做过什么,做成过什么。"卡兹用拐杖敲击地面,"那就向他们展示一下,他们找错了对手。"

31
威　岚

我在这儿干吗？

威岚弯腰靠近洗漱池，把冷水泼到脸上。再过几个小时，拍卖会就要开始了。他们将在黎明前离开酒店套间。拍卖结束后，如果有人来找约翰·里特维德，一定会发现早已人去房空了。

他对着浴室的镜子看了最后一眼。镜子中回看着他的那张脸看上去又是熟悉的样子了，但他到底是谁？罪犯？离家出走的人？还是一个说得过去的，或者远不止说得过去的爆破师？

我是玛雅·亨德里克斯的儿子。

他想起了他的母亲，孤零零的一个人，她和她有缺陷的儿子一样，被抛弃了。她那时候已经不再年轻，没法生出一个健康的继承人了吗？还是他父亲从那时起，就想要永久抹去所有他存在过的证据？

我在这儿干吗？

但他已经知晓了答案。只为看到他父亲因自己的所作所为受到惩

乌鸦六人组(卷二):骗子王国

罚。只为看到他母亲重获自由。

威岚对着镜子打量自己。父亲的眼睛,母亲的卷发。那段成为别人,忘记了自己是凡·埃克家族的人的时光挺好的。但他不想再隐藏了。从普罗尔的手指扼住他的咽喉开始,他就一直在逃避。又或者,早在很久之前,他就开始逃避了,在每天下午坐在食品储藏室时,或蜷缩在窗帘后希望所有人都忘记他时,或在期盼保姆回家时,或在希望他的家庭教师永远不会到来时。

他的父亲曾想让威岚消失,想让他和他母亲以同样的方式消失。很长的一段时间里,威岚自己也正有此念。但当他来到巴伦,当他拥有第一份工作,当他遇见詹斯博、卡兹和伊奈姬,当他开始意识到自己并不是一无是处之后,那念头就开始转变了。

扬·凡·埃克不会得偿所愿的。威岚哪里都不会去的。

"我在这儿是为了她。"他对着镜子说。

镜子里那个脸颊红润的少年看上去不为所动。

皮姆带着威岚和科尔姆从酒店后门出去,经过一系列让人迷惑的左拐右拐,到达交易中心前面的广场时,太阳才刚刚开始升起。通常情况下,贝武尔斯坦特街上的面包店这时已经开门,做好接待前往交易中心的店主和商人的准备了。但这次拍卖扰乱了正常的生意,那面包师关了店,或许是想设法找个位置,亲自观看拍卖过程。

在皮姆摸索着开锁时,他们在空无一人的广场门口站了很长一段时间。威岚意识到,他已经习惯了卡兹撬锁的娴熟手法。门开了,发出很大的哐当声,他们随之走了进去。

"无人吊唁。"皮姆说。威岚还没来得及回应,他就已经消失在了门外。

面包房里的柜子是空的，但里边还残存着面包和糖的味道。威岚和科尔姆背靠架子，席地而坐，尽量让自己舒服点。卡兹给他们下达了严格的指示，威岚没法无视它们。约翰·里特维德永远都不会再次出现在这座城市里，威岚很清楚，当他父亲发现自己的儿子在卡特丹姆的大街上游荡时，将会采取怎样的行动。

他们默默坐了好几个小时。科尔姆打起了盹儿，威岚哼着小曲，这曲子在他脑海中已经有段时间了。它需要配点儿打击乐，像枪声一样砰砰作响的声音。

他小心翼翼地透过窗户往外边瞥了一眼，看到几个人朝着易物教堂走去，看到阵阵椋鸟在掠过广场上空，看到了那仅仅几百码开外的交易中心门口。他无须去认刻在拱门上的字。他曾听父亲重复过无数次。Enjent，Voorhent，Almhent。勤奋，诚实，繁荣。凡·埃克在这三者中的两者上都颇有建树。

威岚没有意识到科尔姆已经醒了，直到他说："是什么让你那天在坟墓里，帮我儿子撒谎的？"

威岚重新坐到了地板上。他谨慎地选择措辞："可能是因为我知道，把事情搞砸是什么感觉。"

科尔姆叹了口气。"詹斯博搞砸了很多事。他鲁莽，愚蠢，老开不合时宜的玩笑，但是……"威岚等着后面的话。"我想说的是，他有很多麻烦，很多很多。但这是他应受的。"

"我——"

"他变成如今这样都是我的错。我本来是想保护他，但或许，我带给他的，远比我发觉的那些潜在的危险更糟糕。"即便在面包店窗户透过的微弱的晨光下，威岚也能看到科尔姆有多么疲惫。"我犯了不少大错。"

威岚用手指在地板上画了一条线。"你让他拥有一个可以奔赴的人。不论他做了什么，不论搞砸了什么。我觉得这比那些大错误更重大。"

乌鸦六人组(卷二):骗子王国

"现在明白了吗?这就是他喜欢你的原因。我知道,我知道——这不关我的事,我也不知道他是否配得上你。他可能会让你无比头痛。但我觉得你配他绰绰有余。"

威岚的脸烧了起来。他知道科尔姆有多爱詹斯博,他的爱体现在他的一举一动里。而他竟然觉得威岚配得上他的儿子。

有声音从送货口处传来,他们瞬间安静下来。

威岚站了起来,心怦怦直跳。"记住,"他跟科尔姆小声说,"注意隐蔽。"

他一路经过烤炉,来到面包房的后面。这里的气味更浓,更加漆黑,但房间里空无一人。虚惊一场。

"这不是——"

送货口突然打开了。有人从背后抓住了威岚。有人扯得他的头向后仰去,迫使他张开嘴,在他嘴里塞了一块破布。然后抄起一个袋子套在了他的头上。

"嗨,小商人,"一个他辨别不出来的低沉嗓音说道,"准备好和你老爸团聚了吗?"

他们把他的胳膊扭到身后,拖着他穿过了面包店的送货口。威岚跟跟跄跄,几乎站不稳,也没法看清,或者是确定自己的方位。他摔倒了,膝盖狠狠地磕在鹅卵石上,然后又被拉了起来。

"别想让我背你,小商人。没人花钱请我干这事。"

"这边,"其中一人说,是个女的,"佩卡在主教堂的南边。"

"等等,"一个新的声音说,"你抓着的这人是谁?"

他说话带着命令的口吻。**城市护卫队的警卫**,威岚想。

"议员凡·埃克很乐意见到的人。"

"是卡兹·布莱克的同伙吗?"

"你只用乖乖跑个腿,告诉他,在武器小礼拜堂里,普狮的人有大礼相候。"

威岚听到不远处有人群聚集。他们在教堂附近吗？过了一会儿，有人粗暴地扯着他向前，并且声音发生了变化。他们在室内。这里空气更凉，光线更暗。他被拖着上楼，腿撞在了楼梯边缘，然后被推到了一把椅子上，双手绑在身后。

他听到了上楼的脚步声和开门的声音。

"我们抓住他了，"又是那个低沉的声音。

"在哪儿？"威岚的心突突直跳。*读出来，威岚。年龄只有你一半大的孩子都能毫不费力地读这个。*他原以为自己已经做好准备了。

"布莱克把他藏在了距离这只有几个街区远的一家面包店里。"

"你是怎么发现他的？"

"佩卡命我们搜寻这片区域，觉得布莱克可能会在拍卖会上耍点花招。"

"毫无疑问，他是打算给我难堪。"扬·凡·埃克说。

威岚头上的袋子被扯掉了，他直勾勾地盯着他父亲。

凡·埃克摇了摇头。"每次我觉得你不能让我更失望时，你总能证明我是错的。"

他们在一个有圆顶的小礼拜堂里。礼拜堂墙上的油画描绘的是战争场面，以及成堆的武器。这个小礼拜堂肯定是一个制造武器的家族捐赠的。

过去的几天里，威岚仔细研究了易物教堂的布局，与伊奈姬一起绘制了屋顶壁龛和凹室，勾勒了主教堂和格森之手的指形中殿。他清楚地知道自己身处何处——格森小指尽头的一个小礼拜堂。礼拜堂的地板上铺着地毯，唯一的门通向楼梯，唯一的窗户敞开着，通向屋顶。即便嘴没被堵住，他也由衷怀疑，除了那些画之外，还能有谁听到他的呼救声。凡·埃克身后站着两个人：一个穿着条纹裤子，剃掉了一半头发的

乌鸦六人组(卷二)：骗子王国

女孩；还有一个穿着格子呢和背带裤，矮矮胖胖的少年。他们都戴着紫色臂章，这表明他们是受城市护卫队的警卫委派。他们身上都有普狮的文身。

那少年咧着嘴笑了。"要我去叫佩卡吗？"他问凡·埃克。

"不用。让他继续留意拍卖会的准备工作，我更愿意自己处理这事。"凡·埃克俯身，"听着，小子。有人看到幽灵和格里莎三巨头中的一个成员在一起。我知道布莱克和雷凡卡人勾结在一起。纵使你身上缺点无数，但体内仍流淌着我的血液。把他的计划告诉我，我会好好关照你的。你将会有津贴，可以住在舒适的地方。我把塞在你嘴里的东西拿出来。但如果你大喊大叫的话，我就让佩卡的朋友想怎么对你就怎么对你，明白？"

威岚点了点头。他父亲扯出了他嘴里塞着的布。威岚舔了舔嘴唇，朝他父亲吐了一口唾沫。

凡·埃克从衣兜里拿出一条有花押字的雪白手帕，手帕上绣着红色月桂。"一个连语言都组织不了的孩子，只能用这种方式进行回击。"他擦掉了脸上的唾沫，"我们再来一次。告诉我布莱克和雷凡卡人的计划，我说不定会让你活着。"

"就像我母亲那样？"

他父亲几不可察地瑟缩了一下，就像一个牵线木偶被拉了一下，然后又恢复原状。

凡·埃克把他的手帕折了两折，收了起来。他对那女孩和少年点了点头。"你们想怎么做就怎么做吧。离拍卖会开始还有不到一个小时，我要在那之前得到答案。"

"把他拉起来。"那个矮胖的少年对那女孩说。她拉着威岚站了起来，那少年从兜里摸出一对黄铜指节。"在这之后，他可就没那么俊俏了。"

"有谁会在乎吗?"凡·埃克耸了耸肩说,"只要保证他是清醒的就行。我要情报。"

那少年用怀疑的目光审视着威岚。"你确定要试试吗,小东西?"

威岚集结了他从妮娜那里学到的所有勇敢,从马蒂亚斯那里学到的坚强意志,从卡兹那里学到的专注,从伊奈姬那里学到的勇气,从詹斯博那里学到的无畏,以及不论胜算如何,他们最终会赢的信念。"我不会说的。"他说。

第一拳打断了他的两根肋骨。第二拳下去之后,他开始咳血。

"或许我们应该折断你的手指,这样你就没法吹奏那烦人的长笛了。"凡·埃克提议。

我在这儿是为了她,威岚提醒自己,*我在这儿是为了她。*

最终,他不是妮娜、马蒂亚斯、卡兹、伊奈姬或詹斯博。他只是威岚·凡·埃克。他把一切都告诉了他们。

32
伊奈姬

今天早上进入易物教堂不是件容易的差事，因为它距离交易中心和贝尔斯运河较近，且屋顶不与其他屋顶相连，并且，伊奈姬到达这里时，入口已经被警卫包围了。但她可是幽灵，她所擅长的，就是寻找那些隐蔽的地方，那些没人会想着去看一眼的角落和缝隙。

拍卖会期间，不允许携带任何武器进入易物教堂，所以詹斯博的步枪紧紧地固定在她的背上。她在不被人注意的角落等待着，直到看见一队城市护卫队的警卫推着一辆装满木材的大马车，朝教堂巨大的双扇门走去。伊奈姬推测那应该是用来在台上，或者是在指形中殿设置障碍的东西。她一直等到马车停了下来，然后把兜帽塞进了外衣里，避免它拖在地上，或者卡进卡车里。她挂在车轴上，身体离鹅卵石地面仅仅几英寸，想借马车之力，让自己直接前往中间的通道。在他们到达圣坛之前，她就从车轴上下来，然后滚到了长木椅中间，其间差点就撞到了马车轮子。

她趴在冰冷的石头路边上,匍匐着穿过教堂,在通道伺机而动,然后冲到了西拱廊的一根柱子后,随后溜去了通向指形小礼拜堂的中殿。她再次趴下匍匐前进,以便利用教堂中殿的长椅打掩护。她不知道守卫会在哪里巡逻,也不希望被抓到在教堂里闲逛。

她到达了第一个小礼拜堂,然后爬上楼梯,来到了上面的橘子礼拜堂。它的圣坛是金色的,外观建得看起来像是装着橘子和其他奇异水果的板条箱,上面挂着一幅德卡佩尔的油画,画中是一个商人家庭,他们身穿黑色套装,被格森之手捧着,悬停在橘子林上空。

她爬上圣坛,纵身跃上礼拜堂的圆顶,然后紧紧依附在上面,几乎是倒挂在那里。一到穹顶中心,她就背靠在一个如同帽子一样,覆盖在大圆顶上方的小圆顶上。她怀疑在这儿有人会听到她的动静,就一直等到教堂里传来了锯子和锤子的声音,然后才把脚伸向一扇礼拜堂采光用的狭长玻璃窗,踢了一脚。她踢第二脚时,玻璃碎了,碎片溅落在外面。伊奈姬用袖子裹住手,清理了残余的碎片,然后慢慢地爬到了圆顶顶部。她把一根攀绳拴在窗户上,然后沿着穹顶一侧,攀爬到中殿的屋顶,把詹斯博的枪留在那里,免得它影响她的平衡。

她在格森之手的大拇指上。晨雾开始消散,感觉今天会是炎热的一天。她沿着大拇指回到了大教堂陡峭的三角顶上,再次开始攀爬。

这里是教堂最高的地方,但她对阳台很熟悉,这让攀爬简单了许多。卡特丹姆所有的屋顶中,伊奈姬最喜欢的是主教堂。她之前没有充足的理由去了解它的轮廓。有任务需要时,可以观察交易中心或贝尔斯运河的地方有很多,但她总会选择易物教堂。卡特丹姆的任何地方都可以看到它的尖顶,铜质的屋顶早已变成绿色,上面金属卷形成的尖状物纵横交错,给她提供了充足的掩护。这地方像一个奇怪的灰绿色仙境,但城市里的其他人从未见过。

她内心曾幻想过在最高的尖塔之间拉一根钢丝。**谁敢与死亡对抗?**

乌鸦六人组（卷二）：骗子王国

我即将这么做。刻赤人可能会觉得，在主教堂上空表演杂技是对神明的亵渎。除非她收入场费。

她把炸药安置在她和威岚绘制大教堂地图时商定的地点，卡兹把这些炸药称为他们的"保障"。只有卡兹才能把混乱等同于安全。这些炸弹将会发出巨大的噪音，但不会造成什么实质上的破坏。不过，如果出了什么差错，需要有东西分散注意力的话，它们就会派上用场。

工作完成后，她在一个金属制品投下的阴影里坐了下来，此处可以俯视教堂东端的半圆形殿，以及主教堂宽阔的中殿。在这里，仅有几块木板和木板之间的筛网遮挡她的视线。有时候，她来这里，仅仅是为了听管风琴演奏，或者是歌声中传达出来的心声。城市上空，管风琴的琴声在石头间回响，她会觉得距离她的神明更近一点。

音响效果很好，如果她愿意的话，可以听清布道中的每一个字，但她选择忽略部分礼拜仪式。格森不是她的神明，她也不喜欢听别人说教，讲如何能够更好地侍奉格森。她对格森的圣坛也不感兴趣——就是教堂周围建的一圈没美感的、扁平的岩石。有人称其为第一锻造间，也有人称之为迫击炮，但如今，它被用作拍卖场所。这让伊奈姬有些反胃。她是一名所谓的契约工，自愿被带到刻赤。文件上是这么说的。文件上没有说她被绑架的事，没有讲她在奴隶船上的恐惧，在坦特·海琳手中遭受的屈辱，或在动物园度过的悲惨生活。刻赤是建立在贸易之上的，但其中有多少是人口贸易？格森的牧师可能站在圣坛旁，怒斥过奴隶制，但这个城市的多少税收是基于风月场所的？他的教众中，又有多少人雇用了不会说刻赤语的少年少女，让他们为了少得可怜的钱擦地板、叠衣服，偿还一笔似乎永远都不会减少的债务？

如果伊奈姬拿到了她的那份钱，弄到了一艘船，她可能会为改变这一现状贡献自己的力量。如果她能活到那一天的话。她想象过他们所有人——卡兹、妮娜、马蒂亚斯、詹斯博、威岚，以及对自己的人生轨道

Crooked Kingdom

没什么发言权的库维——肩并肩地站在同一根钢丝上，艰难地保持着平衡，对彼此的希望和信任将他们的命紧紧拴在一起。佩卡可能在下面的教堂里徘徊，并且她怀疑杜亚莎就在附近。她把那位象牙琥珀色的女孩称作自己的影子，但或许她也是一个标志，提醒伊奈姬并不是注定要过这样的生活。而如今，她很难不把这座城市当成自己的家，而杜亚莎是那位不速之客。

如今，伊奈姬看了看，警卫在对教堂一楼进行最后一轮巡查，正在搜查各个角落以及礼拜堂。她知道他们可能会派几名勇敢的军官到屋顶上搜查，但那里有很多地方可以躲藏，如果需要的话，她可以溜回到大拇指形礼拜堂的圆顶等他们出来。

警卫们各司其职，伊奈姬听到副巡官正在发号施令，说明商业理事会成员在台上的座次。她看到了那个前来检查库维健康状况的大学医师，还看到一个警卫在拍卖师之后站的地方放置了一个主持台。看到几个普狮成员和守卫一起在过道里走动时，她感到一阵愤怒。他们昂首挺胸，享受着新获得的权威，一边给彼此展示着胳膊上的紫色绶带，一边放声大笑。真正的城市护卫队成员看上去并不高兴，伊奈姬看到，至少有两名商业理事会成员，正在警惕地观察这一切。他们是否在想，允许一帮巴伦暴徒代理此事，他们是不是能捞更多？凡·埃克和罗林斯一起开始了这场舞会，但伊奈姬觉得，那巴伦之王不会让他领太久的舞。

伊奈姬扫视着天际线，一直望向港口和黑色的方尖碑所在的地方。关于潮汐理事会，妮娜没说错。他们似乎更愿意躲在瞭望塔里。不过，由于他们身份不明，伊奈姬猜测他们如今应该坐在主教堂里。她望向巴伦，希望妮娜是安全的，没人发现她，教堂里守卫森严，这意味着她在街上行走会方便一些。

中午时分，长木椅上坐满了好奇的旁观者——穿着粗布麻衣的店主；穿着自己最体面的巴伦潮服，第一次来斯戴夫寻欢作乐的人和打

乌鸦六人组（卷二）：骗子王国

手；还有成群结队，穿着黑色套装的商人，有些与妻子相携而来。那些太太梳着辫子，白色花边衣领上方的脸没有什么血色。

随后而来的是菲尔丹外交官。他们穿着银白相间的衣服，身后有一圈巫师猎人随行，那些巫师猎人身穿黑色制服，发色与肤色都呈金色。光是他们的体形就令人生畏。伊奈姬觉得马蒂亚斯肯定认识其中的一些人，他之前可能和他们一起服役。已经被贴上叛徒标签的他，再看到他们会有什么感受呢？

哲蒙尼代表团紧随其后，他们被迫在门口卸下武器，腰间挂着空枪带。他们和巫师猎人一样高大，但体形偏瘦，有的和她一样，是古铜色肌肤，有的是和詹斯博一样的深棕色，有的剪了短发，有的梳着浓密的辫子。就在那边，就在最后两排哲蒙尼人中，伊奈姬看到了詹斯博。终于有一次，他不是人群中个子最高的了。他把防水棉布长外衣的衣领拉到了下颌处，帽檐压得很低，让人几乎认不出来。或是伊奈姬希望如此。

雷凡卡人到场时，房间里的嗡嗡声变成了吼叫声。这群店主，商人，以及巴伦暴徒是如何看待这场盛大的国际大秀的呢？

带领着雷凡卡代表团的是一名身穿蓝绿色长礼服的男子，他的周围是一群穿着淡蓝色军装的雷凡卡士兵。这一定就是传说中的斯达洪得。他看上去信心十足，步伐轻松闲适，就像在他的船上遛弯一样，卓娅和吉恩雅·萨芬在他的两侧。也许当初机会在手的时候，她应该会一会雷凡卡人。跟着斯达洪得的手下混一个月，她能学到什么呢？

菲尔丹人站了起来，巫师猎人以气势压倒雷凡卡士兵时，伊奈姬以为他们会打起来，但商业理事会的两名成员，在城市护卫队的警卫的保护下冲上前去。

"刻赤是中立领土，"其中一名成员提醒他们，他的声音高亢，透着紧张，"我们是来谈生意的，不是打仗的。"

"任何违反易物教堂神圣性的人，都不允许参加竞拍。"另外一个坚持道,黑色的衣袖摆动着。

"你们那软弱的国王为什么要派一个肮脏的海盗执行任务?"菲尔丹大使冷笑着说,他的声音在主教堂内回响。

"是私掠船船长,"斯达洪得纠正道,"可能他觉得,我的美貌能为行事提供便利。我觉得这似乎不是你的立场应该考虑的事?"

"自吹自擂,孔雀开屏。你身上有股格里莎的浊气。"

斯达洪得嗅了嗅空气。"你竟然能从冰和近亲繁殖的臭味中发现别的,着实令我惊讶。"

大使的脸涨得通红,他的同伴急忙把他拉开了。

伊奈姬翻了翻白眼。他们吵架还不如斯戴夫的老板们。

菲尔丹人和雷凡卡人怒气冲冲,怨声载道,分别在过道两边坐了下来。紧接着,克里什代表团悄无声息地走了进来。但几秒钟之后,她听到有人大喊:"舒国人!"所有人都站了起来。

舒国人蜂拥而至时,所有的目光都转向了主教堂的门。他们拿着画着马匹和钥匙的红色旗帜,身穿有金色装饰的橄榄绿色的制服,表情刻板地走过通道,在舒国代表和人争论时停了下来。那代表认为他们应该坐在前排,坐在比雷凡卡人和菲尔丹人更靠近舞台的位置。他们中有柯古德吗?伊奈姬抬头望了望春天有些发白的天空。她不想被长翅膀的士兵从自己的栖身之地揪出来。

最终,躲在舞台后的凡·埃克现身,大步走到过道上,厉声说:"如果你想坐前排,就别想着上演闪亮登场的戏,而应该按时到场。"

舒国和刻赤来来回回地争论了好一会儿,舒国人最终在自己的位置上坐了下来。其余人窃窃私语,不断投之以怀疑的目光。他们中的绝大多数人都不知道库维的价值,只是听说过一种名为尤尔达潘勒姆的药物。因此,他们很想知道为什么一个舒国少年会吸引这么多买家。几位坐在前排,有出价意向的商人面面相觑,一边耸肩,一边困惑地摇了摇

乌鸦六人组(卷二):骗子王国

头。显而易见,这游戏不适合佛系玩家。

教堂的钟发出三声钟响,那钟就在吉尔德伦纳酒店的塔楼后面。现场一阵沉默。商业理事会成员都来到了台上。紧接着,伊奈姬看到室内的每一个人都转过头去。教堂的两扇大门打开了,库维·亚尔博走了进来,他的两边是卡兹和马蒂亚斯,后面还有一名全副武装的警卫随行。马蒂亚斯虽然穿着简单的商人套装,但看起来像一个正在游行的士兵。卡兹双目漆黑,嘴唇有些干裂,看上去远不如平时,尽管他穿的黑色套装十分笔挺。

眨眼之间,喊叫声此起彼伏,很难弄清楚这场巨大的躁动是谁引起的。这个城市的头号通缉犯,正阔步走在易物教堂的中间通道上。一看到卡兹,驻扎在教堂各处的普狮成员就开始发出一片嘘声。马蒂亚斯的巫师猎人兄弟们一眼就认出了他,开始大喊大叫,伊奈姬推测他们是在用菲尔丹语侮辱他。

拍卖的神圣性会保护卡兹和马蒂亚斯,但这种保护,只能维持到最后的木槌落下之前。即便如此,他们似乎也毫不在意。他们目视前方,挺胸抬头地走着,库维安全地夹在他们中间。

库维的状态就没那么好了。舒国人一遍又一遍地喊着同一个词,sheyao,sheyao,不知道这词是什么意思,但每喊一次,库维就蜷缩得越发厉害。

拍卖师走向高台,在圣坛旁边的主持台前站定。这位是杰伦·拉德马克,是他们邀请去听詹斯博那场荒唐的石油期货报告会的听众之一。伊奈姬从她为卡兹做的调查中得知,这人忠厚老实,坚定虔诚,家里只有一个妹妹。他妹妹也是个虔诚的信徒,每天都在擦公共建筑物的地板,以为格森服务。他面色苍白,眉毛呈橘黄色,弯腰驼背的姿势让他看上去像是一只大虾。

伊奈姬扫视着主教堂起伏的尖顶,以及从格森掌心辐射出去的指形中殿的屋顶。屋顶上依旧无人巡逻。这几乎算得上是种侮辱了。但也许佩卡·罗林斯和扬·凡·埃克对她另有安排。拉德马克猛烈地敲击了三下木槌。"请注意现场秩序。"他大声吼道。室内的喧闹声逐渐变低，成了不满的咕哝声。

库维、卡兹以及马蒂亚斯登上台，站在主持台旁。卡兹和马蒂亚斯一左一右，挡住了投向库维的视线，库维仍在抖个不停。

拉德马克等到人群彻底安静下来之后，才开始诵读拍卖规则，以及库维提出的契约条款。伊奈姬瞥了一眼凡·埃克。不知对他而言，距离自己追寻了那么久的目标这么近，是何种感受？他的表情中带着自鸣得意和迫不及待。伊奈姬意识到，他已经在盘算下一步的行动了。只要雷凡卡人没有中标——他们又怎么可能中标，战争让他们损失惨重——凡·埃克会得偿所愿：尤尔达潘勒姆的秘密会公之于众。尤尔达的价格会一路攀升，高到难以想象，而他个人私下持有的股份，和里特维德帮他打理的对尤尔达财团的投资，会让他变得连做梦都不敢奢求的富有。

拉德马克向一个医师挥手致意，那是一名秃顶的男性医师。他测了测库维的脉搏，量了下身高，听了听肺部，然后检查了舌头和牙齿。这古怪的场景引起伊奈姬的不适，让她回想起了奴隶船上，坦特·海琳对她戳戳捣捣的往事。

医师检查完之后，收起了他的袋子。

"请陈述您的检查结果。"拉德马克说。

"这少年身体健康。"

拉德马克转向库维。"你是否自愿遵守这次拍卖的规则及结果？"

如果库维回答了的话，那就是伊奈姬没听到。

"说话，小子。"

库维再次试着开口："是的。"

"那我们继续。"医师走下台，拉德马克又举起了他的小木槌。"库

乌鸦六人组(卷二):骗子王国

维·亚尔博自愿同意此次拍卖,并愿意服从格森之手的指导,以合理的价格出售自己的服务。所有的竞拍都以克鲁志为单位,竞拍者应在不出价时保持沉默。任何干涉此次拍卖的行为,以及不诚实的出价都会受到刻赤的严惩。"他停顿了下。"以格森之名,此次拍卖开始。"

然后拍卖会开始了,拉德马克在每次出价之后都会敲击木槌,断断续续地重复每次的报价,在一片喧闹声中,伊奈姬勉强记住了那些数字。

"五百万克鲁志。"舒国大使大声喊道。

"五百万,"拉德马克重复道,"有出六百万的吗?"

"六百万。"菲尔丹人回应道。

拉德马克的声音像枪击声一样,在主教堂内回响。斯达洪得等待着,任由菲尔丹人和舒国人来来回回竞价,哲蒙尼的代表偶尔会谨慎地提高价格,试图减缓竞拍的势头。克里什人安静地坐在他们的位置上,留意着整个过程。伊奈姬想知道他们知道多少,以及他们究竟是不想竞拍,还是无力竞拍。

人们都坐不安稳,忍不住站了起来。今天天气温暖,但主教堂似乎让气温升温了。伊奈姬可以看到人们手动扇着风,甚至连像喜鹊一样扎堆的商业理事会的成员,也开始擦拭额头。

出价达到四千五百万克鲁志时,斯达洪得终于举起了手。

"五千万克鲁志。"他说道。易物教堂陷入沉默之中。

就连拉德马克也愣了一下,平静的态度有所动摇,然后重复道:"雷凡卡代表团出价五千万克鲁志。"商业理事会的成员都用手掩着嘴,窃窃私语起来,毫无疑问,他们是在为可以从库维的身价中赚到的佣金而激动。

"还有出价的吗?"拉德马克问。

舒国人开始商量。菲尔丹人也在做同样的事,但他们似乎更像是在争论,而不是在讨论。哲蒙尼似乎在静观事情后续发展。

"六千万克鲁志。"舒国人宣布道。

增加了一千万。正如卡兹所料。

随后,菲尔丹人出价六千零二十万克鲁志。看得出来,这么微少的加价让他们面子上有点挂不住,但哲蒙尼人似乎也想为竞拍降温。他们出价六千零五十万克鲁志。

拍卖的节奏变了,加价的速度变慢了,在六千两百万以下徘徊,直到舒国人似乎变得不耐烦,喊出具有里程碑意义的出价。

"七千万克鲁志。"舒国大使说。

"八千万。"斯达洪得说道。

"九千万。"舒国人如今都懒得等拉德马克了。

即便从她所在的位置看去,伊奈姬都可以看到库维苍白、惊恐的脸。数字飙升得太高、太快了。

"九千一百万克鲁志。"斯达洪得说,试图放慢速度,但为时已晚。

舒国大使似乎厌倦这游戏了,走上前来,大声吼道:"一亿一千万克鲁志。"

"舒国代表团出价一亿一千万克鲁志,"拉德马克大声说,这一数字打破了他的平静,"还有人出价吗?"

易物教堂一片寂静,好像所有人都在低头祈祷。

斯达洪得冷笑一声,耸了耸肩。"一亿两千万克鲁志。"

伊奈姬咬住嘴唇,咬到下唇出血。

砰。巨大的双扇门被吹开了。一股海浪冲进了中殿,在长椅中间泛起泡沫,然后化成雾气消失了。人们激动的闲谈声变成了惊叫声。

十五个穿着蓝色斗篷的人鱼贯而入,他们的长袍飘动,仿佛被一股不知名的风拉扯,脸上笼罩着一层薄雾。

人们惊呼着寻找武器,有些甚至抱作一团,放声尖叫。伊奈姬看到一个商人弯着腰,疯狂地扇着他已经晕过去的妻子。

乌鸦六人组(卷二):骗子王国

那些人步履轻盈地走过通道,衣服缓慢地飘动着。

"我们是潮汐理事会的。"领头的那名身穿蓝斗篷的女人说,她的声音低沉而威严。笼罩着她脸庞的薄雾,在兜帽下幻化成不同的面具。"此次拍卖是一场骗局。"

人群中响起了震惊的窃窃私语声。

伊奈姬听到拉德马克在大喊着维持秩序,然后她本能地向左闪躲,因为她听到一声微弱的气流声。一把圆形刀片从她身旁划过,割断了她束腰外衣的袖子,碰到了铜质屋顶,然后跌落。

"这是一个警告。"杜亚莎说。她停留在离伊奈姬三十英尺远的一个螺旋形尖顶上,象牙兜帽遮住了她的脸,白得就像阳光下的雪一样。"送你去死的时候我会直视你的眼睛。"

伊奈姬伸手去够她的刀子。她的影子迫使她作出回应。

第六部分

行动和回音

33
马蒂亚斯

马蒂亚斯安静地站在那里,身处席卷了易物教堂的这一片混乱之中。他敏锐地注意到了坐在他身后的商业理事会成员,他们宛若一群穿着黑色制服的乌鸦,冲彼此喊叫,一个比一个叫得响——只有凡·埃克除外。他安安稳稳地坐在椅子里,手搁在胸前,脸上露出极其满意的表情。马蒂亚斯看到那个叫佩卡·罗林斯的人,倚在东边拱廊的一根柱子上。他怀疑这位黑帮老大是故意将自己暴露在自己和卡兹的视线之中。

拉德马克努力维持着秩序,声音越来越高。每重重地敲击一下木槌,他那一簇簇浅橘色的头发就随之颤抖。很难说是什么让这里更加躁动——是拍卖陷入僵局,还是潮汐理事会的出现——并且如果黑手和幽灵都无法弄清这背后的原因,那其他人就更没戏了。据说,他们最后一次出现在公众面前是二十五年前,当时是为了反对拆除一座方尖碑以建造新的造船厂的提议。投票结果对他们不利时,他们发动巨浪摧毁了市政大厅。商业理事会成员最终改变了自己的立场,在旧址上重新建造市政大厅，新大厅与原来相比，窗户少了许多，但地基也坚固了许多。马蒂亚斯很想知道，自己是否会习惯像这样的关于格里莎超能力的故事。

它只是另一种形式的武器而已，其性质取决于使用者。他必须不断这样提醒自己。仇视的思想根深蒂固，已经变成一种本能。这不是一朝一夕就能改变的。就像妮娜和潘勒姆之间的关系一样，可能是一场终身的战斗。如今，她应该已经在巴伦完成她的任务了。也可能她已经被发现或者是被捕了。他想向捷尔祈祷，**在我无法护她周全的时候保护她**。

他的目光转向了聚集在前排长椅处的菲尔丹代表团和巫师猎人。他们中的很多人他都认识，他们当然也认识他。他能感觉得到他们强烈的厌恶。站在第一排的一个少年，眼睛宛若冰川，发色浅到发白，正怒气冲冲地瞪着他。他的指挥官给他的内心植入了怎样的伤痛，才能让他的眼睛露出那样的神色？马蒂亚斯平静地与他对视，接受了他全部的怒火。他无法讨厌这名少年。他就像曾经的他一样。最终，那少年移开了目光。

"此次拍卖得到了法律的许可，"舒国大使喊道，"你无权阻止。"

潮汐制造者举起手臂。又有一道浪潮冲进了敞开的大门，咆哮着冲过通道，腾空而起，在舒国人的头顶盘旋。

"安静。"带头的潮汐制造者命令道。她等着有人再次发出抗议，但无人吱声，于是那浪头向后扭转，落在地板上，没有造成什么损害，然后宛若一条蛇一般，在地板上爬行。"据我们收到的消息，此次拍卖已经违背了规则。"

马蒂亚斯的目光朝斯达洪得扫去。那私掠船船长已经在竭力控制表情，让自己看上去没有那么惊讶，但从他的脸上依旧可以看到害怕和担忧。库维颤抖着，双眼紧闭，在用舒国语喃喃自语着什么。马蒂亚斯看不出卡兹在想什么。而他也永远都无法看出。

"拍卖会的规则十分明确，"潮汐制造者说，"无论是其契约，还是其

乌鸦六人组（卷二）：骗子王国

代理人，都不得干涉拍卖结果。一切交由市场决定。"

眼下，商业理事会的成员都站了起来，围绕着拉德马克，在台前扎堆，想要讨个说法。凡·埃克做出一副和其他人一起大喊大叫的样子，但他走到卡兹身边停了下来，马蒂亚斯听见他低声说："我本以为应该由我来揭穿你和雷凡卡人的阴谋，但现在看来，这殊荣要落到潮汐理事会的头上了。"他嘴角一弯，露出心满意足的微笑。"威岚在出卖你和你的小伙伴之前，可是挨了好一顿毒打，"他说着，走向了主持台，"我从来不知道，那孩子竟然那么有骨气。"

"有人伪造基金，骗走了老实商人的钱，"潮汐制造者继续说，"而那笔钱转给了一名竞标者。"

"难怪！"凡·埃克惊讶地说，"雷凡卡人！我们都知道他们没有资金支撑他们在这样的拍卖中竞拍！"马蒂亚斯可以听出他声音里的扬扬得意。"我们都知道过去两年。雷凡卡王室从我们这里借了多少钱，他们几乎连利息都付不起，怎么会有一亿两千万克鲁志，在公开拍卖中竞拍。肯定是布莱克和他们勾结在了一起。"

所有的竞拍者都站了起来。菲尔丹人大声呼吁公平。舒国人踮起了脚，拍打椅背。雷凡卡人身处这场骚乱的中央，四面受敌。斯达洪得、吉恩雅和卓娅站在最中心的位置，他们的下颌微微扬起。

"做点什么，"马蒂亚斯冲着卡兹低吼，"事情要恶化了。"

卡兹跟往常一样，面无表情。"你是这样认为的吗？"

"该死的，布莱克、你——"

潮汐制造者举起了手臂，伴随着一记响亮的轰隆声，教堂震动起来。水从上一楼的阳台流了进来。人群开始慢慢变得安静，但没有完全静下来，其中还夹杂着愤怒的低语声。

拉德马克敲了敲小木槌，试图重新捡起点儿权威。"如果你有证据证明雷凡卡人——"

潮汐制造者透过薄雾面具说："此事与雷凡卡人毫无瓜葛。钱转给了舒国人。"

凡·埃克眨了眨眼睛，然后转了风向。"那就是说，布莱克和舒国人达成了某种协议。"

舒国人立刻大声否认，但潮汐制造者的声音更大。

"假基金是由约翰·里特维德和扬·凡·埃克创立的。"

凡·埃克的脸变得苍白。"不，不是这样的。"

"里特维德是位农民，"卡尔·德莱顿结结巴巴地说，"我之前见过他。"

潮汐制造者转向德莱顿。"有人看到你跟扬·凡·埃克，在吉尔德伦纳酒店，与里特维德见面。"

"是的，但那是为了一项基金，为了尤尔达财团，为了诚实的商业投资。"

"拉德马克，"凡·埃克说，"你也去过那儿，见过里特维德。"

拉德马克的鼻子瞬间变得通红。"我对这位里特维德先生一无所知。"

"可是我看见你了。我们俩都曾在吉尔德伦纳酒店看到过你——"

"我去那儿是因为一个关于哲蒙尼石油期货的报告。但奇怪的是，这又有什么关系？"

"不，"凡·埃克说着，摇了摇头，"如果里特维德卷入其中，肯定是布莱克背后操纵。他肯定是雇了里特维德来欺骗理事会。"

"在你的鼓励下，我们都往基金里投了钱，"另一位成员说，"你的意思是，所有的钱都打水漂了？"

"我们对此毫不知情！"舒国大使反驳道。

"这都是布莱克搞的鬼。"凡·埃克坚持道。他那自鸣得意的样子不见了，但依然泰然自若。"这小子不择手段地羞辱我，以及这个城市里诚实的人们。他曾绑架了我的妻子和儿子。"他指向卡兹，"你和爱丽丝一

乌鸦六人组（卷二）：骗子王国

起站在西斯戴夫的好妹桥上，是我想象出来的吗？"

"当然不是。答你所问，我是从市场那边的广场把她找了回来。"卡兹的谎说得顺畅到连马蒂亚斯都要信以为真了。"她说她的双眼被蒙住了，根本没看到绑架她的人。"

"一派胡言，"凡·埃克轻蔑地说。"爱丽丝！"他朝坐在西边阳台上的爱丽丝喊道，爱丽丝双手交叉，放在高高隆起的孕肚上，"告诉他们。"

爱丽丝摇了摇头，眼睛睁得大大的，满是疑惑。她跟侍女耳语了几句，侍女朝着下面喊："抓她的人戴着面具，在到达广场前，她的双眼是被蒙住的。"

凡·埃克挫败地呼了一口气。"那个，我的警卫确实看到他和爱丽丝在一起。"

"你的手下？"拉德马克怀疑地说。

"在桥上见面是布莱克安排的！"凡·埃克说，"他曾留了张纸条，就在湖边小屋。"

"唔，"拉德马克如释重负地说，"你能拿出来吗？"

"可以！但是……没有署名。"

"那你怎么知道是布莱克留的纸条？"

"他留下了一个领带夹——"

"他的领带夹？"

"不，是我的领带夹，但是——"

"所以你根本没证据证明卡兹·布莱克绑架了你的妻子。"拉德马克的耐心已经耗尽，"你儿子失踪的事件也如这般站不住脚吗？整个城市都在悬赏找他。我真心希望你关于这件事的证据，能更有力一些。"

"我儿子——"

"我在这儿，父亲。"

室内的每一双眼睛都转向了台旁的拱门。

威岚靠在墙上，满脸是血，看起来站都站不稳。

"神呐，"凡·埃克压着声音抱怨，"都没人负责看着他吗？"

"你是在指望佩卡·罗林斯的人吗？"卡兹沉思着说道，声音低沉而刺耳。

"我——"

"并且，你确定他们是佩卡的手下吗？如果你不是从巴伦来的，会发现狮子和乌鸦挺难分辨的。动物和动物挺像的。"

看到凡·埃克后知后觉地明白过来之后，马蒂亚斯情不自禁地感到一阵畅快。卡兹老早就知道，是没有办法让威岚在不被凡·埃克，或普狮的人发现的情况下进入教堂的，所以他就策划了一场绑架。两名德勒格斯成员，安妮卡和珂格，戴着假徽章，伪造了文身，带着他们的俘虏大摇大摆地走向城市护卫队的警卫，让他们去找凡·埃克。凡·埃克到达礼拜堂时，看到了什么呢？他的儿子被两名戴着普狮徽章的黑帮成员俘虏了。不过，他没想到威岚会被他们打得这么惨。他应该早点假装开口的。

"去帮他！"拉德马克朝着一个城市护卫队的警官喊，"你看不见这少年受伤了吗？"

那名警官来到威岚身旁，扶着他一瘸一拐地走到一个椅子旁坐了下来，医师立马上前查看他的情况。

"威岚·凡·埃克？"拉德马克问。威岚点了点头。"那个我们翻遍全城搜寻的少年？"

"我已经尽自己所能，尽快挣脱了。"

"从布莱克手中？"

"从罗林斯手中。"

"佩卡·罗林斯抓走了你？"

"是的，"威岚说，"几周之前。"

乌鸦六人组(卷二):骗子王国

"别再撒谎了,"凡·埃克嘶声说,"把你跟我说过的话告诉他们。跟他们说说雷凡卡的事。"

威岚无力地抬起头。"父亲,你让我说什么我就说什么。别再让他们伤害我了。"

人群中有人倒吸了一口气。商业理事会的成员把鄙夷的目光投向凡·埃克,丝毫不加掩饰。

马蒂亚斯用鼻子发出一声轻哼。"他是拜妮娜为师了吗?"他轻声说。

"也许是与生俱来的。"卡兹说。

"布莱克是个罪犯,"凡·埃克说,"布莱克是这一切的幕后主使。那天晚上,你们都在我家看到他了。他闯进了我的办公室。"

"这是真的!"卡尔·德莱顿急切地说。

"我们当然在那儿,"卡兹说,"凡·埃克邀请我们前去,为库维·亚尔博的契约交易做中间人。他跟我们说,要去见商业理事会成员。可没想到,佩卡·罗林斯正等着伏击我们。"

"你的意思是,他违反了友好协商原则?"其中一个理事会成员说,"这似乎不太可能。"

"但我们都在那看到了库维·亚尔博,"另外一人说,"虽然我们那时还不知道他是谁。"

"我曾见到一张海报,上面说要悬赏一名与库维长相相匹配的舒国少年,"卡兹说,"是谁提供了对他长相的描述?"

"那个……"那商人犹豫了下,马蒂亚斯可以看出,他不愿意相信这些指控,但疑窦丛生。他转向凡·埃克,用几乎是包含希冀的语气说:"你一定不知道,你描述的那个舒国少年是库维·亚尔博吧?"

此刻,卡尔·德莱顿摇了摇头,与其说是否认,不如说是难以置信。"也正是凡·埃克促使我们加入里特维德的基金。"

"你也一样急切。"凡·埃克抗议道。

"我当时想调查在诺威哲姆收购尤尔达农场的那位神秘买家,你说——"德莱顿突然停了下来,一副目瞪口呆的样子。"是你!你就是那个神秘买家。"

"终于。"卡兹喃喃道。

"你们不会相信我会试图欺骗自己的朋友和邻居吧,"凡·埃克恳求道,"我自己也把钱投进了那基金里!我跟你们损失一样大。"

"在你没有与舒国人做交易的情况下。"德莱顿说。

拉德马克又敲了敲小木槌。"扬·凡·埃克,往轻了说,你耗费了整座城市的资源,去做一场毫无根据的指控。往重了说,你滥用议员职权,企图欺诈友人,破坏了此次拍卖的公平。"他摇了摇头,"此次拍卖会已经违背其规则。在确定是否存在理事会成员蓄意为某一竞拍者提供资金之前,这一活动将中止。"

舒国大使开始大喊大叫。拉德马克敲了敲小木槌。

然后,一切似乎是在瞬间发生的。三个菲尔丹巫师猎人冲上台去,警卫冲过去阻止他们。舒国士兵向前逼近。潮汐制造者举起了手臂,然后。在这一切之中,瘟疫报警器发出尖啸,就像妇女哀恸的哭号声。

教堂里一片寂静,人们停下一切动作,抬起头,竖起耳朵,听着那个声音,他们已经有七年多没有听到这个声音了。即使在地狱之门,囚犯们也会谈起女王的女士瘟疫,谈到卡特丹姆近年来最严重的病症,谈到隔离、病船,谈起街道上累积成山的尸体,据说尸体累积的速度,远比焚烧的快。

"这是什么?"库维问。

卡兹的嘴角扬起。"库维,这是死亡在召唤时发出的声音。"

片刻之后,人们向教堂门挤去,尖叫声盖过了警报声。没有人注意到第一声枪响是何时响起的。

34
妮　娜

　　轮子转动起来，金色和绿色的嵌板飞快旋转着，似乎融为一色。然后速度渐渐变慢，直到停了下来。虽不知数字是多少，但从下面人的欢呼来看，一定不错。赌场的一楼热得让人不适，假发下，妮娜的头皮痒痒的。这是一顶难看的钟形假发，她穿了一件土气的长袍来搭配。这次，她不想引起注意。

　　她神不知鬼不觉地通过了西斯戴夫的第一站，紧接着是第二站，随后又穿过了东斯戴夫，一路上竭尽所能地避免别人注意到她。由于封锁，人变少了，但人们并没有停止寻欢作乐。她向南走去，去了离这个赌场只有几个街区的另一家赌场，如今，她的任务基本完成了。卡兹在选择这些场所时十分谨慎。这将是她的第四个，也是最后一个目的地。

　　她一边笑着和其他玩家一起欢呼，一边打开袋子里的玻璃盒，然后密切注意着盒子里细胞内部的变化。她能感到从中散发出一种深切寒意，其中还有很多其他的东西，能与她体内的力量对话的东西。她短暂迟疑了一下，回想起了停尸房里的寒气和死亡的臭味。她想起了自己站在死者的尸体旁，看着他嘴周围褪色的皮肤。

鉴于她曾利用自己的能力疗愈或是撕裂皮肤，甚至在别人的脸上制造过红晕，她提取了这些腐坏的细胞，并把一层薄薄的坏死的肉注入压缩玻璃盒内。眼下，她把盒子塞进了一个黑色的天鹅绒袋子里，站在喧闹的人群中，看着轮子上鲜艳的颜色转动着，她感受到了它的重量——通过一根银线挂在她的手腕荡悠。

她俯身下注，一只手把筹码放在桌子上，另一只手打开了玻璃盒。

"祝我好运吧！"她跟转动轮盘的人说，打开的盖子擦过他的手，让那些垂死的细胞传到他的手指上，让它们在健康的皮肤上繁殖。

他伸手转动轮子时，手指成了黑色。

"你的手！"一个女人惊呼，"上面有东西。"

他把手指在他那绿色的绣花上衣上擦了擦，仿佛手上染的是墨水或煤粉。妮娜屈了屈手指，细胞顺着他的袖子往上爬，一直到衬衫领处，他脖子的一侧突然冒出黑色的污迹，从下颌下方一直蔓延到下嘴唇。

有人尖叫起来，那人迷茫地环顾四周，玩家纷纷从他身边退开。正在其他牌桌上玩牌和骰子的玩家，愤怒地抬起头来。老板带着随从朝他们走来，准备解决一切对玩游戏造成干扰的打斗或其他问题。

隐藏在人群中的妮娜在空中挥动手臂，一群细胞跳到了一位戴着昂贵珍珠项链的女士身上，那位女士就在转动轮盘的人旁边。她的脸颊出现了一个放射状的星形图案，看上去像一小只丑陋的黑色蜘蛛，正在顺着她的下巴往下爬，一直爬到喉头。

"奥莱娜！"她身材魁梧的同伴喊，"你的脸！"

奥莱娜抓着她的脖子，跟跟跄跄地向前走去，寻找着镜子，而其他顾客当着她的面四散而逃。

"她碰到了那个转轮盘的人！她也染上了！"

乌鸦六人组(卷二):骗子王国

"她染上什么了?"

"别挡我的道!"

"这里发生了什么?"赌场老板问,拍了拍转轮盘的人的肩膀,那人一脸迷茫。

"救救我!"那人举起双手恳求,"出事了。"

那赌场老板看到他脸上和手上的黑斑后,迅速退开,但为时已晚。那只碰过他肩膀的手变成了难看的黑紫色,如今,赌场老板也尖叫起来。

妮娜看到恐惧的势头不断积聚,在赌场内横冲直撞,就像愤怒的醉汉一样。玩家打翻了椅子,跌跌撞撞地走向门口,逃命时手里还紧握着筹码。桌子翻了,牌撒了,骰子落在地上。人们互相推搡,争先恐后地向门口奔去。妮娜和他们一道离开,任由逃离赌场的人群裹挟着自己,一路跟跟跄跄地来到了大街上。她每到一站,都是一样的结果,一丁点的恐惧会不断发酵,最终变成彻底的恐慌。这一刻,她终于听到了警报声。那一波又一波的哀鸣,盘旋在卡特丹姆的屋顶和鹅卵石上空,声音时高时低,不断回响着。

游客们面面相觑,目露疑惑,但当地人——这座城市里的表演者、发牌员、店主和赌徒——都闻之色变。卡兹曾告诉她,他们都知道这声音,他们对这声音的关注,就像孩子关注严厉的父母喊他们回家一样。

刻赤是一座孤岛,远离敌人,又有海洋和强大海军的保护。但首都十分容易受到火灾和疾病的影响。正如大火可以轻而易举地在这座城市拥挤的屋顶之间跳跃一样,瘟疫也可以轻而易举地在人与人之间传播,在人群和狭窄的生活空间内蔓延,就像流言蜚语一样,谁都不知道究竟是从哪里开始的,也不知道是如何快速传开的,只知道它确实发生了,通过呼吸与接触,通过空气与运河不断传播着。有钱人受苦较少,他们可以躲在豪宅里、花园里,或者直接逃离这座城市。而感染了的穷人则隔离在港口外在驳船搭建的临时医院里。枪支和金钱无法阻止瘟疫的蔓延。质疑和祈祷也不能。

只有卡特丹姆的幼童对"女王的女士瘟疫"没有清晰的记忆,他们不记得那些运尸人划着长桨驾驶着病船在运河上穿梭。那些幸存下来的人失去了孩子、父母、兄弟姐妹、朋友或邻居。他们记得隔离,记得与人类之间最基本的接触带来的恐惧。

应对瘟疫的规则简单而有效:警报响起时,所有的公民都必须返回自己的家园。城市护卫队的警卫要在城市周围的各个哨所分开集合——以防感染,这是防止其蔓延到整个警队的最好办法。他们只是被派去阻止暴乱中的趁火打劫的人,因为他们冒着危险,承担着维持街道治安的责任,所以会得到三倍薪酬。商业活动暂停,只有病船、运尸人和医师可以自由进出这个城市。

我知道有一样东西,比舒国人、菲尔丹人,还有巴伦的所有帮派加起来都要可怕。卡兹说得没错。路障、封锁、证件检查,在瘟疫面前,这一切都会搁置。毫无疑问,这些人全都并没有真的生病,妮娜在快速返回港口时想道。腐肉的扩散不会超过妮娜移植到他们身上的范围。他们必须想办法将其去除,但不会有人生病或死亡。最坏的情况莫过于,他们需要隔离几个星期。

妮娜低着头,戴着兜帽。尽管这一切是她造成的,尽管她知道瘟疫完全是虚构出来的,但受周围歇斯底里的气氛的影响,她的心依旧狂跳个不停。人们哭喊着,推搡着,叫喊着,为争夺快艇上的空间而争吵着。这是一场混乱。她制造的混乱。

这是我造成的。她惊讶地想,**我操控了那些尸体,那些骨头,那些垂死的细胞。**这给她带来了什么?别的格里莎是否也曾拥有这样的能力,但她从来都没听说过。别的格里莎会怎么看她?身体操控能力者同僚,那些摄心师和疗愈师,会怎么看她?我们与创造力紧密相连,而创造力形成了世界之心。或许她应该感到羞愧,或者是惊恐。但她并不擅

乌鸦六人组(卷二):骗子王国

长此道。

或许捷尔在熄灭一盏灯的同时,又点燃了另外一盏。妮娜不在乎究竟带给她这种改变的是捷尔,还是圣人,还是一队喷火的小猫。她急匆匆地向东前行,多年来,她第一次意识到,自己很强大。她的呼吸变得轻松顺畅,肌肉的疼痛也减轻了。她感觉饥肠辘辘。对潘勒姆的渴望已经成为遥远的过去,就跟对真的感觉到饥饿的记忆一样。

妮娜曾为失去的能力而悲伤,为感受到自己与现实世界之间的联系而悲伤。她曾厌恶这份蒙着阴影的能力。它像是一种假象,一种惩罚。但就像生命把一切都联系在一起一样,死亡也是如此。它像是一条没有尽头的湍急河流。她把手指浸入水流之中,把旋涡的力量尽握手中。她是哀恸之女王,在哀恸的深渊里,她永远不会溺亡。

35
伊奈姬

伊奈姬看到杜亚莎的手用力一握，紧接着听到了类似于拍打翅膀的声音，然后感觉有什么东西从自己的肩膀上弹落下来。她在银色星镖掉落到屋顶之前抓住了它。伊奈姬这次是有备而来。詹斯博曾帮她把酒店床垫上的填充物缝进了她的束腰外衣和马甲里。在农场里织补衬衫和袜子多年，他的针法出奇地熟练，而她也不打算再为白刃做针插了。

伊奈姬向前一跃，向对手飞奔而去，在屋顶上健步如飞，她曾在这屋顶上度过了无数时光。她把那颗星形镖朝杜亚莎扔了回去。那女孩轻而易举地躲开了。

"我自己的利刃不会就这样背叛我。"她责备道，就跟批评小孩一样。

但伊奈姬不需要击中她，只需分散她的注意力。她挥了挥手，仿佛要扔出另外一把利刃，杜亚莎也跟着移动。伊奈姬把金属星形镖弹向右边，借助于惯性，越过了对手。她低低地蹲伏下去，手里握着刀，划破了杜亚莎的小腿。

乌鸦六人组(卷二):骗子王国

不一会儿,伊奈姬又站了起来,向后退去,越过了教堂的卷形屋脊,眼睛一直盯着杜亚莎。但那女孩只是笑了笑。

"你的勇气给我带来了欢乐,幽灵。我都不记得上一次有人先跟我动手是什么时候的事儿了。"

杜亚莎跳到屋脊上,两人面对面,都拿着刀蓄势待发。杜亚莎纵身向前,猛地一击,但这次,伊奈姬没有遵循自己在卡特丹姆街道上所学的那些本能,而是像一个杂技演员一样做出反应。**当绳子荡向你时,不要试图避开它,去面对它。**

伊奈姬蹲下身子,靠近杜亚莎的手,仿佛她们是舞伴一样,然后趁着对手发起攻击时,出手让她失去平衡。伊奈姬再次挥刀,砍伤了她的另一只小腿。

这次杜亚莎嘶地吸了一口气。

这声音比笑声悦耳。伊奈姬想。

杜亚莎转身,动作紧凑,脚尖旋转,就像靠尖端转动的匕首。纵使她觉得疼痛,也丝毫没有表现出来。眼下,她的双手握着两把弯刀,灵活地、有节奏地在金属屋脊上移动,悄悄靠近伊奈姬。

伊奈姬清楚她不能和刀硬碰硬。**那就打破节奏,**她跟自己说。她任由杜亚莎追她,放弃自己的阵地,沿着屋脊轻快地向后退去,直到看到身后出现一道带有尖顶的高耸的影子。她朝右佯攻,让对手继续向前猛冲。伊奈姬没有停下佯攻,或试图保持平衡,而是放任自己继续朝右倒去。在此过程中,她收起利刃,一只手抓住尖顶,把身体转向另一边。如今,尖顶在她俩中间。自己的刀和金属相碰之后,杜亚莎沮丧地闷哼一声。

伊奈姬在屋顶的涡卷形装饰上跳跃,越过屋顶,到达最粗的金属屋脊,沿着它来到了主教堂隆起的背部,就像在某种巨大的海洋生物的背鳍上行走一样。

杜亚莎跟着伊奈姬,尽管她的两个小腿肚都在流血,可动作依旧轻盈、优雅,这让伊奈姬不得不服。"你要一路跑回大篷车吗,幽灵?你知道的,这一切的结束和正义的伸张只是时间问题。"

"正义?"

"你是杀人犯,是小偷,而我是被选中除掉像你这样的人的。我靠消灭罪犯赚钱,从未害过一条无辜的生命。"

那个词让伊奈姬觉得心生不适。她无辜吗?她为自己剥夺的那些生命感到懊悔,但为了救自己和朋友的性命,她依旧会选择夺走他们的生命。她偷过东西,帮卡兹敲诈过的人有好也有坏。她能说自己做出的决定,是摆在她面前的唯一的选择吗?

杜亚莎慢慢逼近,她的头发在蓝天的映衬下像火焰一般明亮,她的皮肤和穿的漂亮衣服的颜色几乎融为一体。她们脚下的某个地方,主教堂里的拍卖仍在继续,竞拍者不知道上面正在进行一场打斗。这里的阳光跟刚铸成的银币一般明亮,风吹过屋顶的屋脊和尖顶,发出低沉的呻吟。无辜。无辜是奢侈品,而伊奈姬不觉得自己的圣人会对此有所要求。

她再次拔刀。桑科特·弗拉基米尔,桑科塔·安丽娜,保护我。

"真漂亮,"杜亚莎说着,从腰间的刀鞘里拔出两把又长又直的刀,"我要用你的胫骨给我的新刀配个刀柄。死后还能为我服务是你的荣幸。"

"我永远都不会为你服务。"伊奈姬说。

杜亚莎猛地一扑。

伊奈姬靠近,抓住每一次机会,让杜亚莎的守卫能力无法施展,且发挥不出远距离攻击的优势。她比她们在钢丝上对峙的时候要强大不少,并且休息充足,精力充沛。但她依旧是靠着混迹街头成长起来的,而不是舒国某个修道院的塔上接受培训。

伊奈姬的第一个失误是撤退缓慢,她为此付出了代价,左臂二头肌被划了一道很深的口子。那刀穿透了衣服里的填充物,受伤的左臂导致

乌鸦六人组(卷二):骗子王国

她很难握住刀。第二个失误是向上刺时力度过大,且身子靠得太近,她感到杜亚莎的刀子掠过了她的肋骨。伤口很浅,但情况很险。

她忽略了疼痛,把注意力集中在对手身上,然后想起了卡兹跟她说过的话。*找到她的破绽。每个人都有。*但杜亚莎的行动很难预测。她的左手和右手一样灵活,但不喜欢用脚,她 会等到最后一刻才发起攻击,不会事先暴露自己的意图。她非常厉害。

"越来越疲惫了,幽灵?"

伊奈姬什么都没说,保存着体力。杜亚莎的呼吸似乎清晰且均匀,伊奈姬感觉自己的有点拖沓。虽然只是一点,但足以让杜亚莎占据优势。然后,她看见了,看见杜亚莎的胸膛似乎会微微起伏,然后猛地扑过来。胸部起伏,再猛地扑过来。破绽就在她的呼吸里。她在发起攻击前,会深呼吸。

*很好。*伊奈姬朝左闪躲,然后迅速出手,匕首朝她的侧面发出快速一击。*很好。*伊奈姬再次发起攻击,杜亚莎的胳膊上绽开血花。

伊奈姬后退,等着那女孩上前。杜亚莎喜欢用假动作来掩护自己的直接攻击,比如旋转利刃这种没有必要的炫技。这让人很难看懂她,但,*很好。*急促地呼吸。伊奈姬重心下移,左腿一扫,让杜亚莎失去了平衡。她的机会来了。伊奈姬迅速起身,利用自身向上的冲力和杜亚莎向下的冲力,把刀插进了护着那姑娘胸膛的皮护具下。

伊奈姬觉得手上沾满鲜血,把刀拔了出来,杜亚莎惊讶地闷哼一声。此刻,那女孩一只手捂在胸口,目不转睛地盯着她。她眯了眯眼睛。但她的眼里依旧没有恐惧,只有强烈而直白的怨恨,仿佛伊奈姬毁掉了一场重要的派对。

"因你的缘故而流的血,是王室的血,"杜亚莎愤怒地说,"你不配拥有这样的机会。"

伊奈姬有点同情她,她真的觉得自己是兰瑟夫王室的继承人,但也有可能她是。但这难道不是每个女孩梦寐以求的吗？一觉醒来之后发现自己是公主？或者是被赋予神奇的能力和非凡的命运？或许有人就过着那样的生活。或许这姑娘就是那些人中的一个。但我们其余的人呢？那些籍籍无名、默默无闻、毫不起眼的女孩子呢？我们学着挺胸抬头，仿佛戴着皇冠一般。我们要从平凡中汲取力量。当我们不是天选之子，血管里流淌的不是王室血脉的时候，这就是我们的生存之道。这个世界不欠人们分毫，但人们依旧会向它不断索取。

伊奈姬挑起眉毛，慢慢地擦去了裤子上的王室血迹。杜亚莎怒吼一声，冲向伊奈姬，一只手狂挥乱砍，另一只手捂着自己的伤口，试图止血。显而易见，她曾受训用单手作战。但伊奈姬意识到，她从未负伤战斗过。或许那里的僧侣跳过了这一课。如今，她受伤以后，破绽就十分明显。

她们已经接近了教堂主脊的顶端，这里的涡卷形装饰在有的地方有些松动，伊奈姬相应地调整了脚步，轻松地躲开了杜亚莎的猛攻。她忽左忽右，这里砍一刀，那边刺一下，屡屡得手。这是一场消耗战，杜亚莎失血很快。

"你比我想象的优秀。"杜亚莎喘着气说，她的认可让伊奈姬始料未及。她的眼睛因疼痛而变得迟钝，胸骨处的手上满是鲜血。尽管如此，她的身姿依旧笔直，身体平衡一如往常，而此时她们正站在高高的金属屋脊上，彼此之间的距离只有几英尺。

"谢谢你。"伊奈姬说。她觉得这话有些不合时宜。

"遇到一个值得尊敬的对手并不可耻，这意味着我还有很多东西要学，也表明了人要谦逊。"那女孩低下头，把刀插进刀鞘。她把拳头放在胸口以表敬意。

伊奈姬静观其变，全身戒备。这女孩是认真的吗？这不是巴伦结束战斗的方式，杜亚莎显然是遵循了自己的准则。伊奈姬不想被逼无奈杀

乌鸦六人组(卷二):骗子王国

了她,不论她看上去多么冷酷无情。

"我学会了谦卑,"杜亚莎低下头说,"可你要知道的是,有些人注定要服务他人,而有的人则注定要统治世界。"

杜亚莎猛地抬起头。她摊开手掌,吹了一口气。

伊奈姬看到一股红色的粉末,立即后退,但为时已晚。她的眼睛有种灼伤的痛。那是什么?这已经不重要了。她如今看不见了。她听到了拔刀的声音,感受刀的挥动。她沿着屋脊跟跄着朝后退去,努力站稳脚跟。

她努力揉着进入眼睛的粉末,一时泪流满面。她眼前的杜亚莎只是一个模糊的影子。伊奈姬径直伸出刀刃,试图拉开她们之间的距离,然后她感觉杜亚莎的刀划过了她的前臂。刀从伊奈姬的手中滑落,咔嗒一声掉在屋顶上。**桑科塔·安丽娜。保护我。**

但或许圣人选择和杜亚莎在同一条船上。尽管伊奈姬曾不断祈祷和忏悔,但或许最终的审判还是来了。

我并不觉得惋惜,她意识到。她选择了成为一名杀手,自由地活着,而不是作为一名奴隶,安静地死去,她不后悔。她会带着平静的心去面见她的神明,希望他们可以接受她。

下一刀划过了她的指关节。伊奈姬又后退一步,但她知道自己已经无路可退了。杜亚莎要把她从高处推下。

"我曾跟你说过,幽灵。我无所畏惧。我的血液中流淌着历任女王和征服者的力量。"

伊奈姬的脚碰到了一个涡卷形装饰的边缘,然后她明白了。她不像对方接受过训练和教育,也没有漂亮的白衣服。但她永远不会像这般冷酷无情,也不希望自己变成这样。但她对这座城市了如指掌。这是她痛苦的根源,也会是她证明自己能力的阵地。不管喜欢与否,卡特丹姆——残酷,肮脏,令人绝望的卡特丹姆——已经成了她的家。她会捍卫它。她熟悉这里的屋顶,就像她熟悉斯兰特嘎吱作响的木楼梯,熟悉斯戴夫的鹅卵石小路和小巷一样。她对这座城市的每一寸土地都了然于胸，仿佛心有地图一般。

"无所畏惧的女孩。"伊奈姬喘着粗气说，杜亚莎的身影在她眼前晃动。

杜亚莎欠了欠身。"再见，幽灵。"

"那在你死之前学会什么叫惧怕吧。"伊奈姬走到一旁，单脚站立，保持平衡，而杜亚莎的靴子落在了一块松动的涡卷形装饰上。

如果杜亚莎没有受伤流血，她可能会留意地形；如果她没有这般急切，也许会稳住自己，保持平衡。

然而，她失足了，朝前倒去。伊奈姬透过蒙眬的泪眼看到了杜亚莎。她有片刻是悬空的，天空映衬着她的剪影，她的脚趾寻找着可以钩住的地方，伸出手摸索着可以抓的地方，却一无所获。她看上去像是一个摆好跳跃姿势的舞者，因惊讶而目瞪口呆。即便现在，在这最后一刻，她看上去依旧像是从故事里走出来的，注定不平凡。她是一个无情的女王，一个象牙和琥珀雕成的雕像。

杜亚莎悄无声息地跌了下去，直到最后一刻也严谨自律。

伊奈姬小心翼翼地从屋顶一侧往外看去。下面很远的地方，有人尖叫起来。杜亚莎的尸体躺在地上，就像广阔红色土地上的一朵白花。

"愿你来生不再多灾多难。"伊奈姬喃喃地说。

她需要快速行动。警报还没响起，但伊奈姬知道她迟到了。詹斯博还在等她。她飞快地跑过教堂的屋顶，越过格森的拇指，回到礼拜堂。她抓住攀爬绳，从她之前藏身的两个涡卷形装饰中间，拿起詹斯博的步枪。她爬上穹顶，把头探进橘子礼拜堂时，只能祈祷自己还不算太晚。但詹斯博已经不见踪影。

伊奈姬伸长脖子，在空荡荡的礼拜堂内搜寻着。

她需要找到詹斯博。库维·亚尔博必须死于今晚。

36
詹斯博

潮汐理事会隆重登场，詹斯博不禁想起了《喜剧暴君》。这整件事不就是卡兹以可怜的笨蛋库维为主角，策划的一出戏剧吗？

詹斯博想起了威岚，他可能最终会为母亲伸张正义，想起了自己的父亲还在面包店里等着。他为他们之间的争吵感到抱歉。虽然伊奈姬说他们会很乐意知道彼此的立场，但詹斯博并不确定。他喜欢在争吵时火力全开，但对父亲恶语相向时，感觉心里有个疙瘩，就如同坏了的粥一般。他们已经很久没有说话了，所以实话实说就像一种魔咒——不是诅咒，而是善良的魔法，能够护每个人周全，可以将一个王国罩在玻璃下的魔法。直到一个像他这样的白痴出现，用这珍品练习打靶。

潮汐理事会的成员一踏上通道，詹斯博就离开了哲蒙尼代表团，朝教堂的大拇指形建筑走去。他把动作放得很慢，背对着在墙边站成一排的警卫，假装他是要找一个能看得更清楚的位置。

走到标志着拇指中殿入口的拱门旁时，他径直朝主教堂的大门走去，像是要出去的样子。

"请退回原位，"一名守卫咕哝着说，一边尽力对外国客人礼貌，一边伸长脖子看潮汐理事会怎么了，"门口必须保持通畅。"

"我有点不舒服，"詹斯博捂着肚子说，带着一点哲蒙尼口音，"拜托您让我过去吧。"

"恐怕不行，先生。"**先生！**这是对巴伦鼠辈之外的人的尊称。

"您不知道，"詹斯博说，"我得赶紧解手。我昨晚在一家小餐馆吃的饭……司藤汤锅。"

"你为什么去了那儿？"

"我在一本旅游指南上看到的。"事实上，那是卡特丹姆最差的餐厅之一，但价格最为低廉。由于司藤汤锅全天营业，价格便宜，城市护卫队的警卫和巴伦暴徒一样，都是那里的常客。每隔一周，就会爆出来有人因为司藤饭店和它那见鬼的汤锅而肠胃不适。

那步兵摇了摇头，向拱门旁的守卫示意。其中一个小跑过来。

"这可怜的家伙去了司藤家。如果我让他从前门出去的话，副巡官肯定会看见他的。带他从礼拜堂出去？"

"见鬼的你为啥要去司藤家？"另一名警卫问。

"我老板给的薪水不高。"詹斯博说。

"听上去同病相怜。"卫兵回应道，朝拱门招了招手。

同情，友情。*我要多扮演几次游客，*詹斯博想，*如果这些卫兵对我这么宽容的话，我可以放弃几个马甲。*

他们从拱门下经过时，詹斯博注意到了里面的螺旋楼梯。楼梯通向上层的拱廊，在那儿，他可以清楚地看到台上的情况。他们曾承诺不会让库维独自一人陷入麻烦中，即便那少年是个麻烦制造者，詹斯博也不打算令他失望。

走向礼拜堂时，詹斯博小心翼翼地看了看表。四声钟响时，伊奈姬

乌鸦六人组(卷二):骗子王国

将会在橘子礼拜堂顶部的圆顶上等他,把枪给他递下来。

"啊,"詹斯博呻吟着,希望那警卫加快脚步,"我觉得我要憋不住了。"

警卫厌恶地轻哼一声,就开始迈大步走。"你点了什么,伙计?"

"特色菜。"

"千万不要点特色菜。他们只是把前一天剩下的东西重新加热了。"到达礼拜堂后,警卫说,"你穿过这扇门,街对面有一家咖啡馆。"

"谢谢。"詹斯博说完便用胳膊圈住了警卫的脖子并用力勒紧,直到他身体瘫软。詹斯博从手腕上取下皮带,把警卫的双手背在背后,把脖子上的方巾塞进他的嘴里。然后把他滚到了圣坛后。"睡个好觉。"詹斯博说。他对那警卫感到一丝愧疚。但还不至于把他弄醒,给他松绑,但他还是很愧疚。

听到主教堂传来轰隆声,他朝中殿望去。因为教堂的拇指中殿比主教堂略高一点,所以他只能看到后排观众的头顶,但听上去似乎是潮水引发了一阵骚动。詹斯博再次看了看表,朝楼上走去。

一只手抓住了他的衣领,把他向后甩去。

他重重地撞在了教堂的地板上,摔得喘不过气来。袭击他的人站在楼梯底部,金色的眼睛居高临下地看着他。

他的衣服跟詹斯博看到他走出西斯戴夫的白玫瑰之家时不同。此刻,那柯古德士兵穿着橄榄绿色的军服,纽扣闪闪发亮,乌黑的头发在头后紧紧地绑成马尾,露出粗如火腿的脖子。他看上去像他应有的样子——一件武器。

"很高兴看到你盛装出席该场合。"詹斯博喘着粗气说,依旧努力调整着呼吸。

那舒国士兵深深地吸了一口气,鼻孔张得大大的,然后笑了。

詹斯博向后爬去。那士兵紧追不舍。詹斯博咒骂自己当时没有取走那城市护卫队的警卫的枪。虽说小手枪不适合远距离射击,但那巨人俯视他时,有总比没有强。

他一跃而起,飞奔出中殿。如果他能跑到主教堂的话……可能要费力解释一番。但那舒国士兵不会在举行拍卖会时袭击他,不是吗?

詹斯博没来得及想出答案。那士兵从背后猛然袭击,把他拖倒在地。大教堂似乎遥不可及,远处拍卖会上的喧闹声,和潮汐理事会的声音在高高的石墙间回响。*行动和回音*,那士兵把他翻过来时他荒唐地想。

詹斯博像鱼一样扭动着,避开了这个大块头的手,他很庆幸自己长得像一只正在严格节食的苍鹭。他再次站了起来,这士兵虽然块头很大,行动却很快。他把詹斯博扔到了墙上。詹斯博痛苦地叫出声。**这对你有好处,让肝脏运动运动。**

这个蠢货对他太粗暴了,让他没法正常思考。

詹斯博看到那大块头收回了拳头,手指上有金属的光芒在闪烁。他们给他安装了真正的铜指节,他惊恐地意识到。他们把铜指节打造在了他的手上。

他堪堪向左躲避。那士兵的拳头砰的一声打在了他头旁边的墙上。

"挺滑头的。"那士兵用口音浓重的刻赤语说。又深深地吸了一口气。

他嗅到了我的气味,詹斯博想。那一天在斯戴夫,他并不在乎自己会不会被城市护卫队的警卫发现,他在狩猎,而如今,他找到了自己的猎物。

那士兵再次收回拳头。他似乎打算把詹斯博打晕,然后……呢?撞倒礼拜堂的门,把他像扛粮食一样扛着走?还是把他交给有翅膀的同伴?

至少我再也不会让谁失望了。他们将会给他灌足量的潘勒姆。或许他会活挺长时间,直到舒国人把他变成新一批的柯古德。

他向右闪躲。那士兵的拳头又在礼拜堂的墙上砸出了一个大坑。

那大块头的脸都快气歪了。他掐住詹斯博的喉咙往后拖,准备给詹

乌鸦六人组(卷二)：骗子王国

斯博最后一击。

詹斯博思绪万千：他父亲那皱巴巴的帽子，他左轮手枪手柄上的珠灰色的光芒，站得笔直的伊奈姬，*我不需要一声道歉*；威岚坐在墓穴的桌子旁咬着拇指尖，*任何一种糖*，他说，然后……*不要沾上汗液，血液和口水*。

化学象鼻虫。伊奈姬把没使用的小瓶扔在了卡特丹姆套间里的桌子上。他跟父亲争吵的时候拿过一个。眼下，詹斯博的手在裤兜里摸索着，抓住了小瓶。

"潘勒姆！"詹斯博脱口而出。这是他唯一知道的舒国语词汇。

那士兵停了下来，拳头在半空中。他的头歪向一边。

直击标记没注意的地方。

詹斯博做出一副张开嘴，假装要把什么东西倒进嘴里的样子。

那士兵睁大眼睛，松开了手，想把詹斯博的手掰开。那柯古德士兵发出了声音，或许是一声咕哝，或许是抗议的开始。但这并不重要。詹斯博用另一只手把玻璃小瓶塞进了那士兵张开的嘴里。

玻璃碎片扎进了他的嘴唇，鲜血涌了出来，那大块头往后瑟缩了一下。詹斯博愤怒地在衬衣上擦了擦手，希望自己的手指没被划破，象鼻虫不会进去。但什么都没发生。那士兵看上去除了生气之外，没任何异样。他咆哮着抓住詹斯博的肩膀，想把他拎起来。噢，神呐，詹斯博想，或许他都不打算带我去见他的朋友了。他抓住那巨人结实的手臂，想摆脱他的控制。

那柯古德摇了摇詹斯博，咳嗽了几声，宽厚的胸膛颤抖了下，又摇了摇詹斯博——有气无力，断断续续地摇晃。

然后詹斯博意识到——这士兵不是在摇晃他，他只是在颤抖。

那大块头的嘴里发出低沉的嘶嘶声，像鸡蛋落在滚烫的平底锅上发出的声音。他的嘴里冒出了粉色的泡沫，混着血和口水从下巴上滴落下来。詹斯博往后缩了缩。

那士兵不住地呻吟。他巨大的双手松开了詹斯博的肩膀,詹斯博往后挪了挪。那士兵的身体开始抽搐,胸膛起伏,詹斯博一时无法从他身上移开视线。那士兵弯下腰去,一股粉色的液体从他口中喷涌而出,溅到了墙上。

"又让我逃脱了。"詹斯博说,尽量让自己少说两句。

那大块头向一边歪去,倒在地上,跟倒下的橡树一样,一动不动了。

詹斯博盯着那巨大的尸体看了一会儿。然后突然回过神来。他浪费了多少时间?他飞快地跑回拇指形中殿尽头的礼拜堂。

他还没到门口,伊奈姬就出现了,急匆匆地朝他而来。他错过了和她碰头。她不会来找他的,除非觉得他遇到了麻烦。

"詹斯博,你去哪——"

"枪。"他命令道。

她二话没说,把枪从肩上卸了下来。他从她手中夺过枪,朝着主教堂跑去。但愿他能及时到达拱廊。

警报响了。太晚了。他没能及时赶到。他会让所有人失望的。一个没有枪的枪手有什么用?詹斯博不能射击的话,有什么用?他们会被困在这座城市里,会被关进监狱里,甚至可能会被处决。库维将被拍卖给出价最高的人。潘勒姆将会在世界上引发热潮,格里莎将会面临更加狂热的猎杀。在菲尔丹,漫游岛,诺威哲姆。佐娲可能会消失,会被迫服兵役,会被这种可怕毒药的诅咒吞噬。

警报声起起伏伏。主教堂里传来喊叫声。人们向大门跑去,很快他们就会涌入拇指中殿,另寻出路。

每个人都会射击,但并不是所有人都会瞄准。他母亲的声音传来,**我们是佐娲。你和我都是。**

不可能。他在这里甚至都看不到库维——并且没人能在拐角处射击。

乌鸦六人组(卷二):骗子王国

但詹斯博对主教堂的布局了如指掌。他知道连接这儿和拍卖区的是一条笔直的通道,只需子弹直直地穿过就好了。他可以在脑海中看到库维衬衫上的第二颗纽扣。

这不可能。

一颗子弹只有一个弹道。

但如果可以引导子弹呢?

不是所有人都会瞄准。

"詹斯博。"伊奈姬在他身后说。他举起了步枪。这原本是一把普通的枪,但他自己改装了一下。枪里只有一颗子弹,这颗子弹是由蜡和橡胶制成,并不致命。如果他失手了,可能会有人身受重伤。但如果他不开枪射击的话,很多人将会受伤。该死的,詹斯博想道,或许我没打中库维的话,可以打爆凡·埃克的一只眼球。

他曾和枪匠一起工作过,曾自己制过弹药。他对枪的了解远胜于他对麦卡之轮的规则的了解。詹斯博把注意力集中在子弹上,感受着它每一个微小的组成部分。或许他也是如此。一颗上膛的子弹,一生都在等待找到方向的那一刻。

任何人都会射击。

"伊奈姬,"他说,"如果你的祷告还有余额的话,是时候派上用场了。"

他开枪了。

时间似乎慢了下来——他感受到了步枪的推力,子弹势不可挡的冲力。他专心致志地盯着它蜡制的外壳,向左牵引,枪击声依旧在他的耳朵里回响。他感觉到子弹转向了,瞄准了那颗纽扣,第二颗纽扣,那一小块木头,还有固定住它的线。

这不是礼物,是诅咒。但说真的,詹斯博的生命力充满了福音。他的父亲、母亲、伊奈姬、妮娜、带领他们穿过泥泞运河的马蒂亚斯,甚至是卡兹——抛开卡兹的残酷和缺点，他终归在卡特丹姆可能把他生吞活剥的时候，给了他一个落脚处，在德勒格斯给了他一个家；还有威岚，在詹斯博还没有意识到自己体内的能力可能是一种福音时就已经认识到这一点的威岚。

"你刚才做了什么？"伊奈姬问。

或许什么都没做。或许做了不可能的事。詹斯博从来都无法抗拒那渺茫的胜算。

他耸了耸肩。"我老做的事儿。就是开了一枪。"

37
卡　兹

子弹击中库维时，卡兹就在他的旁边，他是第一个来到他身边的人。他听到主教堂里响起零星枪声，很可能是惊慌失措的当值警卫手忙脚乱地扣动了扳机。卡兹跪在库维身旁，趁人没注意到他的左手时，把一只注射剂刺进了那舒国少年的手臂。到处都是血。杰伦·拉德马克倒在台上，大声喊着："我中枪了！"可他并没有中枪。

卡兹大声喊着医师。那矮小的秃顶男人不知所措地站在他曾照料威岚的台边，满脸惊恐。马蒂亚斯抓着那医师的胳膊肘，把他拖了过来。

人们推推搡搡地冲出教堂。斯达洪得、卓娅和吉恩雅也逃往出口处。商业理事会的成员让一群城市护卫队的警卫把凡·埃克包围起来。让他哪儿也去不了。

片刻之后，卡兹看到伊奈姬和詹斯博逆着中间通道上逃窜的人群走来，卡兹放任自己瞥了一眼伊奈姬。她浑身是血，眼睛又红又肿，但似乎没有大碍。

"库维——"伊奈姬说。

"我们如今帮不了他。"卡兹说。

"威岚！"詹斯博说着，看了眼威岚的伤口，伤口已经出现了瘀青，"神呐，这一切都是真的吗？"

"安妮卡和珂格对他下了狠手。"

"我想让伤口看起来逼真一些。"威岚说。

"我挺欣赏你的手艺的，"卡兹说，"詹斯博，你和威岚待在一起。他们等会儿会想要审问他的。"

"我没事。"威岚说道。他肿起的双唇让他说出来的话听上去像是："我有事。"

两名警卫将库维的尸体抬上担架时，卡兹对马蒂亚斯点了下头。他们没有在主教堂里与人争执，而是朝通往格森小拇指中殿的拱门走去，然后从那边的出口出去。马蒂亚斯拖着医师跟在他们身后。关于库维的死活不应存在任何疑问。

卡兹和伊奈姬跟着他们走进中殿，但伊奈姬在拱门前停了下来。卡兹看到她回头看了一眼，他顺着她的目光看去，发现义愤填膺的议员们包围了凡·埃克，而凡·埃克正在盯着她看。他想起了她在好妹桥上曾对凡·埃克说过的话：*你还会再见我一次，但只有一次*。凡·埃克因紧张而颤动着的喉结，表明了他也在回忆。伊奈姬微微欠身。

他们冲向了粉色中殿，进入礼拜堂，但通往街道和运河的门上了锁，身后礼拜堂的门也砰的一声关上了。佩卡·罗林斯靠在门上，四个普狮成员围在身边。

"很准时。"卡兹说。

"我猜这也在你的预料之中，你这狡猾的小杂种？"

"我知道你这次不会放我离开的。"

"不，"罗林斯说，"你当初来找我要钱的时候，我就应该把你和你的

乌鸦六人组(卷二):骗子王国

小伙伴一网打尽,这样就可以免去很多麻烦。我当时犯傻了。"罗林斯动手不脱掉外套。"我承认我当初没有给予你足够的尊重,小子,但如今你得到了。恭喜。你值得我花时间,用你的武器把你打死。"伊奈姬拔出了刀。"不,不,小姑娘,"罗林斯警告道,"这是我和自命不凡的混蛋之间的事儿。"

卡兹朝伊奈姬点了点头。"他说得没错。我们早该聊一聊了。"

罗林斯笑了,解开袖口,挽起袖子。"聊天时间到此为止了,小子。你太嫩了,你还没出生的时候,我就已经出来混了。"

卡兹没有动,他的手一直搁在拐杖上。"我不需要跟你动手,罗林斯。我要跟你做笔交易。"

"唔,在易物教堂进行公平交易。你的阴谋诡计让我损失了不少钱财,还招致了很多麻烦。我不觉得有什么比我赤手空拳杀了你更令我满意的事儿了。"

"事关克里什王子。"

"那是三层楼的天堂,是东斯戴夫最好的赌场。你是在那埋了炸弹还是?"

"不,我说的是克里什小王子。"罗林斯愣住了,"喜欢吃甜食,有着和他父亲一样的红色头发,却看不好他的玩具。"

卡兹把手伸进大衣里,拿出一只钩织的小狮子。小狮子的金色毛发有些褪色,乱糟糟的鬃毛缠在一起——上面还沾着黑色的泥土。卡兹任由它掉到了地上。

罗林斯盯着它。"那是什么?"他说,声音轻得像耳语。然后,他好像回过了神,大喊道:"那是什么?"

"你知道那是什么,罗林斯。不是你跟我说,你跟凡·埃克很像吗?都很勤奋,想要留下点什么。你们俩都很关心自己的遗产,但如果没人可以托付的话,又有什么用呢?所以我禁不住问自己,他建造的这一切都是为了谁?"

罗林斯握紧拳头,前臂结实的肌肉紧绷起来,下颌微微颤抖。"我要杀了你,布莱克。我会毁了你爱的一切。"

如今,卡兹笑了。"我的诀窍就是不要爱任何人和东西,罗林斯。你想怎么威胁我都行。你可以当场将我开膛破肚。但如此一来,你就没法找到你儿子,也没法救他了。要不我叫人割断他的喉咙,给他穿上最好的衣服,给你送上门?"

"你这个巴伦的垃圾,"罗林斯咆哮道,"你究竟想从我这儿得到什么?"

卡兹感觉自己的幽默感溜走了,内心的黑暗之门已然打开。

"我想让你记住。"

"记住什么?"

"七年前,你骗了从南方来的两个孩子。那两农家的孩子笨到一无所知。你引我们入局,让我们信任你,和你的假妻子和假女儿共进晚餐。然后利用我们的信任,骗走我们的钱,夺走了我们的一切。"他看得出来,罗林斯正在思考,"想不起来?这种事太多了,不是吗?那一年有多少骗局?在那之后,你设局骗过多少倒霉的肥羊?"

"你没有权利——"佩卡生气地说,他的胸膛不断起伏,眼睛一次又一次地盯着那个玩具狮子。

"别担心,你儿子还没死。目前。"卡兹近距离看着佩卡的脸。"这样,我帮帮你。你曾经用的名字是雅克布·赫尔宗。你让我哥哥为你跑腿。你当时经营着一家咖啡馆。"

"在公园对面,"佩卡飞快地说,"有樱桃树的那个。"

"没错。"

"那是很久之前的事儿了,孩子。"

"你骗走了我们的一切。我们最终只能流落街头,然后死去。以不同

乌鸦六人组(卷二):骗子王国

的方式死去。但我们中有一个重生了。"

"那难道不是常态吗?你用你那鲨鱼般的眼睛瞪着我做什么?想杀了我?"佩卡摇了摇头,"你们是两只肥羊,碰巧是我叼走了你们而已。即便不是我,也会有别人。"

那扇黑暗之门开得更大了。卡兹想要穿过那扇门。他永远不再完整。乔迪永远都不回来。但佩卡·罗林斯可以了解一下他们当时的绝望。

"唔,那倒霉的碰巧是你们,"他咬了咬唇,"你和你儿子。"

"我觉得你在虚张声势。"

卡兹笑了。"我把你儿子埋了,"他柔声说道,回味着这句话,"我把他活埋了,埋在地下六英尺深的岩石下。我能听到他一直在哭,闹着要爸爸。爸爸。爸爸。我从没听过如此美妙的声音。"

"卡兹——"伊奈姬说道,脸色苍白。这次,她不会原谅他了。

罗林斯冲向他,抓住他的衣领,把他猛地推到礼拜堂的墙上。卡兹丝毫没有抵抗。罗林斯汗流浃背,脸色因绝望和恐惧而发青。卡兹沉浸在其中。他想记住眼下的每一刻。

"告诉我他在哪,布莱克。"他再次把卡兹的头往墙上撞,"告诉我。"

"很简单的交易,罗林斯。只要说出我哥哥的名字,你的儿子就能活下来。"

"布莱克——"

"说出我哥哥的名字,"卡兹重复道,"再给你个提示怎么样?你邀请我们去泽尔威街上的一座房子。你的妻子当时弹了琴,她的名字叫玛吉特。家里还有一只狗,以及你名为萨斯吉雅的女儿。她的辫子上系着一根红丝带。看到没?我都记得。我全部都记得。很容易的。"

罗林斯放开了他,在礼拜堂里踱来踱去,用手抓了抓本来就稀疏的头发。

"两个男孩。"他疯狂地念叨着,搜寻那段记忆。他转身指着卡兹。

"我想起来了。两个从利几来的男孩。你们手里有点儿小钱。你哥哥幻想着自己是个买卖人,是个商人,跟每个下船来到巴伦的傻子一样,幻想着自己会变得富有。"

"没错。两个被你哄得团团转的傻子。现在告诉我他的名字。"

"卡兹和……"罗林斯双手抱住头。他在礼拜堂里来来回回地踱步,喘着粗气,仿佛他在跑环城,"我可以让你变得富有,布莱克。"

"我可以让自己变得富有。"

"我可以把巴伦给你,给你你意想不到的影响力,给你你想要的一切。"

"那就让我哥哥起死回生。"

"他是个傻子,你很清楚这一点!他和其他标记一样,认为自己比别人聪明,想要快速赚到钱。诚实的人是不会上当受骗的,布莱克。你很清楚这一点。"

贪婪是我的杠杆。这是佩卡·罗林斯给他上的一课,也确实没错。他们曾是傻子。或许有一天,卡兹会原谅乔迪,原谅他不是他心目中完美的哥哥。或许他甚至可以赦免那个容易上当,容易轻信别人,觉得别人只是出于善意的自己。但绝不会给罗林斯缓刑。

"告诉我他在哪,布莱克,"罗林斯冲着他吼道,"告诉我,我儿子在哪儿?"

"说出我哥哥的名字。就像东斯戴夫变戏法的似的,像念咒语一样的,说出他的名字来。想要你儿子吗?你儿子有什么权利过娇生惯养的生活?他和我哥有什么不同?"

"我不知道你哥哥的名字。我不知道!我不记得了!我当时在想办法让自己扬名。我就是耍了点手段。我以为你俩会在度过艰难的一周后,回乡下老家去。"

"不,并非如此。你从来没考虑过我们。"

乌鸦六人组(卷二):骗子王国

"拜托,卡兹,"伊奈姬轻声说,"别这样。别这样。"

罗林斯咕哝道:"我在求你——"

"是吗?"

"你这个杂种。"

卡兹看了看手表。"在你儿子消失在黑暗中之前,你还有时间开口。"

佩卡瞥了一眼他的手下,用手搓了一下脸,慢慢地,跪了下来。他的动作很沉重,仿佛跟全身的肌肉交战之后才跪了下去。

卡兹看见普狮的成员摇了摇头。软弱在巴伦永远得不到尊重,不管出于什么理由。

"我求求你了,布莱克。他是我的一切,让我去找他。让我去救他。"

卡兹看着佩卡·罗林斯,曾经的雅各布·赫尔宗,眼含泪水,通红的面孔上满是痛苦的痕迹,终于跪在了他的面前。一步一步来。

这只是个开始。

"你儿子在塔麦卡农场最南端,阿佩尔布鲁克以西两英里。我用黑色的旗子在那块儿做了标记。如果你现在出发的话,应该有足够的时间找他。"

佩卡摇摇晃晃地站了起来,开始发号施令。"先让人备马候着,再给我找个医师来。"

"瘟疫——"

"有一个在绿宝石宫随时候命的。有必要的话,你亲自把他从病区拖出来。"他用一根手指戳着卡兹的胸膛。"你会为此付出代价的,布莱克。这笔账算不清了,你的苦难将永无休止。"

卡兹对上他的视线。"痛苦和别的事情一样,长期生活在痛苦之中,就会学着去享受它。"

"我们走。"罗林斯说。他笨手笨脚地开锁。"该死的钥匙在哪儿?"他的一名手下上前,递过钥匙,但卡兹注意到,他和他的老板之间保持着距离。他们会让佩卡下跪的故事一夜之间传遍巴伦,而罗林斯也很清楚这点。他非常爱他的儿子,爱到愿意赌上自己的全部尊严和名声。卡兹觉得这应该是有意义的。或许对其他人而言是有的。

临街的门猛地打开了,不一会儿他们就离开了。

伊奈姬蹲了下来,用手掌捂住眼睛。"他能及时赶去吗?"

"去做什么?"

"去……"她抬头望着他。他很怀念她这种惊讶的表情。"你没那么做,你没有埋了他。"

"我从未见过那孩子。"

"但那狮子——"

"这只是个猜测,佩卡·罗林斯对普狮的骄傲之情不难推测。那孩子可能有上千只狮子供他玩耍,可能甚至还有巨大的木狮子供他骑。"

"你怎么知道他有孩子?"

"我是在凡·埃克家的那晚明白过来这一点的。罗林斯不停地吹嘘自己积累的遗产。我知道他有一栋乡间别墅,并且喜欢时不时地离开这座城市。我原以为他藏了个情妇,但那天晚上他说的话让我有了新的猜想。"

"你怎么知道他有个儿子,而不是女儿?这也是猜出来的?"

"这猜测是有根据的。他把自己的新赌场命名为克里什王子。这就意味着他的孩子肯定是个红头发小男孩。再说了,哪个孩子不喜欢甜食呢?"

她摇了摇头。"他会在那块区域发现什么?"

"一无所获。毫无疑问,他的手下会告诉他,孩子安全无虞,正在干着所有父亲不在身边、又娇生惯养的孩子该干的事儿。但在此之前,佩卡·罗林斯会绕着那块土地暴走,痛苦地挖上好几个小时。最重要的是,他不会再支持凡·埃克了,并且,人们会听说他匆匆逃离了这座城

乌鸦六人组(卷二):骗子王国

市——还带着一名医师。"

伊奈姬抬头望着他,卡兹知道,她已经猜出了谜题。"疫情暴发的地点。"

"克里什王子,绿宝石宫,甜点店,佩卡·罗林斯名下的所有产业,将都会关停并隔离数周。如果市政府认为他的员工正在传播疾病,那么关闭他的其他一些资产进行防范,我也丝毫不会感到惊讶。如此一来,他至少需要一年的时间来恢复经济损失,如果对疫情的恐慌情绪持续的时间够长,那他恢复所需的时间就会更久。另外,如果理事会认定,他为假财团的成立提供了帮助,可能永远都不会给他颁发营业执照了。"

"命运对我们每个人都各有安排。"伊奈姬平静地说。

"命运有时候需要一点儿助力。"

伊奈姬皱了皱眉。"我以为你和妮娜在斯戴夫选择了四个地方作为疫情暴发地点。"

卡兹捋了捋袖口。"我还让她去了趟动物园。"

然后,她笑了,双眼通红,脸颊上还残留着不知名的粉末。为了再次看到这样的微笑,他愿意用生命去换。

卡兹看了眼时间。"我们该走了,一切还没结束。"

他向她伸出了一只戴着手套的手。伊奈姬颤抖着,深深地呼了一口气,然后又吸了一口气,口中的气流像从火焰中升起的烟一样,但她没有选择放手。"你很善良,卡兹。你是个好人。"

她又开始了,又在寻找那本就不存在的正直。"伊奈姬,我只能杀死佩卡的孩子一次,"他用拐杖推开了门,"但他能设想出千百种死法。"

38
马蒂亚斯

马蒂亚斯跟着库维的尸体一路小跑。两名城市护卫队的警卫把那少年抬上了担架,在瘟疫警报声中,他和他们一道朝着博斯运河的方向跑去。那医师费力地跟着他们,袍子翻飞。

到达码头时,那医师抓住了库维的手腕。"这一切毫无意义。他没有脉搏了。子弹肯定打穿了他的心脏。"

千万别脱掉他的衬衣,马蒂亚斯在心里无声地喊道。詹斯博用的是一颗蜡和橡胶做成的子弹,那子弹击中了系在库维衬衫纽扣后的囊状物,囊状物外表破裂,血液四溅。血是从肉店里收集来的,但医师根本不知道这事儿。在教堂里的人看来,库维·亚尔博的心脏中了一枪,当场死亡。

"该死的,"那医师说,"紧急救援船在哪儿?码头管理员呢?"

马蒂亚斯觉得自己可以轻而易举地回答他的问题。管理员一听到疫情警报,就弃岗而逃了。即便从这个狭窄的地方看去,都可以看到运河

乌鸦六人组（卷二）：骗子王国

里挤满了船只，人们大喊大叫，用桨拍打彼此的船舷，试图在运河关闭之前逃离这座城市，避免被困在疫情区。

"这里，先生！"一个站在渔船上的人喊，"我们可以送你去医院。"

那医师看上去十分警惕。"船上有人有感染的迹象吗？"

那渔夫朝着躺在船尾天棚遮蔽处的孕妇做了个手势。"没有，先生。船上只有我们两个人，我们都很健康，但我的妻子快要生产了，以防我们不能及时赶到医院，我们需要您这样的人。"

那医师的脸色难看。"我不——我不治疗妇科问题。再说了，你们为什么不在家生孩子？"他怀疑地问。

他根本不在乎库维的死活，只是担心自己的安危。马蒂亚斯冷酷地想道。

"我们没有家，"那人说，"只有船。"

医师回头看了看，大批惊慌失措的人从教堂大门口涌了出来。"行吧，我们走。"那医师对马蒂亚斯说，"你留在这里。"

"我是被选来保护他的，"马蒂亚斯说，"他去哪儿，我就去哪儿。"

"船上没地方容纳你们所有人。"渔夫说。

城市护卫队的警卫愤怒地窃窃私语，然后其中一个说："我们把他放到船上，但之后我们必须回指挥站报到。这是规定。"

卡兹曾经说过，疫情暴发期间，警卫不愿意靠近医院，他说得没错。马蒂亚斯也没法责怪他们。

"但我们可能需要保护。"那医师抗议道。

"保护死人？"城市护卫队的警卫说。

"保护我！我是在疫情期间游走的医师！"

那警卫耸了耸肩。"这是规定。"

他们把担架抬上船就离开了。

"没有一点儿责任感。"那医师生气地说。

Crooked Kingdom

"他的状况看上去不太好。"那渔夫瞥了一眼库维说。

"他已经死了,"那医师说,"但我们必须做足姿态,就像那位穿制服的朋友所说的那样,这是规定。"

那孕妇发出一声可怕的呻吟。马蒂亚斯看到那医师一路后退,撞到船舷上,还差点打翻一桶鱿鱼时,忍不住地开心。希望这个神经质懦夫能离妮娜和她的假肚子远点儿。马蒂亚斯挣扎着从妮娜身上移开视线,但他只是想要确认她是安全的。只需一眼,他就清楚地知道她安然无恙——她的脸神采奕奕,眼睛像绿宝石一样闪闪发光。这是她动用自己的超能力之后的结果——不论是以何种形式。*违反常理*。一个古老而又坚决的声音说。*太美了*,那晚他帮詹斯博和库维逃离黑面纱岛时的声音说道。这声音很新,不够坚定,却比以往任何时候都要响亮。

马蒂亚斯冲着那渔夫点了点头,罗迪轻轻地拉了一下用来乔装成渔夫的胡子,冲他眨了眨眼回应,然后用篙撑船,沿着运河疾驶而下。

靠近泽恩兹桥时,马蒂亚斯看到桥下停着一只巨大的装着瓶子的船。那船的船身很宽,罗迪想撑着船通过时,船身发生了刮擦。瓶子船的主人和罗迪爆发了一场激烈的争吵,妮娜又号啕痛哭起来,哭腔又长又响,马蒂亚斯觉得她是不是想和瘟疫警报一决高下。

"你要不深呼吸试试?"那医师站在围栏旁建议道。

马蒂亚斯警告性地瞥了妮娜一眼。他们可以伪装出怀孕的样子,却没法伪装出分娩的真实场景。至少他觉得他们做不到。此时此刻,他一点儿都不想越过卡兹的命令行事。

那医师冲着马蒂亚斯大喊大叫,让把他的包拿给他。马蒂亚斯假模假样地摆弄了一会儿,从中拿出听诊器,塞在了一堆网下面——以防那医师想要听妮娜的肚子。

马蒂亚斯把包递了过去。"你在找什么?"他一边问,一边借助自己大块头的优势,挡住了那医师的视线,以便把库维的尸体换成他们前一

乌鸦六人组(卷二):骗子王国

晚从停尸房偷出来的尸体。斯达洪得把吉恩雅带出教堂后,在桥下暂作停留,为尸体易容,微微升高它的体温,最起码让它看上去不像已经死了很久的样子。

"镇静剂。"那医师说。

"孕妇用它安全吗?"

"我用。"

那瓶子船的主人又冲着罗迪飙了几句脏话——施佩希特显然玩得挺开心的——然后那渔夫就撑着船过了泽恩兹桥,向前走去。因为他们已经离开了最拥堵的河段,所以前行的速度也快了起来。马蒂亚斯忍不住回头看了看,发现船上堆积的酒箱子后面有黑影移动。还有很多事情要做。

"我们要去哪?"那医师突然问,"我以为我们要去大学诊所。"

"航道关闭了。"罗迪撒谎道。

"那就带我们去格森达尔医院,动作快点儿。"

正中下怀,本就打算去那儿。大学诊所离得较近,格森达尔医院规模很小,人手不够,一定深受疫情困扰,如果不想让带来的尸体得到进一步检查的话,那里是完美的去处。

他们在医院码头停了下来,工作人员协助罗迪和妮娜下了船,然后帮着抬出了担架。他们刚到医院门口,就听到值班的护士看了眼担架上的尸体之后说道:"你们为什么带一具尸体过来?"

"这是规矩!"那医师说,"我只是在努力尽自己的职责。"

"我们全面封锁,应对疫情,可没有空床位给死人。把他带到后面的马车海湾,运尸人今晚会来带走他。"

医护人员带着担架消失在了拐角处。等到明天,一具陌生的尸体就会化为灰烬,真正的库维就可以自由地过自己想要的生活,而不必活得小心翼翼。

"好吧，最起码帮帮这位女性，她快要——"那医师环顾四周，但妮娜和罗迪已经不见了。

"他们已经进去了，"马蒂亚斯说。

"但是——"

那护士厉声说："你是打算继续站这儿挡我的道，还是进去搭把手？"

"我……还有别的地方需要我。"那医师说，无视了护士怀疑的眼神。"有些人一点礼貌都没有。"离开医院时，他一边掸袍子上的灰尘，一边气急败坏地说，"我可是大学的学者。"

马蒂亚斯深深地鞠了一躬。"很感谢您为挽救我的病人所做的努力。"

"唔，嗯，对。确实。我只是在遵从我的誓言行事。"那医师紧张地看着那些已经开始关门和拉上百叶窗的房屋和商店，"我真的得去……诊所了。"

"我相信大家都很感激您的照顾。"马蒂亚斯说，他确定，那医师肯定是打算冲回自己的房间，然后把门反锁，让任何人都找不到他。

"好的，好的，"那医师说，"祝你生活愉快，身体健康。"他急匆匆地沿着街道走去。

马蒂亚斯发现自己微笑着朝相反的方向慢慢跑去。他等会儿要在泽恩兹和其他人会合。在那里，库维有望很快恢复生机。他会和妮娜在一起，也许，他们会开始考虑未来。

"马蒂亚斯·赫尔瓦尔！"一个尖锐的，饱含怒气的声音喊道。

马蒂亚斯转过身去。一名少年站在空荡荡的街道中央。是拍卖会上对他怒目而视的那个有着冰白色头发的年轻巫师猎人。他穿着灰色的制服，而不是正式的巫师猎人军官穿的黑色套装。他是从教堂开始就一路尾随着马蒂亚斯吗？他都看到了什么？

那少年看上去绝对不会超过十四岁。他握着手枪的手都在颤抖。

"我指控你犯了叛国罪，"他说，声音有些哽咽，"对菲尔丹和巫师猎

乌鸦六人组(卷二):骗子王国

人同僚犯了严重的叛国罪。"

马蒂亚斯举起双手。"我手无寸铁。"

"你是国家和神明的叛徒。"

"我们之前从未见过。"

"你杀了我的朋友,就在那次对冰庭的突袭中。"

"我没杀过巫师猎人。"

"你的同伙干的。你是个杀人犯。你让布鲁姆指挥官们蒙羞。"

"你叫什么名字?"马蒂亚斯轻声问道。这个少年不想伤害任何人。

"这不重要。"

"你是新入伍的吗?"

"六个月了。"他说,微微扬起下巴。

"我入伍的时候,比你的年龄还要小。我知道那是什么感觉,也很清楚他们灌输给你的思想。但你没必要这么做。"

那男孩抖得更厉害了。"我指控你犯了叛国罪。"他重复道。

"我是有罪,"马蒂亚斯说,"也确实做过可怕的事。如果你想的话,我现在就可以跟你走回教堂,去见你的朋友和指挥官们,我们去看看正义如何得到伸张。"

"你在撒谎。你甚至任由他们杀了那个舒国少年,你本该保护他的。你是个叛徒、懦夫。"很好,他对库维的死深信不疑。

"我跟你一起去,我向你保证。你手里有枪,没必要怕我。"

马蒂亚斯向前一步。

"站那儿别动!"

"不要害怕!他们在利用恐惧控制你。"*我们要想办法改变他们的想法。*这个男孩加入巫师猎人仅仅六个月,还可以改变。"世上的很多东西你都无须害怕,只要你睁开眼睛。"

"我让你站那儿别动。"

"你不想伤害我,我知道,我曾和你一样。"

"我跟你完全不一样。"那少年说,蓝色的眼睛里有火焰燃烧。马蒂亚斯从中看到了愤怒,无法抑制的愤怒。他对此非常了解。但当枪声响起时,他还是很惊讶。

39
妮　娜

妮娜脱下长袍，取掉了系在外衣上的橡胶大肚子，罗迪则撕掉了假胡子，脱掉了外套。他们把所有的东西都团作一团，妮娜将其扔进了海里。然后，他们爬上了停在泽恩兹桥下的瓶子船。

"总算摆脱了。"她说，看着它沉入水中。

"太没有母性光辉了。"卡兹说着，从酒箱后走了出来。

"伊奈姬呢？"

"我挺好的，"伊奈姬的声音从卡兹身后传来。"但库维——"

"你又在流血了。"妮娜一边溜到那堆高高垒起的板条箱后加入他们，一边观察。运河上如今没什么船只，但还是不能冒险。"你的眼睛怎么了？"

"我本想让你去问白刃的，但是……"伊奈姬耸了耸肩。

"我希望她吃尽了苦头。"

"妮娜。"

"怎么？我们不能既仁慈又平静。"

他们在装酒的箱子与桥的石拱之间的阴影里。放着库维尸体的担架搁在临时用板条箱搭建起来的台子上。吉恩雅在给那少年的手臂注射不知道什么液体的时候，卓娅和妮娜觉得应该是斯达洪得的那名男子在一旁看着。

"他怎么样了？"妮娜问。

"就算他有脉搏，我也感受不到，"吉恩雅说，"那毒药的药效发挥了。"

药效或许太好了。吉恩雅曾经说过，这种毒药会减缓他的脉搏和呼吸，直到他呈现出假死状态。但这效果也太逼真了。妮娜知道，如果库维真的死了的话，世界可能会更加安全，但她也知道，如果有人解开了潘勒姆的秘密，他将会是雷凡卡寻求解药的最大可能。他们曾为把他从冰庭解救出来而奋战。他们精心谋划，联合行事，费尽周折才让他能够安然无恙地在格里莎中间，继续他的工作。库维就是希望。

并且，这个少年值得拥有不用担惊受怕地活着的机会。

"解药？"妮娜看着吉恩雅手上的注射器问。

"这是她注射的第二剂药。"卡兹说。

他们看着吉恩雅检查他的脉搏和呼吸。她摇了摇头。

"卓娅。"斯达洪得说。他的声音里透出命令的意味。

卓娅叹了口气，把衣袖推了上去。"解开他的衬衫。"

"你要做什么？"吉恩雅把库维剩下的纽扣全部解开时，卡兹问道。库维的胸膛很窄，肋骨清晰可见，所有的肋骨上都沾染了他们装在蜡制囊状物里的猪血。

"我要么会让他的心脏复苏，要么会让他从内熟到外，"卓娅说，"往后站。"

他们在这狭窄的空间里尽量服从命令。"她这么说是什么意思？"卡

乌鸦六人组(卷二):骗子王国

兹问妮娜。

"我不确定。"妮娜坦白地说。卓娅伸出双手,闭上眼睛。空气突然变得凉爽而潮湿。

伊奈姬深深地吸了一口气。"闻起来有种暴风雨要来的感觉。"

卓娅睁开眼睛,双手合十,像是在祈祷的样子,然后两只手掌快速地搓着。

妮娜感觉气压下降,舌头尝到了金属的味道。"我觉得……我觉得她在召唤闪电。"

"这安全吗?"伊奈姬问。

"一点都不。"斯达洪得说。

"至少她之前干过这事吧?"卡兹说。

"出于这种目的?"斯达洪得问,"我曾见她实施过两次。效果很好。曾经。"他的声音听起来出奇地熟悉,妮娜有种感觉,他们曾经见过。

"准备好了吗?"卓娅问。

吉恩雅把一块折得很厚的布塞进库维的牙齿间,然后往后退了几步。妮娜打了个冷战,意识到这么做是为了防止他咬到舌头。

"我真心希望她能做到。"妮娜喃喃自语。

"库维比你更希望如此。"卡兹说。

"这很棘手,"斯达洪得说,"闪电不喜欢受人奴役,卓娅也在拿自己的生命冒险。"

"我觉得她不像是那种人。"卡兹说。

"你会改变自己的想法的。"妮娜和斯达洪得异口同声地回应道。妮娜又产生了那种奇怪的感觉,觉得自己认识他。

她看到罗迪紧闭双眼,不敢直面这一切。伊奈姬的嘴唇在动,妮娜知道她肯定是在祈祷。

卓娅的手掌间发出微弱的蓝光。她深吸了一口气,双手拍在库维的胸膛上。

库维的背弯了起来，整个人蜷缩得很厉害，让妮娜觉得他的脊柱可能会折断掉。然后又重重地倒在了担架上，眼睛没有睁开，胸膛也纹丝不动。

吉恩雅检查了下他的脉搏。"没有动静。"

卓娅皱起眉头，双手再次合十，光洁的额头冒出细碎的汗珠。"我们真的确定想让他活下去吗？"她怒喝道。没人回答，但她继续摩擦刷手，劈啪作响的蓝光又出现了。

"这到底是打算做什么？"伊奈姬问。

"电击会使他的心脏重新恢复跳动，"吉恩雅说，"并且高温有助于让毒素失去本身的毒性。"

"也有可能杀了他。"卡兹说。

"也有可能杀了他。"吉恩雅承认道。

"再来。"卓娅说，她的声音很是坚决。妮娜很想知道她究竟是迫切地希望库维活下来，还是因为她只是不喜欢失败。

卓娅摊开手掌击打库维的胸部。他的身体弯曲，像一根被无情狂风吹弯的树枝，然后再次重重地倒在了担架上。

库维猛地抽了一口气，眼睛突然睁开。他挣扎着坐了起来，想把那团布吐出来。

"感谢神明。"妮娜说。

"感谢有我。"卓娅说。

吉恩雅上前阻止他，惊慌失措的他眼睛瞪得更大了。

"嘘。"妮娜一边低声说，一边向库维走去。库维只知道吉恩雅和卓娅是雷凡卡代表团的成员。她们和陌生人没什么区别。"没事儿的。你活过来了。你安全了。"

伊奈姬走到了妮娜身旁，拿掉了他嘴里的布，把他的头发抒向脑

乌鸦六人组(卷二):骗子王国

后。"你安全了。"她重复道。

"拍卖会——"

"结束了。"

"那舒国人?"

他金色的眼睛里充满了恐惧,妮娜知道他有多害怕。

"他们看到你死了,"妮娜安抚他道,"每个人都看到了。每个国家的代表团都看到你心脏中枪。那医师和医院的员工都会证明你死了。"

"尸体——"

"等到今晚,尸体就会被收走,"卡兹说,"一切结束了。"

库维躺了回去,一只胳膊捂住眼睛,哭了起来。妮娜轻轻地拍了拍他。"我知道你想表达什么,小孩。"

卓娅双手叉腰。"有人要因为这一小小的奇迹感谢我,或者吉恩雅吗?"

"谢谢你差点杀死并复活世界上最有价值的人质,你可以利用他为自己谋利,"卡兹说,"如今,你们该离开了。街上基本空无一人,你们需要前往制造业区。"

卓娅美丽的蓝色眼睛眯了眯。"布莱克,你在雷凡卡露面的时候,我们会教一教你什么是礼貌。"

"我会铭记在心。他们在死神之船上焚烧我时,我绝对会希望别人记得我是个有礼貌的人。"

"现在跟我们走吧,妮娜。"吉恩雅催促道。

妮娜摇了摇头。"任务还没结束,库维的身体太虚弱了,根本走不了路。"

卓娅噘起嘴。"只要你别忘了自己应该为谁效忠。"她从瓶子船上爬了出去,吉恩雅和斯达洪得紧随其后。

那私掠船船长转向瓶子船,低头看着妮娜。他眼睛的颜色很奇怪,五官看起来也不协调。"为了避免你受到诱惑,不想回国,我想让你知道,雷凡卡欢迎你和你的菲尔丹人。我们无法估量舒国人手里还有多少潘勒姆,也不知道他们造出了多少柯古德士兵。第二军队需要你的天赋。"

妮娜犹豫了下。"我不是……我不是原来的我了。"

"你是一名士兵,"卓娅说,"你是一名格里莎。能拥有你是我们的幸运。"

妮娜惊得下巴都快掉下来了。这听上去算得上是赞美。

"雷凡卡很感激你的付出,"他们转身离去时斯达洪得说,"国王也是。"他挥了下手。在傍晚的阳光中,太阳在他的身后,他看上去不像是一位私掠船船长,更像是……但这念头太荒唐了。

"我需要回到教堂,"卡兹说,"我不知道理事会打算怎么处置威岚。"

"你去吧,"妮娜说,"我们在这里等马蒂亚斯。"

"保持警惕,"卡兹说,"天黑之前,让他藏起来。你知道接下来应该去哪儿。"

卡兹从船上爬了出去,消失在前往易物教堂的方向。

妮娜觉得给库维喝酒不太安全,就给他喝了点水,让他休息。

"我不敢闭上眼睛。"他说。

妮娜努力地越过运河的边缘和街道,往下看去。"是什么让马蒂亚斯耽搁了这么久?你觉得会不会是那医师找他麻烦?"但就在这时,她看到他穿过空荡荡的广场,大步向她走来。他举起手跟她打招呼。

她跳下船朝他跑去,冲进了他的怀抱里。

"女巫,"他下巴抵在她的头发上说,"还好你没事。"

"我当然没事。迟到的人是你。"

"我还以为我在暴风雪中找不到你了。"

妮娜往后退了一步。"你是在来这儿的路上,停下来喝酒喝大了吗?"

乌鸦六人组(卷二):骗子王国

他双手捧住她的脸。"没有。"他说,然后亲了她。

"马蒂亚斯!"

"我做错了吗?"

"没有,你做得很好。但一直都是我先亲你的。"

"那我们得改一改了。"他说着,倒在了她身上。

"马蒂亚斯?"

"没事。我需要再见你一面。"

"马蒂亚斯——噢,神呐。"他一直紧抓着不放的外套滑落了,她看到了他腹部的枪伤。他的衬衫上被血浸透了。"救命!"她大声喊道,"快来人啊!"但街上空无一人。大门紧锁,窗户关着。"伊奈姬!"她大声哭喊道。

他太重了。他们瘫倒在鹅卵石上,妮娜把他的头轻轻放在膝盖上。伊奈姬向他们飞奔而来。

"发生了什么事?"她问。

"他中枪了。神呐,马蒂亚斯,这是谁干的?"他们的敌人太多了。

"这不重要。"他说。他的呼吸逐渐变得奇怪而微弱。"我只想再见你一次,告诉你——"

"把库维弄过来,"妮娜对伊奈姬说,"或者卡兹。他有潘勒姆。你必须帮我弄到它。我可以救他。我可以让他好起来。"但真的吗?如果她用了毒药,她的超能力会恢复到原来的水平吗?她可以试试看。她必须试试看。

马蒂亚斯以惊人的力量抓住了她的手。他的手已被自己的血浸透。"不,妮娜。"

"我还可以跟它搏斗第二次。我可以先治愈你,再去和它搏斗。"

"不值得冒这个险。"

"每一次冒险都是值得的,"她说,"马蒂亚斯——"

"我需要你去救别的人。"

"什么别的人?"她绝望地问。

"别的巫师猎人。答应我,你最起码会试着帮助他们,让他们明白过来。"

"我们一起去做这件事,马蒂亚斯。我们去做间谍。吉恩雅会给我们易容,我们一起去菲尔丹。我会穿上你想让我穿的难看针织背心。"

"回雷凡卡,回家去吧,妮娜。做个自由的人,就像你命中注定的那样。做个战士,就像你以前一样。只要对我的人民仁慈一点就好。肯定有值得你拯救的菲尔丹人。答应我。"

"我答应你。"这声音,与其说是说话,更像是呜咽。

"我为保护你而生。即使我死了,我也会找到保护你的办法。"他更加用力地握住她的手,"把我埋了,我就可以去见捷尔了。把我埋了,我就可以扎根,然后顺着水流一路向北。"

"我答应你,马蒂亚斯,我会带你回家。"

"妮娜,"他说,把她的手按压在他的心脏上,"我已经到家了。"

他眼里的光消失了。她手底下的他的身体变得僵硬。

妮娜尖叫起来,那是从她前一刻还在跳动的心脏中撕裂而出的哀号声。她寻找着他的脉搏,寻找着马蒂亚斯曾经拥有的光和力量。*如果我的超能力还在的话,如果我有潘勒姆的话*。她感受到了身边的河流,感受到了悲伤的黑色水流。她把手伸进一片寒冷之中。

马蒂亚斯的胸膛挺了起来,浑身颤抖。

"回到我身边来,"她低声说,"回来。"

他可以做到的。她可以给他新的生命,一条在深水中诞生的生命。他不是一般人。他是马蒂亚斯,是她勇敢的菲尔丹人。

"回来。"她命令道。他有了呼吸,颤抖着睁开了眼睛,眼眸黑得发亮。

乌鸦六人组(卷二)：骗子王国

"马蒂亚斯，"她低声说，"说出我的名字。"

"妮娜。"

他的声音，一如从前一样动听。她紧紧抓住他的手，在那漆黑的眸子中寻找着他的影子。他的眼睛曾像北部的冰原一样，是浅蓝色的，十分纯净。这完全不对。

伊奈姬跪在她身旁。"让他去吧，妮娜。"

"我做不到。"

伊奈姬用手环住妮娜的肩膀。"让他去见他的神明吧。"

"他应该和我在一起的。"

妮娜摸了摸他冰冷的脸颊。一定有办法挽回这一切，纠正这一切的。他们曾一起完成了多少不可能做到的事。

"你来生还会再遇见他的，"伊奈姬说，"但前提是你要经受现在的苦。"

他们拥有孪生的灵魂，是注定要为不同的立场而战的士兵，注定了要找到彼此，却又很快失去彼此。她不能将他留在这里。不能以这种方式。

"那就下辈子见吧，"她低声说，"走吧。"她看着他的眼睛再次闭上。"再会，"她用菲尔丹语说，"愿捷尔保佑你，直至我们再次相遇。"

40
马蒂亚斯

马蒂亚斯又做梦了。梦到了她。暴风雪在他周围肆虐。淹没了妮娜的声音。然而他的心却很轻松。不知为何,他知道她是安全的,她会找到避寒的地方。他又一次来到了冰面上,某处传来狼群的嚎叫声。但这一次,他知道它们是在欢迎他回家。

41
威　岚

威岚坐在靠近教堂前的长椅上,处于爱丽丝和詹斯博中间。雷凡卡人,舒国人和菲尔丹人陷入了一场混战,导致几名士兵受伤流血,菲尔丹大使肩膀脱臼。各方都在怒气冲冲地探讨贸易制裁和惩罚。但眼下,秩序稍微恢复了一些。参加拍卖会的大多数人已经逃走,或被城市护卫队的警卫驱散,舒国人已经离场,他们扬言,要因其公民的死亡采取军事行动。

菲尔丹人曾前往市政大厅门口游行,要求搜查并逮捕马蒂亚斯·赫尔瓦尔,但被告知采取紧急防疫措施期间,禁止聚众,他们必须立即返回大使馆,否则就会面临被强行从街头带离的风险。

许多人都有瘀青和脑震荡,威岚听说有一名妇女在惊慌失措地冲向教堂门时被撞到,一只手粉碎性骨折。但很少有人去诊所或医院就医。因为疫情在巴伦肆虐,没人愿意冒染上瘟疫的风险。只有少数商业理事会成员和城市护卫队的警卫还留在圣坛附近,小声争论着什么,声音时不时地会变得高亢，像是大喊大叫一般。

威岚、詹斯博、爱丽丝以及她的女仆身边都有城市护卫队的警卫看守，威岚希望卡兹坚持让他留在教堂的决定是对的。他不确定，对自己而言，身边的这些城市护卫队的警卫究竟是在保护他还是在监视他。顺便说一句，詹斯博不停地用手指敲击着膝盖，让威岚觉得，他也十分紧张。每一次呼吸都让威岚倍感疼痛，他的脑袋就像被一个激情四射的打击乐手猛烈敲打的定音鼓。

他的状况一团糟，刚刚几乎发生一场暴乱，卡特丹姆的名声也一落千丈，可威岚却忍不住自顾自地笑了。

"你怎么这么开心？"詹斯博问。

威岚瞥了一眼爱丽丝，低声说："我们成功了。我知道卡兹肯定有自己的目的，但可以肯定的是，我们刚刚帮忙阻止了一场战争。如果雷凡卡人赢得了拍卖，舒国人和菲尔丹人肯定会找借口发动战争，夺取库维。如今库维安全了，即便有人最终研发出了潘勒姆，雷凡卡人很可能会很快开发出解药。"

"或许吧，"詹斯博说，牙齿闪闪发光，"友国之间发生点小国际事件算得上什么呢？"

"我觉得珂格打断了我的鼻子。"

"并且就在吉恩雅刚刚把它弄得又直又挺之后。"

威岚犹豫了下。"如果你需要的话，可以先走。我知道你肯定很担心你的父亲。"

詹斯博瞥了一眼城市护卫队的警卫。"我不确定我们的新朋友会不会让我离开这儿。再说了，我也不希望有人尾随着我去他那儿。"

威岚曾听到卡兹让詹斯博留下。

爱丽丝一只手摸了摸自己的肚子。"我饿了，"她说完朝着商业理事会成员还在争论不休的地方瞥了一眼，"你觉得我们什么时候能回家？"

乌鸦六人组(卷二):骗子王国

威岚和詹斯博交换了个眼神。

就在这时,一个年轻人跑过教堂的通道,把一叠文件递给了杰伦·拉德马克。那些文件上盖着格蒙斯银行的绿色印章,威岚怀疑这些可能会证明商业理事会的所有的钱,都是从一个假尤尔达财团,转入一个为舒国人准备的账户。

"这简直是疯了,"凡·埃克大喊道,"你们不会相信这些吧?"

威岚站了起来,想要看得更清楚一些,肋骨处却传来一阵剧痛,他深深地吸了口气。詹斯博伸出一只手扶住了他。但威岚在主持台旁看到的一切,让他完全忘却了痛苦:一名警卫正给他父亲戴镣铐,而他父亲就像一条上了钩的鱼一样,扭动着身体。

"这是布莱克干的,"凡·埃克说,"是他成立了基金。是他找的那个农民。也是他找的佩卡·罗林斯。他们会跟你们说的。"

"别把自己弄得像跳梁小丑,"拉德马克气愤地低声说,"看在你家人的分儿上,稍微控制一下你自己。"

"控制自己?在你们把我铐起来的时候?"

"你冷静点。你会被带到市政大厅,等待起诉。只要你交了保释金——"

"保释金?我是商业理事会成员,我的话——"

"一文不值!"拉德马克厉声说,就在此时,卡尔·德莱顿毛发直立,他的动作让威岚想起了爱丽丝的梗犬看到松鼠时的样子。"你该庆幸,我们没有把你扔进地狱之门。理事会的七千万克鲁格不翼而飞,刻赤沦为了笑柄。你知道你今天造成了多大的损失吗?"

詹斯博叹了口气。"所有的活儿都是我们干的,功劳却归他所有。"

"出什么事了?"爱丽丝问,伸手去抓威岚的手,"扬为什么会遇到麻烦?"

威岚对她感到抱歉。她就是个傻白甜,除了在家人的安排下嫁人之外，没做过任何事。如果威岚没猜错的话，他父亲将会以欺诈和叛国罪被提起公诉。为了扰乱市场而故意签订虚假合同，不仅违法，更是一种渎神行为。这是对格森的工作的破坏，惩罚将会十分严厉。如果他父亲被判有罪的话，将会被剥夺财产所有权，以及资金持有权。他的所有财产将传给爱丽丝以及他那未出生的继承人。威岚不确定，爱丽丝是否做好了担起这些责任的准备。

他紧紧握住她的手。"一切都会好起来的，"他说，"我保证。"他是认真的。他们会找个好律师或经营者来帮爱丽丝处理资产。如果卡兹认识卡特丹姆地区所有的骗子，那他肯定也认识诚实的买卖人——即使是出于避开他们的原因。

"他们今晚会让扬回家吗？"爱丽丝问，嘴唇哆嗦着。

"我不知道。"他说。

"但你会回到那座房子的，对吗？"

"我——"

"你离她远点，"凡·埃克在被城市护卫队从主持台的台阶上拖下去时，厉声说，"别听他的，爱丽丝。你需要让施密特准备好保释金。去找——"

"我觉得爱丽丝可能帮不上忙。"卡兹说。他站在过道里，拄着他的乌鸦头拐杖。

"布莱克，你这个可恶的小混混。你真的以为这一切结束了吗？"凡·埃克站直了身子，试图挽回他失去的尊严。"明天这个时候，我会被保释出来，恢复自己的声誉。我总会找到你和里特维德基金之间的联系的。我发誓。"

威岚觉得站在他身边的詹斯博僵住了。科尔姆·范赫是这之间唯一的联系。

"一定要发誓，"卡兹说，"要郑重起誓。我们都想知道你的话值多少

乌鸦六人组(卷二):骗子王国

钱。但你可能会发现自己资源有限。你的财产继承人将会负责管理保释金。但我不知道威岚打算花多少钱来为你辩护,或保释你。"

凡·埃克苦笑道:"爱丽丝一怀孕,我就把他从遗嘱上删掉了。威岚得不到我的一分钱。"

商业理事会的成员发出惊讶的低语。

"你确定吗?"卡兹说,"我清楚地记得威岚之前跟我说你俩和解了。当然,那是这些丑事发生之前的事儿了。"

"我的遗嘱里写得非常清楚。有一份副本在——"凡·埃克说到一半停了下来,威岚看到他父亲脸上露出惊恐的表情。"保险柜里。"他低声说。

几秒之后,威岚就明白了。施佩希特借他父亲之手,伪造了一封信给那船长;为什么不是其他东西?有时候,真正的盗贼不会只拿走东西。他还会留点东西。他们闯进他父亲办公室的那天晚上,卡兹不仅仅是想偷印章。他还用伪造的遗嘱替代了凡·埃克原来的遗嘱。威岚记得卡兹曾说过的话:你知道我们在偷你的钱吗?他说的真的是字面上的意思。

"还有另外一个副本,"凡·埃克说,"我的律师——"

"康尼利斯·施密特吗?"卡兹说,"你知道他有没有喂他的那些看门狗吗?有趣的是,人们训练动物服从命令,但有时候它们太容易被控制了。最好还是让它们保留一点儿野性。"

只靠一局游戏是赢不了的。把凡·埃克的商业帝国交给威岚,这事儿卡兹谋划了多久?

"不,"凡·埃克摇着头说,"不。"他以惊人的力量甩开了警卫。"你不能让这个白痴掌控我的资产,"他指着戴着镣铐的威岚喊,"即便我想让他继承遗产,他也无能为力。他不识字,在纸上,连最基本的句子都写不出来。他是个白痴,是个意志不坚定的稚童。"

威岚注意到理事会成员脸上惊恐的表情。这是他儿时做过无数次的噩梦——他站在大众面前,自身的缺陷暴露无遗。

"凡·埃克!"拉德马克说,"你怎么能这么说自己的亲生骨肉?"

凡·埃克狂笑起来。"至少我可以证明这一点!给东西让他读。去吧,威岚,让他们看看你会成为一个多么杰出的商人。"

拉德马克的一只手放在他肩膀上。"你无须听从他的胡言乱语,孩子。"

但威岚把头歪向一边,一个想法在他的脑海中成形。"没关系,拉德马克先生,"他说,"如果这能帮我们结束这场悲剧,我愿意答应我父亲。事实上,如果你有授权书的话,我现在就可以签字,开始着手为我父亲筹集辩护费。"

台上一片窃窃私语声,然后一份文件和一些契约一起呈了上来。威岚的目光与詹斯博相遇,他会明白威岚的意图吗?

"这些原本是为库维·亚尔博准备的。"德莱顿说,"但没没得及完成。这是权力移交书。"

他把文件递给威岚,但詹斯博拿起了它,并翻看了一遍。

"一定要让他读!"凡·埃克大喊道,"不要让其他人读。"

"我觉得你的第一笔投资应该花在嘴套上。"詹斯博低声说。

他把一份文件递给威岚。一切皆有可能。威岚看着那些单词,他能认出它们的形状,却不能理解它们的意思。但他能听到自己脑海里的音乐声,这是他孩提时期常用的记忆技巧——在圣希德的入口处,詹斯博大声读给他听过。他看到了浅蓝色的大门,闻到了紫藤盛开的味道。

威岚清了清嗓子,假装在仔细看那一页。"该文件,已经格森的全方位见证且符合诚实交易原则,由刻赤法庭和商业理事会完成装订。该文件阐明将_____名下的所有的财产、不动产以及合法所有,移交给_____,"他停顿了下,"我猜这两处将会写上我们的名字,扬·凡·埃

乌鸦六人组（卷二）：骗子王国

克和威岚·凡·埃克，并交由其打理，直到扬·凡·埃克再次具有管理……其个人事务的能力为止。我真的还需要继续吗？"

凡·埃克目瞪口呆地看着威岚。商业理事会的成员纷纷摇头。

"当然不必，孩子，"拉德马克说，"你做的完全足够了，我觉得。"如今，他向凡·埃克投去了怜悯的目光。"把他带去市政大厅。我们可能还得给他找个医生，他的脑子估计有什么毛病，才会产生这些疯狂的想法。"

"这是诡计，"凡·埃克说，"这是布莱克耍的又一个花招。"他挣脱守卫，向威岚冲去，但詹斯博走到他面前，抓住了他的肩膀，将他牢牢控制住。"你会毁了我建立的一切，还有我父亲和我父亲的父亲建立的一切。你——"

詹斯博俯身靠近他，然后轻声说："我可以读给他听。"

"他的嗓音是非常舒缓的男中音。"威岚补充说道，然后警卫拉着他父亲走过了通道。

"你逃不掉的！"凡·埃克尖叫道，"我现在知道你要什么花招了，布莱克。我的聪明才智更具锋芒——"

"目前，你只能让刀片更具锋芒，"卡兹说着，和他们一起朝教堂前面走去，"但最终，一切还得看金属本身的质量。"

凡·埃克大吼大叫着。"你们甚至都不清楚那是不是真正的威岚！可能其他人顶着一张威岚的脸！你们不明白——"

商业理事会的其他成员紧随其后，各个都像被雷劈了似的。"他精神错乱了。"德莱顿说。

"他和佩卡·罗林斯那恶棍结盟时，我们就应该知道他的神志不太清楚了。"

威岚把权力移交书递给了拉德马克。"或许我们应该暂且搁置此事。我觉得有点受到惊吓。"

"没问题。我们会从施密特那里取来遗嘱,确保一切就绪。我们可以把相关文件送到你家里。"

"我家?"

"你不回吉尔德斯坦特街上的家吗?"

"我……"

"他会回去的。"詹斯博说。

"我不明白,"爱丽丝说,她的女仆轻轻地拍了拍她的手,"扬是被逮捕了吗?"

"爱丽丝,"卡兹说,"你觉得静等这个国家所有的肮脏勾当都结束怎么样?等一切都远离瘟疫威胁。或许你可以在你之前提到过的,那个漂亮的湖边小屋等着。"

爱丽丝的脸上露出笑容,但紧接着,她犹豫了下。"你觉得这真的合适吗?一个妻子在这个时候抛弃她的丈夫?"

"这是人之常情,真的,"卡兹说,"毕竟,你现在不应该优先考虑孩子吗?"

詹斯博深明大义地点了点头。"那里有清新的空气,还有那么多……玩耍的地方。我是在农场长大的。这就是我长这么高的原因。"

爱丽丝皱了皱眉。"你太高了。"

"那个农场实在是太大了。"

"在那儿,你还可以继续上音乐课。"威岚说。

如今,爱丽丝的眼睛发亮。"跟着巴让先生吗?"她的脸上泛起红晕。她咬了咬嘴唇。"或许这样是最好的。对孩子来说。"

42
詹斯博

在渐浓的暮色中,他们一起向凡·埃克的房子走去,卡兹挂着拐杖,爱丽丝倚着女仆的胳膊。街上空得可怕。他们偶尔会看到城市护卫队的警卫,这时詹斯博的心会开始狂跳。但如今,凡·埃克和佩卡的名声尽毁,城市护卫队的警卫有更为棘手的事情需要应对。瘟疫在巴伦的暴发,给帮派抢地盘提供了不少便利。似乎整个城市的市民,不论合法与否,都在自顾不暇地过自己的生活,这也让詹斯博和他的朋友能够平静地生活。

但这些对詹斯博而言并不重要,他只想知道自己的父亲是安全的。他很想去那家面包店,但他冒不起被跟踪的风险。

那念头让他心里痒痒的,但还可以压制。或许是因为使用他的能力对他有所裨益,或许是因为他被打蒙圈了。现在就试着理清头绪有点过早。但至少今晚,他发誓不会做蠢事。他会待在房间里,提取地毯的颜色,或练习射击,或让威岚把他绑在椅子上。詹斯博想知道接下来会发生什么,他想参与其中。

不论凡·埃克这个名字今晚卷入了怎样的丑闻。窗户边的灯笼依旧亮着,仆人依旧开开心心地给爱丽丝和年轻的威岚先生开了门。他们穿过一个看起来像是餐厅的地方,但那里似乎少了一张桌子,詹斯博瞥了一眼天花板上的大洞,他可以直接看到另一层楼和一些非常奇特的木制品。

他摇了摇头。"你真的应该对你的东西仔细点。"

威岚想要笑一笑,但詹斯博看得出来他很紧张。他小心翼翼地从一个房间走到另一个房间,偶尔会碰到某件家具或是看到墙上的黑点。威岚的伤依旧很重,他们派人去大学里找医师,但估计医师需要很久才能来。

他们来到琴房时,威岚终于停了下来。他把手轻轻地放在钢琴盖上。"这是这所房子里,唯一让我觉得快乐的地方。"

"希望现在有所改变。"

"我感觉自己像个入侵者。感觉我发亲随时都会闯进那扇门,让我滚出去。"

"文件签署后会好很多。它会让你觉得这里永久地属于你。"詹斯博咧嘴一笑,"顺便说一句,你刚刚表现得非常好。"

"我那会儿吓坏了。到现在也惊魂未定。"他低头看着琴键,弹奏了一首柔和的曲子。詹斯博很想知道自己当初怎么会把库维错认成威岚。他们的手完全不同,包括手指的形状和指关节。"阿詹,"威岚说,"你对你父亲说的话是认真的吗?你愿意和我在一起吗?你会帮我吗?"

詹斯博靠在钢琴上,用胳膊肘撑着自己。"我想想。可以住在豪华的宅邸里,有仆人伺候,还可以和一个会吹蹩脚笛子的菜鸟爆破专家一起共度时光?我觉得我可以。"詹斯博的目光从威岚的红金色卷发转向他的脚趾,然后又把目光转了回去。"但我的收费可是十分高昂的。"

乌鸦六人组（卷二）：骗子王国

威岚的脸上泛起大面积的粉色。"那个，希望医师能尽快来这儿，给我接好肋骨。"他一边说一边走回会客室。

"是吗？"

"是的，"威岚说着，快速回头瞥了一眼，脸红得像樱桃一般，"我愿意先付定金。"

詹斯博发出一阵狂笑。他都不记得上次感觉如此舒畅是什么时候了。并且甚至都没人拿枪指着他。

厨师准备了一顿冷餐，爱丽丝回到了她的房间里。他们其余人一起坐在通向后花园的台阶上等待着，看着太阳从几乎空无一人的吉尔德运河落下的奇特景象。仅有城市护卫队、消防队和医师的船偶尔从湖面滑过，留下断断续续的宽阔涟漪。大家都没什么胃口。在等待夜幕降临的时候，他们都有些紧张。其他人安全地逃出来了吗？一切都在按照计划进行吗？要做的事情还有很多。卡兹依旧一动不动，像一只蓄势待发的响尾蛇，但詹斯博可以感觉得到他的紧张。

詹斯博感觉内心的希望正在逐渐消失，在担心他父亲安危的过程中化为乌有。他在房间里转来转去，在花园里走来走去，对凡·埃克的办公室遭到的破坏感到惊讶。什么时候开始，日落需要这么久了？他可以自欺欺人地跟自己说，父亲一切安好，但直到看见科尔姆那张饱经风霜的脸时，他才能相信这是真的。

夜幕最终降临，漫长的一个小时之后，那艘巨大的瓶子船停靠在了凡·埃克精致的船库里。

"他们做到了！"威岚欢呼道。

卡兹慢慢地舒了口气。詹斯博拿起一盏灯笼和他们冰镇许久的香槟。他们一路跳着穿过花园，打开门，一个接一个地冲进上船库，但问候到嘴边就消失了。

伊奈姬和罗迪扶着库维走下了瓶子船。他虽然看上去头发乱糟糟的，步履蹒跚，衬衫敞开，裸露的胸膛上还残存着猪血，但没有受伤。詹斯博的父亲坐在船上，耷拉着肩膀，看上去比詹斯博以前见过的都要疲惫，他那雀斑遍布的脸因悲伤而紧紧皱着。他慢慢地站了起来，爬上了码头，紧紧抓住詹斯博说："你没事，你没事。"

妮娜仍在船上，头靠在马蒂亚斯胸前。他躺在她身边，眼睛紧闭，面色灰白。

詹斯博向伊奈姬投去疑惑的目光，只见她满脸泪痕，轻轻地摇了摇头。

"怎么回事？"卡兹平静地问。

伊奈姬的眼里又聚起泪水。"我们还不清楚。"

威岚从屋里拿出一条毯子，铺在船库的角落里，然后詹斯博和罗迪帮忙，把马蒂亚斯巨大的身体抬出了船外。整个过程局促慌乱，一点都不体面。詹斯博情不自禁地想，那菲尔丹人不会喜欢这样的。

他们把他放在毯子上。妮娜坐在他旁边，紧紧地握着他的手，一言不发。伊奈姬拿了一条披肩，裹在妮娜身上，然后静静地蹲在她身边，头靠在她的肩膀上。

很长的一段时间里，他们都不知道该做什么，但最终卡兹看了看表，默默地向他们打了个手势。他们还有很多事情要做。

他们开始改造瓶子船，等到十声钟响时，需要让它看上去不那么像是一艘货船，而更像是一艘运尸船。这船他们改造过很多次，用它的底部做过花船、渔船和流动市场里的小摊。出任务的时候要用到什么，就把它改造成什么。这次改装比较简单，不需要搭建什么，只需要拆除。

他们把装瓶子用的船底拖进了室内，把甲板上的篷子拿了下来，拆掉了储物的部分，把船变得又宽又平。科尔姆也来帮忙，和詹斯博并肩协作，就像回到了农场里的时光。库维在花园和船库之间晃悠，依旧很虚弱。

乌鸦六人组(卷二):骗子王国

詹斯博很快就出汗了,他试着把注意力集中在手边的活儿上,却无法摆脱内心的悲伤。他曾失去过不少朋友。以往出事的时候他也在出任务。但这次的感受为何如此不同?

最后一项工作完成后,威岚、卡兹、罗迪、詹斯博以及他父亲站在花园里。没什么可做的了。驳船准备好了。罗迪从头到脚一身黑,这件运尸人的斗篷,是他们用凡·埃克那精美的黑套装制成的。是时候出发了,但他们谁也没动。詹斯博能嗅到来自四面八方的,春天的气息,甜美且热烈,其中有百合、风信子和早开的玫瑰的芬芳。

"我们应该能成功的。"威岚轻声说。

这论断很天真,毕竟这富商之子,只体验了巴伦生活的冰山一角。但詹斯博意识到自己也有同样的想法。经历过狂乱的奔逃以及与死神擦肩而过之后,他开始相信,他们六个人在一定程度上总能逢凶化吉,他的枪,卡兹的脑子,妮娜的智慧,伊奈姬的天赋,威岚的才华和马蒂亚斯的力量,一度让他们无可匹敌。他们可能会遭受痛苦,也可能会受到打击,但威岚说的没错,最终他们都应该站起来。

"无人哀悼。"詹斯博说,惊讶地发现自己被泪水哽住了喉。

"没有葬礼。"他们轻声回应。

"走吧,"科尔姆说,"该说再见了。"

他们走向了船库。但在进去之前,威岚弯腰,从花园里摘下了一株红色的郁金香。他们都跟着他,排成一排,一个接一个地跪在妮娜身边,把花放在马蒂亚斯胸前,然后起身,环绕在他尸体周围,像是虽然如今已经太迟了,但他们想要保护他。

库维是最后一个。他金色的眼睛里满是泪水,对于他能融入他们的圈子,詹斯博感到很欣慰。库维和詹斯博能在黑面纱岛的伏击中幸存下来,都是因为马蒂亚斯;库维能去雷凡卡,过真正的格里莎应该有的生活,也是因为他。

妮娜把脸转向水面,望着吉尔德运河河畔那些狭窄的屋子。詹斯博看到居民的窗户里都透出烛光,似乎这小小的举动能够逼退黑暗。"就当那些蜡烛是为他亮起的吧。"她说。她从马蒂亚斯的胸前拈起一片散落的红色花瓣,叹了口气,然后松开了他的手,站了起来。"我知道是时候了。"

詹斯博搂住她。"他非常爱你,妮娜。爱你让他变成了更好的自己。"

"但最终又有什么区别呢?"

"当然有,"伊奈姬说,"虽然马蒂亚斯和我信奉的不是同一个神明,但我们都知道,人远不止此生。如果此生表现不错的话,转世就会容易一些。"

"你会留在雷凡卡吗?"威岚问。

"在安排好去菲尔丹的行程前,我会待在那儿。那里会有格里莎帮我在行程中保存他的尸体。但我不能回家,在他回家之前,我不能回家。我要带着他北上,前往冰原,把他埋在靠近海岸的地方。"说着,她转向了他们,像是第一次见到他们一样,"那你们呢?"

"我们需要想办法把钱花掉。"卡兹说。

"什么钱?"詹斯博问,"那些钱都进了舒国的国库。好像是因为他们需要这笔钱。"

"是吗?"

妮娜眯了眯眼睛,詹斯博觉得她恢复了点儿生气。"别兜圈子了,布莱克,不然我就派我的死者大军追杀你。"

卡兹耸了耸肩。"我觉得舒国有四千万就够了。"

"凡·埃克欠我们三千万——"詹斯博喃喃地说。

"每人四百万克鲁志。我准备把珀尔·哈斯克尔的那份,分给罗迪和施佩希特。这笔钱先会通过德勒格斯名下的一家公司洗钱,然后通过格蒙斯银行转回来。月底时,这笔钱应该会到每个人的个人账户里。"他停

乌鸦六人组(卷二):骗子王国

顿了一下,"马蒂亚斯的那份归妮娜,我知道钱不重——"

"很重要。我会想办法让它变得重要。你们打算怎么花自己的那份?"

"买一艘船,"伊奈姬说,"组建个船队。"

"用来经营一个商业帝国。"詹斯博说。

"尽量不让它打水漂。"威岚说。

"那你呢,卡兹?"妮娜问。

"建立新的东西,"他耸了耸肩说,"然后付之一炬。"

詹斯博鼓起勇气说:"实际上,你可以把我那份儿归到我父亲名下。我不觉得……我不觉得我目前有能力管好那笔钱。"

卡兹盯着他看了好一会儿。"这就对了,阿詹。"

这有点像是宽恕。

詹斯博感觉悲伤拉扯着他的内心。这是他这么多年来第一次拥有充足的资金。他父亲的农场也安全了。但感觉一切都不对劲。

"我以为有钱了之后一切都能好起来。"他说。

威岚回头看了看他父亲的宅邸。"我之前就跟你说过,并不是这样。"

钟声从远方传来。詹斯博去花园寻找父亲。科尔姆站在房子前的台阶旁,手里拿着那顶皱巴巴的帽子。

"最起码,我们现在能给你买顶新帽子了。"詹斯博说。

"这个戴着很舒服。"

"我会回家的,爸。在这个城市重新开放之后。在威岚安顿下来之后。"

"他是个好孩子。"对我而言,好过头了,詹斯博想。"我希望你真的会回家看看。"科尔姆低头看着自己的两只大手。"你应该见见你母亲的族人。你母亲前些年救的那个女孩……我听说她非常强大。"

詹斯博一时不知道该说什么。

"我……我会的。对这一切我觉得非常抱歉。让你卷入其中,害你差点失去你辛辛苦苦建立起来的一切。我……我觉得我的意思是，这次行动不会有回音。"

"什么？"

"这句话用苏里语表达出来会更贴切一点。我要去试一试，爸爸。"

"你是我的儿子，詹斯博。我保护不了你。或许我不应该试图那么做。但我会在那里等你，在你每次踌躇的时候。每次。"

詹斯博紧紧地抱住他父亲。记住这种感觉，他对自己说，记住你失去的一切。他不知道自己是否有能力践行今晚许下的诺言，但他会为之而努力的。

他们走回船库，加入到其他人当中。

伊奈姬把手放在妮娜肩上。"我们会再见面的。"

"我们当然会。你们曾救过我的命。我也救过你们的。"

"我觉得你救我们的次数远多于我们救你的。"

"不，我指的不是大恩大德。"妮娜把他们的样子尽收眼底，"我说的是小小的救援。因我讲的笑话大笑出声。在我干了蠢事的时候原谅我。让我不再觉得自己渺小。无论是下个月，明年，还是十年后，再见到你们的时候，我都会牢牢记着这些。"

卡兹向妮娜伸出一只戴着手套的手，"到时候见，哲尼克。"

"走着瞧，布莱克。"他们握了握手。

罗迪爬到疾病之船上，"准备好了吗？"

库维转向詹斯博。"你应该去雷凡卡看我。我们可以一起学着使用我们的能力。"

"不如我把你推到运河里，看你会不会游泳？"威岚说，把卡兹瞪人的样子学得有模有样。

詹斯博耸了耸肩。"我听说他是卡特丹姆最富有的人之一。我不会跟他作对的。"

乌鸦六人组(卷二):骗子王国

库维委屈地哼了一声,躺到疾病之船上,双臂交叉,规规矩矩地放在胸前。

"不,"卡兹说,"不用。运尸人懒得管这些。"

库维放下手,垂到身体两侧。接下来是科尔姆,詹斯博瞬间想把他父亲像尸体一样躺在地上的样子,从脑海中抹去。

他们用毯子把马蒂亚斯抬上船,然后抽走了毯子。妮娜拿起了他胸前的那捧郁金香,把它们撒在水面上,然后在他身边躺了下来。

罗迪用长木杆撑着运河的沙质河底。驳船漂离了码头。黑暗之中,他看起来和其他在运河里往返的运尸人没什么两样。只有疾病之船才可以在市内和港口自由通行,把收集起来的尸体送到死神之船焚烧。

罗迪会带着他们穿过制造业区,格里莎难民在拍卖会后扔掉了假扮潮汐理事会成员时穿的蓝色长袍,逃去了那里。卡兹知道,运送那么多格里莎难民肯定会引起注意。因此,他们通过秘密通道,从大使馆走到了酒馆,然后脸上笼罩着薄雾,穿着蓝色的长袍在大街上行走,他们亮出了自己的能力,而不是试图遮掩。詹斯博觉得,如果他愿意的话,可以从中学到不少。格里莎中只有四名潮汐制造者,但这已经足够了。当然,真正的潮汐理事会有可能会出现在拍卖会上,但根据以往的记录,卡兹觉得,值得冒险一试。

格里莎和斯达洪得在离甜堡礁不远的地方等着登船。一旦他们都上了船,罗迪就会把他们送出港口,然后发出信号,让斯达洪得的船来迎他们。这是让一群格里莎难民,一个帮忙骗了整个商业理事会的农民,和一个直到几小时前依旧是世界头号通缉犯的少年的尸体离开这座城市唯一的办法。

"你们必须一动不动。"伊奈姬低声说。

"我们会像坟墓一样。"妮娜回应道。

驳船驶入了运河,她挥手告别,她的手掌像一颗明亮的星星,在黑暗之中闪闪发光。他们站在水边，直到它消失不见。

不知什么时候，詹斯博意识到卡兹不见了。

"他不是个会说再见的人，不是吗?"

"他没有说再见。"伊奈姬说。眼睛一直盯着运河里的灯光。花园的某个地方传来了夜莺的歌唱声。"他就这么走了。"

43
卡　兹

卡兹把受伤的那条腿支在一张矮凳上，听安妮卡汇报乌鸦俱乐部的收入，和东斯戴夫的旅游及交通状况。库维拍卖会和瘟疫恐慌之后的三个星期里，卡兹接管了珀尔·哈斯克尔位于斯兰特一楼的办公室。他仍然睡在顶楼，但在珀尔·哈斯克尔的老巢里谈生意更容易些。他并不怀念爬上爬下的日子，他的旧办公室如今感觉空荡荡的。每当他坐下来完成一些工作时，就会发现自己的眼睛不由自主地飘向窗外。

这座城市依旧没有恢复正常，但已经创造了不少吸引人的机会。由于人们已经做好了与疫情长期搏斗的准备，斯戴夫的物价跌了不少。他买下了乌鸦俱乐部旁边的那栋楼，用来扩大规模，甚至还想办法在里德买了块地皮。卡兹期盼着恐慌结束，等旅游业恢复，他就能从有钱的肥羊身上大捞一笔。他还以很划算的价格买下了珀尔·哈斯克尔在斯兰特的股份。鉴于巴伦如今面临的麻烦，他其实可以白拿，但他不想让别人觉得这老头太可怜。

等佩卡·罗林斯回到城里,卡兹会想办法把他从生意场上踢出去。他最不希望的,就是看到自己辛勤工作的收益进了罗林斯的腰包。

安妮卡刚刚汇报完,皮姆就拿出了他收集到的关于审判凡·埃克的细节。至今无人发现神秘的约翰·里特维德,但一旦凡·埃克的账目曝光,人们就会发现他一直在利用从商业理事会获得的信息,收购尤尔达农场。除去欺诈朋友、干预拍卖和绑架自己的儿子之外,甚至有传言说,他曾雇了一队人闯进菲尔丹的某座城府大楼,还破坏了自己的糖仓。凡·埃克并没有被保释。事实上,他似乎无望早日离开监狱。虽然他儿子提供了一笔资金,用于他的律师代理,但那笔资金实在算不上多。

威岚选择用自己新获得的一部分财富修复了他的家。他还给了詹斯博一小笔钱,让他在市场上投资,并且把母亲也接回了家里。看到玛雅·亨德里克斯和她的儿子坐在花园里,或是仆人划着船带他们在运河上穿梭时,吉尔德斯坦特街的人们感到很震惊。有时候,运河上的人们甚至可以瞥见他们站在凡·埃克家花园里的画架前。

爱丽丝和他们一起住了一段时间,但最终,她选择带着她的小猎犬逃离这座城市,逃离这里的流言蜚语。她在亨德里克斯的湖边小屋闭门不出,据说她的唱歌水平得到了一些提高,但卡兹很庆幸自己不住她隔壁。

"做得不错。"卡兹在皮姆汇报完后说。他没想到皮姆有收集情报的天赋。

"这份报告是罗德收集整理的,"皮姆说,"他可能在打做你新的蜘蛛人的主意。"

"我不需要新的蜘蛛人。"卡兹说。

皮姆耸了耸肩。"幽灵十分罕见。大家都这么说。"

打发走了安妮卡和皮姆之后,卡兹在办公室里坐了很长时间。过去几周里,他几乎没怎么睡觉。他一直在等这一刻成为现实,等了近半辈

乌鸦六人组(卷二):骗子王国

子,他担心如果自己睡着,这一切可能会消失。佩卡·罗林斯逃离了这座城市,再也没有回来。有消息称,他和他儿子一直躲在乡下的一座宅子里,房子周围有武装人员把守。绿宝石宫、克里什王子和甜点店正处于隔离期,再加上没有佩卡·罗林斯坐镇处理问题,他的生意在崩溃的边缘。甚至有传言说,普狮内部会发生叛变。他们的老板走了,老板和凡·埃克之间的交易,让他们看起来跟有钱人的走狗没什么两样。他们还不如去城市护卫队做警卫。

一步一步来。罗林斯最终会想办法脱困。卡兹需要做好准备。

有敲门声传来。住在一楼,最大问题就是会有很多人扰你清静。

"信来了。"安妮卡说着,把信扔在了他的桌子上。"看起来你朋友挺惦记你的,布莱克。"她狡黠地笑着说。

卡兹没有说话,眼光飘向了门后。他没兴趣看安妮卡挤眉弄眼。

"好吧。"她说完就消失了,走时随手关上了门。

卡兹对着光举起手里的信。封印的蜡是淡蓝色的,上面还印着金色的双鹰。他撕开信封,看了信的内容,把信封和信都烧掉了,然后自己写了一个便条,用黑色的蜡封了起来。

他知道伊奈姬一直住在威岚家。偶尔,他会在自己的桌上发现一张自己潦草的便条——一些关于佩卡或是城市护卫队的消息——然后他就知道她来过他的办公室了。他穿上外衣,拿起帽子和拐杖,把那张纸塞进兜里。他本来可以派个信差的,但这消息他想亲自去送。

卡兹从安妮卡和皮姆的身边大步走过,走出了斯兰特。"我一个小时以后回来,"他说,"最好别让我看到你们还在这里浪费时间。"

"俱乐部里几乎没什么人,"皮姆说,"游客太害怕瘟疫了。"

"去那些出租公寓,所有的肥羊都在那里等着这波恐慌过去。想点儿办法,务必让他们知道,你们在乌鸦俱乐部玩三人黑莓游戏玩得特开心。如果这不顶用的话,你们就滚去港口,从船上的工人中间逮几只肥羊。"

"我刚轮晚班。"皮姆抗议道。

卡兹把帽子戴在头上,手指摸了摸帽檐。"别质疑我说的话。"

他抄了近道,从东边穿过这座城市。他很想绕道而行,只为亲眼看看西斯戴夫状况如何。在舒国的攻击和瘟疫的双面夹击之下,妓院几乎空无一人。为了加强对甜点店和动物园的隔离,几条街区都设置了路障。有传言说海琳·凡·后登那个月都交不起房租了。真可怜。

眼下没有营业的快艇,他不得不步行前往金融区。当他沿着一条荒无人迹的运河前行时,看见水面上升起一层浓雾。仅仅往前走了几步,雾就浓到他几乎看不见路了。雾气落在他的外套上,又湿又重,这完全不像是温暖的春日应有的。卡兹在横跨运河的一座矮桥上停了下来,做好了随时迎战的准备。不一会儿,三个戴着兜帽的人影出现在他左侧。随后又有三个出现在他右侧,虽然没有微风,但他们的蓝色斗篷在空中摆动。卡兹的猜测基本都对,除了他们的面具不是雾气之外。实际上,真正的潮汐理事会——或者是更加逼真的伪冒者——的打扮给人一种在仰望星空的感觉。效果不错。

"卡兹·布莱克,"领头的潮汐制造者说,"库维·亚尔博在哪里?"

"死了很久了。已经在死神之船上化为灰烬了。"

"真正的库维·亚尔博在哪?"

卡兹耸了耸肩。"满教堂的人都看到他中枪了,一名医师宣布了他的死亡。我只能帮你到这儿了。"

"年轻人,你不会想与潮汐理事会为敌的。你的运船将永远无法离开港口。我们会淹没第五港口。"

乌鸦六人组(卷二)：骗子王国

"放手去做。第五港口已经没有我的股份了。你们想阻止我的货运，就得阻止每一艘进出港口的船只。我不是商人。我不租赁船只，登记贸易仓单。我只是一个小偷和走私犯。你们想控制我，无异于徒手抓空气。"

"你知道溺亡有多容易吗？"那位潮汐制造者说。他举起左手。"这件事随时随地都有可能发生。"

突然，卡兹觉得自己的肺里充满了水。他咳嗽起来，吐着海水，弯下腰去，喘着粗气。

"把我们想知道的都告诉我们。"那潮汐制造者说。

卡兹颤颤巍巍地吸了口气。"我不知道库维·亚尔博在哪里。你就算把我淹死在这，也改变不了这一事实。"

"那或许我们应该去找你的朋友，把他们淹死在床上。"

卡兹又咳嗽了一下，吐了一口唾沫。"那你可能会发现，方尖碑变成疫情隔离区了。"潮汐理事会成员不安地走来走去，身边雾气环绕。"是我引发了警报声。是我制造了这场瘟疫，而我也可以控制它。"

"虚张声势。"那潮汐制造者说，袖子在雾气中划过。

"你可以试试。我会让疾病散播到你们的每一座灯塔上，把它们变成疾病中心。你们以为商业理事会不会把你们关起来？不会让你们登记真实身份？他们可能很乐意拥有这样的借口。"

"他们不敢。如果没有我们，这个国家将会沉没。"

"他们没有选择。公众将会大声疾呼，要求他们采取行动。他们会彻底烧毁这些塔楼。"

"恶魔一样的少年。"

"卡特丹姆就是恶魔组成的。我只是碰巧拥有最长的獠牙而已。"

"尤尔达潘勒姆的秘密永远不能为世人知晓。否则格里莎将永无宁日。不只在这里，在任何地方都是。"

"那你们挺走运的,那秘密和那可怜的舒国少年一起死了。"

"今天这事我们是不会忘的,卡兹·布莱克。总有一天你会为自己的傲慢无礼而懊悔。"

"这么说吧,"卡兹说,"那一天到来的时候,你一定要在日历上标注。我觉得会有不少人想办派对。"

那些身影似乎变得模糊起来,雾气最终消散的时候,已经看不到潮汐理事会的踪影。

他摇了摇头,沿着运河继续前进。这就是卡特丹姆的美妙之处。它从不会让你觉得无聊。毫无疑问,如果将来潮汐理事会想从他这儿得到什么,他也不得不给他们。

但现在,他还有事要做。

44
伊奈姬

伊奈姬觉得就算自己上楼睡觉也补不回来。她是怎么做到跟詹斯博和威岚在一起吃饭,浪费掉数小时的?

那天晚上,菜上来以后,厨师表达了深深的歉意。人们害怕进城,她没法从市场上买到新鲜的农产品。他们尽自己所能地安慰她,吃了很多奶酪和韭菜派,然后还坐在琴房的地板上,吃了淋了蜂蜜的蛋糕。威岚的母亲早早歇下了。她似乎开始断断续续地想起自己的事儿,但伊奈姬觉得这将会是一个漫长的过程。

威岚弹着钢琴,詹斯博唱着伊奈姬从未听过的、粗俗的船夫号子。她特别想念妮娜。她没有收到任何信件,她只希望自己的朋友平安到达菲尔丹,在冰原上找到了安宁。等伊奈姬最终拥有第一艘船时,去的第一站或许就是雷凡卡。她可以前往内陆,去奥斯阿尔塔,沿着曾经走过的旅行路线寻找家人,与妮娜重逢。总有一天。

伊奈姬选择在威岚家里过夜,回斯兰特只是为了拿一些她的东西。

她契约中的债务已经付清，银行账户资金充裕，她不是很确定自己属于哪里。她一直在研究装有重炮的帆船，并利用她对这座城市的了解，开始收集信息，希望这些能帮助她找到经过刻赤港口做生意的奴隶贩子。她在幽灵时期学到的技能很有帮助。但今晚，她只想好好睡觉。

她拖着身子爬上了楼，爬进了那舒适安逸的被窝里。刚要伸手关灯时，她看到了那张便条——一封密封的信，信上是卡兹潦草凌乱的字迹。**日出时分，第五港口**。

他显然是设法进入了锁着的房间，避开了仆人和那三个扯着嗓子唱歌的傻瓜。这只是为了和她打成平手，她猜测道。她在斯兰特来来回回，从窗户和大门溜进溜出，必要的时候会给卡兹留下一些信息。她本可以直接敲他办公室的门，但那样更容易一点。

卡兹已经变了。那防护网。为她付清契约。她依然记得他的嘴唇轻微触碰她皮肤时的感觉。他裸露在外的手摸索着她绷带上的结。伊奈姬已经隐约看到，如果他放任自己的话，会成为什么样的人。她不忍心再看到他穿上盔甲，把自己困在一尘不染的套装里，和没有温度的行为举止中。她不愿意再听他说话，仿佛冰庭之后的一切不过是另一个任务，又一场比赛，和更多待捞的好处。

但她不会无视他的便条。是时候给这从未有机会开始的故事画上句号了。她会把自己打听到的关于佩卡的消息都告诉他，并主动提议与罗德分享她的路线和藏身之处。一切都会结束。关掉灯之后，过了好一会儿，她才睡着，手里还攥着纸条。

第二天早上，她艰难地从床上爬了起来。在过去的三个礼拜里，她养成了一些坏习惯——想睡就睡，想吃就吃。妮娜会为此感到高兴的。

乌鸦六人组（卷二）：骗子王国

在威岚家里，她感觉自己像是进入了一个魔法世界。她曾来过这座房子，先是和卡兹偷了德卡佩尔油画，然后在开始甜堡礁的任务之前，又来了一次。但是，在人家家里做小偷是一回事，当客人又是另外一回事。伊奈姬发现，有人服侍时她会感到尴尬，但凡·埃克家的仆从似乎很高兴自己能服侍他们。也许他们担心威岚把房子锁起来，让他们都失业。或许是他们觉得威岚值得被温柔以待。

一名女仆把一件青宝石色的丝绸长袍，和一双毛边拖鞋放在床边。洗脸池旁边的水壶里装着热水，旁边还放着一个盛满新鲜玫瑰花的玻璃碗。她洗漱完毕，梳了梳头发，重新编好发辫，然后换上衣服，悄悄地走出了屋子——从前门出去的，这是关键。

她戴上兜帽，迅速朝港口走去。街上仍然空荡荡的，尤其是在早上这个时候，但伊奈姬知道，自己不能放松警惕。佩卡·罗林斯离开了。凡·埃克进了监狱。但不管她跟德勒格斯是否存在契约关系，只要这街上有卡兹的敌人，也就会有她的。

他站在码头上向水面眺望，黑色的外套与肩膀紧密贴合，海风吹乱了他深色的头发。

她知道自己无须表明身份，所以就站在他身边，看着码头上的船只。那天早上好像有几艘船进港，或许这座城市正在恢复它原有的节奏。

"在那座房子里过得如何？"他终于开口问。

"很舒服，"她承认，"让我变懒了。"有那么一瞬，伊奈姬很想知道，卡兹会不会羡慕这种舒适的生活，还是说他对这样的生活感到陌生。他会让自己歇一歇吗？睡个觉？在饭桌上逗留？她永远无法得知。

"我听说威岚纵容詹斯博炒股？"

"十分谨慎，且资金有限。威岚希望能把詹斯博对风险的热爱，投入到更有收益的事情上去。"

"这可能行之有效，也可能满盘皆输，但詹斯博应该挺喜欢这方法的。最起码，它的胜算比任何赌场都大。"

"威岚是在詹斯博答应找一名制造师，接受训练之后才答应的。如果他们能找到一名制造师的话。但这可能需要去趟雷凡卡了。"

卡兹侧了侧头，看着一只展翅高飞的海鸥在他们头顶上盘旋。"告诉詹斯博，他有人牵挂。在斯兰特。"

伊奈姬挑了下眉。"在斯兰特。"卡兹的这句话和一束鲜花，或一个发自内心的拥抱一样美好，这句话对詹斯博而言意味着整个世界。

她很想让这一刻延长，在他身边多待一会儿，听他粗嘎的声音，或者向他们之前无数次做的那样，就静静地站在这里。很久以来，他都是她生活的一部分。但她没有，而是开口说："有什么事吗，卡兹？你不可能这么快又策划出个新任务。"

"给。"他说完递给她一块长长的玻璃制品。她突然意识到，他没有戴手套。她试探性地从他手里接了过来。

伊奈姬把那玻璃制品放在眼睛前面，凝视着海港。"我不知道应该看什么。"

"第二十二泊位。"

伊奈姬调整了下镜头，沿着码头扫视。在那里，就在他们前往冰庭的泊位上，有一艘小战舰。那艘战舰线条流畅，比例和谐，上面架着大炮，还有一面印有刻赤三条鱼图案的旗子，在桅杆上飘扬。船侧用优美的白色字体写着"幽灵号"。

伊奈姬的心猛地一颤。不会的。"这不是——"

"它是给你的，"卡兹说，"我已经让施佩希特帮你物色合适的船员了。如果你想换一个大副，他——"

"卡兹——"

"威岚给我优惠了不少。他父亲的舰队里有很多好船，那艘……很适合你。"他低头看了看自己的靴子，"那个泊位也属于你。如果你想回来

乌鸦六人组（卷二）：骗子王国

的话，它一直就在那里。"

伊奈姬说不出话来，感觉内心被填满了，干涸的河床对这样充沛的雨量毫无准备。"我不知道该说什么。"

他裸露在外的手摩挲着拐杖顶部的乌鸦头。这一幕在伊奈姬眼中太奇怪了，让她一时难以移开视线。"那就说你会回来的。"

"我与卡特丹姆的故事还未完结。"她说出这句话以后才发现自己是认真的。

卡兹飞快地瞥了她一眼。"我还以为你要去追捕奴隶贩子。"

"我确实要去。但我需要你的帮助。"伊奈姬舔了舔嘴唇说，尝到了海洋的味道。她的生活中一度充满了不可能，所以为什么不开口要求一些现在看起来不可能的事情呢？"我要追捕的不只奴隶贩子，还有皮条客，买家，巴伦地区的老板，以及政客。一旦有利可图，每个人都会对世间的痛苦视而不见。"

"我也是巴伦地区的老板。"

"但你绝不会买卖人口，卡兹。你比任何人都清楚，你不是那种为了利益最大化，而不择手段的老板。"

"老板，买家，政客，"他若有所思地说，"这加起来可能是卡特丹姆一半的人口了，更何况，你还要与他们为敌。"

"有何不可？"伊奈姬问，"在海上，在市内。一个一个来。"

"一步一步来。"他说。然后摇了摇头，仿佛要摆脱这念头。"我生来就不是英雄，幽灵。你如今应该很清楚这一点。你想让我做更好的自己，做个好人。我——"

"这座城市不需要好人。它需要你——"

"伊奈姬——"

"你曾跟我说过多少次自己是个恶魔？那就做个恶魔。成为他们晚上闭上眼睛时害怕的人。我们不会追捕所有的帮派，也不会关闭所有平等对待员工的商家。我们要追捕的是坦特·海琳那样的人,是佩卡·罗林斯那样的人。"她停顿了一下,"你可以这样想……你会减少竞争压力。"

他发出近乎大笑一样的声音。

他的一只手拄着拐杖以稳住自己,另一只放在身侧,挨着她。她只需稍微动一下,他们就可以碰触到彼此。他离她那么近,又那么遥不可及。

她小心翼翼地让自己的指节擦过他的指节,轻微的碰触,如羽毛一般掠过。他有点僵硬,但没有移开。

"我还没打算放弃这座城市,卡兹。我觉得它值得挽救。"*我觉得你值得挽救。*

曾有一次,他们也像这样站在甲板上,她就像这样等着。他那时不曾开口说话,现在依旧如此。伊奈姬感觉到他在渐渐远离,被拖进了水里,卷入了一波让他离岸边越来越远的潮水中。她知道那种痛苦,知道那是一个她去不了的地方。除非她也想被淹死。

当初回到黑面纱岛的时候,他曾告诉她,他们会杀出一条血路。*匕首出鞘,手枪上膛,因为那就是我们的任务。*她愿意为他而战,却无法治愈他。而她也不会浪费生命去试着这么做。

她感觉他的指关节滑过了她的手。然后他把她的手握在手中,两人的手紧紧贴合,一阵战栗传遍了他全身。慢慢地,他们十指相扣。

很长一段时间里,他们就站在那里,紧握彼此的手,望着一望无际的、灰蒙蒙的大海。

一艘挂着兰瑟夫双鹰旗帜的雷凡卡的船,停在了距幽灵号几个泊位的地方,好像正在卸载来此的游客,或前来寻找工作的移民。世界变了。但依旧转个不停。

"卡兹,"她突然开口问,"为什么是乌鸦?"

"乌鸦和杯子?或许是因为乌鸦是食腐动物。它们拿走的是别人

乌鸦六人组(卷二)：骗子王国

剩下的。"

"我说的不是德勒格斯的文身。那文身快和帮派一样老了。你为什么沿用它？你的拐杖。乌鸦俱乐部。你本可以选一个新标志，建造新神话。"

卡兹那双苦咖啡色的眼睛依旧注视着地平线，冉冉升起的太阳给他镀上了一层淡淡的金色。"乌鸦记得住人。它们记得给它们喂食的人，记得善待它们的人，也记得那些伤害它们的人。"

"真的吗？"

他慢慢地点了点头。"它们不会忘记。它们会告诉彼此应该照顾谁，提防谁。"卡兹说着，用拐杖指向港口，"看那儿。"

她举起玻璃制品，再次望向港口，她看着正在下船的乘客，但只能看到模糊的影子。她不情愿地放开了他的手。牵手像是一个承诺，而她不想放手。她调整了一下镜头，注视着两个正走下跳板的人。他们步伐优雅，身形像利刃一般笔直，走起来像苏里的杂技演员。

她深深地吸了一口气，感觉内心像玻璃制品的镜头一样，开始聚焦。她的大脑拒绝接受眼前看到的景象。这不可能，这是幻觉，是虚假的映射，是彩虹色玻璃制成的谎言。仿佛她再次呼吸，这一切就会变得粉碎。

她伸手去拉卡兹的袖子，感觉自己快要倒了。他用胳膊搂住她，支撑着她。她感觉自己的神思分成了两半。一半关注着自己袖子上卡兹光裸的手，他放大的瞳孔，以及支撑着她的他的身体；另一半仍在努力理解她看到的景象。

他黑色的眉毛皱在一起。"我不确定。我是不是应该——"

内心的嘈杂让她几乎听不到他在说什么。"你怎么做到的？"她问，声音沙哑而奇怪，却没有眼泪，"你是怎么找到他们的？"

"斯达洪得帮了我一个忙。他派出了侦察兵。这是我们协议的一部分。如果这是个错误——"

"不,"她说,眼泪最终落了下来,"这不是个错误。"

"当然,如果我们的任务出了什么差错的话,他们会来认领你的尸体。"

伊奈姬哽咽着笑了起来。"这样已经足够了。"她努力站直了,让自己恢复到原来的样子。她是真的觉得世界没有改变吗?她是个傻子。世界是由一系列的奇迹,意想不到的地震,以及不知从何而起的暴风组成的,而这些可能会重塑这片土地。她身旁的这个少年。她眼前的未来。一切皆有可能。

眼下,伊奈姬颤抖着用手捂住嘴,看着他们沿着海港朝码头走来。她向前走去,然后转身面向卡兹。"跟我来,"她说,"跟我去见他们。"

卡兹点了点头,攥了攥手指,仿佛在给自己加油打气。

"等一下,"他说,声音比以往更为粗嘎,"我的领带是正的吗?"

伊奈姬笑了起来,斗篷从头上滑落下去。

"这才是真正的笑容。"他低声说。但她已经沿着海港向前走去,整个人都快要飘起来。

"妈妈!"她大声喊道,"爸爸!"

伊奈姬看到他们转过头来,她母亲抓住了她父亲的胳膊。他们朝她跑来。

她的心是一条河,带着她奔向大海。

45
佩 卡

佩卡坐在他乡间别墅的屋子前面，透过白色的蕾丝窗帘凝视着外面。那是克里什蕾丝。从马洛奇格林进口的。佩卡曾不惜重金，对这个地方进行修正。他重新建造这座房子，详细地设计了每个房间的尺寸，地板的清漆，精心选择每一件家具和陈设。绿宝石宫是他的骄傲，克里什王子是他商业帝国皇冠上的明珠，是奢华和时尚的见证，是巴伦最闪亮的建筑。但这个地方是他的家，他的城堡。它的每一个细节都阐释着它的体面、繁荣和不朽。

佩卡觉得这里很安全，和他儿子以及花重金聘请的守卫在一起很安全。尽管如此，他还是离开了窗边。最好不要冒险。那里有很多狙击手可以藏身的地方。或许他应该把草坪上的山毛榉树砍掉。

他想要努力弄明白，自己是怎么把原来的生活弄丢了的。一个月前，他还是个有钱人，是一个德高望重的人，是个王者。现在呢？

他紧紧抱住儿子，抚摸着他的红头发。坐在他腿上的那男孩并不安分。

"我想去玩!"阿尔比说着,从佩卡的腿上跳了下来,拇指还塞在嘴里,手里拿着一只毛绒小狮子——他所拥有的众多狮子玩具之一。佩卡几乎无法直面这个玩具。卡兹·布莱克骗了他,他上当了。

但比这更糟糕的是,布莱克已经在他脑海中扎根。佩卡总是不由自主地想到他的儿子,他完美的儿子被埋在地下,大声喊他,哭求着要找爸爸,但他没法救他。有时,他儿子在某个地方哭泣,但他不知道应该去哪里挖。有时,是他自己躺在坟墓里。泥土盖在他的身上时,他无法动弹;刚开始只是薄薄的一层土,然后泥土如雨点般落下,紧接着土越来越厚重,灌满了他的嘴巴,夺走了他的呼吸。他听到上面有人在笑——男女老少都有。日暮时分的蓝色天空映衬着他们的剪影,他们的容貌隐藏在阴影里,但他知道他们是谁。所有被他骗过、坑过、杀害过的人。他为了向上爬而牺牲掉的所有悲泣。他依然想不起来布莱克哥哥的名字。他那时叫什么名字?

佩卡那时叫雅各布·赫尔宗。有成千上百种假面。但布莱克找到了他。如果这些傻子中有一个能找到他的话,为什么不会有下一个,下下一个呢?会有多少人排着队等着扔一铲土?

做选择,即便是简单的选择,也变得困难起来。比如戴哪条领带,晚餐吃什么。他开始怀疑自己。佩卡之前从未怀疑过自己。他刚开始是个无名小卒,一个漫游岛来的碎石工,一个因年轻力壮,臂膀结实而有价值的少年,一个因挥得动镐、搬得动石头而有价值的少年。但他通过弄虚作假,设法登上了开往卡特丹姆的船,用拳头打响了自己的名声。他曾是个拳击手,打手,是帮派里最让人闻风丧胆的人。他能活下来是因为他最狡猾,也最坚强,没人能够打倒他的意志。如今,他只想坐在屋里,喝着威士忌,看着天花板上移动的光影,其他任何事情,都让他觉得疲惫不堪。

乌鸦六人组(卷二):骗子王国

后来，一天早上，他醒来时看到了明亮的蓝色天空。到处都是鸟鸣。他能闻到夏天到来的气息，空气里热气逼人，果园里的果子开始成熟。

他穿戴整齐，吃完早饭，一早上都待在田野里，在清晨的阳光下干活儿，陪阿尔比一起玩耍。天气变得特别热的时候，他们就坐在宽阔的门廊上，喝冰凉的柠檬水。然后佩卡走了进去，去面对在他桌上堆叠成山的文件和账单。

绿宝石宫和克里什王子乱成一团。它们因这个城市的公共健康预防措施而关停，门窗上都贴着黑色的X形封条，预示着这里是瘟疫暴发点。卡特丹姆传来消息，此次疫情是虚惊一场，某种奇怪的细菌或病毒突然袭击，但似乎并无危害。市政府官员对此持乐观态度。

佩卡认真地看了看资产负债表，那两个赌场都有望得到及时挽救。他要承担一年的损失，不过一旦事情都平息下来，他就会对建筑进行重新粉刷，重新命名，然后继续开张营业。他可能需要把甜点店给关了。没有男人会冒着染上瘟疫的代价脱掉裤子，尤其是在有很多地方都能迎合其需求的情况下。这挺倒霉的。但他以前也遇到过挫折。他有渠道找到那些愿意无偿工作的"契约工"。他依旧是佩卡·罗林斯，巴伦之王。如果那些混迹街头的蠢货忘记了这点，他很乐意提醒他们。

佩卡整理完大量的信件和消息时，夜幕已经降临。他伸了伸懒腰，喝下最后一杯威士忌，看着酣睡的阿尔比，他的下巴下还压着一只可恶的小狮子。

"您在里面吗，老板？"道狄问。他和另一名彪形大汉负责夜间在佩卡的住处站岗。佩卡知道这些人可以信任。

"我在，道狄。今晚也会是个美好的夜晚。"

爬上床后，他知道他不会再梦见儿子的哭泣，或那坟墓，或者墓穴上方传来的那些欢快的笑声。今晚，他会梦到漫游岛，梦见它连绵起伏的绿色田野和薄雾缭绕的青山。第二天早晨,他会容光焕发地从床上爬起来,真正地投入到工作中去,夺回他的王位。

然而他醒来时,感觉有块巨石压在胸口。他的第一反应是坟墓,觉得沉重的泥土在向他压来。然后,他的意识回笼。卧室里一片漆黑,有人压在他身上。他倒吸了一口气,想从床上爬起来,但感觉对方的膝盖和胳膊肘紧紧压制着他,感觉有刀架在脖子上的刺痛。

"我要杀了你。"佩卡喘着气说。

"你曾尝试那么干过。"一个女人的声音——不,是一个女孩的声音。

他想开口喊守卫。

她的刀扎进了他的脖子。鲜血流进衣领时,佩卡痛得嘶了一声。"你要敢叫一声,我就用这把刀,把你的脖子钉在枕头上。"

"你想要什么?"

"你惜命吗,罗林斯?"他没回答,她又扎了一下他,"我在问你话呢,你惜命吗?"

"你是怎么避开我的警卫的?"

"你把那些叫警卫?"

"你杀了他们?"

"我犯不着。"

"唯一的窗户是闩上的。它——"

"我是幽灵,罗林斯。你觉得窗闩挡得住我?"

布莱克的苏里少女。他咒骂着自己在那些雷凡卡雇佣兵身上花的冤枉钱。

"所以你是来替布莱克送信的?"

"我是替自己送信。"

"告诉我你和布莱克之间达成了什么协议。不管他给你多少钱,我给你双倍。"

乌鸦六人组(卷二):骗子王国

"嘘。"那女孩说着,往下压了压膝盖。佩卡觉得肩膀上的某处传来声响。"我让美丽的杜亚莎的脑袋砸在了卡特丹姆的鹅卵石地面上。你猜猜,我打算怎么对你?"

"你还不如现在就杀了我算了,少费口舌威胁我。"他是不会因从动物园出来的小姑娘的一点小动作而吓到的。

"死亡是你难以企及的礼物。"

"你——"

她把什么东西塞进了他的嘴里。

"现在你可以大喊大叫了。"她低声说道。她扒开他的睡衣,把刀插进了他的胸膛。他试图用被堵住的嘴大喊大叫,并挣扎着想把她摔下去。

"小心点,"她说,"你不会想让我跌倒的。"

佩卡强迫自己镇定下来。他意识到自己已经很久都没有真切地感受过疼痛了。这么多年来,没人敢对他动手。

"好多了。"

她微微向后靠了靠,像是在欣赏她的杰作。佩卡喘着粗气,努力向下看去,但什么都没看见。一阵恶心感席卷了他全身。

"这才是第一刀,罗林斯。如果你想回卡特丹姆的话,我们还会再见面的,到时候我就可以来第二刀了。"

她拉拢他的睡袍,轻轻拍了拍就离开了。他都没听到她离开,只感觉到压在他胸膛上的重量消失了。他扯下嘴里的布,翻了个身,摸索着找灯。灯光照亮了整个房间——包括梳妆台、镜子,和洗漱池。室内空无一人。他跌跌撞撞地走到窗前,窗户依旧闩着,并且上了锁。他胸口上被她刺伤的地方传来阵阵灼烧感。

他跌跌撞撞地走向梳妆台前,拉开了被血浸透的睡衣。她在他的心脏正上方划了一刀。血从伤口里汩汩流出。这才是第一刀。胆汁涌上了他的喉咙。

他娘的所有神明，他想，*她要把我的心脏从胸膛里挖出来。*

佩卡想起了杜亚莎。她是世界上最有天赋的刺客之一，一个没有任何良知和怜悯心的生物——而幽灵却打败了她。或许她真的不完全是人类。

阿尔比。

他冲出门，冲进了走廊，经过了仍站在那里的守卫身旁。他们看见他，脸上带着震惊的表情。但他从他们身边跑过，冲到大厅，来到了他儿子房间门前。拜托，他无声地恳求着，*拜托，拜托，拜托。*

他猛地推开门。大厅里的灯光洒在床上。阿尔比侧身躺着，拇指塞在嘴里，睡得很香。佩卡瘫倒在门口，如释重负，虚脱无力。他用睡衣盖住了流血的胸口，然后看到了他儿子抱在怀里的玩具。狮子不见了。取而代之的是一只黑翼乌鸦。

佩卡往后缩了缩，仿佛看到儿子脸颊紧紧贴着一只毛茸茸的大蜘蛛睡着了。

他轻轻关上门，然后大步走回大厅。

"把夏邑和葛利民从床上弄起来。"他说。

"出什么事了？"道狄问，"要叫医师吗？"

"让他们动手收拾行李。把所有的钱都带上。"

"我们去哪儿？"

"走得越远越好。"

罗林斯砰的一声关上了卧室门。他回到窗户边，又试了试窗闩。依旧牢固，依旧锁着。透过玻璃的黑色亮光，他看到了自己的影子，一时没认出来。这个头发稀疏、满眼惊恐的男人是谁？曾几何时，面对任何威胁他都是昂首挺胸，亮出武器。究竟是什么变了？仅仅是时间吗？不，他意识到，是成功。他陷进舒适区，并且颇为享受。

佩卡坐在镜子前，开始擦拭胸口的血。把卡特丹姆变成自己的领

乌鸦六人组(卷二):骗子王国

土,这让他一度引以为傲。他曾设局,放火,用脚踩住所有试图挑衅他的人的脖子,并从自己的勇敢无畏中获益匪浅。大多数跟他对着干的都倒下了,成功来得太轻而易举,他很乐意感受偶尔的挑战带给他的兴奋。他让巴伦奉他为独尊,根据自己的好恶制定游戏规则,又随心所欲地改写规则。

问题在于,那些在他建立的城市里,历经苦难、设法存活下来的人是一种全新的生物——布莱克,他的幽灵女王,以及他那腐朽的小帮派。这是一种无畏的物种,目光犀利,野性十足,对复仇的渴望胜过了对金钱的渴望。

你惜命吗,罗林斯?

他当然惜命,非常惜命,他还打算活很久呢。

佩卡将会清点他的钱,把他的儿子抚养成人。他会给自己找个,找两个,找十个好女人。也许,在某些安静的时刻,他会向如他这样的人举杯致敬,向那些如他这样致使布莱克和他的同伴成长起来的建筑师致敬,但更多的,是为那些不知道麻烦将至的可怜的傻子致敬。

角色表

安德姆·巴让	与扬·凡·埃克签订契约的音乐教师
安迪提·赫丽	詹斯博·范赫的母亲
安丽娜·斯达科夫（已故）	格里莎以太能力者（太阳召唤者）；第二军队的前任领导
爱丽丝·凡·埃克	扬·凡·埃克的第二任妻子
安妮卡	德勒格斯成员
安雅	与议员赫德签订契约的格里莎疗愈师
巴斯蒂安	德勒格斯成员
毕土尔	德勒格斯成员
贝蒂	圣希德的护工
大鲍里格	前德勒格斯成员；被流放
博·亚尔拜亚	尤尔达潘勒姆的发明者，库维·亚尔博的父亲；曾试图从舒国叛逃
科尔姆·范赫	詹斯博的父亲
康尼利斯·施密特	扬·凡·埃克的律师和资产管理人

乌鸦六人组（卷二）：骗子王国

丹尼尔·马尔科夫	契约地在安维尔的格里莎控火师
暗主	格里莎以太能力者
	第二军队前任领导的头衔
	真实姓名未知
大卫·克斯特克	格里莎制造师（炼金术师）；
	雷凡卡三巨头之一
迪利克斯	德勒格斯成员
道狄	普狮成员
杜亚莎·拉泽拉瓦	雇佣兵；
	又被称为阿玛拉珍组织的白刃
埃蒙	普狮的副手
艾兹格	黑尖团成员
埃米尔·雷文科	与议员赫德签订契约的格里莎御风师
埃罗尔·阿茨	普狮成员
菲利普	普狮成员
吉尔斯	黑尖团副手
吉恩雅·萨芬	格里莎修容师；
	雷凡卡三巨头之一
葛利艮	普狮成员
高尔卡	德勒格斯成员
汉娜·施密特	康尼利斯·施密特的女儿
海琳·凡·后登	动物园（异国风情屋）的老板；
	也被称为孔雀
赫德	刻赤商业理事会成员

伊奈姬·伽法	德勒格斯成员；
	蜘蛛人和秘密收集者；
	也被称为幽灵
扬·凡·埃克	船运巨头和杰出商人；
	刻赤商业理事会成员；
	威岚·凡·埃克的父亲
亚尔·布鲁姆	菲尔丹巫师猎人指挥官
杰伦·拉德马克	杰出商人
詹斯博·范赫	德勒格斯成员；
	神枪手
乔迪·里特维德	卡兹·布莱克的哥哥
卡尔·德莱顿	刻赤商业理事会的初级成员
卡兹·布莱克	德勒格斯的副手；
	也被称为黑手
珂格	德勒格斯成员
库维·亚尔博	格里莎控火师，舒国的叛逃者；
	博·亚尔拜亚的儿子
玛雅·亨德里克斯	扬·凡·埃克的第一任妻子
	威岚·凡·埃克的母亲
马蒂亚斯·赫尔瓦尔	可耻的菲尔丹巫师猎人
米格森	扬·凡·埃克的手下
米罗	德勒格斯成员
马兹恩	德勒格斯成员
纳塔·博乐格	刻赤商业理事会成员
尼克莱·兰瑟夫	雷凡卡国王

乌鸦六人组(卷二):骗子王国

妮娜·哲尼克	德勒格斯成员;
	格里莎摄心师
昂科·菲利克斯	白玫瑰之家的首席拉皮条者
沃蒙（已故）	黑尖团成员
佩卡·罗林斯	普狮的老大
珀尔·哈斯克尔	德勒格斯的老大
皮姆	德勒格斯成员
普罗尔	凡·埃克的手下
拉斯科	爆破专家
雷德·菲利克斯	德勒格斯成员
罗德	德勒格斯成员
罗迪	德勒格斯成员
西格	德勒格斯成员
夏邑	德勒格斯成员
施佩希特	德勒格斯成员
	造假高手，前海军军官
斯达洪得	私掠船长
	雷凡卡政府特使
斯旺	德勒格斯成员
塔玛尔·克尔巴特尔	格里莎摄心师;
	尼克莱国王私人护卫队的队长
瓦里安	德勒格斯成员
威岚·凡·埃克	扬·凡·埃克的儿子
卓娅·纳扎伦斯基	格里莎御风师;
	雷凡卡三巨头之一

致　谢

乔安娜·沃尔普，又名"狼"，也是我最有趣、最坚强、最聪明、最有耐心的代理人——感谢你愿意做我的好朋友，成为我最忠实的拥护者。感谢《新叶》团队的每一个人——尤其是杰基、吉达、迈克、凯瑟琳、米亚、克里斯、希拉里、达妮埃尔，和"全明星"普雅·沙巴赞——谢谢你们成为我的代理团队，成为我的家人，我的战友。我爱你们。

感谢霍利·布莱克和萨拉·里斯布伦南，在我只有故事的框架时，是他们帮我发掘故事的核心。感谢罗宾·瓦斯尔曼、莎拉·麦斯力、丹尼尔·约瑟·奥尔德，和才华横溢的摩根·范赫给我提供宝贵的编者反馈。感谢蕾切尔、罗宾，和弗兰施，花大量的时间陪伴我，和我在客厅和花园度过了许多美好的时光。感谢幽默且美丽的艾米·考夫曼和玛丽·卢忍受我无厘头邮件的轰炸。感谢格兰芬多人蕾恩波·洛威尔，我觉得我们很酷。感谢安妮·格拉耐心地为我做好日程安排，并满足我各种稀奇古怪的要求。感谢身在英国的妮娜·道格拉斯对我的书的支持，并让我一路欢声笑语不断。感谢诺亚·惠勒，感谢他在卡特丹姆多停留了一段时间，见证了我（和我不合群的队员）历经此次冒险。

乌鸦六人组（卷二）：骗子王国

一直以来，我都亏欠凯亚特·加法尔良多，他是我的得力助手，我随时待命的天才，是他让我有足够的时间创作这些书。

感谢麦卡米伦出版社的家人们：乔恩、劳拉、珍、劳伦、安格斯、利兹、霍莉、凯特琳、卡拉姆、凯瑟琳、露西、凯蒂、安普里尔、马里埃尔、KB、艾琳、汤姆、梅琳达、里奇（那个想要在该封面的设计上超越自己的人），感谢每一位将这本书摆到书架上的销售人员，感谢每一位让人们拿起这本书的营销人员。还要特别感谢我的宣传团队——摩根、布列塔尼、玛丽、艾莉森，尤其要感谢为这个系列的魔法的构想出力的莫莉·布鲁伊莱特，他们一直陪伴着我，照顾着我，听我在机场絮絮叨叨。

感谢史蒂芬·克莱恩在我构思那些把戏和宏大的虚幻景象时给我思路；感谢安吉拉·戴佩斯帮我润色化学象鼻虫和金酸；感谢乔希·米奴图在库维起死回生时的头脑风暴。

露露，感谢你推迟假期，忍受我的坏情绪，让我处在牡丹的芬芳之中。克莉丝汀、萨姆、艾米莉、瑞安，很开心我们是一家人。到时候你们人手一块玉米派！

感谢所有的读者、图书管理员、博主、BookTube用户、Instagram用户、booklr用户、小说家、艺术家，以及剪辑和播放列表的制作者：感谢你们让格里莎世界在这些书的页面之外变得鲜活起来。我对此表示最诚挚的谢意。

最后，想要阻止现实世界中的人口买卖和强制劳动，无须购置纵帆船和重型大炮，只需加入GAATW.org。该组织提供相关的在线资源和信息，所有的消息均来源于声誉良好的组织机构，感谢您的支持。

LEIGH BARDUGO'S
Six of Crows

马蒂亚斯·赫尔瓦尔

"罪犯"

LEIGH BARDUGO'S
Six of Crows

威岚·凡·埃克

"小商人"

LEIGH BARDUGO'S
Six of Crows

妮娜·哲尼克

"摄心师"